Jean Hanff Korelitz
Die Schattenjury

SERIE PIPER

Zu diesem Buch

Eine glanzvolle juristische Karriere ist ihre Sache nicht: Sybylla Muldoon, Ende Zwanzig, engagiert und eigenwillig, attraktiven Männern durchaus zugeneigt, arbeitet als Pflichtverteidigerin für die Rechtsbeihilfe in New York. Sie übernimmt die Verteidigung des Obdachlosen Trent, der auf offener Straße mit dem Messer auf ein kleines Mädchen losgegangen ist. Trent behauptet, er sei entführt worden. Für die Psychiater ein klassischer Fall: Schizophrenie. Sybylla stößt auf eine Reihe von Merkwürdigkeiten, unter anderem entdeckt sie in Trents Arm ein Implantat. Als dann die Gerichtsgutachterin ermordet wird, Trent noch während des Prozesses stirbt und immer mehr Berber von New Yorks Straßen verschwinden, ist höchste Alarmstufe angesagt. Bei ihren Nachforschungen gerät Sybylla Muldoon schon bald in eine Verschwörung von politisch höchst brisanter Tragweite.

Jean Hanff Korelitz machte am Dartmouth College und am Clare College in Cambridge ihren Abschluß in englischer Literatur und ist seitdem vor allem als Literaturjournalistin tätig. Die Autorin lebt mit ihrem Ehemann, einem bekannten irischen Lyriker, und ihrer Tochter in Princeton / New Jersey. »Die Schattenjury« ist ihr erster Roman.

Jean Hanff Korelitz
Die Schattenjury

Thriller

Aus dem Amerikanischen von
Michaela Grabinger

Piper München Zürich

Taschenbuchsonderausgabe
Piper Verlag GmbH, München
Oktober 2000

Titel der amerikanischen Originalausgabe:
»A Jury of Her Peers«, Crown Publishers, Inc.,
New York 1996

Umschlag: Büro Hamburg und Zero München
Foto Umschlagvorderseite: Bavaria
Foto Umschlagrückseite: Mary Cross
Satz: Franzis-Druck GmbH, München
Druck und Bindung: Clausen & Bosse, Leck
Printed in Germany ISBN 3-492-26008-x

Inhalt

Für Deborah Michel,
ständige Leserin

Denn unser, der Rasenden,
Volksbehütender Zorn
Geht der Untat nicht mehr nach;
Jeden Mord geb' ich frei.
Hören mag dann einer vom andern, zählt
Der des Nachbarn Unglück auf,
Daß unser Wirken erlahmt und hinstirbt.
Und das Erbarmen wird matt,
und die Schwäche tröstet umsonst.

Flehe künftig keiner mehr,
Der von Leid geschlagen ward,
Lauten Rufes: »Recht, o Recht,
Thron, o Thron,
Heiliger Erinyensitz!«
So wird bald des Vaters und
So der Mutter frischer Schmerz
Bitter klagen, wenn in Trümmer sank
der Turm des Rechts.

Aischylos, TRAGÖDIEN
Ins Deutsche übertragen von Ludwig Wolde

EIN SCHIZOPHRENER WIE AUS DEM LEHRBUCH

1

Sybylla hatte ihr gesamtes Kleingeld dem Obdachlosen unten an der Treppe zum Gerichtsgebäude gegeben, einer klassischen Großstadttype mit breitem Grinsen, wenigen schwarzen Zähnen, vielen schwarzen Lücken und einem Schild mit der Aufschrift WENN SIE HIER WOHNEN WÜRDEN, WÄREN SIE JETZT ZU HAUSE. War ein Fehler, dachte sie grimmig, während sie das Chaos in ihrer Handtasche nach einer Münze durchwühlte, aber nur uralte Geldautomaten-Quittungen und schmutzverkrustete Magentabletten fand. Hinter ihr wartete ungeduldig ein gereizter Yuppie, doch sie hielt die eroberte Stellung vor dem einzigen öffentlichen Telefon in dem Gang und knurrte ihn jedesmal an, wenn er ihr zu nahe kam. In einer Innentasche fand sie schließlich doch noch einen Vierteldollar, der allerdings mit einer schokoladeartigen Substanz beschmiert war – jedenfalls hoffte sie, es möge sich um Schokolade handeln; daran zu riechen, erschien ihr nicht ladylike. Sie rammte die Münze in den Schlitz und betätigte mit fliegenden Fingern die altmodische Wählscheibe.

Steiner war, wie zu erwarten, alles andere als erfreut.

»Warum rufen Sie mich an?« fragte er aufgebracht. »Warum sitzen Sie nicht in meinem Büro und sprechen von Angesicht zu Angesicht mit mir?«

»Tut mir leid, Chef, aber die haben mich einfach nicht gehen lassen.«

»Sybylla, nichts liegt mir ferner, als Sie an der Ausübung Ihrer heiligen staatsbürgerlichen Pflichten zu hindern, aber sind Sie sich darüber im klaren, wie schnell Sie bei der Geschworenenwahl ausgemustert werden, wenn bekannt wird, daß Sie Pflichtverteidigerin sind?« Seine Stimme troff vor Ironie. »Sie sind nämlich nicht gerade ein Paradebeispiel für eine unparteiische, unbefangene Geschworene, wissen Sie.«

Sybylla straffte die Schultern. »Das finde ich gemein! Ich bin so unparteiisch und unbefangen wie jeder x-beliebige andere auch.«

»Ach ja. Und ich gehe am Wochenende auf Stimmenfang für Pat Buchanan...«

»Also bitte«, warf Sybylla beleidigt ein. »Glauben Sie, ich hätte nicht versucht, mich von dem Mist befreien zu lassen? Die ganze Woche habe ich angerufen, aber immer hieß es nur, ich solle am Apparat bleiben. Deshalb wollte ich heute vormittag selbst hingehen und meinen Ausweis oder irgend etwas vorzeigen und dann gleich weiter ins Büro, aber die Frau nahm mir einfach meine Vorladung aus der Hand und sagte, ich solle mich setzen.«

»Und Sie haben sich tatsächlich hingesetzt?« fragte Steiner fassungslos.

»Nein, ich habe natürlich Krach geschlagen, wie es sich für eine gute Anwältin gehört. Aber sie hat immer nur auf das kleine Schild auf ihrem Schreibtisch gedeutet, auf dem stand: ›Wir sind nicht befugt, Zurückstellungen oder Freistellungen zu gewähren.‹ Die kam mir vor wie eine dieser Taubstummen, die in der U-Bahn ihre Kärtchen verteilen. Auf alles, was ich sagte, antwortete sie immer nur mit dieser einen Geste. Da habe ich noch ein bißchen mehr getobt, und bekam daraufhin einen Artikel in die Hand gedrückt, den ich mir mal durchlesen sollte, aus der *Village Voice*, und zwar über einen potentiellen Geschworenen, der das Gebäude Centre Street 100 ohne Erlaubnis verlassen hatte, in seinem Büro festgenommen wurde und drei Tage lang in Haft blieb. Zu wissen, daß die Polizei mich vor derart gefährlichen Gesetzesbrechern schützt, beruhigt mich wirklich ungemein!«

Am anderen Ende der Leitung herrschte eine Weile Schweigen. »Es ist mir ernst, Syb. Sie müssen da raus.«

»Warum denn so eilig? Steht einer unserer Klienten kurz vor einem weltbewegenden Geständnis?«

»Warum so *eilig*?« heulte Steiner in einem Ton auf, der Sybylla zusammenzucken ließ. Im Vorjahr hatte sie das zweifelhafte Vergnügen gehabt, Zeugin seines zweiten Herzanfalls zu sein. Seither sah sie vor ihrem geistigen Auge jedesmal, wenn Steiner sich aufregte – und Steiner regte sich oft auf –, seine Herzkammern in Fetzen gehen wie Klopapier. »Ist ja nichts weiter passiert, außer daß gestern nacht die halbe Welt verhaftet wurde!«

»Ach?« sagte Sybylla gelangweilt. »Und was ist dann an gestern nacht so anders als an allen anderen Nächten?«

Steiner ließ sich Zeit mit der Antwort. »Einer davon war Trent, wenn Sie es genau wissen wollen.«

Es dauerte eine Weile, bis Sybylla die Neuigkeit begriffen hatte. »*Mein* Trent? Mein Trent vom letzten Sommer?«

»Genau der. Der, von dem Sie, wenn ich mich recht erinnere, glaubten, er werde mit größter Wahrscheinlichkeit nie mehr verhaftet werden.«

»Sie können mich ja verklagen. Hören Sie, ich komme beim besten Willen hier nicht weg, zumindest nicht in den nächsten Stunden. Die haben gerade meinen Namen zur Geschworenenwahl aufgerufen, und ich muß warten, bis ich entlassen werde. Dann mache ich mich sofort auf den Weg.« Sie warf einen hastigen Blick auf ihre Uhr; jetzt konnte sie es plötzlich kaum erwarten, zu ihrem Chef zu kommen.

»Nicht hierher«, sagte Steiner trocken, »sondern ins Bellevue. Ich konnte nicht auf Sie warten, Syb«, schnitt er ihr das Wort ab, ehe sie Gelegenheit hatte, ihre Entrüstung zu äußern. »Ich wollte ja, aber die Polizisten flehten mich förmlich an, ihn wegzubringen, und Sie waren ja nicht zu erreichen. Die ganze Nacht hat er Ihren Namen gebrüllt. Den Polizisten kam er vor wie ein Besessener, den man obendrein mit Aufputschmitteln vollgepumpt hat. Kramer hatte heute vormittag Dienst bei der Anklageverlesung. Ich habe ihn seinen Auftritt über die Bühne bringen lassen, und anschließend hat er die 730er-Befragung mit Trent durchgezogen. Aber keine Sorge«, fügte er sarkastisch hinzu, »es ist immer noch Ihr Fall.«

»Und wie hat er sich bei der 730er gehalten?« fragte sie, Steiners Tonfall ignorierend.

»Machte alles einen ziemlich stimmigen Eindruck. Er wußte

weder den Wochentag noch den laufenden Monat, noch das Jahr, das wir schreiben, ebensowenig den Namen des Präsidenten oder seinen eigenen. Vor ungefähr einer Stunde haben sie ihn ins Bellevue gebracht. Sie fahren also am besten so schnell wie möglich dorthin.« Plötzlich spürte Sybylla, daß sein Ärger sich legte. »Es sieht schlecht aus, Syb.«

Sybylla runzelte die Stirn. Trent war, weiß Gott, keine Stütze der Gesellschaft, aber nicht im mindesten gefährlich. Der Mann konnte keiner Fliege etwas zuleide tun. Zumindest nichts wirklich Schlimmes. »Spucken Sie's aus«, murmelte sie.

»Er hat einen Menschen niedergestochen«, sagte Steiner. »Ein Kind, Sybylla.«

Der Yuppie hinter ihr kochte inzwischen vor Wut. Sie lehnte sich an den Apparat, schloß die Augen und sagte, halb zu sich selbst: »Mutmaßlich.«

»Was?« bellte Steiner.

»Er hat *mutmaßlich* einen Menschen niedergestochen. Und Sie beruhigen sich jetzt endlich!«

Steiner lachte leise in sich hinein. »Na, meinetwegen. Aber ich warne Sie: Er hat es nämlich – mutmaßlich – vor mehreren Leuten getan und hielt die Waffe noch in der Hand, als die Bullen aufkreuzten.«

Sybylla schüttelte den Kopf. »Das paßt überhaupt nicht zu ihm.« Als sie nur Schweigen zur Antwort bekam, seufzte sie auf. »Und wie lautet die offizielle Version?«

»Die offizielle Version?« Steiner redete sich wieder in Rage. »Die lautet folgendermaßen: Die Obdachlosen streichen in böswilliger, gewalttätiger Absicht durch die Straßen und stehlen die Früchte unserer ehrlichen Arbeit. Als offizielle Lösung wird propagiert, mal darüber nachzudenken, ob es nicht an der Zeit ist, die ganze Bagage geschlossen zu irgendeinem Militärstützpunkt in Jersey zu verfrachten, damit wir wieder gefahrlos auf die Straße gehen können. Der offiziellen Meinung zufolge haben wir lange genug Geduld und Toleranz geübt, jetzt wird es Zeit, Manhattan zurückzuerobern.«

»Mann-o-Mann!« Sybylla schüttelte sich. »Sie klingen ja wie Andrew Greer. Und auf wessen Seite stehen Sie, wenn ich fragen darf?«

»Das vergesse ich immer wieder. Ich sage mir ständig: ›Wir sind die Guten. Wir sind Legal Aid, der kostenlose Rechtsbeistand, und der Staatsanwalt ist der Böse.‹ Ich glaube, allmählich habe ich es intus.«

»So ist es recht!« sagte Sybylla. »Hören Sie, ich versuche, so schnell wie möglich von hier wegzukommen, und fahre sofort nach Uptown.«

»Gut«, erwiderte Steiner zerstreut. In Gedanken war er schon längst weiter.

Sybylla gab das Telefon frei, lehnte sich neben der Tür zum Gerichtssaal an die Wand und nahm die gleiche schlaffe Haltung ein wie ihre prospektiven Mitgeschworenen. Alle waren sie aus ihrem Alltag gerissen worden mit der Aussicht auf ein paar Dollar Aufwandsentschädigung und der strengen Ermahnung, daran zu denken, daß die Zivilisation auf einer Geschworenengemeinschaft Ebenbürtiger gründe – Anreize, die jeden dieser braven Bürger in diesem Korridor offenbar genauso begeisterten wie Sybylla. Müde Blicke wanderten über den schmutzigen Fliesenboden, gelangweilte Hände beschäftigten sich mit Zeitungen, Kreuzworträtseln und Strickarbeiten. Einige wenige hielten den Blick voller Ungeduld auf die nichtssagende graue, von dem zuständigen Gerichtsbeamten bewachte Tür, doch die meisten wirkten geradezu wie im Koma. Angriff der Zombie-Geschworenen, dachte Sybylla zynisch. Die anfängliche Aufregung, die jeden von ihnen befallen hatte, als sein Name im Wartesaal aufgerufen wurde, hatte sich im Verlauf der quälenden Warterei zu der Einstellung gewandelt: Bloß nicht in den zweifelhaften Genuß kommen, wirklich irgendeine Zeugenaussage anzuhören, bloß nicht Gefahr laufen, Zutritt hinter die Kulissen des Gerichtsgebäudes 100 Centre Street zu erhalten, das Sybyllas Ansicht nach wirklich das reizloseste Gebäude in ganz Manhattan war; es übertraf selbst Schreckbilder mißglückter Architektur wie die Kfz-Zulassungsstelle oder die Paßstelle. Die Böden waren so abgenutzt, daß sie nicht einmal mehr an ihr bereits völlig nichtssagendes ursprüngliches Grau erinnerten, die Wände zu einem undefinierbaren Beige verblichen, und der hier herrschende Geruch entstammte einer Mischung aus filterlosen Camels und getrocknetem Urin. Sybylla hatte es schon schlimm gefunden, bevor Steiner ihr das mit Trent mitgeteilt hatte; jetzt machte die Vorstellung, daß Trent in einer winzigen Zelle im Bellevue saß, sie fast verrückt.

Denn immer wenn sie an Trent dachte, kam ihr als erstes seine auffällige Zierlichkeit in den Sinn, die man unwillkürlich als eine Art Verkrüppelung wahrnahm, was in Anbetracht der Lebensgeschichte des Mannes nicht einmal abwegig war. Er war ein ungehobelter Kerl und doch seltsam freundlich, ein Gelegenheitsdieb mit starkem Überlebenswillen, und obwohl in ihm weder eine Besserungsabsicht zu erkennen war noch der geringste Ehrgeiz, von der Straße wegzukommen, hatte er es geschafft, sich von jeder Sucht freizuhalten – ja er hatte Sybylla sogar mehr als nur einen leidenschaftlichen Vortrag über die Gefahren des Drogenkonsums gehalten. In einem früheren Leben, so hatte sie im letzten Sommer einmal gedacht, war er bestimmt Missionar gewesen.

Drei Monate hatte es gedauert, bis Trent den Prozeß bekam, auf dem er bestanden hatte – gar nicht schlecht, wenn man bedachte, in welchem Schneckentempo die Strafgerichtsbarkeit in Manhattan vorzugehen pflegte, doch eine lange Zeit, wenn man sie im Knast absitzen und darauf warten mußte, seine Unschuld zu beweisen. Hätte er sich des ihm vorgeworfenen Vergehens schuldig bekannt, hätte sie ihn problemlos auf der Stelle freibekommen; aber er war unnachgiebig geblieben. Sie hatte sich seinen Wünschen beugen müssen, und außerdem wußte sowieso jeder, daß es immer so lief: sich schuldig bekennen und freikommen oder auf einem Prozeß bestehen, um die behauptete Unschuld zu beweisen, und dabei länger im Gefängnis sitzen, als die Haftstrafe bei einer Verurteilung wahrscheinlich gedauert hätte. Als der Verhandlungstermin näherrückte, war die Schar der Anklagezeugen auf eine Frau mit Sehfehler und das Opfer selbst geschrumpft, wobei das Opfer sich außer an den in Frage stehenden Vorfall nur noch an den Geruch verbrannter Vanille erinnerte, wie es den erstaunten Geschworenen mitteilte. Fünfunddreißig Minuten hatte die Jury gebraucht, um Trent freizusprechen. Alles in allem ein schönes Beispiel für den Grundsatz: Gleiches Recht für alle.

Sybylla hatte es sich, wie die meisten ihrer Kolleginnen und

Kollegen, angewöhnt, ihre Mandanten nicht direkt zu fragen, ob sie schuldig seien. Schuld gab es ausschließlich zwischen einem Menschen und seinem Schöpfer. Außerdem war es nicht ihre Aufgabe, über einen Mandanten zu urteilen. Sie hatte nur dafür zu sorgen, daß diejenigen, die ein Urteil über ihren Mandanten oder ihre Mandantin fällen mußten, Gelegenheit erhielten, die Sache so objektiv wie möglich zu sehen. Sie war sich völlig darüber im klaren, daß dies das Äußerste war, was sie als Pflichtverteidigerin erreichen konnte.

Diejenigen, die es unbeirrt mit dem American Way hielten, die strammen Verfechter der Verfassung, denen der Text der Nationalhymne Glaubensbekenntnis war, bremsten aus rein ideologischen Gründen mit quietschenden Reifen ab, wenn sie mit der Arbeit von Sybylla und ihren Mitstreitern konfrontiert wurden. Prinzipien wie die Unschuldsvermutung und das Recht auf einen rasch erfolgenden Prozeß mit unparteiischen Geschworenen und eine angemessene Kaution klangen grandios, wenn sie mit dem Pathos eines begabten Bühnenschauspielers vorgetragen wurden, kümmerten aber offenbar niemanden, wenn es darum ging, sie auf reale Menschen anzuwenden, die realer Verbrechen beschuldigt wurden. Es war, als riete Volkes Meinung Verhafteten davon ab, Zuflucht bei der Verfassung zu suchen, da die Verfassung nur für die rechtschaffenen Bürgerinnen und Bürger gelte.

Sybylla starrte wehmütig lächelnd auf den übel zugerichteten Linoleumboden. Eines mußte sie zugeben: Sie war gewarnt worden – von ihren Juraprofessoren, die jedesmal mit den Augen gerollt hatten, wenn sie über ihre berufliche Zukunft sprach, von ihren Freundinnen und Freunden, die auf gutdotierte Posten als Justizbeamte oder auf astronomische Firmengehälter hingearbeitet hatten, vor allem aber von ihrem Vater. Selbst Steiner, der Anwalt, den sie am meisten bewunderte, hatte ihr einige schmerzliche Ratschläge erteilt, als sie nach einem ihrer ersten Prozesse völlig desillusioniert ins Büro zurückgekommen war: Erwarten Sie bloß nicht, daß sich jemals irgendwer bei Ihnen bedankt! Die Schuldigen scheren sich einen Dreck um Sie, die wollen nach ihrem Freispruch so schnell wie möglich raus aus dem Gerichtsgebäude, und für die Unschuldigen sind Sie mehr oder weniger ein Bestandteil des Alptraums, den sie durchlebt haben. Die können Ihren Anblick dann auch nicht mehr ertragen.

Trotzdem machte sie weiter, meist ohne einen genauen Grund nennen zu können und mit einem gewissermaßen trotzigen Stolz auf ihren Beruf. In einer von Staatsanwälten frequentierten Bar am Foley Square hatte sie einmal gehört, wie ein Stellvertretender Staatsanwalt am Nebentisch seinen Freunden mit heiserer Stimme erklärte, die Legal Aid Society kenne bei Fällen mit schlechter Erfolgsaussicht genau drei Vorgehensweisen, nämlich Jammern, Ächzen und Brüllen. Als sie das Lokal verließ, achtete sie sorgsam darauf, den Kerl versehentlich anzurempeln, so daß er sich den Drink auf die teuren Lederschuhe schüttete. Sie war kein Jammerlappen, sondern eine Anwältin, die harte Fakten mit einem in vernünftigem Maße gehaltenen Appell an das menschliche Mitgefühl verband. Ihre Aufgabe war es, sich zu vergewissern, daß die Zeuginnen und Zeugen tatsächlich gesehen hatten, was sie gesehen zu haben beteuerten, daß die Polizeiexperten beweisen konnten, was sie beweisen zu können behaupteten, und daß die Polizei sich bei ihrer Arbeit nicht selbst ihre Regeln schuf. Diese Strategie hatte sich im Lauf der Zeit als erstaunlich wirkungsvoll erwiesen. Obwohl viele von Sybyllas Mandanten einer Straftat überführt worden waren, lag ihre Freispruchrate dicht bei der Durchschnittsquote aller Legal-Aid-Fälle, nämlich bei etwa sechzig Prozent. Ein junger Mann, der von der Anklage als bösartig und dem menschlichen Leben gegenüber völlig gleichgültig beschrieben worden war, wirkte, nachdem sie die Beweisführung der Verteidigung abgeschlossen hatte, wie ein brutal behandeltes, verwahrlostes Kind – eine Darstellung, auf die er Sybyllas Ansicht nach durchaus ein Recht hatte. Stellte sich nur die Frage, warum sie dann nicht wenigstens *ein bißchen* zufrieden mit dem war, womit sie ihren Lebensunterhalt verdiente!

Gedankenverloren begann sie die Innenfläche ihrer linken Hand mit dem Daumen der rechten zu reiben, eine alte Gewohnheit. Die Finger ihrer Schreibhand waren mit schwarzen Tintenflecken aus ihren Lieblingsfilzstiften übersät, von denen sie wöchentlich vier Stück verbrauchte. Die Flecken sehen aus wie

Wundmale, dachte sie, ohne die Doppeldeutigkeit des Gedankens zu erfassen. Denn ihre ungesunde Angewohnheit, das Elend anderer Menschen geradezu in sich aufzusaugen, führte allmählich zu dem Gefühl, ihre persönliche Schmerzgrenze demnächst erreicht zu haben. Und Elend traf man hier, weiß Gott, genug an. Schon auf diesem einen schmalen Fleckchen Erde war die Elendsdichte – Obdachlosigkeit, Wahnsinn, Krankheit, Gewalt, aber auch die in den Woody-Allen-Filmen so schick wirkenden Neurosen – so groß, daß man glauben konnte, Manhattans Fundament müßte unter dem unglaublichen Gewicht nachgeben.

Sybylla sah auf und traf den Blick eines ihrer Mitgeschworenen, eines stämmigen Mannes, der ein Rutgers-University-Sweatshirt trug und seine Hand in einer wirklich charmanten obszönen Geste an seiner zusammengerollte *Post* rauf und runter gleiten ließ. *Super,* dachte Sybylla und machte ein möglichst abweisendes Gesicht; so reagierte sie fast immer, wenn Männer ihre Gelüste zur Schau stellten, auch wenn es in weit weniger abstoßender Form geschah als in diesem Fall.

Allen empirischen Beweisen für ihre körperliche Attraktivität schenkte sie selbstverständlich keinerlei Glauben – typisch postfeministische Frau, dachte sie wehmütig. Mochte sie im Spiegel noch so eindeutige Beweise dafür sammeln, daß ihre Haut zart und rein und ihr kupferrotes Haar romantisch gelockt war – es gab eben auch anderes, das ihr weit einprägsamer erschien, nämlich die winzige Erhebung in der Mitte ihres Nasenrückens, Folge eines schlecht gezielten Schusses aufs Tor, an dem sich eine Mannschaftskameradin bei einem High-School-Fußballspiel versucht hatte, sodann die unleugbare Realität ihrer Oberschenkel, die offenbar jeden, aber auch wirklich jeden Bissen Eiscreme in sich bargen, den sie jemals zu sich genommen hatte, und, am auffälligsten überhaupt, die merkwürdige Furche in ihrem rechten Ohrläppchen, die aussah, als wäre ein verrückter Wissenschaftler in die Neugeborenenstation eingedrungen und hätte mit einem mittelalterlichen Instrument einige ganz bestimmte Säuglinge markiert, um deren ganzes Leben hindurch irgendwelche Erkenntnisse über sie zu sammeln. Sybylla wußte, daß die Kerbe in ihrem Ohrläppchen eine vergleichsweise harmlose körperliche Deformation war. Trotzdem machte sie sie befangen, und im Laufe der Zeit hatte sie es sich angewöhnt, das Haar immer über die Ohren fallen zu lassen und keine Ohrringe zu tragen, um ja nicht die Aufmerksamkeit anderer darauf zu lenken.

Mr. Rutgers fuhr peinlicherweise fort, seine Zeitung manuell zu stimulieren.

In Anbetracht der Situation wirkte eine kleine Ladung Sarkasmus geradezu erfrischend.

»Können Sie uns vielleicht sagen, wie lange wir hier noch warten sollen?« fragte der Yuppie vom Telefon, außer sich vor Wut, den Gerichtsbeamten. »Einige von uns haben nämlich auch noch etwas anderes zu tun, ob Sie es glauben oder nicht!«

Der Beamte streckte den Rücken durch, lächelte, und setzte dazu an, ein bißchen Autorität walten zu lassen – doch dann veränderte sich die Atmosphäre mit einem Schlag, als wäre ein Bann gebrochen. Die Tür wurde einen Spaltbreit geöffnet, und aus dem dahinterliegenden Zimmer ertönte, von unsichtbaren Lippen gesprochen, die Aufforderung: *»Lassen Sie sie rein!«* So plötzlich um die Zurschaustellung seiner Autorität gebracht, warf der Gerichtsbeamte seinem blasierten Gegner einen bitterbösen Blick zu. Erst dann gab er sich geschlagen. Er hielt die Tür auf, und Sybylla drängte zusammen mit ihren potentiellen Mitgeschworenen in den Gerichtssaal.

2

Aber hallo! dachte Sybylla. Die Sache wurde ja sogar noch interessant.

Am Tisch der Anklage saß, einen seiner feisten Arme auf die Rückenlehne des Holzstuhls gestützt, Andrew Greer. Die engagierten Streiter der Legal Aid Society kannten ihn als das Gesicht auf der Dartscheibe in ihrem Büro, die Bürgerinnen und Bürger Manhattans jedoch als den derzeit in One Hogan Place, der Staatsanwaltschaft, amtierenden Kreuzritter. Obwohl die abnorme Körperfülle des Mannes das Auffälligste an seinem Äußeren war, hatte man aufgrund seiner Haltung und Kleidung seltsamerweise den Eindruck, daß er entweder nicht wußte, wie dick er war, oder sich einfach weigerte, es zu glauben. Sybylla beobachtete, wie er sich langsam auf seinem Stuhl herumdrehte, um die Reihen der potentiellen Geschworenen zu sichten, dann wieder in die ursprüngliche Sitzhaltung zurückkehrte und sein scherzhaftes Geplänkel mit dem Richter wiederaufnahm, der sich größte Mühe gab, von der Anwesenheit des Bezirksstaatsanwalts in seinem Gerichtssaal nur ja nicht allzu beeindruckt zu wirken. Greers Hemd klaffte zwischen den Knöpfen, und als er sich einmal kurz erhob, um einen Blick in den hinteren Teil des Saals zu werfen, sah sie, daß er ein zusätzliches Loch in seinen Gürtel gebohrt hatte, um ihn seiner anschwellenden Taille anzupassen. Trotz seines freundlichen, allerdings etwas verschlagen wirkenden Lächelns und der ausgeprägten Fähigkeit, sehr, sehr besorgt dreinzublicken und sehr, sehr bekümmert zu klingen, würde Greer vermutlich das Talent von James Carville *und* Mary Matalin, den Leitern der Wahlkampagne von Clinton *und* Bush, aufbringen müssen, wenn er eine echte Chance haben wollte, zum Gouverneur gewählt zu werden. Das nämlich war, wie häufig hinter vorgehaltener Hand geflüstert wurde, sein großer Traum.

Seine Anwesenheit bedeutete, daß der zum Prozeß anstehende Fall sehr prestigeträchtig war. Greer vertrat nur bei ein oder zwei Verfahren pro Jahr persönlich die Anklage, wobei er sich stets die saftigsten, schockierendsten Verbrechen reservierte, die es ihm ermöglichten, sein Image zu stärken und sich als der Mann zu präsentieren, der bereit, willens und fähig war, die von Kriminalität verseuchten Straßen New Yorks gründlich zu säubern. Automatisch richtete Sybylla den Blick auf den Tisch der Verteidigung, um zu sehen, ob sie den Anklagten kannte; doch den einzigen, der in Frage kam, einen schlanken Schwarzen mit kurzgeschorenem Haar und einem billigen karierten Jackett, hatte sie noch nie gesehen. Trotzdem tat er ihr leid. Von Andrew Greer persönlich angeklagt zu werden hieß automatisch, in der Presse gehängt, gestreckt und gevierteilt zu werden. Sie überlegte kurz, daß es sich fast lohnen würde, in die Jury zu kommen, um diesem scheinheiligen Arschloch mal eine Lektion zu erteilen.

Während sie sich im Saal umsah, wurde der Stuhl neben dem massigen Mann zurückgezogen, und der unverkennbare Wendell Burkowitz, der größte Schwachkopf, den die Staatsanwaltschaft aufzubieten hatte, ließ sich auf den Sitz fallen. Sybylla zuckte zusammen. Zu peinlich war die Erinnerung, die der Anblick in ihr weckte: Im Sommer zwei Jahre zuvor hatte sie, leicht beschwipst nach ein paar Drinks im The Recess gleich um die Ecke, zugelassen, daß Burkowitz ihr einen margaritasüßen Kuß in unmittelbarer Nähe ihres linken Ohrs auf die Wange drückte. Jetzt beschlich sie das Gefühl, dieser Kuß werde sie heute noch einmal heimsuchen und peinigen.

Der Richter hatte sich mit dem Gerichtsbeamten unterhalten und wandte sich nun dem Tisch der Verteidigung zu. »Brauchen Sie noch ein paar Minuten, Mr. Larkin?« fragte er leicht gereizt. »Oder können wir schon anfangen?«

Auweia! dachte Sybylla, folgte seinem Blick und mußte unwillkürlich lächeln. Den Typen hatte sie ja noch gar nicht bemerkt, und sie fragte sich wirklich, warum nicht. Denn zum einen sah er hinreißend aus mit seinem leicht schiefen Mund und den dichten schwarzen Löckchen, die er sich in dem rührenden Versuch, wie ein richtiger Erwachsener zu wirken, ganz kurz hatte schneiden lassen. Seine Aufmachung bestand, von der Hose mit den rasiermesserscharfen Bügelfalten bis hin zu seinem Hemd mit den feinen blauen Streifen, ganz aus erlesenen Brooks-Brothers-Teilen. Er wirkte erbärmlich fehl am Platz in dem schmuddeligen Gerichtssaal, aber wenn ihm sein Außenseitertum bewußt war, so gelang es ihm nicht übel, dies zu verbergen. Seine Aufmerksamkeit galt einzig seinem Mandanten, auf den er gerade leise einsprach. Sybylla registrierte den respektvollen Gesichtsausdruck und den freundlichen Ton, in dem er die ihr unverständlichen Worte äußerte, und sah die Hand, die seinem Mandanten aufmunternd die Schulter tätschelte. Die linke Hand. Eine linke Hand ohne Ehering.

Sie hatte ihn hier im Gerichtsgebäude noch nie gesehen, aber das besagte gar nichts. Viele Karrieretypen aus Uptown-Kanzleien baten darum, jemanden kostenlos verteidigen zu dürfen, um einmal als Anwalt so arbeiten zu können, wie sie es sich einst vorgestellt hatten. Der hier war höchstwahrscheinlich eine etwas feinere Art der Berufsausübung gewöhnt, zu der viele Zuarbeiterinnen, holzgetäfelte Büros und lange, öde Arbeitsessen gehörten, an deren Ende jemand ganz cool seine goldene AmEx-Karte auf die Rechnung fallen ließ.

»Mr. Larkin?«

Er hob den Blick und nickte. »Ja, ich bin bereit, Euer Ehren. Entschuldigen Sie die Verzögerung.«

Der vorn stehende Gerichtsbeamte drehte sich zu den Wartenden und begann die Namen vorzulesen. Sybylla bekam schon Angst, es könnte noch länger dauern, doch ihre Glückssträhne hielt an, und sie hörte den Namen »Muldoon« – falsch ausgesprochen, obwohl der Mann so irisch aussah, daß er es eigentlich hätte besser wissen müssen. Mit einem Seufzer der Erleichterung stand sie auf, ging nach vorn und nahm einen der letzten Plätze auf der Geschworenenbank ein. Wenige Sekunden später setzte sich eine kräftige Frau mit hochrotem Kopf neben sie und stieß dabei gegen ihren Arm.

»Entschuldigung«, sagte Sybylla automatisch, obwohl sie angerempelt worden war. Dann blickte sie auf und drückte den Arm sofort fest an den Körper, wobei sie ihren Ellbogen mit solcher Kraft umfaßte, daß ihre Fingernägel kleine Halbmonde ins Fleisch schnitten. Sie wußte nicht, was genau sie zu dieser hektischen Bewegung veranlaßt hatte, durch welchen Gesichtszug oder Körperteil der Frau, die nur wenige Zentimeter von ihr entfernt saß, sie so erschreckt worden war. Die Frau wirkte eher durchschnittlich, nichtssagend, war mittleren Alters, hatte kreideweiße Haut und Haare von einer unglaublich künstlichen granatapfelroten Farbe; auch ihre Kleidung – ein wadenlanger, schwerer dunkler Rock und eine bis zum Kinn zugeknöpfte weiße Bluse – war nicht weiter bemerkenswert. Der einzige Schmuck, den Sybylla sah, nachdem sie noch ein paarmal zu ihr hingeschielt hatte, bestand aus einer Kamee, die zu groß war, um echt zu sein, und einer Aids-Schleife, deren Rot fast identisch mit ihrer Haarfarbe war und die sie mit einer Sicherheitsnadel am Blusenkragen befestigt hatte. Die Frau saß reglos da und starrte nach vorn. Ihre Mundwinkel hingen schlaff herab. Sie schien weder bemerkt zu haben, daß sie ihre Sitznachbarin angerempelt hatte, noch deren ironische Reaktion darauf zur Kenntnis zu nehmen.

Sybylla kam zu dem Schluß, daß es der starre Gesichtsausdruck der Frau war, der sie so erschreckt hatte. Die meisten Menschen verrieten ihre Gedanken durch eine Grimasse, ein Lächeln oder sogar durch ein leichtes Erröten, doch wenn diese Frau überhaupt etwas dachte, so tat sie es ohne das geringste äußere Anzeichen – kein Zucken, keine Änderung der Mimik. Ihre Züge waren so ruhig, daß es fast schon an Katatonie grenzte, obwohl hinter der Leere ein ferner Nachklang einstiger Schönheit wahrzunehmen war. Die war einmal ein hübsches Mädchen, schoß es Sybylla durch den Kopf. Plötzlich mußte sie an Annie denken und schluckte schwer.

Um das innere Bild und ihre wehmütigen Gedanken loszuwerden, öffnete sie den Reißverschluß ihrer Handtasche, kramte verlegen darin herum und fand schließlich eine Rolle Lifesavers-Bonbons (und zupfte die Fussel davon ab). Dann straffte sie die Schultern und wandte sich an die neben ihr sitzende Frau: »Möchten Sie ein Pfefferminz?«

Die Frau drehte den Kopf. Sybylla beobachtete, wie der Blick aus den leicht wäßrigen Augen ihren eigenen traf, sich dann senkte und die Hand, die offenstehende Tasche und die Pfefferminzrolle betrachtete. Der Seufzer, den die Frau ausstieß, war kaum hörbar. »Nein, vielen Dank, meine Liebe.«

Sybylla lehnte sich erleichtert zurück. Mit der Frau war alles in Ordnung. Sie hatte nur eine etwas merkwürdige Körpersprache und vielleicht eine unglückliche Hand in der Wahl ihrer Haarfarbe sowie ein bißchen Blutarmut. Nichts Außergewöhnliches, nur eines von den vielen, vielen menschlichen Exemplaren, auf die man in einer Großstadt trifft. Sybylla spürte, wie ihre Anspannung nachließ. Du bist wirklich verrückt, sagte sie sich. Eines Tages drehst du noch voll durch.

Der Richter beugte sich vor. »Meine Damen und Herren«, sagte er in pathetischem Singsang. »Wir werden heute in diesem Gerichtssaal etwas erleben, das zum Fundament unserer demokratischen Gesellschaft gehört. Da Sie allesamt rechtschaffene Bürger sind, können Sie aufgefordert werden, über einen Mitbürger zu Gericht zu sitzen, der eines Verbrechens beschuldigt wird. Wir gehen von seiner Unschuld aus, aber Mr. Greer, der hier zu meiner Rechten sitzt und das Volk vertritt« – wenigstens verriet der Richter nicht, daß es sich dabei um den Bezirksstaatsanwalt handelte, dachte Sybylla säuerlich –, »hat die Aufgabe, Sie vom Gegenteil zu überzeugen. Mr. Larkin zu meiner Linken ist zum Verteidiger des Angeklagten bestellt worden.«

Sie konnte sich gerade noch zurückhalten, um nicht laut einen Einspruch vorzubringen. Sybylla legte größten Wert darauf, von den Richtern nicht als »bestellte« Verteidigerin angesprochen zu werden. Für einen Geschworenen mit ein bißchen Köpfchen stand »bestellt« in krassem Gegensatz zu »vom Angeklagten gewählt«, was nämlich auf Zahlungsfähigkeit schließen ließ. »Bestellt« dagegen bedeutete finanzielle Not, und die setzten viele Leute sofort mit Schuldigsein gleich. Außerdem bedeutete es in den meisten Fällen, daß es sich um einen Legal-Aid-Anwalt handelte, und die negative Einstellung mancher Geschworenen gegenüber Legal Aid spiegelte nur die Ansichten wider, die in der breiten Öffentlichkeit darüber herrschten. Mr. Larkin, der in diesem Spiel offensichtlich noch ziemlich unerfahren war, hatte nichts mitbekommen.

»Damit dieser wichtige Prozeß für alle Beteiligten gerecht abläuft«, fuhr der Richter fort, »müssen sowohl der Verteidiger als auch der Ankläger davon überzeugt sein, daß Sie als potentielle Geschworene in der zur Verhandlung stehenden Sache unparteiisch sind, daß Sie weder den mutmaßlichen Täter noch die mutmaßlichen Opfer kennen und daß Sie sich über den Ernst dessen, was wir hier tun, im klaren sind.«

Er machte eine kurze Pause. Sybylla sah zu Larkin hinüber, doch ihrem Blick war von der Anklagebank her aufgelauert worden. Burkowitz grinste sie an, und zwar nicht gerade freundlich.

»Wir beginnen jetzt mit der Verhandlungsphase, die man als Voir dire bezeichnet. Es handelt sich um die unter Eid stattfindende Vorvernehmung der Geschworenen zur Feststellung ihrer Eignung. Sinngemäß übersetzt, bedeutet Voir dire: die Wahrheit sagen, doch für unsere Zwecke reicht es, wenn Sie das Ganze als eine einfache Frage-Antwort-Prozedur verstehen. Die Vertreter der Verteidigung und der Anklage werden Ihnen jeweils abwechselnd einige Fragen stellen, mit deren Hilfe die beiden Herren entscheiden können, ob Sie ihrer Meinung nach einen unparteiischen und geeigneten Geschworenen abgeben. Jeder der beiden Anwälte hat das Recht, potentielle Geschworene aus triftigem Grund von ihrer Pflicht zu befreien, wenn er auf einen bedeutsamen Umstand stößt, der Sie daran hindert, ein geeigneter Geschworener zu sein – beispielsweise wenn Sie selbst Opfer eines Verbrechens waren, das mit dem vergleichbar ist, welches dem Beklagten zur Last gelegt wird. Außerdem kann jeder der beiden Anwälte eine begrenzte Zahl von potentiellen Geschworenen ablehnen, ohne dem Gericht die Gründe dafür zu nennen.«

Sybylla lächelte verbittert. Der Richter vermittelte zwar den Eindruck, daß es sich um eine vernünftige und gerechte Prozedur handle, aber sie hatte in Gerichtssälen wie diesem hier schon viel zuviel gesehen, um noch idealistische Vorstellungen zu hegen. Auswahl der Geschworenen? In Wirklichkeit war es eher eine Abwahl. Was hier gleich über die Bühne gehen würde, war keineswegs eine Prozedur, in deren Verlauf man zwölf rechtschaffene, pflichtbewußte Menschen auswählte, sondern der bewußteVersuch der beiden Anwälte, jeden potentiellen Geschworenen loszuwerden, von dem man annehmen konnte, daß er falsch stimmen würde. Der hübsche Mr. Larkin würde alles daransetzen, die Law-and-Order-Leute auszusortieren, die dafür sorgten, daß ihre Frauen und Töchter bewaffnet waren, jeden, dessen Angst vor Kriminalität und Gewalt groß genug war, um sich auf seine Entscheidung auszuwirken. Und der widerliche Mr. Greer würde versuchen, jeden loszuwerden, der zu weich wirkte: jeden Linken, jeden Gegner der Todesstrafe, jeden, der mit Gefangenen korrespondierte oder seinem Aussehen nach Mitglied der American Civil Liberties Union war, die sich für die Verteidigung der Grundrechte engagierte. Bei der Wahl der Geschworenen ging es, weiß Gott, nicht nur um Wahrheitsfindung, sondern handelte es sich um eine berechnende Kunst, die gleichermaßen die Fähigkeit des Gedankenlesens wie die der Gedankenkontrolle erforderte. Sybylla wußte, daß potentielle Geschworene logen wie gedruckt. Sie logen, um ausgewählt zu werden, wenn sie gerade Zeit hatten und sich vorstellten, daß es ganz vergnüglich sein könnte, über den unglücklichen Menschen auf der Anklagebank zu richten, und sie logen, um aus einer unendlichen Zahl von Gründen befreit zu werden. Manchmal logen sie sogar, obwohl sie ehrlich glaubten, die Wahrheit zu sagen.

Wenn sie aufmerksam zuhörte, würde sie eine ganze Menge über den zur Verhandlung stehenden Fall in Erfahrung bringen. Denn kein anständiger Verteidiger beziehungsweise Ankläger ließ bei dieser Prozedur die Gelegenheit aus, künftige Geschworene in seinem Sinne zu beeinflussen. »Würden Sie, wenn Ihnen Beweise dafür vorgelegt werden, daß ein Mann unter großem psychischem Streß eine zeitweilige Bewußtseinstrübung erlitt, als er seine Frau mit einem anderen Mann erwischte, diese Beweise ernsthaft in Ihre Erwägungen miteinbeziehen?« »Wenn Sie eine Gutachteraussage hören würden, der zufolge Blutspuren einer bestimmten Person im Wagen einer anderen Person gefunden wurden, würde Sie das überzeugen?« Beim Voir dire ging es nicht nur darum, die Karten zu zinken; es war sozusagen ein Probelauf vor Beginn des eigentlichen Prozesses.

Sybylla schüttelte den Kopf. Von einer Jury aus »Gleichen, die über ihresgleichen« befinden, konnte schon lange nicht mehr die Rede sein. Es war eine Art Turnier daraus geworden, bei dem nur mehr zweierlei zählte: Instinkt, den man nun mal nicht erlernen konnte, und Glück, auf das man sich nicht verlassen durfte.

»Haben Sie irgendwelche Fragen?«

Die hochtrabende Stimme riß sie aus ihren Gedanken.

»Wir beginnen nun mit dem Voir dire und fahren so lange fort, bis eine Einigung über eine Jury erzielt und die Geschworenenliste aufgestellt ist. Mr. Greer, Sie können beginnen.«

»Danke, Euer Ehren«, sagte Greer in aufgesetzt bescheidenem Tonfall; schließlich galt es, dem Richter zu schmeicheln.

Es handelte sich um eine Vergewaltigung. Greer begann am anderen Ende der Geschworenenbank mit der Frau auf dem Sitz Nummer eins. Rasch, dabei jedoch sehr konzentriert vorgehend, fand er schon nach kurzer Zeit einen Mann, dessen Schwester Opfer sexueller Gewalt geworden war, einen Mann, dessen College-Zimmergenosse wegen der Vergewaltigung einer Bekannten angeklagt worden war, eine Frau, die bei einem Notruf für vergewaltigte Frauen gearbeitet hatte, und einen aufgebrachten älteren Mann, der auf die erste und einzige Frage, die Greer ihm stellte, folgendermaßen antwortete: »Ich sage Ihnen eines: Ich habe von diesem Fall gelesen, und daß ich darüber eine klare Meinung habe, darauf können Sie sich verlassen!« Greer lächelte und wandte sich dem nächsten zu. Larkin überging den Mann.

Auch die ersten potentiellen Geschworenen, an denen Larkin Gefallen zu finden schien – der Besitzer eines Zeitungskiosks, ein Angestellter in einem Eisenwarenladen, ein Mann, dem eine Franchise-Filiale der Eisdielenkette Baskin Robbins gehörte und der inständig darum bat, befreit zu werden –, parierten die wesentlich oberflächlicheren Fragen des Verteidigers, ohne offen oder unterschwellig reaktionäre Ansichten zu vertreten, doch Sybylla war ziemlich sicher, daß der vierte, ein Radiomechaniker im Ruhestand, der bei jedem Blick auf den Angeklagten die Zähne zu fletschen schien, einer der Kandidaten Larkins war, die ohne Angabe von Gründen ausgeschlossen werden würden. Einige potentielle Jurymitglieder erschienen beiden Seiten gleichermaßen ungeeignet: Leute, denen die Wut über die mögliche Pflicht, als Geschworene zu fungieren, so deutlich ins Gesicht geschrieben stand, daß sie womöglich eine vorschnelle und falsche Entscheidung treffen würden, Leute, die einfach zu dumm waren, um Zeugenaussagen zu verstehen, oder solche, die man schon auf den ersten Blick als nicht ganz richtig im Kopf einschätzte. Sie alle würden abgelehnt werden.

Eine ganze Stunde verging, bis sie bei der rothaarigen Frau neben Sybylla angelangt waren. Sybylla schielte zur Uhr hin. Wenn es noch länger dauerte, würde der Richter für die Mittagspause unterbrechen, sie würde am Nachmittag noch mal hierherkommen müssen und noch mehr Zeit verlieren. Sie war so frustriert und verbittert, daß ihre eine Wade krampfartig zuckte.

»Sie sind...«, Greer warf einen Blick auf seine Liste, »Miss Rowena Martin.«

Die Frau nickte bedächtig, wobei sich ihre knallroten Haarsträhnen nicht im geringsten bewegten. Sybylla packte wieder die Neugier; sie konnte es sich nicht verkneifen, die Frau direkt anzusehen.

»Wo wohnen Sie, Miss Martin?«

Sie wohnte mit ihrer Schwester in der Nähe des Lincoln Center. Ihren Beruf als Lehrerin hatte sie aufgrund einer chronischen Krankheit aufgeben müssen, leitete jedoch noch Kurse für

Analphabeten. Sie war ledig. Sie hatte keine Kinder. Sie war nie Opfer eines Gewaltverbrechens geworden. Sie fand, daß Menschen, die ein Gewaltverbrechen begangen hatten, resozialisiert werden sollten. Ließen sie sich jedoch nicht resozialisieren, so mußte auch sie zugeben, daß es wohl besser sei, sie von der Gesellschaft zu isolieren.

Bye, bye, Miss Martin, dachte Sybylla. Der nette Mr. Greer da wird bald ein nettes kleines Ablehnungsschreiben mit Ihrem Namen darauf zücken.

»Danke«, sagte Greer lächelnd und setzte sich auf seinen Stuhl.

Nun stand Larkin auf und wandte sich den Geschworenen zu. »Hallo, Miss Martin!« sagte er. Die Frau neben Sybylla nickte wieder bedächtig.

»Ist Ihnen klar, daß mein Mandant hier im Augenblick als unschuldig gilt?«

»O ja!« Es hatte monoton geklungen, merkwürdig flach. »Man gilt so lange als unschuldig, bis einem die Schuld nachgewiesen wird. Das ist sehr wichtig.«

»Ist Ihnen bewußt, daß es Ihre Aufgabe als Geschworene wäre, sehr viele Informationen zu durchdenken, wobei ein Teil auf reiner Meinung, ein Teil dagegen auf Tatsachen beruht? Sie hätten die Aufgabe, sich intensiv mit einer emotional aufgeladenen Angelegenheit auseinanderzusetzen und die Wahrheit herauszufinden. Trauen Sie sich das zu?«

»Ja«, antwortete die Frau. »Ein Urteil ist viel zu wichtig, als daß man auf anderem Wege dazu gelangen dürfte. Ich jedenfalls würde nicht gern aufgrund von rein emotionalen Beweggründen verurteilt werden.«

Sybylla bemühte sich, nicht verärgert das Gesicht zu verziehen. Miss Martin erwies sich als eine unangenehme Schwätzerin, der es nicht reichte, eine Frage kurz zu beantworten, sondern die unbedingt noch ihren Senf in Form diverser Verfassungsplatitüden dazugeben mußte. Noch einmal wandte sie den Kopf, um die merkwürdige Frau links neben sich zu betrachten, die sich geradezu hingebungsvoll auf den jungen Larkin konzentrierte.

Der ist zu jung für dich, meine Liebe, schoß es Sybylla durch den Kopf, doch dann wurde es ihr mit einem Schlag klar: Miss

Martin wollte unbedingt genommen werden. Sie gab sich größte Mühe, genau das zu sagen, was Larkin ihrer Meinung nach hören wollte.

»Miss Martin«, fuhr Larkin fort, »wenn Sie Geschworene in einem Prozeß wären und der Angeklagte Ihrer festen Überzeugung nach unschuldig wäre, Sie bei der Beratung jedoch feststellen müßten, daß Ihre Mitgeschworenen anderer Ansicht sind, würden Sie dann bei Ihrer Meinung bleiben oder würden Sie sich von den anderen überreden lassen?«

Sie erstarrte, die Augenlider halb geschlossen. Sybylla kam unwillkürlich der Vergleich mit einer überlasteten Maschine in den Kopf, die sich selbst abstellt. Fast unmerklich kehrte die anfänglich verspürte Panik wieder, wurde jedoch durch die Worte der Frau zurückgedrängt.

»Ich würde bei meiner Meinung bleiben. Wenn ich es für richtig hielte, würde ich nicht wanken.«

Larkin betrachtete sie. Er war, im Gegensatz zu seinem Gegner, während des Voir dire an seinem Tisch geblieben, was bei den potentiellen Geschworenen den visuellen Eindruck noch verstärkte, daß dort neben dem nicht anders denn als verwahrlost zu bezeichnenden Angeklagten ein gutaussehender, gutgekleideter und überaus gepflegter junger Mann saß, so als hoffe Larkin, etwas von seinem sympathischen Äußeren würde auf seinen Mandanten abfärben. Jetzt aber erkannte Sybylla an seiner Miene, daß er völlig verwirrt war. Irgend etwas stimmte nicht mit dieser Frau; Sybylla sah, daß auch Larkin das bemerkt hatte, daß er aber offenbar genauso unfähig war, dieses Etwas zu benennen, wie sie selbst. Man konnte es nicht anders ausdrücken, als daß mit ihr einfach irgend etwas nicht stimmte. Doch reichte das, um bei ihr von seiner begrenzten Möglichkeit des Ausschließens ohne Angabe von Gründen Gebrauch zu machen?

»Danke, Miss Martin«, sagte Larkin leise.

»Danke«, sagte der Richter und wandte sich Greer zu. Der jedoch war damit beschäftigt, Unterlagen in seinen Aktenkoffer zu packen. »Mr. Greer?«

»Ich bitte um Entschuldigung, Euer Ehren«, sagte der Staatsanwalt, »aber in fünf Minuten habe ich einen Termin, den ich nicht versäumen darf. Das restliche Voir dire überlasse ich meinem Kollegen, dem Stellvertretenden Staatsanwalt Burkowitz. Er hat meine Instruktionen in bezug auf die bereits gehörten Geschworenen erhalten.«

Der Richter bemühte sich, seinen Zorn zu unterdrücken. Sybylla war klar, daß sich nur Greer so etwas leisten konnte.

»Nun gut, Mr. Greer«, erwiderte der Richter mit gepreßter Stimme. »Aber ich hoffe sehr, daß Sie während des Verfahrens mehr Zeit erübrigen werden.«

»Genau das habe ich vor, Euer Ehren.« Greer verbeugte sich vor dem Richter, drehte sich um und verließ den Saal.

Der Richter seufzte. »Also dann, Mr. Burkowitz.«

Burkowitz begann zu grinsen, konsultierte wichtigtuerisch die Notizen, die er von Greer erhalten hatte, stand auf, watschelte zu Sybylla hinüber und baute sich so dicht vor ihr auf, daß seine schmierige Visage nur einige Zentimeter von ihrem Gesicht entfernt war. Sybyllas einziger Trost in diesem Augenblick war die Tatsache, daß sie nur wenige Sekunden in diesem Alptraum würde verharren müssen. Bei der erstbesten Gelegenheit würde sie verkünden, daß sie Pflichtverteidigerin war, und dann nichts wie raus hier und nach Uptown zu Trent. Doch Burkowitz kostete seinen Auftritt aus, trat von einem Fuß auf den anderen und blätterte in der Akte. »Sybylla Muldoon.«

»Jawohl!« fauchte Sybylla.

»Sie haben aber einen ungewöhnlichen Namen, nicht wahr?« Soll das eine Frage sein? überlegte sie.

»Ich würde gern etwas über Ihren Namen erfahren«, sagte der kleine Schleimer.

Der Richter beugte sich ein wenig vor. »Wir sind hier nicht im Fernsehstudio und zeichnen *Herzblatt* auf, Mr. Burkowitz! Heben Sie sich Fragen dieser Art für später auf und machen Sie weiter!«

»Wo wohnen Sie, Miss Muldoon? Oder Mrs. Muldoon?«

»Ms.!« fuhr Sybylla ihn an. »Ich wohne auf der Upper West Side.«

»Waren Sie schon einmal potentielle Geschworene?«

»Ja, im College. Ich wurde befreit.«

»Es handelt sich hier um ein Vergewaltigungsverfahren, Ms. Muldoon«, erklärte Burkowitz, das »Ms.« sarkastisch betonend.

»Sind Sie schon einmal Opfer sexueller Gewalt geworden?«

Ja, und zwar das eines Idioten, der zu viele Margaritas intus hatte, hätte sie am liebsten gesagt. »Nein.«

»Sind Sie der Meinung, daß eine Frau, wenn sie nein sagt, manchmal doch ja meinen könnte?« Burkowitz beugte sich so weit vor, daß sie die Quarktasche riechen konnte, die er vor nicht allzu langer Zeit verdrückt haben mußte. Margaritas hin, Margaritas her – ihr wurde klar, daß der Kerl jenen Sommerabend nicht vergessen hatte.

»Auf keinen Fall. Wenn eine Frau nein sagt« – Sybylla konnte der Versuchung nicht widerstehen, sich ihrerseits vorzubeugen –, »hat sie meist einen sehr triftigen Grund dafür. Ein Mann muß schon ein Volltrottel sein, um sie in einer solchen Situation nicht ernst zu nehmen.«

Merkwürdigerweise quittierte Burkowitz die Antwort mit einem Grinsen. »Haben Sie vielen Dank, Ms. Muldoon.«

Am Verteidigertisch erhob sich, leicht schwankend, Larkin. Sybylla sah, daß er völlig perplex war. »Hallo, Ms. Muldoon!«

»Hallo.« Sybylla wurde plötzlich verlegen und spürte, wie ihr das Blut in die Wangen schoß. Denk dran – wir zeichnen hier nicht *Herzblatt* auf, sagte sie sich.

»Darf ich Sie nach Ihrem Beruf fragen?«

Sie seufzte. Es war wirklich eine Schande – gerade jetzt, da sie gern noch ein, zwei Minuten geblieben wäre, würde man sie befreien.

»Ich bin Pflichtverteidigerin«, sagte Sybylla. »Ich arbeite bei der New Yorker Legal Aid Society, Lafayette Street 80.« Sie warf einen Blick zum Stellvertretenden Staatsanwalt hinüber. »Was Mr. Burkowitz übrigens bekannt war.«

Larkin hatte über seinen Tisch gebeugt dagestanden und auf das Blatt Papier zwischen seinen Händen geblickt. Jetzt riß er den Kopf ruckartig hoch und warf Sybylla einen Blick zu, aus dem Ärger, aber auch Fassungslosigkeit sprach. Sie zuckte unwillkürlich mit den Achseln.

»Sie brauchen mich gar nicht so anzuschauen«, sagte sie. »Ich habe alles versucht, aber die wollten mich einfach nicht gehen lassen.«

Aus den Augenwinkeln sah sie, daß der Richter sich zur Seite wandte und den blöde grinsenden Stellvertretenden Staatsanwalt anstarrte. »Ist unter den potentiellen Geschworenen noch jemand, den Sie persönlich kennen, Mr. Burkowitz?«

Burkowitz schüttelte den Kopf und würgte das in ihm aufsteigende Lachen hinunter.

Larkin seufzte und strich sich beiläufig über die Locken. »Euer Ehren, ich bin bereit, mit dem Auswahlverfahren innerhalb dieser Geschworenengruppe weiterzumachen, sobald sich auch Mr. Burkowitz dazu in der Lage sieht.«

Dann ging es plötzlich ganz schnell. Sybylla nahm den Dank für ihre Mitarbeit entgegen, zwängte sich an den sittsam bedeckten Knien von Miss Martin vorbei und verließ, gemeinsam mit acht oder neun anderen Abgelehnten, die Geschworenenbank. »Danke, Euer Ehren«, sagte sie noch – es war ihr ganz automatisch herausgerutscht –, schulterte ihre Tasche, gönnte sich einen letzten, wehmütigen Blick auf Larkin und verließ den Gerichtssaal.

Auf dem schäbigen Gang drängten sich die weinenden Mütter, empörten Geschwister und zappeligen Kinder – in manchen Fällen gleich die ganze Familie – von Angeklagten, deren Verfahren irgendwo im Labyrinth des Justizsystems steckengeblieben waren. In den Gesichtern derjenigen, die zum erstenmal in der Centre Street 100 waren, stand die Angst geschrieben; andere waren schon ein- oder mehrmals hier gewesen und wirkten des Ganzen nur mehr überdrüssig. Sybylla mied ihre Blicke. Die meisten ihrer Kolleginnen und Kollegen konnten abends alles hinter sich lassen und abschalten, doch ihr gelang das nicht einmal ansatzweise. Selbst nach all den Jahren in den Schützengräben von Legal Aid schaffte sie es nicht, durch die Gänge dieses Gebäudes zu gehen, ohne zusammenzuzucken.

In Uptown angelangt, setzte sie ihr arrogantestes New Yorker Gesicht auf und betrat die Station im 19. Stock des Bellevue. Hinter der grauen, gepanzerten Stationstür befand sich der Gefängnistrakt der Klinik, eine separate Stadt innerhalb des Systems, die in einem ebenso aufmunternden Beige gehalten war wie die anderen Stockwerke des Bellevue und auch dieselben aromatischen Genüsse zu bieten hatte. Sybylla war zwar schon einige

Male hier gewesen, wobei es in den meisten Fällen um Anhörungen vor einer Einweisung gegangen war, die in einem zum »Gerichtssaal« umfunktionierten Zimmer stattgefunden hatten, fühlte sich aber jedesmal wieder gefährdet in diesem Grenzbereich und konnte sich nie des Eindrucks erwehren, daß ihr die Macht, das Leben ihrer Mandanten zu beeinflussen, durch das Eindringen der Medizin genommen wurde. Heute war die gesamte Station vom unablässig gellenden, atonalen Geschrei eines einzigen Menschen erfüllt. Sybylla hob reflexartig die Hände, um sich die Ohren zuzuhalten, sah dann aber, daß nur wenige der auf dieser Station arbeitenden Wärter, Krankenschwestern und Pfleger sich von dem Gebrüll beeindrucken ließen; sie hatten sich daran gewöhnt. Das Lungenvolumen, das eine so scheußliche, ohrenbetäubende Lärmattacke ermöglichte, erschien ihr fast schon bewundernswert.

Der diensthabende Wärter schob ihr mit gleichgültiger Miene das vor ihm liegende Klemmbrett hin, als er Sybylla auf sich zukommen sah.

»Mein Gott«, sagte Sybylla kopfschüttelnd und trug ihren und Trents Namen ein. »Das klingt ja wie von einem anderen Stern.« Sie lächelte den Mann freundlich an. »Ist mir wirklich ein Rätsel, wie Sie das aushalten.«

Er überflog ihren Eintrag. »Ach, machen Sie sich mal um uns keine Sorgen – *Sie* müssen sich gleich mit dem Knaben unterhalten ...«

Es dauerte ein paar Sekunden. Sie starrte ihn an. »Soll das ...? Das ist er, der so schreit? Sind Sie sicher?«

Der Mann grinste. Es machte ihm sichtlich Spaß. »Warum sind Sie denn so überrascht?«

»Ich ... mein Gott, das ist ja nicht zu fassen! *Trent.*«

»Ein alter Freund?«

»Äh ... Er war wegen Körperverletzung angeklagt, letztes Jahr. Wurde freigesprochen.«

»Klar.« Der Mann hob seine dichten grauen Augenbrauen. »Heutzutage ist ja überhaupt keiner mehr schuldig!«

Sybylla zuckte mit den Achseln. »Ach, ich weiß nicht.« Sie hatte keine Lust, sich mit einem abgebrühten New Yorker über Bürgerrechte herumzustreiten.

Sie griff nach ihrem Aktenkoffer. »Können wir einen Raum haben?«

Der Mann grinste sie boshaft an. »Na, warum denn nicht? Sind schließlich Ihre Trommelfelle. Hier lang!«

Sybylla folgte ihm durch einen schmutzigen Korridor, wobei sie hin und wieder zur Seite trat, wenn ihnen Pfleger oder Wachleute mit spuckenden und sich windenden oder aber schlurfenden und schweigenden Patienten entgegenkamen. In einem Raum sah sie im Vorbeigehen kurz einen ihrer Kollegen von Legal Aid. Er saß einem massigen Schwarzen mit dichten Dreadlocks gegenüber, der mit der Faust auf den Tisch schlug.

In Raum 2 hatten sich die beiden wackeligen Stühle und der zerkratzte Resopaltisch nur mit Mühe unterbringen lassen. Sybylla setzte sich erschöpft auf einen Stuhl und durchstöberte ihre Handtasche nach einem Filzstift; genau in diesem Augenblick verstummte das Gebrüll. Nur mehr die leise, aufmunternde Stimme ihres Kollegen drang durch die dünne Wand; Sybylla hörte deutlich, daß er die Sprechweise ihres gemeinsamen Chefs imitierte. David Steiner, Leitender Anwalt der Strafrechtsabteilung, war schon vielen jungen Verteidigern, die vorübergehend im Dienst von Legal Aid gestanden hatten, ein Mentor gewesen. Ob die Leute nun – wie die meisten – vier oder fünf Jahre blieben oder ihr ganzes Berufsleben – was nur einige wenige echte Idealisten taten –, niemand zeigte sich bei der Zusammenarbeit mit Steiner von dessen Einfühlsamkeit, seinem Geschick und seiner wunderbar aufmunternden Art, mit verängstigten Männern und Frauen zu reden, unbeeinflußt. Sybylla verstand sich mittlerweile selbst als eine ihm treu ergebene Anhängerin, obwohl sie, als sie unter seiner Anleitung zu arbeiten begann, ganz bewußt versucht hatte, Steiner nicht als das zu sehen, was er dennoch unweigerlich wurde: eine Vaterfigur. Ich habe doch schon einen Vater, sagte sie sich im ersten Jahr immer wieder, aber Steiner, der große Stücke auf sie hielt, sie als leistungsstark, hochmotiviert, äußerst begabt bezeichnete und behauptete, sie sei der beste Fang, den man als männlicher Single in dieser Stadt machen könne, war ihr damals weit väterlicher erschienen als Dermot Muldoon, der es kaum über sich brachte, das Wort »Pflichtverteidigerin« auszusprechen.

Sie hörte Schritte. Der Wärter drückte mit der Hüfte die Tür auf und führte einen schmächtigen, leise vor sich hin murmelnden Mann mit hängenden Schultern herein, einen Mann, der nicht Trent war. Das Gemurmel klang wie ein leises, gutturales Brummen aus dem Bauch, wie eine elektronisch hervorgerufene Vibration, in deren Rhythmus seine Finger zitterten. Er hielt den Blick zu Boden gesenkt. Der Mann stank so sehr, daß Sybylla instinktiv versuchte, durch den Mund zu atmen. Der Wärter zog den Stuhl auf der gegenüberliegenden Seite unter dem Tisch hervor, legte dem Mann die Hände auf die schmalen Schultern und drückte ihn auf den Sitz. Der Mann begann unter dem derben Griff stark zu zittern und stieß immer wieder leise eine einzelne Silbe aus – »ha«. Es erinnerte Sybylla an das Hecheln von Frauen bei der Geburtsvorbereitung. »Ha, ha, ha«, stieß er mit fahrigem Blick hervor. Sie versuchte ihn anzusprechen, aber ihre Kehle war viel zu sehr mit Atmen beschäftigt. Schließlich schüttelte sie nur den Kopf: Nein, das war nicht Trent. Sie hatten den Falschen gebracht. Trent sah ganz anders aus. Er war ziemlich gepflegt für einen Obdachlosen, und er besaß Intelligenz, ja sogar einen gewissen Scharfsinn. Sybylla hatte ihn gelegentlich geradezu charmant erlebt. Auf jeden Fall war er *normal.* Er konnte sprechen und zuhören und einem in die Augen sehen. Dieses Wesen dagegen, dieser zuckende, sabbernde Psychopath, war einer jener anrührenden, doch unberührbaren Menschen, die in Hofeinfahrten und Passagen oder in den Nischen und Ecken des Port Authority Bus Terminal leben. »Tut mir leid, aber…«

Plötzlich hob der Mann den Blick. Sybylla hörte sich aufstöhnen.

»O mein Gott!« Sie starrte ihn an, starrte in das erinnerte Grün seiner Augen, suchte nach dem Menschen, der dort einst gelebt hatte. »O mein Gott, was, um alles in der Welt, ist mit Ihnen passiert?«

Der Mann, der einmal Trent gewesen war, streckte langsam und sehr behutsam den Arm quer über den Tisch aus, nahm Sybyllas Hand und führte sie wie ein galanter Herr an seine verschorften Lippen. Sybylla sah zu wie in Trance. Der Wärter machte einen Schritt nach vorn, um einzugreifen, doch Sybylla schüttelte den Kopf. Nein. Denn Trent wollte etwas sagen. Er öffnete den Mund, um seine Geschichte zu erzählen, um zu erklären, was das alles zu bedeuten hatte. Sie beugte sich vor, unwiderstehlich angezogen von seinem Blick. Er schob ihren Daumen und ihren Zeigefinger auseinander, entfaltete die Haut dazwischen und biß mit unvorstellbarer Gier hinein.

3

»Sie hätten zuerst zu mir kommen sollen!« schnauzte der Arzt sie an, während er eine sterile Kompresse in Sybyllas blutende Faust stopfte. »Ihr glaubt immer, Bellevue wäre dasselbe wie ein Knast und ihr könntet hier einfach reintanzen und mit euren Mandanten reden. Dabei vergeßt ihr, daß die aus gutem Grund nicht im Knast sitzen. Ich hätte Sie nie zu Trent gelassen, wenn nicht zumindest ein Pfleger dabeigewesen wäre. Die hatten ihn ja nicht mal fixiert!« Er warf ihr einen bösen Blick zu, als sei auch das ihre Schuld. »Wirklich extrem dumm von Ihnen.«

Nicht gerade der gütige Onkel Doktor, dachte sie und biß die Zähne zusammen, um den Schmerz, den das Jod verursachte, klaglos zu ertragen.

Sie saß auf dem einzigen Stuhl im winzigen Büro von Dr. Bruno Turturro, dem für Trent zuständigen Psychiater, und war dabei, seinen einst weißen Teppichboden mit Blut zu besudeln. Turturro entfernte die vollgesogene Kompresse, drückte ihr eine frische in die Hand und begann eine elastische Binde anzulegen. »War es nur *ein* Biß, oder hat er gleich mehrmals zugelangt?«

»Einer nur, glaube ich. Schwer zu sagen, alle schrien, und ich war halb wahnsinnig vor Schmerz. Ich glaube, er hat einmal zugebissen und dann« – sie warf ihm einen schuldbewußten Blick zu – »gekaut.«

Turturro setzte sich auf die Kante seines Schreibtisches. Sybyllas Schätzung nach war er ein paar Jahre älter als sie, groß und hager und dunkelhaarig mit beginnenden Geheimratsecken. Das Büro lag hinter einer der unscheinbaren Türen in einem heruntergekommenen Nebengang des Hauptkorridors. Das Zimmer war vollgestopft mit Büchern; auf dem Boden standen Aktenstöße, schief wie der Turm von Pisa, und auch der ganze Schreibtisch war mit Papieren übersät.

»Sie haben offenbar Ihr eigenes System«, sagte Sybylla, während sie den Blick über das Chaos schweifen ließ, um sich von dem pochenden Schmerz in der Hand abzulenken. »Sie wissen bestimmt ganz genau, wo was liegt, oder?«

»Ja, sicher.« Er runzelte die Stirn. »Wie heißen Sie noch mal?«

Sie sagte es ihm; und plötzlich lächelte er. »Ungewöhnlicher Name. Aber irgendwie hübsch.«

Sie nickte. »Danke. Meine Mutter hat mich nach einer Romanfigur benannt.«

»Wirklich?«

Sie wurde verlegen und suchte hastig nach einem berufsbezogenen, distanzierenden Thema. »Zurück zu Trent. Können wir uns ein bißchen über ihn unterhalten?«

Er runzelte die Stirn. »Klar, wenn Sie sich dazu in der Lage fühlen.« Er beugte sich zu einem der Aktenstapel, nahm den obenauf liegenden roten Schnellhefter und schlug ihn auf. »Er wurde unten in der Notaufnahme eingewiesen. Hier bei uns ist er jetzt seit ein paar Stunden. An seinem Verhalten hat sich praktisch nichts geändert.«

»Sie wissen also, was mit ihm los ist.«

Turturro lächelte. »Klar, ist keine schwierige Diagnose. Paranoid-halluzinatorische Schizophrenie. Als er zu uns kam, hatte er anhaltende Halluzinationen, und wie Ihnen gerade schmerzlich bewußt geworden sein dürfte, halluziniert er noch immer. Er führt Selbstgespräche, ist verängstigt, reagiert nicht. Ein klassischer Fall, nichts Geheimnisvolles...«

»Da bin ich anderer Ansicht«, sagte Sybylla. »Ich kenne Trent schon eine ganze Weile. Als ich ihn im Sommer vergangenen Jahres zuletzt sah, war er genauso normal wie Sie und ich.«

»Durchaus möglich.« Turturro lehnte sich an die Wand. »Ich bezweifle das nicht im geringsten.«

»Aber was kann denn eine so plötzlich aufgetretene Veränderung in ihm bewirkt haben? Warum war er vor einigen Monaten völlig normal, und jetzt ist er total durchgedreht? Hören Sie, der Trent, den ich kannte, war ein einfacher Obdachloser. Er war kein Heiliger, aber er hätte niemals ein Kind niedergestochen...

Ich kann es einfach nicht glauben.«

»Sie wollen es nicht glauben«, erwiderte Turturro trocken.

»Wie bitte?«

»Sie wollen es nicht glauben. Nicht einmal im Lichte dessen, was gerade dort drin passiert ist. Wirklich interessant.«

Sie schüttelte den Kopf. Die unerbetene Psychoanalyse ärgerte sie. »Nein, Sie haben mich falsch verstanden. Er tut so was einfach nicht.«

»Hören Sie, Ms. ...«

»Muldoon.«

»Muldoon. Wissen Sie, wieviel Prozent unserer Patienten von der Straße kommen? Gut und gern sechzig. Glauben Sie mir, in dieser Stadt obdachlos zu sein kann jeden mit der Zeit verrückt machen. Was diese Menschen sich gegenseitig antun, was sie durch das Wetter und durch jeden Kriminellen, für den sie leichte Beute sind, erleiden müssen, ist unvorstellbar. Viele Leute betrachten die Obdachlosen als bestens geeignete Objekte für ihre verbotenen Phantasien. Wenn einer heimlich davon träumt, einem Mitmenschen Schaden zuzufügen, was glauben Sie wohl, wen er sich aussucht? Wie eifrig verfolgt die Polizei eine Straftat, wenn das Opfer nicht mal eine Adresse hat? Und dann kommt noch der ganze Alltagsstreß hinzu – ständig der Witterung ausgesetzt sein, unregelmäßiges und wenig nahrhaftes Essen, fehlender echter menschlicher Kontakt, mangelnde Hygiene –, ein idealer Nährboden für Geisteskrankheiten, das können Sie mir glauben. Wenn Sie ein paar Monate unten in der Grand Central Station leben würden, würden Sie auch durchdrehen.«

»Das kann es nicht gewesen sein. Ich weiß das alles ja, aber Trent lebte schon seit mindestens zehn Jahren auf der Straße. Warum gerade jetzt?«

»Keine Ahnung.« Turturro hob die Schultern. »Vielleicht aufgrund eines kumulativen Effekts; vielleicht passierte es von einer Sekunde auf die andere. Oder er begann abzurutschen, nachdem Sie ihn zuletzt sahen, und jetzt ist der Kulminationspunkt erreicht. Haben Sie mit jemandem gesprochen, der ihn kennt?«

»Nein, noch nicht. Es kommt sowieso nur einer in Frage. Bei dem war ich noch nicht.«

»Auch ein Obdachloser?«

Sybylla nickte.

»Erwarten Sie nicht, aus dem viel herauszubekommen. Hören Sie, ich gebe nicht gern Binsenwahrheiten von mir, aber so was kommt immer wieder vor. Ist eine große, traurige Stadt mit vielen Menschen.«

Seine Gleichgültigkeit ärgerte sie. »Wahnsinnig mitfühlend klingen Sie ja nicht gerade.«

Turturros Blick war zu dem winzigen Fenster mit der schlierigen Scheibe gewandert, doch nun sah er sie abrupt an. »Jetzt passen Sie mal auf: Ohne Mitgefühl könnte ich diesen Job genausowenig machen wie Sie den Ihren. Aber ich bin eben auch pragmatisch. Ihr Freund braucht eine Langzeittherapie, und die Leute dort draußen« – er machte eine Kopfbewegung zum Fenster – »brauchen Langzeitschutz vor ihm. Mein Mitgefühl oder der Mangel daran haben auf diese Tatsachen nicht den geringsten Einfluß. Und wenn dieser Trent hier rausgebracht und ins Kirby Psychiatric Center überwiesen wird, kommen zehn andere Trents durch meine Tür, und um die muß ich mich auch kümmern. Haben Sie also bitte die Güte und verzeihen Sie mir, daß mein Mitgefühl sich in Grenzen hält, ja?«

»Ja«, sagte Sybylla schmollend. Er hatte recht.

»Er ist also nicht prozeßfähig, oder?«

»Wohl kaum.« Er zuckte mit den Achseln. »Damit sind Sie zwar überflüssig, aber ich glaube, darauf wird es hinauslaufen. Trent wird kaum plötzlich in der Lage sein, Ihnen bei seiner Verteidigung zu helfen.« Er schwieg kurz und starrte auf seine vor der Brust verschränkten Arme. »Tut mir leid, daß ich Ihnen nicht weiterhelfen kann, aber ich an Ihrer Stelle würde meine Energie nicht mit der Suche nach rationalen Erklärungen dafür verschwenden, wie das alles passiert ist. Meiner Erfahrung nach werden ständig Leute verrückt.« Er schüttelte den Kopf. »Wenn ich mir überlege, was ich jeden Tag so sehe, wundere ich mich wirklich, warum nicht noch viel mehr Leute durchdrehen.«

»Das ist alles? Einfach nur der typische New Yorker Verrückte? Darauf beläuft sich Ihre ganze Untersuchung?«

Turturro sah ihr offen in die Augen. »Ms. Muldoon, ich kann Ihnen versichern, daß wir Ihrem Klienten bei seiner Einweisung hier eine gründliche Untersuchung haben angedeihen lassen, und zwar sowohl eine physiologische als auch, soweit dies möglich war, eine psychologische. Die Ergebnisse weisen nichts auf, was der Diagnose widersprochen hätte, die ich problemlos erstellen konnte, nachdem ich zehn Sekunden mit ihm in einem Raum gewesen war.« Er schlug den Schnellhefter auf und las mit markig klingender Stimme vor: »Der Patient ist desorientiert und nicht ansprechbar. Unregelmäßiges Zucken der Gliedmaßen. Der Patient leidet offenbar gleichzeitig unter akustischen und optischen Halluzinationen. Rumpf und Extremitäten sind mit Schnittwunden bedeckt, die er sich, mit Ausnahme der Wunde am linken Oberarm, offenbar selbst beigebracht hat. Keine Einstichnarben. Beim Abtasten kein Anhalt für Frakturen und Hämatome. Blah, blah, blah. Ich sage Ihnen, es gibt nicht den geringsten Hinweis auf irgend etwas Ungewöhnliches. Der Mann ist ein Schizophrener wie aus dem Lehrbuch.« Er sah sie achselzuckend an. »Tut mir wirklich leid, aber etwas Aufregenderes habe ich nicht für Sie.«

Sie verzog das Gesicht und betrachtete den Verband. Ein bißchen Blut war bereits zur Oberfläche durchgesickert. »Was war das mit dem Oberarm?«

»Ach, das.« Er schlug den Hefter noch einmal auf. »Er hatte eine frisch aussehende Narbe, die beim Abtasten unter der Haut eine harte, scheibenförmige Form aufwies. Ich bat einen Internisten, sich das mal anzusehen. Er hat den Patienten örtlich betäubt und die Stelle geöffnet. Wir fanden darunter ein Implantat.«

»Was soll das heißen?« Sybylla beugte sich ruckartig vor. »Was für ein Implantat?«

»Das weiß ich nicht, ich habe es noch nicht überprüfen lassen. Ich habe diesen speziellen Typ noch nie gesehen. Allerdings bin ich in diesem Bereich nicht auf dem neuesten Stand, da wird derzeit viel geforscht. Sie wissen ja, daß viele Obdachlose an Doppelblindstudien teilnehmen. Haben Sie noch nie solche Anzeigen gesehen? Gesunde Männer zum Testen eines neuen Nikotinentwöhnungsmittels oder eines cholesterinsenkenden Medikaments gesucht. Nein? Ist leicht verdientes Geld für die Jungs. Jedenfalls leichter, als leere Dosen zu sammeln. Vielleicht hat Trent sich für ein bißchen Geld anwerben lassen.«

»Viel Kopfzerbrechen macht Ihnen das ja offenbar nicht«, sagte Sybylla. »Könnte diese Scheibe oder was das ist für seinen Geisteszustand verantwortlich sein?«

»Ach«, sagte er, gönnerhaft lächelnd, »das möchte ich doch sehr bezweifeln. Die Nahrungsmittel- und Medikamentenbehörde würde niemals zulassen, daß ein Mittel mit solchen Auswirkungen an Menschen getestet wird. Nicht mal an Obdachlosen.«

»Aber Sie überprüfen das doch, oder? Sie kriegen raus, was das ist, ja?«

»Ich denke schon.« Er seufzte. »Ich notiere mir gleich, daß ich es ins Labor schicke. Aber ich sage Ihnen, ganz egal, um was es sich dabei handelt, daran liegt es nicht. Ihr Freund ist ein Bilderbuch-Schizophrener, mehr ist an der Sache nicht dran.«

Sybylla stand auf. »Hätten Sie was dagegen, wenn ich es mitnehme und selbst überprüfen lasse? Es würde dann vielleicht schneller gehen, und Sie müßten sich nicht darum kümmern. Dann bräuchte ich Sie auch nicht mehr zu belästigen.« Turturro wirkte nicht überzeugt. »Ich hasse aufdringliche Menschen«, sagte sie, um ihm die Entscheidung zu erleichtern.

Der Doktor haßte es offenbar, Opfer aufdringlicher Menschen zu sein. »Sie schicken mir aber eine Kopie des Analyseberichts!« sagte er streng.

»Selbstverständlich!« Sie nickte, bemühte sich jedoch, nicht allzu euphorisch zu wirken.

»Den Vorschriften entspricht das nicht gerade.«

»Um so dankbarer wäre ich Ihnen.«

Turturro seufzte. »Ich muß jetzt auf Visite gehen.« Dann schwieg er einige Sekunden. »Also gut, meinetwegen.« Er schlug den Aktendeckel auf und gab Sybylla ein an ein Formular geheftetes Plastiktütchen, dessen Inhalt in etwa die Größe und Form einer Vierteldollarmünze hatte und aus wachsähnlichem weißen Material bestand. Es sah aus wie ein Stück Ivory-Seife, das bis auf einen winzigen Rest aufgebraucht war.

»Berühren Sie es so wenig wie möglich, auch wenn es durch den Umschlag geschützt ist. Es darf weder zu heiß noch zu kalt werden. Den Bericht bekomme ich, sobald Sie ihn haben – und das Implantat zurück!«

»In Ordnung.« Sie steckte das Tütchen in ihre Tasche. »Danke.«

»Reine Zeitverschwendung, wenn Sie mich fragen.«

Hab' dich aber nicht gefragt, dachte Sybylla und stand auf.

»Und jetzt gehen Sie runter in die Notaufnahme und lassen sich eine Tetanusspritze geben.«

Sie starrte ihn an. »Soll das ein Witz sein?«

»Keineswegs. Sie brauchen eine Tetanusspritze. Und den Biß sollen die sich auch noch mal ansehen. Verbände legen ist nicht gerade meine Stärke. Wenn es noch immer blutet, muß die Wunde vielleicht genäht werden. Und dann würde ich an Ihrer Stelle ein paar Percodan mitnehmen. Wird nämlich noch eine ganze Weile ziemlich weh tun.« Er hob kaum merklich die Schultern. »Da unten wird einiges los sein – hoffentlich haben Sie für heute nachmittag nichts mehr vor.«

Ach, nichts Besonderes, seufzte Sybylla im stillen und dachte resigniert an ihre drei anstehenden Gerichtstermine. Den Vormittag hatte sie bei der Geschworenenwahl vertan; jetzt war es schon egal, jetzt konnte sie auch noch die restlichen Stunden vergeuden und den Nachmittag bei den Opfern der Großstadt, ihren Leidensgenossen im Unglück verbringen.

4

»Tut's weh?«

Steiner hielt ihre einbandagierte Hand vorsichtig zwischen seinen Händen und betrachtete sie mit geradezu klinischer Neugier. Sybylla schüttelte, noch leicht benommen vom Percodan, den Kopf.

»Aber es hat weh getan. Und zwar nicht schlecht.«

»Und Sie haben immer geglaubt, beim Anwaltsberuf gehe es ohne Körperkontakt ab!«

Sybylla zog lächelnd ihre Hand zurück. »Stimmt nicht, Chef. Erinnern Sie sich an Rafael Ortiz? Diese wunderbare Jacketkrone hier habe ich ihm zu verdanken.« Sie klopfte mit dem Fingernagel darauf, unter dem ein bißchen Blut zu sehen war.

Steiner versuchte, den gleichen jovialen Ton anzuschlagen. »Ach ja, genau!« Er nickte. »Und wie war das noch gleich mit dem Kerl, der sofort nach seiner Entlassung von Rikers Island hierherkam und Ihnen einen Heiratsantrag machte? Der hat doch dann, wenn ich mich recht erinnere, versucht, Ihnen mit einem Exemplar des Strafgesetzbuchs den Schädel einzuschlagen, oder?«

Sybylla seufzte. »Wissen Sie, was er zu mir gesagt hat, nachdem er sich beruhigt hatte? Er sagte, ich sei der erste Mensch, der ihm mit Respekt begegnet sei, und ich hätte den Richter dazu gebracht, ihm ebenfalls mit Respekt zu begegnen, obwohl er schuldig gesprochen worden sei. Das konnte er einfach nicht fassen. Er glaubte felsenfest, das alles sei nur geschehen, weil ich in ihn verliebt war oder so.«

»Und was war mit dem jungen Kerl, dessen Mutter wegen Drogenbesitzes vor Gericht stand? Der hat Ihnen doch ein Veilchen verpaßt, oder? Wegen der Sache hat mich damals sogar Ihr Vater angerufen.«

Sybylla senkte den Blick. Die Geschichte war ihr bis heute peinlich.

»Ich weiß noch, daß ich deswegen damals ein Rendezvous platzen ließ. Ich war mit dem idiotischen Bruder einer entfernten Bekannten verabredet.«

»Warum war er idiotisch?« fragte Steiner.

»Weiß ich nicht. Ich habe das Rendezvous damals ja abgesagt.«

»Und nie ein neues vereinbart.«

Sie hob die Schultern.

»Und das nennen Sie normal, Sybylla?«

»Sie erinnern mich immer mehr an meinen Vater, wissen Sie das?« Sie stand von ihrem Schreibtisch auf und trat ans Fenster. Die Scheibe war stets schlierig vom Großstadtschmutz und der Blick alles andere als grandios, aber auf dieses Fenster hatte sie fünf Jahre gewartet, hatte sich im Labyrinth der Arbeitsnischen im Großraumbüro vor Steiners Zimmer abgeschuftet. Sie drückte die verletzte Hand an das kühle Glas; die Kälte durchdrang sogar den dumpfen, pulsierenden Schmerz. »Ich wußte einfach, daß er ein Idiot war.«

»Hören Sie«, sagte Steiner. »Ich will mich wirklich nicht in Ihre Privatangelegenheiten mischen...«

»Nur zu!« sagte sie schnippisch über die Schulter hinweg.

»...aber wie lange liegt Ihr letztes Rendezvous, das diesen Namen verdient, zurück?«

Sie drehte sich um und sah ihn an. »Ein Rendezvous, das diesen Namen verdient? Sie meinen mit Abendessen und Kino und so?«

Er nickte.

»Also, bitte – werfen Sie doch mal einen Blick auf das hier!« Sie deutete auf die Aktenstöße, die wie Runensteine vom farblosen Teppichboden aufragten. »Wissen Sie, wie viele Fälle ich im Augenblick zu bearbeiten habe?« Er zog die Augenbrauen hoch. »Fast einhundert. Für mich ist das eine formlose Masse, aber für die Mandanten bin ich das einzige, was sie von Rikers Island trennt. Und da soll ich ein romantisches Dinner zu zweit genießen? Ich schaffe es ja kaum oft genug ins Fitneßstudio, um zu verhindern, daß meine Oberschenkel meinen übrigen Körper überwuchern!«

»Ihre Oberschenkel sind völlig in Ordnung«, wandte Steiner ein.

»Und vergessen Sie bitte nicht«, fuhr sie fort, ohne seinen Einwand zu beachten, »daß mein Vater mich als vermißt meldet, wenn ich nicht mindestens einmal im Monat in Great Falls auftauche. Und außerdem«, fuhr sie, angesichts von Steiners mißbilligendem Blick spöttisch fort, »ist mir zur Zeit sowieso nicht nach Liebesabenteuern zumute. Wenn ich hier fertig bin, weiß ich vor Müdigkeit kaum, wie ich nach Hause kommen soll.«

»Das mag zwar alles so sein«, sagte Steiner leise, »aber wenn es so ist, dann weil Sie es so wollen.«

»Ach ja?« Sybylla sah in seine dunklen Augen unter den dichten Brauen. »Würden Sie mir das bitte mal näher erläutern?«

Er seufzte und schüttelte den Kopf. »Wir haben doch schon oft darüber gesprochen. Ich finde, daß Sie hervorragende Arbeit leisten. Meiner Ansicht nach sind Sie eine großartige Anwältin.«

»Klingt aber, als meinten Sie das genaue Gegenteil«, bemerkte sie sarkastisch.

»Ich will nur sagen, daß Sie sich nicht *unbedingt* in diesem Maße engagieren müssen. Sie nehmen sich alles so zu Herzen. Ich sage Ihnen, Syb, das verkürzt Ihre Lebenserwartung!«

»Und das sagen ausgerechnet Sie!«

Zu Ihrer Überraschung reagierte er darauf mit einem Nicken. »Wissen Sie, ich glaube, da haben Sie recht. Meinem Herzen ginge es heute bestimmt besser, wenn ich als junger Mann nicht ganz so wie Sie gewesen wäre. Ich war immer an vorderster Front und habe mich um Mandanten bemüht, die nie eine anständige Schulbildung genossen, keine liebevollen Eltern gehabt hatten oder auch nur eine einzige Vorstellung von einem schönen Leben besaßen, die nicht der Sperrholzkulisse irgendeiner Seifenoper entstammte. Und wissen Sie was? Denen war das völlig schnuppe. Dafür ging meine Ehe in die Brüche, ich wurde aspirinabhängig und machte intime Bekanntschaft mit dem Sensenmann.«

Sybylla sah aus dem Fenster und nickte. Ihr Blick wanderte über die dunklen Gestalten, die sich in Wintermänteln durch das Zwielicht der Stadt bewegten. Immer wenn sie glaubte, jetzt könne sie ihren Wintermantel endlich in den Schrank zurückhängen, sah es wieder nach Schnee aus, nach dem grauenhaften, schmutzigen New Yorker Schnee.

»Also, warum machen Sie das alles? Nein, nein!« Er drohte ihr mit dem Zeigefinger. »Ich will jetzt nicht die üblichen Phrasen hören! Die stammen nämlich praktisch alle von mir.«

Sie lächelte ihn gedankenverloren an. Sie selbst war privilegiert aufgewachsen: das schöne Haus in der grünen, schicken Vorstadt, unbegrenzte Ausbildungsmöglichkeiten von der Privatschule bis hin zum College und darüber hinaus. In ihrem Kindergarten war nur ein einziges schwarzes Kind gewesen, ein intelligentes Mädchen, das es liebte, Geschichten vorgelesen zu bekommen, und immer am Rockzipfel der Erzieherin hing. Das Kind profitierte von der Freigebigkeit eines reichen Washingtoner Bürgers und durfte jeden Tag aus den Niederungen seiner Slums – so nannte man das damals – hinauf in die idyllischen Gefilde, die Sybyllas Alltag darstellten und in denen die Kinder lernten, mit Computern umzugehen und nach der Suzuki-Methode Geige zu spielen. Im Jahr darauf war das kleine Mädchen weg gewesen. Sybylla hatte sich oft gefragt, was aus dem Kind geworden war.

Warum sie das alles machte? Die Antwort darauf, wenn sie denn je eine gehabt hatte, fiel ihr plötzlich nicht mehr ein.

»Syb«, sagte Steiner. »Sie können die Welt nicht verbessern.« Sie erschrak, weil es klang, als hätte er ihre Gedanken gelesen. »Und zwar nicht im mindesten! Wenn wir sterben, wird sie genauso mies sein wie zuvor, und an dem ganzen Mist – Krieg, Folter, Hungersnöte, Intoleranz, sinnlose Gewalt – wird sich nicht das geringste geändert haben. Folgen Sie meinem Rat und tun Sie zur Abwechslung mal sich selbst was Gutes. Ich glaube nicht, daß der liebe Gott uns erschaffen hat, damit wir uns unentwegt abquälen.«

Sie versuchte ihre Stimme scherzhaft klingen zu lassen. »Und das sagen ausgerechnet Sie? Sie sind doch ein knallharter Atheist!«

»Wissen Sie«, erwiderte Steiner und sah sie mit merkwürdig durchdringendem Blick an. »Manchmal denke ich, Sie sind überzeugt, noch nie einen wirklich schuldigen Angeklagten gesehen zu haben. Sie nehmen doch immer nur den Mißbrauch in der Kindheit dieser Menschen wahr und das elende Leben, das sie führen.«

»Klar.« Sybylla nickte. »Ja, das gebe ich zu.«

»Mir geht es da anders. Ich glaube, daß manche Menschen wirklich schuldig sind und für das, was sie getan haben, bestraft werden sollten. Meine Aufgabe sehe ich darin, dafür zu sorgen, daß es dabei für alle fair zugeht. Ich will, daß für jedermann die gleichen Regeln gelten, nicht mehr und nicht weniger.«

Sybylla schüttelte den Kopf. »*Et tu*, Chef? Und ich habe Sie immer für den letzten in der Wolle gefärbten Linken gehalten!«

»Der bin ich auch«, sagte er müde. »Ich bin für eine Gesellschaft, die Mitleid hat, aber um ein guter Legal-Aid-Anwalt zu sein, muß man dafür sorgen, daß der Angeklagte die bestmögliche Verteidigung erhält und daß es ehrlich und gerecht zugeht. Man muß ihn nicht um jeden Preis rausboxen. Lassen Sie mich ausreden!« rief er, als er sah, daß sie gleich explodieren würde. »Wir sind nicht dem Angeklagten verpflichtet, sondern dem Gesetz. Der Angeklagte ist nur der Nutznießer dieser Verpflichtung. Ich habe ja nichts dagegen, daß Sie sich um Trent kümmern – Himmel, Sie sind vielleicht der erste Mensch auf diesem Planeten, der sich jemals um ihn gekümmert hat, und daß Sie es tun, spricht für Ihre humane Gesinnung, aber ...«

Sie hob die verbundene Hand. »Werden Sie bitte nicht gönnerhaft, ja?«

Steiner wirkte überrascht. »Entschuldigen Sie, Sie haben völlig recht.« Er setzte erneut an. »Ich habe wirklich nichts dagegen, daß Sie sich um Trent sorgen, aber Ihre größte Sorge sollte dem Gesetz gelten, sonst sind Sie nicht mehr in der Lage, all diese menschlichen Tragödien mit klarem Blick wahrzunehmen, verstehen Sie?«

Sybylla lehnte sich auf ihrem Stuhl zurück und schloß die Augen. Sie spürte, wie die Müdigkeit in ihren Körper kroch, von den Zehen in die Waden, die Schenkel hinauf in den Rumpf. Einen Augenblick lang fragte sie sich, ob sie sich wohl je wieder vom Fleck würde rühren können.

Durch die offenstehende Bürotür drangen die Gespräche ihrer vernünftigeren Kollegen und Kolleginnen herein, die sich gerade auf den Heimweg machten. Normalerweise hätte Sybylla sich zu dieser Stunde an den Schreibtisch gesetzt und den Papierkram erledigt, doch die Ereignisse der vergangenen Stunden hatten sie zu einer geradezu surrealen Reglosigkeit verdammt. Bei ihrem Aufenthalt in der Notaufnahme des Bellevue hatte sie ein merkwürdiges Déjà-vu-Erlebnis gehabt, den Abklatsch jener sinnlosen und frustrierenden Langeweile, die sie nur wenige Stunden zuvor im Korridor des Gebäudes 100 Centre Street durchlitten hatte. Volle drei Stunden hatte sie versucht, es sich auf der Sitzmulde des Plastikstuhls wenigstens halbwegs bequem zu machen und kontinuierlich Druck auf ihre schmerzende Hand auszuüben, während ihr in einem ansonsten durchaus löblichen Auswahlverfahren Opfer von Messerstechereien und nach Luft schnappende Kinder vorgezogen und an ihr vorbei in den Behandlungsraum geschafft wurden. Dann endlich hatte sie ihre Tetanusspritze bekommen, die wahrlich aufbauende Ermahnung, einen Aidstest vornehmen zu lassen, sowie ihre persönliche Ration von ganzen drei Percodan. Als sie dann endlich auf die Treppe vor dem Krankenhauseingang getreten war, gierig die kühle Spätwinterluft einatmete und auf eine kleine Ruhepause hoffte, mußte sie erfahren, daß die denkwürdigen und aufregenden Ereignisse dieses Tages noch längst kein Ende gefunden hatten. Auf dem Parkplatz standen, miteinander plaudernd, mehrere Journalisten mit ausgeschalteten Kameras und Mikrofonen. Ein blonder Kopf wandte sich um, ein Finger wies auf sie, und plötzlich liefen sie alle auf Sybylla zu. Ja, auf *sie* zu, nicht etwa auf jemanden hinter ihr.

War Trent denn wirklich so wichtig? Sybylla war verlegen und benommen stehengeblieben, während die Reporter sie bedrängten. Aber dann war ihr wieder eingefallen, wer das Opfer war; die Erkenntnis kam blitzartig und brachte ein tiefes Unwohlsein mit sich. Das kleine Mädchen. Den ganzen Nachmittag hindurch, während sie über Trent geredet, Trent gegenübergesessen, über Trent nachgedacht hatte, war ihr kein einziges Mal der Mensch in den Sinn gekommen, den niedergestochen zu haben er beschuldigt wurde. Daß sie so unbedacht gewesen war, hatte sie sehr erschreckt. Mit Entsetzen war ihr bewußt geworden, daß sie kurz vor ihrem ersten Fernsehauftritt stand. Hastig hatte sie die verbundene Hand in der Manteltasche verborgen. Sie wollte nicht, daß irgendeiner von Dermots New Yorker Freunden ihn deswegen anrief.

»Syb«, sagte Steiner. »Lassen Sie diesen Fall doch einfach sausen. Ich könnte Trent jemand anderem zuweisen.«

»Kommt nicht in Frage«, erwiderte sie ruhig.

Steiner wurde sehr ernst. »Sie müssen sich das doch nicht antun! Sie haben schon weit mehr als nur Ihre Pflicht erfüllt. Ich gebe den Fall einem, der zurückbeißt!«

»Nein. Außerdem sind alle anderen hier genauso überarbeitet wie ich.«

Steiner stand langsam auf und streckte sich. Seine abgewetzte Tweedjacke spannte am Rücken. »Habe ich Ihnen schon gesagt, daß ich ein paar neue Leute eingestellt habe?«

Sybylla griff nach ihrem Mantel und zog den schweren Ärmel vorsichtig über die verletzte Hand. »Nein. Wo haben Sie diese willigen Opfer denn aufgetrieben?«

Er hielt ihr die Tür auf, während sie ihren Aktenkoffer nahm und das Licht ausknipste. »Sie würden sich wundern«, sagte er. »Ich bekomme zwanzig Bewerbungsschreiben pro Woche.« Lächelnd registrierte er ihren erstaunten Blick. »Ist wirklich wahr. Junge Leute, die gerade ihr Jurastudium abgeschlossen haben und Prozeßerfahrung sammeln wollen, brauchen sich bloß an den erstbesten Pflichtverteidiger zu wenden. Mann, wir werfen die schon in der ersten Woche ins kalte Wasser. Ein paar kommen direkt von der Uni, aber einer kommt von Uptown. Hat angeblich die ewige Wirtschaftskriminalität gründlich satt. Lassen Sie mich das tragen«, sagte er und nahm Sybylla den schweren Koffer aus der Hand. Sie ließ ihn zu ihrer eigenen Überraschung gewähren. »Da ist hoffentlich keine Arbeit drin«, stöhnte Steiner in Anbetracht des Gewichts. »Haben Sie eigentlich gehört, was ich Ihnen gesagt habe?«

Lächelnd durchquerte Sybylla einen halben Schritt hinter ihm das Großraumbüro. »Jedes Wort, Chef.«

»Ich meine es ernst.«

»Schon gut«, sagte sie schroff. »Lassen wir das Thema!«

Es war ein kühler, windiger Abend. Die beiden gingen die Lafayette Street entlang und überquerten den Foley Square. Bei der City Hall strömten die Menschen dicht an dicht, schweigend, mit gesenkten Köpfen in die U-Bahnstation. Aus den Augenwinkeln sah Sybylla einen Bettler hoffnungsvoll auf sie zugehen. Steiner wimmelte ihn kurzerhand ab. »Tut mir leid!«

»Klar, Mann«, sagte der Kerl traurig. »Und mir erst!«

Sybylla seufzte. Sie spürte die kühle Luft in ihre Lungen dringen und sah zu Steiner auf.

»Fahren Sie nach Hause?«

Er hob verlegen die Schultern. »Nein, heute abend unterrichte ich. Ich fahre nach Uptown.«

Uptown hieß, übersetzt, Harlem. Sie sah ihn kopfschüttelnd an. »Und das nach der Standpauke, die Sie mir eben gehalten haben! Sie sind ein alter Sprücheklopfer!«

»Ja, ist schon recht.« Sybylla dachte daran, wie unglaublich gutaussehend er mal gewesen war, mit tollem, buschigem Haar und einem schwarzen Bart; so kannte sie ihn allerdings vorwiegend von Fotos her. Mittlerweile war dieses Gesicht faltendurchzogen, und seine Herzanfälle hatten der Haut fast alle Farbe genommen. Von dem früheren Eifer und Charme dieses Mannes waren nur mehr wenige Spuren geblieben. Ihr Lieblingsfoto von Steiner, das in einem Plastikrahmen auf einem Regalbrett hinter seinem Schreibtisch vergilbte, zeigte ihn und zwei Freunde in Greenwood, Mississippi, im Sommer 1961, als sich viele Studenten aus dem Norden demonstrativ mit den Schwarzen solidarisierten, um im Süden gegen die Rassentrennung in öffentlichen Verkehrsmitteln zu protestieren. Die drei Jurastudenten der University of Michigan waren mit C. O. R. E., dem Congress of Racial Equality, einer schwarzen Bürgerrechtsgruppe, für mehrere Monate als »angereiste Unterstützer« in den Süden gefahren, wie viele damals in jenen schwülen, gefährlichen Monaten. In Steiners Gesicht und in den Gesichtern seiner Mitstreiter erkannte Sybylla das reine Glück einer von jedem Zweifel freien Überzeugung: Was richtig war, war richtig, und keine Grauzone konnte diesen Glauben trüben. Wie schön wäre es, wenn man noch immer einfach an eine gute Sache glauben könnte, dachte sie, und wenn der Glaube daran nicht so anstrengend wäre!

Steiner begleitete sie hinunter in die U-Bahnstation; dann verabschiedeten sie sich und stiegen in verschiedene Züge. Auf der Fahrt nach Norden im Broadway Express stießen die Passagiere schlingernd gegeneinander; Sybylla schloß die Augen und versuchte an etwas anderes zu denken. Es gab ein ungeschriebenes Gesetz, wonach die Fahrgäste einander nicht beachteten, die unangenehme körperliche Nähe, die Ausdünstungen einfach ignorierten. Jeder zufällig entstandene Augenkontakt wurde sofort abgebrochen, und niemand störte die seltsame Stille der schrillen Tunnelgeräusche. Sybylla hielt sich absichtlich mit ihrer verletzten Hand am Griff über ihrem Kopf fest, um jedem potentiellen Gangster zu signalisieren, daß sie ihre Tagesration Brutalität bereits erhalten hatte; allerdings war der Wagen so voll, daß eine kriminelle Tat ohnehin unwahrscheinlich schien – für die Ausübung von Gewalt war eine gewisse Bewegungsfreiheit unabdingbar. Selbst die Bettler, die einem sonst immer ihre grauenhaften Lebensgeschichten erzählten, und die A-capella-Sänger waren klug genug, diese drangvolle Enge zu meiden.

Als Sybylla die Treppe hinaufstieg und zur Columbus Avenue hinüberging, schien ihr die Luft im Vergleich mit dem U-Bahngestank fast zu duften. In der Avenue reihten sich Feinkostläden und Pullovergeschäfte aneinander, kleine, mit teuren Lederschuhen vollgestopfte Boutiquen und gut besuchte Restaurants, in denen eine Portion Pasta fünfzehn Dollar kostete. Die Happy

Hour war in vollem Gang, in den Bars drängten sich ausgelassene Yuppies und kippten eine Margarita nach der anderen. Sybylla betrat ihren koreanischen Lebensmittelladen, nickte Mr. Ko zu, eilte zur Salatbar, dieser Zuflucht jedes weiblichen Großstadtsingles, und zwängte sich mit ihrer Plastikschüssel zwischen zwei Typen, die wie leitende Angestellte aussahen. Zusätzlich zum Salat kaufte sie eine Schale Hühnersuppe, mehrere Dosen Sardinen für ihren und für Annies Kater und eine Familienpackung Ben & Jerry's Kaffee-Krokant-Eis, das absolute Verderben für ihre Schenkel.

Die Lieferantenzufahrt war schmal und mit Mülltonnen vom Mexikaner an der Ecke vollgestellt. Sie mußte um einen weißen Lieferwagen herumgehen, der dort verbotenerweise parkte und den Eingang blockierte, traf Annie jedoch an der gewohnten Stelle an. Sie hatte sich ganz hinten unter dem vorstehenden Dach verkrochen und eine schwere Decke über die Knie gelegt. Sybylla wußte nicht, ob der Umfang der Gestalt unter dieser Decke von Übergewicht oder von mehreren Kleiderschichten herrührte; in all den Monaten, in denen sie sich um Annie gekümmert, gesorgt und ihr Essen gebracht hatte, war die Frau kein einziges Mal aufgestanden oder leichter bekleidet gewesen. Einmal hatte Sybylla gefragt, ob Annie zu einem Arzt wolle, doch diese Frage war mit einer so höflichen Ablehnung beschieden worden, daß sie nie wieder gestellt wurde. Jeder Mensch hatte ein Recht auf seine Privatsphäre, auch wenn er auf der Straße lebte.

»Hi«, sagte Sybylla. »Ich habe Ihnen Suppe mitgebracht.«

»Hallo, meine Liebe«, sagte Annie, die heute offenbar einen relativ klaren Tag hatte, was nur sehr selten der Fall war. »Wie aufmerksam von Ihnen!«

Sybylla hatte sich schon oft gedacht, daß Annies Manieren auch in einem englischen Tea Room durchaus hätten bestehen können. Sie überlegte, wie die so feine, so liebenswürdige Annie wohl auf die andere, vorherrschende Annie reagieren würde, wenn sie je von ihrer Existenz erführe. Diese tattrige, zusammenhangloses Zeug daherplappernde Frau würde ihr wohl unendliche Peinlichkeit bereiten. Schnurrend rollte sich der schwarze Kater auf Annies Schoß zusammen.

»Und ein paar Sardinen. Sardinen mag er doch, oder?«

Annie nickte. Sybylla gab ihr die Tüte. Dann sah sie die dicken, knotigen Hände auf der Decke und sagte: »Soll ich die Dose für ihn öffnen?«

»Nein, nein«, antwortete die Frau. »Das kann ich schon selber.«

Sybylla blieb eine Weile stehen. Sie fühlte sich unwohl. Sie wußte nicht, was sie noch sagen sollte, und ertappte sich dabei, daß sie den Blick der freundlich lächelnden Frau mied. »Kann ich sonst noch irgend etwas für Sie tun?« fragte sie schließlich.

Annie schüttelte den Kopf. »Nein, vielen Dank, meine Liebe.« Sybylla wandte sich zum Gehen, murmelte einen Abschiedsgruß und verließ die Lieferantenzufahrt.

Ihr Briefkasten in der Eingangshalle des Wohnhauses quoll fast über mit Werbezetteln für Restaurants, einem Buchversand-Katalog, drei oder vier Angeboten für Kreditkarten und der einzigen richtigen Post, einer Ansichtskarte von einer früheren Legal-Aid-Kollegin, die nach vier Jahren genug gehabt hatte von Vergewaltigern und Kindesmißbrauchern und jetzt durch Asien trampte. Die Karte zeigte einen buddhistischen Mönch vor einem thailändischen Kloster und teilte Sybylla mit, daß Linda ihre Reise unterbrochen hatte, um »sich selbst zu finden«. Sybylla rümpfte verächtlich die Nase.

Als sie die Tür zu ihrer Wohnung geöffnet hatte, wurden ihr Seh- und ihr Geruchssinn von zwei aggressiven Widersachern bestürmt. Der eine war ihr Kater Gideon, der vor seinem leeren Futternapf wachte, sich den aufgestauten Ärger aus dem Leib miaute und es nicht einmal für nötig befand, zu ihr zu kommen und sie anständig zu begrüßen. Der andere bestand in einem Glas Milch, das sie vor undenklichen Zeiten irgendwo abgestellt hatte und das mittlerweile einen unglaublichen, die ganze Wohnung füllenden Gestank produzierte, der so allgegenwärtig war, daß Sybylla nicht einmal ihrer Nase folgen konnte, um das Glas zu finden. Sie stellte ihre Sachen ab, schaufelte mit einer Gabel Katzenfutter in Gideons Napf (Sardinen würde er erst kriegen, wenn er ihr ein bißchen Zuneigung zukommen ließ) und schluckte noch eine Tablette gegen den Schmerz in der Hand, der wieder stärker geworden war. Auf dem Anrufbeantworter war nur eine Mitteilung ihres Vaters, der wissen wollte, wann sie wieder mal übers Wochenende zu ihm zu kommen gedenke, wobei er einen so geschickt gewählten Tonfall eingesetzt hatte, daß Sybyllas schon vor langer Zeit aufgestellte These wieder einmal bestätigt wurde. Die These besagte, daß irische Katholiken Weltmeister in der nichtolympischen Disziplin des Schuldgefühleweckens waren. Seufzend häufte sie den Salat auf einen Teller, ging ins Schlafzimmer und bereitete sich seelisch auf ihr TV-Debüt vor.

Es begann ganz plötzlich – zumindest erschien es ihr so – mit der sensationslüsternen Grafik eines Mädchens in einem Kleid und der blutroten Graffiti-Schrift MESSERANGRIFF AUF KIND. Chuck Scarborough machte ein finsteres Gesicht. »Es geschah gestern«, teilte er im Predigerton mit. »Ein Kind, die kleine Amanda Barrett, stieg nur einen Block von ihrem Haus an der East Side entfernt aus dem Schulbus, als ein Mann aus dem Schatten hervorsprang und sie auf brutalste Weise niederstach. Sie liegt derzeit im Mount Sinai Hospital; ihr Zustand ist kritisch. In einer mehrstündigen Operation wurden ihre Stichwunden in Gesicht und Unterleib genäht. Die Polizei nahm einen Obdachlosen in Gewahrsam, der unter seinesgleichen als Trent bekannt ist. Es haben sich mehrere Zeugen gemeldet und ausgesagt, daß sie den Mann aus dem Central-Park-Eingang in der 85th Street kommen und die kleine Amanda angreifen sahen; er habe ohne ersichtlichen Grund brutal auf sie eingestochen. News 4 sprach vor kurzem mit der Pflichtverteidigerin des Täters (hast vergessen, ›mutmaßlichen‹ zu sagen! dachte Sybylla), mit Sybil Muldoon.«

»*Sybylla* heiße ich!« knurrte Sybylla.

Als sie sich selbst bleich und mitgenommen im ungünstigen Nachmittagslicht stehen sah, zuckte sie zusammen. Ihre verbundene Hand war am Bildschirmrand gerade noch kurz zu sehen. Aber noch gespenstischer war die Stimme, die aus diesem komisch aussehenden Kopf kam, um Ruhe bat und die völlig zusammenhanglose Behauptung aufstellte, das Justizsystem werde, wie immer, so auch in diesem Fall, funktionieren. Dann war es, Gott sei Dank, auch schon vorbei. Scarborough leitete zu den nächsten Themen über: Auf Long Island war der Strom ausgefallen, ein kleiner Junge hatte eine prallgefüllte Brieftasche gefunden und abgegeben, ein Basketballspiel war verloren worden. Sybylla sah sich alles bis zum bitteren Ende an und vermied es tunlichst, auf einen anderen Sender zu zappen und sich noch einmal zu erleben. Als die Nachrichten vorbei waren, schwang sie ihre Beine über die Bettkante. Sie würde sich ein heißes Bad einlassen. Da fiel ihr Blick auf die gerahmte Fotografie auf dem Nachttisch: ein junges Pärchen, die Arme lässig um die Schulter des jeweils anderen gelegt, den Blick nicht direkt auf die Kamera gerichtet. Es war das einzige Foto ihres Vaters *und* ihrer Mutter, das Sybylla jemals gesehen hatte, und eines der wenigen Bilder, die sie von ihrer Mutter kannte. Als kleines Mädchen hatte sie sich oft in Dermots bedrohlich wirkendes Arbeitszimmer geschlichen, das zu betreten ihr streng verboten war, um die beiden Gesichter in dem Rahmen zwischen den Büchern, Manuskripten und Briefstapeln auf dem riesigen Eichenholzschreibtisch zu betrachten. Als Dermot sie eines Tages ganz vertieft in diesen Anblick ertappt hatte, schimpfte er nicht mit ihr, sondern ließ in einer seltenen väterlichen Anwandlung für seine Tochter eine Kopie des Fotos anfertigen. Jetzt, zwanzig Jahre später, war dies der einzige Gegenstand, der für sie Heimat bedeutete – wo dieses Foto war, da blieb sie.

Die Aufnahme zeigte Dermot so untypisch sorglos, dachte sie, während sie das Foto ins Licht ihrer Nachttischlampe hielt. Da wurden einmal keine Strategien entworfen und verworfen, da gab es keine Ideologie und keine Präzedenzfälle, nur eine junge, hübsche Frau, die in seinen Armen lächelte. Sybylla studierte den Gesichtsausdruck der Frau, der dem ihren so ähnlich war, nur daß ihr das Funkeln und die unwiderstehliche Intensität der mütterlichen Augen fehlte, ein Funkeln und eine Intensität, die sie im Laufe der Jahre immer aufs neue zugleich verzaubert und verblüfft hatten. Manchmal fragte sie sich, ob Nuala Heaney Muldoons früher Tod dazu beigetragen hatte, daß Dermot so kopfbestimmt wurde, ob ihr Vater ohne diesen Tod dem fröhlichen jungen Mann auf dem Foto vielleicht ähnlicher geblieben wäre, aber die Antwort darauf würde sie natürlich nie finden.

Nach einem heißen Bad lechzend, erhob Sybylla sich schwerfällig vom Bett und stieß mit dem Fuß an etwas Kaltes. Der Gegenstand fiel leise, mit einem dumpfen Geräusch um, und sofort war der Teppichboden vor ihrem Bett mit einem fauligen

Gestank getränkt, wie ihn selbst der aggressivste Teppichreiniger kaum zu entfernen vermochte. Sybylla stöhnte auf. Es war das beschissene Ende eines beschissenen Tages. Aber wenigstens wußte sie jetzt, wo sie dieses verdammte Glas Milch abgestellt hatte.

5

In den folgenden Tagen bewahrte sie das merkwürdige kleine Ding, das man aus Trents Arm entfernt hatte, in der Schublade ihres Nachttisches auf und erzählte niemandem davon. Steiner, fand sie, war viel zu beschäftigt, als daß man ihn mit Angelegenheiten belästigen durfte, die sich aller Wahrscheinlichkeit nach als so belanglos erweisen würden wie diese – zumindest war das eine von Sybyllas Rechtfertigungen dafür, daß sie es ihm verschwieg. Die andere lautete wie folgt: Wenn ihr Chef von der Existenz der kleinen Scheibe wüßte, würde er darauf bestehen, daß damit auf dem einzigen legalen Weg verfahren und das Implantat zur Analyse an ein städtisches Labor geschickt würde, was Monate dauern und voraussichtlich damit enden würde, daß das verdammte Ding verlorenging. Das, was sie zu tun beabsichtigte, würde Steiner niemals gutheißen. Unter den gegebenen Umständen (sie dachte ja nur an sein Herz, sagte sie sich), war es einfach besser, ihm nichts zu erzählen.

Am Samstagmorgen steckte sie den kleinen Plastikumschlag mit der Scheibe in die Sporttasche zu ihren Trainingssachen und ging zum Broadway, um ihr wöchentliches Rendezvous mit der Eisernen Jungfrau einzuhalten. Es war schon traurig, wenn man, um sich etwas zu gönnen, nicht etwa zur Pediküre ging oder Seidennegligées kaufte, sondern sich für eine Stunde zu dröhnender, unverständlicher Rapmusik zusammen mit keuchenden, genauso verrückten Leidensgenossinnen in den Abgrund der Muskelhölle begab. Sybyllas Gift der Wahl war der Beintrainingskurs, der von einem Anhänger des Herrn Leopold von Sacher-Masoch erdacht worden sein mußte. Sybylla haßte die Übungen, war aber wegen deren Wirkung auf ihre Oberschenkel gleichzeitig geradezu süchtig danach. Solange sie Ben-&-Jerry's-Eis aß und trotzdem in ihre Kleider passen wollte, mußte sie den Pakt mit der Eisernen Jungfrau aufrechterhalten, dieser brüllenden Domina in Gestalt einer Vorturnerin.

Die Gymnastik bot ihr darüber hinaus Gelegenheit, Sushila Patel zu sehen, mit der sie einmal in New Haven, an der Grenze zwischen der guten alten Yale University und den Slumvierteln, zusammengewohnt hatte. Sie hatten sich über die Zimmervermittlung kennengelernt, waren als Wohngenossinnen prima miteinander ausgekommen und hatten irgendwann zu ihrer beider Erstaunen festgestellt, daß sie allmählich Freundinnen wurden. Vielleicht hatte es eher an der mangelnden Freizeit gelegen als daran, daß sie wirklich zusammenpaßten: Sybylla hatte so viel für ihr Jurastudium, Sushila für ihr Chemiestudium gebüffelt, daß keiner von beiden viel Zeit für intensive Geselligkeit geblieben war.

Nachdem die zwei Frauen ihr Studium abgeschlossen und schleunigst nach Manhattan gezogen waren, hatten sie sich, was nicht weiter verwunderlich war, ein bißchen auseinandergelebt. Zuerst hatten sie sich noch jeden Monat zum Brunch getroffen, dann nur noch ab und zu zum Abendessen. Aber sie gingen ins gleiche Fitneßstudio und erschienen beide regelmäßig zum Samstagvormittagkurs. Patel war inzwischen außerordentliche Professorin für Chemie an der New York University. Rätselhaftes hatte sie schon immer zu schätzen gewußt, und sie war verschwiegen. Auf diese beiden Eigenschaften baute Sybylla jetzt.

Wenn man die Eingangstür des Studios an der Columbus Avenue öffnete, schlug einem sofort der Gestank säuerlichen Schweißes entgegen. Erbarmungslos rasselten die Gewichte und Fitneßapparate in dem großen Raum. Sowohl die Männer als auch die Frauen hielten kurz inne, um die Neuankömmlinge zu mustern. (Einen umwerfenden Körper zu haben war hier gar nicht so günstig: außergewöhnliche Formen zogen nur die unangenehmen Blicke der grunzenden Männer und den unverblümten Neid der Frauen auf sich.) Sybylla eilte an die Rezeption, ließ ihre Karte abstempeln, ging nach hinten und stieg die Treppe hinunter, die zur Tür des Aerobic-Raums führte.

Sushila Patel saß, die lycrabehosten Beine von sich gestreckt, auf dem Boden neben dem Trinkwasserbrunnen. Sie las den Wochenendteil der *Times* und hob nicht einmal den Blick, als

Sybylla sich neben sie auf den Teppichboden setzte. »Hiya«, sagte Sybylla und stieß sie leicht in die Rippen.

»Ach!« Patel schielte über den oberen Rand der Zeitung. »Hi! Du wirst ja richtig berühmt, Mädchen!«

»Wirklich? Was habe ich denn getan?«

Patel lächelte. »Dieser Typ, dein Mandant, der Kerl, der das kleine Mädchen niederge...« Sie sah sich kurz um und flüsterte: »Der das kleine Mädchen niedergestochen hat, du weißt schon.«

»Susu«, sagte Sybylla tadelnd (den Spitznamen hatte Patel schon seit der Privatschule). »Du weißt genau, wie es richtig heißen muß! Es ist noch nicht bewiesen, daß er schuldig ist.«

»Steht aber in der Zeitung.«

»Die Zeitung ist daran interessiert, Zeitungen zu verkaufen.«

»Möglich.« Patel zuckte mit den Achseln. »Jedenfalls habe ich dich in den Nachrichten gesehen. Was ist eigentlich mit deiner Hand passiert?«

Die habe sie sich in einer Tür eingeklemmt, erklärte Sybylla. »Hör zu, ich habe was für dich. Du mußt mir helfen.« Sie nahm den kleinen Umschlag aus der Sporttasche und gab ihn Patel.

»Ein Alka Seltzer«, meinte die. »Sehr aufmerksam von dir!«

»Also, ein Alka Seltzer ist es nicht, da bin ich ziemlich sicher«, erwiderte Sybylla lachend. »Das Ding stammt von meinem Mandanten.«

Patel betrachtete es genauer. »Irgendeine neue Droge?«

»Nein, nein.« Sybylla schüttelte den Kopf. »Er hat es mir nicht gegeben, sondern – es kam aus ihm *raus*, verstehst du?«

Ihre Freundin verzog das Gesicht und nahm den Umschlag mit spitzen Fingern entgegen. »Echt? Ist ja eklig!«

»Ich muß herausfinden, was das ist. Kannst du mir helfen?«

Patel sah sie an. »Hat die Polizei denn keine Labors für so was?«

»Doch, natürlich, aber die Polizei soll noch nichts davon erfahren. Zumindest so lange nicht, bis ich selbst weiß, was es ist.«

»Meinst du mit ›es kam aus ihm raus‹, daß er es mit dem Stuhl ausgeschieden hat?« Patel hielt die kleine Scheibe ins Licht.

»Nein. Man hatte es ihm implantiert. Ungefähr da.« Sie hob den Arm und deutete auf die Unterseite. »Es wurde bei der Untersuchung gefunden. Das heißt, man fand den Schnitt, fühlte das Ding unter der Haut und holte es raus. Die Ärzte verschwenden offenbar keinen Gedanken daran, was es sein könnte. Ich schon. Ich will es wissen, und ich will auch wissen, wie es in seinen Arm kam und welche Auswirkung es möglicherweise auf seinen Geisteszustand hatte.«

Patel setzte sich aufrecht hin. »Also, noch mal, damit es ganz klar ist: Wir reden hier von deinem berühmten Mandanten, ja? Dem Wild Man?«

Als sie den Namen hörte, den die Sensationsblätter Trent verpaßt hatten, zuckte Sybylla zusammen, doch sie nickte. »Allmählich beginne ich diesen Namen wirklich zu hassen.«

»Und du glaubst, dieses Ding da hat ihn dazu gebracht, auf das kleine Mädchen loszugehen?«

Sybylla brauchte ein paar Sekunden, um die Frage in eine akzeptable Form zu bringen. »Ich mache mir Gedanken, ob dieses Ding nicht vielleicht irgendeinen bisher unbekannten Einfluß auf die mutmaßliche Tat meines Mandanten gehabt haben könnte. Ich halte es für möglich, daß es zu einem Zustand verminderter Zurechnungsfähigkeit führte, aufgrund dessen es zu der Verletzung des kleinen Mädchens kam.«

Ihre Freundin grinste sie an. »Mit anderen Worten: genau das, was ich eben sagte. Du glaubst, das Ding hier könnte ihn dazu gebracht haben, auf das kleine Mädchen loszugehen.«

Sybylla zuckte mit den Achseln. »Also gut, meinetwegen. Willst du mir nun helfen, das herauszufinden? Du müßtest es aber für dich behalten. Ich will nicht, daß irgendwer davon erfährt.«

Sybylla hatte darauf spekuliert, daß dies den Ausschlag geben würde. Sie hatte Susu noch nie etwas anderes lesen sehen als Chemiebücher und Agatha-Christie-Romane.

»In Ordnung. Ich untersuche das Ding und schaue mal, was dabei rauskommt. Brauchst du es bald?«

»Ja«, sagte Sybylla mit schlechtem Gewissen. »Schon.«

Patel verzog das Gesicht. »Ich habe diese Woche Zwischenprüfungen.«

Sybylla seufzte und richtete den Blick auf einen untersetzten Mann, der gerade die Treppe heruntertrottete. Unten angekommen, lehnte er sich erschöpft an die Wand, schlug ein Bodybuilding-Magazin auf und blätterte es so interessiert durch, als enthielten die widerlichen Abbildungen stolz präsentierter Schenkel und Arme nichts weniger als das Geheimnis des Lebens.

»Also gut«, sagte Susu. »Nächste Woche schaffe ich es zwar nicht, aber ich versuche die Tests so schnell wie möglich durchzuführen.«

Sybylla nickte. »Das wäre super. Mit Trent wird in absehbarer Zeit nichts passieren, das kann ich jetzt schon sagen. Sein Psychiater glaubt, daß er total durchgeknallt ist; der Fall ist also eine Art Rohrkrepierer, zu einem Prozeß wird es wohl gar nicht erst kommen. Trotzdem will ich unbedingt wissen, was dieses Ding da ist.«

Patel besah sich die Scheibe noch einmal gründlich. »Könnte alles mögliche sein. Weißt du zufällig, ob er an medizinischen Versuchen teilgenommen hat?«

»Trents Psychiater hat das auch erwähnt. Ich weiß es nicht.«

»Also, im Augenblick werden sehr viele Implantate entwickelt, vor allem weil die von Norplant so erfolgreich sind. Du weißt schon, das sind die für fünf Jahre ausreichenden empfängnisverhütenden Hormone in den kleinen Stäbchen, die gerade mal so groß sind wie ein Streichholz. Wenn ein Medikament auf diese Weise eingenommen wird, also durch einen eingebauten Freisetzungsmechanismus, braucht man insgesamt eine viel kleinere Menge davon, weil man den First-Pass-Effect vermeidet.«

»Den was?«

»Den First-Pass-Effect«, wiederholte Patel. »Der entsteht, wenn man ein Medikament schluckt. Als erstes gelangt das Medikament zur Leber, die einen großen Teil der Dosis unwirksam macht, denn es ist nun mal ihre Aufgabe, den Körper zu entgiften. Bis das Medikament in den Kreislauf gelangt, ist seine Wirkkraft bereits stark eingeschränkt. Wenn man dem Körper die korrekte Dosis zuführen will, überdosiert man daher, um die Tätigkeit der Leber auszugleichen. Wenn man ein Implantat verwendet, gelangt das Medikament direkt in den Kreislauf, denn es umgeht den Verdauungstrakt und die Leber, und man braucht nur einen Bruchteil der Menge. Das ist besser für den Körper und unter Umständen auch billiger in der Produktion, stellt also eine günstige Alternative für die Pharmaindustrie dar.« Sie trat zur Seite; eine Frau im Jogginganzug beugte sich hinunter und trank vom Trinkwasserbrunnen.

»Schon ziemlich bald werden Diabetiker solche Implantate für ihr Insulin verwenden können, und Menschen mit Herzerkrankungen wird man Nitroglyzerin implantieren. Ich habe gehört, daß man auch schon an Nikotinimplantaten für Leute arbeitet, die mit dem Rauchen aufhören wollen. Bei bestimmten Krebsarten werden sie bereits angewendet, bei Prostatakrebs beispielsweise. Das Implantat gibt ein Hormon ab, das die Produktion des luteinisierenden Hormons stoppt, das die Testosteronproduktion der Hoden stimuliert. Praktisch eine chemische Kastration.«

»Wie schön«, sagte Sybylla.

»Ja, aber die größten Möglichkeiten ergeben sich in den Fällen, in denen man sich auf die Selbstversorgung der Patienten mit Medikamenten nicht verlassen kann. Nimm mal die neu aufgetretene TB. Viele Patienten sind auch in psychiatrischer Behandlung oder drogenabhängig. Sie nehmen ihre Medizin, bis sie sich ein bißchen besser fühlen, dann hören sie auf, weil sie es vergessen oder weil es ihnen lästig ist oder weil sie nicht zum Arzt gehen wollen. Die Krankheit aber ist weiter aktiv und äußerst ansteckend. Die Leute laufen frei herum, wirken nicht krank, infizieren aber alle anderen.«

»Wie die Typhus-Mary vor hundert Jahren«, warf Sybylla ein.

»Genau. Aber das war nur ein Einzelfall, während diese neue TB völlig außer Kontrolle gerät. Ein Implantat wäre eine vernünftige Lösung für das Problem, das man in diesem Zusammenhang mit den Grundrechten hat. Wie kann man jemanden dazu zwingen, daß er seine Medikamente einnimmt, ohne ihn einzusperren? Und für bestimmte Fälle von psychischer Erkrankung könnte dieses Prinzip ebenfalls funktionieren.«

»Ja?« fragte Sybylla. »Wie denn?«

»Du weißt doch, daß es Medikamente gibt, die bestimmte Formen der Schizophrenie lindern. Prolixin, zum Beispiel. Manche Schizophrene können, wenn man ihnen Prolixin gibt, ganz normal leben. Wenn sie das Medikament weiter einnähmen, könnten sie theoretisch ein produktives Leben als harmlose Mitmenschen führen, aber nach der Entlassung hören sie mit der Einnahme meist auf. Dann sind sie irgendwann wieder in der Klinik, haben in der Zwischenzeit aber möglicherweise Unheil angerichtet. Könnte man ein antipsychotisches Mittel implantieren, so daß der Patient für die Fortführung der Medikation nicht mehr selbst verantwortlich wäre, könnte er außerhalb der Klinik leben, ohne für die Allgemeinheit oder sich selbst eine Gefahr darzustellen.«

»Und wie funktioniert so ein Implantat?« fragte Sybylla. »Löst es sich im Lauf der Zeit einfach auf?«

»Ja, manchmal. Kommt darauf an, wie es konzipiert ist. Manche Implantate lösen sich vollständig im Körper auf, während andere das Medikament abgeben, ohne ihre Form oder Größe zu verändern – damit sie hinterher leichter zu entfernen sind.« Sie warf noch einmal einen Blick auf die winzige Scheibe. »Ich weiß nicht, was für eines das hier ist, aber nach der Analyse kann ich dir das sicher sagen.«

»Sieht aus wie Wachs oder so was ähnliches.«

Patel schüttelte den Kopf. »Das glaube ich nicht. Manchmal werden sie hergestellt, indem man zwei flüssige Chemikalien miteinander kombiniert, Glukose- und Laktatlösung, beispielsweise, und das jeweils abzugebende Medikament hinzufügt. Die beiden Flüssigkeiten verfestigen sich und bilden die Substanz des Implantats.« Sie schob den Umschlag in ihre Handtasche, faltete die Zeitung zusammen und steckte sie ebenfalls hinein.

»Der Psychiater im Bellevue sagte, daß es weder zu heiß noch zu kalt werden darf, okay?« Patel nickte geistesabwesend. »Und außerdem brauche ich es zurück. Ich habe ihm versprochen, daß er es zurückkriegt, wenn ich damit fertig bin.«

»Keine Sorge.« Patel streckte sich, die Hände auf dem Kopf gefaltet, den Rücken kerzengerade an die Wand gepreßt. »Mann, ich weiß echt nicht, ob ich diesen Kurs schaffe. Warum hat mir meine Mutter nur so viele Fettgene vererbt?«

»Du, ich bin dir sehr dankbar«, sagte Sybylla, die Klagen ihrer Freundin geflissentlich überhörend. Susu trug noch immer die gleiche Kleidergröße wie mit sechzehn. »Wirklich.«

»Schon gut, ich freu' mich sogar darauf. Ist mal was anderes, als diesen Proto-Doktoren Vorlesungen zu halten und zu zeigen, wie man einen Bunsenbrenner andreht. Aber jetzt verrat mir mal, was du über den Knaben weißt! Ist der total übergeschnappt, oder was?«

»Sieht ganz so aus«, antwortete Sybylla ausweichend. Der untersetzte Mann gegenüber schien das Interesse an den Muskel-Magazinen verloren zu haben. Sybylla kreuzte die Beine andersherum. In diesem Augenblick kam der Acht-Uhr-Aerobic-Kurs heraus; Menschen mit schweißglitzernden Körpern strömten in den Warteraum.

»Und was ist sonst so los bei dir? Hast du einen Typen kennengelernt?«

Sybylla verzog das Gesicht. »Seit Carter Präsident war, meinst du? Nö. Ich habe nur Kontakt mit meinen reizenden Mandanten und mit meinem Kater, der mich haßt.« Sie schüttelte verdrießlich den Kopf. Doch dann fiel ihr plötzlich der Verteidiger von der Geschworenenwahl ein, und sie ertappte sich bei einem Lächeln.

»Du lügst!« kreischte Patel jubelnd auf. »Du begehst die Todsünde, einer Freundin etwas zu verheimlichen! Diesen Regelverstoß sollte ich der Feministinnenpolizei melden!« Sie stand auf und schulterte ihre Sporttasche.

»Ach, wenn ich doch nur etwas zu verheimlichen hätte!« Auch Sybylla erhob sich. »Hey!« rief sie ihrer Freundin grinsend zu.

»Was ist?«

»Schau jetzt aber bitte nicht hin, Susu! Habe ich nicht gerade gesagt, du sollst nicht hinsehen? Du hast einen Verehrer!«

»Wirklich?«

»Der Bursche mit dem Muskel-Magazin. Ich habe ihn schon die ganze Zeit beobachtet. Der starrt dich ständig an.«

»Ist nicht mein Typ«, sagte Susu achselzuckend. »Ob du es glaubst oder nicht – ich stehe auf Männer mit Hals.«

Die amazonenhafte Gestalt der Eisernen Jungfrau stürmte an ihnen vorbei. Patel drehte sich um, betrat den dampfenden Gymnastikraum und warf ihrer Freundin einen Blick über die Schulter zu. »Bist du bereit fürs Schlachthaus, Schätzchen?«

Sybylla gab ihrem rechten Oberschenkel einen Klaps, als wäre er wirklich ein Schweineseite. Das Fleisch wabbelte – zwar nicht sehr, aber doch deutlich sichtbar. Sybylla starrte es an. »Sieht so aus.«

6

Legal-Aid-Anwälte behaupteten immer, die Anklagejury des Bezirks New York würde auch ein Schinkensandwich anklagen, wenn es den Geschworenen durch die Staatsanwaltschaft wie folgt präsentiert würde: »Sehr verehrte Damen und Herren der Grand Jury, wir haben Grund zu der Annahme, daß das Schinkensandwich, welches unter dem Verdacht, einen bewaffneten Raubüberfall begangen zu haben, in Polizeigewahrsam genommen wurde, die ihm zur Last gelegte Tat begangen hat.« Die philosophische Problemstellung des Falles *Das Volk des Bundesstaates New York gegen Trent* war längst nicht so kompliziert wie die des Schinkensandwiches. Im Gegenteil – für Sybylla sah das Ganze geradezu deprimierend einfach aus. Schon vier unabhängige Zeugen – darunter der Schulbusfahrer, der nur wenige Meter vom Geschehen entfernt gewesen war – hatten sich gemeldet und vor der Polizei ausgesagt, und die mutmaßliche Tatwaffe, ein blutverschmiertes Chirurgenskalpell, hatten die bereits ein oder zwei Minuten nach dem Angriff am Tatort erschienenen Polizisten Trent aus der Faust gewunden.

Die öffentliche Anklage erfolgte ganze dreißig Sekunden nachdem sie der Grand Jury zur Entscheidung vorgelegt worden war: schwere Körperverletzung.

Uptown stand die Presse Wache vor dem Mount Sinai Hospital, filmte die Familie des kleinen Mädchens und die Freundinnen aus der Brearley School, die den Klingenstein Pavilion betraten und verließen, als wären sie Filmstars und die Klinik das Luxusrestaurant Spago. Aufgrund des Reichtums und Einflusses der Barretts (Barrett Sen. war Finanzberater eines in der Fifth Avenue residierenden Unternehmens, seine Frau saß im Verwaltungsrat des New York City Ballet) hatte die Presse ganz auf das Thema »Amerikanischer Traum prallt auf amerikanischen Alptraum« gebaut.

Trent erschien in dieser Interpretation des Vorfalls als ein wildgewordener Mann, dem sämtliche menschlichen Gefühle außer Neid fehlten. Diese Kreatur der Straße, dieser Vertreter eines neuen Schlages barbarischer Obdachloser, für die die Bürgerinnen und Bürger der Stadt nur eine endlose Liste potentieller Opfer darstellten, hatte sein Zeitungsdebüt mit einem leicht unscharfen Polizeifoto auf der Titelseite der *Post* gegeben, deren Schlagzeile »Das Monster!« lautete.

Er war wirklich genau zum richtigen Zeitpunkt aufgetaucht. Schon seit Jahren hatte sich Wut gegen die Obdachlosen aufgestaut, die offenbar nicht länger gewillt waren, sich bescheiden und höflich und unterwürfig ihr Essen zusammenzubetteln, ohne den braven Bürgern körperliches Leid anzutun. Das Zeitalter der vereinzelt hier und da in einem Viertel auftauchenden Schizophrenen hatte ein abruptes Ende gefunden, als die Gesetze über die Einweisung psychisch Kranker in Anstalten geändert wurden und die Straßen plötzlich voll waren mit Männern und Frauen, die ganz anders tickten als der Rest der Welt. Innerhalb kurzer Zeit hatte jede Kreuzung und jede Nebenstraße ihren dort ansässigen Psychopathen, und selbst die Fußgänger, die routiniert jeden Blickkontakt vermieden und innerlich ständig bereit waren, wie der Teufel loszurennen, wurden immer häufiger Opfer. Auf der Fähre nach Staten Island wurde ein Tourist niedergestochen, ein Anwalt wurde in der Nähe seiner Wohnung im West Village ermordet und eine ehemalige Rockettes-Tänzerin überfallen, als sie ihre Hunde Gassi führte.

Diese grauenhaften Taten hatte Trent noch überboten. Der Angriff, den man ihm zur Last legte, erschien so willkürlich, sein Opfer so unschuldig. Das Mädchen (ihr Jahrbuch-Foto war innerhalb kürzester Zeit von allen drei Lokalstationen der großen Fernsehsender aufgetrieben worden) entsprach exakt dem Schönheitsideal des schlanken, anmutigen, superblonden Püppchens, und ihre Verunstaltung war so ganz und gar grundlos, daß die gesamte Stadt vor Wut bebte. Wenn es möglich war, daß einer Amanda Barrett, die reich war, deren Familie Einfluß besaß und die in einer schattigen Seitenstraße der Fifth Avenue mit schönen Brownstone-Häusern wohnte, ohne jede Vorwarnung das Gesicht wie ein in Streifen geschnittener Sashimi-Fisch aufgeschlitzt wurde, dann stimmte wirklich nichts mehr. In früheren Zeiten hätte man vielleicht nach einem Drachentöter gerufen; jetzt fanden die Klagen der Leute ein offenes Ohr bei dessen Pendant aus dem zwanzigsten Jahrhundert, dem Staatsanwalt.

Sybylla betrachtete ihren berüchtigten Mandanten mit einer Mischung aus Verständnislosigkeit und Mitgefühl. Er wirkte auf sie wie ein Mann, der aus seinem Körper herausgetreten, in unbekannte Welten aufgebrochen war und einen Untermieter zurückgelassen hatte, ohne sich dessen Referenzen näher anzusehen: ein aggressiver Mensch, der vor sich hin murmelte, ständig zuckte und völlig unbegreiflich war.

Diese Gedanken gingen ihr an dem Montag nach dem Urteil der Grand Jury durch den Kopf, als eine Kopie des Anklagebeschlusses den langen Weg durch das System hinter sich gebracht hatte und in ihrer noch immer schmerzempfindlichen Hand landete: schwere Körperverletzung. Sie hatte sich den Vormittag über auf die Verteidigung eines ihrer Stammklienten vorbereitet, eines Diebes namens Cleve Rivera, und war bereits ziemlich geladen.

Im Laufe der Jahre, die sie ihn nun kannte, hatte Rivera sich auf den Straßen Manhattans bedient, als wären sie sein ganz privates Smörgåsbrod, und an sich genommen, was seine leicht skurrilen Gelüste ihm diktierten. Seine größte Leidenschaft aber galt der klassischen goldenen Halskette, und nun hatte Cleve ausnahmsweise mal die Widerstandskraft eines bestimmten Exemplares falsch eingeschätzt, dessen rechtmäßige Besitzerin mit einem permanenten Halsschmuck in Form einer Narbe versehen und damit größte Empörung geerntet.

Rivera war schon seit Jahren ein immer wiederkehrender Gast in den diversen Institutionen des Sozialsystems und ging tagsüber, wenn er sich Arbeit suchen sollte, seinem unsteten und anrüchigen Gewerbe nach. Dennoch hatte Sybylla ihm Hoffnungen machen können. Im vergangenen Jahr war er von einer Hilfsorganisation angestellt worden, die Lebensmittel und Decken an Obdachlose ausgab und die wenigen Menschen, die in ein Obdachlosenasyl wollten, dorthin brachte. Aufgrund dieses Jobs hatte Sybylla ihn auf Bewährung freibekommen. Dies würde jedoch aller Wahrscheinlichkeit nach ihr letzter Zaubertrick gewesen sein; da das Opfer Blut sehen wollte, Bürokolleginnen der Frau als Augenzeuginnen fungierten und auf dem Hals der Dame ein nicht abwaschbarer Grinsemund zu sehen war, mußte man davon ausgehen, daß Cleve eine Zeitlang sitzen würde. Jedenfalls hatte sie ihm ehrlich gesagt, daß er keine Wunder erwarten dürfe.

In Anbetracht dieser Umstände konnte es sie nicht mehr allzusehr erschüttern, als Cleve nachmittags vor Gericht erschien, ihre weiteren Dienste rundweg ablehnte und mit unverhohlener Verachtung verkündete, neugewonnene Freunde – Sybyllas Ansicht nach Dealer –, würden ihm Geld geben, damit er sich einen, wie er es nannte »richtigen Anwalt« nehmen könne. Soweit also zum Vertrauen des bedürftigen Angeklagten in das Pflichtverteidigersystem seines Landes...

»Sie hätten mich wenigstens vorher anrufen können«, sagte Sybylla verärgert und stopfte seine Akte mit der verbundenen Hand in ihren Koffer. »Sie sind nämlich nicht mein einziger Mandant, wissen Sie! Den ganzen Vormittag habe ich jetzt vergeudet.«

»Halt's Maul, Keife!« erwiderte Cleve mit bedrohlichem Unterton. Offenbar war er nicht einmal an eine derart moderate Form des Tadels gewöhnt. »Paß bloß auf – kann immer einer von meinen Leuten hinter dir sein!«

»Vielen Dank«, sagte Sybylla höhnisch und wandte sich ab. »Hoffentlich sind Sie zu Ihrem ›richtigen‹ Anwalt genauso rücksichtsvoll!«

Er brüllte ihr irgend etwas nach. Die Anwälte, die Zeugen, die Angeklagten und ihre Beschuldiger, die Polizisten, die darauf warteten, ihre Zeugenaussagen zu machen, und der Gerichtsbeamte, der neben dem Männerklo verstohlen eine Zigarette rauchte – alle bekamen es mit. »Paß bloß auf, du Keife! Wenn du nicht aufpaßt, kriegst du gut Probleme, du!«

»Na super«, murmelte sie vor sich hin, während sie durch die sensationslüsternen Zuschauer schritt (von denen manche, wie ihr schlagartig bewußt wurde, sie teilweise aus dem Fernsehen kannten) und hinauseilte.

So wütend sie auch war, wenigstens bot ihr der unerwartete

freie Nachmittag Gelegenheit, Bennis zu besuchen, den wohl einzigen Menschen in der Stadt, der vielleicht ein bißchen Licht in die Sache mit Trent und dessen Veränderung bringen konnte. Plötzlich betrachtete Sybylla die Welt wieder mit optimistischen Augen; sie warf einen Blick auf ihre Armbanduhr und rief von einem öffentlichen Telefon aus im Büro an. Dann ging sie zur U-Bahn und fuhr nach Uptown.

Dabei hatte es damit eigentlich keine besondere Eile. Soweit sie es beurteilen konnte, steuerte das Verfahren New York gegen Trent auf das große schwarze Loch zu, das sich zwischen psychisch kranken Angeklagten und dem Justizsystem erstreckte. Wenn Trents Schizophrenie so schwerwiegend war, wie Turturro glaubte, war es ziemlich unwahrscheinlich, daß er jemals eine 730er Befragung bestehen und für prozeßfähig befunden würde, und damit wäre die Angelegenheit erledigt. Aller Voraussicht nach würde das Verfahren bereits im Keim erstickt werden und das Opfer wie der Angeklagte in Institutionen für kranke Menschen landen. Mit der Zeit würden dic Stadt und ihre entrüsteten Bürgerinnen und Bürger ihr Augenmerk auf andere Greueltaten richten, und der sogenannte Wild Man würde zu einer Fußnote der vcrbrechensgeplagten neunziger Jahre verkümmern.

Wäre da nicht der Notizzettel gewesen, der ihr in den hektischen Minuten vor ihrem Weggang aus dem Büro einige Stunden zuvor von der manikürten Hand Rachels, der Rezeptionsdame, auf den Schreibtisch gelegt worden und dessen rosaroter Vordruck »Während Sie weg waren« in Rachels Sauklaue wie folgt ergänzt worden war: »Andrew Greer möchte Sie sprechen. Betr.: Trent, Mon., in seinem Büro, 10 Uhr.«

Warum?

Und warum so plötzlich? Es klang ja direkt dringend.

Sie stieg von der U-Bahnstation unter dem Kaufhaus Bloomingdale's nach oben und ging Richtung Osten. Unterwegs kaufte sie, sozusagen als Mitbringsel, eine Stange Zigaretten und einen Sechserpack Cola.

Sie traf Bennis genau so an, wie sie ihn zuletzt im Sommer zuvor gesehen hatte: Er lehnte an dem großen Betonpfeiler der Queensboro Bridge und drückte mit verschränkten Armen eine

Flasche Thunderbird-Wein an die Brust; seine Taube Davis, die er mit einer Schnur ums Bein festgebunden hatte, tippelte neben ihm hin und her. An diese Taube hatte Sybylla immer wieder denken müssen. Bei ihrem ersten Besuch hatte sie beobachtet, wie der Vogel drei-, vier-, fünfmal davonzufliegen versuchte, aber jedesmal nur ein, zwei Meter hoch flatterte und sofort von Bennis zurückgerissen und ausgeschimpft wurde. Die Kameradschaft, die eine Taube bieten konnte, war zwar sehr beschränkt, doch für Bennis offenbar ausreichend, um Davis' grausame Gefangenschaft zu rechtfertigen. Der Vogel wurde bestimmt gut gefüttert, und wenn es kalt wurde, deckte Bennis ihn sogar zu; dennoch war nicht zu übersehen, daß Davis sich am liebsten wieder seinesgleichen angeschlossen hätte. Der Anblick des immer wieder hoffnungsvoll aufflatternden Tieres hatte Sybylla an jenem Abend so bedrückt, daß sie kurz mit dem Gedanken spielte, die Sache anonym dem Tierschutzverein zu melden. Sie hatte es dann bleibenlassen, denn bei all ihrer Tierliebe fiel es ihr doch schwer, eine so dumme Kreatur wie eine New Yorker Taube zu vermenschlichen, und die Zuneigung eines Obdachlosen stellte immer noch einen der besten Gründe für Tierquälerei dar, die sie in ihrem Leben je gehört hatte.

Bennis saß inmitten seiner gesamten Habseligkeiten, einer stattlichen Menge von mit Gott weiß was gefüllten Kartons und Mülltüten sowie einer alten Matratze, auf der sich Teppichfragmente und zerrissene Decken stapelten und die mit einer schweren Plastikplane geschützt war. Die Queensboro Bridge war zwar ein allgemeiner Treffpunkt der New Yorker Obdachlosen, doch ihre Stammbewohner betrachteten sie genauso als ihren ureigenen Wohnsitz wie die Bewohner einer Anlage mit Eigentumswohnungen in der Park Avenue ihre luxuriöse Unterkunft, und obwohl Bennis mit seiner Behausung nicht eben prunken konnte, hegte er in bezug auf sie einen nicht zu unterschätzenden Besitzerstolz. Alkoholgetrübten Blickes beäugte er die Passanten, die Glotzer und die seltenen Besucher mit der Abwehr und dem Mißtrauen eines Plantagenbesitzers, der Yankees in der Nähe glaubt.

Schon als sie noch einen halben Block entfernt war, beobachtete Bennis mit ausdrucksloser Miene, wie sie auf ihn zukam.

Als sie in Hörweite war, hob sie lächelnd die Zigaretten hoch. »Hey, Bennis, ich hab' Ihnen was mitgebracht. Erinnern Sie sich an mich?«

Er nickte und schürzte die Lippen.

»Die Lady mit dem Namen«, sagte er nach kurzem Nachdenken.

»Sybylla. Ich bin die Anwältin von Trent.«

»Yeah«, sagte er und verzog den Mund langsam zu einem Lächeln. »Mann, die haben hier noch Monate von Ihnen geredet!«

»Wirklich?« Sie setzte sich vorsichtig auf einen Karton, der ein bißchen weniger schmutzig war als die anderen. Sie hatte Trent damals nach seinem Freispruch angeboten, ihn mit dem Wagen nach Uptown mitzunehmen, hatte sich wider besseres Wissen überreden lassen, ein bißchen zu bleiben, und war Zeugin der improvisierten Fete geworden, die man dem zurückgekehrten Lazarus schmiß. Sie hatte es zwar abgelehnt, auch nur aus einer der zahllosen offenen Flaschen zu trinken, die ihr entgegengestreckt wurden, doch die surreal wirkende Feier inmitten von Schlafplätzen, Müll und Crackröhrchen hatte sie sehr berührt.

»Die einzigen Ladies, wo herkommen, ist die von der Stadt und die von der Mission Downtown. Monate haben die hier noch von Ihnen geredet, Mann!«

»Freut mich«, sagte Sybylla ausweichend. »Na, Bennis, wie geht's denn Ihrem Davis?«

Er ließ den Blick auf der Taube ruhen. »Gut geht's ihm. Er frißt und er kratzt. Will gar nicht mehr abhauen.«

Das ist aber eine Überraschung, dachte Sybylla.

»Ich habe Ihnen etwas mitgebracht. Sie rauchen doch Camel, oder?«

Zum erstenmal zeigte er eine deutliche Regung. Eine ganze Stange echte Markenzigaretten bekam Bennis nicht alle Tage geschenkt; er nahm sie, flüsterte ein hastiges Danke und steckte sie so tief in sein schäbiges Bettzeug, daß sie nicht mehr zu sehen war.

»Und ein paar Flaschen Cola.« Die Cola fand er weniger aufregend, nahm sie jedoch, wenn auch recht widerwillig, und bot

Sybylla sogar einen Schluck an; er selbst blieb bei seinem Thunderbird.

»Bennis«, sagte Sybylla. »Ich bin wegen Trent hier. Das haben Sie sich wahrscheinlich schon gedacht.«

Er richtete den Blick nach Osten, zum Fluß hin, und seufzte. Auf dem Boden neben ihm lag die zusammengefaltete *Post*, auf der die untere Hälfte von Trents Gesicht und das Wort »MONSTER!« zu sehen waren. Sybylla wies mit dem Kopf auf die Zeitung. »Sie haben es ja offenbar schon gelesen.«

Bennis zuckte mit den Achseln. »Hab' vor 'n paar Tagen gehört, was passiert ist. Irgendso 'n Kerl ist gekommen und hat's uns erzählt. Haben den Knilch weggejagt.«

»Warum denn?«

»Weil der an die Sachen von Trent ranwollte. Trent wird 'ne ganze Weile nicht zurückkommen, hat er gesagt. Wir haben gedacht, der will uns auf 'n Arm nehmen.« Er hob die Schultern. »War aber wohl nicht so.«

»Hat Trent Drogen genommen, Bennis?«

Der Mann lächelte traurig. »Nä, Trent hat den Crackheads da immer echt die Hölle heiß gemacht.« Er deutete auf einige leere Schlafplätze, deren Bewohner wohl gerade unterwegs auf der Suche nach Nachschub waren. »Hat keine Drogen genommen. Hat nicht mal gesoffen mit mir.«

»Haben Sie irgendeine Erklärung, wieso er das getan hat?«

Bennis lehnte den Kopf an den Betonpfeiler und schloß die Augen. Er war so kaputt, daß sein wirkliches Alter, egal, wie hoch es war, schon lange nicht mehr dazu taugte, seine Lebenserwartung zu errechnen. Die geplatzten Äderchen in den Wangen, die rotgeränderten Augen, die schwarzen Zähne, alles zeugte von einem rapide und unaufhaltsam verfallenden Körper. Seine Leber, seine Lunge und sein Herz trieben sich gegenseitig auf die Ziellinie zu.

»Er hat's nicht getan«, sagte er mit brüchiger Stimme.

Sybylla seufzte. »Wenn Sie wüßten, wie gern ich das glauben würde. Aber wenn ich Trent helfen soll, muß ich den Tatsachen ins Auge sehen. Es gab Zeugen, Bennis, und mehrere Leute hielten ihn fest, bis die Bullen kamen. Ich muß irgend etwas finden, auf das ich die Verteidigung aufbauen kann.«

»Was wollen Sie von mir?« fragte er barsch. »Soll ich sagen, daß er verrückt war, oder so? Soll ich mich vors Gericht stellen und sagen, daß er nicht gewußt hat, was er gemacht hat?«

»Nein«, sagte Sybylla sanft. »Ich habe nur gedacht, daß Sie seine plötzliche Veränderung vielleicht erklären können. Sie sind sein bester Freund, Sie haben ihn jeden Tag gesehen. Ist Ihnen irgend etwas aufgefallen?«

Bennis zuckte mit den Achseln. »Dürfen Sie nicht mich fragen. Fragen Sie die Leute, bei denen er war.«

»Wen meinen Sie damit? Welche Leute?«

»Er war nicht hier«, erklärte Bennis. »Ist schon vor Monaten verschwunden. Hab' ihn die ganze Zeit nicht zu Gesicht gekriegt.«

»Die ganze Zeit?« Sie hatte es immer noch nicht kapiert. »Seit wann denn?«

»Schon vor Weihnachten war das.« Bennis griff nach einem schmutzigen Stück Wollstoff und bedeckte damit die gurrende Taube, um sie vor der kühlen Abendluft zu schützen. »Bin rübergegangen in 'n Schnapsladen, und auf'm Rückweg, gleich da oben am Ende vom Block« – er deutete in die Richtung – »hab' ich geseh'n, wie er in so 'nen Kleinbus von der Stadt eingestiegen ist. Die haben ihn da reingeschubst.«

»Vor Weihnachten soll das gewesen sein? Das gibt's doch nicht! Er ist einfach auf und davon?«

»Hab's so gehört«, sagte er mit düsterer Miene. »Glaub's aber nicht.«

Sybylla beugte sich vor und sah ihm in die Augen. »Was wollen Sie damit sagen, Bennis?«

Bennis schüttelte den Kopf. »Er war gerade ganz allein hier damals, kapiert? Nur Paul war noch da.« Er deutete auf das Ende der Reihe mit den Schlafplätzen, wo eine kleine Gestalt unter einer schweren Decke kauerte. »Aber Paul is' nicht ganz dicht« – er beugte sich vor, um Sybylla in das Geheimnis einzuweihen, wobei seinen Poren ein Schwall Thunderbird-Aroma entströmte – »hier oben.« Er klopfte sich an die Stirn.

Sybylla hielt die Luft an und nickte.

»Hat Paul denn erzählt, was er gesehen hat?«

»Der? Nä! Ich sag' Ihnen, der Junge redet mit Leuten, die wir andern gar nicht sehen. Außerdem steckt er fast immer unter der alten Decke, so wie jetzt. Der steht vielleicht einmal auf am Tag, dann ißt er oder weiß der Teufel, was. Der hat nichts gesehen.«

»Trent ist also in ein Obdachlosenasyl gegangen«, sagte Sybylla nachdenklich. Plötzlich begann Bennis zu grinsen und bot ihr einen wenig erfreulichen Blick in seinen verrotteten Mund.

»*Von wegen*. Als ob Trent ins Asyl gehen würde! Der hat *hier* gewohnt. Seine Freunde waren *hier*, und sein Zeug war *hier*. Trent geht doch in kein *Asyl*. Wissen Sie, was in so 'nem Asyl abgeht?«

Sybylla nickte. »Aber vielleicht war ihm zur Abwechslung mal danach – Sie wissen schon: mal duschen und sich versorgen lassen. Die kamen zufällig daher, er hatte gerade Lust dazu, fuhr mit, um was Warmes zu essen oder sich von einem Arzt behandeln zu lassen, was weiß ich.« Bennis schüttelte ohne Unterlaß den Kopf. »Hören Sie, das wäre doch zumindest denkbar. Und wer weiß, was dann passierte. Vielleicht hat ihm jemand einen Job angeboten oder eine bessere Unterkunft. Oder ein Flugticket nach Cleveland – mein Gott, ich weiß es doch auch nicht.«

»Nä!« sagte Bennis.

»Sie haben ja offenbar eine andere Theorie. Kann ich die mal hören?«

Der Mann beugte sich verschwörerisch vor. »Die haben ihn mitgenommen«, knurrte er. »Ja, das glaube ich! Ich glaub', daß sie ihn mitgenommen haben, obwohl er's gar nicht gewollt hat. Die haben ihn gepackt, sag' ich Ihnen. Hab's selbst gesehen« – er deutete auf die Straße – »genau da. Die haben ihn gezwungen, daß er einsteigt. Von selbst wär' der nie mitgefahren.«

Sybylla schüttelte den Kopf. »Sie wissen genau, daß die nicht so vorgehen, Bennis. Sie kommen und fragen, ob man ins Asyl will, aber wenn man nicht will, zwingen sie einen nicht.«

»Die haben ihn *mitgenommen*«, fuhr Bennis sie an. »Kann gar nicht anders sein. Weil: Warum ist er denn nicht hier? Die haben ihn mitgenommen und das mit ihm gemacht!« Er griff nach der Zeitung und fuchtelte damit vor Sybyllas Gesicht herum. »Das da ist nicht Trent!«

Sybylla stand vorsichtig auf. Im Grunde konnte sie sich glücklich schätzen, überhaupt soviel aus ihm herausgeholt zu haben.

Alles, was jetzt noch käme, wäre Ausgeburt reiner Paranoia. Die Wagen des Sozialdienstes fuhren nicht herum und entführten Obdachlose von ihren Schlafplätzen und sperrten sie in die städtischen Asyle.

»Also, vielen Dank, Bennis. Ich weiß, daß Sie Trent helfen wollen.«

»Will's hoffen«, murmelte er und streichelte gedankenverloren seine Taube, die unter der Berührung zusammenzuckte.

»Ich werde alles, was in meiner Macht liegt, für ihn tun, das verspreche ich.«

»Will's hoffen.«

»Genießen Sie die Zigaretten.« Sie wandte sich zum Gehen.

»Der kommt nicht zurück«, sagte Bennis.

Sybylla widersprach nicht. Nicht schuldig aufgrund von geistiger Unzurechnungsfähigkeit war derzeit ihrer Einschätzung nach bereits das höchste der Gefühle, und im Gegensatz zu dem, was die meisten Leute dachten, bedeutete das nicht, daß er dann wieder auf die Straße gelassen würde. Ihrer Ansicht nach konnte Trent von Glück reden, wenn er mit einem längeren Aufenthalt auf Wards Island, im Hochsicherheitstrakt der psychiatrischen Anstalt Kirby, davonkam. Seine Freunde würde er jahrelang nicht sehen, und daß Bennis es noch so lange machte, war eher unwahrscheinlich.

»Sagen Sie ihm«, rief Bennis, »sagen Sie ihm von mir, daß ich auf seine Sachen hier aufpasse, ja?«

»Ich sag's ihm.« Davis flatterte kläglich unter seiner Decke. Sybylla drehte sich um und ging.

7

OLD-SPICE-VERGEWALTIGER VERURTEILT
von Jonas Sanderson
Reporter der *New York Post*

Larry Randolph Jackson, den New Yorkern als der Old-Spice-Vergewaltiger bekannt, wurde gestern von einem Gericht in Manhattan der Vergewaltigung in vier Fällen sowie der schweren Körperverletzung in vier Fällen für schuldig befunden. Die Anklage wegen dreier weiterer Vergewaltigungen wird später verhandelt.

Achtzehn Monate lang hatte Jackson Bewohnerinnen von Mietshäusern am Central Park West zwischen der 86. und der 96. Straße in Angst und Schrecken versetzt. Des öfteren war es ihm gelungen, sich an Portiers und anderen Wachleuten in den luxuriösen Häusern vorbeizuschleichen. Er behauptete, etwas reparieren zu müssen, und verschaffte sich auf diese Weise Eintritt in die Wohnungen. Dann raubte er seine Opfer aus, vergewaltigte und schlug sie. Sämtliche betroffene Frauen sagten der Polizei gegenüber aus, der Mann habe penetrant nach dem Aftershave Old Spice gerochen.

Die Wende in dem Fall trat letzten Sommer ein, als eines der Opfer den Angreifer beim Verlassen eines Kinos auf der Upper West Side beobachtete. Die Polizei berichtete, die Frau sei dem Mann zu seinem Auto gefolgt und habe sich die Wagennummer notiert. Dann hätten sie und fünf andere Opfer Jackson bei einer Gegenüberstellung eindeutig identifiziert. Die Polizei berichtete weiter, bei der Durchsuchung der Wohnung des Tatverdächtigen in Washington Heights seien Gegenstände gefunden worden, die bewiesen, daß er sich an mehreren der Tatorte aufgehalten habe.

Jury-Obmann Wade Jones, Besitzer eines Zeitungskiosks, sagte, anfänglich seien die Geschworenen sich nicht einig gewesen, doch seien diejenigen, die für einen Schuldspruch eintraten, von ihrer Meinung nicht abgewichen. Eine Zeitlang habe es in der eintägigen Beratung danach ausgesehen, als werde es zu keiner Einigung kommen; dann aber seien die Geschworenen, die für einen Freispruch stimmen wollten, insbesondere von einem Mitglied der Jury dazu bewegt worden, ihre Haltung aufzugeben.

Der New Yorker Bezirksstaatsanwalt Andrew Greer, der die Anklage vertrat, nannte das Urteil einen Sieg für die New Yorker Frauen und ein Zeichen der Anerkennung für die mutigen Opfer. Greer, der während des Urteilsspruchs im Gerichtssaal anwesend war, zeigte sich sehr zufrieden. »Ich danke dieser Jury«, sagte er. »Heute abend ist die Gefahr in New York ein wenig kleiner.« Die Staatsanwaltschaft wird wahrscheinlich eine lebenslängliche Haftstrafe ohne die Möglichkeit einer vorzeitigen Entlassung beantragen.

Jacksons Anwalt Sam Larkin blieb den ganzen Prozeß hindurch bei der Behauptung, die Identifizierung seines Mandanten durch die Opfer sei nicht eindeutig gewesen, und die darauf folgenden Gegenüberstellungen seien nicht vorschriftsmäßig durchgeführt worden. Er plane deshalb, in die Berufung zu gehen.

»Am besten nehmen Sie sie gleich!« fauchte die Frau, faltete lautstark die Zeitung zusammen und streckte sie Sybylla entgegen.

»Was?« Sybylla sah sie schuldbewußt an.

»Ist Ihnen eigentlich klar, daß Sie praktisch auf meinem Schoß sitzen?«

»Entschuldigen Sie«, sagte Sybylla errötend. »Das war nicht meine Absicht. Aber ich habe ... ich habe diesen Fall ein bißchen mitverfolgt, wissen Sie.«

»Sparen Sie sich Ihre Erklärungen!« sagte die Frau und stand auf. Auch Sybylla mußte hier raus, aber sie wartete, bis die Frau ausgestiegen war, und blieb noch einen Moment stehen, um nicht direkt hinter ihr gehen zu müssen. Oben auf der Straße lag etwas aufregend Frühlingshaftes in der Luft. Auf ihrem Weg durch die Centre Street war Sybylla umgeben von der anonymen Masse der städtischen Angestellten, die in ihre Büros und ihre winzigen Arbeitszellen eilten. Sie hatte sich schon oft gefragt, warum städtische oder staatliche Büros unbedingt so trostlos sein mußten. Selbst das Standesamt, das nun wirklich keine Ausrede hatte, war geradezu deprimierend, und die Büros der Pflichtverteidiger konnte man nur als einen Bereich bezeichnen, den Martha Stewart, Expertin in Sachen behagliches Ambiente, gründlich übersehen hatte; Sybyllas Wissen nach hatte dort noch keine einzige Zimmerpflanze überlebt. Der geborstene Linoleumboden wurde zwar jeden Abend gewischt, und in den Toiletten schwamm morgens immer eine schäumende blaue Flüssigkeit, doch das Gebäude bot keinerlei Komfort und hatte nicht den geringsten Charme.

Sie hatte sich damit abgefunden und war normalerweise viel zu sehr in Eile, um es überhaupt wahrzunehmen, doch Besuche bei der Staatsanwaltschaft empfand sie immer als ganz besonders unangenehm. Schon allein die Tatsache, daß sie sich mit einem Gegner in seinem Büro traf, empfand sie als ein großes Zugeständnis ihrerseits und daher nicht gerade als aufbauend; der starke Kontrast in bezug auf die Räumlichkeiten aber weckte jedesmal obendrein ihren Neid, und Neid machte sie schwach. Als sie aus dem Aufzug des Gebäudes One Hogan Place trat, fühlte sie sich wie Dorothy, die plötzlich in Technicolor zu sehen ist, sobald ihr Haus in Oz landet: unechte, aber farbenfrohe Perserteppiche, die Rezeption aus Mahagoni-Imitation, sogar die blondierte Empfangsdame – alles wirkte wie in einem bunten Trickfilm. Und um dem Ganzen die Krone aufzusetzen, fiel ihr in diesem Moment wieder ein, daß selbst der rangniedrigste Stellvertretende Staatsanwalt sein eigenes kleines Büro besaß mit einem eigenen Schreibtisch, Regalen und, was am allermeisten zählte, einem *Fenster*.

Normalerweise hätte sie sich mit einem juristischen Gegner nur im Gerichtsgebäude getroffen, wo man auf einer Bank oder im Stehen über ein bevorstehendes Verfahren reden und sich unter Umständen auf einen Deal einigen konnte, aber sie hatte keine Lust gehabt mit Greer darüber zu streiten. Er warte schon auf sie, teilte ihr die Empfangsdame mit. Sie solle bitte Platz nehmen.

»Er wartet auf mich, und deshalb soll ich auf ihn warten, oder was?«

»Nehmen Sie doch bitte einfach Platz«, erwiderte die Frau lächelnd.

Du bist keine echte Blondine! hätte Sybylla am liebsten gesagt. Du nicht!

Greer hatte offenbar schon ungeduldig auf sie gewartet, denn er ließ sie nur eine Viertelstunde dort draußen sitzen. Dann kam einer seiner Gehilfen, um sie zu holen. Im Gehen durchstöberte Sybylla ihren Aktenkoffer nach einem Filzstift. Sie brauchte zwar eigentlich keinen, aber die Suche danach verringerte ihre Nervosität ein bißchen. Der Gehilfe öffnete die schwere Holztür und hielt sie mit dem Rücken auf, damit sie durchgehen konnte. Sybylla lächelte ihn im Vorbeigehen ganz bewußt an, um kein allzu großes Interesse an Greer zu verraten.

Die Mühe hätte sie sich sparen können. Ihr Gegner saß in einem ausladenden Lederschwinger und drehte sich mit kleinen, rhythmischen Bewegungen hin und her, kritzelte mit einem schwarzen Kugelschreiber irgend etwas auf einen Notizblock und telefonierte im übrigen. Aber nicht etwa, um sich zu unterhalten, sondern um Wahlkampf zu machen. Einer Gewohnheit folgend, hob er, den Kugelschreiber wie eine Zigarette zwischen zwei Fingern haltend, den Arm und strich sich das nicht mehr existente Haar aus der Stirn. Aufgrund all dieser gleichzeitig ausgeführten Aktivitäten kam er nicht mehr dazu, auch noch Sybylla anzusehen, als sie sich setzte und ihren Aktenkoffer auf den Boden stellte.

»Ich habe eine Mission«, rief er salbungsvoll. »Und diese Mission lautet: die Straßen dieser Stadt wieder so sicher zu machen, wie sie es in meiner Kindheit waren. Als ich in Far Rockaway aufwuchs, konnte man in den fünf Stadtteilen überallhin gehen, ohne sich auch nur eine Sekunde fürchten zu müssen. Ich gehöre nicht zu den Skeptikern, die glauben, das New York unserer Kindheit sei für immer verloren. Ich glaube, daß wir mit Hilfe guter, intensiver Polizeiarbeit und einer im Anschluß daran erfolgenden effizienten Vorgehensweise im Rahmen des Justizsystems unsere Stadt bis zu einem gewissen Grad wieder lebenswert machen können!«

Er schwieg eine Weile, lauschte seinem Gesprächspartner, legte schließlich einen seiner dicken Finger an die Lippen und hob erneut an.

»Ja, da stimme ich Ihnen zu. Wir haben noch keine geeigneten Mittel gefunden, um das Problem zu lösen, aber die Staatsanwaltschaft wird zu dieser Lösung auf jeden Fall entscheidend beitragen, das versichere ich Ihnen. Obdachlosigkeit ist das Symptom einer weit schwereren Krankheit unserer Gesellschaft, aber es gibt keinen Grund, weshalb wohnsitzlose Bürger für die Bewohner dieser Stadt ein zusätzliches Risiko darstellen müssen.«

Der veranstaltet das Ganze nur meinetwegen, dachte Sybylla. Er hatte wahrscheinlich gewartet, bis der Interviewer anrief, und seinen Assistenten erst dann nach ihr geschickt. Sie sollte das alles hören, das war sonnenklar.

»Meine Pläne für die nahe Zukunft?« sagte er gerade. »Meinen Sie mit ›naher Zukunft‹ noch vor der Wahl im nächsten Jahr?« Er lachte. Es war ein grunzendes Lachen ohne jede Fröhlichkeit.

»Also, in *ganz* naher Zukunft, nämlich sobald dieses Interview beendet ist, werde ich mich mit meiner Gegnerin im Fall Trent treffen, einer gewissen Miss Sybylla Muldoon.« Zum erstenmal sah er sie an, unterbrach seinen Redefluß eine Sekunde lang und schenkte ihr ein kurzes, zuckendes Lächeln. »Schreiben Sie lieber *Ms.* Muldoon. Ja, genau, Legal Aid.« Er begann zu glucksen wie über einen wirklich guten Witz. »Von der Stadt freundlicherweise zur Verfügung gestellt, genau. Nein, nein, es gibt nichts Neues in dem Fall. Zumindest nichts, was für Ihre Ohren geeignet wäre«, erklärte er, vor Lachen prustend. Dann fiel er abrupt in einen tragischen Tonfall. »Ja, sie liegt jetzt endlich nicht mehr auf der Intensivstation, Gott sei Dank. Aber sie sieht grauenhaft aus. Wenn ich daran denke, daß das arme kleine Mädchen eines Tages um einen Spiegel bitten wird, läuft es mir eiskalt den Rücken hinunter, wirklich. Die Eltern wohnen bis auf weiteres in der Klinik, sind völlig fertig mit den Nerven. Nein, das fragen Sie besser den Arzt, das ist nicht mein Gebiet. Okay? Was?« Er hörte etwa eine Minute schweigend zu. »Na, das klingt ja alles recht gut. Schicken Sie's mir zu, ja? Ich muß jetzt Schluß machen. Ja, ich bedanke mich ebenfalls. Auf Wiederhören.«

Der Hörer fiel mit einem Knall auf die Gabel. Greer erhob sich und watschelte mit ausgestrecktem Arm die Breitseite seines ausladenden Schreibtischs entlang.

»Ich freue mich, Sie zu sehen, Ms. Muldoon«, verkündete er mit dröhnender Stimme. »Ich glaube, wir kennen uns noch nicht.«

»Doch«, sagte Sybylla und sah sofort, wie sehr ihn das ärgerte. Er vergaß nicht gern eine Wählerin. »Wir haben uns bei einer Party meines Vaters vor etwa zehn Jahren kennengelernt.« Seine erstaunte Miene entlockte ihr ein Lächeln. »Er wurde damals ins Bundesberufungsgericht von Washington, D. C., berufen.«

Es war schön, ihn erbleichen zu sehen. »Sie können unmöglich Dermots Tochter sein!« behauptete er steif und fest, fast ein bißchen zornig. Doch dann raffte er sich zu einem breiten, herzhaften, durch und durch verlogenen Grinsen auf. »Ja, doch, jetzt sehe ich die Ähnlichkeit. Der dicke Rotschopf hätte mir gleich auffallen müssen. Meine Güte, Sie sind bestimmt ein helles Köpfchen!«

»Schon möglich«, erwiderte Sybylla, ohne auf das Kompliment einzugehen.

»Dermot hat mir nie erzählt, daß er eine Tochter hat, die bei Legal Aid arbeitet.«

Ist wohl ein enormer Schock für dich, dachte sie. »Ach, man kann sich doch nicht alles merken.«

Er blickte an ihr vorbei zur Tür seines Büros. »Was? Ach, Kaffee?« fragte er. Sybylla bat um Tee, einfach nur um Umstände zu machen.

»Kräutertee, bitte, wenn Sie welchen haben«, fügte sie hinzu und hoffte inständig, sie hätten keinen.

»Ein unglaublich kluger Mann, Ihr alter Herr«, sinnierte der Staatsanwalt und lehnte sich in seinen Sessel zurück, der protestierend aufknarzte. »Sollten wir ihn ins Gericht bringen, wird er Hervorragendes leisten.«

Wir? überlegte Sybylla. »Ins Gericht?« fragte sie.

»Ins Oberste Bundesgericht.«

»Oh«, sagte Sybylla. »Ja, das glaube ich auch.«

»Könnte durchaus so kommen, wissen Sie«, fuhr er fort. »Ist ganz und gar nicht unmöglich. Ich jedenfalls könnte mir keine bessere Wahl vorstellen.«

»Hm«, sagte Sybylla nickend. Sie wußte nicht, wie sie reagieren sollte. »Mr. Greer, die Zeit, die Sie für mich erübrigen können, ist bestimmt begrenzt, und ich möchte sichergehen, daß wir alles besprechen, was Sie mit mir besprechen zu müssen glauben.« Sie schluckte. Der Staatsanwalt, der es mit Sicherheit nicht gewohnt war, daß man ihm die Gesprächsführung entriß, paßte sich schnell an. Schon im nächsten Augenblick betrachtete er sie nicht mehr als die Tochter eines alten Freundes, der zufällig eine juristische Koryphäe war, sondern als seine weit unter ihm stehende Gegnerin in einem unkomplizierten Fall. In einem unkomplizierten Fall, aus dem zufälligerweise pures politisches Gold herauszuholen war.

»Selbstverständlich«, sagte Greer barsch. »Ich nehme an, Sie haben eine Kopie der Anklageschrift erhalten.«

»Ja.«

»Ihr Mandant steht, soweit ich weiß, noch unter Beobachtung im Bellevue.«

»Ja. Ich glaube, die Diagnose wird auf Schizophrenie lauten«, sagte sie mit aufgesetzter Naivität. »Ich werde das Gericht natürlich bitten, ihn dort zu belassen. Seine Ärzte sind ziemlich überzeugt davon, daß er weder die Anklagepunkte versteht noch zu seiner eigenen Verteidigung beitragen kann, und soweit mir bekannt ist, hat sich sein Geisteszustand nicht grundlegend verändert.«

»Schizophrenie«, murmelte Greer kopfschüttelnd vor sich hin.

»Den Ärzten zufolge, ja.«

Der Staatsanwalt lächelte. »Es handelt sich dabei um die Ärzte, die unsere Stadt ihm zur Verfügung stellt.«

Sie ignorierte den sarkastischen Unterton. »Ich wüßte nicht, wer sonst qualifiziert wäre, darüber zu befinden.«

Greer verschränkte langsam die Hände hinter dem Kopf und sah Sybylla mit betont sachlicher Miene an. »Ich muß Ihnen folgendes sagen, Ms. Muldoon: Sobald Ihr Mandant so weit gesundet, daß er die Voraussetzungen für die Verhandlungsfähigkeit erfüllt – und bei der hervorragenden psychiatrischen Pflege, die wir ihm zukommen lassen, bin ich sehr zuversichtlich, daß er gesunden wird –, werde ich auf einen raschen Prozeßtermin drängen. Ich halte es für wichtig, daß wir diese Wunde nicht länger schwären lassen als unbedingt nötig. Sie werden sicher verstehen, daß dieser Fall für viele zu einem Symbol geworden ist. Was Ihr Mandant mutmaßlich getan hat, rechtfertigt endgültig die Angst, in der unsere Bürger leben. Man muß endlich klarstellen, daß wir, auch wenn wir die Gewalt nicht verhindern können, zumindest rasch und durchgreifend auf sie reagieren!«

Ein weiterer Gehilfe, eine Frau diesmal, betrat, ein Tablett in der Hand, das Büro. Zu ihrem Leidwesen mußte Sybylla feststellen, daß in ihrer Tasse ein Teebeutel hing. Noch dazu Kamille.

»Ich glaube, die Fairneß gebietet es, Ihnen noch etwas zu sagen, Ms. Muldoon, und zwar, daß ich bei diesem Fall keinen Deal anbieten werde.«

Sie nippte an dem widerlichen Tee und sah Greer kühl an. »Ich hätte nicht im Traum daran gedacht, darum zu bitten. Wie Ihnen sicherlich bekannt ist, hat mein Mandant letztes Jahr drei Monate auf Rikers Island verbracht, weil er sich nicht einer Tat schuldig bekannte, die er nicht begangen hatte. Drei Monate Gefängnis, Mr. Greer, nur um nicht vorbestraft zu sein. Glauben Sie mir, wenn Trent sich tatsächlich jemals so weit erholt, daß er versteht, was mit ihm passiert ist, wird er auf einem Prozeß beharren.«

»Was mit ihm passiert ist«, wiederholte der Staatsanwalt. »Sehen Sie das wirklich so? Daß ihm etwas zugestoßen ist? Nachdem das Leben eines kleinen Mädchens zerstört wurde? Sie glauben wohl, Sie hätten alle Prinzipien auf Ihrer Seite, was? Die Grundrechte, ja? Na, dann darf ich Ihnen mal etwas erklären, Ms. Muldoon, etwas, mit dem wir von der Staatsanwaltschaft oft konfrontiert werden: Verbrechen verursachen reale Schmerzen. Reale Schmerzen, die reale Opfer ertragen müssen. Und vieles davon würde nie geschehen, wenn das System das tun würde, was seine Aufgabe ist, nämlich Täter aus der Gesellschaft zu entfernen. Diejenigen Bürger, die keine Kriminellen sind, haben ein Recht darauf, in Ruhe und Frieden zu leben.«

»Schön und gut. Aber reale Schmerzen gibt es auch auf der anderen Seite, wissen Sie. Verwahrlosung und Mißbrauch und Hunger und Verlassenheit und Angst.«

»Ich kann nur hoffen, daß Sie damit nicht sagen wollen, manche Verbrechen seien entschuldbar!« sagte Greer kopfschüttelnd.

»Entschuldbar vielleicht nicht. Aber verständlich.«

Er lächelte sie verkniffen an. »Ihr Herzblut fließt schon über den ganzen Tisch, meine Liebe!«

Sybylla starrte ihn an; einige Sekunden lang fehlten ihr schlicht die Worte. Dann stellte sie ihre Teetasse mit wenig damenhafter Lautstärke ab. »Hören Sie, ich weiß, was Sie und die ganze Staatsanwaltschaft von uns halten. Sie glauben doch, daß es uns einen Kick gibt, das Justizsystem zu behindern. Wir zerstören Ihr hart erarbeitetes Werk, indem wir darauf bestehen, daß Menschen, die nicht schuldig sind, freigesprochen werden. Und es ist noch keineswegs sicher, daß Trent schuldig ist. Ich weiß es nicht, und ich habe ebensowenig das Recht, über ihn zu urteilen, wie Sie. Aber eines sage ich Ihnen: Seit dem vergangenen Sommer ist etwas mit ihm passiert, er hat eine tiefgreifende Veränderung durchgemacht. Ich habe keinen blassen Schimmer, was dahintersteckt, aber das eine verspreche ich Ihnen: *Wenn* ich es herausfinde, wird diese Veränderung einen Eckpfeiler seiner Verteidigung bilden!«

Greer schüttete verwundert den Kopf. »Erstaunlich! Und ich hatte schon gedacht, Ihre Gattung sei längst ausgestorben.«

»Ein paar von uns sind noch da«, sagte sie leichthin. »Wir pflanzen uns in dunklen Höhlen fort und verstecken unsere Jungen.« Auf dem Fenstersims hinter Greers Schreibtisch standen, dicht an dicht, mit Blümchenstoff bezogene Bilderrahmen, die nur eine Frau ausgewählt haben konnte. Die Fotos zeigten zwei Jungen im Teenageralter, ein kleines Mädchen in einem Erstkommunionskleid sowie Greer und seine Frau, eine Brünette mit Hamsterbacken und einem Doppelkinn, das ihr etwas Behäbiges verlieh. »Das sind meine Kinder«, sagte Greer. »Aber jetzt zeige ich Ihnen noch ein paar andere Fotos.«

Und schon purzelten sie aus dem großen hellbraunen Umschlag, den er aus dem Schreibtisch hervorgeholt hatte. Es waren medizinische Aufnahmen, erschütternde Aufnahmen: feines blondes Haar in dichten Büscheln herausgerissen, eine gehäutete Wange, grell leuchtende Blutergüsse und, das allerschlimmste, die schockierenden, ein Würgegefühl hervorrufenden Schnitte kreuz und quer in dem Gesicht, das einmal engelsgleich gewesen sein mußte, es aber nie mehr sein würde. Selbst die besten und teuersten plastischen Chirurgen würden nicht verhindern können, daß sie das, was ihr zugestoßen war, den Rest ihres Lebens mitten im Gesicht tragen würde, so daß selbst Fremde es sofort bemerkten. Sybylla wollte den Blick abwenden, spürte aber, daß sie ihren Hals nicht mehr bewegen konnte. Sie hörte eine Stimme, die entfernt der ihren ähnelte, »Oh« und dann »Das ist ja grauenhaft« sagen.

»Jawohl, Ms. Muldoon«, warf Greer ein, »allerdings: ein grauenhafter Anblick. Stellen Sie sich vor, Sie steigen einen Block von ihrer Wohnung entfernt aus dem Schulbus, und noch ehe Sie auf den Gehsteig treten, fällt jemand über Sie her und beginnt auf Sie einzustechen. Können Sie sich vorstellen, wie das ist?«

Sybylla straffte die Schultern. »Es ist eine Tragödie, Mr. Greer, das bestreite ich gar nicht. Aber es ist jetzt unsere Aufgabe, darüber zu entscheiden, wie mit dem mutmaßlichen Täter weiter verfahren werden soll. Er ist ein sehr kranker Mann, und ihn in ein Gefängnis mit minimaler medizinischer Betreuung zu sperren, ist meines Erachtens keineswegs die beste Lösung.«

»Wissen Sie, Ms. Muldoon«, sagte Greer lächelnd, »ich war noch nie ein Verfechter der Theorie, daß jedes verrückte Verbrechen von einem verrückten Täter begangen wird. Manche Menschen sind nun einmal gut und manche böse.«

»Es muß unglaublich beruhigend sein, die einen von den anderen unterscheiden zu können!«

Es klang schärfer, als sie beabsichtigt hatte. Greer betrachtete sie eine Weile mit durchdringendem Blick, ehe er das Wort ergriff. Er schob die schrecklichen Fotos mit seiner Pranke in den Umschlag zurück, legte ihn vor sich auf den Schreibtisch und faltete seine Hände darüber, als würde er beten. »Ich möchte, daß Sie sich etwas im Zusammenhang mit mir und der Staatsanwaltschaft merken. Ich vertrete die Bürger dieser Stadt, und dazu zählen auch Sie. Wenn ich Ihren Mandanten strafrechtlich verfolge– und ich habe vor, dies in einer von Ihnen bisher nicht erlebten Intensität zu tun –, so habe ich dabei Ihre Sicherheit nicht weniger vor Augen als die aller anderen Bürger. Ich habe acht Millionen Klienten, die ein Recht darauf haben, in Sicherheit zu leben. Sie haben einen Klienten, der entschlossen ist, diese Sicherheit zu beeinträchtigen. Willkürliche Gewalt dieser Art ist eine nicht zu tolerierende Krankheit, und sollte ich Ihnen übereifrig erscheinen, so liegt das daran, daß ich glaube, die Lösung des Problems gefunden zu haben.«

»Warum erzählen Sie mir das alles, Mr. Greer? Sehe ich so aus, als bräuchte ich Nachhilfe in Staatsbürgerkunde? Was, bitte schön, hat dieses Moralisieren mit unserem jeweiligen Beruf zu tun?«

»Ich möchte Ihnen nur klar und deutlich sagen, wo ich stehe, junge Freundin. Sie sind, wie ich feststellen muß, genauso stur wie Dermot. Er scheint sich aber ein besseres Gespür für Verhältnismäßigkeit bewahrt zu haben. Ich hoffe, Sie werden mir meinen Ratschlag nicht übelnehmen, aber sollten Sie je die Absicht haben, Einfluß auf das Gesetz oder auf das Gemeinwohl ausüben zu wollen, rate ich Ihnen, in Zukunft würdigere Prinzipien zu verfechten. Meiner Meinung nach haben Menschen wie Ihr Trent grundsätzlich ein paar Rechte zuviel.«

Sybylla stand auf. »War's das?« fragte sie. »Oder wollen Sie noch was loswerden?«

Greer erhob sich gemächlich. »Machen Sie keinen Fehler«, sagte er mit plötzlich leiser Stimme. »Die Sache wird vor Gericht landen, und Deals wird es nicht geben. Und ihr Mandant *wird* schuldig gesprochen. Ich beabsichtige alles in meiner Macht Stehende zu tun, damit er nie wieder Gelegenheit erhält, als destruktive Kraft in das Leben unserer Bürger einzudringen.«

»Oder vielleicht als *kon*struktive Kraft in das Leben irgendeines anderen Politikers?« fragte sie mit schneidender Stimme.

Er verzog angewidert den Mund. »Leben Sie wohl, Ms. Muldoon. Wir sehen uns bald wieder, und zwar vor Gericht.«

Sybylla schenkte ihm ein durch und durch geheucheltes Lächeln. »Ich wünschte, ich könnte Ihre Zuversicht in bezug auf Trents Genesung teilen. Auf jeden Fall danke ich Ihnen für Ihre Anteilnahme.«

Sie verließ die Staatsanwaltschaft in höchster Erregung und ging sofort zu Legal Aid. Wenn es nicht gleichzeitig über Gasexplosionen oder Flugzeugentführungen zu berichten gab, konnte ein solcher Prozeß Greer Abend für Abend zur wichtigsten Person in den Nachrichtensendungen der Lokalsender machen, die ihn natürlich seine Lieblingsrolle spielen lassen würden: den Rächer der Gerechten. Nach Abschluß des Verfahrens würde ihm jeder New Yorker Fernsehbesitzer Weihrauch und Myrrhe darbringen.

In dem Augenblick, als Sybylla die Tür aufdrückte, griff Rachel nach einem Stapel rosaroter Notizzettel auf ihrem Schreibtisch. »Steiner will dich.«

»Fasziniert ihn mein Verstand oder ist es eher ein animalischer Trieb?« fragte Sybylla witzelnd.

»Jetzt nimm die Notizzettel endlich. Das da eben habe ich nicht gehört.«

»Mensch, ich bin ja plötzlich richtig beliebt«, stellte Sybylla zu ihrem Leidwesen fest. Sie machte sich auf den Weg zu Steiners Büro, wo er, wie sie annahm, auf ihren Bericht über das Treffen mit dem Staatsanwalt wartete, ging an den schmutzigen, überquellenden Schreibtischen im Großraumbüro vorbei und nickte den Kolleginnen und Kollegen, die den Blick hoben und sie ansahen, zu. Als sie bei Legal Aid angefangen hatte, war sie bemüht gewesen, ihre Kolleginnen und Kollegen – »das Team«, wie es in den Werbeprospekten für Legal Aid geheißen hatte, wobei man wahrscheinlich lieber »die Streiter für das Gute« geschrieben hätte – wirklich kennenzulernen, doch als immer mehr von ihnen zu privaten Anwaltspraxen gingen oder sogar die Seite wechselten und bei der Staatsanwaltschaft anheuerten, schwand ihre Motivation, mit jedem Schwung Neuankömmlinge nähere Bekanntschaft zu schließen. Sie wußte gar nicht mehr, wann sie sich das letztemal mit Kollegen getroffen hatte; aber sie konnte sich ja auch kaum mehr daran erinnern, wann sie sich das letztemal überhaupt mit irgend jemandem getroffen hatte.

Als Steiner sie durch seine immer offenstehende Bürotür eintreten sah, winkte er. Dann wandte er sich wieder jemandem zu, der ihm am Schreibtisch gegenübersaß, außerhalb von Sybyllas Gesichtsfeld, und stand, als sie nähertrat, sogar auf, was sie sehr amüsierte.

»Oh, wie galant!« rief sie lachend. »Hat hier ein innerbetriebliches Benimmseminar stattgefunden, das ich versäumt habe?«

»Sehr witzig!« sagte Steiner. »Hören Sie, Syb, ich möchte Ihnen meine Neuerwerbung von Uptown vorstellen. Das ist Sam Larkin. Er fängt heute bei uns an.«

»Ach«, hörte sie sich unendlich dämlich sagen. »Sie!«

»Verzeihen Sie, kennen wir uns?« fragte Larkin verblüfft.

»Sie kennen sich?« fragte daraufhin auch Steiner.

Sybylla wurde rot. »Ich wäre fast in Ihrer Jury gelandet: der Old-Spice-Vergewaltiger.«

»Ach jaaa«, sagte er langsam. »Jetzt erinnere ich mich an Sie.«

Zu Steiner gewandt, sagte Sybylla: »Die Geschworenenauswahl – wissen Sie nicht mehr? Ich war in einem Voir dire bei ihm.« Als sie wieder Larkin ansah, überkam sie plötzlich das unwiderstehliche Verlangen, mit den Fingern durch seine kleinen schwarzen Löckchen zu wandern, aber sie riß sich sofort wieder zusammen. Gut, er sah wirklich schnuckelig aus, unglaublich schnuckelig sogar, aber wann hatte sie sich das letztemal in einen Typen mit Brooks-Brothers-Anzug verliebt? Von seiner Armbanduhr, höchstwahrscheinlich einer Rolex, bis hin zu der gesunden, sportlichen Gesichtsfarbe, wie man sie sich eigentlich nur in einer Privatschule erwarb, sah Sam Larkin verdächtig nach einem Menschen aus, der sich in der Tür geirrt hatte und statt »Kapitalverbrechen« versehentlich »Kapitalvermehrung« gelesen hatte. Gut, er war attraktiv, aber über was sollten sie und er sich schon unterhalten? Und wer von ihnen würde wohl die Gin Tonics zur Regatta auf dem River Charles in Boston mitbringen?

»Tut mir leid, daß er schuldig gesprochen wurde«, brachte sie schließlich mit Mühe heraus.

»Es kam nicht unerwartet«, erwiderte Larkin. »Die Polizei ließ die Opfer bei der Gegenüberstellung gemeinsam in einem Raum warten, und wenn eine Frau fertig war, ging sie zu den anderen zurück. Wer weiß, über was die sich unterhalten haben? Kein Wunder, daß sie ihn alle wiedererkannten. Außerdem erinnerten sich die Frauen vor allem an den Old-Spice-Geruch. Keine einzige hatte sein Gesicht deutlich gesehen.«

»Ich habe gelesen, daß Sie in die Berufung gehen wollen.«

»Klar«, sagte er und nickte Steiner zu. »Darüber habe ich mich gerade mit David unterhalten.« Mit *David*? dachte Sybylla. Wer ist *David*? »Ich werde hier vor allem Berufungen machen, dafür interessiere ich mich am meisten.« Er stieß einen merkwürdig begeistert klingenden Seufzer aus. »Es ist wirklich toll, zur Abwechslung mal mit richtigen Menschen zusammenzuarbeiten. Bei Chase, Twichell und Banks war ich so mit Verträgen ausgelastet, daß ich gar nicht mehr weiß, ob ich während meiner Zeit dort jemals einen Klienten aus Fleisch und Blut zu Gesicht bekommen habe.«

Sybylla setzte sich ein wenig aufrechter hin. Der junge Mr. Larkin erschien ihr plötzlich nicht mehr nur fehl am Platz, sondern geradezu unheimlich. »Sie haben bei Chase, Twichell und Banks gekündigt, um *hierher* zu kommen?«

Larkin lachte leise auf. »Sie reden wie mein Dad.«

Steiner trank einen großen Schluck Kaffee. »Nein, sie redet wie ihr eigener Dad.«

»Na ja«, sagte Larkin zu Sybylla, »es hat mir einfach gereicht. Jahrelang hatte ich darum gebeten, mal jemanden kostenlos verteidigen zu dürfen, aber ständig mußte ich den maßgeblichen Leuten erklären, was das überhaupt *ist*, ein Pro-Bono-Fall. Die hatten noch nie einen Mitarbeiter gehabt, der so was machen wollte. Außerdem«, fügte er achselzuckend hinzu, »was ist schon eine siebzigprozentige Gehaltsminderung, wenn man dafür ein gutes Gewissen bekommt?«

»Wir müssen aber hart daran arbeiten, damit es auch gut bleibt«, warnte Sybylla ihn. »Warten Sie bloß mal, bis Sie Ihren ersten Kindesmißbraucher verteidigen!«

Steiner warf den Kopf zurück und lachte. »Wenn es ums große Ganze geht, können wir uns immer auf Sybylla verlassen. Man hat ihr von kleinauf beigebracht, beide Seiten einer jeden Sache zu betrachten. Außerdem ist sie derzeit unsere kleine Prominente. Ihr Mandant –«

»Ich weiß«, unterbrach ihn Larkin und wandte sich, Begeisterung im Blick, wieder Sybylla zu. »Ich hoffe, ich darf Ihnen dabei helfen!« Dann fügte er hastig hinzu: »Was natürlich nicht heißen soll, daß Sie Hilfe nötig haben. Aber falls Sie in die Berufung gehen sollten... Nicht, daß ich nicht mit einem Freispruch rechne, aber...«

»Vielen Dank für das Angebot«, sagte sie, merkwürdig verstimmt über seinen Eifer, ihr zu helfen. »Aber Sie werden sicherlich selbst genug komplizierte Fälle haben. Unser David ist ein großzügiger Arbeitgeber.« Sie stand auf. »Ich muß ins Gericht.«

»Wir hatten gehofft, Sie würden mit uns zu Mittag essen«, sagte Larkin und erhob sich ebenfalls.

»Ach?« fragte Steiner kaum hörbar und hob eine Augenbraue.

»Hören Sie«, sagte Sybylla zu Larkin. »Was Ihren Mandanten betrifft, so habe ich persönlich dazu folgende Meinung: Ganz egal, ob er die Verbrechen begangen hat oder nicht, ich finde, *jeder* Mann, der Old Spice benutzt, verdient es, hinter Gitter zu kommen.«

»Das wären allein in dieser Stadt ein paar hunderttausend«, sagte Larkin grinsend.

Sybylla sah aus den Augenwinkeln, daß Steiner sie und Larkin beobachtete.

»Und Sie? Benutzen Sie das Zeug auch?«

Larkin beugte sich wie in Zeitlupe zu Sybylla vor, bis er fast ihr Gesicht berührte. Dann schenkte er ihr ein Lächeln, das ihr, aller Vernunft zum Trotz, bis in die Handflächen schoß, und sagte: »Nicht mehr.«

8 Der Hyperion Club lag so versteckt, daß man neben ihm hätte wohnen können, ohne etwas von seiner Existenz zu ahnen. Die Clubmitglieder waren zwar, weiß Gott, dünkelhaft, doch Limousinen und durch Paparazzi erlangte Berühmtheit waren ihre Sache nicht. Es gab keine Markise über dem Eingang, keinen Portier, nicht einmal ein Schild, das dem Rest der Welt das Vorhandensein des Clubs verkündet hätte, sondern nur ein kleines Messingquadrat mit der eingravierten Nummer 25, das nicht einmal auf Hochglanz poliert war, wie um selbst dieses Mindestmaß an Eigenwerbung zu unterschreiten.

Das Haus, eine hübsche Villa aus Kalkstein einen halben Block vom Ostrand des Central Park entfernt, hatte einst einem Kohlenbaron gehört, der seine Besitztümer schließlich verkaufte und sich auf weniger dreckige – wenn auch nicht weniger schmutzige – Unternehmungen verlegte. Er war Anfang des Jahrhunderts in hohem Alter und seinen Kindern und Enkelkindern entfremdet gestorben; das Haus hatte er zusammen mit Vermögenswerten, die ausreichten, um es in dem ihm gemäßen Zustand zu erhalten, dem Club vermacht, den er mit seinen Freunden gegründet hatte, einem Club, dessen Grundsatz lautete, daß die Geschäfte nur dort blühen und Macht sich nur dort entfaltet, wo es nicht das geringste Versagen gibt. Jedes Clubmitglied hatte auf seinem Gebiet die absolute Spitze erreicht; in den kühlen Marmorräumen des Hyperion trafen sie sich als Ebenbürtige.

Dermot Muldoon stand, ein schweres, mit Selters gefülltes Whiskeyglas in der Hand, am Fenster des auf die Straße gehenden Arbeitszimmers der Villa und nahm das Stimmengewirr um sich herum nur mehr als Geräuschkulisse wahr. Er hatte den ganzen Vormittag in Washington damit verbracht, wirklich jede juristische Ansicht von Bedeutung, die er jemals vertreten hatte, zu verteidigen, während die Mitglieder eines aus Präsidentenberatern bestehenden lächerlichen Gremiums stirnrunzelnd schriftliche Mitteilungen austauschten und sich zu einer neuen Runde des von dem ihm zugewiesenen Aufpasser kurioserweise als »informell« bezeichneten Kongreß-Hearings aufschwangen. Er wußte, daß er seine Sache gut gemacht hatte – nicht aufgrund des Beifalls derjenigen, die ihn auf Herz und Nieren geprüft hatten, nicht einmal aufgrund der Unterstützung der Kollegen, die ihm nahe genug standen, um zu wissen, was überhaupt los war, sondern allein aufgrund der Tatsache, daß er in sich eine merkwürdige Distanz der ganzen Prozedur gegenüber entdeckt hatte, und diese innere Distanz half ihm, auf Draht zu bleiben. Man durfte sich nicht anmerken lassen, wie sehr man es wollte.

Und Dermot wollte es. Er sehnte sich danach. Seine Unterstützer hatten diese Sehnsucht zwar vorsichtig als die eines engagierten Beamten bezeichnet, der nur auf einer noch höheren Ebene dienen wolle, und obwohl seine unvermeidlichen Verleumder sie freudig als Griff nach persönlichem Ruhm hinstellen würden, sah Dermot selbst sein Verlangen mit weit größerer Klarheit. So wußte er beispielsweise, daß er sich mit dem Erreichen seines Ziels jedes weiteren erreichbaren Ziels begeben würde, was wiederum bedeutete, daß er den Ehrgeiz, der ihn so gequält und ihm so entsetzliches Leid gebracht hatte, aus seinem Leben würde verabschieden können. Wie würde es wohl sein, ohne ihn zu leben?, überlegte er, drehte das Glas langsam hin und her und sah zu, wie die Bläschen an der Innenwand zerplatzten. Wie würde es sein, jeden Morgen ohne diese Last zu erwachen, und wie würde es sein, ohne sie einschlafen zu können? Zuerst, so stellte er sich vor, würde es wie ein leichter Schwindel sein, eine innere Leichtigkeit, wie er sie nur einmal erlebt hatte, vor Jahren, in den ersten Monaten seiner Ehe, bevor alles so unerträglich geworden war; dann, wenn diese Leichtigkeit verschwunden war, dachte er sich den Zustand als eine klare Ruhe, die ihn erfüllen und festigen und es ihm erlauben würde, sich ganz auf das Gesetz zu konzentrieren.

Er seufzte, blickte zum Fenster hinaus und betrachtete müßig die gesichtslosen Passanten, die dichtgedrängt durch die dunkle Straße gingen. Er war erschöpft und dachte mit wachsender Sehnsucht an das kleine Zimmer dort oben, in dem der Diener des Clubs bereits seinen Koffer ausgepackt hatte; doch die schwierigste Aufgabe dieses Tages hatte er nicht in jenem öden Konferenzsaal im Weißen Haus erfüllen müssen und auch nicht im Arbeitszimmer irgendeines Senators; diese Aufgabe lag unmittelbar vor ihm und rückte mit dem arglosen Näherkommen seiner größten Kritikerin immer näher.

Er starrte weiter in die Dämmerung und erkannte plötzlich seine Tochter in einer kleinen Gruppe auf ihn zukommender Fußgänger, und zwar weder an ihrer Größe, die sie von ihrer Mutter geerbt hatte, noch an ihrem dunkelroten Haar, das sie von ihm geerbt hatte, sondern an dem ungeduldigen, elastischen Gang, dem ihr unbewußten Rhythmus, der den Passanten neben ihr und sogar vor ihr deutlich machte, daß es klüger war, diesem Menschen aus dem Weg zu gehen, als seine Aggressivität herauszufordern. Und wirklich machte die kleine Gruppe vor seinen Augen den Weg frei, damit Sybylla sie überholen konnte, und als sie unter der erleuchteten Markise des Restaurants gegenüber der Villa durchschritt, sah er, wie entschlossen und selbstvergessen sie das Kinn vorschob, und mußte lächeln. Dann sah er die verbundene rechte Hand, die wie eine weiße Fahne an ihrer Hüfte hin und her schwang, und sein Lächeln schwand.

Wenn es doch nur wirklich eine weiße Fahne wäre, dachte er. Wenn sie doch nur endlich die unsinnige Vorstellung aufgäbe, daß es für ihre Brillanz und ihr juristisches Talent kein besseres Betätigungsfeld gebe als diese fragwürdige Pflichtverteidigung. Würde die verletzte Hand – man mußte Dermot nicht erst erzählen, daß seine Tochter sich diese Verletzung in Ausübung ihres Dienstes zugezogen hatte – doch nur dazu beitragen, daß sie ihren Entschluß widerrief! Auch ohne Dermots Hilfe würde sie problemlos eine neue Anstellung finden, und mit ein paar Telefonaten seinerseits würde er sie mühelos in einigen der besten Sozietäten der Stadt unterbringen. Es wäre so einfach, dachte er und spürte, wie seine Phantasie alle Fesseln sprengte und mit ihm durchging. Ein gepflegtes geräumiges Büro würde sie dann haben, Menschen, die ihr engagiert zuarbeiteten, ein ihren beträchtlichen Fähigkeiten angemessenes Gehalt und, was das allerwichtigste war, die Möglichkeit, ihr professionelles Können auszuspielen, wodurch sie, das wußte Dermot genau, geradezu aufblühen würde. Und sollte sie eine eigene Kanzlei eröffnen wollen, was zwar keineswegs Dermots Vorstellungen entsprach, aber immer noch ungleich besser wäre als das, was sie derzeit tat, so war er bereit, fähig und mehr als willens, ihr einen Scheck auszustellen, um ihr den Anfang zu erleichtern. Wenn sie doch nur auf ihn hören würde!

Er schüttelte den Kopf. Doch selbst in den schlimmsten Momenten, wenn er ihrer Sturheit so überdrüssig war, daß er vergaß, wie unerbittlich er sie zum Jurastudium gedrängt hatte, und nur noch wünschte, sie hätte sich für ein anderes Gewerbe, fast egal, welches, entschieden, mußte Dermot zugeben, daß er nur sich selbst anzusehen brauchte, um zu wissen, woher die Sturheit seiner Tochter stammte. Sie hatte sie schlicht und einfach von ihm geerbt, zusammen mit dem Haar, der blassen Haut, der Zappeligkeit und dem Spaß an einem guten Kampf. Als wäre es heute gewesen, konnte er sich an den Tag erinnern, an dem er sie von Yale losgeeist und zum Lunch ins Arcadia ausgeführt hatte, zu einem Lunch, bei dem gefeiert und nicht gestritten werden sollte und bei dem sie sich über die lange Liste von erstklassigen Kanzleien unterhalten würden, die er ihr zur ersten beruflichen Orientierung geschickt hatte. Statt dessen hatte sie ihm sofort nach Aufnahme der Bestellung durch den Oberkellner mitgeteilt, sie brauche seine Liste nicht. Sie habe eine einzige Bewerbung abgeschickt, und zwar an die Legal Aid Society in New York, und – Stell dir vor! – sie hatten ihr eine Stelle angeboten.

Er hatte damals an ihr vorbei gesehen, ein bißchen schwindelig, ein bißchen verwirrt, und den Blick über die lange Reihe speisender Damen wandern lassen, die in dem schmalen Restaurant geschickt auf einer Bank entlang der Wand plaziert worden waren. Schön war sie auch, seine Tochter. Sie hatte damals den Kopf leicht geneigt und die Kinnmuskeln angespannt, um sich gegen den erwarteten Wutanfall zu wappnen. Und natürlich war er wütend gewesen, aber er hatte diese Wut damals nicht zeigen können, sondern nur seine Enttäuschung und Müdigkeit. Er war besessen gewesen von der Vorstellung, daß sie eine exzellente Anwältin und eines Tages vielleicht Richterin oder Senatorin oder etwas noch Höheres werden würde; statt dessen sah er damals vor seinem geistigen Auge, wie sie sich in schäbigen Räumen mit verwahrlosten, gefährlichen Mandanten traf, deren Artikulationsfähigkeit kaum ausreichte, um ihre vorgetäuschte Unschuld herauszuwinseln, furchteinflößende, sprachlose Menschen, an die seine Tochter ihre intellektuellen Gaben vergeudete. Und das Schlimmste war, daß sie ihre Arbeit hervorragend machen würde. Und noch etwas war ihm klar: Wenn Sybylla durchdrungen war von dem Verlangen, zwischen einem Verbrechen und dessen Bestrafung zu stehen, und hin und wieder die Möglichkeit hatte, diese Bestrafung abzuwenden, würde sie von der darin begründeten Macht verführt werden. Sie würde den Job nicht ein Jahr lang ausprobieren, ausgebrannt sein und etwas anderes machen, wie es bei Pflichtverteidigern häufig der Fall war, sondern es würde ihr ungemein gefallen, und sie würde ihr restliches Leben hindurch nichts anderes mehr tun. Er schüttelte den Kopf und spürte, daß sie ihn mit ihrem Entschluß geradezu körperlich verletzt hatte. Er konnte damals nicht schreien. Später sollten sie sich anbrüllen und beschimpfen, aber damals, an jenem Wintertag, hatte er nur den Kopf über sie schütteln und vor sich hin murmeln können: »Welche Verschwendung!«

Und alles war genau so gekommen, wie er es vorhergesehen hatte. Sie hatte sein Angebot, ein hübsches Apartment in einem Haus mit Portier, abgelehnt und war in das winzige Loch auf der Upper West Side gezogen. Sie fuhr mit der U-Bahn zur Arbeit, kleidete sich so, daß es vor Gericht gerade reichte, aber nie wirklich gut, und arbeitete sich halbtot für Vergewaltiger, Räuber und Junkies. Da schuftete sie in diesem miesen, deprimierenden Büro Downtown wie in einer Tretmühle, lief sich die Füße wund, ohne auch nur einen Meter voranzukommen, und wenn er daran dachte, wie stolz sie auch noch auf ihre Arbeit war, wurde ihm geradezu übel.

Nicht jetzt, dachte er, während er sie auf ihrem Weg beobachtete; bei jeder Brownstone-Tür blieb sie kurz stehen und blickte auf die Nummer. Trotz der Wut, die sie in ihm entfachte, konnte Dermot seine Tochter nicht ansehen, ohne große Liebe für sie zu empfinden. Er hatte einmal gelesen, daß die Menschen durch eine Art Silberschnur an ihre Körper gefesselt seien, die nur der Tod zerschneiden könne, doch Dermot hatte das Gefühl, an Sybyllas Körper gebunden zu sein statt an seinen eigenen; sie war sein Fleisch und Blut, und er war an sie gebunden. Wie einer dieser unwürdigen Versager, denen sie aus der Patsche half und die die erstbeste Gelegenheit nutzten, um wieder hineinzuschlittern, erlitt er einen Rückfall in die Vaterliebe nach dem anderen. Vater oder Mutter zu sein, dachte er, während er aufstand um Sybylla an der Tür zu begrüßen, war, als würde man ewig in einer Drehtür stecken.

Er schickte den Diener, der seinen Posten verlassen hatte, um die Tür zu öffnen, wieder weg, ließ seine Tochter selbst herein und genoß den Ausdruck des Erstaunens, der kurz über ihre Gesichtszüge glitt, als sie ihn sah. Dermot betrachtete sie von Kopf bis Fuß und bemerkte mit einem Anflug von Mißbilligung und fast ungläubig ihre zerknitterte Kleidung und das hagere Gesicht und sagte, ohne zu überlegen: »Du siehst grauenhaft aus.«

Sybylla gab ihm einen Kuß. »Danke, Daddy.« Dann ging sie um ihren Vater herum, betrat die Eingangshalle und sah sich mit großen Augen um. Schon seit Jahren wußte sie, daß Dermot einem Privatclub angehörte, in dem er sich immer aufhielt, wenn er in der Stadt war (dort also unverständlicherweise lieber übernachtete als auf ihrer Ausziehcouch, die sie ihm angeboten hatte), aber er hatte ihr nur wenig über die Räumlichkeiten erzählt, und ihre Vorstellung von einem solchen Etablissement orientierte sich mehr an Arthur Conan Doyle und P. G. Wodehouse als an eigener Anschauung.

Auf jeden Fall war es kühl hier, aber ob das an dem teppichlosen Marmorboden, am Fehlen jeglicher Sitzmöbel oder an der irgendwie unheimlichen Atmosphäre lag, konnte sie nicht sagen. Zu ihrer Rechten wand sich eine riesige geschwungene Treppe an wohl aus der Jahrhundertwende stammenden Männerporträts vorbei in den schummrig beleuchteten ersten Stock hinauf. Die Treppe dominierte den Raum so sehr, daß nur eine einzige Wand der Eingangshalle – die hinter Sybylla – nicht von ihr berührt wurde. Diese Wand war von zwei Strahlen beleuchtet, einem warmen Licht, das sie erhellte, und einem kalten blauen Laserstrahl, der wie eine Warnung wirkte. Sie drehte sich instinktiv in die Richtung, aus der sie gekommen war, weil sie dort irgendwelche außergewöhnliche Juwelen oder Kunstwerke vermutete, sah aber zu ihrer Enttäuschung, daß sie das durch dieses Schutzlicht so geehrte Gemälde nicht kannte. Es war ungefähr eineinhalb Meter breit, die düster-romantische Darstellung eines Gewitterabends auf einem Feld mit drei eng beieinanderstehenden Gestalten. Sybylla trat näher an das Bild heran und runzelte die Stirn.

Der Mann in der Mitte des Gemäldes lag tot da, einen Arm seitlich ausgestreckt, den anderen quer über der Brust, der Kopf nach hinten überstreckt auf dem kalten Boden ruhend. Die Ursache seines Todes war offensichtlich: über ihm kauerte der Mörder mit ernstem, doch ob seiner Tat zufriedenem Gesicht, in der rechten Faust noch das lange Stilett haltend. Ein wenig abseits standen drei sonderbare Frauen, deren Mienen von düsterer Gelassenheit bis zu nacktem Entsetzen reichten. Sie waren unterschiedlich gekleidet, zwei in üppigen Gewändern, eine in durchsichtigem, nur bis zu den Knien reichendem Stoff, und während eine von präraffaelitischer Schönheit war, hatte eine andere ein völlig verzerrtes Gesicht und statt Haaren offenbar lebende, sich windende Schlangen. Die Frauen standen dicht beieinander, und obwohl ihre Münder geschlossen waren, spürte man förmlich die Entsetzensschreie, die in ihren Kehlen lauerten. Je länger sie das Bild betrachtete, um so stärker wurde Sybylla bewußt, daß auch ihre Kehle vor Abscheu wie zugeschnürt war und ihr Gesicht sich zu einer Grimasse verzogen hatte.

»Nun?« hörte sie ihren Vater sagen.

»Es ist so...« Das richtige Wort wollte ihr nicht einfallen. Unerfreulich? Geschmacklos? »Ziemlich scheußlich, findest du nicht auch?« Sie beugte sich zu der kleinen Bronze-Plakette vor, um den Namen des Malers zu lesen: A. Böcklin, EIN MÖRDER, VON FURIEN VERFOLGT!

»Die Tat?« Dermot trat neben sie.

»Hm?« Ihr Blick ruhte wieder auf dem Mordopfer und dem darüber kauernden Mann. Nein, die Tat hatte sie nicht gemeint. »Die Frauen. Sind das Schwestern, oder was?«

»So etwas Ähnliches. Mein Wissen über die griechische Mythologie ist nicht mehr so profund, wie es sein sollte. Es handelt sich um Furien.«

»Huren?« Sie war nicht sicher, ob sie ihn richtig verstanden hatte. Dermot schüttelte den Kopf. »Nein, Furien. Sie jagen den Verbrecher, oder so ähnlich. Sie warten, daß er die Tat vollendet, siehst du?«

Sybylla sah noch einmal hin. Er hatte recht. Die Frauen hielten sich zurück, warteten, bis der Mörder seine Untat vollbracht hatte. »Und was machen sie mit ihm, wenn er fertig ist? Töten sie ihn dann?«

»Sie verfolgen ihn, glaube ich«, antwortete Dermot zerstreut. »Wollen wir in den Speisesaal?«

»Wirklich grausig, nicht wahr?« Sie konnte den Blick nicht von dem Bild wenden: die sturmgepeitschten Bäume, das aufgewühlte Gras, die Schlangenhaare der abgezehrten Frau.

»Ich habe nie groß darüber nachgedacht.« Er griff nach ihrem Arm. »Komm jetzt, ich habe uns ein Abendessen bestellt.« Dann senkte er unvermittelt den Blick und nahm ihre verbundene Hand behutsam in seine. »Sollte ich darüber Bescheid wissen?«

»Ach, ich glaube, eher nicht«, erwiderte Sybylla lächelnd.

»Und wie ist es mit der anderen?« Er hatte auf der heilen Hand Tintenflecke erspäht. »Möchtest du sie dir vielleicht waschen?«

Sybylla zuckte mit der Schulter. »Hat keinen Sinn – es ist wasserfeste Tinte.« Als sie seinen säuerlichen Gesichtsausdruck sah, fügte sie hinzu: »Hey, schau mich nicht so an! Ich arbeite bis zum Umfallen. Wir haben viel zu tun zur Zeit.«

Ihr Vater seufzte. »Für eure Klientel gibt es permanent viel zu tun, scheint mir.« Er schob das Kinn vor. »Nun gut. Du siehst ohnehin aus, als würdest du auf der Straße leben. Da kannst du gleich schmutzig bleiben.«

»Meine Güte, hast du eine Laune!«

»Ich will mit dir reden. Komm jetzt!«

Er führte sie durch die Eingangshalle und stieß eine der Mahagonitüren in der hinteren Wand auf. Die Tür öffnete sich in einen prächtigen Salon, dessen hohe Fenster Ausblick auf einen makellos gepflegten Garten boten. Auf dem Boden lag ein bedeutend wirkender Teppich, und überall standen antike Sofas und Armsessel, auf denen Männer saßen, die sich in kleinen Grüppchen gedämpft miteinander unterhielten. In dem imposanten gemauerten Kamin loderte ein gewaltiges Feuer, vor dem ein Diener mit einem langen Schürhaken stand und vorsichtig ein neues Scheit in die Flammen schob.

Als sie in den Salon traten und sich anschickten, ihn seiner ganzen beträchtlichen Länge nach zu durchschreiten, um in den dahinterliegenden Speisesaal zu gelangen, hörte Sybylla, daß alle Gespräche abrupt unterbrochen wurden. Köpfe drehten sich,

Blicke folgten ihr, und nur das Klirren von Eisstücken in Kristallgläsern durchbrach die Stille. Dermot, der hinter ihr ging, murmelte hierhin und dorthin eine knappe Begrüßung, ohne seine Tochter einem einzigen der sie beobachtenden Männern vorzustellen. Während sie so ging, dachte sie, peinlich berührt, an ihre zerknitterten Kleider, an die Schmutzspuren, die ihr Tag in den Schützengräben auf ihrem Gesicht zurückgelassen hatte, an ihr zerzaustes rotes Haar. Hinten an der Tür, durch die sie hereingekommen waren, begann das Stimmengesumm von neuem, folgte ihr langsam und war schließlich auch wieder direkt hinter ihr zu hören. Sybylla und Dermot betraten den Speisesaal, der fast ebenso groß wie der Salon, aber noch düsterer eingerichtet war. Der einzige sichtbare Kellner deutete auf einen Tisch in der Ecke und eilte rasch herbei, um Sybylla den Stuhl an den Tisch zu schieben – allerdings mit der deutlich spürbaren Verlegenheit eines Mannes, der es nicht gewohnt ist, Damen den Stuhl zurechtzurücken. Es gab keine Speisekarten.

»Mein Gott!« sagte Sybylla. »Die tun ja so, als hätten sie noch nie eine Frau gesehen. Bringen die Männer denn nicht wenigstens ihre Ehefrauen mit hierher?«

Dermot hob die Schultern. »Hin und wieder schon, nehme ich an.«

»Nur weiße Männer!« bemerkte sie laut. »Ich hätte nicht geglaubt, daß es solche Clubs noch gibt.«

»Was soll das heißen? Die Stadt ist voll mit Clubs. Allein in diesem Block gibt es noch zwei oder drei weitere.«

»Ja, gut... aber schau sie dir doch mal an!« Sie verzog das Gesicht zu einem säuerlichen Grinsen. »Keine Nigger, keine Bohnenfresser, keine Jidden, keine Schlitzaugen. Und keine Weiber, ist ja klar. Aber ein oder zwei Iren haben sie offenbar reingelassen – immerhin etwas.«

Dermot sah geistesabwesend an ihr vorbei. »Darüber weiß ich nicht Bescheid.«

»Wieso denn nicht?« fragte sie ihn ernst. »Hast du denn keine Mitgliederliste?«

»Sybylla«, erwiderte er schroff. »Dies hier ist ein Privatclub, von der Verfassung durch das Recht auf Versammlungsfreiheit geschützt und nicht verpflichtet, dir oder irgend einem anderen

Nichtmitglied Rede und Antwort zu stehen. Die Aufnahmekriterien sind reine Privatsache und gehen dich nicht das mindeste an.«

»Hey!« Sie lehnte sich zurück. »Ich habe doch nur eine Beobachtung gemacht. Eine gute Anwältin beobachtet alles um sie herum. Oder hast du mir das etwa nicht beigebracht?«

»Eine gute Anwältin weiß auch, wann sie den Mund zu halten und zuzuhören hat«, fauchte er.

Sybylla starrte ihn an. Irgendwann in dem kurzen Zeitraum seit ihrem Eintreffen war seine Stimmung gekippt, ohne daß sie es bemerkt hatte. Sie hatte sich auf einen der seltenen Abende mit ihm gefreut und höchstens noch auf einen verbotenen Exkurs in die Art juristischer Debatten, die sie sich nur bei ihm erlaubte. Denn über das Gesetz so zu streiten, wie Dermot es zu tun pflegte, war eine reine Wohltat: Den Themen wurden alle menschlichen Aspekte genommen, sie wurden in die Höhen der Theorie gehoben und um den Schmerz erleichtert, den sie beinhalteten. Sybylla und ihre Kollegen hatten nur selten Zeit, auf so hoher theoretischer Ebene über juristische Fragen zu diskutieren – sie waren viel zu sehr damit beschäftigt, beispielsweise Frauen rechtzeitig aus dem Knast zu bekommen, damit sie ihre Kinder in irgendeiner Sozialeinrichtung abholen konnten, ehe sie in ein Heim gesteckt wurden –, und Sybylla fand das intellektuelle Streitgespräch, fast gegen ihren Willen, jedesmal wieder geradezu gefährlich spannend. Das Problem war nur, daß solche Diskussionen unweigerlich in einer lautstark vorgetragenen Verdammung ihres Tätigkeitsfeldes endeten sowie in der kummervollen Erklärung, ihr sogenanntes brillantes Juristengehirn sollte von nun an doch bitte regelmäßig eine Zufuhr an solch dünner Luft erhalten.

Der Ober kam und stellte zwei Teller mit Pastete vor die beiden Gäste. Dermot hielt den Blick fest auf seine Tochter gerichtet, sprach jedoch erst, als der Ober wieder gegangen war.

»In all den Jahren, die du dein Leben nun bereits bei Legal Aid vergeudet hast, habe ich dir meine Mißbilligung nie verhohlen. Ich habe dich allerdings – und ich hoffe, du stimmst mit mir darin überein, daß mir das zur Ehre gereicht – auch nie direkt gebeten, diese Stellung aufzugeben.«

»Darum geht es also«, sagte sie lächelnd. Sie war fast erleichtert. »Endlich rückst du damit raus.«

Er schüttelte ungeduldig den Kopf. »Du solltest nichts sagen, sondern *zuhören*. Ich bitte dich nicht, bei Legal Aid aufzuhören. Ich bitte dich nur, einen bestimmten Fall abzugeben. Ich bitte dich, einen anderen Legal-Aid-Anwalt einen bestimmten Mandanten an deiner Stelle vertreten zu lassen. Ich bitte dich nur dieses eine Mal, diesen einen bestimmten Fall jemand anderem zu übertragen. Es gibt unendlich viele Kriminelle und Psychopathen, um die kannst du dich kümmern, wie es dir beliebt. Aber bitte nicht mehr um diesen einen.«

Erst jetzt dämmerte es ihr. »Du sprichst von Trent.«

»Jawohl. Von einem einzigen in dieser großen Stadt. Gib ihn ab!«

Sybylla kostete von ihrer geschmacklich undefinierbaren Pastete.

»Und warum? Ich verstehe das nicht.«

»Mußt du denn alles verstehen? Mußt du alles wissen?«

»Hör mal, Daddy«, sagte sie kopfschüttelnd. »Ich weiß nicht, wer mit dir gesprochen hat, aber Trents Arzt war es bestimmt nicht. Der bezeichnet ihn nämlich als einen Schizophrenen, wie er im Buche steht. Man wird ihn nicht vor Gericht stellen, deshalb werde ich mich auch, anders, als du befürchtest, bestimmt nicht in den Fall reinhängen. Glaub mir, die Sache wird enden wie der Säbelzahntiger.«

»Das kannst du nicht wissen«, sagte er streng. »Vielleicht bekommen sie ihn doch so weit hin, daß er prozeßfähig ist. Ich will einfach nicht, daß du etwas damit zu tun hast.«

»Also, wenn es wirklich so käme«, erklärte Sybylla ihm wütend, »dann würde ich selbstverständlich alles tun, um dafür zu sorgen, daß Trent einen fairen Prozeß bekommt. Meine Güte!« Sie stach ein paarmal leicht aggressiv in ihre Pastete. »Ich bin doch selbst nicht unbedingt scharf darauf, daß er wieder frei herumläuft.«

»Für einen fairen Prozeß kann auch jemand anderer sorgen. Du bist eine überaus kompetente Anwältin, Sybylla, aber nicht die einzige auf der Welt, die eine bestimmte Aufgabe zu erfüllen vermag!«

»Nein!« Der Ober stand schon wieder am Tisch. Sybylla reichte ihm ihren Teller, ohne den Blick vom Gesicht ihres Vaters zu wenden.

»*Warum nicht?*«

»Weil er mein Mandant ist, und weil es mein Job ist, ihn zu verteidigen. Außerdem hast du mir keinen triftigen Grund genannt, der es rechtfertigen würde, diese Verantwortung abzugeben.«

Dermot beugte sich zu ihr und legte die gefalteten Hände vor sich auf den Tisch. »Sybylla.« Seine Stimme klang plötzlich so weich und fast weinerlich, daß sie sich unerklärlicherweise dadurch erst recht getadelt fühlte. »Sybylla, hast du Vertrauen zu mir?«

Ob sie Vertrauen zu ihm hatte? Ja, natürlich, warum denn nicht? Aber Vertrauen in welchem Zusammenhang? Was ihr Leben betraf, bestimmt, aber nicht, wenn es um ihren Beruf ging. In dieser Hinsicht hatte er sich wahrlich nicht als hilfreich erwiesen.

»Daddy«, sagte sie seufzend. »Ich will es doch nur verstehen. Was soll das Ganze?«

Eine Hand tauchte vor ihr auf. Sie lehnte sich zurück, da sie glaubte, etwas serviert zu bekommen; als nichts kam, hob sie den Blick zum Licht. Hoch über ihr stand, mit unverhohlen herablassendem Blick, ein großer, schlanker Mann mit kurzgeschorenem silbrigen Haar und schmalen Lippen, deren Winkel zu einem sonderbar künstlich wirkenden Lächeln hochgezogen waren, ohne daß er ansonsten auch nur einen Funken Freude ausstrahlte. Er war sehr gepflegt und teuer gekleidet, trug einen jener äußerst korrekten Anzüge, wie sie nur in einer ganz bestimmten Straße in einer ganz bestimmten englischen Stadt hergestellt werden, und stand völlig reglos in einer Haltung da, in der nur privilegierte Männer mit unglaublichem Selbstbewußtsein nicht unbeholfen wirken.

Sybylla starrte ihn einige Sekunden länger an, als es die guten Manieren erlaubten, doch der Mann zuckte nicht mit der Wimper. Sie hatte das Gefühl, er warte darauf, daß sie zu sprechen beginne, so als würde er sie kennen und darauf vertrauen, daß auch sie ihn kannte; dabei war sie sicher, ihn nie zuvor gesehen zu haben. Dennoch war es schließlich ihre Stimme, die das Schweigen brach und etwas so Merkwürdiges sagte, daß das sonderbare Lächeln des Mannes sich zu einem Grinsen dehnte, das seine weißen, funkelnden Zähne sichtbar machte. Sie sagte: »Sie sind doch…«

Wie immer der Name dieses Menschen lautete, er verlor sich irgendwo zwischen ihrem Gehirn und den Stimmbändern. Als er sie so verwirrt sah, lachte er kurz auf und verbeugte sich, ein wenig spöttisch, wie ein galanter Ritter vor ihr. »Ich bin Robert Winston.«

9

»Sybylla, das ist Robert Winston«, wiederholte ihr Vater überflüssigerweise. »Ein alter Freund.« Sie hörte Unbehagen in seiner Stimme, als er hinzufügte: »Aus der Studienzeit.«

»Ah!« Sie blickte zu dem großen Mann hoch. »Ja, natürlich, ich erinnere mich.«

Bei diesen Worten grub sich Winstons merkwürdiges Lächeln noch tiefer in sein Gesicht. »Ja? Sie erinnern sich natürlich?« Es klang sarkastisch. »Daraus muß ich wohl schließen, daß Sie schon seit Jahren dies und das über mich gehört haben, ja?«

Es kam unglaublich blasiert; er wußte ganz genau, daß sie gelogen hatte. Das konnte sie nicht auf sich sitzen lassen.

»Warum sollte ich denn noch nichts von Ihnen gehört haben?«

»Sybylla!« fuhr Dermot streng dazwischen. »Fang bloß kein Kreuzverhör an, ich bitte dich!«

»Das letztemal habe ich Sie gesehen, warten Sie…« – er schien tatsächlich nachzudenken – »ja, ich bin mir sicher, da lagen Sie noch in den Windeln.«

Na super! dachte sie und spürte, wie sie ganz klein wurde. Was sollte man einem so autoritär wirkenden Kerl sagen, der einen schon gesehen hatte, als man noch Windeln trug?

»Na ja, auf diesem Gebiet habe ich in der Zwischenzeit einige Fortschritte erzielt«, erklärte sie, und der große Mann lachte.

»Freut mich zu hören. Darf ich mich zu Ihnen setzen?« Schon

hatte er einen Stuhl unter dem Tisch hervorgezogen. Sybylla schielte zu ihrem Vater hinüber und sah, daß er sich ärgerte. Nein, es war mehr als Ärger. Dermot wirkte argwöhnisch, ja fast ängstlich. Doch er sagte nichts.

Der große Mann ließ sich gemächlich auf dem Stuhl nieder. »Ich bleibe nicht lange«, sagte er zu Dermot, ohne dabei den Blick von Sybylla zu wenden. »Schön, Sie wiederzusehen, meine Liebe. Sie sehen ihrer Mutter sehr ähnlich, das war auch eine überaus hübsche Frau.«

»*Robert!*« sagte Dermot leise, aber in scharfem Ton.

Verlegen griff Sybylla nach ihrer Gabel und stach sich leicht in die mit Tintenflecken übersäte Handfläche. Sie hatte nur wenige Menschen getroffen, die ihre Mutter gekannt hatten, und wußte nicht recht, wie sie sich ihnen gegenüber verhalten sollte. »Ich kann mich nicht an meine Mutter erinnern.«

»Nein?«

»Nein.« Sie sah Dermot an. »Sie starb, als ich geboren wurde, wissen Sie.«

Peinliches Schweigen. Dann lächelte Robert Winston unpassenderweise. »Ah ja. Ich verstehe.«

Sybylla runzelte die Stirn. »Üben Sie die Juristerei hier in New York aus?« fragte sie.

»Von üben kann nicht die Rede sein – ich habe die Juristerei perfektioniert.«

Dermot wandte sich an Sybylla. »Mr. Winston ist Verfahrensberater. Sein Unternehmen erstellt Studien über die Geschworenenauswahl, den Einfluß der Präsentation im Prozeßverlauf, die Vorbereitung von Zeugen und dergleichen.«

»Ach ja«, sagte Sybylla. »Davon habe ich gehört. Das sind doch die Leute, die dem Anwalt sagen, welchen Anzug er tragen soll, oder?«

Winston blickte sie eindringlich an. Sie sah förmlich, wie er beschloß, nicht zurückzuschießen. »Ja, so könnte man sagen. Wesentlich wichtiger ist aber, daß wir immer die neuesten Trends kennen. Wir wissen, was in den Jurys vorgeht, wie sie reagieren. Ob sie eher streng oder eher milde urteilen, welche Taktiken sich als die wirkungsvollsten erweisen und welche Form der Präsentation den größten Einfluß hat.«

Sybylla lächelte. »Und dieses Wissen stellen Sie natürlich allen Anwälten gleichermaßen zur Verfügung – als eine Leistung im öffentlichen Interesse, ja?«

»Selbstverständlich nicht. Wir arbeiten nach unternehmerischen Gesichtspunkten in einem Land, das den Unternehmer hochachtet. Unsere Dienste stehen denjenigen Anwälten offen, die dafür bezahlen.«

»Und das sind vor allem Verteidiger, ja?«

Er grinste so, daß sie sein ganzes Gebiß sah. »Sie wären überrascht!«

Der Ober trat an den Tisch und servierte zwei kleine Teller mit angewelktem Endiviensalat und geraspelten Karotten. Auf was auch immer der Ruhm des Hyperion Club gründete, kulinarische Größe konnte er für sich nicht in Anspruch nehmen, dachte Sybylla.

»Möchten Sie Wein trinken?« fragte Winston, während der Ober abwartend stehenblieb. Sybylla fand, daß er sich schon wie ein Gastgeber benahm, was um so auffälliger war, als er angeblich nicht lange bleiben wollte. Ihren Vater würde es zwar ärgern, aber sie wollte tatsächlich Wein und sagte es auch. Der Mann gab die Bestellung mit einer eleganten Bewegung aus dem Handgelenk auf.

»Erzählen Sie ein bißchen von sich, Sybylla«, sagte Robert Winston, als der Ober gegangen war.

Sybylla blickte auf und sah, daß ihr Vater sie scharf fixierte. »Was soll ich denn erzählen?«

»Erzählen Sie mir von Ihrer Arbeit. Soweit ich weiß, sind Sie Pflichtverteidigerin.«

Dermot beugte sich vor. »Sybylla und ich haben eine Vereinbarung getroffen, die besagt, daß über ihren Beruf nicht gesprochen wird«, erklärte er, um Humor bemüht. »Derartige Gespräche wirken sich nämlich ungünstig auf meinen Blutdruck aus.«

Winston lächelte freundlich. »Nun, mein Blutdruck ist ganz hervorragend. Und *ich* würde sehr gern etwas über Sybyllas Arbeit erfahren.«

Dermot lehnte sich wieder zurück.

»Seit wann arbeiten Sie denn für die Pflichtverteidigung, Sybylla?«

Sie warf einen Blick zu ihrem Vater hinüber, der mit versteinerter Miene in seinem erbärmlichen Salat stocherte.

»Seit fünf Jahren.«

»Und wie lange wollen Sie dabeibleiben?«

»Ich beabsichtige nicht, die Arbeit aufzugeben. Mir gefällt mein Beruf.«

»Wirklich?« Er schüttelte den Kopf. »Merkwürdig! Ich hätte gedacht, daß man die Nähe zu dieser Sorte Verbrechern höchstens ein, zwei Jahre erträgt.«

»Jeder hat das Recht auf Verteidigung«, sagte sie achselzuckend. »Da kann es auch gleich eine gute Verteidigung sein.«

»Ach?« Winston neigte den Kopf, als wäre er wirklich neugierig. »Warum denn?«

»Warum was? Warum jeder das Recht auf eine gute Verteidigung hat?«

»Nein, warum jeder das Recht auf Verteidigung hat.«

Einen Augenblick lang war sie sprachlos.

»Also, erstens mal, weil es so in unserer Verfassung steht.«

»In der Verfassung steht auch, daß wir das Recht auf Leben haben. Muß die Regierung ihren Bürgern deshalb eine Alternative zur Sterblichkeit bieten?«

»Das ist doch lächerlich.«

»Ich finde es keineswegs lächerlich«, erwiderte Winston. »Ich möchte nur klarstellen, daß die Verfassung, wie alles andere auch, in unzulässiger Weise manipuliert werden kann. Es ist, um ein Beispiel zu geben, eine Interpretation, wenn man behauptet, jeder einzelne Vergewaltiger oder Mörder habe das Recht auf einen Anwalt, der ebenso gut ist wie der des Staates.«

»Bezweifeln Sie das etwa?« fragte Sybylla ruhig und spießte ein trauriges Tomatenachtel auf. »Ziemlich altmodisch!«

»Nein, meine Liebe«, sagte Winston. »Ich wage zu behaupten, daß Sie hier die Altmodische sind. Unsere Gesellschaft ist der Entwicklungen des letzten Vierteljahrhunderts gründlich überdrüssig – Entwicklungen, zu denen auch die gnadenlose Erweiterung der Rechte der Angeklagten zählt. Für sich genommen, sind diese Rechte gar nicht so sehr anstößig, aber jedes einzelne von ihnen geht auf Kosten der Rechte der Opfer. Diesen Zustand finde ich und finden viele mit mir kritikwürdig.«

Sybylla sah erfreut zu, wie der Ober ihr Glas mit Chablis füllte.

»Die Regeln müssen für jeden oder für keinen gelten. Wenn Sie die Rechte eines Menschen für nichtig erklären, verwerfen Sie zugleich auch Ihre eigenen.«

Winston brachte, den Blick auf sein Weinglas geheftet, die kühle, helle Flüssigkeit zum Kreisen. »Im Prinzip stimme ich mit Ihnen nahezu überein, aber Verbrechen ist nun mal keine abstrakte Angelegenheit, sondern hat ein menschliches Gesicht.«

»Sie werden es kaum glauben, aber auch der Angeklagte hat ein menschliches Gesicht. Und manchmal sind wir – damit meine ich die vom Staat gestellten Anwälte – die ersten Menschen im Leben eines Angeklagten, die wirklich bereit sind, ihm zur Seite zu stehen und für ihn zu kämpfen.«

Winston lächelte. »Ist das nicht in sich extrem ironisch? Den Menschen, die etwas zu unserer Gesellschaft beitragen, nimmt die Gesellschaft nur. Den Menschen, die unsere Gesellschaft ausbeuten, gibt die Gesellschaft ständig. Ein Obdachloser zahlt keine Steuern, aber wir lassen ihm medizinische Betreuung, Unterkunft, Essen, Schulbildung und Berufsausbildung zukommen – ganz zu schweigen davon, daß sie von Ihrer eigenen, äußerst kostspieligen Ausbildung profitieren. Nun sagen Sie mir, bitte, welchen Ansporn ein solches System bietet!«

»Armut ist kein Verbrechen«, sagte sie finster lächelnd. »Wenigstens bis jetzt nicht.«

»Richtig. Aber in einer Gesellschaft, die für die grundlegenden Bedürfnisse wie Unterkunft, medizinische Betreuung und Ausbildung aufkommt, sollten diejenigen, die in Armut leben, vielleicht doch einmal anfangen, Verantwortung für Ihre Situation zu übernehmen. Irgendwann trifft doch jeder die Entscheidung, so zu leben, wie er leben will. Und bis dahin haben wir alle unter den Konsequenzen zu leiden.«

Sie starrte ihn an. Mit einem seines Schlags hatte sie schon lange nicht mehr gesprochen.

»Finden Sie nicht, daß wir Menschen, die beschlossen haben, ein gewalttätiges Leben zu führen und mit ihrer Gewalttätigkeit unschuldige Opfer heimzusuchen, aus unserer Mitte entfernen sollten? Dabei spreche ich im Augenblick nicht einmal von der

Todesstrafe, sondern nur von Entfernen. Ich meine damit, daß man diese Kriminellen von ihren zukünftigen Opfern trennen sollte.«

»Man kann doch niemanden für ein Verbrechen bestrafen, das er möglicherweise in der Zukunft begehen wird! Wenn wir das täten, würden wir alle im Gefängnis sitzen. Jeder ist zu einem Mord fähig!«

Winston sah sie gönnerhaft an. Sybylla lief es kalt den Rücken hinab. »Sie nicht, meine Liebe. Sie könnten niemanden töten. Nicht mal, wenn Ihr Leben davon abhinge.«

Es klang wie die übelste Beleidigung, die man sich vorstellen konnte.

»Wissen Sie, ich bin nicht weniger als jeder andere auch für eine sichere, gewaltfreie Gesellschaft.« Sybyllas Stimme hatte jetzt einen gehässigen Unterton. »Aber da wären noch diese lästigen kleinen Grundrechte. Wirklich eine Schande, daß unsere Gründerväter es mit dem Schutz vor böswilliger oder unverantwortlicher Strafverfolgung gleich so genau nehmen mußten!«

»Ja, ich halte das in der Tat für eine Schande! Damit meine ich selbstverständlich nicht die ursprünglichen Grundsätze, aber irgendwann in den letzten zweihundert Jahren haben einige dieser feierlichen Erklärungen eine gewaltige Wandlung erfahren. Es ist wie ein einziges, jahrzehntelang andauerndes Stille-Post-Spiel, bei dem die erste Person in der Reihe etwas Großartiges flüstert, beispielsweise, ›Die Polizei darf nicht einfach in dein Haus platzen, wenn sie Lust dazu hat‹, und zwei Jahrhunderte später heißt es dann: ›Selbst wenn die Polizei weiß, daß du ein Verbrechen begangen hast, selbst wenn du den Polizisten mit dem bluttriefenden Messer in der Hand davonläufst, selbst wenn ihnen der Gestank verwesender Leichen aus dem Keller entgegenschlägt, während sie vor deiner Haustür stehen, dürfen sie nicht hinein, es sei denn, sie haben einen ordnungsgemäßen Durchsuchungsbefehl, der es ihnen erlaubt, einen ganz bestimmten Gegenstand zu suchen.‹ So lautet das Gesetz. Es ist der ferne Abkömmling dessen, was die Verfassung im Sinn hatte. Aber ist es auch richtig?« Er betrachtete den Wein in seinem Glas. »Mittlerweile geht es dabei nicht einmal mehr um Gerechtigkeit, sondern ausschließlich darum, was man Geschworenen als akzeptabel unterjubeln kann.«

Sybylla begann sich gegen ihren Willen zu ereifern. »Aber genau so muß es sein! Jeder andere Maßstab würde viel zu leicht zu falschen Anschuldigungen und ungerechtfertigten Inhaftierungen führen.«

»Ja, ja«, sagte Winston nachdenklich. »Das ist Ihr großer Alptraum, nicht wahr? Der unschuldige Mensch, ja?«

Sybylla bemühte sich um einen beiläufigen Ton. »Wir werden alle unschuldig geboren.«

»Sagen Sie mir, ist Ihr aktueller Mandant, dieser Mann, der das Kind niederstach, unschuldig?«

Sybylla sah ihm in die Augen. »Das habe nicht ich zu beurteilen. Ich weiß aber, daß dieser Mann in der Vergangenheit nie gewalttätig war. Sein Freund behauptet, er sei vor einigen Monaten verschwunden und in besagtem Zustand wieder aufgetaucht. Niemand kann es sich erklären.«

»Was hat er Ihnen denn erzählt?« fragte Winston.

Sie bedeckte instinktiv ihre verletzte Hand. »Sie wissen, daß ich darüber nicht sprechen darf, Mr. Winston. Der anwaltlichen Schweigepflicht gestehen doch sicherlich selbst Sie große Bedeutung zu, oder?«

Er nahm die Flasche und schenkte Sybylla nach. »Sie werden geistige Unzurechnungsfähigkeit geltend machen, nehme ich an.«

»Ich bezweifle, ehrlich gesagt, daß der Fall überhaupt je vor Gericht kommt«, erwiderte sie knapp. Sie wollte das Thema endlich beenden.

»Wenn es nun aber doch zum Prozeß käme«, hakte Winston nach, ohne weiter nach den Einzelheiten von Trents Verrücktheit zu fragen, »würden Sie dann Unzurechnungsfähigkeit geltend machen?«

»Das wäre möglich«, sagte sie unverhohlen schroff.

Winston betrachtete sie mit merkwürdig beifälligem Blick, doch sein Wohlwollen empfand Sybylla als fast ebenso unangenehm wie sein Mißfallen. »Die ist nicht kleinzukriegen, Dermot«, sagte er und kniff die Augen zusammen, als begutachtete er die Muskeln eines Pferdes. »Ganz deine Tochter.«

Sybylla, die ihren Vater im Eifer des Gefechts fast völlig vergessen hatte, sah ihn jetzt an. Dermot starrte auf seinen noch immer unberührten Salat. In diesem Augenblick erschien der Ober und servierte das verschmähte Grünzeug ab.

»Und wie geht es dir, alter Freund? Wie hältst du die ganze Aufregung aus?«

Sybylla spitzte die Ohren. »Welche Aufregung?«

Winston grinste. »Aber Ihr feiert doch gerade, oder nicht?«

»Nein«, sagte Dermot barsch.

»Nein«, bestätigte Sybylla. »Warum sollten wir?«

»Soll das heißen, daß er es Ihnen noch nicht erzählt hat?« Jetzt war Winston nicht mehr zu halten. »Deine Bescheidenheit ist völlig unnötig, alter Freund. Es ist bereits beschlossene Sache, weißt du.«

Sybylla sah ihren Vater an. »Was ist denn passiert, Daddy?«

Dermot zuckte verlegen mit den Achseln, gab nun aber doch nach. »Ich wurde letzte Woche angerufen. Aber die Sache ist streng vertraulich.«

Sybylla nickte nervös.

»Byron Jennings Wofford wird am Ende der laufenden Sitzungsperiode zurücktreten.«

Es traf sie wie ein Keulenschlag. Wofford, dessen schlechter Gesundheitszustand schon lange bekannt war, hatte der Presse immer versichert, er werde sich nie zur Ruhe setzen. Als Richter des Obersten Bundesgerichts blieb ihm dies selbstverständlich unbenommen, doch in den vergangenen zwei Jahren hatte seine juristische Arbeit unter der Krankheit sehr gelitten. Die Mitteilung, die ihr Vater eben gemacht hatte, konnte zwar nur eines bedeuten, trotzdem wollte sie es aus seinem Munde hören.

»Ja und? Was weiter?«

»Ich wurde gefragt, ob ich bereit wäre, die Aufgabe zu übernehmen. Ich habe darüber geschlafen und dann ja gesagt. Es wird demnächst bekanntgegeben.«

»Daddy«, sagte Sybylla, ehrfürchtig den Kopf schüttelnd, und versuchte, die Nachricht mit ihren weitverzweigten Konsequenzen für ihr Privat- wie für ihr Berufsleben zu verdauen. Einerseits würde Dermots Aufstieg in den Obersten Gerichtshof ihre Arbeit aller Wahrscheinlichkeit um einiges erschweren, denn das

Gericht würde dadurch einen Rechtsruck erfahren und sich einer Ausweitung der Beweisregeln öffnen, da die Öffentlichkeit immer wieder enttäuscht reagierte, wenn Verbrechen aufgrund von Verfahrensfehlern nicht strafrechtlich verfolgt wurden – weil ein Durchsuchungsbefehl schlecht formuliert war, beispielsweise, oder wegen einer ungesetzlichen Festnahme – beziehungsweise wenn das Urteil aus derartigen Gründen im Berufungsverfahren aufgehoben wurde. Solche juristischen Hintertürchen waren eine wirkungsvolle Waffe im Arsenal eines jeden amerikanischen Pflichtverteidigers; ohne sie würde Sybyllas Freispruchquote aller Wahrscheinlichkeit nach beträchtlich sinken.

Andererseits würde ihr Vater dann Bundesrichter sein. Daß Dermot diesem Gerichtshof angehören und in der Rechtsgeschichte die Rolle spielen würde, die zu erlangen er sein ganzes Leben hindurch angestrebt hatte, war einfach wunderbar. Sie hatten zwar unterschiedliche politische Ansichten, doch Sybylla wußte, daß Dermots Gesetzestreue ebenso ausgeprägt war wie ihre eigene: Er war nicht nur Rechtsgelehrter, sondern auch Kritiker und Diener des Rechts. Von nun an würde er die Gesetze für die Nation und für die Zukunft formen.

Dermot verbarg seine Freude. »Nur nicht voreilig sein! Meine Ernennung muß noch bestätigt werden. Und wie ich den Senat kenne, wird das kein Kinderspiel.«

»Das schaffst du mit links«, sagte Sybylla grinsend. »Ach, es ist einfach phantastisch! Aber du hättest es mir schon noch erzählt, oder?«

»Ja, natürlich.« Er sah Winston an, der sich gerade erhob, um sie endlich allein zu lassen. »Wenn auch nicht unbedingt heute abend.«

»Nun«, sagte Dermots Freund und trat hinter seinen Stuhl. »Ich gehe jetzt besser. Ich will die kleine Feier nicht stören; außerdem ist mein Dinnergast soeben eingetroffen. Meine Liebe«, er beugte sich zu Sybylla hinab, »ich kann gar nicht sagen, wie sehr mich unser Zusammentreffen gefreut hat. Viel Glück für Ihren schwierigen Fall!« Er griff in seine Anzugjacke und holte eine Brieftasche aus blutrotem Eidechsenleder hervor. »Hier ist meine Karte. Besuchen Sie uns doch einmal! Einer unserer Mitarbeiter wird Ihnen alles zeigen und Ihnen alle Fragen beantworten.«

»Robert!« zischte Dermot ihn an.

Sybylla wandte den Blick zu Ihrem Vater. Er war vor Wut rot angelaufen.

»Warum denn nicht?« fragte Winston lächelnd. »Man kann nie wissen! Vielleicht gelangt sie eines Tages zu der Ansicht, daß wir Privatunternehmer doch nicht so übel sind, und ich bin ständig auf der Suche nach hellen Köpfen. Aber jetzt muß ich gehen.« Er wandte sich noch einmal an Sybylla. »Es war mir ein Vergnügen, Sie diesmal in schicklichem Zustand angetroffen zu haben.«

»Nicht in Windeln, meinen Sie wohl, ja?«

»Und Ihrer schönen Mutter so ähnlich.« Sein Blick wanderte aufdringlich über ihr Gesicht. »Ihr Wild Man kann wirklich von Glück sprechen, eine so kompetente und engagierte Anwältin zu haben. Ich kann nur hoffen, daß er das zu schätzen weiß, das heißt, ich hoffe, daß er nicht undankbar ist und die Hand beißt, die ihm helfen will.« Sybylla erstarrte und beobachtete aus den Augenwinkeln, wie ihr Vater den Kopf wandte und sie betrachtete. Die verbundene Hand lag auf ihrem Schoß. Sie bedeckte sie mit Ihrer Serviette, was völlig zwecklos war, und schluckte. »Also – auf Wiedersehen, Dermot«, sagte Winston, seinem Freund zunickend. Dann machte er kehrt und eilte von dannen.

Sybylla wich dem Blick ihres Vaters aus und studierte Winstons Karte, als handelte es sich um den Stein von Rosette. Sie war auch tatsächlich fast genauso interessant.

»Daddy«, sagte sie verblüfft. »Die sind ja ganz in unserer Nähe.«

Ihr Gegenüber schwieg.

»Schau doch mal!« Sie streckte ihm die Karte entgegen, als könnte sie Wunder wirken und das, was gleich kommen würde, abwenden. »Gesellschaft für Juristische Forschung. Die sitzen in der Seneca Road in Great Falls. Das ist höchstens zwei Kilometer von unserem Haus entfernt.«

Sybylla reagierte auf das fortgesetzte Schweigen ihres Vaters, indem sie einen großen Schluck Wein trank. Dann versuchte sie es mit einem anderen Ablenkungsmanöver.

»Ein widerlicher Kerl.« Ihr ironischer Flüsterton klang ziemlich bemüht. »Manchmal vergesse ich einfach, daß du so unsympathische Freunde hast.«

Dermots Miene wurde noch eisiger. »Das ist kein Freund«, fauchte er.

»Nein? Du hast ihn aber Freund genannt.«

»Das ist kein Freund. Er... Er hat vor langer Zeit einmal etwas für mich getan, und das habe ich nicht vergessen. Das ist alles.«

»Das ist alles?« Sie witterte eine günstige Gelegenheit, mehr in Erfahrung zu bringen. »Was soll das heißen? Was war das denn? Irgendeine berufliche Mauschelei oder was?«

Dermot schüttelte heftig den Kopf. »Nein, nein, nein, Sybylla! Wir sind nicht hier, um über mein Berufsleben zu reden!«

»Ach«, sagte sie mit übertriebenem Nicken. »Jetzt verstehe ich. Wir sind hier, um über *mein* Berufsleben zu sprechen. Mal was anderes, zur Abwechslung! Aber warum ausgerechnet heute abend, wenn ich fragen darf?«

»Warum *heute abend*?« Dermot langte über den Tisch und griff nach ihrer verbundenen Hand. »Sieh dir das doch mal an!« schnaubte er, drehte Sybyllas Handgelenk um und wies auf den Verband, den sie sich selbst angelegt hatte. »Sieh dir doch nur an, was dieser Mistkerl mit dir gemacht hat! Und du reißt dir ein Bein für ihn aus! Findest du denn wirklich keine anderen Möglichkeiten, dein Mitgefühl unter Beweis zu stellen? Bist du willens, deine Karriere für das Monster zu opfern, das dir dies hier zugefügt hat, damit du dich immer an ihn erinnerst?«

»Was soll das heißen – ›meine Kariere opfern‹? Daddy, es tut mir wirklich leid, dir mitteilen zu müssen, daß das meine Karriere *ist*. Ich *bin* nun mal Pflichtverteidigerin. Das ist mein *Beruf*.« Sie setzte sich kerzengerade hin. »Hör zu, ich akzeptiere, daß du damit nie einverstanden sein wirst, aber ich wäre dir wirklich dankbar, wenn du darüber nicht immer in solche Wut geraten würdest. Das ändert an meiner beruflichen Situation nämlich nicht das geringste, und dir geht es dann noch schlechter damit.«

»Ich bin nicht wütend.«

Er sprach plötzlich so leise, daß sie ihn nicht verstand.

»Was?«

»Ich bin nicht wütend.« Er ließ ihre Hand los. »Ich habe Angst.«

Es haute sie fast um; sie brauchte eine Weile, um es zu verdauen. Zeit ihres Lebens hatte er keinem einzigen Menschen gegenüber Angst eingestanden, am allerwenigsten ihr, seiner Tochter. Dermot war der beherrschteste, selbstbewußteste und kompetenteste Mensch, den sie kannte – und jetzt hatte er Angst.

Sie schüttelte den Kopf. »Aber warum denn?«

»Hör mir zu. Ich werde etwas tun, was mir sehr schwerfällt, und ich will, daß du das respektierst. Ich werde dich bitten. Bitte, Sybylla! Es ist vielleicht das erste- und letztemal, daß du nur mir zuliebe etwas tun sollst, und ich flehe dich an, es zu tun: Gib den Wild-Man-Fall ab! Laß einen anderen Anwalt seine Verteidigung übernehmen! Du weißt ja nicht, mit was du da spielst!«

Sybylla war erstaunt und fast ein wenig beschwichtigt durch sein demütiges Flehen, doch der letzte Satz, den er gesagt hatte, erregte ihre Aufmerksamkeit. »Wie meinst du das – was weiß ich nicht?«

Der Ober erschien und servierte zwei Teller mit Chateaubriand. Sybylla wartete, bis er wieder gegangen war.

»Was soll das Ganze?« fragte sie ihren Vater. »Rückst du jetzt mit der Sprache raus oder nicht? Wenn du es tust, werde ich nämlich ganz Ohr sein. Wenn du dich aber weiter auszuschweigen gedenkst, weiß ich nicht, was die ganze Diskussion soll. Also, raus damit!«

Er schüttelte kurz den Kopf. »Nein. Es muß reichen, daß ich dich darum gebeten habe. Gib den Fall ab!«

Plötzlich überkam Sybylla eine gewaltige Ernüchterung. »Es ist wegen deiner Ernennung, oder?« sagte sie unvermittelt. Dermot schwieg; seine Miene verriet nichts. »Ja, es ist wegen deiner Ernennung. Du glaubst, meine Verbindung zu Trent könnte dir irgendwie schaden. Darum geht es, ja?« fuhr sie ihn an. Ihr Zorn wuchs mit jedem Wort. »Es wäre ein Makel in deinem ansonsten makellosen Lebenslauf, eine Tochter zu haben, die einen Psychopathen wie Trent verteidigt!« Sie starrte ihn an. »Ich fasse es nicht! Ich weiß ja, daß du darauf aus bist, Daddy, schließlich warst du immer schon darauf aus, aber siehst du denn nicht, wie unmoralisch es ist, so etwas zu erbitten?«

»Das mag wohl sein. Ich erbitte es dennoch.«

Sybylla spürte, wie ihre Gesichtsmuskeln sich vor Zorn verkrampften. Wenn Dermot allen Ernstes befürchtete, die Sache könne einen ungünstigen Einfluß auf seine Bestätigung als Bundesrichter haben, so empfand sie diese Angst als völlig übertrieben, da selbst Menschen, die von den Ergebnissen ihrer Arbeit nicht gerade begeistert waren, zugaben, daß es Pflichtverteidiger geben mußte. Irgendwer mußte es schließlich tun, warum also nicht die Tochter eines Bundesrichters? Sie konnte sich nicht vorstellen, daß es auch nur einen Menschen im Senat, ja in der gesamten Öffentlichkeit gab, der einem stockkonservativen Vater die juristischen Neigungen seiner Tochter zum Vorwurf machen würde. War Dermot sich seiner Sache wirklich so wenig sicher?

Das Steak sah zwar sehr gut aus, und der unerwartet betörende Duft weckte plötzlich einen Heißhunger in ihr, doch sie war zu wütend, um zu bleiben.

»Tut mir leid, daß du so denkst, Daddy. Ich würde dir gern einen Gefallen tun, aber ich stehe nun mal zu den Prinzipien meiner Arbeit und daher auch zu Trent. Ich kann es nicht tun und ich wünschte, du hättest mich nicht darum gebeten.«

»Ich wünschte, ich hätte dich nicht darum bitten müssen«, sagte ihr Vater. Sein milder Ton zieh seinen kühlen Blick Lügen.

Sybylla stand auf, Dermot griff nach ihrer Hand, doch sie wich der Berührung aus. »Bitte, Sybylla!«

»Gute Nacht, Daddy.«

Sie war so bestürzt, daß es sie größte Mühe kostete, einen selbstbewußten Abgang hinzulegen. An der Tür zum Speisesaal mußte sie stehenbleiben und sich einen Moment sammeln. Dann drehte sie sich um und warf einen kurzen Blick auf ihren Vater, der immer noch am Tisch saß und wie gebannt auf sein kalt werdendes Steak starrte. Er sah sie nicht an, aber hinter ihm, tief in einer düsteren Ecke des Raumes, traf ihr Blick auf den von Robert Winston und seinem Dinnergast, dem Staatsanwalt des Bezirks New York, Mr. Andrew Greer.

10

Das Telefonsystem des Bellevue Medical Center hatte sich seit der Ära der mit Fäden verbundenen Dosen offenbar nur minimal weiterentwickelt. Seit ihrem so unglücklich verlaufenen Treffen mit Dermot waren einige Tage vergangen; Sybylla saß verkrampft auf ihrem unbequemen Bürostuhl und wurde innerhalb des ganzen Krankenhauses von einer Stelle zur nächsten verbunden, wobei sie gelegentlich an wie aus weiter Ferne kommende Stimmen, an gelangweilt klingende, hin und wieder sogar an desorientiert wirkende Leute geriet – als hätten die Patienten selbst die Telefonzentrale übernommen. »Bellevue Hospital, mit wem soll ich Sie verbinden?« Mit diesen Worten schaltete sich hin und wieder die immer gleiche müde Frauenstimme dazwischen; einmal ertönte ein munteres »Mit wem wollen Sie denn sprechen?«, einmal ein leicht bedrohlich wirkendes »Hausmeisterei!«.

»Bellevue Hospital. Mit wem soll ich Sie verbinden?«

»Ich warte darauf, mit Dr. Turturro verbunden zu werden«, erklärte Sybylla seufzend. »Und zwar schon seit geraumer Zeit.«

»Mit Dr. Turturro? Augenblick, bitte.«

Warum nur, warum? dachte sie.

»Sie wollen mit Dr. Turturro sprechen?« Wieder eine andere Frauenstimme. »Wie heißen Sie?«

Sybylla sagte es ihr.

»Ja, ich habe hier eine Mitteilung von ihm für Sie. ›Bitte kommen Sie heute nachmittag. Der Patient fragt nach Ihnen!‹«

»Ist das wahr? Er redet?«

»So steht es jedenfalls da«, sagte die Frau gelangweilt.

»Kann ich gleich kommen?«

Die Frau kicherte, sagte: »Ist mir doch egal, was Sie tun«, und hängte ein.

Sybylla legte den Hörer auf die Gabel und packte ihre Sachen zusammen. »Der Patient fragt nach Ihnen« – das war nur möglich, wenn er wieder einigermaßen vernünftig denken konnte, und es gab kaum einen Menschen, dem Sybylla die Fähigkeit, vernünftig zu denken, so wenig zutraute wie Trent in seiner augenblicklichen Verfassung. Der vor sich hin murmelnde, halluzinierende Mann, der sie eiskalt in die Hand gebissen hatte, war ihr wie ein Mensch erschienen, dessen Bewußtsein unwiederbringlich in innerem Chaos untergegangen war. In Wahrheit hatte sie schon damals, als sie ihn in jenem Verrückten im neunzehnten Stock wiedererkannte, alle Hoffnung für Trent aufgegeben. Alles, was sie seitdem für ihn unternommen hatte, jeder Satz, den sie gesagt, jede Strategie, die sie sich überlegt hatte, war den Prinzipien zuliebe geschehen, die sein Fall symbolisierte – dem Prinzip, daß man einem Menschen wie ihm helfen mußte, anstatt alle Schuld auf ihn zu schieben, dem Prinzip, daß das Leiden dieses einzelnen durch die Gesellschaft bewirkt worden war und daß sein Kampf einen größeren und grundlegenderen Kampf widerspiegelte. Sie hatte nicht geglaubt, daß der Trent, den sie einst gekannt hatte, jemals wiederkehren würde.

Doch jetzt fragte er nach ihr, was immer das bedeuten mochte. Sie ließ eine Nachricht für Steiner zurück und fuhr mit der U-Bahn nach Uptown.

Als sie in der Klinik ankam, stand Turturro am Eingang zur Station und stritt erregt mit einem wie Meister Proper aussehenden Kerl, der eine viel zu weite Mets-Jacke trug. Der Mann hob immer wieder die Faust, um seinen Worten Nachdruck zu verleihen; es sah aus, als würde er eine Angel auswerfen.

Sybylla unterbrach die beiden. »Ich habe Ihre Nachricht erhalten.«

Turturro sah sie an. »Ah, gut, daß Sie da sind!«

»Er spricht also?«

»Na ja«, sagte Turturro kichernd. »So kann man es auch nennen. Kommen Sie!«

Meister Proper packte ihn am Arm. »Hey – ich gehe nicht ohne sie!«

»Ich würde Ihnen wirklich gern helfen, Sir«, sagte Turturro in beruhigendem Ton, »aber ich kann nicht. Ihre Frau muß zur Beobachtung hierbleiben und kann ohne einen Gerichtsbeschluß nicht entlassen werden.«

»Ich gehe aber nicht ohne sie.« Wieder warf er seine Angel aus.

Turturro seufzte. »Ist mir auch recht.« Es klang resigniert. »Kommen Sie, Ms. Muldoon.«

Er steckte seine Karte ins Sicherheitsschloß, und die Tür öffnete sich. »Es ist wirklich verrückt.« Er schüttelte im Gehen den Kopf. »Der Nachtpfleger kommt heute morgen gegen drei Uhr zu ihm rein, um nach ihm zu sehen. Da sagt Trent zu ihm: ›Würden Sie bitte meine Anwältin anrufen?‹ Total höflich. Als ich ein paar Stunden später kam, saß er in seinem Zimmer am Fenster und wirkte ein bißchen benommen. Er sagte, ihm sei übel. ›Übel‹, das hat er wörtlich gesagt.«

Sybylla blickte den Arzt an. »Das hat Sie ja offenbar ziemlich überrascht.«

»Na ja, ein bißchen schon, wenn ich ehrlich sein soll. Schizophrene haben häufig lichte Augenblicke, aber eine so vollständige Umkehr von einer schweren Psychose zu augenscheinlicher Vernunft in so kurzer Zeit habe ich persönlich noch nie erlebt.«

»Es ist also vorbei? Er hat keine Halluzinationen mehr? Er ist wieder ganz normal?«

»Also«, sagte Turturro leise vor sich hin lachend und führte sie in einen abzweigenden Gang, »wissen Sie, Begriffe wie ›normal‹ vermeiden wir lieber. Normalität ist für einen Psychiater ein sehr weites Feld. Aber ich muß gestehen, er wirkt gesundheitlich ziemlich auf der Höhe. Er weiß, wer er ist und wo er sich befindet. Er schreit nicht, hat offenbar keine Angst mehr und ist nicht mehr gewalttätig.«

»Weiß er, warum er hier ist?«

»Nein, nein«, sagte Turturro beflissen. »Das wollte ich Ihnen überlassen.«

Sybylla schüttelte den Kopf. Wenn es wahr wäre, wenn Trent tatsächlich mit einemmal in der Lage wäre, die gegen ihn erhobenen Vorwürfe zu verstehen und ihr bei der Ausarbeitung einer Verteidigungsstrategie zu helfen, würde der Prozeß, über den sie mit ihrem Vater und mit Andrew Greer so heftig gestritten hatte, möglicherweise doch stattfinden. Sie biß sich auf die Lippe, um nicht laut zu fluchen. Diesen Prozeß würde sie nicht gewinnen können. Gegen ein entstelltes kleines Mädchen kam kein Grundrecht der Welt an.

»Ich brauche unbedingt eine Kopie des Aufnahmeberichts«, murmelte sie vor sich hin.

»Wie bitte?« Turturro war vor einer Tür stehengeblieben.

»Ihr Aufnahmebericht – ich muß ihn mir unbedingt durchlesen.« Sie sah ihn an. »Es könnte ja nun doch zum Prozeß kommen, wissen Sie.«

»Ach so. Ja, klar.« Er schob seine Karte ins Schloß. »Ich hinterlege Ihnen am Stationseingang eine Kopie.«

»Ich muß allein mit ihm sprechen.«

Turturro starrte sie an. »Das ist doch wohl nicht Ihr Ernst – nach dem, was neulich passiert ist?« Er warf einen Blick auf ihre Hand, die nicht mehr verbunden war, sondern nur noch ein Pflaster trug.

»Anwaltsgeheimnis«, sagte Sybylla achselzuckend.

Er schüttelte den Kopf und öffnete die Tür.

Sybylla mußte die Augen zusammenkneifen, um Trent in dem düsteren Raum zu erkennen. Er war stark abgemagert und saß im Schneidersitz auf einem Bett. Er wandte das Gesicht nur sehr langsam zur Tür und sagte: »Hallo.« Die folgenden Wörter formte er, als gehörten sie einer eben erst erlernten Sprache an. »Sie haben eine neue Frisur.«

Eine neue Frisur? Sie hob die Hand wie im Reflex zur Schulter und nahm eine Locke zwischen die Finger. Er hatte recht. Im vergangenen Sommer hatte sie ihr Haar um etwa fünfzehn Zentimeter gestutzt.

»Ja, ich habe es mir abschneiden lassen«, sagte sie und drehte kurz den Kopf hin und her, daß die Locken aufflogen.

»Sieht gut aus.«

Das Kompliment wirkte völlig absurd. Trent steckte nämlich in einer Zwangsjacke. »Ich bin rausgekommen«, sagte er unvermittelt. »Ich weiß nicht wie, aber ich hab's geschafft. Ich bin da rausgekommen.«

»Wo sind Sie rausgekommen, Trent?« Sie ging unwillkürlich einen Schritt auf ihn zu. Turturros Arm schnellte vor und hielt sie zurück.

»Na, dort!«

»Wo – dort?« Ihre Zuversicht schwand ein wenig. Ruhiger mochte er ja sein, aber »na dort« klang immer noch ziemlich paranoid.

»Die haben mich dorthin gebracht. *Erinnern. Erinnern.*«

»Erinnern – an was denn?« Hilfesuchend sah sie Turturro an, der Trent genau beobachtete.

»*Erinnern. Erinnern.* Das haben sie immer gesagt. Dann bin ich rausgekommen und in den Zug gestiegen.«

Sie schüttelte den Kopf, wie um ihre Verwirrung loszuwerden. »Sie wissen, wer ich bin, ja?«

»Klar«, sagte er freundlich nickend. »Sie sind Sybylla. Sie holen mich hier raus.«

Sybylla wandte sich an Turturro. »Ich sehe keinerlei Gefahr für mich und denke, daß ich mit meinem Mandanten jetzt wirklich unter vier Augen weiterreden sollte.«

Der hochgewachsene Mann seufzte und tat mit einem Schulterzucken seine Zustimmung kund.

»Ich komme schon zurecht«, erklärte Sybylla in beschwörendem Ton. »Schauen Sie ihn an – er sieht nicht aus, als hätte er genug Kraft, auch nur einen Finger zu heben, geschweige denn eine Zwangsjacke abzustreifen.«

»Eigentlich darf ich das nicht, aber bitte...« Turturro verließ kopfschüttelnd den Raum.

Sybylla wandte sich wieder ihrem Mandanten zu, der sie aufmerksam betrachtete. Trotz der Angst, die Turturro in ihr geweckt hatte, trotz ihres ehrlichen Interesses zu erfahren, was Trent ihr zu sagen hatte, spürte Sybylla eine Art Kick. Sie war allein mit dem Wild Man, dem augenblicklich wohl meistgehaßten Menschen in ganz New York. Sie hätte sich gern hingesetzt, um auf einer Höhe mit ihm zu sein, doch der einzige Stuhl in dem ansonsten leeren Raum stand am anderen Ende von Trents schmalem Bett. Sie beschloß stehenzubleiben.

»Dr. Turturro sagte mir, Sie wüßten, wo Sie hier sind. Stimmt das?«

»Klar.« Er hob die schmalen Schultern unter dem schweren Leinenstoff. »Ich weiß, wo das Bellevue ist. Bin schon hier gewesen und hab' Bennis besucht, als es mit seinem Magen ganz schlimm war, letztes Jahr.« Er sah Sybylla fragend an. »Aber ihn haben sie nicht eingesperrt, und ihm haben sie auch nicht so ein Ding verpaßt...« Er zuckte in stummer Resignation mit seinen gefesselten Armen.

»Wissen Sie, warum Sie hier sind?«

»Hatte wohl 'nen Blackout oder so was, ja?«

»Schon möglich«, antwortete sie vorsichtig und dachte über

das eben Gesagte nach. »Vielleicht war es etwas in der Art. Können Sie sich daran erinnern, daß wir uns vor ein paar Wochen gesehen haben, hier im Bellevue?« Und daß du dir meine Hand hast schmecken lassen, fügte sie im stillen hinzu. Trents Miene blieb starr.

»Ja, echt?« Er schürzte die Lippen. »Sind Sie sicher?«

Ich muß die Verteidigung auf Unzurechnungsfähigkeit ausrichten, schoß es Sybylla durch den Kopf. Sie mußte auf der Behauptung des Mandanten aufbauen, eine Gedächtnisstörung erlitten zu haben. Vielleicht konnte sie einen Psychiater auftreiben, der ihm die Diagnose multiple Persönlichkeitsstörung stellte. Irgendeine Koryphäe, einen, der schon ein paar Bücher geschrieben hatte. Im Büro würde sie gleich mal Dreyfus anrufen. Der Mann war unheimlich scharf auf Publicity und im Grunde ein Quacksalber, wirkte im Zeugenstand jedoch sehr weise und würdevoll und war sein Geld bisher immer wert gewesen. Im Jahr zuvor war es ihr mit seiner Hilfe gelungen, für eine Frau, die ihre neugeborenen Zwillinge erstickt hatte, einen Freispruch wegen Unzurechnungsfähigkeit rauszuholen; er hatte ausgesagt, die nach der Geburt entstandenen Hormone hätten ihre latent vorhandene Schizophrenie verstärkt. »Dreyfus«, schrieb sie auf ihren Notizblock. »Ihm unbedingt sagen, daß es der Wild Man ist.« Sie konnte sich darauf verlassen, daß der brave Onkel Doktor ein entsprechendes Gutachten verfassen würde.

»Trent, als Ihre Anwältin muß ich Ihnen mitteilen, daß Sie wegen schwerer Körperverletzung angeklagt sind«, sagte sie ohne Umschweife. »Man beschuldigt Sie, ein kleines Mädchen mit einem Skalpell angegriffen zu haben.«

Er starrte sie an, seine dunklen Augen waren weit aufgerissen. »Nein«, sagte er nach kurzem Schweigen. »Das hab' ich nicht getan.«

Sybylla nickte. Das Leugnen Beschuldigter war ihr täglich Brot. »Na gut. Aber ich muß Ihnen sagen, daß vier Personen der Polizei gegenüber erklärten, sie hätten den Angriff mit eigenen Augen gesehen, und Sie als Täter identifiziert haben. Außerdem hielten Sie ein Skalpell mit Ihren Fingerabdrücken in der Hand, und die Kleidung, die Sie trugen, war voller Blut, das offenbar vom Opfer stammt.«

»Nein.« Trent schüttelte den Kopf. Er wirkte verärgert, schien geradezu beleidigt, daß sie so etwas auch nur denken konnte. »Ich habe das nicht getan.«

»Okay«, sagte Sybylla. »Wir werden uns für nicht schuldig erklären. Verstehen Sie das?«

»Klar. Stimmt ja auch.« Er wirkte benommen, schien ihr aber folgen zu können. »Ich bin nicht schuldig.«

»Sie können sich also an diesen Angriff nicht erinnern?«

»Hab' ich Ihnen doch gesagt.« Er runzelte die Stirn; in seiner Stimme schwang Mißmut mit.

»An was können Sie sich denn erinnern? Was war das letzte, bevor Sie hierher ins Bellevue kamen, woran Sie sich erinnern können?«

Trent schloß die Augen. Er hatte die fahle, graue Gesichtsfarbe eines Menschen, der nie ganz gesund gewesen war. Am Leben gealtert, vertraut mit der Nacht.

Seine schmalen Schultern begannen plötzlich zu zucken. »Scheißkalt«, sagte er. »Arschkalt.«

Sybylla fand es eher warm in dem Zimmer. »Ist alles in Ordnung mit Ihnen? Soll ich Ihnen eine Decke holen?«

»Hier doch nicht!« fauchte er sie an. »Hier doch nicht! Gefroren hab' ich, wie wenn der Boden aus Eis wär' oder so. Hab's ihnen auch gesagt. Hab, gesagt: ›Ihr könnt mich doch nicht einfach hierlassen. Ich kenne meine Rechte, ihr müßt mich zurückbringen!‹«

Sybylla seufzte auf. Diese paranoiden Phantasien würden zwar sehr gelegen kommen, wenn Dreyfus mit Trent sprach, doch im Augenblick führten sie zu rein gar nichts.

Sie beschloß, das Thema zu wechseln. »Ich wollte Sie noch etwas fragen. Sie hatten am Arm einen Einschnitt.« Sie hob ihren linken Ellbogen und deutete auf die Stelle. »Hier ungefähr. Man hat ihnen ein kleines Ding rausoperiert, eine kleine weiße Scheibe. Haben Sie eine Ahnung, was das war?«

Er zuckte mit den Achseln. Es schien ihn nicht zu interessieren.

»Haben Sie an irgendwelchen medizinischen Studien teilgenommen, Trent? Sie wissen schon, für ein neues Medikament oder so.«

Keine Antwort.

»Hat Ihnen irgendwer gesagt, daß man Ihnen etwas unter die Haut verpflanzen würde, damit es Ihnen besser geht? Wegen irgendeines gesundheitlichen Problems vielleicht?«

»Blutdruck«, sagte er leise und gedankenverloren. »Ich habe zu hohen Blutdruck. Aber keiner hat mir was gegeben. So ein Krankenhaus war das nicht, wenn Sie mich fragen.«

»Sie haben also keine Ahnung, wie Sie zu dieser kleinen Scheibe im Arm gekommen sind?« Sybylla war enttäuscht. Sie waren noch keinen Schritt vorangekommen; sie wußte immer noch nicht, was mit ihm passiert war. »Sie müssen mir ein bißchen helfen, Trent. Sie waren fast drei Monate weg, und dann tauchten Sie plötzlich mit einem Skalpell in der Hand wieder auf. Was war mit Ihnen passiert? Sie wissen doch, daß Sie mir das ruhig sagen können. Ich bin Ihre Anwältin. Das Gesetz verbietet es mir, das, was Sie sagen, irgend jemandem weiterzuerzählen.«

Er schüttelte heftig den Kopf. »Ist besser, wenn ich Ihnen nichts sage.«

»Besser für wen?« fragte sie verärgert. »Wie soll ich Sie vor Gericht verteidigen, wenn Sie mir nicht sagen, was passiert ist?«

Er richtete sich ruckartig auf »Vor Gericht?«

»Ja, natürlich. Ich glaube nicht, daß der Staatsanwalt auf einen Deal eingehen wird.« Jedenfalls nicht während seines Gouverneurswahlkampfs, fügte sie in Gedanken hinzu.

»Ich komme vor Gericht?« fragte er völlig entgeistert. Dann beugte er sich zu ihr vor. »Sybylla«, sagte er, kaum hörbar flüsternd.

»Ja?«

»Ich sag's. Ich sag', was passiert ist.«

»Das mit dem kleinen Mädchen?«

Trents Augen weiteten sich. »Von einem kleinen Mädchen weiß ich nichts, da kann ich nichts sagen. Aber das von den Leuten sag' ich. Die haben mich in einen Kleinbus gestoßen. Ich wollte nicht. Ich hab' gesagt, daß ich nicht ins Asyl will, daß ich zu meinem Schlafplatz zurück will, daß es mir bei der Brücke gefällt. Aber die haben nicht zugehört. Haben mich einfach reingestoßen.«

»Sie waren also in einem Obdachlosenasyl?« Im Augenblick

verstand sie gar nichts mehr. »Die ganze Zeit über? In welchem denn?«

»Ich hab' ein eigenes Zimmer gehabt.« Er machte eine Kopfbewegung zur Decke. »So wie das hier.«

»Ein Zimmer wie dieses hier? Ein Krankenhauszimmer?«

»*Erinnern. Erinnern.*«

Ich verstehe nicht...« Sie war völlig verwirrt.

»Die Leute haben so geschrien«, sagte er gedankenverloren.

»Hören Sie mir zu, Trent.« Sybylla ließ die Schlösser ihres Aktenkoffers aufschnappen und legte ihre spärlichen Notizen hinein. »Ich weiß nicht, was Sie bei Ihrem Prozeß vorbringen wollen, aber im Augenblick kann ich Ihnen nur sagen, daß alles, was nicht mit der Ihnen zur Last gelegten Tat zu tun hat, eher Schaden anrichten als Nutzen bringen wird. Und wenn ich ›Schaden‹ sage, dann meine ich ›gewaltigen Schaden‹, Trent, genauer gesagt: viele unschöne Jahre. Wenn Sie also etwas zu sagen haben, dann sagen Sie es mir besser jetzt sofort.«

Er hob den Blick und starrte ihr in die Augen: tiefliegende Augen mit dunklen Ringen, ein kleiner Mund mit kaum sichtbaren häßlichen Zähnen. Sybylla sah es in seinem Gesichtsausdruck: Er wußte etwas. Er hatte etwas zu sagen.

»Wollen Sie mir wenigstens verraten, was Sie aussagen werden, damit ich meine Fragen entsprechend vorbereiten und uns die größtmögliche Chance für ein gutes Ergebnis verschaffen kann?«

Er schüttelte langsam, fast feierlich den Kopf. »Geht nicht. Wenn die mitkriegen, daß Sie Bescheid wissen...«

»Was denn? Wenn die mitkriegen, daß ich *was* weiß?« Seine Paranoia trieb sie allmählich zur Weißglut.

»Drehen Sie's einfach so hin, daß ich aussagen kann. Wenn man was unter Eid sagt, müssen die einem doch glauben, oder?«

Sie war versucht zu lächeln. Wenn er doch nur recht hätte!

»Ich will raus hier«, fauchte Trent plötzlich. Seine Stimmung schien sich schlagartig geändert zu haben.

Sybylla schüttelte den Kopf. »Ich glaube, damit rechnen Sie besser nicht.«

»Ich will raus hier!« schrie er. »Holen Sie mich hier raus!«

Holen Sie mich hier raus! Wie oft hatte sie sich diesen Satz schon anhören müssen, seit sie Pflichtverteidigerin war – sei es als Bitte oder als Warnung, und sie wußte kaum, was ihr mehr zuwider oder beängstigender für sie war. Mandanten, die keine Kaution stellen konnten und mit R-Gespräch von Rikers Island anriefen, Gefangene, die im Norden des Bundesstaates New York einsaßen und ihre Freizeit damit verbrachten, ihr mitzuteilen, daß sie immer noch inhaftiert waren und allein sie dafür verantwortlich sei. *Holen Sie mich hier raus!* Als ob sie das könnte. Als ob sie, die Anwältin dieser Leute, sich in deren Gefängniswärterin verwandelt hätte.

»Das kann ich nicht, Trent. Aber ich kann mit Ihnen zusammenarbeiten und versuchen, Ihre Chancen vor Gericht zu vergrößern. Ich bitte Sie, meine Ratschläge anzunehmen. Deshalb bin ich nämlich hier.«

»Ich will hier raus!« brüllte er. Sybylla trat instinktiv zurück.

»Hören Sie, Trent«, sagte sie mit fester Stimme. »Ich will Sie nicht anlügen. Wir stecken in großen Schwierigkeiten. Ich werde tun, was ich kann, aber Sie müssen mit mir zusammenarbeiten und mir vertrauen. Können Sie das?«

Nach einigen Sekunden nickte er.

»Ich werde einen anderen Arzt zu Ihnen schicken, der soll mit Ihnen reden. Ich möchte, daß Sie alles tun, was er Ihnen sagt.« Sie stand auf. »Sie müssen wahrscheinlich bald vor Gericht erscheinen, damit der Prozeßtermin festgesetzt werden kann. Man wird Sie nach Downtown bringen, und dort können wir wieder miteinander reden.«

Trent schwieg. Sybylla wandte sich zum Gehen. Als sie schon an der Tür war, sagte er plötzlich ihren Namen, und sie blieb stehen. Er sah erbärmlich aus, wie er so einsam und hoffnungslos auf dem Bett saß, den schmalen Körper in die Zwangsjacke gesteckt, als hätte jemand seine Kraft weit überschätzt, und sie mußte sehr aufmerksam hinhören, um seinen sinnlosen, doch merkwürdig hypnotisierenden traurigen Singsang zu verstehen: *Erinnern. Erinnern. Erinnern.*

11

Bei der zweiten Befragung zur Feststellung seiner Prozeßfähigkeit einige Tage später hatte Trent im Vergleich zur ersten Befragung beträchtliche Fortschritte gemacht. Diesmal beantwortete er nicht nur die Frage nach dem Namen des Präsidenten der Vereinigten Staaten korrekt, sondern zeigte sich auch in der Lage, den Bürgermeister der Stadt zu nennen. Den habe er sogar mal persönlich kennengelernt, erklärte er den beiden Psychiatern, die ihn begutachten sollten. Ein paar Jahre zuvor, als der Mann ein neues Unterbringungsprojekt in die Wege leiten wollte und mit einem Fernsehteam zu den Schlafplätzen der Obdachlosen gezogen war, um sich in der Öffentlichkeit entsprechend darstellen zu lassen. Für diese Zusatzinformation erhielt Trent jedoch keine Extrapunkte.

Als die Psychiater juristische Fragen zu stellen begannen, schnellte Trents Selbstbewußtsein in die höchsten Höhen.

Was ein Richter mache? Sorgte dafür, daß jeder im Gerichtssaal seine Arbeit ordentlich erledigte. Oder ihre Arbeit, berichtigte er sich mit einem Seitenblick auf Sybylla.

Und der Staatsanwalt, was tat der? Der versuchte zu beweisen, daß er schuldig war.

Und seine Anwältin? Die achtete darauf, daß die Leute die Wahrheit zu hören kriegten.

Das reichte den Psychiatern. Trent erhielt die Bestätigung seiner Prozeßfähigkeit wie eine Art Rehabilitation, fast so, als hätte sich die Frage nach seiner Schuld oder Unschuld im Sinne der Anklage hiermit erübrigt.

Dem Richter sollte Trent am Dienstag nach der Befragung in Trakt 20, dem Gerichtshof für Anklageprüfungsverfahren, vorgeführt werden. Normalerweise hätte eine solche Routineangelegenheit Sybylla innerlich kaum beschäftigt, doch der Fall *New York gegen Trent* begann sie bis in den Schlaf hinein zu verfolgen und erhöhte ihren ohnehin beträchtlichen Kaffeekonsum auf fünf Tassen täglich. Am Tag der Vorführung vor dem Richter ließ sie sich gerade Nummer eins schmecken, eine große Tasse Kenia-Kaffee aus dem Au Bon Pain, als sie aufblickte und sah, daß es sich bei der Gestalt, die in ihrer Bürotür stand, um Sam Larkin handelte.

»Oh«, sagte sie äußerst geistreich.

»Wie geht es voran?«

»Welches ›es‹ meinen Sie genau?« Sie schlug die Beine übereinander und drehte ihren Stuhl zwar nicht ruckartig, doch deutlich sichtbar von ihm weg. Die Geste geriet ihr vielleicht ein wenig abweisender, als sie beabsichtigt hatte, doch das Unbehagen, das sie Sam gegenüber empfand, war in der Zwischenzeit nicht schwächer geworden. Er war freundlich und höflich, sehr an ihr interessiert, ohne es zu übertreiben, und ein ungemein lohnender Anblick, aber auf sie wirkte er noch immer so, als gehörte er nicht hierher, und das irritierte sie. Wie ein Offizier unter lauter einfachen Soldaten hob er sich mit seinen vorzüglich geschnittenen Anzügen und seinen vorzüglichen Manieren von seinen neuen Kollegen stark ab. Die Schäbigkeit seiner Umgebung nahm er offenbar kaum wahr, und den Mandanten, die Steiner ihm zuteilte, begegnete er mit solcher Achtung, als wären sie Millionäre, die irgendwelche obskuren Klauseln in ihren Testamenten mit ihm durchsprechen wollten. Seine Privatsachen hatte Sam von Chase, Twichell and Banks abgeholt und sich in dem kleinen Büro neben dem von Sybylla eingerichtet. Jedesmal, wenn sie an seiner offenstehenden Tür vorbeikam, mußte sie lächeln, denn der gerahmte Druck des Klee-Gemäldes, das Harvard-Diplom und das Schreibtischset aus Leder wirkten hier einfach absurd. Er aber schien es nicht zu bemerken, was sie geradezu aufregte.

Es war nicht das erstemal, daß er in ihrer Tür erschien – angeblich, um etwas zu holen oder zu fragen, aber eigentlich, um sich über Trent und die neusten Entwicklungen des Falles zu unterhalten. Sybylla, die von Natur aus vorsichtig war, fiel es nicht schwer, seinen Fragen auszuweichen und seine Angebote, ihr zu helfen, abzuwehren, doch sie fühlte sich nach diesen kurzen Gesprächen jedesmal unwohl. Sie glaubte, er meine es gut, und er war ja auch nicht der einzige Kollege, der sich für ihren prestigeträchtigen Fall interessierte, aber er hatte einfach noch immer nicht gelernt, daß es in Büros ein ungeschriebenes Gesetz in bezug auf das Respektieren des jeweiligen Territoriums gab, und sie hatte weder Zeit noch Lust, es ihm beizubringen. Immer wenn er sich dann wieder in die so unpassende Eleganz seines angrenzenden Büros zurückgezogen hatte, bemerkte sie, daß sie rot geworden war – allerdings nicht nur vor Wut, sondern auch wegen etwas anderem, das sie als noch unangenehmer empfand. Als ob sie für so etwas jetzt Zeit gehabt hätte! Außerdem war sie sauer, weil sie einen Mann, der so gar nicht ihr Typ war, dermaßen anziehend fand.

»Na, Sie wissen schon«, sagte er, und natürlich wußte sie es. »Die Trent-Sache.«

»Ah.« Sybylla nickte. »Die Trent-Sache. Ja, heute wird er dem Richter vorgeführt.«

Komisch. Es hatte ganz und gar nicht geklungen wie *Kommen Sie doch rein und setzen Sie sich!*, aber genau das tat Sam. Er zog ihren schäbigen Mandantenstuhl zu sich und nahm darauf Platz.

»Ich möchte Ihnen beim Fall Trent helfen.« Sam lächelte.

»Das sagten Sie bereits.«

»Ach, nun zieren Sie sich nicht so, Syb!« Irgendwann in den vergangenen Wochen hatte er begonnen, den Spitznamen, bei dem Steiner sie nannte, ebenfalls zu benutzen. Wenn er ihn aussprach, klang er allerdings völlig anders. »Irgendwie werde ich Ihnen doch wohl helfen können!«

Sie sah ihn ruhig an. »Ich bin Ihnen sehr dankbar, Sam, aber Sie haben doch selbst eine Unmenge Arbeit, und eine richterliche Vorführung ist nun wirklich eine reine Routineangelegenheit. Auf dem Boden steht sogar ›Hier stehen‹. Man stellt sich einfach auf die Markierung und sagt sein Sprüchlein auf.«

Samt wirkte enttäuscht, faßte sich jedoch schnell wieder. »Und was ist mit den Vorbereitungen auf den Prozeß? Irgend etwas werden Sie doch an mich delegieren können!«

Sie hob die Hände. »Ich habe alles im Griff. Wirklich.«

»Sie werden Unzurechnungsfähigkeit geltend machen, oder?« Sie zögerte, fand sich dann jedoch selbst zu mißtrauisch und nickte. »Also, ich habe im College viel Psychologie gehabt. Darf ich wenigstens mal einen Blick auf den Bericht seines Psychiaters werfen?«

Sybylla seufzte. Sie wollte eigentlich nein sagen, aber keiner der Vorwände, die ihr einfielen, klang glaubwürdig, und so sehr verabscheute sie ihn nun auch wieder nicht, als daß sie ihm offen aggressiv begegnen wollte. Und da die Akte keine zwei Zentimeter von ihrem Ellbogen entfernt lag und deutlich sichtbar in dicken roten Buchstaben NY gg. TRENT darauf stand, konnte sie ihm ja wohl kaum weismachen, sie habe den Bericht nicht da. Sie nickte, schlug den Aktendeckel auf und gab Sam den Aufnahmebericht von Turturro über Trent.

»Seinem Arzt zufolge ist es nichts Außergewöhnliches«, sagte sie, während Sam das Gutachten begierig zu lesen begann.

»Paranoid-halluzinatorische Schizophrenie«, murmelte er.

»Ja, sieht ganz danach aus.«

»Hat der von Ihnen zugezogene Psychiater die Diagnose bestätigt?«

»Wir haben einen Termin vereinbart, aber das Gespräch hat noch nicht stattgefunden. Ich habe allerdings einen prima Arzt an der Hand. Wenn das überhaupt jemand hinkriegt, dann dieser –.«

»Was ist das mit seinem Arm?« schnitt Sam ihr das Wort ab. »Dieses Ding in seinem Arm?«

Scheiße! dachte Sybylla. Sie hatte vergessen, daß die kleine Scheibe im Aufnahmebericht erwähnt wurde. Bis sie eine definitive Analyse von Susu in der Hand hatte, wollte sie nicht, daß irgendwer von dem Ding erfuhr. Wenn Sam es Steiner gegenüber erwähnte, würde ihr Chef über ihre unorthodoxe Vorgehensweise totsicher in Rage geraten.

»Ach, das...« sagte sie mit möglichst unbeteiligt klingender Stimme. »Das ist nichts. Hab's schon überprüft.«

Er sah ihr in die Augen. »Was für eine Art ›nichts‹?«

»Ach, so ein Blutdruckding oder so was Ähnliches. Für uns nicht von Bedeutung.«

»Sind Sie sicher?« hakte er nach. Es machte sie total wütend. »Ich meine, könnte seine Schizophrenie nicht durch die unvorhergesehene Reaktion auf irgendein Medikament hervorgerufen worden sein?«

Sie machte eine wegwerfende Handbewegung. »Damit kommen wir nicht weiter. Sehen Sie sonst noch was Wichtiges?«

Er wandte sich wieder dem Bericht zu. Das grauenhafte fluoreszierende Licht der Deckenlampe färbte seine schwarzen Locken grünlich, und wieder einmal konnte Sybylla sich die Vorstellung, sein Haar zu berühren, nicht verkneifen. Er hätte bestimmt nichts dagegen, dachte sie und beugte sich ein wenig vor, um seine Unterarme besser betrachten zu können – die steifen, säuberlich zurückgeschlagenen Manschetten seines Nadelstreifenhemds, die hervorlugenden schwarzen Härchen, die Muskelbewegungen unter der Haut, das alles kündete von einem hinreißenden Körper. Ja, er hatte einen hinreißenden Körper, der zwar bekleidet war, um den Anforderungen der gesellschaftlichen Konventionen zu genügen, der aber garantiert auch ohne diese Hülle bestehen konnte. »Sie haben also einen Abschluß in Psychologie?« fragte sie ihn, um auf andere Gedanken zu kommen.

»Nein, das war nur mein Nebenfach«, erwiderte er knapp und las sofort weiter. »Mein Hauptfach war Frauenstudien.«

Als sie schwieg, hob er abrupt den Kopf.

»Glauben Sie, man braucht eine Gebärmutter, um Frauenstudien zu absolvieren?«

»Ich... nein, nein«, brachte sie gerade noch heraus. Sam Larkin wandte sich wieder seiner Lektüre zu.

»Mann-o-Mann!« sagte Sam.

Sybylla zuckte zusammen. »Was ist denn?«

»Haben Sie das hier gesehen? Das Ergebnis der Urinanalyse?«

»Was ist damit?« Sie beugte sich über ihren Schreibtisch.

Er hielt den Bericht hoch. »Da. ›In einer bei der Aufnahme entnommenen Urinprobe wurden Spuren von Lysergsäurediäthylamid gefunden.‹«

Sybylla verzog das Gesicht. »Lyserg... was?« Es klang wie »Diätmittel«.

Sam warf ihr einen leicht mißtrauischen Blick zu. »Lysergsäurediäthylamid. Das ist LSD.«

Sybylla schwieg verblüfft. »Was, zum Teufel, hat das zu bedeuten?« fragte sie schließlich.

»Es bedeutet Spontanverrücktheit.« Er verschränkte die Hände hinter dem Kopf und lehnte sich zurück. »Das haben wir in der High-School immer gesagt. Habe ich Ihnen denn noch nie von meiner flippigen Teenagerphase erzählt?«

»Ihrer – was?« fragte sie nach. Sie war noch immer verwirrt und mit den Gedanken ganz woanders.

»Sie werden es vielleicht nicht glauben, aber in meinem zweiten High-School-Jahr war ich in der ganzen Schule als Zombie Larkin bekannt, obwohl das meiste reine Show war, das gebe ich zu. Ich spielte sogar in einer Band, die ›The Dead Monkeys‹ hieß.«

»Ach, wirklich? Welches Instrument denn?«

»Also, dazu muß man wissen«, erklärte er grinsend, »daß wir von Instrumenten, von *Musik*instrumenten, gerade wegkommen wollten. Ich war Hintergrundbrüller. Aber, um aufs Thema zurückzukommen, ich habe auch Trips geschluckt. Zweimal.«

»Und – wie war's?« Sie zuckte verlegen mit den Achseln. »Wissen Sie, ich bin nur ein katholisches Mädchen aus einem anständigen republikanischen Vorort.«

Sam lächelte nachsichtig. »Beim erstenmal habe ich eine Grateful- Dead-Platte aufgelegt, weil ich glaubte, daß das auf Trip die einzig angebrachte Musik sei. Und ich sage Ihnen, ich habe die Musik *gesehen*. Sie schwebte um meinen Kopf. Die Farben waren umwerfend. Es war, als wären alle meine Sinne miteinander verschmolzen; plötzlich konnte ich Gerüche hören und Klänge fühlen und Geschmack sehen. Alles war unglaublich intensiv.«

Intensiv, ja, genau, stimmte sie ihm innerlich zu, als sie daran dachte, mit welcher Konzentration Trent damals ihre Hand betrachtet hatte, bevor er sie zum Mund und zwischen seine Zähne führte. »Und beim zweitenmal?«

»Oh!« Er schüttelte sich, als würde ihn frieren. »Da hatte ich so ein Gefühl... Es kam ganz plötzlich, ungefähr eine Stunde nachdem ich die Droge eingenommen hatte. Es war, als ob alles Schreckliche der Welt durch meine Adern flösse. Ich setzte mich mitten auf die Main Street in Cos Cob und begann zu heulen.« Als er Sybyllas Blick sah, lachte er. »Zehn Stunden reine Hölle, sage ich Ihnen.«

Ihr Blick fiel auf das Blatt Papier in seiner Hand. »Mein Gott!«

»Er war also möglicherweise auf LSD, als er das Mädchen angriff.«

»Nein, so einfach ist das nicht. Es muß mehr dahinterstecken.«

»Aber warum denn? Warum sollte mehr dahinterstecken?«

»Es muß einfach mehr dahinterstecken.« Sie blickte ihn an. »Ich bin Ihnen wirklich dankbar für Ihre Hilfe, Sam, aber ich muß jetzt telefonieren. Würden Sie mich bitte entschuldigen?«

Ein paar Sekunden lang reagierte er nicht, dann sprang er auf. »Aber klar doch! Bis später, ja?«

»Ja.« Sie griff bereits nach dem Hörer. Die Gedanken schwirrten nur so in ihrem Kopf.

Wie durch ein Wunder gelang es der Telefonzentrale des Bellevue Hospital, sie schon beim ersten Versuch mit dem richtigen Nebenanschluß zu verbinden. Wie durch ein weiteres Wunder meldete sich Turturro persönlich. Als sie ihm ihre Entdeckung lautstark mitteilte, schwieg er, und er schwieg auch, als sie ihm die Hölle heißmachte, weil er es ihr nicht gesagt hatte. In den grellsten Farben schilderte sie ihm, wie die Tatsache, daß er es unterlassen hatte, sie über das LSD-Ergebnis zu informieren, um ein Haar die grundlegendsten Rechtsprinzipien außer Kraft gesetzt hätte. Dann ging ihr die Puste aus.

»Warum fragen Sie mich eigentlich nicht mal, was dieses Ergebnis zu bedeuten hat?« erwiderte Turturro trocken.

»*Was?*« brüllte sie.

»Warum fragen Sie mich nicht einfach, was es für Ihren Fall bedeutet?«

»Also gut, was bedeutet es?« fragte Sybylla und starrte auf den Bericht.

»Nichts, überhaupt nichts.«

»Aber Sie... In Ihrem Bericht steht, daß Trent auf LSD war, als er das kleine Mädchen niederst... als das kleine Mädchen niedergestochen wurde.«

»Davon steht kein Wort in meinem Bericht!« fuhr Turturro sie an. »Und bitten Sie mich bloß nicht, irgend etwas in dieser Richtung auszusagen! Und jetzt hören Sie mir mal gut zu, Ms. Muldoon. Über die Wirkungsdauer einer gebräuchlichen Dosis LSD gibt es gesicherte Erkenntnisse; sie beträgt acht bis zwölf Stunden. Das ist ein sehr kleiner Zeitraum, der, soweit ich unterrichtet bin, nicht annähernd auf die in Frage stehende Situation paßt. Mehr als vierundzwanzig Stunden waren seit dem Messerangriff vergangen, als die Probe zur Analyse kam. Es ist schlicht und einfach unmöglich. Und bitte erinnern Sie sich doch mal daran, daß er noch viele Tage nach seiner Einweisung ins Bellevue mit Gewalttätigkeit verbundene schizophrene Schübe hatte!«

»Aber jetzt hat er die nicht mehr, oder? Die Schizophrenie ist doch wohl vorüber, richtig?«

»Davon kann keine Rede sein«, sagte Turturro etwas ruhiger. »Wenn jemand die Befragung zur Feststellung der Prozeßfähigkeit erfolgreich absolviert, heißt das noch lange nicht, daß seine Geisteskrankheit nachgelassen hat. Trent weist noch immer schwere paranoide Wahnvorstellungen auf. Er redet ständig von ›den Leuten‹ und ›dem Zimmer‹. Ich freue mich mindestens genauso sehr wie Sie darüber, daß er offenbar nicht mehr gewalttätig ist – aber gesund? Bestimmt nicht.«

»Hören Sie.« Sie nahm einen neuen Anlauf. »Das Ganze ergibt doch überhaupt keinen Sinn. Warum hatte er denn einen Trip geschluckt, wenn er verrückt war? Wie hätte er sich denn, wenn er so verrückt war, wie Sie behaupten, daß er es immer noch sei, das Zeug überhaupt besorgen können?«

Turturro stöhnte auf. »Das dürfen Sie mich nun wirklich nicht fragen. Verrückte Menschen machen eben verrückte Dinge.« Er sprach, als würde er das alles einem kleinen Kind erklären. »Deshalb nennt man sie wahrscheinlich auch verrückt.«

Sybylla würgte ihre Wut hinunter. »Besteht die Möglichkeit, daß das LSD bei dem Angriff eine Rolle gespielt hat? Daß er es nicht aufgrund einer Schizophrenie, sondern wegen dieser Droge tat?«

»Völlig ausgeschlossen. Das habe ich Ihnen doch bereits gesagt. Kein Trip der Welt dauert länger als zehn, zwölf Stunden. Das LSD kann unmöglich der Grund für sein Verhalten zum Zeitpunkt des Angriffs und in den Tagen nach seiner Einweisung im Bellevue sein, ganz zu schweigen von der Zeit danach. Das ist einfach unmöglich.«

»Könnte es sein, daß er sich irgendwann in diesem Zeitraum eine weitere Dosis verschafft hat?« Ihr war klar, daß sie sich nur mehr an einen Strohhalm klammerte.

»Völlig ausgeschlossen. Zumindest hier war das ganz unmöglich. Wir sind vielleicht nicht die allersicherste Institution in der Stadt, aber er hatte hier zu niemandem Kontakt außer zu Ärzten, Pflegern und zu Ihnen. Außerdem hätte es ihm sein Zustand nicht erlaubt, einen Drogendeal zu tätigen, das dürfen Sie mir glauben. Nein«, wiederholte er ernst, »ich tippe immer noch auf die Schizophrenie. Ich würde sagen, daß das gewalttätige Ausagieren durch die psychische Erkrankung bedingt war und daß ihm das LSD irgend jemand zu einem späteren Zeitpunkt verabreicht hat, wahrscheinlich in der Nacht nach seiner Festnahme.«

»Soll das ein Witz sein? Sie glauben, daß man ihm die Droge im Gefängnis gegeben hat? Aber wieso denn?«

»Aus Jux vielleicht, wer weiß? Vielleicht hat einer, der eine lange Nacht im Knast vor sich hatte und ein bißchen Unterhaltung wollte, dem verrückten Kerl LSD rübergeschoben. Trips lassen sich ja einfach genug transportieren. Mehr als ein Stück Papier braucht man dazu nicht. Jedenfalls würde dies erklären, warum wir etwa zwölf Stunden später Spuren der Droge in seinem Urin fanden.«

Sybylla schüttelte den Kopf. Andere Möglichkeiten fielen ihr jetzt nicht mehr ein.

»Das Komische ist nur«, gab Turturro zu bedenken, »daß, wenn man Schizophrenen LSD gibt, die Reaktion darauf eigentlich völlig anders aussieht.«

Sie runzelte die Stirn. »Was haben Sie gerade gesagt?«

»Ich versuche mich gerade zu erinnern.« Er sprach sehr langsam. »Ist schon eine Ewigkeit her, daß ich darüber etwas gelesen habe. Ich glaube, es gibt Studien, denen zufolge LSD auf Psychotiker mehr oder weniger den gegenteiligen Effekt hat. Vor vielen Jahren, in grauer Vorzeit, als die CIA herausfinden wollte, wie man die Russen mit Hilfe von LSD vernichten könnte, wurden in psychiatrischen Kliniken LSD-Versuche unternommen, und man fand heraus, daß es auf Schizophrene eine beruhigende Wirkung ausübt.«

»Soll das heißen, daß es sie nicht einfach noch verrückter macht?«

»Nein, offenbar nicht. Die Probanden verhielten sich plötzlich fast wie normale Menschen. Es handelte sich allerdings um eine sehr primitive Studie, die nicht fortgeführt wurde.«

»Sie wollen also sagen, daß ich mit dem LSD auf der völlig falschen Fährte bin, ja?«

Er lachte leise vor sich hin. »Ja, so ungefähr, Ms. Muldoon. Auf jeden Fall würde ich an Ihrer Stelle meine Verteidigung nicht unbedingt darauf aufbauen. Seien Sie mir nicht böse.«

»Schon in Ordnung«, sagte sie, obwohl sie ihm ziemlich böse war.

Nach der Beendigung des Telefonats starrte Sybylla wütend auf den Bericht. Er hatte so große Hoffnungen in ihr geweckt und sie gleich darauf allesamt zerstört. Trents einzige echte Chance bestand jetzt in der nicht zu widerlegenden, durch ein psychiatrisches Gutachten untermauerten Behauptung, daß eine schizophrene Halluzination ihm jede Vernunft geraubt und ihn gezwungen habe, ein Skalpell zu nehmen und Amanda Barett damit niederzustechen. Wenn er Glück hatte, würde er eine ordentliche Therapie bekommen und irgendwann so weit wiederhergestellt sein, daß man ihn entließ. Sie würde nun also doch keine Kaninchen aus dem Hut zaubern können, sondern mußte seine Verteidigung ganz bieder und typisch amerikanisch auf geistige Unzurechnungsfähigkeit aufbauen.

Das Telefon klingelte und erhielt ebenfalls einen bösen Blick.

Nach dem zehnten Klingeln hatte sie das Gefühl, jemand schlage auf ihren Schädel ein.

»Nehmen Sie doch endlich ab!« rief Sam aus dem Nebenzimmer.

»Ich bin aber nicht da!« brüllte sie zurück.

»Natürlich sind Sie da.«

»Wer immer es ist«, schrie sie, »ich *weiß*, daß es jemand ist, mit dem ich nicht reden will!«

»Mich macht es aber allmählich verrückt. Heben Sie endlich ab!«

Sybylla seufzte. »Na gut.« Resigniert ließ sie den medizinischen Bericht auf den Schreibtisch fallen und nahm den Hörer ab.

»Sybylla Muldoon.«

»Hallo.« Es war eine Männerstimme.

»Wer spricht?«

»Ihr Nachbar Sam Larkin.«

Sybylla legte die Füße auf den Schreibtisch und bemerkte zu ihrer nicht geringen Verlegenheit, daß sie lächelte. »Darf ich Sie fragen, warum Sie mich anrufen, obwohl es mit einfachem Schreien auch ginge?«

»Warum sollte ich schreien, wenn ich Sie anrufen und wie ein normaler Mensch mit Ihnen sprechen kann? Gehen Sie mal mit mir essen?«

Sie war froh, daß er auf der anderen Seite der Wand saß. Es wäre ihr äußerst unangenehm gewesen, wenn er sie in ihrer völligen Unfähigkeit, eine schlagfertige Antwort zu geben, auch noch hätte sehen können. »Sam«, sagte sie, »es ist nicht etwa so, daß ich das nicht wollte, wirklich nicht. Aber ich glaube nicht, daß es eine gute Idee wäre.«

»Warum ist es keine gute Idee?« fragte er. Es klang, als wüßte er es tatsächlich nicht.

»Also, erstens sehen Sie mich jeden Tag. Was ist, wenn Sie feststellen, daß ich nach Knoblauch rieche oder Bush gewählt habe?«

»Syb«, sagte er ein wenig mißmutig. »Ich liebe Knoblauch, und ich weiß, daß Sie nicht Bush gewählt haben.«

»Aber mein Dad«, sagte sie kleinlaut.

»Na und? Sind Sie Ihres Vaters Hüter?«

Sybylla schwieg eine Weile. Dann sagte sie nachdenklich: »Eine Liebschaft unter Kollegen. Wie primitiv!«

»Eine Liebschaft mit Ihnen wäre nie primitiv, Syb!«

Das Herz einer Frau erobert man also immer noch durch romantisches Gesülze, dachte sie. Die Erkenntnis machte sie fürs erste stumm; sie grinste nur dämlich vor sich hin.

»Also«, sagte Sam munter, »was ist nun mit dem Essen?«

Nun, essen mußte sie schließlich, und selbst sie erreichte irgendwann den Punkt, an dem sie die Auswahl der Salatbar und die ewige Eiscreme satt hatte. Es gab wahrlich Schlimmeres, als mit Sam Larkin essen zu gehen. Schließlich war er ziemlich nett. Er konnte ja nichts dafür, daß er wie eine Kreation von Brooks Brothers wirkte.

»Sie verwechseln mich bestimmt mit irgendeiner anderen Frau, die ein geselliges Leben führt«, murmelte sie in einem allerletzten Abwehrversuch.

»Ganz sicher nicht.«

»Na ja, wenn das so ist ... also ...« Er wartete. Sie hörte seine Atemzüge Kilometer entfernt auf der anderen Seite der Wand. »Also gut.«

»Okay«, sagte Sam.

Sie beendete das Gespräch unter einem Vorwand und legte den Hörer mit zitternder Hand auf die Gabel. Dann stöhnte sie laut auf. Sie spürte bereits die Angst in sich hochkriechen. Neun Uhr morgens und schon voller Angst – es sah nicht nach einem guten Tag aus.

12

Sie kam zu spät zur richterlichen Vorführung, was aber nicht weiter schlimm war, da sie wußte, daß Judge Harrald, der die Anklageverlesungen leitete, seit Hammurabi seine Gesetze in Steintafeln meißeln ließ, ebenfalls verspätet erscheinen würde (er trödelte immer bei einer Tasse Kaffee und dem Kreuzworträtsel der *New York Times* in seinem Amtszimmer und betrat den Gerichtssaal erst, wenn er mit beidem fertig war). Außerdem mußte sie erst noch eine lästige Angelegenheit in einem anderen Gebäudetrakt hinter sich bringen, eine Anklage wegen Körperverletzung, die sich nun schon seit Monaten hinzog und an diesem Tag vor Gericht kommen sollte.

Sybyllas Mandant, ein besonders widerlicher Kerl mit stahlharter, goldkettchengeschmückter Bodybuilding-Brust, war beschuldigt worden, seine Freundin geschlagen zu haben. Trotz der Angaben der Frau und mehrerer entsetzlicher Fotos mit ihren Verletzungen hatte der Fiesling darauf bestanden, sich für nicht schuldig zu erklären, da er überzeugt war, das Opfer werde niemals gegen ihn aussagen. Zu Sybyllas Entsetzen hatte er damit tatsächlich recht behalten; seine Freundin – beziehungsweise Ex-Freundin, wie Sybylla stark hoffte – hatte am Abend zuvor völlig hysterisch aus Florida beim Stellvertretenden Staatsanwalt angerufen, und nun mußten sie alle noch einmal zusammenkommen – der Staatsanwalt, Sybylla, der Bodybuilder und seine rüde Anhängerschaft –, um mitzuerleben, wie sie beantragte, daß die Beschuldigungen wegen mangelnden Interesses fallengelassen würden. Als der Richter die Sitzung mit dem Hammerschlag beendet hatte – *Dem Antrag wird stattgegeben* –, lehnte sie das Angebot des Kerls, die Sache mit einem Drink zu begießen, kopfschüttelnd ab und eilte die Treppe hinauf.

Harrald war, wie erwartet, noch nicht erschienen, doch im

Saal herrschte bereits reges Treiben. Die Anwälte – Strafverteidiger und Staatsanwälte – arrangierten sich miteinander und vereinbarten diverse Deals. Es war ein effizientes System, zumindest im Vergleich mit der sonst üblichen Verfahrensweise in 100 Centre Street. Sie steckten in den vorderen Reihen die Köpfe zusammen oder lehnten an den Wänden des großen Saals und spulten routiniert das übliche Ritual ab. Dabei verzichteten die Angeklagten auf ihr Recht auf ein Verfahren, gaben bereitwillig zum besten, wie sie sich schuldig gemacht hatten, und die Gerichtsbeamten sammelten sie ein und führten sie zurück in ihre Zellen, ihrem ersten Aufenthaltsort als verurteilte Verbrecher, die sie nun waren. Und kaum hatte man sie mit Bussen nach Rikers Island oder Fishkill abtransportiert, kam schon die nächste Gruppe, und alles begann von vorn. Doch hin und wieder mißlang das Ritual; es wurde kein Deal erzielt, oder der Angeklagte beharrte stur darauf, unschuldig zu sein, oder war schlau genug, es auf den Urteilsspruch einer Jury ankommen zu lassen. Dann nahm Harrald seine Lesebrille ab und bedachte Verteidiger und Staatsanwalt mit einem so wütenden Blick, als wäre deren trotzige Weigerung, sich miteinander zu arrangieren, dafür verantwortlich, daß die Gerichtstermine sich nun stauten und es zu den unentschuldbaren Verzögerungen kam, von denen das System immer wieder befallen wurde. Erst wenn sein Zorn verflogen war, wurde das Verfahren ausgelost, ein Zettel mit einem bestimmten Gerichtssaal und dem Namen eines Richters aus der großen Trommel des Gerichtsbeamten gezogen und der nächste Fall aufgerufen.

Sybylla eilte nach vorn in der Hoffnung, sich noch kurz mit Trent besprechen zu können, ehe sie an die Reihe kamen. Die meisten der Anwesenden erkannten, daß die Kollegin in Eile war, und machten ihr kommentarlos den Weg frei.

Die meisten.

»Na, wenn das nicht meine potentielle Geschworene ist!« Es war eine wohlbekannte, widerlich schleimige Stimme.

Burkowitz und das, was er für männlichen Charme hielt.

»Die kleine Lektion in Staatsbürgerkunde hat mir gereicht, vielen Dank. Wirklich nett von Ihnen, meine Zeit so zu verschwenden.«

»War mir ein Vergnügen.« Er hockte auf der Rückenlehne einer Bank; eine seiner feisten Hinterbacken hing seitlich herab. »Sie hätten Ihr Gesicht sehen sollen!«

»Hören Sie, Wendell, ich hoffe sehr, daß ich Ihnen das eines Tages heimzahlen kann!«

Er gluckste vor Selbstzufriedenheit. »Sie wollen doch sicher einen Deal für Trent rausholen, oder?«

»Wie kommen Sie denn darauf?«

»Nicht mal Sie sind so verrückt, in diesem Fall auf einen Freispruch zu hoffen. Sie können diesen Prozeß nicht gewinnen. Und hinterher würden Sie, beruflich gesehen, einen ziemlich starken Hautgout verbreiten.«

»Wirklich rührend, daß Sie sich solche Gedanken um meine berufliche Zukunft machen, ganz zu schweigen von meinem Körpergeruch. Andererseits ist es ja nicht das erste Mal, daß Sie an mir schnüffeln, nicht wahr?«

Er lief bis in seine gutgepolsterten Ohrläppchen knallrot an. »Nur zu! Greer wird Ihnen in dieser Sache nicht das geringste Zugeständnis machen, sondern Ihrem Mann den Schädel an die Wand schlagen.«

»Ein merkwürdiges Bild«, erwiderte sie giftig. »Klingt, als ob Sie es in einer Amnesty-International-Broschüre gelesen hätten.«

Mit diesen Worten wandte sie Burkowitz den Rücken zu und kämpfte sich nach vorn durch. Auf dem niedrigen Tisch vor dem Richterpult lagen vier dicke Anklageschriften, eine für jeden der Angeklagten, die in einer Ecke des Saals hockten wie Nachsitzer in der Grundschule. Nur daß diese Männer statt der Narrenkappen für dumme Schüler Masken über Mund und Nase trugen. TB, schoß es Sybylla durch den Kopf. In den Gefängnissen grassierten derzeit neue, medikamentenresistente Tuberkulosebakterienstämme. Sie nickte einem Bekannten in der ersten Bankreihe zu und ging zur Tür hinter dem Tisch der Protokollführerin. Nachdem sie ihren Ausweis gezückt hatte, schloß ein Beamter die schwere Tür zu den Zellen auf. Als prominenter Gefangener hatte Trent eine eigene Zelle. Sybylla setzte sich auf einen Stuhl im Gang, warf Trent einen Blick durch den Maschendraht zu, holte die Akte hervor und fragte: »Wie geht es Ihnen?«

Er nickte.

»Sie wissen, was heute passiert, ja?«

»Nein«, flüsterte er. »Sagen Sie's mir.«

»Es ist ganz einfach. Man wird Sie rausführen. Sie werden neben mir stehen. Sehen Sie nur mich oder den Richter an. Die Presse wird da sein. Die Reporter werden versuchen, Ihren Blick auf sie zu lenken, eine Reaktion von Ihnen zu bekommen. Lassen Sie sich nicht dazu verführen. Bleiben Sie ganz ruhig. Die Protokollführerin wird die Anklageschrift verlesen, und wenn der Richter fragt, ob Sie sich schuldig bekennen oder nicht, sagen Sie ›nicht schuldig‹. Das ist alles. Dann wird man uns einen Gerichtssaal und einen Termin für den Prozeßbeginn zuweisen.«

»Gut«, sagte Trent. »Am liebsten wär's mir, wenn der Prozeß schon heute beginnt.«

Sybylla rollte mit den Augen. Schlimm genug, daß Greer die Sache vorantrieb, als würde sie ihn auf die Titelseite der Zeitschrift *New York* bringen, und jetzt wurde sie auch noch von Trent gehetzt.

Sie beugte sich vor und sagte leise: »Hören Sie, Trent, ich muß Sie ein paar Dinge fragen. Letzten Sommer haben Sie mir erklärt, Sie würden keine Drogen nehmen.«

Er sah sie mit ausdrucksloser Miene an.

»Das haben Sie doch behauptet, oder nicht?«

»Ich nehm' keine Drogen.« Er sagte es in kühlem, fast anklagendem Ton.

»Warum hatten Sie dann LSD im Körper, als Sie ins Bellevue kamen?« Er warf ihr einen bösen Blick zu. »Sie wissen schon – Trips.«

»Stimmt nicht.«

Sie zuckte mit den Achseln. »Tut mir leid, Trent, aber es stimmt. Ich habe den Laborbericht gelesen.«

Trent schwieg eine Welle. Dann begann er langsam den Kopf zu schütteln.

»Was denn nun, Trent?«

»Diese Wichser«, sagte er. »Die haben mir das Zeug bestimmt reingeschoben.«

»Wer denn? Irgend jemand in der Arrestzelle? Ist es da passiert?«

Er antwortete nicht. Er wirkte wie erstarrt, stierte auf irgendeinen Punkt auf dem Maschendraht zwischen sich und Sybylla und war offenbar nicht bereit, das Thema weiterzudiskutieren.

Sybylla seufzte und versuchte es auf anderem Wege. »Hören Sie, Trent, ich muß über etwas Bestimmtes mit Ihnen sprechen. Ich bin zwar schon ziemlich sicher, wie Ihre Antwort lauten wird, aber es gehört nun mal zu meinem Job, also machen Sie bitte nicht die Botin verantwortlich für die Nachricht, okay?«

Er warf ihr einen kurzen Blick zu. »Okay.«

»Der Staatsanwalt hat mir persönlich gesagt, daß er in Ihrem Fall auf keinen Deal eingehen wird, und wenn ich ehrlich sein soll, glaube ich, daß er dabei bleibt. Manchmal sagen sie das allerdings auch, obwohl sie in Wahrheit durchaus bereit sind, die Anklagepunkte zu reduzieren, wenn man sich im Gegenzug schuldig bekennt. Die Frage ist jetzt, ob Sie mit einer solchen Vereinbarung einverstanden wären. Wir könnten vielleicht –«

»Nein«, fauchte er sie an. »Kommt nicht in die Tüte!«

»Na gut.« Sie kritzelte ein großes X auf den Aktendeckel. Also kein Deal. Sie holte tief Luft. »Ich habe, was unsere Verteidigung betrifft, schon einige Fortschritte gemacht, Trent. Seit unserem letzten Treffen habe ich mit vielen Ärzten gesprochen, und einige davon sind wirklich interessiert an Ihrem Fall. Mit zweien dieser Ärzte habe ich vereinbart, daß sie sich nächste Woche mal mit Ihnen unterhalten. Mit einem von ihnen habe ich schon zusammengearbeitet, er ist ein sehr eindrucksvoller Sachverständiger, schafft es spielend, die Geschworenen zu überzeugen. Den anderen kenne ich nicht persönlich, aber er hat vor ein paar Jahren in einem Prozeß in Boston ausgesagt, und seine berufliche Ansicht über den Fall spielte damals in der Beratung der Geschworenen eine entscheidende Rolle. Ich glaube, wir haben großes Glück, daß diese beiden Ärzte mit uns zusammenarbeiten wollen. Bitte tun Sie alles, was sie Ihnen sagen, okay?«

Trent schwieg. Sie hob den Blick. Er starrte sie an.

»Okay, Trent?«

»Was für *Ärzte*?« fuhr er sie an.

Jetzt verstand sie überhaupt nichts mehr. »Wie meinen Sie das? Na, die Ärzte, die Ihre Verteidigung stützen sollen.«

»Warum brauche ich für die Verteidigung *Ärzte*?«

Sybylla war irritiert. Hatte sie das ihm gegenüber tatsächlich nie erwähnt? Für sie hatte es von Anfang an auf der Hand gelegen. Als sie Trent gebeten hatte, mit den Psychiatern, die sie zu ihm schicken würde, zusammenzuarbeiten, mußte er das doch verstanden haben! Es mußte ihm doch klar sein, daß das seine einzige Chance war.

Wieder holte sie tief Luft. »Weil wir unsere Verteidigung auf geistige Unzurechnungsfähigkeit aufbauen, Trent. Das ist doch klar.«

Er explodierte. Unter dem Tisch klirrten seine Beinketten, und er hob aufgebracht die Schultern. »Nein, verdammte Scheiße!« sagte er mit schneidender Stimme. »Ich bin nicht verrückt. Wer hat gesagt, daß ich verrückt bin?«

»*Jetzt* sind Sie natürlich nicht mehr verrückt, Trent«, versuchte sie ihn zu beschwichtigen. »Es ist mir völlig klar, daß jetzt wieder alles in Ordnung ist mit Ihnen. Aber Sie sagten doch selbst, daß Sie sich an einige Dinge nicht mehr erinnern können. Vielleicht hatten Sie doch einen Blackout, wie Sie es nannten, und vielleicht haben Sie während dieses Blackouts etwas getan, das Ihnen jetzt ganz unvorstellbar erscheint. Ich habe so was schon erlebt, Trent. Manchmal drehen Menschen einfach durch, wissen Sie.«

»Sie kriegen mich nicht dazu, daß ich sage, ich bin verrückt!« Sybyllas Hoffnung schwand.

»Nein, natürlich nicht. Ich würde Ihnen nie raten, etwas anderes als die Wahrheit zu sagen. Aber Sie müßten es sowieso nicht selbst sagen. Sie müßten überhaupt nicht aussagen. Wir würden Experten benennen, die dann Ihren Geisteszustand begutachten. Und wenn die Einrede der Unzurechnungsfähigkeit – so nennt man das – Erfolg hat, wird Ihr Fall alle sechs Monate überprüft, und wenn dann alles in Ordnung ist mit Ihnen, werden Sie entlassen.« Er preßte die Lippen aufeinander. »Hören Sie, Trent«, sagte Sybylla nun ohne Umschweife, »im Gefängnis kriegen Sie keine Chance, ein halbes Jahr nach der Festnahme freigelassen zu werden. Ich will Ihnen doch nur helfen, so gut ich kann, und die Geltendmachung von geistiger Unzurechnungsfähigkeit halte ich, ehrlich gesagt, für die einzig richtige Vorgehensweise.«

»Nein!« Seine Augen funkelten bedrohlich. »Ich bin nicht

verrückt. Wenn mit mir was nicht in Ordnung war, dann haben *die* das gemacht. Ich bade das nicht aus! Nichts da mit Unzurechnungsfähigkeit, Sybylla! Wenn Sie mir so 'nen Seelenquacksalber schicken, besorg' ich mir 'nen anderen Anwalt!«

Aus, vorbei! Die ganze Vorbereitung zum Teufel und nicht eine einzige gute Alternative auf Lager. Sie hatte keinen blassen Schimmer, wie sie ihn jetzt verteidigen sollte. Sie senkte den Kopf. »Ich will Sie nicht belügen, Trent. Ich bin eine ziemlich gute Anwältin, aber Ihr Fall wird nicht leicht zu gewinnen sein. Wir werden unser Bestes versuchen, aber ich möchte nicht, daß Sie Ihre Entscheidung auf die Annahme gründen, wir würden diesen Prozeß mühelos über die Bühne bringen. Die haben Zeugen, Polizeiexperten und ein sehr sympathisches Opfer.«

»Ich erzähl's denen einfach«, verkündete er mit fester Stimme. »Ich geh' in den Zeugenstand und erzähl' ihnen, was mit mir passiert ist.«

Sybylla stöhnte entnervt auf. »Sie können nicht einfach in den Zeugenstand gehen und irgend etwas über irgendwelche verdammten Leute daherphantasieren, das ist Ihnen doch hoffentlich klar! Und glauben Sie bloß nicht, daß ich Sie aussagen lasse, wenn ich nicht weiß, was Sie sagen wollen. Es wird sich nicht vermeiden lassen, daß Sie mir irgendwann eine kleine Vorschau auf Ihre Aussage geben.«

»Das geht nicht«, sagte er schlicht.

»Na gut.« Sie packte ihre Sachen zusammen. »Dann stehe ich also auf der Abschußliste, ja?« Er schwieg. Seine dunklen Augen waren weit aufgerissen. Sybylla erhob sich. »Wir sehen uns gleich da draußen.«

Als sie wieder auf der zivilisierteren Seite der schweren Tür stand, sah sie, daß Greer mittlerweile eingetroffen war. Er stand mit zwei seiner Assistenten im Mittelgang, den er fast völlig blockierte. Sybylla ignorierte die drei, teilte der Justizsekretärin mit, sie sei bereit, und setzte sich mit ernstem Gesicht in die erste Reihe. Lange brauchte sie nicht zu warten.

Harrald schien wild entschlossen, den so bedeutenden Mann keine Sekunde länger als unbedingt nötig warten zu lassen. Als er der Justizsekretärin zunickte und die kurze Anweisung erteilte, »Nehmen wir uns als nächstes Trent vor«, erstarrten alle übrigen Anwesenden. Die wartenden Anwälte, Reporter, Gerichtszeichner, Angehörigen von Angeklagten und Voyeure richteten den Blick erwartungsvoll auf die zu den Zellen führende Tür, um den ersten öffentlichen Auftritt des Wild Man seit seiner Festnahme mitzuerleben. Doch als Trent dann von zwei Polizisten in den Saal geführt wurde, machte er auf sie alle einen enttäuschend friedfertigen Eindruck. Er schlurfte mit den kleinen, schleppenden Schritten herein, die die Fußketten zuließen; die Hände waren vor dem Körper gefesselt, den Kopf hielt er gesenkt. Die Muskeln seines bleichen Gesichts waren schlaff, und er sah keinen Menschen an, weder trotzig noch sonst irgendwie. Als er an seinem Tisch anlangte, klopfte Sybylla ihm auf die Schulter. Sie wollte der Presse zeigen, daß sie keine Angst vor ihm hatte.

»Das Volk des Staates New York gegen Trent«, las die Justizsekretärin vor. »Der Beklagte wurde von der Grand Jury des County New York der schweren Körperverletzung angeklagt. Bekennen Sie sich schuldig oder nicht schuldig?«

Sybylla hörte den rasselnden Atem ihres Mandanten.

»Nicht schuldig.«

Harrald blätterte die Akte durch. »Oh-kay«, sagte er und schürzte die Lippen. »Was machen wir denn nun damit, Leute? Hat einer von Ihnen ein Angebot?«

»Nein, Euer Ehren!« Greer schrie es fast heraus. Es sollte pathetisch klingen.

»Wir verhandeln nicht«, versuchte Sybylla den Staatsanwalt zu überschreien.

»Okay, okay.« Der Richter hob abwehrend die Hände. »Habe verstanden. Also, kein Deal.« Er sah Sybylla an. »Der Kautionsstatus wird beibehalten. Irgendwas dagegen, Ms. Muldoon?«

»Nein, Euer Ehren. Ich bin sicher, der Herr Staatsanwalt wird mir darin zustimmen, daß mein Mandant im Krankenhaus bleiben soll, wo er eine angemessene psychiatrische Versorgung erhält.«

Vom anderen Tisch her hörte sie Greer verächtlich schnauben.

»Wird vermerkt«, sagte der Richter und machte sich eine Notiz in die Akte. »Okay, dann kümmern wir uns jetzt um die Zuweisung. Die Justizsekretärin wird sie auslosen.«

Die große Trommel wurde gedreht und ein Name gezogen. Sybylla atmete erleichtert auf. Judge Jonathan Coffin war ein Richter der mitfühlenderen Sorte. Sie hatte bereits mehrmals mit ihm zu tun gehabt und ihn zweimal dazu gebracht, fragwürdige Polizeiverhöre als unzulässig zurückzuweisen. Greer auf der anderen Seite des Gangs nahm es wie ein Mann.

»Der Beklagte wird in die psychiatrische Station des Bellevue Medical Center zurückgebracht. Führt ihn ab, Jungs!« Harrald nickte den beiden Polizisten zu. Sybylla sah dem hinausschlurfenden Trent nach.

»Na«, säuselte Burkowitz, der sich ihr auf einer Schleimspur näherte, während sie die Akte in ihrer Tasche verstaute. »Das wird bestimmt lustig. Sie und der große Meister persönlich.«

»Groß – weiß ich nicht; auf jeden Fall aber dick«, erwiderte Sybylla. »Wenn er tatsächlich Gouverneur werden will, sollte er besser ein Paar Pfund abspecken.«

»Aber sicher!« erwiderte Burkowitz lachend und folgte ihr. »Wollen Sie's ihm nicht persönlich sagen? Mir zahlt man nämlich nicht genug, als daß ich mir das leisten könnte.«

Sie streckte den Arm nach der Schwingtür aus, doch der Stellvertretende Staatsanwalt blieb ihr auf den Fersen.

»Wie wollen Sie ihn denn verteidigen? Probieren Sie es mit Unzurechnungsfähigkeit?«

Sie hoffte, daß er den Schatten, der sich über ihr Gesicht legte, nicht sehen oder doch wenigstens nicht deuten konnte. *Wie*, verdammt noch mal, wollte sie ihn denn eigentlich verteidigen? Sie versuchte, ihre Verbitterung so gut wie möglich zu verbergen, drehte sich zu Burkowitz um und blaffte ihn an: »Sie glauben doch nicht im Ernst, daß ich Ihnen diese Frage beantworte, oder? Aber Sie machen mich neugierig. Also, warum sollte ich Ihnen auf diese Frage eine Antwort geben?«

Sein Kinn glitzerte vor Schweiß. »Weil Sie ganz verrückt nach mir sind.«

»Auf Wiedersehen, Wendell. War wirklich nett, mit Ihnen zu plaudern.«

Im Weggehen hörte sie ihn noch lachen, doch draußen auf dem Gang wurde sein Glucksen von ohrenbetäubendem Stimmengewirr übertönt. Wie Rugbyspieler drängten sich dort mehrere Dutzend vom Adrenalin aufgedrehte Medienfritzen, diesmal mit Kameras. Sybylla registrierte es zähneknirschend. Als sie näherkam, teilte sich die Menschenmasse, um sich sofort um sie zu schließen. »Würden Sie die Anklageverlesung bitte kurz kommentieren?« rief jemand.

Doch schon während sie das übliche herunterleierte – daß der Angeklagte seine Schuld bestritten habe und sie keine weiteren Kommentare abgeben werde –, wurde ihr bewußt, daß nicht etwa sie die Hauptattraktion war. Ein paar Meter weiter stand Greer, umgeben von aufmerksam lauschenden Menschen, und gab die äußerst wirkungsvolle Darstellung eines zornigen (dabei jedoch ungemein zurückhaltenden) Herrn mittleren Alters. Seine Stirn glänzte im weißen Kameralicht. »Das hier ist nicht einfach nur mein Job«, teilte er den konzentriert zuhörenden Leuten um sich herum mit. »Das hier ist mein ganz persönlicher Kreuzzug!«

Sybylla kämpfte sich nach draußen durch. Sie sehnte sich nach frischer Luft und Ruhe zum Nachdenken. Ihr Mandant hatte den Vorschlag, die Verteidigung auf Unzurechnungsfähigkeit aufzubauen, mit einem einzigen Wort zurückweisen können, aber es war der einzige Pfeil in ihrem Köcher gewesen. Ohne diesen Pfeil hatte sie nicht viel mehr anzubieten als die Feststellung, Trent weise die Beschuldigung schlicht und einfach von sich, und sie konnte sich ziemlich gut vorstellen, wie das ankommen würde. Welche Fehler die Legal-Aid-Mandanten ansonsten auch hatten – die meisten von ihnen ließen ihren Anwälten wenigstens freie Hand in der Wahl der Vorgehensweise mit der größten Chance auf einen Freispruch. So war es bisher immer gewesen; noch nie hatte sich ein Mandant ihren Vorschlägen widersetzt.

Zu allem Übel blieb ihnen jetzt auch noch sehr wenig Zeit, überlegte Sybylla und hämmerte auf den gesprungenen grauen Aufzugknopf in der Lobby. Gemächlich machte sich die Kabine auf den Weg nach unten. Sybylla hatte es Greer gestattet, auf einen frühen Verhandlungstermin zu drängen, da sie von ihrem Verteidigungsplan überzeugt gewesen war und Trent den Eindruck gemacht hatte, die Sache möglichst schnell hinter sich bringen zu wollen; jetzt um eine Vertagung zu bitten, würde allen zeigen, daß mit ihrer Strategie etwas nicht stimmte. Sie würde sich etwas anderes überlegen müssen, und zwar schnell, dachte sie, als sie die Tür zu ihrem Büro öffnete.

Gleich hinter dem Empfangstisch befand sich ein kleines, mit Spielzeug übersätes Zimmer. In einer Ecke stand ein uralter Zenith-Fernseher, in dem oft Barney-Videos liefen, um die meist ziemlich ungestümen Kinder von Legal-Aid-Mandanten ruhig zu halten. Jetzt lief gerade das Programm von New York One, und kaum war Sybylla eingetreten, umtoste sie schon der Beifall ihrer Mitstreiter.

»Super gemacht!« rief einer und schlug ihr auf den Rücken.

»Ach, wirklich? Und was, bitte, habe ich getan?« fragte sie grinsend.

Sie warf einen Blick auf den Bildschirm und sah das gelassen lächelnde Mondgesicht von Andrew Greer. In der rechten unteren Ecke erschien das Wort »live«.

»Mensch, ist der immer noch auf Sendung?«

Er war noch immer auf Sendung, aber nicht mehr lange. Wenige Sekunden später mußte Greer das Feld vor der Kamera für eine typische blonde Nachrichtensprecherin räumen, die feierlich verkündete, daß Amanda Barrett, »das tapfere kleine Mädchen, das im Mittelpunkt dieses grauenhaften Falls steht«, aus der Klinik nach Hause entlassen worden sei. Sybylla trat näher an das Fernsehgerät und versuchte sich gegen das, was sie gleich sehen würde, innerlich zu wappnen.

Nachdem ihre Unterleibsverletzungen endlich einigermaßen verheilt waren, hatte man Amanda Barrett heimlich aus dem Mount Sinai Hospital gebracht, allerdings nicht so heimlich, als daß es nicht bekannt geworden wäre. Als die Limousine vom Klingenstein Pavilion des Mt. Sinai losfuhr, stand bereits eine Horde Reporter auf dem Gehsteig vor dem Brownstone-Haus der Barretts in einer der östlichen Achtziger Straßen. Das glänzende graue Gefährt war sofort von Menschen umstellt wie ein von Fliegen bedeckter Kadaver.

Sybylla sah zu, wie zunächst Brian Barrett, der Vater des Mädchens, ausstieg und vergeblich um Gnade bat beziehungsweise, da sie ihm nicht gewährt wurde, wenigstens um eine Gnadenfrist, damit seine Tochter aussteigen und ins Haus gehen könne. »Haben Sie doch bitte Verständnis«, flehte er die Reporter an; man sah deutlich, daß er es nicht gewohnt war, um etwas bitten zu müssen. »Sie ist doch erst neun.«

Als die Meute nicht reagierte, steckte er den Kopf in die Limousine und breitete die Schöße seines dunklen Mantels aus, damit das kleine Mädchen sich darunter verbergen konnte. Einen kurzen, ängstlichen Blick ins Licht wagte das Kind aber doch. In diesem Fall war es das Licht blitzender Kameras.

Das Mädchen sah aus wie ein Bild von Picasso.

Sybylla mußte entsetzt feststellen, daß der Sender es scham- und herzloserweise für angebracht hielt, das Foto des Mädchens aus dem Jahrbuch der vierten Klasse der Brearly School in die Liveaufnahmen ihres entstellten Gesichts einzublenden. Neben dem lachenden, selbstbewußten Kind im Jahrbuch wirkte die neue Amanda fast obszön mit den dunklen, runzligen Narbensträngen, die von einem Nasenloch, von einer Augenbraue und von dem, was einmal das Grübchen neben einem lächelnden Mund gewesen war, ausgingen. Sybyllas Magen zog sich vor Mitleid zusammen; sie drehte sich um und ging in ihr Büro.

Kaum war sie auf ihren Stuhl gesunken, tauchte Sam Larkin in der Tür auf und grinste, als wäre alles in bester Ordnung. »Das«, sagte er fröhlich, »war ein wahrhaft meisterliches ›Kein Kommentar!‹ Glauben Sie, daß ich, wenn ich erst ein bißchen länger hier gearbeitet habe, auch so wunderbar ›Kein Kommentar‹ sagen kann?«

»Tut mir leid, aber es dauert lange, bis man die richtige Mischung aus Lässigkeit und sympathischer Zerstreutheit draufhat. Das kann man im Grunde nicht lernen; dazu muß einem der liebe Gott das Talent gegeben haben.«

»Aua!« Er legte eine Hand aufs Herz. »Das hat gesessen.«

Obwohl sie sich wirklich Mühe gab, gelang es ihr nicht, ein Lächeln zu unterdrücken.

»Es ist also alles glatt gelaufen?«

»Was, die Anklageverlesung? Klar. Reine Routine.« Sie nahm ihren Aktenkoffer und hob ihn in hohem Bogen auf die Schreibtischplatte in der Hoffnung, mit dieser Geste jede weitere Diskussion über das Thema abzuwürgen.

»Kann ich irgend etwas tun?« fragte Sam, ohne auf den dezenten Hinweis einzugehen. »Kann ich Ihnen irgendwie helfen?«

Sybylla quittierte das Angebot mit einem höflichen Lächeln. »Nein, danke.«

»Ich würde Ihnen wirklich gern behilflich sein«, hakte er nach. »Ich meine, wenn Sie –«

»Was gab es denn sonst noch in den Nachrichten?« unterbrach sie ihn. »Ich habe seit Tagen keine Zeitung mehr in der Hand gehabt.«

»Was? Ach, was weiß ich.« Er seufzte. »Die üblichen Scheußlichkeiten eben.« Er stand immer noch in der Tür. Er wirkte niedergeschlagen und sah unglaublich gut aus.

Sybylla unterdrückte ihre Schuldgefühle. »Zum Beispiel?«

»Also, warten Sie mal... Um die Saint Patrick's Day Parade wird immer noch gestritten, und auf Long Island ist ein Hauptwasserrohr geplatzt. Und an der New York University wurde jemand getötet.«

»Hm?« sagte Sybylla gedankenverloren. Dann setzte sie sich ruckartig auf. »Was war das mit der NYU?«

»Ein Einbruch, bei dem eine Professorin getötet wurde.« Er seufzte schwer. »Also, wenn Sie wirklich nichts für mich haben, mache ich mich jetzt wieder an die Arbeit.« Er lächelte traurig. »Bis später.« Weg war er.

Sybylla blieb reglos sitzen, wie um den Wunschgedanken, der ihr unablässig durch den Kopf ging, nicht zu zerstören. *Sei nicht albern – an der NYU gibt es viele Professorinnen.* »Sam?« rief sie nach einer Weile.

Er war sofort wieder da. »Haben Sie es sich anders überlegt?«

»Was für eine Professorin, sagten Sie?«

»Warten Sie...« Er war sichtlich enttäuscht. »Eine Biologieprofessorin? Nein, Chemie. Ja, ich glaube, es war eine Chemieprofessorin. Angeblich eine Drogensache.«

Sybyllas Gesicht war mit einem Schlag völlig taub. Sie konnte kaum mehr die Muskeln bewegen.

»Wurde der Name genannt?«

Sam runzelte die Stirn. »Was? Wessen Name denn?«

»Sam!« Sie stand auf. »Wurde in den Nachrichten der Name genannt?« Er starrte sie verblüfft an. »Antworten Sie mir!«

In diesem Augenblick bekam sie ihre Nerven plötzlich wieder in den Griff und rannte an Sam vorbei durch die Tür. Das

Großraumbüro war voller Menschen, die allesamt das, was sie taten, unterbrachen und sie anstarrten. Sie raste an den Schreibtischen vorbei, ließ alles wie in einem Nebel hinter sich, stürzte um die Ecke ins Wartezimmer, blieb vor dem Fernseher stehen und begann hastig den Programmknopf zu drehen. Channel 2: ein tollwütiger Hund in Harlem. Channel 4: nein, da sprachen sie über Basketball, die Nachrichten auf Channel 4 hatte sie schon verpaßt. Channel 7: der Schluß eines Berichts über einen in Queens aus dem fahrenden Auto erschossenen Mann. Und dann erschienen in der oberen rechten Ecke des Bildschirms der Umriß eines typischen Universitätsturms und in blutroter Schrift die Schlagzeile: MORD AN DER NYU.

»Ein Student der NYU machte, als er heute nachmittag zu seinem Chemieseminar erschien, eine grausige Entdeckung. Er fand die Leiche seiner Professorin, die offenbar in ihrem Labor erschossen worden war. Der Polizei zufolge waren Drogen im Spiel. Das Opfer, die Außerordentliche Professorin für Chemie Sushila Patel –«

»Nein«, hörte Sybylla sich sagen.

»– war zum Zeitpunkt des mutmaßlichen Einbruchs allein in dem Labor. Offenbar hat niemand Geräusche gehört, die auf einen Kampf schließen lassen, oder verdächtige Personen in dem von der Universität als sicher bezeichneten Gebäude gesehen. Die Polizei hat derzeit noch keine Verdächtigen, doch sagte uns einer der Detectives am Tatort folgendes ...«

Man sah einen grauhaarigen Mann mit kummervoller Miene. »Ja, offenbar waren sie hinter irgendwelchen Drogen her. Wissen Sie, viele von denen glauben ja, daß man in so einem Labor tonnenweise Crack findet. Sind wahrscheinlich eingebrochen, haben sich umgesehen und sie überrascht. Dann haben sie versucht, das Ganze wie einen Raubmord aussehen zu lassen. Ihre Brieftasche ist nämlich weg.« Der Mann zuckte mit den Achseln und fügte, sozusagen inoffiziell hinzu: »'ne echte Tragödie.«

Dann erschien wieder das ausdruckslose Gesicht der Nachrichtensprecherin. »Vertreter der NYU haben ihre große Betroffenheit über den Mord zum Ausdruck gebracht, behaupten jedoch weiterhin, daß das Universitätsgebäude sicher sei. Für heute abend ist eine Vollversammlung angesetzt, in der die Studenten ihre Angst und Besorgnis in Zusammenhang mit dem Vorfall äußern können.«

»*Dem Vorfall!*« wiederholte Sybylla empört, als man in der Nachrichtensendung zu den Sportereignissen überging, und wischte sich mit dem Handrücken über das plötzlich tränennasse Gesicht.

Da legte sich ein Arm um ihre Schulter; er war schwer, doch merkwürdigerweise sehr willkommen. Ohne zu zögern, lehnte sie sich dagegen. »Sybylla«, sagte Sam traurig und erstaunt. »Sie kennen sie, ja?«

»Ich kannte sie.«

13

Wenn man bedachte, wie jähzornig er werden konnte, war es nur gut, daß Philip Hofmann, der hinter seinem schmalen Rücken manchmal »die chemische Keule« genannt wurde, diesen Spitznamen nie richtig mitgekriegt hatte.

Fünfundzwanzig Jahre war es her, seit er ihn verpaßt bekommen hatte, und zwar im Aufenthaltsraum der Assistenzärzte eines großen Lehrkrankenhauses in Cambridge. Die Neulinge, die seiner Leitung unterstanden, hatten sich in den ruhigen Nachtstunden dorthin zurückgezogen, tranken Kaffee, rauchten und zogen über Nichtanwesende her. Und wie es Untergebene überall auf der Welt zu tun pflegen, sprachen die erschöpften und übermüdeten Männer mit unverhohlenem Neid und ungezügelter Gehässigkeit über ihren Vorgesetzten. Sie ließen sich über seine Körperhygiene aus, mit der er es nicht besonders genau nahm, und spotteten über seine zunehmend höher werdende Stirn und seine winzigen Hände, die in feuchtfröhlicher Stimmung schon des öfteren als Anzeichen für eine nicht eben markante Männlichkeit gewertet worden waren. Nicht nur seine Hände, sondern der ganze Hofmann war klein, alles an ihm war drahtig und kurz, doch aus diesem untersetzten Körper heulte die Wut wie ein Hurrikan und ließ seine Opfer nicht selten tränenüberströmt zurück. Daher der Spitzname. Der Mann sah völlig harmlos aus, aber er konnte zubeißen.

Selbst in ruhigen Zeiten kreuzten sich die Wege von Hofmann und dem Mann, der seit über einem Vierteljahrhundert sein Geschäftspartner war, nur äußerst selten. Der Gebäudekomplex, in dem die beiden getrennt voneinander auf ein vermessenes Ziel hin arbeiteten, war mit allen Sicherheitsvorkehrungen ausgestattet, die diese Arbeit erforderlich machte, so daß die Wahrscheinlichkeit, sich an der Kaffeemaschine zu treffen oder Routinegänge ins Büro des jeweils anderen unternehmen zu müssen, sehr gering war. Normalerweise kümmerte Hofmann sich nicht um längere Abwesenheiten seines Partners, doch neuerdings kehrte, wenn er sich über das ausdruckslose oder angstverzerrte Gesicht eines in Behandlung stehenden Subjekts beugte, die quälende Erinnerung an den kapitalen Sicherheitsfehler zurück, den sein Team sich vor kurzem geleistet hatte.

Welches Schicksal dieses problematische Subjekt auch ereilt haben mochte, das Implantat würde auf jeden Fall eine akute Schizophrenie hervorrufen – einen Geisteszustand, der unter den gegebenen Umständen nicht einmal unerwünscht war und den Hofmann in weiser Voraussicht ganz richtig als einen wertvollen Mechanismus zur Verringerung der Gefahr eben eines solchen Sicherheitsfehlers einkalkuliert hatte. Im besten Fall war das Subjekt vor ein Auto gelaufen, noch ehe es vierundzwanzig Stunden außerhalb der unteren Ebene verbracht hatte; doch selbst im schlimmsten Fall, nämlich wenn der Mann es geschafft hatte, *keine* Gewalttat zu begehen und die Nachricht über seinen Gewahrsam per Fernsehen in die Welt hinauszuposaunen, verfügte er doch nur über sehr wenig bewußt erlangte Informationen, die er weitergeben konnte. Ein obdachloser Spinner, wie es Tausende gab. Der Präsident hatte sich ja selbst stets auf die Unscheinbarkeit dieser Kreaturen verlassen!

Nur wenige Stunden nachdem das Subjekt verschwunden war und einen gerade erst eingestellten Depatterning-Techniker blutüberströmt zurückgelassen hatte, war der Präsident höchstpersönlich gekommen, um Hofmann zu versichern, daß er die Sache im Griff habe. Hofmann bezweifelte zwar durchaus nicht, daß sein Partner den Vorfall ernst nahm, doch konnte er es nicht akzeptieren, daß in der Zwischenzeit immer noch nichts Entscheidendes geschehen war, und daß er von oben so gar nichts hörte, begann ihn allmählich zu ärgern. Das bei weitem wahrscheinlichste Szenario, das er sich im Zusammenhang mit dem Subjekt vorstellen konnte, war Selbstmord, und in diesem Fall wäre die örtliche Polizei, möglicherweise aber auch die von Washington, D.C., sicherlich auf einen unbekannten Toten gestoßen, dessen Beschreibung mit der des abgängigen Kerls übereinstimmte. Sollte dies tatsächlich der Fall sein, so war es durchaus möglich, daß Kolb es noch immer nicht geschafft hatte, die Leiche zu finden und ihre Identität zu bestätigen. In Hofmanns Augen war Kolb das Musterexemplar eines Menschen, an dessen Geburtstag die drei Grazien ihren Jahresurlaub genommen hatten und ans Meer gefahren waren, doch der Präsident hatte aus Gründen, die Hofmann sich beim besten Willen nicht erklären konnte, genau diesen Menschen seit einiger Zeit immer häufiger eingesetzt. Einsammlung, Ablieferung, Überwachung, Überprüfung – Tätigkeiten, von denen man behaupten durfte, daß sie mehr als nur die kleine Menge grauer Zellen erforderte, deren Kolb sich rühmen konnte –, das alles unterstand derzeit seiner Leitung. Angesichts so zahlreicher Pflichten erschien es Hofmann keineswegs unmöglich, daß der Mann noch nicht dazu gekommen war, die Leichenschauhäuser der Umgebung nach dem Gesuchten zu durchkämmen.

Neben dem Selbstmordszenario gab es allerdings noch eine andere Möglichkeit, die Hofmann, und zwar mit wesentlich geringerer Genugtuung, in Betracht gezogen hatte. Wenn die Polizei, beispielsweise, einen offenbar psychotischen Menschen verhaften sollte, der jemanden angegriffen hatte, dann war es möglich, daß man das Implantat entdeckte und entfernte. Dieses Szenario war sehr unerfreulich, und er konnte sich gut vorstellen, welche Spekulationen unter den sogenannten rechtmäßigen Wissenschaftlern entstehen würden, wenn sie sein Werk näher in Augenschein nahmen. Denn schon ein kurzer Blick in angrenzende Forschungsbereiche würde genügen, um seinen Namen aufgrund des Gesetzes zur Wahrung des Rechts auf Auskunft auf irgendeiner Liste aus dem schmutzigen Keller irgendeines CIA-Archivs hervorzuziehen. Dann würden sie ihn suchen und alles daransetzen, um ihn zu stoppen. Wieder einmal.

Einen Monat nach der Flucht des Subjekts schickte Hofmann

einen Brief nach oben und bat darum, über den neuesten Stand der Sache informiert zu werden. Als er eine Woche später immer noch nichts gehört hatte, schrieb er einen zweiten Brief, der ein wenig kürzer und direkter gehalten war, jedoch ebenfalls unbeantwortet blieb. Danach versuchte er es per Telefon, wählte den Piepser des Präsidenten in Texas, Mississippi, Indiana und New Hampshire an, störte ihn auf Jachten und Golfplätzen und in den dunkelgetäfelten Büros seiner Klienten. Die telefonischen Antworten fielen kurz und gleichmütig aus und bestanden aus der freundlichen Versicherung, daß alles unter Kontrolle sei, daß der Präsident sich jedoch gerade in einer Konferenz befinde und über dieses oder irgendein anderes Thema nicht sprechen könne. Sofort nach der Rückkehr des Präsidenten werde eine Besprechung anberaumt, jetzt aber auf Wiedersehen. Eine Besprechung fand selbstverständlich nie statt.

So standen die Dinge, als sich am späten Freitagnachmittag ein Mann in Hofmanns Büro meldete, der eine zusammengefaltete Ausgabe der *New York Post* in der Hand hielt. Dieser unglückliche Mensch hieß Reynolds, war Fachmann für psychotrope Drogen und der von seinen Kolleginnen und Kollegen ordnungsgemäß gewählte Abgesandte. Er räusperte sich. »Ich bin sicher, daß Sie die Sache im Griff haben«, sagte er, »aber es wäre schön, wenn Sie dem Team mitteilen könnten, daß entsprechende Maßnahmen getroffen werden. Dann hätten wir alle ein wesentlich besseres Gefühl.« Mit diesen Worten hielt er ihm die Zeitung unter die Nase.

»Und was, bitte schön, meinen Sie mit ›die Sache‹?« Hofmann machte nur eine Kopfbewegung auf das Boulevardblatt hin, so als wollte er es keinesfalls berühren.

Reynolds zuckte nervös mit den Achseln. »Der Wild Man – Sie wissen schon, unser verlorener Sohn. In der Zeitung steht, daß der Prozeß nächsten Monat beginnt.«

Hofmann sah ihn eine Weile mit zusammengepreßten Lippen und vor Zorn bebend an. Dann riß er ihm die Zeitung aus der Hand und starrte in Trents ausdrucksloses Gesicht.

»Sind Sie sicher?« fragte er mit gepreßter Stimme. »Hundertprozentig sicher?«

»Es ist kein Zweifel möglich«, antwortete Reynolds. »Tut mir leid, ich dachte, Sie wüßten es. Stand in allen New Yorker Zeitungen. Sogar in *Newsweek*.«

»Weswegen steht er vor Gericht?« fragte Hofmann, Reynolds' unterwürfige Art ignorierend.

»Er hat ein kleines Mädchen niedergestochen. Der Bezirksstaatsanwalt höchstpersönlich vertritt die Anklage.«

Der Bezirksstaatsanwalt höchstpersönlich? Den kleinen Mann durchfuhr es eiskalt. Plötzlich wurde ihm einiges klar. Hastig überflog er den Artikel. Der Angriff hatte nur drei Tage nach der Flucht des Subjekts stattgefunden. Der Präsident mußte schon seit Wochen von der Sache gewußt haben.

»Gehen Sie!« Mehr sagte Hofmann nicht. Reynolds überlegte kurz, ob er um mehr Informationen bitten solle, doch ein kurzer Blick auf den Chef genügte. Er ging.

Mit aufgesetzter Ruhe nahm Hofmann sein Telefon zur Hand und gab die dringenden Fällen vorbehaltene Durchwahlnummer des Präsidenten ein. Sofort ertönte die charakteristische leise Stimme seines Partners.

»Ich möchte mit dir reden«, sagte Hofmann kurz und bündig. »Und zwar jetzt sofort.«

»Bin in einer Besprechung.« Es klang so fröhlich, als sollte es heißen »Aber danke der Nachfrage!«

Hofmann lächelte. »Wenn du nicht augenblicklich runterkommst, komme ich rauf. *Jetzt sofort!*« schrie er und hieb mit der Faust auf Trents Gesicht.

Am anderen Ende der Leitung blieb es eine Weile still. Dann sagte der Präsident aufseufzend: »In fünf Minuten« und hängte ein.

Hofmann konnte sich nur wundern. Sie hatten es tatsächlich so weit kommen lassen, daß ein Prozeß stattfand. Tobende Verrückte wurden doch heutzutage nicht vor Gericht gestellt, sondern aus dem Justizsystem ausgeschlossen und in psychiatrischen Kliniken verwahrt. Prozeß bedeutete Prozeßfähigkeit, und Prozeßfähigkeit bedeutete Fähigkeit zur Kommunikation, und die war unvereinbar mit schwerer Schizophrenie, egal, ob künstlich hervorgerufen oder nicht. Alles in allem sehr, sehr schlechte Nachrichten.

»Nun?«

Hofmann löste den Blick von Trents Zeitungsfoto und sah hoch. Der Präsident registrierte sofort, was los war.

»Ah – ich hatte mich schon gefragt, wie lange es wohl dauern wird.« Er schloß die Tür hinter sich und nahm gemächlich auf dem Stuhl vor dem Schreibtisch seines Partners Platz. »Der Wild Man.« Er machte eine Kopfbewegung zur Zeitung hin. »Hat auch noch einen anderen Namen. Trent heißt er. Trent – und wie weiter? Das darfst du mich nicht fragen. Scheint sein ganzes Leben hindurch mit Trent ausgekommen zu sein. Wußtest du, daß die Angaben in einer Klageschrift auch dann nicht verändert werden, wenn bewiesen wird, daß der Angeklagte der Polizei einen falschen Namen genannt hat? Mit anderen Worten, wenn ich in New York festgenommen werde und der Polizei sage, mein Name sei John Brown, dann heißt mein Fall auch nach der Entdeckung meiner wahren Identität weiterhin *New York gegen John Brown*. Bis hinauf zum Bundesgericht unter einem Aliasnamen! Ich finde es ungeheuer ironisch, daß unser Rechtssystem, das doch angeblich auf dem Prinzip der Wahrheitssuche basiert, derartige Unwahrheiten duldet.«

Hofmann sah ihn zornig an. »Bist du völlig verrückt geworden? Wie lange weißt du es schon?«

»Seit geraumer Zeit«, erwiderte der Präsident freundlich. »Bereits einen Tag nach der Festnahme haben wir uns die Sache zusammengereimt, obwohl mir wirklich unerklärlich ist, wie er sich in diesem Zustand bis hinauf nach New York durchschlagen konnte. Seine Anwältin hat er auch angegriffen.« Der Präsident hob die Hand, als warte er darauf, um nähere Informationen gebeten zu werden. »Hat sie gebissen.« Er spreizte die Finger. »Da.«

»Haben sie es gefunden?« fragte Hofmann nervös.

»Aber ja. Und herausgenommen.«

»Mein Gott!«

Der Präsident musterte seine Hände. »Wenn ich dir sagen würde, daß wir alles unter Kontrolle haben, würdest du es mir glauben?«

»Nein!« stieß der kleine Mann hervor.

Sein Partner schenkte ihm ein mildes Lächeln. »Genau aus diesem Grund habe ich es dir damals nicht erzählt.«

»Es entsetzt mich jetzt nicht minder. Vielleicht kannst du mir erst mal erklären, warum der Mann überhaupt noch lebt! Oder ist dieser Kolb zu dumm, um sich Eintritt in ein praktisch offenes Haus wie das Bellevue zu verschaffen?«

Der Präsident hob den Kopf. »An den Mann heranzukommen, war nie das Problem. Du mußt wissen, daß der Fall fast von Anfang an ein enormes Medieninteresse fand. Wären wir hineingegangen und hätten ihn eliminiert, hätte das nur sehr unangenehme Spekulationen hervorgerufen. Unserer Ansicht nach war es weit wünschenswerter, daß Trent als ein gewissermaßen normaler New Yorker Psychopath galt. Darüber hinaus hielten wir es für äußerst unwahrscheinlich, daß unser Freund irgend etwas Vernünftiges von sich geben könnte beziehungsweise daß irgend jemand dem, was er zu sagen hätte, aufmerksam lauschen würde. Deshalb fanden wir es damals klüger, ihn zu lassen, wo er war.«

»Und was ist jetzt?« hakte Hofmann sofort nach. »Ich will, daß die Angelegenheit auf schnellstem Wege bereinigt wird, ist das klar?«

»Selbstverständlich, alter Freund«, gab der große Mann leichthin zurück. »Doch mittlerweile haben wir wiederum andere Gründe, zwingende Gründe, das Verfahren stattfinden zu lassen.«

»Und welche Gründe wären das?« Hofmann gelang es nur mit größter Mühe, seine Wut im Zaum zu halten.

»Zufälligerweise«, sagte der Präsident lächelnd, »hat dieser Fall eine extrem günstige Gelegenheit für einen unserer wichtigsten Klienten geschaffen. Er führt die Anklage selbst, mußt du wissen, und die Umfrageergebnisse waren sehr ermutigend – die befürwortenden Stellungnahmen stiegen in seiner Stadt um volle fünfzehn Prozent, und im ganzen Bundesstaat wuchs sein Bekanntheitsgrad um fünf Prozent. Und das noch vor Prozeßbeginn! Wenn das Verfahren erst läuft, wird es aller Wahrscheinlichkeit nach die Lokalnachrichten beherrschen und möglicherweise sogar Eingang in die landesweiten Nachrichten finden.«

Hofmann schüttelte fassungslos den Kopf. »Ich kann einfach nicht glauben, was du da sagst. Du willst wirklich ruhig zusehen, wie eines unserer Subjekte in den Zeugenstand tritt und *aussagt?*«

»Aber ich bitte dich!« Der Präsident blieb aufreizend ruhig. »Dieser Angeklagte wird selbstverständlich nie aussagen.«

Hofmann schüttelte den Kopf. »Das behauptest du. Wer soll ihn denn davon abhalten?«

»Seine Anwältin wird ihn davon abhalten. Sie hat dem Staatsanwalt Andrew Greer mitgeteilt, sie werde Unzurechnungsfähigkeit geltend machen. Mehrere Ärzte werden dahingehend aussagen. Sie wird ihn gar nicht erst als Zeugen aufrufen. Da Greer die Anklage vertritt, wird die Jury ihn höchstwahrscheinlich schuldig sprechen, und wenn das Medieninteresse abgeflaut ist, beseitigen wir den Mann ganz einfach im Gefängnis. Alles ist genau durchdacht.«

»Mit einer Ausnahme«, fuhr Hofmann ihn an. »Da wäre nämlich noch das kleine *Implantat,* wenn ich dich daran erinnern dürfte!«

Zum erstenmal wirkte der Präsident erkennbar verlegen. »Es hat eine Weile gedauert, bis wir herausfanden, wo genau es sich befindet. Unsere ersten Annahmen hatten sich als falsch erwiesen, aber jetzt glauben wir zu wissen, wo es ist.« Er blickte Hofmann offen ins Gesicht. »Mach dir keine Sorgen. Ich rechne damit, daß wir es in Bälde zurückerhalten. Vielleicht sogar schon heute nacht.«

»Ich soll mir keine *Sorgen* machen?« wiederholte der kleine Mann sarkastisch. »Hör zu, wenn irgend jemand dieses Implantat analysiert, führt die Spur sofort direkt zu mir. Und von mir führt sie direkt zu dir – da brauchst du dich keinen Illusionen hinzugeben!«

»Die Spur, wie du es nennst, wird zu keinem von uns beiden führen. Wir sind heute ebenso sicher wie an dem Tag, an dem wir die Sache begonnen haben.«

»Und was ist, wenn seine Anwältin ihn freikriegt?« fragte Hofmann höhnisch.

»Das wird nicht geschehen«, erwiderte der großgewachsene Mann mit kurzem Kopfschütteln.

Hofmann konnte sich das Grinsen nicht verkneifen. »Es ist wirklich die größte Ironie, daß ausgerechnet du das sagst! Du schwafelst doch ständig von Geschworenen und ihren unberechenbaren ›Das-kapier'-mal-einer‹-Urteilen! Das sagst du doch allen deinen Klienten! Genau deshalb sind wir doch miteinander im Geschäft!«

»Beruhige dich«, sagte der Präsident beschwichtigend. »Ich habe doch nur eine bestimmte juristische Tatsache angesprochen. Wenn die Verteidigung Unzurechnungsfähigkeit geltend macht, so bedeutet dies nicht, daß sie den Angeklagten freikriegt, wie du es nennst – auch wenn die meisten Menschen das glauben. Durch die Einrede der Unzurechnungsfähigkeit verändert sich nur der Ort des Gewahrsams; der Verurteilte kommt dann in eine geschlossene psychiatrische Anstalt statt ins Gefängnis. Es stimmt zwar, daß sein Geisteszustand daraufhin zum Zweck einer möglichen Entlassung regelmäßig überprüft wird, doch brauchen wir dies nicht zu befürchten. Sobald dieser Trent hinter Schloß und Riegel ist, werden wir schlicht und einfach seine Beseitigung arrangieren. Und nur keine Angst – in einer psychiatrischen Anstalt ist so etwas ebenso einfach zu bewerkstelligen wie in einem Gefängnis. Ob es nun in Attica oder auf Wards Island zu geschehen hat, spielt für uns keine Rolle. Der Mann wird in jedem Fall nie erzählen, was er weiß, was immer er auch wissen mag.«

»Ich glaube, du hast etwas vergessen. Seiner Anwältin gegenüber hat er nämlich bestimmt schon einiges ausgeplaudert. Du sorgst besser dafür, daß man sich auch um die kümmert!«

»Ah!« Der Präsident lehnte sich zurück und betrachtete die Decke. »Ich fürchte, das wird ein klein wenig komplizierter sein.«

Hofmann spürte den Schwachpunkt, beugte sich vor und beäugte seinen Partner mit durchdringendem Blick. »Was ist denn so kompliziert daran? Schaffst du es nicht, die Hand gegen deine Brüder zu erheben? Hat nicht sogar Shakespeare gesagt, man soll alle Anwälte umbringen?«

»Es handelt sich um eine Dame, die uns nicht völlig unbekannt ist, mußt du wissen. Sie ist die Tochter eines Freundes.«

»Wessen Freundes?« geiferte Hofmann. »Ich wußte gar nicht, daß du welche hast!«

Der Präsident sah ihm in die Augen. »Unseres gemeinsamen Freundes, wenn du es genau wissen willst.«

Es war amüsant, zu erleben, wie alle Farbe aus dem Gesicht seines Partners wich.

Eine Weile saßen sie schweigend da. Der kleine Mann klopfe sich nervös mit den Händen auf die Knie, doch seine Miene war abwesend und starr, und auch die Gedanken des Präsidenten begannen zu wandern. Das alles war so anders als das, was er sich einst für sein Leben vorgestellt hatte, damals, als er und sein Partner sich kennengelernt hatten. Damals hatte er sich einen raketengleichen Aufstieg erträumt: vom Anwalt zum Richter, ein akademisches Zwischenspiel vielleicht, das dem Prestige diente, dann in die Politik, um die Privilegien und die Macht zu erringen, die sein Vater sich immer für ihn vorgestellt hatte. Doch als Politiker war man, wie er schon vor langer Zeit entdeckt hatte, abhängig von der Gunst kaum des Lesens und Schreibens kundiger Wähler, und die Wirkungsmöglichkeit eines Politikers hing sowohl von den Launen irgendwelcher Nachrichtenredakteure als auch von jenem schwer faßbaren Ding namens »Stimmung im Lande« ab. Die Macht des Präsidenten indes war immun gegen die Krankheit des politischen Wandels, resistent gegen die Schäden, die bei einem Führungswechsel entstehen konnten – ja, sie lebte geradezu von diesem Wechsel. Er merkte, daß er lächelte. In den vergangenen zwanzig Jahren waren ihm einige der größten Geheimnisse der amerikanischen Politik anvertraut worden, und dieser Vorrat an Herrschaftswissen war weit wertvoller als Geld.

»Manchmal glaube ich, du vergißt, um was es hier eigentlich geht«, sagte Hofmann plötzlich und zerstörte die wohligen Träumereien seines Partners. »Es geht nämlich nicht darum, die Welt unter Kontrolle zu haben. Zumindest mir geht es nicht darum. Es geht nicht darum, die eigenen moralischen Vorstellungen durchzusetzen – ja, es geht nicht einmal um Gerechtigkeit. Das alles hier«, sagte er mit einer Armbewegung, die das ganze Zimmer und alles, was dahinter lag, mit umfassen sollte, »hat ausschließlich etwas mit Neugier und mit der Natur zu tun. Ich bin Wissenschaftler. Ich strebe nach der Wahrheit.«

»Das kommt mir sehr gelegen«, sagte der Präsident und erhob sich langsam. »Dein Wahrheitsstreben hat sich für diejenigen von uns, denen das allgemeine Wohl am Herzen liegt, als sehr wirkungsvoll erwiesen.«

Hofmann lächelte ihn säuerlich an. »Wie du meinst.« Dann faltete er die Hände vor der Brust. »Du sollst wissen, daß ich deiner mißlichen Lage durchaus mitfühlend gegenüberstehe. Mir ist voll und ganz bewußt, daß du dich in einer heiklen Situation befindest. Aber du sollst auch wissen, daß ich es keinem Menschen erlauben werde, meine Forschungsarbeit zu beeinträchtigen. Ich verlasse mich darauf, daß du dich um die Angelegenheit kümmerst, alter Freund hin oder her.«

»Das versteht sich doch von selbst. Nun muß ich dich aber leider verlassen.«

»Und von jetzt an will ich auf dem laufenden gehalten werden!«

Der Präsident seufzte tief auf. »Von jetzt an wirst du durch die *New York Times* ebenso auf dem laufenden gehalten werden wie durch mich. Sollte jedoch irgend etwas hinter den Kulissen geschehen, wirst du ganz bestimmt darüber informiert. Wirf das da weg«, sagte er mit einer Kopfbewegung zu dem Boulevardblatt, »und mach dir nicht so viele Gedanken. Glaub mir, Kolb hat die Sache völlig im Griff, und Kolbs Griff kann sehr, sehr fest sein. Das Implantat wirst du demnächst zurückerhalten.«

»Ich lasse mich nicht noch einmal stoppen!« sagte der kleine Mann.

Sein Partner lächelte. »Davon kann keine Rede sein.«

Nachdem der Präsident gegangen war, saß Hofmann fast eine Stunde lang schweigend in seinem Büro vor dem ausgeschalteten, dunklen Monitor. Er war nicht unglücklich mit der Entwicklung, die sein Lebenswerk genommen hatte – zumindest nicht, wenn er an die beinahe katastrophalen Anfänge zurückdachte. Damals wie heute hatte er ein Ziel angestrebt, das er als wahrhaft edel empfand, und dieses Ziel schon als relativ junger Mann erreicht. Die Vereinbarung, die er vor vielen Jahren getroffen hatte, beinhaltete jedoch die Bestimmung, daß seine Arbeit weder den Lesern der Wissenschaftsseiten der *Times* noch anderen Wissenschaftlern jemals zur Kenntnis gebracht werden durfte, und genau das hatte er nie verwinden können. Wenn, was äußerst selten geschah, eine Koryphäe seines Fachgebiets eine der umliegenden Universitäten besuchte, hörte Hofmann sich die Vorlesung an, hockte frustriert schweigend ganz hinten im

Hörsaal, sprach mit niemandem und ärgerte sich maßlos darüber, daß seine eigene Arbeit nie so publikumswirksam vorgestellt werden würde. Soweit seine Kollegen von damals wußten, war er vom Erdboden verschwunden, als die maßgeblichen Leute ihre Ansichten über seine Forschungstätigkeit änderten. Hat sich wahrscheinlich zu Tode gegrämt! dachten die wohl. War unfähig, die Sprunghaftigkeit der Regierung zu ertragen. Die Vorstellung, daß sie so über ihn dachten, während er doch in Wirklichkeit nur in den Untergrund gegangen war, erfüllte ihn mit Häme.

Er merkte, daß er – für ihn ganz untypisch – zu lächeln begann.

Wie so viele Flüchtlinge aus den sechziger Jahren – zwar aus völlig anderen Gründen, aber wohl in einem sehr viel wörtlicheren Sinn als die meisten anderen – war er in den Untergrund gegangen.

14

Sie sah ihn durchs Restaurantfenster über eine Speisekarte gebeugt sitzen und klopfte im Vorbeigehen, auf dem Weg zur Tür, kurz an die Scheibe. Der Schreck, der einen Augenblick lang über sein Gesicht huschte, wich einem breiten Grinsen, das ihr bis in die Magengrube fuhr, so daß ihr auf seltsam wohlige Weise fast übel wurde. Sie nickte dem Oberkellner zu und ging allein zu dem Tisch, wo er, ganz Gentleman, der er nun einmal war, schon stehend auf sie wartete.

»Sie haben heute morgen von Sangria gesprochen«, sagte Sam, während er sich wieder setzte. Dann füllte er ein Glas aus einem Krug, der neben seinem Teller stand. »Da habe ich mir die Freiheit genommen.«

»Danke«, sagte sie, durstig auf den Krug starrend.

Sam erhob sein Glas. »Auf den Old-Spice-Vergewaltiger, diesen verunglückten Amor!«

»Eine widerliche Vorstellung«, sagte Sybylla.

Sam zuckte mit den Achseln und lächelte. »Sie haben einen großartigen Prozeß verpaßt.«

»Ach, wirklich?« Sie nippte an ihrer Sangria. »Sie haben ihn doch verloren, oder?«

»Warum sind Sie nur immer so ergebnisorientiert? Ja, sicher, ich habe ihn verloren. Aber es war sehr dramatisch. Ich habe alles unternommen, damit der Richter diese Gegenüberstellungen für unzulässig erklärt. Vielleicht habe ich in der Berufung mehr Glück.«

»Hm. War er denn schuldig?«

»Selbst wenn er es war, würde das die Gegenüberstellungen nicht weniger fragwürdig machen, oder?«

»Ein Mann nach meinem Herzen«, sagte sie zustimmend.

»Na hoffentlich!«

Ein ziemlicher Konversationskiller, dieser Old-Spice-Prozeß, dachte sie. Sam grinste sie immer noch an; sein langer Zeigefinger klopfte ununterbrochen an den Stiel seines Glases.

»Ich hätte Sie warnen sollen«, hörte Sybylla sich sagen. »Ich gehe nämlich eigentlich nur mit Männern aus, die eingeschriebene Mitglieder der American Civil Liberties Union sind.«

Seine Erwiderung kam, zu ihrer großen Überraschung, wie aus der Pistole geschossen.

»Wollen Sie meinen Mitgliedsausweis sehen?« Er griff in seinen Blazer und zog eine Brieftasche aus Eidechsenleder hervor.

Sie beobachtete ihn völlig entgeistert. »Was haben Sie denn da noch so alles?« fragte sie, immer noch mißtrauisch. Sam blätterte die kleinen Plastikhüllen um.

»Tierschutzverein, Gesellschaft für Familienplanung, Amnesty International. Und Sie?«

Sybylla holte ihre Brieftasche hervor und kramte darin herum. »Liga zur Durchsetzung des Rechts auf Abtreibung, Nationale Frauenorganisation, Amnesty und Aidshilfe.«

»Na also!« sagte er begeistert. »Ich bin froh, daß Ihre Referenzen einer Überprüfung standhalten!«

»Hatten Sie diesbezüglich irgendwelche Zweifel?« fragte sie.

Sam lächelte sie so warm an, daß sie plötzlich ganz durcheinander war. »Niemals. Ich wußte, daß Sie durch und durch echt sind.«

In diesem Augenblick erschien der Kellner. Sybylla, deren Tierliebe immer wieder von ihrem Appetit auf Fleisch übertroffen wurde, bestellte Schweinefleisch mit Kochbananen und Süßkartoffeln.

»Ich bin froh, daß Sie keine Pflanzenfresserin sind«, sagte Sam, als der Kellner gegangen war.

»Hab's im College mal versucht, aber wieder aufgegeben. Die Roastbeef-Sandwiches fehlten mir einfach zu sehr.«

»Ich habe es mal eine Woche lang probiert, landete dann aber um drei Uhr morgens in einem Burger King und stopfte einen Whopper nach dem anderen in mich hinein.«

»Übel«, sagte sie.

»Ja, wirklich übel«, stimmte Sam zu. »Es gibt nichts Schlimmeres als einen Tierfreund, der Fleisch ißt. Außer vielleicht einen Abtreibungsgegner, der für die Todesstrafe ist.«

»Genau! Die sind der Fluch meines Lebens.«

»Oder Vertreter einer Vereinigung für die Rechte von Gewaltopfern, die nicht das geringste Mitleid für den Mißbraucher aufbringen, der selbst mal Mißbrauchsopfer war!«

»Ja, genau«, sagte Sybylla.

»Oder die Leute, die glauben, Lesben und Schwule würden losziehen und Teenager rekrutieren, die andernfalls zu perfekten Barbies und Kens heranwachsen würden.«

Sybylla versuchte eine möglichst coole Miene zu machen. Sie kam sich mit einem Mal vor wie eine Dreizehnjährige, die in der ersten Reihe eines David-Cassidy-Konzerts sitzt. Sogar seine Fingernägel waren plötzlich sexy. Wieso hatte sie die nicht schon längst bemerkt?

Das Essen, Teil eines einst lebenden, zur Familie der Schweine gehörenden Tieres, ausgestattet mit hoher Intelligenz und einem ausgeprägten Familiensinn, erschien knusprig und fettglänzend. Sybylla, die einen gewaltigen Hunger hatte, stürzte sich darauf.

»Jetzt erzählen Sie mir mal«, sagte sie, während sie den ersten, köstlich schmeckenden Bissen genoß, »wie es kommt, daß ein netter Junge aus Greenwich wie Sie Mörder und Vergewaltiger verteidigt!«

»Nicht aus Greenwich«, wandte er empört ein, »sondern aus Cos Cob, eine Station weiter. Wir Vorstädter nehmen diese Dinge sehr genau, wissen Sie.«

»Entschuldigung!«

»Na ja, ganz so habe ich das nicht gesehen, daß ich Mörder

und Vergewaltiger verteidigen würde. Ich meine, ich wollte einfach *irgend jemanden* verteidigen, einen Menschen aus Fleisch und Blut, und dachte mir, da könnte es auch gleich einer sein, auf dessen Leben ich wirklich einen positiven Einfluß nehmen kann.«

»Aber das gilt doch für jede Strafverteidigung. Warum sind Sie ausgerechnet zu Legal Aid gegangen?«

Er hob die Schultern. »Wahrscheinlich, weil ich es mir leisten konnte.«

»Wie meinen Sie das – finanziell?«

»Ja, das auch. In dieser Hinsicht geht es mir sehr gut. Ich habe ein bißchen eigenes Geld. Aber darüber hinaus hatte ich das Gefühl, genug Selbstbewußtsein zu besitzen, um nicht unbedingt mit Leuten zusammenarbeiten zu müssen, die genau so sind wie ich. Sehen Sie«, fügte er hinzu, als er ihre erstaunte Miene sah, »ich hätte bei Chase, Twichell bleiben und Unternehmenszusammenschlüsse bearbeiten können, solange ich gewollt hätte, ich hätte vielleicht auch mal den Sohn eines Klienten verteidigt, der bekifft am Steuer saß und jemanden überfuhr oder etwas in der Art, aber das kam mir einfach nicht... ich weiß auch nicht... nicht *echt* vor. Es war einfach zu sicher, zu sehr wie all das, mit dem ich aufgewachsen bin. Und dann nimmt man Tag für Tag die Zeitung in die Hand und liest von echten Verteidigern, die in echten Prozessen auftreten. Ich dachte einfach, daß ich diesen Leuten helfen sollte.«

Sybylla starrte auf ihre Kochbananen und runzelte die Stirn.

»Ich habe ja immer noch mein Privatleben. Ich kann in den Country Club gehen und mir dort ein paar Drinks genehmigen, wenn ich unbedingt will, verstehen Sie? Aber Ihr Arbeitsalltag ist etwas völlig anderes. Bei Ihnen geht es darum, also... sich für die Welt zu *engagieren*. Und genau das wollte ich auch tun. Deshalb verteidige ich jetzt – wie sagten Sie? Ach ja: Vergewaltiger und Mörder.«

Sie nickte nachdenklich.

»Außerdem könnte ich die gleiche Frage an Sie richten. Great Falls, Virginia, und Cos Cob, Connecticut, unterscheiden sich wahrscheinlich nicht allzusehr voneinander. Wie sind Sie denn in der Lafayette Street 80 gelandet?«

Die Frage wurde ihr nicht zum erstenmal gestellt, aber sie hatte sich bisher noch keine Antwort überlegt, die sich wie eine Anekdote immer wieder erzählen ließ.

»Ich weiß es eigentlich selbst nicht. Es kam jedenfalls nicht wie ein Blitz aus heiterem Himmel oder so.«

Er musterte sie. »Ich will nicht unhöflich sein, aber Ihr Vater ist ja nicht gerade als der allerliberalste Jurist bekannt. Wie kam es, daß Sie so wurden, wie Sie sind, obwohl er Sie großzog?«

»Was meinen Sie mit ›wie Sie sind‹? Wie bin ich denn?«

»Na, eben ein eingeschriebenes Mitglied der American Civil Liberties Union«, sagte er und häufte sich noch eine Portion rote Bohnen auf den Teller. »War Ihre Mutter sehr liberal, oder wie?«

Sybylla schüttelte den Kopf. »Nein, das heißt, vielleicht war sie es tatsächlich. Vielleicht war sie sogar eine engagierte Feministin. Aber das konnte ich sie leider nie fragen, und mein Dad spricht nicht gern über sie.«

Sie bemerkte seine Verwirrung. »Starb bei meiner Geburt.«

»Oh.« Er legte die Gabel ab. »Das tut mir leid.«

»Macht nichts. Ich habe sie ja nie kennengelernt...« Sie hob den Blick. Er sah sie noch immer an. »Es war ein Kaiserschnitt, eine Notoperation«, sagte sie in Beantwortung der unausgesprochenen Frage. »Sie ist verblutet.«

»Ich verstehe.« Er lächelte sie freundlich an. »Also, die Diagnose ›liberale Mutter‹ wäre somit hinfällig. Wir müssen die Quelle dieser linken Kontamination anderswo suchen.«

»Müssen wir wirklich?« Sie lächelte ihn an. »Also gut. Es passierte in der siebten Klasse. Ich verliebte mich.«

»In wen?« fragte er, scheinbar beleidigt.

»In Atticus Finch aus *Wer die Nachtigall stört*. Ich liebte Atticus Finch. Ich liebte seine Leidenschaftlichkeit. Ich liebte ihn, wie er so zwischen Tom Robinson und dem Lynchmob stand. Ich fand es wunderbar, wie er Boo Radley ›Mr. Arthur‹ nannte. Ich wollte zwei Kinder, die Jem und Scout heißen sollten, und ich wollte die einzige Verfechterin der Gerechtigkeit in meinem kleinen, hinterwäldlerischen Dorf in Alabama sein. Doch leider war ich ein Mädchen und wohnte in Great Falls, Virginia. Deshalb wurde ich Pflichtverteidigerin. Es schien mir eine annehmbare Variation besagten Themas zu sein.«

Er erhob das Glas. »Atticus Finch wäre stolz auf Sie.«

Sie zuckte verlegen mit den Achseln.

»Erzählen Sie mir von Ihrem Dad«, sagte Sam.

»Meinen Sie meinen Dad, den Dad, oder meinen Dad, den Richter?«

»Egal. Oder ist das nicht ein und derselbe Mensch?«

»Ja und nein. Sagen wir mal, seine Ansichten, die nun mal *sehr* rechts sind, färbten zwar auf seine in Hinblick auf meine berufliche Zukunft gehegten Erwartungen ab; andererseits hegte er überhaupt Erwartungen in Hinblick auf meine berufliche Zukunft, und dafür kriegt er von mir ein paar Pluspunkte. Er hat mir nie zu verstehen gegeben, daß ich als Erwachsene heiraten solle und fertig. Es hieß immer: Jurastudium, Geld, Sozietät. Es existierte auch ein ziemlich detaillierter Zeitplan. Inzwischen müßte ich eigentlich bereits Sozia sein und ein Eckbüro mit zwei Fenstern haben. Er hatte eine ganze Liste von Anwaltsfirmen, bei denen ich mich nach dem Studium bewerben sollte. Als ich ihm von meinen Plänen erzählte, fiel er aus allen Wolken.«

»Eine äußerst wirkungsvolle Rebellion, das müssen Sie zugeben.«

Sybylla dachte einen Augenblick nach und nickte. »Ja, das stimmt wohl.«

»Aber inzwischen hat Ihr Vater mit all dem seinen Frieden gemacht, oder?«

Sie schüttelte den Kopf. »In den ersten paar Jahren hoffte ich das sehr, aber dann wurde mir klar, daß das, was ich für Toleranz gehalten hatte, nur eine Art Aufschub war. Er glaubte offenbar, es sei eine vorübergehende Phase, und er könne warten, bis mein jugendlicher Leichtsinn verflogen sei. Aber ich bleibe Pflichtverteidigerin. Es ist genau die Arbeit, die ich machen will. Die Welt braucht nicht noch eine Firmenanwältin, aber meine Klienten brauchen mich.« Sie hob die Hände. »Ich werde eben gern gebraucht, okay?«

»Ich kenne dieses Gefühl«, sagte er aufseufzend. »Larry Jackson schrieb mir vor ein paar Tagen aus dem Gefängnis. Er schrieb, ich sei bisher der einzige Mensch, der ihn je mit ›Mister‹ angesprochen habe, und er wollte mir sagen, wieviel ihm das bedeute. Es ist wirklich deprimierend. Mit ein klein wenig mehr

Respekt, ein bißchen mehr Stolz könnte so viel Unglück auf der Welt vermieden werden. Aber in die Philosophie Ihres Vaters passen solche Gedanken wohl kaum, oder?«

Sie schüttelte den Kopf. »Auf einer bestimmten Ebene sind wir uns eigentlich ziemlich nahe. Ich spreche recht oft mit ihm, obwohl ich ihn nur sehe, wenn ich nach Washington fahre oder wenn er hin und wieder in New York ist. Er übernachtet dann allerdings nicht bei mir, sondern in diesem grauenhaften Herrenclub, wo sie alle dasitzen und die Weltherrschaft oder so was Ähnliches planen.« Sybylla schwieg und dachte an das letzte, katastrophale Gespräch mit Dermot bei unangetastetem Chateaubriand zurück. »Einer von den Clubs mit Papierkörben aus Elefantenfüßen.«

»Wie heißt er denn?« fragte Sam und nahm sich noch eine Kochbanane.

»Ach, irgend etwas Griechisches. Hyperion. Kennen Sie ihn?«

»Ja, schon mal gehört«, sagte er vage. »Europäisch angehauchte Typen. Sehr konservativ.«

»Das können Sie laut sagen. Aber mein Dad und ich haben eine Art bedingten Waffenstillstand geschlossen: Es herrscht Friede, solange ich ihm nichts über meine Arbeit erzähle beziehungsweise über meine Fälle und Mandanten spreche. Im Gegenzug unterläßt er es, in meiner Gegenwart die Hände zu ringen.«

Sam schenkte Sybylla und sich aus dem Sangriakrug nach. »Ich kenne eine ganze Reihe der von Ihrem Vater gefällten Urteile recht gut.« Er hob den Blick und sah Sybylla an. »Im Grunde verfolge ich seine Arbeit seit meinem Jurastudium sehr aufmerksam. Ich möchte Sie nicht verlegen machen, aber ich finde ihn wirklich brillant.« Als er merkte, daß sie darauf nichts erwidern würde, schwieg auch er einige Sekunden lang. »In ideologischer Hinsicht ist er natürlich weniger ansprechend, aber dennoch schlicht brillant. Einfach faszinierend.«

»Na ja«, sagte Sybylla nach kurzem Zögern, »dagegen kann ich schlecht etwas sagen.« Sie sah Sam ein bißchen kleinmädchenhaft an. »Manchmal benutzt er mich, zum Beispiel, um ein Argument auszuprobieren oder so, und... es klingt wirklich schrecklich, aber manchmal fühle ich mich privilegiert, nur weil ich seinen intellektuellen Höhenflügen folgen darf. Er ist unglaublich scharfsinnig. Das ist dann jedesmal ziemlich aufregend.«

Sam nickte. »Glauben Sie, daß er schon immer Richter werden wollte?«

»Ich glaube schon. Aber eine Zeitlang sah es gar nicht so gut aus damit. Es war nicht eben ein gradliniger Weg nach oben. Um den Zeitpunkt herum, als meine Mom starb, hatte er eine ziemliche Pechsträhne. Er trank damals.« Sybylla schob die letzte Süßkartoffel auf ihrem Teller hin und her. »So an die fünf Jahre hat er dadurch wohl verloren.«

»Aber sich dann wieder gefangen, wie es aussieht.«

»Ja. Über die Einzelheiten weiß ich nichts Genaues, nur daß er aus der Staatsanwaltschaft von Manhattan flog. Dann schaffte er es irgendwie, bei der Staatsanwaltschaft für den District of Columbia angestellt zu werden, und bekam schließlich diesen berühmten Mafiafall. Erinnern Sie sich an Fentano? Das war der Typ, der Lyrik liebte und zwei verdeckte Ermittler töten ließ.«

»Ja, an den erinnere ich mich«, sagte Sam. »Das war doch einer der ersten Fälle von erfolgreicher Strafverfolgung gegen die Mafia, nicht wahr?«

»Ja, ich glaube.« Sie zuckte mit den Achseln. Ein nicht unangenehmes Schweigen senkte sich über die beiden.

Sam beugte sich vor und stützte den Ellbogen auf den Tisch. »Sie halten sich prächtig.«

»Ach, das ist noch nicht meine normale Schlafenszeit«, erwiderte sie grinsend.

»Ich meinte es ganz allgemein. Der Riesendruck, der durch diesen Fall auf Ihnen lastet. Und dann auch noch das mit Ihrer Freundin.«

Sie schüttelte hastig den Kopf. Die vergangene Woche war schrecklich gewesen. Ihre eigene Traurigkeit hatte sich durch das Miterleben der intensiven Trauer bei Sushilas Begräbnis noch verstärkt. Die Familie ihrer Freundin war am Boden zerstört gewesen; Sybylla hatte den Anblick kaum ertragen. Darüber wollte sie jetzt nicht sprechen. »Entschuldigung, aber dieses Thema möchte ich lieber übergehen.«

»Okay. Wollen Sie über Trent reden?«

»O Gott!« stöhnte sie auf und schüttelte den Kopf. »Haben Sie das Mädchen gesehen? Sobald sie in den Zeugenstand tritt, ist die Sache gegessen.«

Sam hob verlegen die Schultern. »Na, immerhin ist sie ja auch ein unschuldiges Opfer, das aus keinem ersichtlichen Grund für immer entstellt wurde.«

»Ich weiß. Das macht die Sache um so schlimmer.«

»Wissen Sie, was ich glaube? Ich glaube –« Er unterbrach sich und lächelte ein bißchen traurig. »Das heißt, wollen Sie überhaupt hören, was ich glaube?«

»Klar«, sagte Sybylla. »Warum nicht?«

»Ich glaube, es wäre besser, wenn Sie sehr, sehr nett zu Amanda Barrett sind. Damit meine ich allerdings nicht, daß Sie sie nicht ernst nehmen sollen. Und Sie sollten nicht in Frage stellen, wie sie den Angriff erlebt hat, sondern sich ihre ganz natürliche Verwirrung in bezug auf das Geschehen – Warum ich? Warum er? – zunutze machen. In *diese* Richtung müssen Sie die Sache drehen, verstehen Sie. Daß mit diesem komischen Kerl wirklich etwas nicht stimmte. Daß er sich völlig verrückt verhielt. Etwa in dem Stil: Warum sollte dieser Mensch, der sie noch nie gesehen hatte, ihr so etwas antun? Sie müssen die Geschworenen so weit bringen, daß sie sich sagen: ›Sogar das Opfer selbst sagt ja, daß der Angeklagte verrückt ist.‹«

Sybylla schüttelte den Kopf »Das geht nicht. Nicht, weil ich nicht wollte, das dürfen Sie mir glauben. Ich täte nichts lieber, als Unzurechnungsfähigkeit geltend zu machen, aber Trent läßt es nicht zu. Er hat sich total dagegen gesperrt.«

Sam öffnete erstaunt den Mund. »Das darf doch nicht wahr sein! Seit wann denn?«

»Seit der Anklageverlesung. Bei meinem Besuch im Krankenhaus hatte ich einfach angenommen, er wolle, daß ich alles unternehme, um ihn da rauszukriegen, denn das schien seine einzige Sorge zu sein. Ich bastelte mir also eine Verteidigungsstrategie auf der Grundlage einer Einrede der Unzurechnungsfähigkeit zusammen und berichtete ihm vor der Anklageverlesung vom Stand der Dinge. Da wurde er plötzlich wütend – bloß keine geistige Unzurechnungsfähigkeit geltend machen! Bloß nichts sagen, was irgendwie nach Unzurechnungsfähigkeit klingt! Er drohte mir, sich einen anderen Anwalt zu nehmen, wenn ich ihm einen Psychiater schicken würde.« Sie schüttelte den Kopf. »Erst dachte ich, wir hätten vielleicht eine Chance, jetzt habe ich nicht mal mehr eine Verteidigungsstrategie. Peng!«

Sam blickte stirnrunzelnd auf seinen leeren Teller. »Also, Personenverwechslung gehört ja wohl eher nicht zu Ihren Optionen – bei vier Zeugen und einem Polizisten, der praktisch daneben stand. Und dann das Blut und das Skalpell! Ich glaube nicht, daß es klug wäre, Trent vor Gericht aufstehen und sagen zu lassen: ›Ich war's nicht.‹«

»Aber genau das will er tun.« Sybylla seufzte. »Er betrachtet sich offenbar selbst gar nicht als Angeklagten. Für ihn ist es eine günstige Gelegenheit, der Welt zu erzählen, was man, seiner Meinung nach, mit *ihm* gemacht hat.«

»Ach? Und was hat man mit ihm gemacht, seiner Meinung nach?«

»Es ist das typische paranoid-halluzinatorische Szenario. Irgendwelche bösen Männer haben ihn entführt und in ein Zimmer gesperrt, und diese Männer sind verantwortlich für das, was er mutmaßlich getan hat, obwohl er selbst natürlich nicht glaubt, irgend etwas getan zu haben. Er stellt sich vor, er brauche diese Geschichte nur einem Gericht zu erzählen, und jeder werde ihm glauben, weil er ja unter Eid aussagt.« Sam schüttelte lächelnd den Kopf. »Gleichzeitig weigert er sich aber, mir, seiner eigenen Verteidigerin, zu erzählen, was er aussagen wird, da ich angeblich, wenn er es täte, in große Gefahr geraten würde.« Sie rollte die Augen. »Er glaubt, in diesem Verfahren gehe es um diese fiktiven Leute und die fiktiven Verbrechen, die sie an *ihm* begangen haben!«

»Sind sie denn wirklich fiktiv?« fragte Sam leise.

»Was? Aber ja! Der Psychiater im Bellevue sagt, Trent sei ein Schizophrener wie aus dem Lehrbuch.«

»Aber auf Sie wirkt er doch klar im Kopf.«

Sie lächelte. »Ja, schon. Aber das liegt nur daran, daß ich keine Psychiaterin bin. Sein Arzt sagt, die Diagnose sei unverändert. Er wäre eindeutig ein Kandidat für die Einrede der Unzurechnungsfähigkeit, was aber leider nicht mehr in Frage kommt.«

»Was ist mit dem LSD?« fragte Sam. »Läßt sich damit irgend etwas machen?«

Sie streckte die Beine unter dem Tisch aus. »Na ja, zuerst glaubte ich das. Aber Trent sagte nur, ›die‹ hätten es ihm gegeben. Er hat es in seine Wahnvorstellung eingebaut, die ich jetzt leider für die Verteidigung nicht mehr verwerten kann. Außerdem hat der Psychiater es als motivierenden Faktor bei dem Angriff ausgeschlossen.«

»Ach, wirklich?« Er runzelte die Stirn. »Warum denn?«

»Turturro sagte, es sei zwar möglich, daß Trent die Droge eingenommen hat, dann aber auf jeden Fall erst *nach* der Tat. Andernfalls wäre es nämlich der längste Trip aller Zeiten gewesen; zwischen der Tat und seiner Einweisungsuntersuchung im Bellevue waren mehr als vierundzwanzig Stunden vergangen. Das haut zeitlich überhaupt nicht hin.«

Sam schwieg eine Weile. Sybylla sah zu, wie er nachdenklich auf seiner Unterlippe kaute, und ertappte sich dabei, daß sie darüber lächelte. Er war zu sehr auf seine Gedanken konzentriert, um es zu bemerken.

»Tja, das war's dann wohl«, sagte er aufseufzend und blickte sie wieder an. »Es sei denn, Sie können noch irgendwelche Kaninchen aus dem Hut zaubern, von denen ich nichts weiß.«

Sybylla schüttelte den Kopf. Ihr war dabei nicht wohl zumute. Sie dachte an die Scheibe, an dieses winzige geheimnisvolle Ding, von dem sie sich unsinnigerweise erhofft hatte, es werde ihr irgendwie weiterhelfen. Am Morgen nach dem Mord in der New York University war ihr Blick auf ein fast völlig aufgebrauchtes Stück Seife auf dem Waschbeckenrand gefallen, und erst in diesem Moment erinnerte sie sich wieder an das Implantat. Sie hatte aufgehört mit dem Zähneputzen und laut zu fluchen begonnen. Nach dem entsetzlichen Vorfall und in der Verwirrung und Trauer, die sie überkamen, als sie von dem Mord erfahren hatte, war das Implantat völlig in Vergessenheit geraten. Sie wußte im Augenblick weder, wo es sich befand, noch wie sie es – sollte es denn auftauchen – zurückfordern könnte. Noch am gleichen Tag war sie, nachdem sie ihren Doppelstatus als Pflichtverteidigerin und Freundin des Opfers geltend gemacht hatte, von der Sekretärin mit dem zuständigen Ermittlungsbeamten verbunden worden, doch erfuhr sie, als der Mann endlich den Hörer abnahm, nicht gerade viel. Professorin Patel habe einen kleinen Forschungsauftrag für sie erledigt, erklärte sie ihm, und das Objekt dieser Untersuchung befinde sich wahrscheinlich noch in ihrem Labor. Dann wartete sie ängstlich darauf, daß er die eine von ihr befürchtete Frage stellen würde, aber er reagierte nur mit unglaublich schmierigem, verlogenem Bedauern. Die polizeilichen Ermittlungen seien zwar selbstverständlich noch im Gange, doch habe die Polizei keine Befugnisse hinsichtlich des Tatorts mehr; nachdem das Labor nach Beweismitteln und Drogen – dem augenscheinlichen Motiv – durchsucht worden sei, habe man es unverzüglich wieder der Verfügungsgewalt der Universität unterstellt, die es, verständlicherweise, so schnell wie möglich reinigen lassen wolle. Nein, sagte er gelangweilt, soweit er wisse, sei kein scheibenförmiger Gegenstand gefunden worden. Sie solle es doch mal bei der NYU versuchen, aber um die Wahrheit zu sagen, eine ganze Putzbrigade habe bereits, Mops und Desinfektionsmittel und Müllsäcke in der Hand, vor der Tür auf die Beendigung der Spurensuche gewartet. In dem Labor habe es ausgesehen wie in einem Schweinestall, sagte er entschuldigend, man könne es der Universität nicht übelnehmen.

Entmutigt legte Sybylla den Hörer auf. Was immer das Implantat bewiesen, welches Licht es möglicherweise auf das Rätsel Trent geworfen hätte, würde für immer ein Geheimnis bleiben. Die Scheibe selbst lag jetzt bestimmt schon in dem riesigen, vor sich hin modernden Müllberg bei Fresh Kills auf Staten Island, einem Jagdrevier, in dem Sybylla ganz bestimmt nicht danach suchen würde. Jetzt, wo es weg war, blieb ihr nur mehr die lästige Pflicht, Turturro das Verschwinden des blöden Dings zu beichten – oder auch nicht, dachte sie, schon im vorhinein schuldbewußt. Schließlich war sie bestimmt nicht die erste Anwältin, der ein potentielles Beweisstück abhanden gekommen war, und wenn sie sehr viel Glück hatte, dachte er schon nicht mehr daran. Niemand sonst – weder Steiner noch Andrew Greer und am allerwenigsten Sam Larkin – brauchte jemals etwas davon zu erfahren.

Sie sah Sam an. »Nein, tut mir leid, ich habe keine Kaninchen, die ich hervorzaubern könnte. Um ehrlich zu sein: Ich glaube nicht, daß ich ihn freikriegen werde.«

Er blickte auf seine wohlgeformten Hände und lächelte ein undefinierbares Lächeln. »Dann ist es vielleicht sogar besser, wenn Sie ihn nicht freikriegen, Sybylla. Nun sehen Sie mich nicht gleich so an!« Ihr entsetzter Gesichtsausdruck brachte ihn zum Lachen. »Seien wir doch mal ehrlich: Wenn er das, was man ihm zu Last legt, wirklich getan hat, sollte er nicht frei auf der Straße herumlaufen. Noch mehr solcher kleiner Mädchen können wir wirklich nicht brauchen.«

»Ja, natürlich, aber... Ich weiß nicht, Sam. Irgend etwas stimmt nicht bei diesem Fall. Ich halte ihn auch für den Täter, ganz klar. Ich bin nicht anfällig für Verschwörungstheorien, und ich glaube nicht, daß die Zeugen, die ihn gesehen haben, unter einer Decke stecken. Und trotzdem glaube ich nicht, daß *er* es war, verstehen Sie? Einem kleinen Mädchen so etwas anzutun – das paßt einfach nicht zu Trent. Ich glaube, er muß sehr krank gewesen sein, um das zu tun, aber da seine Krankheit unter anderem darin besteht, daß er nicht kapiert, daß er krank ist, muß ich mir etwas anderes einfallen lassen, um ihm zu helfen.«

Sam nickte langsam und sah sie mit einem so offen zärtlichen Blick an, daß sie errötete. »Es wird Ihnen etwas einfallen«, sagte er. »Wenn Sie die Sache so einschätzen, bin ich sicher, daß Sie es schaffen.« Seine Augen waren so blau, und Sybyllas Blick tauchte so tief darin ein, daß sie erst nach einer Weile merkte, daß ihre Hand ganz taub war. Sie senkte den Blick. Sam hielt ihre Hand in seiner. Ruhig, doch ohne jeden Besitzanspruch. Der Anblick war geradezu hypnotisierend.

Der Kellner, der in diesem Moment an ihrem Tisch auftauchte, registrierte mit mißbilligendem Blick die noch halb vollen Teller. »Sind Sie fertig?«

Sybylla, die sich fast obszön vollgefressen fühlte, nickte.

»Ich packe es Ihnen ein.«

»Nein, danke«, sagte Sam abwinkend, doch Sybylla rief hastig: »Doch, bitte!«

»Aha«, sagte Sam, als der Kellner gegangen war. »Allmählich verstehe ich. *So* eine sind Sie also. Pappbehälter vom nächsten Chinesen im Kühlschrank, angebissene Pizzastücke, und auf den

Pilzen wächst dieses grüne Zeug. Sie essen den Salat vom Vorabend zum Frühstück, was?«

Sie schüttelte den Kopf. »Tut mir leid, Sie enttäuschen zu müssen, aber es ist nicht für mich. In der Zufahrt neben meinem Haus lebt eine Frau, der ich manchmal etwas zu essen bringe.«

Er war beschämt. »Entschuldigung. Ich hätte wissen müssen, daß es etwas in der Art ist.«

»Schon gut.« Sie war selbst ein bißchen verlegen. Als hätte ein Akt der Nächstenliebe in der modernen Welt etwas an sich, dessen man sich schämen müßte. Sie wich Sams Blick aus. Der Restaurantbesuch neigte sich seinem Ende zu, und die unausweichliche Peinlichkeit des Gutenachtsagens dräute über ihnen wie eine glatte Bergwand.

Als sie auf die Straße traten, genoß Sybylla die frische Luft, die ihre Wangen kühlte. In der einen Hand hielt sie aluverpacktes Fleisch mit Reis, die andere überließ sie – und zwar erstaunlich gelassen, wie sie selbst fand – Sam. So mischten sie sich unter die vielen anderen die Avenue entlangschlendernden Freitagabend-Pärchen. Sybylla hatte das Gefühl, als wäre ein längst vergessener Brief, der ihr durch die ganze Welt immer wieder nachgeschickt worden war, gerade in ihrem Briefkasten gelandet – ein Brief, der ein zwar uraltes, doch immer noch gültiges Los mit einem Hauptgewinn enthielt. An der Lieferantenzufahrt wartete Sam ihr zustimmendes Nicken ab und ging dann mit ihr in die dunkle Ecke ganz hinten. Annie schlief unter ihrer schweren Decke, so daß man nur das weiße, zerzauste Haar sah. Doch das Essen zog sofort das Interesse des Katers auf sich. Vorsichtig öffnete Sybylla das Paket und holte ein Stück Schweinefleisch heraus. Die Frau bewegte sich, wachte aber nicht auf.

»Kennen Sie sie?« fragte Sam, als sie vor dem Eingang von Sybyllas Haus anlangten. »Wissen Sie, wie sie heißt?«

Sybylla nickte. »Sie heißt Annie. Annie Oakley, wie sie behauptet.«

»Klingt nicht gerade wie ihr Geburtsname.«

»Nein«, stimmte Sybylla zu.

Sam seufzte. »Verrückt?«

»Ich glaube schon. Zumindest manchmal. Sie redet sehr viel mit sich selbst, aber hin und wieder erkennt und begrüßt sie mich. Auf jeden Fall ist sie nicht so verrückt, daß sie ins Obdachlosenasyl geht. Ich bin mal bei strömendem Regen vorbeigegangen und hörte, wie sie den armen Jungen vom Sozialdienst anschrie. Er wollte sie dazu bringen, so lange in ein Frauenwohnheim zu gehen, bis der Regen vorbei wäre, aber sie wollte nichts davon wissen. Kann es ihr nicht verdenken. Diese Unterkünfte sind grauenhaft.« Sie kreuzte die Arme vor der Brust. »Wenn es wärmer wird, mache ich mir weniger Sorgen um sie, aber zumindest ist es ein einigermaßen windgeschütztes Eckchen. Was ist denn?« Sie hatte Sam seufzen hören.

Sam lächelte sie matt an. »Soviel Elend, was? Wie in Dickens' London. Völlerei Seite an Seite mit wirklichem Hunger.«

»Kopf hoch!« Sie stieß ihn leicht in die Rippen. »Wir sind die Guten. Wir bringen diesen Menschen Freude und Frohsinn. Haben Sie denn Ihre Einführungsbroschüren von Legal Aid noch nicht gelesen?«

»Habe ich bisher offenbar versäumt. Schließlich mußte ich mich um meinen Ausweis für den betriebseigenen Fitneßclub und um einen Parkplatz für meinen BMW kümmern.«

Sie grinste ein bißchen schuldbewußt. Nur wenige Stunden zuvor hätte sie den Mann nicht viel anders eingeschätzt. Sie war froh, ihre Vorurteile gegen ihn bisher vor ihm verborgen zu haben.

Sie machte eine Kopfbewegung zur Haustür. »Hier wohne ich.«

»Okay.«

»Es war schön.« So, wie sie es gesagt hatte, klang es irgendwie komisch, fast wie eine Abfuhr.

»Ja, finde ich auch.« Er blickte unbestimmt über ihre Schulter.

Ganz unten an Sybyllas Rückgrat vibrierte ein weit entfernter, schwach vernehmbarer Trommelwirbel, dessen merkwürdiger, stark synkopierter Rhythmus immer höher stieg und zwischen den einzelnen Wirbeln atemlose Pausen einlegte. Als er in ihrem Mund anlangte, waren die Worte schon vorformuliert; sie brauchte nur noch auszuatmen, um sie hörbar zu machen. Dennoch wirkten sie so schockierend auf sie, als kämen sie aus einem genialen Bauchredner, der lebende, atmende Puppen verwendete, ohne daß sie sich dessen bewußt waren. »Ich glaube, ich würde Sie gern küssen«, lautete der Satz, den sie von sich gab.

»Ich glaube, das läßt sich machen«, sagte Sam.

Sein Mund war offen und warm und nicht zu weich. Seine Zähne stießen an ihre Lippen, was sie als durchaus angenehm empfand, und seine Zunge glitt wohltuend in ihren Mund und begrüßte die ihre mit einem zärtlich stupsenden Hallo. Es war ein süßer Kuß, ein Liebeskuß. Es war ein Kuß, der Glück und Leidenschaft versprach, und er verzauberte und befriedigte sie so sehr, daß sie ihn lange, lange dauern ließ.

Und danach nutzte er die Gelegenheit, die, wie beide wußten, überaus günstig war, nicht aus. Sie begleitete ihn vor zur Straßenecke, setzte ihn in ein Taxi und eilte hinauf zum häuslichen Herd und zu ihrem Kater. Sie wollte jetzt nichts weiter als ein bißchen Ruhe, um die doch sehr bemerkenswerte neue Entwicklung zu überdenken, aber schon auf dem Treppenabsatz im ersten Stock war Gideons unverwechselbar unmelodisches Miauen zu hören. Seufzend und bereits ein bißchen beunruhigt kramte Sybylla nach ihrem Schlüssel.

Das Schloß drehte sich locker im Zylinder.

Schlagartig wurde ihr bewußt, daß etwas nicht stimmte. Sie drückte gegen die Tür, die sofort ohne jeden Widerstand aufschwang.

Es war, als hätte eine geradezu groteske Katastrophe ihre Wohnung heimgesucht – vergleichbar mit einem winzigen, doch heftigen Tornado, der sich auf einem ganz bestimmten Weizenfeld in Kansas austobt, oder mit einem verheerenden Sturm, der ein Stück Küste abreißt und sich dann wieder davonmacht, hinaus aufs Meer. Die unnatürliche Kraft, die durch ihre kleine Wohnung gestoben war, hatte ihre Habseligkeiten total durcheinandergewirbelt und war dann weitergezogen – wahrscheinlich durchs Schlafzimmerfenster und die Feuertreppe hinunter. Sybylla lehnte sich entsetzt an den Türrahmen. Die Bilder hingen schief an der Wand. Die Stühle waren umgeworfen worden, die Sitzkissen aufgeschlitzt. Jede Schublade hatte man herausgezogen und umgedreht, so daß das reinste Chaos herrschte. Der Küchenboden war voller Glasscherben, und sämtliche Töpfe waren aus den Schränken gerissen worden. Sybylla schluckte.

Halb so schlimm, sagte sie sich. Hätte noch übler kommen können. Ein Riesenchaos, das war alles. Aber den Rest wollte sie sich lieber gleich ansehen, um so schnell wie möglich wieder Zuversicht schöpfen zu können.

Im Schlafzimmer sah es natürlich noch schlimmer aus. Aufgeschlitzte Kissen, die Kleider aus dem Schrank auf den Boden geschmissen, und der Videorecorder war weg; ihren uralten Fernseher hatte der Dieb des Mitnehmens offenbar nicht für wert befunden. Aus der Nachttischschublade hatte er Reiseschecks im Wert von mehreren hundert Dollar mitgehen lassen. Als sie die Badezimmertür öffnete, mußte sie wieder schlucken. Ihr Medizinschränkchen stand offen, der Inhalt lag auf dem Boden. Die Bodenfliesen waren mit Gesichtscreme verschmiert, Antibiotikumkapseln, die sie vor langer Zeit gegen eine Viruserkrankung verschrieben bekommen hatte, lagen verstreut herum, und der Inhalt einer ganzen Schachtel Alka Seltzer war über dem Matsch zerdrückt worden; es sah aus wie Puderzucker auf einem Kuchen. Sybylla schüttelte angesichts der surrealen Szene den Kopf, dann schrie sie auf.

Der Wäschekorb bewegte sich.

Eine Bombe, dachte sie, obwohl der Gedanke reichlich unlogisch war. Dann streckte sie das Bein aus und hob mit dem vor Angst zitternden Fuß den Korbdeckel. Empört kreischend sprang Gideon heraus und raste an ihr vorbei mitten hinein in das chaotische Schlafzimmer.

Sybylla grinste. Eine Katzenbombe.

Sie drehte sich um und warf einen Blick ins Schlafzimmer. Jetzt, nachdem sie alles gesehen hatte, fand sie es überraschend harmlos. Nur der Videorecorder und ein bißchen Geld und gründlich Aufräumen und Putzen – weiter nichts. Sie betrat das Zimmer und wollte schon anfangen, die Gegenstände ihres Alltags, dessen Spuren sich in dem reglosen Durcheinander zeigten – ein Lambswool-Pullover, das Buch, das sie in der Woche zuvor zu lesen begonnen und das ihr nicht besonders gefallen hatte, ein Katalog von Bloomingdale's –, aufzuräumen. Doch plötzlich erschien ihr das alles völlig unwichtig. Sie könnte einfach weggehen, überlegte sie, und alles liegenlassen; irgendwer würde schon Ordnung schaffen. Sybylla zuckte mit den Achseln, wie um den Gedanken abzuschütteln. So etwas zu denken, war gefährlich, sagte sie sich. Morgen früh hatte sie einen Gerichtstermin, was bedeutete, daß sie etwas Ordentliches zum Anziehen brauchte, außerdem Schuhe und Stümpfe und ihre Haarbürste und Millionen anderer Kleinigkeiten, die sie nun zusammensuchen mußte, wenn sie sich nichts anmerken lassen wollte. Als allererstes aber mußte sie natürlich einen Schlosser anrufen. Und die Polizei, damit das Protokoll über einen weiteren New Yorker Einbruch aufgenommen wurde. Plötzlich fühlte sie sich schrecklich kaputt; seit sie Sam heimgeschickt hatte, schien eine Ewigkeit vergangen zu sein.

Mit entschlossener Miene betrachtete sie den Wirrwarr der Kleidungsstücke, da fiel ihr Blick auf ein heller hervorleuchtendes Stück intarsierten Holzes, die Ecke eines Bilderrahmens. Hoffnungsvoll bückte sie sich und hob ihn auf, drehte ihn um und sah die Gesichter ihrer Eltern, den unter heilgebliebenem Glas aufbewahrten glücklichen Augenblick. Lächelnd drückte sie das Bild fest an die Brust; dann machte sie sich auf die Suche nach dem Telefon.

HELFENDE HÄNDE

15

Wenn Sybylla an ihren ersten Prozeß zurückdachte, dann stets mit einem Gefühl großer Peinlichkeit, mit Enttäuschung und schärfster Selbstkritik. Die Peinlichkeit erklärte sich aus der Tatsache, daß der Richter sie damals regelrecht fertiggemacht und wirklich alles kritisiert hatte, von ihrer Fragetechnik über ihre eifrig getätigten Einsprüche bis hin zu ihrer Unfähigkeit (in seinen Augen), ihren Mandanten dahingehend zu beraten, daß jedes Angebot des Staatsanwalts allemal besser sei als das, was er realistischerweise von einem Prozeß erwarten könne.

Die Enttäuschung bezog sich darauf, daß sie verloren hatte, und die Betonung lag auf *sie*. Der Mandant, weder ein Unbekannter in den Gerichtssälen der Centre Street 100 noch auf Rikers Island, nahm das Urteil mit einem Achselzucken als Lauf der Welt – seiner Welt – an, bedankte sich bei Sybylla für ihre Bemühungen und hielt dem Gerichtsbeamten ohne einen weiteren Kommentar die Handgelenke hin. Sein Fall wurde irgendeinem Berufungsanwalt übertragen, und sie hörte nie wieder etwas von dem Mann. Es war nicht gerade der verheißungsvollste Beginn dessen, was sie sich in der Phantasie als eine beispielhafte Karriere ausgemalt hatte, in der das Recht die Macht schlug, der Underdog das System besiegte und dergleichen mehr. Sie hatte sich an ihren kleinen Schreibtisch zurückgeschlichen, ein reichlich desinteressiertes »Schade, wird aber nicht das letztemal gewesen sein« von Steiner zu hören bekommen und versucht, die Sache zu verarbeiten.

An diesem Punkt setzte die Selbstkritik ein. Als sie das Prozeßprotokoll endlich in Händen hielt, studierte sie es wie besessen und strich mit wütendem Rotstift ihre Fehler an, die ihr im Rückblick völlig offensichtlich erschienen. Für sie stand fest, daß derjenige, der den Fall in der Revision übernahm, reichhaltiges Arbeitsmaterial vorfinden würde.

Sie war damals so deprimiert, daß sie sogar ihren Vater anrief, ihn tonlos um seine Anerkennung bat, ihn dazu zu bringen versuchte, ihr zu sagen, wie klug sie sei und wie geeignet für den Anwaltsberuf. Leider steckte Dermot damals mitten in seinem tiefsten Mißmut bezüglich des von ihr gewählten Tätigkeitsfeldes und ließ sich mit überdeutlichen Worten darüber aus, wie sie ihr Leben vergeude. Den Hörer fest umklammernd, hörte sie zu, wie seine durch und durch autoritäre Stimme ihr mitteilte, sie habe eine völlig falsche Entscheidung getroffen, deren Auswirkungen zwar beträchtlich, jedoch nicht gänzlich unumkehrbar seien, daß es nur einiger Telefonate bedürfe, und schon könne sie sich doch noch in einem hochglanzpolierten Namensschild an einer mahagonifurnierten Tür in einem schnittigen Wolkenkratzer irgendwo in Midtown spiegeln. Sie brauche nur ein Wort zu sagen. Sybylla in ihrer Not hatte eine fingierte Einladung zum Dinner vorgeschützt und aufgelegt.

Zum Glück hielt die miese Phase nur kurz an. Die Mandantin ihres zweiten Prozesses war Mutter von fünf Kindern, das älteste fünf; die Frau war angeklagt, eine Angestellte von Consolidated Edison tätlich angegriffen zu haben, nachdem diese sich geweigert hatte, den Strom wieder anzustellen. Die Kinder waren beim Prozeß anwesend; sie saßen in der ersten Bankreihe und trugen ihre besten Kleider – herabhängende Säume, schlecht gefertigte Schuhe, die schon auseinanderfielen. Als Sybylla die Kinder sah, füllten sich ihre Augen mit Tränen. Sie überlegte, was wohl mit ihnen geschähe, wenn sie Mist baute. Denn daß sie Mist bauen würde, stand für sie bereits fest; sie hatte sogar schon begonnen, sich deswegen Vorwürfe zu machen.

Diesmal aber versagte die Anklage. Die Stellvertretende Bezirksstaatsanwältin, die genauso verängstigt wirkte, wie Sybylla es war, las ihre Fragen von dem Schreibblock ab, auf den sie sie notiert hatte, und konzentrierte sich so sehr darauf, die Sätze herauszubringen, daß sie nicht reagierte, als ihr die Felle davonzuschwimmen begannen. Die Rachgier der Anklagezeugin war mittlerweile offenbar erloschen, denn die Frau gab ihre Antworten lustlos und trug keinerlei Information bei, nach der sie nicht ausdrücklich gefragt wurde. Sybyllas Mandantin dagegen erzählte ergreifend von ihrem kranken Baby, von der dunklen, kalten Wohnung, den drei kleinen Mädchen und deren Bruder, die gemeinsam auf einer Matratze schliefen. Die Jury brauchte für den Freispruch exakt acht Minuten, die Kinder umarmten Sybylla, und ihr Selbstvertrauen, der Glaube an das, was sie aus ihrem Leben und aus sich machen wollte, kehrte mit einem Schlag beseligend zurück.

In den seither vergangenen Jahren war sie eine bessere Prozeßanwältin geworden. Sie zeigte jetzt weit größeres Geschick darin, das, was sie brauchte, aus den Zeuginnen und Zeugen herauszuholen, trat energischer auf, wenn die Anklage miese Spielchen zu spielen versuchte, und es gelang ihr besser, den Geschworenen ein sympathisches Bild von sich zu vermitteln, ohne sich bei ihnen einzuschmeicheln. Wer mehr wollte, schadete nur der eigenen Sache in einer Zeit, in der der Grundsatz der Unschuldsvermutung für die Geschworenen ein reines Lippenbekenntnis war und praktisch jeder potentielle Geschworene im Voir dire behauptete, er kenne ein Verbrechensopfer oder sei selbst einmal eines gewesen.

Irgendwann hatte sich Sybyllas Nüchternheit dann mit den ihr eigenen abergläubischen Neigungen zu einem genau festgelegten Ritual am Morgen eines jeden Prozeßtages vermischt. So saß sie eine Stunde vor dem Beginn des Voir dire für den Fall Trent im Au Bon Pain, trank ihren dritten Cappuccino, aß ihr zweites Schokocroissant und ging zum erstenmal die vollständige Transkription ihrer Notizen durch. Nach dem zweiten Durchgang saß alles bereits so gut, daß sie während des Prozesses nur noch hin und wieder einen Blick auf ihre Notizen würde werfen müssen. Nach dem dritten war sie zuversichtlich, sie ziemlich bedenkenlos auf dem Tisch der Verteidigung liegenlassen und der Jury als sichere, selbstbewußte und kenntnisreiche Verteidigerin gegenübertreten zu können.

Und mindestens so mußten die Geschworenen sie sehen, wenn Trent auch nur die geringste Chance haben sollte. Nach wochenlangem eifrigen, doch vergeblichen Brainstorming hatte Sybylla ihre Erwartungen zurückgeschraubt und eine Verteidigungsstrategie entworfen, die so unsinnig, ja so verrückt war, daß ihre Überdrehtheit den winzigen Hoffnungsschimmer, den sie darstellte, fast vollständig überschattete. Wie eine schwangere Gastgeberin, die bei ihrer Dinnerparty krampfhaft bemüht ist, ihre Übelkeit zu unterdrücken, versuchte Sybylla sich mit allen Mitteln vorzugaukeln, dieser Prozeß falle in keiner Weise aus dem Rahmen, sei ein Kopf-an-Kopf-Rennen zweier Versionen der in Frage stehenden Vorfälle – nur um sich nicht eingestehen zu müssen, daß in Wirklichkeit alles von Anfang an vergebliche

Liebesmüh war. Sie blickte wieder auf ihre Notizen und ließ, schon jetzt erschöpft von dem, was vor ihr lag, die Schultern hängen.

In den mit Namen, Adressen und Berufsbezeichnungen angefüllten nächsten Stunden würden Greer und sie mit zwei verschiedenen Netzen den gleichen Geschworenenpool durchwaten. Wichtig war, daß sie ein paar Leute aufgabelte, die nicht so viel über den Fall wußten, als daß sie Trent bereits in den siebten Kreis der Hölle verdammt hatten, deren Mangel an Vertrautheit mit den aktuellen Ereignissen jedoch nicht so weit ging, daß man sie für Menschen halten mußte, die zu dumm waren, um eine eigene Meinung zu haben. Außerdem hoffte sie, einige Geschworene zu finden, die den Obdachlosen Mitleid entgegenbrachten. Darüber hinaus gab es, als wären dies nicht bereits fast unerreichbare Kriterien, ein kleines Extra auf Ihrer Wunschliste.

Sie suchte nach Geschworenen, die mehr als nur flüchtige Bekanntschaft mit Halluzinogenen gemacht hatten, vorzugsweise mit LSD – fröhliche Tripschlucker aus grauer Vorzeit. Sie suchte nach Männern und Frauen, die, wenn man sie bat, die Möglichkeit eines langen, gemächlichen Mega-Horrortrips zu bedenken, nicht gleich mit hämischer Ungläubigkeit reagieren würden. Da das Verteidigungskonzept, das sie mittlerweile für Trent zusammengeschustert hatte, buchstäblich das einzige war, das sowohl seinen Drang auszusagen, als auch seine Weigerung, sich für unzurechnungsfähig erklären zu lassen, unter einen Hut brachte, mußte sie Geschworene finden, die eher ihren eigenen chaotischen Erlebnissen vertrauten als den stichhaltigen Aussagen der Gutachter – Geschworene, die mit hoher Wahrscheinlichkeit der Ansicht sein würden, daß, da sie selbst auf Trip sozusagen zum Mond geflogen waren, es durchaus vorstellbar war, daß ein anderer länger, als dies angeblich möglich war, die Hölle durchlebt hatte. Auf diese Weise konnten die im Aufnahmebericht erwähnten Spuren von LSD zumindest nahelegen, daß Trent sich während der Tat in einem Rauschzustand befunden hatte. Dazu Trents paranoide Wahnvorstellungen von der Entführung und Gefangennahme, und schon hatte man einen *unfreiwilligen Rauschzustand*, einen Fall, in dem der Angeklagte gezwungen worden war, eine Substanz aufzunehmen, die ihn gewalttätig machte. Das war eine durchaus legitime Verteidigungsstrategie – vielleicht nicht hundertprozentig glaubwürdig, letztlich aber nicht verrückter, als zu behaupten, der übermäßige Konsum von Schokoriegeln habe einen Mordrausch bewirkt –, eine Verteidigungsstrategie, die für einen Angeklagten in San Francisco tatsächlich funktioniert hatte. Sybylla seufzte. Wenn sie wenigstens *einen* Drogenveteranen kriegen könnte, der schon mal einen Horrortrip erlebt hatte, würde die Jury zu keinem Spruch kommen. Und mit zweien oder dreien...

Aber wie sollte sie diese Leute finden? In vielen ihrer bisherigen Prozesse hatte sie das Voir dire als Gelegenheit benutzt, um ihre Strategie an den potentiellen Geschworenen auszuprobieren und ihre Reaktionen zu beobachten. Wenn sie bei dem Wort »Personenverwechslung« oder »Indizienbeweis« mit den Augen rollten, versuchte sie sie loszuwerden; wer dagegen ernst und aufmerksam zuhörte, war für die Verteidigung genau richtig, und Sybylla tat alles, um diese Leute in die Jury zu bekommen. Diesmal mußte ihre Verteidigungsstrategie allerdings hinter dem Schleier der scheinbar ähnlichen, in Wirklichkeit jedoch völlig andersgearteten, auf Unzurechnungsfähigkeit aufbauenden Verteidigung verborgen bleiben und durfte unter keinen Umständen sichtbar werden, ehe die Beweisführung der Anklage abgeschlossen war. Sybylla war entschlossen, aus den LSD-Spuren und dem merkwürdigen Verschwinden Trents – über das Bennis bereitwillig Auskunft geben würde – eine überzeugende Beweisführung abzuleiten, deren einzige Erfolgsaussicht auf dem Überraschungsmoment beruhte. Sie durfte Greer im Vorfeld nicht die geringste Möglichkeit bieten, Löcher in eine von vornherein sehr fadenscheinige Geschichte zu bohren. Deshalb hatte sie sich vorgenommen, weder das Akronym LSD noch irgendeines seiner vielen anderen Bezeichnungen auszusprechen, ehe Trent den Zeugenstand betreten, die Geschworenen über »die« und ihr »Zimmer« informieren und auf jedermann wie ein Mensch wirken würde, der einen längeren chemischen Trip in die verkehrte Welt unternommen hatte.

Die Strategie war sorgsam ausgeklügelt. Wie rechtlich vorgesehen, hatte Sybylla der Staatsanwaltschaft ihre Absicht, ihre Verteidigung auf Unzurechnungsfähigkeit aufzubauen, mitgeteilt, was diese nicht weiter überrascht, aber das harte Stück Arbeit mit sich gebracht hatte, Trent zur Zusammenarbeit mit dem Psychiater der Anklage zu überreden. Diese schriftliche Mitteilung verpflichtete sie jedoch nicht dazu, ihren Verteidigungsplan auch tatsächlich auszuführen, und wenn Greer entdeckte, daß das Blatt sich gegen ihn wendete, würde er aller Wahrscheinlichkeit nach zu toben beginnen; aber das war dann sein Problem. Nachdem sie endlich eine Verteidigungsstrategie ersonnen hatte, die Trent akzeptierte, bestand ihr Problem nun darin, sie so geschickt und überzeugend wie möglich zu präsentieren.

Sie hatte gerade beschlossen, heldenhaft auf ein letztes Croissant zu verzichten, als ein Schatten über ihren Tisch fiel. Sie blickte mit zusammengekniffenen Augen hoch und mußte unwillkürlich lächeln.

»Wie hast du mich denn gefunden? Ich zelebriere hier ein schändliches Ritual, von dem niemand etwas wissen darf.«

»Steiner«, sagte Sam und setzte sich ihr gegenüber. Auf seinem Tablett lagen, wie sie mit unverhohlener Gier registrierte, zwei Schokocroissants. »Er sagte mir, daß du vor einem Prozeß immer hierher gehst und futterst. Es klang so niedlich, das mußte ich mir unbedingt ansehen.« Er gab Zucker in seinen Kaffee und rührte um. »Kann ich dir helfen? In der Verhandlung, meine ich. Kann ich mitkommen?«

Sie betrachtete ihn eine Weile. Er hielt seinen Eifer im Zaum, aber nur so gerade eben. In den letzten, mit intensiven Vorbereitungen gefüllten Wochen, hatte er einmal davon gesprochen, daß er dem Prozeß gern beiwohnen würde – um zuzusehen und zu lernen, wie er freundlicherweise bemerkt hatte –, doch sie hatte das Ansinnen lachend abgetan, und er hatte es nie mehr erwähnt.

»Als Mädchen für alles sozusagen, ja?«

»Meinetwegen.« Er hob die Schultern. »Ich würde gern die Dreckarbeit machen, wenn ich dir damit helfen kann.«

»Ja, es würde mir helfen«, sagte sie. »Aber warum willst du deine Zeit mit meinem Fall vergeuden? Notizen für eine mögliche Berufung zu machen erscheint mir etwas verfrüht.«

»Also bitte!« sagte Sam tadelnd. »Damit hat es überhaupt

nichts zu tun. Gut, wenn der Fall in die Revision gehen sollte, wäre ich in einer günstigeren Position. Aber ich gehe nicht davon aus, daß das passiert, Syb.«

»Na, das ist ja eine Überraschung.« Sie sah ihn an. Er klopfte mit den Fingern nervös an den Styroporbecher und wartete gespannt darauf, daß sie etwas sagte. Sie dachte über das leise Mißtrauen nach, das sie unweigerlich überkam, wenn sie den freundlichen, attraktiven und so überaus interessierten Mann, der er auf den ersten Blick zu sein schien, genauer in Augenschein nahm. In den Wochen, die seit ihrem Rendezvous vergangen waren, hatte sie den Eindruck gehabt, ihr Argwohn schwände allmählich, doch jetzt war er wieder da. Er ist einfach zu toll, um wahr zu sein, dachte Sybylla, während ihr Blick die geschwungenen Lippen entlangstrich und sie sich an ihre Weichheit und Wärme zu erinnern versuchte. Und ich habe keinen blassen Schimmer, was er eigentlich will.

»Also gut«, sagte er lachend und brachte sie damit kurz aus der Fassung, denn es klang, als hätte er ihre Gedanken gelesen. »Ich gebe es zu: Ich habe ein bestimmtes Interesse in Bezug auf diesen Fall.«

Sybylla seufzte. »Spricht für dich, daß du es ehrlich sagst. Und um was für ein Interesse handelt es sich?«

»Mein Gott, du bist aber wirklich mißtrauisch!« Er führte seinen Kaffeebecher an den Mund und trank. »Ich kann dir versichern, daß es nichts Schlimmes ist. Ich will einfach dazulernen, das ist alles. Du weißt doch, daß ich, was Gerichtsverhandlungen betrifft, noch grün hinter den Ohren bin. Das habe ich dir selbst gesagt. Ich will sehen, wie ein erfahrener Profi einen solchen Fall über die Bühne bringt.«

»Einen solchen Fall? Was soll das heißten?«

»Das soll heißen, einen Fall, von dem ich mir überhaupt nicht vorstellen kann, wie du ihn gewinnen willst.«

»Gewinnen ist nicht alles«, gab Sybylla zurück. »Es sei denn, man ist ausschließlich am Resultat interessiert.«

»Aber du hast doch bestimmt einen Plan«, hakte er nach.

»Schon möglich.« Sie warf eine Blick auf ihre Uhr. »Aber ich habe keine Zeit, ihn dir jetzt zu erzählen. Wenn du mit einsteigen willst, mußt du mir blind vertrauen.«

Er grinste. »Ich bin also dabei?«

»Kommt ganz darauf an.« Sybylla machte eine Kopfbewegung zu den Croissants. »Ist eines davon für mich?«

Er senkte verwirrt den Blick. »Ja, klar.« Dann sah er zu, wie sie gierig hineinbiß. »Ist das alles? Ich spendiere dir ein Croissant und darf mitkommen?«

Sie grinste ihn an. »Es schadet nie, den Saal mit einem attraktiven Kollegen zu betreten.«

Sam zuckte zusammen. »Ziemlich sexistisch. Wenn du so weitermachst mit dieser kastrierenden Art, muß ich noch in eine Männergruppe oder so was.«

Sybylla aß ihr Croissant mit solchem Heißhunger, daß die Blätterteigkrümel über den ganzen Tisch flogen. Als sie fertig war, seufzte sie tief auf, warf einen Blick auf die Brösel und empfand abgrundtiefen Selbsthaß. »Ich kann kaum glauben, daß ich gerade drei Croissants gefuttert habe.«

»Drei! Mein Gott, du bist wirklich verfressen!« Er stand auf, zerdrückte seinen leeren Kaffeebecher und warf ihn in einen Müllbehälter. »Sybylla«, sagte er sehr ernst, »keine Angst, ich sage es nur einmal: Danke. Ich bin dir wirklich sehr dankbar.«

»Sag es noch mal, wenn du den ganzen Tag damit verbracht hast, dir die Lieblingssendungen potentieller Geschworener zu notieren«, erwiderte sie und wandte sich zum Gehen. Sie verließen das Café und schlossen sich dem Strom der zur Arbeit eilenden Menschen an. Es war ein wolkenverhangener, kühler Tag. Die Obdachlosen auf dem Foley Square hatten sich in Plastikmülltüten gehüllt, um sich vor dem drohenden Regen zu schützen. Ihre Reglosigkeit im Auge des Ansturms, dem Gewusel der unablässig eintreffenden Angestellten, die die umstehenden Gebäude jetzt in ihren Besitz nehmen und erst abends wieder verlassen würden, war faszinierend, und es ging Sybylla nicht zum erstenmal durch den Kopf, daß der Fall Trent ein Schlaglicht auf die Realität der New Yorker Obdachlosen warf, auf das Leid, das sie ertrugen, und auf den grellen Kontrast zu dem Reichtum und dem hektischen Treiben um sie herum.

Während sie vergeblich versuchte, die schwarzen Filzstiftflecken von ihren Händen abzuwaschen, wartete Sam draußen in der Eingangshalle; dann machten sie sich auf den Weg zu Judge Coffins Gerichtssaal mit der hohen Decke und dem schmuddeligen Linoleumboden, dessen Farbe ein undefinierbares Beige war. Ganz hinten an der Wand, hinter dem hölzernen Richterpult, stand in Großbuchstaben »In God We Trust«, eine Aussage, die Sybylla in dieser Umgebung nie recht verstanden hatte. Wenn wir wirklich darauf vertrauen, daß Gott über uns richtet und uns bestraft, überlegte sie, was haben *wir* dann noch hier zu suchen? Warum geben wir uns dann noch mit diesem verkommenen, schwerfälligen, grausamen und inneffizienten Justizsystem ab?

Im Saal war einiges los. Die Zeitungsreporter, die man in die letzten drei Reihen gepfercht hatte, reckten bei Sybyllas Eintreten die Hälse und machten sich – lächerlicherweise, wie sie fand – sofort Notizen. (Was kritzelten die da wohl hin? Daß sie pünktlich erschienen war? Was sie anhatte?) Weiter vorn: Voyeure, die sich sichtlich freuten, Einlaß gefunden zu haben, sowie mehrere Herren in englischen Anzügen und gutsituiert wirkende Damen im unvermeidlichen Chanelkostüm; das mußten die Barretts und ihre Freunde sein – *sans* Tochter. Die kleine Amanda, das war klar, sollte so lange unter Verschluß gehalten werden, bis der rechte Augenblick gekommen war. Sybylla ließ ihre schwere Tasche mit lautem Getöse auf den stabilen Tisch der Verteidigung fallen und begann, die Akten auszupacken. Sam, der neben ihr stand, ließ die Schlösser seines Aktenkoffers aufschnappen und sagte leise: »Schau jetzt nicht hin, aber da kommt D'Artagnan.«

Selbstverständlich sah Sybylla sich sofort um.

Er schritt den Mittelgang entlang wie eine Braut, arbeitete sich wie mit einem Schleppnetz vor, nickte seinen Fans auf beiden Seiten zu, blieb stehen, um den Reportern die Hand zu schütteln und in väterlicher Manier mit dem Barrett-Clan zu plaudern, und wirkte dabei ganz wie der Mann mit der Mission, der zu sein er ständig behauptete. Er trug einen einfachen braunen Anzug; das weiße Hemd klaffte ein wenig zwischen den Knöpfen, die braunen Slipper waren blankgeputzt. Vorn im Saal angelangt, ging er höflich zu Sybylla hinüber, streckte die Hand aus und hielt sie mehrere Sekunden in der Luft, damit die

Gerichtszeichner die vielsagende Geste festhalten konnten. »Ms. Muldoon!« sagte er jovial.

Der Widerwille schnürte Sybylla die Kehle zusammen. Unwillkürlich sah sie wieder Greer und seinen Kumpel Robert Winston vor sich, die ihr aus einer düsteren Ecke im Speisesaal des Hyperion Club gehässige Seitenblicke zuwarfen. Vor lauter Ärger vergaß sie, Greers ausgestreckte Hand zu schütteln – ein Nicht-Ereignis, das von der anwesenden Presse später zu der Schlagzeile TRENT-VERTEIDIGERIN BRÜSKIERT STAATSANWALT aufgebauscht werden sollte, was aber letztlich, wie sie sich selbstkritisch sagte, schlicht und einfach als Voyeurismus hinzunehmen war. Schließlich hatte sie erst kürzlich vor Zeugen mit ihrem Vater, dem zukünftigen Richter am Bundesgerichtshof, gestritten.

Greer wandte den Kopf und blickte Sam an. »Mein Kollege, Sam Larkin«, erklärte Sybylla.

Sam nickte.

»Der Old-Spice-Fall, richtig?« sagte Greer lässig.

»Ihr Gedächtnis ist ganz ausgezeichnet«, antwortete Sam.

»Sie haben Ihre Sache gut gemacht, wenn man bedenkt, daß es sich um Ihren ersten Fall vor Gericht handelte«, sagte der Staatsanwalt versonnen.

Er merkt überhaupt nicht, wie herablassend er ist, dachte Sybylla. Greer hatte die Hand nicht zurückgezogen, sondern streckte sie ihr noch immer wie eine Auszeichnung für faires Verhalten entgegen, so daß Sybylla nicht umhin konnte, sie endlich doch zu ergreifen. »Glauben Sie, wir bringen das Voir dire heute über die Bühne?« fragte sie ihn. »Oder haben Sie die Absicht, einen Marathon daraus zu machen?«

»Wir schaffen es«, erwiderte Greer. »Ich bin sicher, daß wir heute zwölf unbescholtene und unvoreingenommene Menschen finden werden.«

Zwölf reflexartig reagierende Schuldspruchmaschinen, meinst du wohl, schoß es Sybylla durch den Kopf. Sie verabschiedete sich kühl von Greer und widmete sich wieder ihren Akten. Während sie die letzten Unterlagen aus der Tasche holte, kochte sie so vor Wut, daß sie kaum wahrnahm, wie Sam sich neben sie setzte.

16

Der kleine Hickhack mit Greer gleich zu Beginn erschien ihr, als sie bei der Geschworenenauswahl aufeinanderprallten, im Rückblick immer harmloser. Zunächst wurden die potentiellen Geschworenen in einem Kabuff außerhalb des Gerichtssaals über ihre Vertrautheit mit dem Fall befragt; mehr als nur einige wenige zeigten sich, was nicht weiter überraschend war, gut informiert und taten ihre Ansichten darüber ungeniert kund. Nachdem diese Leute aussortiert und entlassen worden waren, schritt man mit dem Rest zum Voir dire. Wieder und wieder füllten sich die Geschworenenbänke mit Kandidaten, die von Staatsanwalt und Verteidigerin mit Fragen bombardiert wurden, wieder und wieder wurden diese Kandidaten dann vor den Saal geschickt, um dort zu warten wie unartige Schüler, während Sybylla und Greer die Reihen systematisch lichteten. Zuerst wandte Judge Coffin sich an den Staatsanwalt und hörte sich dessen begründete Ablehnungen an, dann war Sybylla an der Reihe. Am Schluß blieben zwischen den Sozialarbeitern und den liberal Denkenden, die Greer auszuschließen versuchte, und den Reaktionären und Verbrechensopfern, die Sybylla loswerden wollte, kaum mehr potentielle Geschworene übrig.

Von denen, die blieben, fielen die meisten der Ablehnung ohne Angabe von Gründen durch eine der beiden Seiten zum Opfer. Obwohl Greer sie nicht dazu hatte bringen können, es zuzugeben, stand eine Frau der Polizei klar negativ gegenüber. Ein einsitzender Bruder? Zu viele Strafzettel wegen Geschwindigkeitsüberschreitung? Egal – sie war draußen. Sybylla verwendete einen ihrer nicht zu begründenden Ausschlüsse, um einen Mann loszuwerden, der hoch und heilig schwor, er habe noch nie etwas von Trent gehört (Coffin hatte sich einverstanden erklärt, die Bezeichnung »Wild Man« nicht zuzulassen), während seiner Anwesenheit auf der Geschworenenbank den Eltern des Mädchens jedoch ständig aufmunternde Blicke zuwarf und den Angeklagten böse anstarrte. Raus.

Greers Strategie war ihr schnell klargeworden. Keine Künstler oder Schriftsteller (die interessierten sich zu sehr für das Motiv), keine Leser der *Amsterdam News* (die zu der Überzeugung neigten, jeder schwarze Gefängnisinsasse im Land sei von den Bundesbehörden gelinkt worden), keinen, der jemals mit Obdachlosen gearbeitet oder ihnen Geld gegeben hatte (Mitleid verhindert rationales Denken). Frauen mochte er nicht, wie Sybylla rasch herausfand. Zumindest keine Frauen unter vierzig – vielleicht, weil er sie für zu aufgeschlossen hielt? Schwarze mochte er auch nicht, war jedoch sehr darauf bedacht, für jeden Ausschluß eines Schwarzen triftige Gründe zu nennen. Studenten mochte er ebensowenig wie Leute, die durch ihr Gebaren oder ihre Informationsquellen oder ihre Hobbys erkennen ließen, daß sie zu selbständigem Denken fähig waren. Solchen Leuten war nicht zuzutrauen, daß sie richtig stimmen würden.

Sybylla ging ihrerseits nicht weniger rigoros vor. Die zwei oder drei asiatischen Kandidaten provozierte sie so lange, bis sie ihre Verachtung für Obdachlose, ja für jeden, der weniger hart arbeitete als sie selbst, offen zugaben. Den Opfern von Gewaltverbrechen erklärte sie, wenn sie selbst so etwas hätte durchmachen müssen, könnte sie keine unvoreingenommene Geschworene sein – wie also sollten sie es können. Den Eltern kleiner Kinder sagte sie, in dem Prozeß spiele zwar ein kleines Kind eine Rolle, es gehe darin jedoch nicht *um* ein Kind; würden sie sich wirklich auf ihre Aufgabe konzentrieren können, die darin bestehe, die Fakten bezüglich eines verwirrten Erwachsenen zu beurteilen, wenn ein Kind im Spiel sei? Froh darüber, nicht bleiben zu müssen, antworteten die meisten mit nein.

Gegen Mittag hatten sie sich durch die sechzig ihnen zugewiesenen Kandidatinnen und Kandidaten durchgearbeitet, und Judge Coffin forderte für nach der Lunchpause eine neue Gruppe an. Noch vor Ablauf des Jahrtausends eine unparteiische und unvoreingenommene Jury zusammenzustellen wurde zunehmend unwahrscheinlich; doch am Nachmittag kam die Sache endlich auf Touren. Sybylla, die ja auf der Suche nach potentiellen LSD-Konsumenten war, fand schließlich einen in Gestalt eines Börsenmaklers, der am Hampshire College studiert hatte.

Das Hampshire College. Sybylla merkte, daß Greer der Name nichts sagte – wahrscheinlich klang er in seinen Ohren idyllisch und anglophil –, zweite Garnitur, gewissermaßen. Doch Hampshire war 1970 gegründet worden, in der Anfangszeit der Gegenkultur. Es war sehr, sehr alternativ – ein College, überlegte Sybylla, in dem man wahrscheinlich besonders gute Noten bekam, wenn man Trips schmiß. Der sanfte, in einen Brooks-Brothers-Anzug gewandete Termingeschäftemakler und Familienvater war, wenn sie sich nicht gewaltig irrte, früher mal ein Deadhead gewesen. Als Greer ihn akzeptierte, verkniff sie sich ein Lächeln. Eins zu null für sie.

Sam und sie machten sich eifrig Notizen, während Greer seine Fragen stellte: Kandidat Nummer zwei hatte einen Onkel beim Militär, Nummer drei eine Tochter in Amanda Barretts Alter, Nummer acht informierte sich aus dem *National Enquirer*, Nummer zehn fand die Arbeit des Staatsanwalts so toll, daß er die Gelegenheit ergriff und es laut zum Ausdruck brachte (»Und außerdem – also, *ich* wähl' Sie ganz bestimmt, wenn Sie Gouverneur werden wollen«), was Sybylla zu dem Versuch veranlaßte, jeden potentiellen Geschworenen in Hörweite ausschließen zu lassen. Sam wischte sich mit der Manschette seines Nadelstreifenhemdes über die schweißnasse Stirn. Es war, als würde es nie enden.

Doch dann wurde es langsam besser. Um zwei Uhr nachmittags hatten sie vier Geschworene, mit denen beide Seiten einverstanden waren. Aus einem neuen Schub Kandidaten blieben weitere vier übrig. Und dann sah Sybylla – es war schon kaum mehr wahr – endlich zu, wie Greer zum letztenmal vor der Geschworenenbank einherstolzierte, die Leute mit seiner feuchten Aussprache bedachte und Monologe über die große Verantwortung hielt, die auf sie zukommen werde, und über das Vertrauen, das die Stadt in sie setze, und sie immer wieder fragte, ob ihnen auch wirklich klar sei, wie schwer dieses Vertrauen auf ihren Schultern lasten werde.

Vierzehn Köpfe nickten feierlich.

Greer, der mittlerweile wie ein müde gewordener General wirkte, wandte sich schwerfällig an Coffin und sagte, er sei es nun zufrieden.

Sybylla erhob sich langsam von ihrem Stuhl, trat vor die Geschworenenbank und betrachtete die vierzehn müde dreinblickenden Bürgerinnen und Bürger, die bereit waren, über Trent zu Gericht zu sitzen. Sie sahen alle ganz normal aus. Annehmbare Leute, soweit sie es beurteilen konnte. Keine Trojanischen Pferde. Die Jury bestand nun, abgesehen von dem Börsenmakler, aus zwei Lehrern (sehr auf die Bürgerrechte bedachte Lehrer, sehr darum bemüht, auch ja alles richtig zu machen), einem bei Consolidated Edison angestellten Arbeiter, der seinen Familienstand mit ledig angegeben hatte und den Sybylla für schwul hielt (Greer war das, wie sie glaubte, völlig entgangen), einer Krankenschwester, einem McDonald's-Filialleiter, einer Hausfrau, einem Wärter des Natural History Museum (wohl kaum ein LSD-Kandidat, aber vielleicht hatte er so viel Wissen über den Homo sapiens angesammelt, daß es auch Trents Verhalten erfaßte), einem rezessionsgeschüttelten Bauunternehmer, der, wie Sybylla registrierte, in den langen Warteperioden eine Ausgabe der *Nation* hervorgezogen hatte, zwei pensionierten Damen, die ziemlich vernünftig wirkten, einem Lastwagenfahrer, einer Frau, die in der ambulanten Krankenpflege arbeitete, und einem Mann, der behauptet hatte, er »handle mit afrikanischer Kunst«.

Drei ihrer zwanzig Ausschlußmöglichkeiten waren noch übrig; doch während sie die Gesichter betrachtete, fühlte sie sich plötzlich so erschöpft, daß sie bezweifelte, die Kraft für weitere Einzelbefragungen aufbringen zu können. Es war Zeit, die Netze zu wechseln und mal zu sehen, ob nicht ein paar dieser Fischlein Lust hatten, freiwillig hineinzuspringen.

»Noch einmal hallo, meine Damen und Herren. Es war ein langer Tag, nicht wahr?«

Mürrisches Nicken. Der Bauunternehmer sah sie freundlich an.

»Liest jemand von Ihnen gern Krimis?« fragte Sybylla. Die pensionierten Damen nickten. Ein paar Hände hoben sich.

»Sie wissen doch, daß man in der Mitte dieser Bücher meist glaubt, man wüßte, wer's war, und wenn man dann zum Ende kommt, war es ein ganz anderer.«

Noch mehr Kopfnicken, diesmal aber zurückhaltend.

»In diesem Prozeß könnte es genauso sein. Sie hören sich die Argumente der Anklage an und denken: Na, so war das also. Es ist genau so passiert, wie der Ankläger behauptet, und damit basta. Doch dann kommt mein Mandant an die Reihe, und seine Geschichte bringt Sie vielleicht dazu, Ihre Ansicht zu überdenken.« Sie streckte die Arme aus und legte die Hände auf die Brüstung der Geschworenenbank. »Ich muß sicher sein, daß Sie das Ende des Buches abwarten, ehe Sie sich entscheiden«, sagte sie ganz langsam. »Ich muß wissen, daß Sie Ihr Denken nicht einfach abschalten, nachdem Sie nur einen Teil der Zeugenaussagen gehört haben.«

Die Männer und Frauen blickten sie aufmerksam an. Aus den Augenwinkeln sah sie einen sogar nicken.

»Ich möchte Sie etwas fragen.« Sybylla stieß sich von der Brüstung ab, ging an ihren Tisch zurück und lehnte sich lässig dagegen. »Wenn der Prozeß jetzt beendet würde – jetzt gleich –, und der Richter Sie fragen würde: ›Also, Jury, wie entscheiden Sie jetzt, in diesem Augenblick?‹ – was würden Sie sagen?«

Sie sah, daß alle völlig verblüfft waren. Jeder Jury erging es so. Sie hatte den Trick von Steiner geklaut und ihn getreulich bei praktisch jedem Tötungsverfahren angewendet, in dem sie bisher als Verteidigerin fungiert hatte.

Ein Geschworener nach dem anderen hob die Schultern. »Ich weiß es nicht«, sagte einer der beiden Lehrer.

Sybylla sah jedem einzelnen in die Augen. »Es tut mir leid, Ihnen sagen zu müssen, daß Sie allesamt die falsche Antwort gegeben haben. Wenn Sie schon jetzt Ihr Urteil sprechen müßten, würde das einzig mögliche Urteil ›nicht schuldig‹ lauten. Es wurde Ihnen bisher kein Beweismaterial vorgelegt, das meinen Mandanten überführt, kein Beweismaterial, das ihn mit dem Verbrechen in Zusammenhang gebracht hätte, nichts, was darauf hinweist, daß es überhaupt ein Verbrechen *war*. Er ist so lange unschuldig, bis der Nachweis seiner Schuld erbracht wird, und das hat zu diesem Zeitpunkt noch niemand getan.« Sie verließ den Tisch und trat wieder an die Geschworenenbank. »Haben Sie das verstanden? Ich spreche hier von einem grundlegenden Element unserer Gesetzgebung, das durch unsere Verfassung abgesichert ist.« Sie nickten wie Schulkinder nach einer Strafpredigt.

Sybylla drehte sich um, so daß sie den Geschworenen den Rücken zuwandte, und ging, den Kopf scheinbar nachdenklich gesenkt, auf die gegenüberliegende Seite des Saals zu. Kurz vor dem Tisch des Gerichtsbeamten drehte sie sich abrupt um, als wäre ihr plötzlich etwas eingefallen. »Wissen Sie«, sagte sie ernst, »es war zwar ein langer Tag, und Mr. Greer und ich haben Ihnen eine Menge Fragen gestellt – sehr persönliche Fragen, das ist mir durchaus bewußt –, aber wir wissen immer noch nicht sehr viel über Sie. Jeder von Ihnen hat noch so vieles an sich, was uns verborgen bleibt. Manches davon ist für diesen Fall ganz unwichtig, anderes aber ... Wer weiß?« Sie machte eine pathetische Armbewegung in Richtung auf die Geschworenen. »*Sie* wissen es. Einer von Ihnen ist vielleicht Mitglied des Ku-Klux-Klans. Ein anderer vertritt möglicherweise die Ansicht, die Lösung des Obdachlosenproblems bestehe darin, die Obdachlosen einzusperren. Das kann ich unmöglich wissen, es sei denn, ich frage Sie zufälligerweise direkt danach.« Sie ließ den Blick über die Köpfe der Geschworenen schweifen und sagte, als dächte sie laut nach: »Doch solche Fragen kann ich Ihnen nicht stellen. Ich kann Ihre Gedanken nicht lesen. Ich muß mich darauf verlassen, daß Sie mir sagen, was ich wissen muß. Das bedeutet, daß ich Ihnen praktisch blind vertraue.«

Sie warf einen Blick zu Sam hinüber. Er sah sie bewundernd an und verkniff es sich, ihr zuzulächeln.

»Ich bitte Sie daher, es mir jetzt zu sagen. Gibt es irgend etwas, das Sie heute gehört haben, oder irgend etwas in Ihrem Leben, in Ihrem Charakter, das es Ihnen unmöglich macht, die unvoreingenommenen Geschworenen zu sein, die wir brauchen?« Sie schwieg eine Weile, um die Stille ihre Wirkung tun zu lassen. »Wissen Sie«, fuhr sie dann mit warmer Stimme fort, »es ist keine Schande, nicht unvoreingenommen sein zu können. Jeder von uns wird durch seine persönlichen Erfahrungen beeinflußt und durch Vorurteile. Wenn der Raufbold in der Schule, der Sie einmal grün und blau geschlagen hat, rothaarig war, sind Ihnen Menschen mit rotem Haar seitdem vielleicht unsympathisch, obwohl Sie wahrscheinlich genau wissen, daß das irrational ist. Das war ein harmloses Beispiel. Weit weniger harmlos, meine Damen und Herren, sind die vorgefaßten Meinungen, die diesen Fall und meinen Mandanten berühren könnten. Die meisten von uns wenden den Blick ab, wenn wir an Menschen vorbeigehen, die auf der Straße leben. Manchmal geben wir ihnen Geld, manchmal nicht, aber kaum jemals wollen wir ein Gespräch mit ihnen führen, sie in unseren Alltag integrieren. Dieser Prozeß nun wird uns tief in diese Welt hineinführen, und es ist eine häßliche Welt, das kann ich Ihnen sagen. Sind Sie bereit, alles, was Sie über Obdachlosigkeit zu wissen glauben, beiseitezuschieben?«

Greer stand polternd auf. »Einspruch, Euer Ehren. Das hier ist ein Voir dire und keine Soziologievorlesung!«

Sybylla ließ sich nicht einschüchtern, sondern ignorierte die Unterbrechung und blickte von einem Geschworenen zum nächsten.

»Kommen Sie zum Ende, Ms. Muldoon«, sagte Coffin ein wenig gedankenverloren.

Sybylla seufzte und kehrte rasch an ihren Tisch zurück, wo sie sich hinter Trent stellte und ihm die Hände auf die Schultern legte. »Das ist mein Mandant Trent. Ich werde ihn nach besten Kräften verteidigen, denn das ist meine Aufgabe. Wenn er Sie heute ansieht, muß er eine Gruppe von Menschen sehen, die gewillt sind, unparteiisch und unvoreingenommen zu sein. Bitte denken Sie über diese Worte nach – unparteiisch und unvoreingenommen. Denn, glauben Sie mir, wenn Sie auf diesem Stuhl hier säßen oder Ihre Mutter, oder Ihr Kind, würden Sie sich genauso verzweifelt unparteiische und unvoreingenommene Geschworene wünschen wie er in diesem Augenblick.« Vereinzeltes Nicken. Sie schritt langsam zur Geschworenenbank zurück. »Das Gericht verlangt etwas sehr Schwieriges von Ihnen, das weiß ich wohl. Ein Urteil über einen anderen Menschen zu sprechen ist eine schreckliche Verantwortung. Sie müssen Ihre Gefühle, Ihre religiösen Überzeugungen beiseiteschieben und nur aufgrund der Beweise entscheiden, und es gibt keine Garantie dafür, daß für Sie am Ende dieses Ereignisses das gute Gefühl steht, etwas unstreitig *Richtiges* getan zu haben, nicht die geringste Garantie. Fühlen Sie sich dazu in der Lage?«

Schweigen. Nachdenkliche Mienen.

»Jetzt ist der Zeitpunkt gekommen, es zu sagen. Es ist keine Schande, aber wir müssen es wissen.«

Sie hatte eine Regel: Sobald der erste den Blickkontakt abbrach, wandte sie sich von den Geschworenen ab.

Lange fünf Sekunden später ließ Mr. McDonald's den Blick plötzlich schweifen.

Sybylla wandte sich an Coffin. »Diese Kandidaten sind als Geschworene für die Verteidigung annehmbar, Euer Ehren.

»Danke, Ms. Muldoon.«

Es war fast fünf Uhr nachmittags. Nach der Vereidigung der Jury setzte Coffin die Eröffnungsplädoyers für den nächsten Morgen an und schickte alle hinaus in die dämmrige Stadt. Rush-hour.

»Komm doch mit zu mir!« sagte Sam plötzlich. Sybylla sah ihn an; sie war verlegen, doch unerklärlicherweise drängte es sie, ja zu sagen. »Ich mache uns ein Abendessen und sage dir, wie brillant du bist. Und du kannst mir verraten, was du für morgen vorhast.«

Sie lächelte nervös. »Klingt super.«

Er wartete ungeduldig. »Aber?«

»Aber«. Die Gedanken purzelten nur so durch ihren Kopf. Sie wußte, daß es einen triftigen Grund gab. »Ich habe doch diesen schrecklichen Kater. Habe ich dir noch nicht von meinem schrecklichen Kater erzählt?«

»Nein, ich glaube nicht«, sagte er stirnrunzelnd.

Sie zuckte mit den Achseln. »Er muß sein Futter kriegen, tut mir leid.« Und Annie auch, dachte sie. Wegen der langen Nächte, in denen sie sich auf den Prozeß vorbereitet hatte, und weil sie darüber hinaus ziemlich abgelenkt gewesen war, hatte sie sich schon seit Wochen nicht mehr in der Zufahrt blicken lassen und schon ein schlechtes Gewissen bekommen. Sam stieß immer wieder mit dem Knie gegen seinen Aktenkoffer und wirkte sehr niedergeschlagen.

»Kommst du mit zu mir?« Es war Sybyllas Stimme, die das gesagt hatte, und es überraschte sie selbst.

Er hob den Blick. »Wirklich?«

»Ja, klar«, sagte sie, um einen überzeugten Ton bemüht. »Wenn du ein paar Minuten wartest, bis ich den Kater versorgt habe, können wir ausgehen und in einem Lokal irgendwo bei mir in der Gegend etwas essen.« Ausgehen klang gut, fand sie – freundlich, aber nicht zu intim. »Na, wie wär's?«

»Gern! Vielen Dank.«

Ein paar Meter vor ihnen hielt ein Taxi am Straßenrand. »Sollen wir?« fragte er und sah sie von der Seite an.

»Kostet aber ein Vermögen«, warnte Sybylla.

Sie sprangen im Gleichschritt auf den Wagen zu und drängten mehrere Hoffnungsvolle rüde zur Seite. »Ecke Columbus und Vierundsiebzigste«, rief Sybylla triumphierend. Der siegreichen Städterin gehört die Beute.

17

»Also, das verstehe ich nicht«, wandte Sam ein und lehnte sich schwer gegen Sybylla, als das Taxi ein paar Minuten später mit quietschenden Reifen den Columbus Circle umrundete. »Du hast mir doch selbst gesagt, die Sache mit dem LSD führe zu nichts.«

»Ja, ich weiß.« Das Licht der Straßenlampen flackerte über Sybyllas Gesicht. »Und faktisch ist es auch so. Aber in einem Gerichtssaal läßt sich die Wissenschaft nun mal ein bißchen besser hinbiegen als beispielsweise in einer Zeitung oder im Fernsehen. Sie unterliegt denselben Verzerrungen, die Geschworene bei fast jeder Expertenaussage wahrnehmen. Wenn man zum Beispiel zeigen kann, daß andere Experten dem Gutachter im Zeugenstand widersprechen, spielt es keine Rolle mehr, daß der Gutachter die besten Referenzen des gesamten Planeten vorzuweisen hat – für einen wissenschaftlichen Laien ist er dann nur einer, der einem anderen widerspricht, und wer kann da sagen, wer nun recht hat? Dazu kommt noch das rein Menschliche. Wenn ein Geschworener den Gutachter ganz einfach nicht *ausstehen* kann, wenn er den Kerl für einen Snob hält, beispielsweise, schenkt er seiner Aussage unter Umständen weniger Glauben oder mißtraut ihm sogar völlig, nur um ihn sozusagen für seine Arroganz zu strafen, verstehst du? Von Geschworenen darf man nicht erwarten, daß sie Schaubilder studieren und wissenschaftliche Daten analysieren. Sie hören sich die Expertenmeinung an, aber wenn die ihnen nicht verständlich erscheint, ist sie völlig wertlos. Verstehst du, was ich meine?«

Sam nickte. »Ja.« Er dachte eine Weile nach. »Aber selbst wenn du die Jury dazu kriegst, die wissenschaftlich gesicherte Dauer eines LSD-Trips unberücksichtigt zu lassen, was hast du damit gewonnen?« Er wirkte noch verwirrter als zuvor. »Die

Droge hat er doch nun mal genommen, oder? Und Drogenkonsum ist illegal. Leute, die im Drogenrausch Verbrechen begehen, werden doch ausnahmslos verurteilt, oder?«

»Ja«, stimmte sie zu. »Aber Trent schwört, nie freiwillig LSD oder irgendeine andere Droge genommen zu haben. Ich habe dir ja erzählt, daß er eine eigene Version dessen hat, was passiert ist, und daß er wild entschlossen ist, diese Version, die ich zum Großteil immer noch nicht gehört habe, vor Gericht zu schildern.« Sie verdrehte die Augen.

»Und du willst ihn wirklich aussagen und diesen Schwachsinn zum besten geben lassen?« Sams Stimme troff geradezu vor Enttäuschung. Es ging ihr durch Mark und Bein.

»Ja, mehr oder weniger. Wir können auf eine bestätigende Zeugenaussage zurückgreifen; das Ganze wird also nicht total weit hergeholt wirken. Ein Freund von Trent wird aussagen, daß er gesehen hat, wie Trent kurz vor Weihnachten gewaltsam in einen Kleinbus des städtischen Sozialdienstes verfrachtet wurde, und die haben keine Unterlagen darüber, daß er bei ihnen war. Das habe ich überprüft. In Anbetracht der Zustände dort ist das zwar nicht überraschend, aber es geht ja auch darum, daß man Trent von diesem Tag an bis zu seiner Tat nicht mehr gesehen hat.«

»Sagt er.« Sam schüttelte den Kopf. Sie hielten gerade an einer Ampel vor dem Natural History Museum. »Und sonst?«

»Sonst habe ich leider nichts. Daß eine Personenverwechslung vorliegt, kann ich in diesem Fall ja kaum behaupten, und Unzurechnungsfähigkeit darf ich nicht geltend machen, weil er es nicht will. Ich muß mit dem arbeiten, was ich habe, und das ist das bestätigte Verschwinden des Angeklagten, eine leidenschaftlich vorgetragene Geschichte von Gefangenschaft und Mißbrauch, deren Details vom Zeugenstand aus geliefert werden, sowie der Nachweis einer Droge in seinem Körper zum Zeitpunkt seines Wiederauftauchens, die kein Mensch ihn vorher jemals hat nehmen sehen. In Anbetracht der völligen Aussichtslosigkeit, vier Zeugen als unglaubwürdig erscheinen zu lassen, gestandene Kriminalexperten und ein kleines Mädchen, das auf Trent deuten und in Tränen ausbrechen wird, und in Anbetracht der Haltung, die Trent in bezug auf geistige Unzurechnungsfähigkeit einnimmt, habe ich keine andere Wahl, als das LSD zu verwenden und zu versuchen, so großen Zweifel hinsichtlich des Zeitpunktes der Einnahme zu wecken, daß sich die Frage nach dem Vorsatz zu stellen beginnt.« Sie schüttelte den Kopf, die Augen auf den NO-SMOKING-Aufkleber am Fenster gerichtet, dessen Ecken eingerissen und eingerollt waren. »Du mußt es so sehen, Sam: Wir haben eine Zeugenaussage, die bestätigt, daß er eine Droge im Körper hatte, als er wieder auftauchte. Das sind zwei Grundpfeiler, auf denen sich eine Verteidigung aufbauen läßt, wenn auch, wie ich selbst finde, keine unangreifbare.«

Sam schüttelte den Kopf. »Ich kann mir ein weit glaubwürdigeres Szenario ausdenken, das diese beiden Grundpfeiler besser rechtfertigt als Entführung und die erzwungene Einnahme einer illegalen Droge.«

»Was Greer bestimmt tun wird, da habe ich kaum Zweifel.« Sybylla hob die Schultern. »Aber im Grunde ist das ganz egal. Man nennt das berechtigten Zweifel. Ich habe dann eine Version der Ereignisse vorgelegt, die den Tatsachen entspricht. Und diese Verteidigungsstrategie hat noch andere Vorteile. Ich verliere nicht das Gesicht, indem ich den Zeugen sage, sie hätten nicht gesehen, was sie gesehen haben, oder den Kriminalexperten, sie hätten nicht bewiesen, was sie bewiesen haben. Und ich gebe nicht dem Opfer die Schuld an der Tat. Den Geschworenen wird es gefallen, daß ich ihre Zeit nicht mit der Erörterung der Frage verschwende, wie viele Meter der jeweilige Zeuge entfernt war, als er Trent auf das Mädchen einstechen sah. Außerdem hole ich auf diese Weise sogar noch etwas aus den Zeugen raus. Zumindest einer beschreibt Trent in seiner Aussage nämlich als Verrückten.«

Sam wandte ihr das Gesicht zu. »Aber was hilft dir das? Du baust doch gerade nicht auf geistige Unzurechnungsfähigkeit auf.«

Sie konnte sich ein kleines Lächeln nicht verkneifen. »Aber Greer glaubt, daß ich das tue. Ich habe der Staatsanwaltschaft mitgeteilt, genau dies zu beabsichtigen; sie haben einen Psychiater ihrer Wahl zu Trent geschickt, der mit ihm gesprochen und vermutlich die gegenteilige Diagnose gestellt hat. Daß ich es angekündigt habe, verpflichtet mich aber noch lange nicht, diese Verteidigungsstrategie auch tatsächlich zu verfolgen. Mir geht es darum, daß das Verhalten eines Schizophrenen und das Verhalten eines Menschen auf LSD ähnlich ist.« Sie schmunzelte ins Dämmerlicht. »Du hast Trips doch selbst als ›Spontanverrücktheit‹ bezeichnet.«

Langsam verzog sich sein Mund zu einem Grinsen. »Ganz schön raffiniert!« In seiner Stimme schwang wieder schiere Bewunderung mit.

»Dir ist doch sicher aufgefallen, daß ich im Voir dire kein einziges Mal auf das Thema Unzurechnungsfähigkeit zu sprechen gekommen bin, oder? Ich habe niemanden gefragt, wie er oder sie über psychische Krankheiten denkt oder ob er oder sie glaubt, daß es möglich ist, zeitweise unzurechnungsfähig zu sein oder ähnliches. Und auch in meinem Eröffnungsplädoyer und während des Kreuzverhörs von Greers Zeugen werde ich es nicht erwähnen. Wenn ich das täte und später eine Kehrtwendung vollzöge, würde die Jury das als verzweifeltes Bemühen um eine Verteidigungsstrategie betrachten. Das LSD muß als totales Überrumpelungsmanöver kommen. Es muß so aussehen, als hätte sich unsere Strategie von Anfang an darauf gegründet, daß Trent durch ein gefährliches Halluzinogen gegen seinen Willen in einen Rauschzustand versetzt worden war, der ihn dazu brachte, die schreckliche Tat zu begehen.« Sie hob den Blick und grinste Sam an. »Weißt du, ich kann es kaum erwarten, Greers Gesicht zu sehen, wenn ihm klar wird, daß er die ganze Zeit den falschen Baum angebellt hat. Schon das allein lohnt die Mühe.«

»Ja«, sagte Sam leise. »Das glaube ich auch.«

Nach einer kurzen Pause sah sie ihn an. »Ich erwarte nicht, den Prozeß zu gewinnen, weißt du – falls du das gedacht haben solltest.«

»Ich glaube, du tust gut daran, nicht allzu optimistisch zu sein. Es ist nicht deine Schuld. Du hast getan, was du konntest, das ist mir völlig klar.«

Sie zuckte mit den Achseln und griff, als das Taxi in die Columbus Avenue einbog, nach ihrer Handtasche. »Ich habe wie verrückt einen LSD-Experten gesucht, der mir hilft, die Parameter des in Frage stehenden Zeitraums zu vergrößern, aber alle, mit denen ich gesprochen habe, sagten, es handle sich um acht bis zwölf Stunden, basta. Das bedeutet, daß Trent die Droge nur in Polizeigewahrsam eingenommen haben kann. Turturro glaubt, ein anderer Häftling in der Zelle habe ihm das Zeug aus Spaß untergejubelt. Netter Spaß, was? ›Schaun wir mal, was passiert, wenn wir dem Durchgeknallten da LSD geben...‹« Sie seufzte. »Der arme Trent. Er klammert sich mit aller Kraft an diese komische Erklärung dafür, wie es dazu kam, daß er plötzlich mit einem Skalpell in der Hand vor dem kleinen Mädchen stand – wobei er übrigens bis heute im Grunde nicht zugegeben hat, daß er sie verletzt hat.« Sie verzog das Gesicht. »Wirklich unglaublich, was Menschen alles tun, um sich vor der Schuld an dem, was sie getan haben, zu schützen.«

Sie lotste das Taxi zu ihrem Koreaner an der Ecke und gab dem Fahrer einen Zehner, ehe Sam auch nur nach seinem Portemonnaie gegriffen hatte. »Ich muß eben noch ein paar Sachen einkaufen«, erklärte sie ihm und eilte zu den warmen Speisen. Sie füllte einen Styroporbehälter mit Chili für Annie und nahm Weintrauben und Eiscreme für sich mit. Dann ging sie zur Kasse.

»Kann ich zwei Tüten haben, bitte?« fragte sie Mr. Ko.

Er nahm das Geld. »Klar. Aber sie nicht da!«

»Wie bitte?«

Er blickte nicht einmal auf. »Ihre Freundin. Ihre Lady. Sie mitgenommen.«

Sybylla schluckte. »Die Frau hinten in der Zufahrt?«

»Ja.« Er packte das Essen in die Tüten. »Ich Ihnen doch sagen. Sie mitgenommen in Asyl. Ich gehen raus, einige Wochen her, sie schreien und großes Lärm. Großer Wagen parken vor mein Platz für Lieferung. Ich sage: ›Wegfahren da, Wagen!‹ Er nicht wegfahren. Die Lady schreien. Da kommen mein Lieferantwagen, und ich gehen noch mal raus und sagen: ›Sie auf mein Platz. Wegfahren da, Wagen!‹ Er sagen mir, nur noch ganz kurz, aber mehr als ganz kurz. Mein Lieferantwagen müssen um Block fahren!« Er schüttelte wütend den Kopf. »Jedenfalls, sie weg. In Asyl, sagen Mann.«

»Das ist nicht zu fassen«, sagte Sybylla leise. Sam nahm die Tüten und ergriff Sybyllas Arm.

»Komm«, sagte er mit sanfter Stimme. »Wir sehen mal nach.«

Benommen trat sie hinter ihm aus dem Geschäft und überquerte die Straße. In der Lieferantenzufahrt war es dunkel und still, und Sybylla wußte sofort, nachdem sie sie betreten hatte, daß der Koreaner die Wahrheit gesagt hatte. Annie war weg. Der Einkaufswagen, in dem sie ihre Habseligkeiten aufbewahrt hatte, lag umgestürzt da, sein Inhalt war auf dem Boden verstreut. Der Platz unter dem vorstehenden Dach, unter dem die Frau gelebt hatte, war leer; nur ein schmutziger Daunenmantel lag ausgebreitet auf dem Pflaster. »Ich kann es nicht fassen«, hörte sie sich noch einmal sagen.

»Paß auf, Syb, sie wollte offenbar mal für ein paar Tage ins Asyl. Vielleicht wollte sie sich von einem Arzt untersuchen lassen oder einfach mal wieder in einem Bett schlafen. Ich bin fest überzeugt, daß sie nächste Woche wieder hier ist. Da ist nichts Schlimmes passiert, ganz bestimmt nicht.«

Sybylla zuckte mit den Achseln. »Wahrscheinlich hast du recht. Es überrascht mich nur so. Ich hatte nicht den Eindruck, daß sie mit den Obdachlosenunterkünften auch nur das geringste am Hut hatte.«

»Sieh mal, Syb, die Frau war bestimmt sehr nett, aber du unterstellst ihr ziemlich rationale Motive. Hast du nicht gesagt, daß sie psychisch krank ist?«

»Ja«, gab Sybylla zu.

»Vielleicht spürte sie einen Schub kommen oder so und wollte irgendwohin, wo man sich um sie kümmern würde, verstehst du?«

»Sich um sie *kümmern*!« fauchte Sybylla. »Das glaubst du doch wohl selbst nicht!«

»Entschuldige.« Er tätschelte ihre Schulter. »Tut mir wirklich leid.«

»Schon gut.« Sie nickte traurig. »Hey...«

»Was?«

»Das ist... Schnell, gib mir die Tüte, ja? Das Chili!«

»Jetzt?«

»Schsch!« Sie tastete nach dem Styroporbehälter und nahm den Deckel ab. »Braves Kätzchen. Komm, Süßer!«

»Wo ist er?« flüsterte Sam, sich umblickend.

»Schsch. Er hat Angst. Komm zu mir, Kätzchen!«

Langsam kam der Kater heran. Er war verängstigt, doch nicht minder hungrig. Während er näherschlich, schüttete Sybylla ein bißchen Chili auf den Plastikdeckel des Behälters und ließ den Kater in Ruhe fressen. Dann sprach sie beruhigend auf ihn ein und hob das schmutzverkrustete Tier schließlich hoch.

»Nimmst du ihn mit zu dir?«

»Bis Annie zurück ist«, sagte Sybylla mit einer Kopfbewegung zu der leeren Schlafstelle.

»Ich warne dich«, sagte Sam grimmig. »Ich mag Katzen nicht sonderlich.«

»Ein schwerer Charakterfehler.« Sie eilte auf ihr Haus zu. Auf dem Weg nach oben wand sich der Kater in Sybyllas Griff. »Ganz ruhig, Kätzchen! Gleich kriegst du eine Schale Milch, nur für dich allein. Und dann wird gebadet.«

»Ächz, stöhn«, sagte Sam.

»Sperrst du bitte die Tür auf? Mein Schlüssel ist in der Außentasche.«

Er zog ihn aus ihrer Handtasche und schloß auf.

»Okay, Süßer.« Sybylla schob den Kater ins Bad und ignorierte Gideons wütendes Miauen.

»Jetzt hast du zwei Katzen!« Sam klang genauso sauer wie Gideon.

»Sam?« rief sie aus dem Badezimmer. »Bringst du mir bitte die Milch aus dem Kühlschrank? Und eine kleine Schüssel?«

Er öffnete die Tür einen Spalt und reichte beides hinein. Sybylla sah zu, wie das ausgehungerte Tier den ganzen Viertelliter trank. Sie seufzte und zog ein altes Handtuch aus dem Schrank, das der Kater nun als sein eigenes markieren sollte. »Bin gleich wieder da.« Sie verließ das Bad.

Sam stand mitten im Zimmer, reglos, Auge in Auge mit dem wütenden Gideon. »Das ist Gideon«, sagte Sybylla, wie um die beiden miteinander bekannt zu machen. »Ein ganz Schlimmer.«

»Das sehe ich.« Plötzlich lächelte er.

»Hör mal, Sam, würde es dir sehr viel ausmachen, wenn wir den Restaurantbesuch ausfallen lassen? Ich möchte Annies Kater nicht alleinlassen. Er ist ziemlich verängstigt.«

»Ich hab's gewußt«, sagte Sam nickend. Er seufzte, streckte

sich und sah sich dann ungeniert im Zimmer um. Ziemlich abrupt und reichlich spät wurde Sybylla klar, daß er sich in ihrer Wohnung befand. Sie zog den Kopf ein und versuchte sich zu erinnern, wann sie das letztemal saubergemacht hatte.

»Eine schöne Wohnung hast du.« Es klang nicht sehr überzeugend.

Sie lächelte. »Erinnerst du dich an den Film *Wall Street*? Weißt du noch, was Daryl Hannah da über die Upper West Side sagt? ›Die Heimat der Zimmerpflanze und der nackten Ziegelmauer‹?« Sie breitete die Arme aus. »Hier findest du es bestätigt.«

»Darf ich?« fragte er, aufs Schlafzimmer deutend.

»Klar.« Sie überlegte verzweifelt, ob sie irgend etwas Unappetitliches darin zurückgelassen hatte. Unterhosen auf dem Boden? Sabberspuren auf dem Kopfkissen?

»Sind das deine Eltern?« rief er.

Sybylla ging zur Tür. »Ja. Jung und verliebt.«

»Sieht ganz so aus.« Er lächelte. »Deine Mutter war sehr schön, nicht?«

»Ja, das fand ich auch immer.«

»Ist ja auch kein Wunder, wenn man dich sieht.«

Verlegen stand sie an ihrer eigenen Schlafzimmertür und wußte nicht, was sie sagen sollte.

»Na, jedenfalls gefällt mir deine Wohnung sehr gut«, verkündete Sam mit Nachdruck und rettete sie damit aus der peinlichen Situation.

»Danke. Ich bin allerdings keine besonders gute Hausfrau. Wenn es dir nichts ausmacht, führe ich dich jetzt, wie von einer Karrierefrau nicht anders zu erwarten, an meine Schublade mit den Speisekarten vom Lieferservice. Du tätest mir einen Riesengefallen, wenn du was aussuchen und die Honneurs machen würdest.«

Sam ging in die Küche.

»Ich nenne ihn Atticus«, verkündete Sybylla.

Sie fütterte Gideon, hielt ihm einen gestrengen Vortrag darüber, daß Nächstenliebe zu Hause beginnt, schlich sich dann, bewaffnet mit einer halbvollen Flasche Anti-Floh-Shampoo und einem Stapel Handtücher, wieder ins Bad und verschloß die Tür von innen. »Also, paß auf«, sagte sie zu dem erstarrten Kater.

»Alles mit vier Beinen kann bleiben, alles mit sechs Beinen muß raus. Haben wir uns verstanden?«

Das Tier kroch unter die auf vier Füßen stehende Badewanne. Sybylla drehte den Wasserhahn auf.

»Komm jetzt!« Sie griff nach unten und holte das zitternde, verdreckte Fellbündel hervor. »Ich habe dir doch gesagt, daß nichts mit vier Beinen meine Todeswanne fürchten muß!«

Atticus ließ sich zwar nicht freiwillig baden, beruhigte sich aber nach den ersten Minuten und entspannte sich unter Sybyllas sanften Handbewegungen. Das Wasser färbte sich grau, dann schwarz, während das Fell des Katers weich wurde und seine Originalfarbe, ein geschecktes Orangerot, zum Vorschein kam.

»Du machst das sehr gut.«

Sybylla blickte auf. Sie hatte ihn nicht eintreten hören.

»Ja, ich kann gut mit anderen umgehen, solange die sich nicht wehren.«

Er schüttelte den Kopf. »Typisch Sybylla. Weißt du eigentlich, daß du in bezug auf das Annehmen von Komplimenten zu den schwierigsten Menschen gehörst, die ich kenne?«

»Also, das Lob verdiene ich bestimmt nicht!«

Er kniete sich hin und half ihr, den sich wieder stark sträubenden Kater auf die Badematte zu setzen. Atticus machte unter dem Handtuch, das Sybylla über ihn geworfen hatte, einen Katzenbuckel.

»Wenn du willst, kann ich es dir beweisen.«

Sybylla hockte sich auf die Fersen und sah ihn an.

»Willst du?«

Sie war verblüfft. »Ja.«

»Du bist eine gute Anwältin«, hob er feierlich an.

»Danke!« sagte Sybylla freudig. »Siehst du – das habe ich doch durchaus positiv aufgenommen!«

»Das war nur zum Aufwärmen. Wir haben noch gar nicht richtig begonnen.«

»Ach so. Also, dann los!«

»Ich kenne dich jetzt seit ungefähr zwei Monaten, ja? Und in diesen zwei Monaten habe ich nichts aus deinem Mund gehört, das nicht irgendwie interessant, geistreich, ja sogar faszinierend war.«

Sybylla starrte ihn an. »Liest du das von einem Antwortbogen für Prüfungsfragen ab, oder was?«

»Da haben wir's wieder!« rief er triumphierend. »Siehst du? Du kannst es einfach nicht annehmen!«

»Klar kann ich das«, fauchte Sybylla, über sich selbst verärgert. »Hören wir auf mit dem Kinderkram. Los, leg dich ins Zeug! Ich werde dich überraschen.«

Er dachte eine Weile nach. »Also gut, paß auf. Ich lerne dich kennen und denke, das ist eine unglaublich schöne Frau, die nur leider so schnell durch die Gegend wirbelt, daß ich sie nie mal in Ruhe betrachten kann. Bei dir sieht man immer nur Funken fliegen. Ich denke, daß du klug bist und witzig und ziemlich abgebrüht, aber auf der anderen Seite bist du auch sehr einfühlsam und fürsorglich.« Er seufzte. »An dem Tag damals im Büro, als du vom Tod deiner Freundin erfahren hast, das war ein schrecklicher Moment, aber es war auch das erstemal, daß du sozusagen vergessen hast, daß ich da war, und ich konnte dich einmal in Ruhe betrachten und die *ganze* Sybylla sehen.« Er lächelte. »Du kennst doch den Spruch, daß das Ganze mehr ist als die Summe seiner Teile, ja?«

Sie nickte schweigend.

»Ich glaube, das stimmt. Ich glaube, da habe ich mich verliebt.«

Der Kater buckelte unter Sybyllas Händen und wand sich los. Wie in Trance hörte Sybylla ihn aus dem Bad und ins Schlafzimmer unters Bett rennen.

»In mich?« Mehr brachte sie nicht heraus.

Er stieß einen langen, tiefen Seufzer aus. »Nein, nicht in dich. In eine Frau, die in Dubuque, Iowa, Immobilien verkauft.« Er schüttelte den Kopf. »Ich wußte, daß du es nicht annehmen kannst.«

Sie streckte den Arm aus und strich mit der Hand über Sams Wange. Seine Wange oder ihre Hand oder beides war plötzlich heiß, und die Luft erschien ihr mit einemmal ganz dünn. In den vergangenen Wochen hatte sie ihr Mißtrauen einen permanenten Kampf gegen die nackte Tatsache führen lassen, daß sie sich zu ihm hingezogen fühlte, daß etwas seinen Manieren und seiner Kleidung und dem Typus, den dieser Habitus offensichtlich darstellen helfen sollte, Widerständiges in ihm war. Auch er war bestimmt weit mehr als die Summe seiner Teile, und es beschämte sie ein wenig, daß er viel eher bereit gewesen war, ihr eigentliches Selbst zu sehen, als sie das seine. Doch jetzt sah sie es endlich, und er betrachtete sie dabei. Seine tiefblauen Augen warteten darauf, daß sie etwas tat, das seine Erwartungen erfüllen oder aber enttäuschen würde.

»Das kann ich annehmen«, hörte sie sich sagen. Dann küßte sie ihn leidenschaftlich und mit solcher Verve, daß der Mann vom Empire Sechuan, der ein paar Augenblicke später vor der Tür stand, lange und beharrlich läuten mußte, bevor ihm geöffnet wurde.

18

Also wirklich! Sie wurde rot, als sie am nächsten Morgen in den Badezimmerspiegel sah. Sam war in seine Wohnung gefahren, um ein paar Kleidungsstücke zu holen, die, wie er sich ausgedrückt hatte, nicht von der Lust beeinträchtigt worden waren. Sybylla hatte ihm recht geben müssen. Als das Hemd und das Jackett, das er am Abend zuvor getragen hatte, endlich gefunden waren, erwies sich das Hemd als um einen Knopf ärmer, und das Brooks-Brothers-Jackett war an einer seiner klassisch geschnittenen Schulternähte auf ganzer Länge aufgerissen. Trotzdem wirkte Sam glücklich, als er ging, und gab ihr an der Wohnungstür einen Abschiedskuß, der ihr jeden Gedanken an Trent, Andrew Greer, ja an den ganzen bisher bekannten Kosmos aus dem Hirn trieb. Kaum war er weg, wirkte sich die Vorstellung, ihn nun zwei Stunden lang nicht zu sehen, geradezu niederschmetternd auf sie aus.

»Morgen!« sagte sie zu Gideon und ignorierte den fiesen Blick, den er ihr zuwarf, während er auf den Wäschekorb sprang. »Jetzt hör mal gut zu! Du bist der Gastgeber und Atticus der Gast. Ich erwarte, daß du dich wie ein Gentleman benimmst und nicht seine Milch trinkst.«

Sie ging zurück ins Bad, um sich die Zähne zu putzen. Atticus hatte sie seit gestern Abend nicht mehr zu Gesicht bekommen; sie konnte nur hoffen, daß er überhaupt noch in der Wohnung war. Der arme, traumatisierte Kater war aus seinem sicheren

Zufluchtsort unter dem Bett vertrieben worden, als dieses sich als doch nicht so friedlicher Ort entpuppte. Wo er sich jetzt aufhielt, ließ sich nur erraten. Sybylla ging in die Küche und füllte mehrere Schüsselchen mit Milch in der Annahme, daß selbst ein Vielfraß wie Gideon sie nicht alle werde leeren können. Dann eilte sie zu ihrem Schrank, um etwas Passendes zum Anziehen herauszusuchen.

Nachdem sie den Geschworenen das Ausmaß der Verantwortung klargemacht hatte, war es nun an der Zeit, daß sie sie ein bißchen zu bewundern und zu mögen begannen. Heute würde sie beredt und entschlossen und so liebenswert sein, wie sie nur konnte; deshalb nahm sie ein altbewährtes Schätzchen aus dem Schrank: ein Blümchenkleid mit weitem Ausschnitt und tiefangesetzter Taille, dessen Saum das Knie bedeckte. Es war ein mädchenhaftes Kleid, auf Laura Ashley getrimmt, und wirkte ein bißchen jugendlich für ihr Alter, aber genau das wollte sie. Sie zog eine weiße Nylonstrumpfhose und flache schwarze Schuhe an, knüpfte sich ein Band um den Kopf und schob das Haar so weit nach hinten, daß es nicht in die Augen fiel, aber nicht so weit, daß es die kleine Furche in ihrem rechten Ohr freiließ. »Alice im Wunderland«, erklärte sie dem Spiegel, während sie sich zufrieden betrachtete. Wenn Andrew Greer in den Gerichtssaal trat, hatte er ein unsichtbares, aber beeindruckendes Gepäck dabei: Er war der Staatsanwalt, von den Wählern offiziell zum guten Menschen ernannt. Dafür konnte sie sich, weil sie kein öffentliches Image hatte, geben, wie sie wollte. Die herrische, arrogante Ausstrahlung ihres Gegners würde sie nie übertreffen, doch vielleicht half die Verkleidung, Greers Format ein bißchen zurechtzustutzen, und mit etwas Glück würde das gewissermaßen elterliche Wohlwollen, das einige Geschworene ihr gewährten, sich auch auf Trent erstrecken.

Die U-Bahnfahrt verlief unangenehm; auf der East Side waren zwei Züge steckengeblieben, was sich auf alle folgenden auswirkte. Als sie endlich um Viertel nach am Foley Square angelangt war und wie eine Sprinterin zum Gebäude Centre Street 100 rannte, hatte sie Magenschmerzen vor Nervosität. Sie stürmte in den Saal, eilte völlig aufgelöst den Mittelgang entlang und sah Sam neben Trent stehen; er erklärte Judge Coffin gerade, Sybylla sei schon unterwegs. Das war's wohl mit Alice im Wunderland.

»Entschuldigen Sie, Euer Ehren«, murmelte sie und zwang sich zur Ruhe. »Es war unvermeidlich.«

»Trotzdem«, sagte Coffin streng, den Kopf schwer auf die linke Hand gestützt, »müssen Sie alles daransetzen, um so etwas in Zukunft zu vermeiden.« Er machte eine Kopfbewegung zum Tisch der Anklage. »Mr. Greer ist es jedenfalls gelungen, pünktlich hier zu sein.«

Nicht jeder hat einen Dienstwagen, in dem er sich herumchauffieren lassen kann, dachte Sybylla.

»Ich bitte um Verzeihung. Ich kann sofort anfangen, wenn es Ihnen recht ist.«

»Sehr gut.« Coffin nickte dem Gerichtsbeamten zu. »Bringen Sie sie rein, Carl.«

Die Tür des Juryzimmers wurde geöffnet, und die vierzehn traten ein. Sie wirkten wach, ja geradezu neugierig. Sie haben sich über Nacht verändert, dachte Sybylla, sind nicht mehr x-beliebige, durch Auswahl und Zermürbungskrieg zusammengestellte Bürgerinnen und Bürger, sondern eine Gruppe Menschen voller Entschlossenheit: Sie waren eine Jury. Das Ganze hier, alles, was sie sehen und hören würden, galt ihnen. Alles hing von ihnen ab – das Justizsystem, das Schicksal des Angeklagten, selbst die Prinzipien, nach denen sie alle angeblich lebten. Sybylla amüsierte diese Verwandlung ein bißchen, aber sie war auch froh darüber. Eine ernste, von ihrer eigenen Wichtigkeit überzeugte Jury war gleichbedeutend mit einer umsichtigen Jury, die es genau nahm, und eine solche Jury brauchte sie.

»Guten Morgen, meine Damen und Herren«, sagte Coffin. Sybylla lechzte nach Kaffee. »Bevor wir beginnen, möchte ich wiederholen, was ich gestern über Ihr Verhalten in bezug auf die Medien während dieses Prozesses gesagt habe. Sie alle haben geschworen, sich keine Fernseh- und Zeitungsberichte über den Fall anzusehen und sich auch nicht darüber zu unterhalten, und ich erwarte, daß Sie zu Ihrem Wort stehen.« Er schenkte sich aus einer Thermosflasche Wasser in ein Glas. »Ich möchte Ihnen jetzt etwas in bezug auf das Beweismaterial sagen, meine Damen und Herren. Nach einem Prozeß geht die

Jury manchmal heim und liest in der Zeitung etwas, das sie im Gerichtssaal nicht gehört hat. Etwas, das ihre Entscheidung möglicherwiese beeinflußt hätte. Dafür gibt es Gründe, glauben Sie mir. Die Regeln hinsichtlich der Zulässigkeit von Beweismaterial sind kompliziert, doch sie schützen die Integrität der Beweismittel, die Ihnen tatsächlich vorgelegt werden. Was Sie in diesem Saal hören werden – und zwar von beiden Seiten –, wiegt schwerer als das, was Sie unter Umständen in der Zeitung lesen. Bitte vergessen Sie das nie!« Er trank einen Schluck Wasser. »Die Zeitungen haben weder Zeit noch Lust herauszufinden, ob etwas wahr ist. Sie kriegen *hier* die wahre Story geliefert!« Er musterte die Geschworenen. »Ich werde Sie nicht abschotten, keine Angst. Das wäre schlecht für Sie und würde ein schlechtes Licht auf mich werfen«, sagte er mit einem Grinsen, das einige Geschworene erwiderten. »Aber wenn ich herausfinde, daß einer von Ihnen die *Daily News* gelesen hat, dürfen Sie vorher nicht mal kurz heim und sich Ihre Zahnbürste holen, ist das klar?«

Feierliches Nicken. Sybylla wühlte in ihrer Handtasche nach ihrem Eröffnungsplädoyer. Dreimal abgeschrieben: Sie hatte es Wort für Wort im Kopf.

»Okay, Leute.« Coffin grinste wie ein Footballfan beim Anstoß. »Fangen wir an!«

Die Gerichtsstenographin begann in die Tasten zu hauen.

»Mr. Greer? Dürfen wir Ihr Eröffnungsplädoyer hören?«

»Jawohl, Euer Ehren«, sagte Greer fast demütig und erhob sich. Sybylla betrachtete ihn lächelnd. Er kehrte den bescheidenen Diener der Justiz heraus und kam heute nicht allzu geschniegelt daher. Der Staatsanwalt ging auf die Geschworenen zu und legte die Hände feierlich auf die Brüstung. »Guten Morgen, meine Damen und Herren! Ich hoffe, Sie sind alle wohlauf.«

Unsicher, ob sie darauf etwas erwidern sollten, sahen sie ihn fragend an.

»Ich habe schon in vielen Verfahren die Anklage vertreten. Es ging da um Morde, um tätliche Angriffe, Vergewaltigungen, Entführungen, auch um Wirtschaftsdelikte. Und ich kann Ihnen sagen, in dieser Stadt geschehen viele schreckliche Dinge. Und meistens sehen sie am Anfang ganz klar und einfach aus. ›Joe nahm einen Revolver und schoß auf Dave. Dave starb. Joe ist des Mordes schuldig.‹ Aber wissen Sie, wenn man dann ein bißchen genauer hinsieht, merkt man, daß das Ganze gar nicht so klar ist. Vielleicht hat Joe in Notwehr gehandelt. Vielleicht hat er sich gegen etwas zur Wehr gesetzt, was gar nicht in diesem Augenblick geschah, sondern gegen etwas, das er in der Zukunft für sich befürchtete, falls er Dave nicht töten würde. Vielleicht hat Joe nur mit dem Revolver herumgespielt und wußte nicht, daß er geladen war. Vielleicht befand Dave sich im letzten, schmerzhaften Stadium einer tödlichen Krankheit, und Joe handelte aus Nächstenliebe.« Er warf einen Blick auf die Geschworenen, denen die Ernsthaftigkeit aus allen Poren drang. »Zu jeder Handlung gibt es Millionen von Geschichten. Manche klingen wahr, andere nicht. Manche sind es wert, daß man gründlich über sie nachdenkt, manche nicht. Aber fast alle tragen dazu bei, der Schwarzweiß-Situation einen Grauton zu verleihen. Meine Damen und Herren: Auf den hier zur Verhandlung stehenden Fall trifft das nicht zu.« Er drehte sich um, während sein rechter Ellbogen weiter auf der Brüstung ruhte, und machte eine Kopfbewegung zu Trent. »Wir haben es hier mit einer wirklichen Seltenheit innerhalb des Strafrechtssystems zu tun: mit einem echten Schwarzweiß-Fall. Wir haben ein kleines Mädchen. Ein Kind, meine Damen und Herren, das den typischen Tag eines Kindes durchlebt. Es stand morgens auf und flocht sich das Haar. Es zog seine Schuluniform an und aß sein Frühstück. Dann fuhr es zur Schule und lernte den ganzen Tag. Die Klasse beschäftigte sich gerade mit der holländischen Siedlung New Amsterdam.« Er grinste die zwei Lehrer an. »Das ist fast genau da, wo wir jetzt sitzen, wenn ich mich nicht irre. Im Mathematikunterricht wurde an jenem Tag die ungekürzte Division durchgenommen. In der Sportstunde gingen die Schüler auf die Sportwiese und spielten Völkerball. Können Sie sich an dieses Spiel erinnern – Völkerball?«

»O *bitte*!« murmelte Sybylla. Sams Blick war auf Greer gerichtet.

»Und am Ende dieses Tages stieg das kleine Mädchen in den Schulbus und fuhr, wie jeden Tag, bis zu seiner Haltestelle in der Fifth Avenue, einen Block von seinem Haus entfernt. Die kleinen Mädchen planten gerade eine Übernachtungsparty, die am folgenden Wochenende stattfinden sollte. Eines erzählte den anderen von seinem neuen Hündchen. Gerade als das kleine Mädchen aus dem Bus stieg, kam ein Fremder, ein Mann, den es noch nie im Leben gesehen hatte, aus dem Parkeingang gestürzt und griff es mit einem Skalpell an. Der Mann zerschnitt dem Mädchen das Gesicht und schlitzte ihm den Bauch auf. Das wunderschöne Mädchen wußte überhaupt nicht, wie ihm geschah. Es hatte gerade mit seinen Freundinnen gelacht, und eine Sekunde später lag es blutüberströmt auf dem Boden.«

Greer drehte sich schwungvoll um und ging zurück an seinen Tisch. »Wir werden vielleicht nie verstehen, warum er das tat, aber das ist mir ziemlich egal. Denn da haben wir auf der einen Seite dieses kleine Mädchen, dem ein Fremder schweren körperlichen Schaden zugefügt hat und das nie wieder dasselbe sein wird, und auf der anderen Seite haben wir einen Mann, der in dieser Stadt als Parasit lebt und –«

»*Einspruch!*« rief Sybylla aufgebracht. »Reine Hetzrede!«

»Bitte mildern Sie Ihren Ton etwas ab, Mr. Greer«, sagte der Richter.

»Bitte schön, bitte schön.« Der Staatsanwalt schüttelte den Kopf, als könnte er es nicht fassen, daß jemand die Wahrheit seiner Worte bezweifelte. »Dann sprechen wir eben über die Rechtfertigungen, mit denen seine Anwältin Sie bombardieren wird in der Hoffnung, diese peinlich eindeutige Situation irgendwie verunklaren zu können und sie in das zu verwandeln, was der Verteidiger höchste Freude ist, nämlich in die sogenannte ›Grauzone‹. Nun habe ich aber Grund zu der Annahme, daß meine Kollegin, die junge Ms. Muldoon hier, Ihnen gleich erzählen wird, Ihr Mandant ›leide‹ an einer bestimmten Geisteskrankheit. Um welche Geisteskrankheit handelt es sich dabei? Nun, es ist die Art von Geisteskrankheit, die es ihm ermöglicht, nicht bei Sinnen gewesen zu sein, als er das Verbrechen beging, jetzt aber völlig gesund und fähig zu sein, seine Verteidigung mitzugestalten.« Er warf Trent einen Blick zu. »Und zwar tatkräftig. Es ist ein merkwürdiger, schwer zu fassender Zustand, der es ihm ermöglicht, sich eine Waffe zu besorgen, ein Opfer zu wählen, dieses Opfer mit extremer Brutalität zu attackieren und sich schon nach einigen Tagen wieder bester Gesundheit zu erfreuen.« Er legte eine Kunstpause ein. »Nun ist es nicht so, daß ich bezweifle, daß Trent an einer Krankheit litt. Ich glaube es durchaus. Nur heißt diese Krankheit Neid. Sie heißt Arglist. Es ist die Krankheit eines Mannes, der sich eines Tages umsah und merkte, daß er auf der Straße lebte, sich noch einmal umsah und Menschen erblickte, die ein Dach über dem Kopf und Geld hatten. Er sah das kleine Mädchen an, sah eine Unschuld, die er sich selbst ersehnte, und da er sie nicht haben konnte, beschloß er, daß auch sie diese Unschuld nicht haben dürfe, und raubte sie ihr. Ein Schwarzweiß-Fall, meine Damen und Herren!«

Greer ging an seinen Tisch zurück und nahm eine Ausgabe des Strafgesetzbuches in die Hand. »Ich möchte Ihnen etwas vorlesen, nämlich den Wortlaut des Gesetzes 120.10: Schwere Körperverletzung. ›Eine Person ist der schweren Körperverletzung schuldig, wenn sie:

1. mit dem Vorsatz, einer anderen Person schweren körperlichen Schaden zuzufügen, dieser Person... durch eine tödliche Waffe oder ein gefährliches Werkzeug Verletzungen zufügt oder

2. mit dem Vorsatz, eine andere Person erheblich und dauernd zu entstellen oder ein Gliedmaß ihres Körpers zu zerstören, zu amputieren oder dauernd außer Funktion zu setzen, dieser Person eine derartige Verletzung zufügt.‹«

Greer legte das Buch wieder hin. »›...eine andere Person erheblich zu entstellen...‹« Er schüttelte ungläubig den Kopf. »Ms. Muldoon wird also versuchen, Sie mit Psychiatern und ihren« – er machte eine wegwerfende Handbewegung – »Borderline-Persönlichkeiten und Paranoid-Schizophrenen zu verwirren. Doch Sie werden auch den Psychiater der Anklage hören, der Mr. Trent untersucht hat. Und was, glauben Sie, hat der herausgefunden? Er hat herausgefunden, daß dieser Mann so normal ist wie Sie und ich.« Der Staatsanwalt wandte sich noch einmal der Jury zu, um seine letzte Attacke zu landen. »In den nächsten Tagen werden Sie die Aussagen von vier Menschen hören, die Augenzeugen des Verbrechens waren und der Polizei freiwillig ihre Mithilfe anboten. Außerdem werden Sie zwei Polizisten hören, die unmittelbar nach der Tat am Tatort waren. Sie werden hören, was die kriminaltechnischen Untersuchungen der Waffe ergaben. Sie werden die behandelnden Ärzte des Opfers hören, und schließlich werden Sie Amanda Barrett selbst hören – ein unglaublich tapferes Mädchen, meine Damen und Herren. Und wenn meine Kollegin ihre sämtlichen Rechtfertigungen vorgebracht hat, werden Sie sich, wie ich hoffe, durch diese trübe Brühe hindurch an das Gesicht des Kindes erinnern, das Sie bald kennenlernen werden.«

Er schwieg kurz, schob die Finger in die Jackentaschen und seufzte abgeklärt. »Wissen Sie, ich bin ein altmodischer Mensch.« Er sprach, als denke er laut. »Allem Gerede von mildernden Umständen und verminderter Zurechnungsfähigkeit zum Trotz glaube ich immer noch an die gute alte Gerechtigkeit, und um die möchte ich Sie bitten. Um Gerechtigkeit, meine Damen und Herren, um Gerechtigkeit für dieses kleine Mädchen. Ich danke Ihnen.«

»Ganz der Kandidat für den Gouverneursposten«, flüsterte Sam.

Sybylla spielte mit ihren Notizen herum. Sie war so wütend, daß sie ihre vorbereitete Rede völlig vergessen hatte.

»Ms. Muldoon?« sagte Coffin.

Sie stand auf, ging um den Tisch herum und lehnte sich dagegen. »Schwarzweiß«, sagte sie scheinbar selbstvergessen. »Wissen Sie, es kommt nur sehr selten vor, daß man die Welt in Schwarzweiß sehen kann. Das Gute gegen das Schlechte. Der mutige Cowboy gegen den dreckigen Indianer. Der zivilisierte Kolonist gegen den primitiven Ureinwohner. Das Problem ist nur, daß wir uns hier im realen Leben befinden, und das reale Leben läßt sich nun einmal nicht immer nach unseren Wünschen in bestimmte Kategorien einteilen.« Sie sah Greer zornig an. »Oder in leicht verdauliche Pressestatements.«

Sie schüttelte traurig den Kopf. »Ich wünschte, die Wahrheit wäre so simpel, wie mein Gegner denkt, aber sie ist es nicht. Mr. Greer möchte Sie glauben machen, es ginge in diesem Fall um ein Kind, dem schwerer Schaden zugefügt wurde. Doch in Wirklichkeit geht es hier um zwei geschädigte Kinder, und die Tatsache, daß das eine dieser beiden Kinder heute auf der Anklagebank sitzt, darf die Schädigung, die es erlitten hat, nicht im geringsten mindern. Amanda Barrett, deren Unglück uns alle ans

Herz greift, hatte bisher viel Glück im Leben. Sie hatte eine liebevolle, intakte Familie. Sie hatte ein Dach über dem Kopf, Essen, Schulbildung, die Aussicht auf ein erfülltes, glückliches Leben. Wenn mein Mandant nur einen Bruchteil dieser Himmelsgeschenke erhalten hätte, säße heute niemand von uns in diesem Gerichtssaal, dessen bin ich sicher.« Ihr kummervoller Seufzer sollte den Weg für das Folgende ebnen. »Als Trent nur wenig älter als Amanda Barrett war, lebte er bereits auf den Straßen New Yorks und fristete sein Dasein mit Hilfe vieler freundlicher Menschen, die von New Jersey in die Stadt fuhren, um sich mit ihm zu treffen.« Sie warf der Jury einen verbitterten Blick zu. »Ich glaube nicht, daß Sie wissen wollen, was Trent für das Geld tun mußte.«

Sie richtete sich auf und ging zu den Geschworenen. »Mr. Greer hat meinen Mandanten als einen Parasiten bezeichnet. Paria wäre der bessere Ausdruck gewesen. Stellen Sie sich vor, Sie sind ein Jugendlicher, ganz allein in dieser Stadt, ohne Geld, ohne Freunde, ein Jugendlicher, der gerade mal auf dem Niveau eines Zweitkläßlers lesen kann. Was hat er gemacht? Er hat zu überleben versucht, meine Damen und Herren. Er hat sich in dieser Stadt einen Platz gesucht und nie irgendeinem Menschen etwas zuleide getan. Bis vor wenigen Monaten.«

Sie registrierte, daß die Geschworenen unsicher auf ihren Plätzen herumrutschten. »Ja, es stimmt, Trent hat Amanda Barrett verletzt, er hat sie schwer verletzt. Er hat etwas Schreckliches getan, etwas, das wir sehr, sehr ernst nehmen müssen. Aber anders als mein Gegner in diesem Verfahren, interessiert mich hier nicht nur das ›Was‹, sondern auch das ›Warum‹. Er nennt es ›das Wasser trübe machen‹. Ich nenne es Wahrheitsfindung.

Warum läßt Mr. Greer wohl all diese Zeugen auftreten, obwohl die Verteidigung die Tat bereits zugegeben hat? Nun, dafür gibt es mehrere Gründe. Erstens will er, daß Sie auf meinen Mandanten wütend werden – so wütend, daß Sie sich dann, wenn die Verteidigung erstmals Gelegenheit erhält, über das Warum der Tat zu sprechen, schlicht und einfach nicht mehr dafür interessieren werden. Zweitens will er, daß Sie so überzeugt sind, meinen Mandanten schuldig sprechen zu müssen, daß Sie diesen Schuldspruch fällen, ohne über die Fragen, die die Verteidigung aufwerfen wird, auch nur ein einziges Mal wirklich nachgedacht zu haben. Drittens ist dies ein wichtiger Prozeß für die Stadt und darüber hinaus für die Staatsanwaltschaft, und wenn die Staatsanwaltschaft nicht ausnahmslos jeden dieser Augenzeugen vorführen würde, sähe es so aus, als täte sie nicht, was man von ihr erwartet. In den nächsten Tagen werden wir also alle hier sitzen und mit den Augen der Zeugen, während Mr. Greer sie befragt, immer wieder mitansehen, wie der Vorfall sich abspielte, und solange ich dabei nichts höre, das eine juristische Anfechtung erforderlich macht oder deutlicher Hervorhebung meinerseits wert ist, werde ich kein Kreuzverhör durchführen, denn ich würde nur Ihre Zeit verschwenden, wenn ich diesen Prozeß unnötigerweise in die Länge zöge. Mr. Greer soll Ihnen ruhig erzählen, *was* passiert ist. An etwas anderem ist er ohnehin nicht interessiert. Aber ich weiß, daß Ihr Interesse darüber hinausreicht. Und wenn er seine Ausführungen beendet hat, werde ich Ihnen erzählen, *warum* es passiert ist. Und dann sind Sie an der Reihe.«

Sie wandte sich von der Geschworenenbank ab und kehrte an ihren Tisch zurück. »Es gibt einen Grund, weshalb das alles geschah. Ich muß Sie jedoch warnen: Es ist kein Grund, der uns unmittelbar einleuchtet, denn es ist ein Grund, der von der Straße herrührt, von der Armut und der Hoffnungslosigkeit. Dieser Grund stammt aus der Welt von Trent, nicht aus der von Amanda Barrett, und er ist genauso häßlich wie das, was sich zwischen diesen beiden Menschen ereignete. Doch wenn Sie das schreckliche Ereignis wirklich verstehen wollen, müssen Sie etwas darüber erfahren und sich damit auseinandersetzen. Und es geht dabei nicht nur um Schmutz, der das Wasser trübe macht, und nicht nur um Heuchelei.«

Sie legte die Hand auf ihre Ausgabe des Strafgesetzbuches. »Mr. Greer hat Ihnen aus diesem Buch vorgelesen. Er betonte die Worte, ›schwerer körperlicher Schaden‹ und ›eine andere Person entstellen‹, nicht wahr? Aber haben Sie auch bemerkt, wie leichthin er über einige andere Stellen hinweggegangen ist? Ich spreche von dem Ausdruck ›vorsätzlich‹, meine Damen und Herren. Dieses Wort spielt eine entscheidende Rolle bei der möglichen

Verurteilung meines Mandanten. Es ist ein Wort, das Sie, meiner Ansicht nach, kaum mehr auf ihn werden anwenden können, nachdem Sie das Plädoyer der Verteidigung gehört haben.« Sie seufzte laut auf. »Die nackte Wahrheit ist, daß Trent an jenem Tag den Vorsatz, sich an das kleine Mädchen heranzuschleichen und es anzugreifen, gar nicht gefaßt haben kann.

Die Leute, die bei diesem Prozeß als Zeugen aussagen, werden den Eid leisten, nichts als die Wahrheit zu sagen, aber kein Mensch kennt je die ganze Wahrheit. Die ganze Wahrheit ist das, was Sie, die Geschworenen, wissen werden, nachdem Sie jeden angehört haben und nachdem Sie sich ins Geschworenenzimmer zurückgezogen haben, um miteinander über das Schwarzweiß dieses Falles zu sprechen. *Und* über das Grau. Das steht meinem Mandanten zu, und ich bin zuversichtlich, daß Sie Ihre Pflicht ihm gegenüber erfüllen werden.« Sie drehte sich langsam um und sah Trent an, der den Kopf gesenkt hielt. Als sie wieder zu den Geschworenen blickte, sah sie lauter ausdruckslose Gesichter. Sie dankte ihnen und setzte sich.

»Mr. Greer?« sagte Judge Coffin. »Liegt Ihnen sehr daran, gleich fortzufahren? Ich könnte eine Unterbrechung gebrauchen. Dreißig Minuten?«

»Selbstverständlich, Euer Ehren.«

Coffin sah Sybylla an. »Ist die Verteidigung einverstanden?«

»In Ordnung, Euer Ehren.«

Alle standen auf und Coffin zog sich in sein Amtszimmer zurück. Trent zupfte Sybylla am Ärmel. »Sie haben denen gesagt, daß ich es *getan* habe«, jammerte er ihr ins Ohr. »Warum haben Sie das gemacht?«

»Schsch«, sagte Sybylla. »Sie haben mir eine einzige Möglichkeit gelassen, und die nutze ich.«

»Ich sage aber auf jeden Fall aus«, warnte er sie.

»Klar. Nur keine Sorge.«

Der Justizbeamte erschien neben ihnen.

»Gehen Sie wieder zurück«, forderte Sybylla Trent auf und wandte sich an Sam. »Hi!« Sie war plötzlich sehr befangen und errötete.

»Hi.« Er beugte sich zu ihr und flüsterte: »Kommt mir vor, als wäre es Jahre her.«

»Schöne Jacke.« Es war ein beiges Leinenjackett, sehr schick. Sie wischte ihm einen unsichtbaren Fussel von der Schulter.

»Habe ich extra wegen ihrer guten, solide gearbeiteten Nähte gewählt. Willst du sie mal testen?«

Sie sah sich, plötzlich peinlich berührt, um. »Hier solltest du besser nicht so eine Lippe riskieren! Wir sind im Gericht.«

»Ach«, seufzte er. »Lippen! ... Wie lange ist es nun schon wieder her?«

»Eine halbe Ewigkeit. Drei Stunden vielleicht. Dreieinhalb. Weißt du«, fügte sie hinzu, als sie die unverhohlene Zärtlichkeit in seinem Blick sah, »es war wohl wirklich eine gute Idee, daß du mir hier assistierst.«

»Ach? Denkst du dabei an meine Kompetenz als Ermittler? An meine außergewöhnlichen Fähigkeiten als blitzschneller Notizenmacher?« Er beugte sich ganz dicht zu ihr vor. »Oder nur an mein hübsches Gesicht?«

Sie grinste ihn an. »An nichts von alledem, wenn ich ehrlich bin. Ich denke daran, daß wir hier auf jeden Fall eine Berufungsbegründung haben. Überleg mal, Sam! Wir könnten einen Präzedenzfall schaffen. Das Wiederaufnahmeverfahren wird beantragt, weil die Verteidigerin das ganze erste Verfahren hindurch in einem hocherotisierten Zustand war, der in einer geistigen Verwirrung resultierte, die zu einem unwiderstehlichen Verlangen führte, die Beweisaufnahme vorzeitig abzubrechen und unter dem Tisch wie eine Wilde zu füßeln.«

»Eine grandiose Idee. Ich frage mich, warum ich nicht selbst darauf gekommen bin!«

»Weil du noch nicht lange genug bei Legal Aid arbeitest, um so tief zu sinken.« Sie warf einen Blick auf die Uhr. »So, ich brauche jetzt einen Kaffee, und zwar dringend.«

Er sah auf seine Armbanduhr. »Das können wir schaffen. Los!«

Draußen auf dem Gang wurde Greer bereits von der Presse hofiert. Sybylla und Sam eilten, ohne Aufmerksamkeit zu erregen, zum Lift. Sam drückte den Knopf.

Sybylla fühlte die plötzlich heranstürmende Meute eher, als daß sie sie sah; es war, als würde der kühle, glatte Fußboden zu beben beginnen. Sam drückte noch einmal.

»Was sagen Sie dazu, Ms. Muldoon?«

Sie konnte nicht umhin, es irgendwie lustig zu finden. Hatten die den Staatsanwalt wirklich mitten in einem seiner Statements stehengelassen, um der kleinen Sybylla nachzujagen? Sie sah ein, daß die Situation mehr von ihr verlangte als ihr übliches ›Kein Kommentar‹.

»Nun, wir hoffen, daß die Jury fähig ist, über das Schreckliche der Tat hinauszublicken und sich mit der wichtigeren Frage nach dem Warum zu beschäftigen. Wenn die Geschworenen dies tun, werden sie, meiner Meinung nach, zu dem Schluß kommen, daß mein Mandant für die Tat nicht verantwortlich zu machen ist.«

Irgend etwas stimmte nicht. Die Reporter nickten nicht. Sybylla war plötzlich überzeugt, gleich etwas Schreckliches zu hören zu bekommen.

»Äh«, sagte jemand, »wir meinen nicht den Prozeß, sondern Ihren Vater.«

»Ihren Vater?« fragte Sam an ihrer Stelle.

»Der Oberste Gerichtshof«, warf ein anderer Zeitungsmann ein. »Der Präsident hat ihn zum Nachfolger von Judge Wofford ernannt. Was sagen Sie dazu?«

Es ist also passiert, dachte Sybylla benommen. Seit dem unseligen Abendessen im Hyperion Club hatte sie nicht mehr mit Dermot gesprochen, und er hatte ihr nicht gesagt, daß die Ernennung so rasch erfolgen würde. Ihr klarster Gedanke – der ihr nicht gerade zur Ehre gereichte – war: Hätte ich doch nur etwas anderes angezogen!

»Mein Vater ist ein hervorragender Jurist«, sagte sie. »Ich kann mir für diesen Gerichtshof keinen Geeigneteren vorstellen. Er wird bestimmt eine Bereicherung darstellen.«

»Sind Sie stolz auf ihn?« rief ihr irgendein Idiot suggestiv zu.

»Mehr, als ich zu sagen vermag«, erwiderte Sybylla pathetisch. Und rang sich, der Nation zuliebe, ein Lächeln ab.

19

»Du hast kein Wort über deinen Vater gesagt«, beklagte sich Sam am nächsten Morgen, während sie auf Coffin warteten. »Ich habe gestern abend ständig darauf gewartet, daß du das Thema endlich ansprichst.«

»Ich war vielleicht zu abgelenkt«, neckte sie ihn. »So sind wir Frauen eben.« Er lächelte nicht. Sybylla zuckte mit den Achseln. »Was gibt es darüber schon zu sagen? Ich wußte, daß es irgendwann soweit sein würde.«

»Du wußtest schon immer, daß dein Vater in den Obersten Gerichtshof berufen wird?«

»Nein, natürlich nicht. Aber ich wußte darüber Bescheid. Er hat es mir bei unserem letzten Treffen erzählt. Wir haben uns sogar gestritten deswegen.«

Sam schwieg. Dann sagte er leise: »Aha.«

Sie war irritiert. »Es geht dabei nicht um Politik«, sagte sie schroff. »Das haben wir schon lange hinter uns. Es geht nicht mal um die Auswirkungen, die seine zukünftigen Beschlüsse vielleicht auf unsere Arbeit haben, also auf deine und meine. Er hat mich um etwas gebeten, das ich nicht tun wollte. Und er hat mich wegen seiner Ernennung darum gebeten, das ist alles. Ich wurde wütend. Aber ich kann gleichzeitig wütend und stolz auf ihn sein, und das bin ich auch.« Aus den Augenwinkeln sah sie Greer, der sich schwer auf seinen Stuhl fallen ließ. »Obwohl es, wenn es nach mir gegangen wäre, nicht ausgerechnet jetzt hätte sein müssen. Auf die zusätzliche Aufmerksamkeit während der absurdesten Verteidigung meiner ruhmreichen Karriere könnte ich wirklich verzichten.«

»Was soll das heißen?« fragte er und stupste sie zärtlich. »Du bist doch toll! Ich fand dich sensationell gestern.«

»Wirklich?« sagte sie grinsend. Sie fand selbst, daß es ziemlich gut gewesen war, zu ihrem Wort gestanden und drei von Greers vier Augenzeugen ohne Kreuzverhör durchgelassen zu haben. Alle vier hatten das gleiche erzählt – das kleine Mädchen, der zierliche Mann, der auf das Kind zurannte, das Aufblitzen einer Schneide, das Blut, der Schock, alles wie in Zeitlupe –, und dann hatte jeder von ihnen ganz ruhig auf Trent gedeutet. Mit solchen Zeugenaussagen hätte sich nicht viel ausrichten lassen, auch wenn sie nicht darauf hingewiesen hätte, daß die reine Darstellung der Tat nicht wichtig war. Ihr Verzicht auf das Kreuzverhör trug dazu bei, daß die Anklage in rascher Folge mit immer denselben Tatbeschreibungen ankam, und jedesmal, wenn sie dem Richter mitteilte: »Keine Fragen«, hieß das für die Geschworenen, daß nicht sie deren wertvolle Zeit stahl, indem sie sie wieder und wieder mit immer der gleichen Geschichte traktierte.

Die vierte und letzte Augenzeugin hatte sich allerdings nicht an Sybyllas anfängliche Ermahnung gehalten, in klaren, schlichten Worten auszusagen. Eine matronenhafte grauhaarige Frau, die zum Zeitpunkt der Tat ihren Bichon Frisé ausführte, schuf unwillentlich eine interessante Gelegenheit zum Nachhaken durch ihre Bemerkung, der Angeklagte sei auf Amanda Barrett zugerannt »wie ein Verrückter«. Als Greer mit der Frau fertig war, stellte Sybylla ihr von ihrem Stuhl aus eine einzige Frage.

»Mrs. Evans, können Sie auf Ihre Aussage, mein Mandant habe ›wie ein Verrückter‹ gewirkt, ein bißchen näher eingehen?«

»Einspruch!« donnerte Greer. »Mrs. Evans ist nicht qualifiziert, diese Frage zu beantworten.«

»Es geht mir nicht um eine medizinische Einschätzung der Situation, Euer Ehren. Mrs. Evans hat uns ihren Eindruck als Augenzeugin geschildert; diesen Eindruck möchte ich nur ein bißchen klarer machen.«

Coffin zuckte mit den Achseln. »Ich gestatte der Zeugin, die Frage zu beantworten, solange sie sich an das von ihr Gesehene und ihren Eindruck davon hält. Eine Diagnose hat sie nicht abzugeben!«

Sybylla sah die Zeugin an. »Soll ich die Frage wiederholen, Mrs. Evans?«

»Nein, nicht nötig«, sagte die Frau wichtigtuerisch. »Ich bin zwar keine Psychiaterin oder so, aber wenn man einige Zeit in New York lebt, sieht man einfach, ob jemand verrückt ist oder nicht. Der Mann jedenfalls war total krank!«

»Einspruch!« bellte Greer.

»Mrs. Evans«, sagte der Richter. »Versuchen Sie bitte bei dem zu bleiben, was Sie tatsächlich gesehen haben. Warum haben Sie den Angeklagten als ›Verrückten‹ bezeichnet? Das würde ich gern genauer erfahren.«

»Bitte schön! Also, er hat unverständliches Zeug gebrüllt und mit den Händen herumgefuchtelt. Er ist nicht direkt auf das kleine Mädchen zugerannt. Als er gegen sie stieß, hat er irgend etwas gerufen und nicht geradeaus gesehen, sondern wild um sich geblickt. Und dann hat er auf sie eingestochen. Ich weiß noch, daß ich in dem Augenblick dachte, wenn er jetzt gegen einen Baum oder ein Denkmal gerannt wäre, hätte er darauf eingestochen. Man braucht doch keinen Doktortitel, um zu erkennen, daß einer übergeschnappt ist!«

Gott sei Dank, hatte Sybylla gedacht und Mrs. Evans den wütenden Gegenattacken des Staatsanwalts überlassen.

Doch auch Greer wußte, daß selbst die brutalste Story bei der vierten Wiederholung nicht mehr die Wirkung erzielte wie bei der ersten Darstellung. Als Coffin wieder auf seinem Platz saß und es weiterging, rief er Amanda Barretts behandelnden Chirurgen in den Zeugenstand und legte die grauenhaften Fotos des kleinen Mädchens als Beweismittel vor. Sybyllas unerläßlicher Einspruch aufgrund des nachteiligen Charakters der Fotos wurde kurz und bündig abgewiesen. Während die Frauen und Männer auf der Geschworenenbank einander die Abzüge mit unterdrückter, doch deutlich hörbarer Reaktion weiterreichten, wurde ihr angst und bange. Als das letzte Bild durchgegangen war, sah ausnahmslos jeder zu Trent hin, bestürzt, benommen und ein wenig grün im Gesicht. Der Händler afrikanischer Kunst griff sogar in die Brusttasche seines Jacketts, zog ein Taschentuch hervor, wischte sich damit dramatisch die Stirn ab und drückte es sich dann fest auf den Mund.

Sybylla konnte es ihnen nicht verdenken. Sie selbst hatte diese Bilder nicht vergessen können, obwohl sie sich bei der Vorbereitung auf Trents Verteidigung redlich Mühe gegeben hatte, sie aus ihrem Gedächtnis zu verbannen. Sie hatte im Laufe der Jahre schon viele gerichtsmedizinische Fotos gesehen, geschlagene Ehefrauen und Freundinnen, den leeren Blick auf die Polizeikameras gerichtet, blutbefleckte Leichen, mit abrupter Gewalt niedergestreckte Menschen und Verletzungen, die notdürftig mit dunkelrotem Faden zusammengeflickt waren, gespenstisch und schrecklich schmerzhaft aussehende Wunden. Das Schlimmste aber waren immer die Kinder – traumatisiert durch Verwahrlosung oder sichtbar entstellt durch Blutergüsse und Verbrennungen. Anfangs war ihr beim Betrachten solcher Fotos sofort schlecht geworden; inzwischen riefen sie nur mehr eine gedämpfte Trauer in ihr hervor, stellten nur weitere Beweise für die Schrecknisse dar, die aus Armut und Unwissenheit erwuchsen. Die Fotos von Amanda Barrett aber hatten sie schockiert wie beim erstenmal. Der Kopf des kleinen Mädchens war angeschwollen wie ein Kürbis, und das Gesicht hinter dem Schmerz, den dieses Kind zu ertragen hatte, würde als etwas Fremdes, Ungewolltes wieder zum Vorschein kommen.

Nachdem der Chirurg vereidigt worden war, erklärte er, warum man bei Amanda Barretts Einlieferung in die Notaufnahme keine Fotos von ihrem Gesicht gemacht hatte.

»Wir hatten dazu, ehrlich gesagt, keine Zeit«, sagte der große, schlaksige Mann in ernstem Ton. »Aufgrund des Unterleibtraumas bestand die Gefahr einer Infektion sowie eines großen Blutverlusts; darüber hinaus versuchten wir, ihr linkes Auge zu retten, das von dem Skalpell getroffen worden war, und zwar, unserer Einschätzung nach, durch eine Aufwärtsbewegung. Außerdem hätte man auf einem zu diesem Zeitpunkt aufgenommenen Foto sowieso nichts erkennen können – dazu blutete sie einfach zu stark. Alles war voller Blut.«

Sybylla hielt den Mund. Wenn sie jetzt zu haarspalterisch vorging, konnte das Trent nur schaden.

»Und wie schätzten Sie Mandys Verletzungen anfänglich ein?« fragte Greer von seinem Stuhl aus. Er war dazu übergegangen, das Opfer mit dieser Verkleinerungsform zu bezeichnen, um hervorzuheben, wie jung es war.

»Wir glaubten, ein Tier habe sie angefallen.«

Sybylla spürte, daß Sam sie in Erwartung eines Einspruchs ansah. Sie schüttelte den Kopf.

»Können Sie uns Ihren Eindruck schildern, nachdem Sie die Verletzungen untersucht hatten?«

»Selbstverständlich.« Der Chirurg schlug die Beine übereinander und beugte sich vor. »Die bei weitem schwerwiegendsten Verletzungen waren zwei tiefe Stiche in den Oberbauch, die den Magen perforierten, das Colon transversum erheblich verletzten und das Risiko einer akuten Bauchfellentzündung hervorriefen.

Die Verletzungen im Gesicht gefährdeten das Leben der Patientin weniger, machten jedoch wegen des Blutverlusts und der Verletzung des linken Auges ebenfalls einen sofortigen operativen Eingriff nötig. Insgesamt hatten wir es mit etwa acht Stichen in Stirn und Wangen von unterschiedlicher Länge und Tiefe zu tun, darunter ein Schnitt – eine Aushöhlung, besser gesagt –, der den linken Augapfel stark in Mitleidenschaft gezogen, und einen Schnitt, der die Nerven der linken Gesichtsseite beschädigt hatte.«

»War Mandy bei Bewußtsein, als Sie in die Klinik eingeliefert wurde?«

»Ja.« Steinbaum nickte bedauernd. »Leider. Sie war hysterisch und hatte starke Schmerzen. Sie schrie.«

Sybylla verzog das Gesicht. Das war schlecht für Trent. Die Vorstellung von dem bei vollem Bewußtsein leidenden Kind konnte jeden Gedanken daran, daß der Angeklagte möglicherweise nicht zur Verantwortung gezogen werden könne, auslöschen, egal, wie plausibel sie diesen Gedanken erscheinen ließ. Sie konnte eine noch so phantastische Verteidigung aufgrund eines unfreiwilligen Rauschzustands zusammenschustern – wenn die Geschworenen das Bild des sich vor Schmerz windenden kleinen Mädchens vor Augen hatten, würde das überhaupt nichts nützen.

Greer erhob sich von seinem Platz und ging auf die Geschworenen zu. »Wie wurden Mandys Verletzungen behandelt, Dr. Steinbaum?«

Der Arzt sah in seinen Unterlagen nach. »Vordringliches Ziel der Operation war es, die Verletzungen im Bauchraum zu versorgen und einen passageren Anus praeter für die Dauer der Wundheilung anzulegen. Gleichzeitig kümmerte sich unser leitender plastischer Chirurg um das Gesicht der Patientin, versorgte verletzte Nerven und Venen, nähte die durchtrennten Muskeln und die entstandenen Wunden. Ein hinzugezogener Augenchirurg kümmerte sich um das Auge. Darüber hinaus wurde alles Notwendige gegen den Blutverlust getan und der tiefe Schnitt in der rechten Hand versorgt.«

Die letzte Frage des Staatsanwalts galt der ärztlichen Prognose.

»Was die Verletzungen im Bauchraum betrifft, so erscheint es wahrscheinlich, daß der Magen-Darm-Trakt der Patientin im großen und ganzen normal funktionieren wird, sobald die entsprechenden Verletzungen abgeheilt sind und der künstliche Darmausgang reponiert worden ist. Hinsichtlich der Verletzungen im Gesicht werden mit großer Wahrscheinlichkeit an den von Nervenschädigungen betroffenen Partien sensible und motorische Ausfälle bestehen bleiben. Möglicherweise bessern sich die sensiblen Ausfälle im Laufe der Zeit, eine völlige Wiederherstellung ist jedoch nicht möglich. Man muß davon ausgehen, daß sie für den Rest ihres Lebens ein gewisses Maß an Gesichtslähmung aufweisen wird und daß ein dauerhafter Verlust der peripheren Sehfähigkeit des linken Auges bestehen bleibt. In bezug auf die Narben setzen wir große Hoffnungen in weitere Operationen.« Er hob die Schultern. »Unsichtbar werden sie wohl nie sein, aber eine Verbesserung des augenblicklichen Zustands müßten wir schon erreichen.«

Greer zog für die Geschworenen ein gequältes Gesicht, schüttelte den Kopf und sagte »Danke, Herr Doktor«, als danke er ihm nicht nur für die Aussage, sondern auch für die ärztliche Versorgung des Opfers.

»Gern geschehen«, erwiderte der schlaksige Mann freundlich.

Sybylla stand auf. »Ich habe nur ein paar Fragen, Dr. Steinbaum. Haben Sie schon öfter Opfer von Messerstechereien behandelt?«

»Ja. Sehr viele, leider.«

»Ist irgend etwas an den Verletzungen, die dem kleinen Mädchen zugefügt wurden, anders als sonst nach derartigen Vorfällen?« Sie setzte alles auf eine Karte, aber es war das Risiko wert. Vielleicht erwähnte er etwas, das an seine Bemerkung von dem Tier anknüpfte, die er zuvor gemacht hatte.

»Ja. Zum einen hatte ich eine solche Tatwaffe noch nie erlebt. Mitglieder von Gangs benutzen für solche Attacken eher Rasiermesser. Die Einschnitte und Aushöhlungen im Gesicht der Patientin deuteten auf eine andere Tatwaffe hin. Und später erfuhren wir dann ja auch, daß es sich um ein Skalpell gehandelt hatte.«

»Sonst noch etwas?« fragte Sybylla, ein wenig enttäuscht.

»Tja, also ...« Er wurde nachdenklich. »Also, ich würde sagen, da war ein ziemlich großer Unterschied in der ... in der Art der Verletzungen.« Er runzelte die Stirn. »In ihrer chaotischen Anordnung, wenn man das so sagen kann.«

Na bitte! dachte Sybylla und wiederholte versonnen: »In ihrer ›chaotischen Anordnung‹. Würden Sie uns das bitte erklären, Herr Doktor?«

»Nun, ich würde sagen, das waren keine – wie soll ich es ausdrücken? In strafender Absicht zugefügte Verletzungen bekommen wir oft im Umfeld von Gangs zu sehen, wenn eine bestimmte Person es darauf abgesehen hatte, eine andere zu entstellen. Die Verletzungen in diesem Fall hier schienen mir dagegen völlig unwillkürlich zugefügt, wie im Blutrausch. Der Täter hatte überallhin gestochen, sowohl mit aufwärts- als auch mit abwärtsführenden Stichen. Mein erster Gedanke war, daß es etwas Planloses, Wildes hatte.«

»Etwas Wildes.« Sybylla tat so, als denke sie über diese Worte nach. Nicht schlecht. Natürlich nicht so gut, wie wenn er gesagt hätte *Nur ein klinisch Geisteskranker kann das getan haben,* aber zumindest nicht schlecht. »Danke, Herr Doktor.«

Greer hatte sich bereits erhoben. »Dr. Steinbaum, Ihr Fachgebiet beschränkt sich auf die rein körperlichen Verletzungen, nicht wahr?«

»Jawohl«, sagte der Arzt fast entschuldigend.

»In bezug auf das Motiv für diesen Angriff können Sie nichts medizinisch Kompetentes vortragen, ja?«

»Nein.«

»Auch nicht hinsichtlich des Charakters der Person, die den Angriff unternahm?«

»Nein.« Er wirkte jetzt geradezu gedemütigt, so als habe man ihn dabei erwischt, wie er die gesamte Studentenvereinigung über seine sexuellen Heldentaten belog.

»Ihre eben gemachte Aussage hinsichtlich der ›Wildheit‹« – er gab dem Wort einen sarkastischen Beiklang – »ist also reine Spekulation und sonst gar nichts, richtig?«

Rundumschlag, dachte Sybylla.

»Im Prinzip ja«, murmelte Steinbaum. »Ja.«

»Danke, Herr Doktor. Das war alles.«

Als nächstes rief Greer den Waffenexperten der Polizei in den Zeugenstand, einen hageren kleinen Mann, der aussagte, die Wunden seien Amanda Barrett mittels eines normalen Operationsskalpells beigebracht worden, wie man es Trent aus der Faust gewunden habe. Nach ihm erschien ein Labormediziner – wieder so ein Typ, dem jede Lebensfreude abzugehen schien – und erzählte in nüchternem Ton, er habe herausgefunden, daß das Blut auf besagtem Skalpell von Amanda Barrett stamme. Sybylla verzichtete darauf, die beiden Zeugen ins Kreuzverhör zu nehmen.

Als Sam und sie von ihrem hektischen Mittagessen im Thai-Lokal hinter dem Gerichtsgebäude zurückkehrten, ging im ganzen Haus das Gerücht, das kleine Mädchen werde gleich selbst aussagen. »Nur die Ruhe«, sagte Sam im Aufzug, den sie wie durch ein Wunder ganz für sich hatten, und massierte ihr die Schultern. »Du schaffst das.«

»Aber es gibt wirklich nichts Schlimmeres, als ein kleines Mädchen im Zeugenstand fragen zu müssen, ob der Mandant es belästigt oder verletzt hat. Das wirst du selbst bald erleben. Warte nur, bis du es mal in einem Revisionsverfahren mit einem dieser reizenden Menschen zu tun kriegst!«

»Ich weiß, aber du tust das einzige, was du angesichts des Vorgehens der Anklage tun kannst. Was der Arzt gesagt hat und diese Frau gestern... das kannst du doch später noch verwenden.«

»Ja, das stimmt wohl«, sagte sie aufseufzend. »Aber, ehrlich gesagt, graut mir davor, seit Greer seine Fotos gezeigt hat. Ich bin schließlich auch nicht immun gegen das Entsetzliche, was ihr zugefügt wurde.«

»Ich auch nicht. Aber du glaubst doch auch, daß mit Trent etwas geschehen war.«

Sybylla nickte.

»Greers Aufgabe ist es, sich Gedanken um das Opfer zu machen. Laß ihn! Du mußt dich um Trent kümmern.«

Sybylla musterte ihn. »Du redest schon genau wie ich daher. Ich glaube, du hältst dich bereits zu lange in meiner Gesellschaft auf.«

»Noch nicht lange genug«, korrigierte er sie.

Die Aufzugtür öffnete sich. Sofort drang ein Höllenlärm in die Kabine.

»Ms. Muldoon?« rief jemand. »Was werden Sie sie denn fragen?«

»Werden Sie ein Kreuzverhör durchführen, Sybylla?«

Ein Mikrofon prallte gegen ihr Kinn. Sie streckte die Arme aus wie ein Filmstar, der die Paparazzi abwehrt.

»Komm!« Sam packte sie am Ellbogen.

»Wie findet es Ihr Vater, daß sie Leute wie den Wild Man verteidigen?«

Sie konnte sich nicht mehr zurückhalten. »Mein Vater hält die Verfassung in Ehren«, gab sie zurück. »Das sollten Sie auch mal versuchen.«

Sam murmelte: »Scheiße!«

Am Tisch der Verteidigung nahm er kopfschüttelnd neben ihr Platz.

»Tut mir leid, aber das mußte einfach raus.«

»Das sind genau die Sachen, die sie sich dann nach Gutdünken hindrehen«, sagte er und seufzte. »Und das weißt du auch.«

»Ja. Aber es macht mich einfach rasend. Die Medien glauben offenbar, die Meinungsfreiheit und das Recht auf Privatsphäre seien in verschiedenen Dokumenten niedergelegt.«

»Das werden sie immer glauben«, sagte Sam tadelnd. »Also, hör auf, es ihnen beibringen zu wollen, das schaffst du nämlich nie.« Nach einigen Sekunden fügte er hinzu: »Alles in Ordnung?«

Sybylla schüttelte den Kopf, änderte dann jedoch ihre Meinung und nickte. »Müde bin ich, weiter nichts. Ich kann wahrlich nicht behaupten, gestern die ganze Nacht geschlafen zu haben.« Sie lächelte ihn an. »Hör mal, wenn Greer seine Beweisführung heute abschließt, können wir morgen gleich mit Trent anfangen.« Sie hatten beschlossen, mit Trent zu beginnen, ein bißchen Mitleid aufgrund seiner Geschichte und seiner Lebensumstände zu erregen und den Geschworenen zu zeigen, daß er normal war; erst dann wollte sie die Sprache allmählich auf seine Entführung bringen, der Höhepunkt sollte die Feststellung sein, daß er unter LSD-Einfluß gestanden hatte. Danach würde Sybylla Turturro befragen, damit er wenigstens einem Teil der

Geschichte Glaubwürdigkeit verlieh, und Bennis würde Trents Verschwinden bestätigen. Zum Schluß würden sie Sams LSD-Mann in den Zeugenstand rufen, der mit seinen Erläuterungen über Lysergsäurediäthylamid und dessen Wirkungen möglichst große Verwirrung stiften sollte. »Hast du dem Typen gesagt, daß wir ihn wahrscheinlich noch in dieser Woche brauchen?«

Sam bejahte. Er hatte einen fünfzehn Jahre alten Artikel in *Psychology Today* ausfindig gemacht, dessen vier Seiten Text sich zu der Behauptung zusammenfassen ließen, daß man immer noch sehr wenig über die Droge wisse. Am Telefon hatte der Mann auf die Frage, ob ein Vierundzwanzigstundentrip denkbar sei, alles andere als zustimmend reagiert, doch Sam hatte ihn nach Kräften bearbeitet. Er war kein promovierter Wissenschaftler, sondern nur Wissenschaftsjournalist, aber etwas Besseres hatte sich nun mal nicht auftreiben lassen.

»Wir müssen ihn vorher befragen.«

»Ja, er weiß schon Bescheid. Ich glaube, ehrlich gesagt, daß er enorme Angst vor seinem Auftritt hier hat. Seien wir doch mal ehrlich: Der Typ ist wahrlich keine Autorität.« Er sah Sybylla bekümmert an. »Dir ist doch klar, daß Greer ihn nach allen Regeln der Kunst fertigmachen wird, oder?«

»Ja, das ist mir klar. Wir müssen eben weitersuchen. Schau dich in der Zwischenzeit nach einem Besseren um.«

Sam, der sich bereits umgesehen hatte, hob zustimmend die Schultern.

»Hast du mit Trent schon darüber gesprochen, wie er sich verhalten soll, während das Opfer aussagt?«

Sybylla nickte. »Ich denke nicht, daß das ein Problem sein wird. Er glaubt noch immer, nichts von alldem, was bisher gesagt wurde, habe irgend etwas damit zu tun, warum wir hier sind. Für ihn ist das alles die Geschichte eines anderen.« Sybylla zog ihre Notizen für das Kreuzverhör des Opfers hervor und begann sie abzuschreiben. »Weißt du, eine Unschuldsbehauptung akzeptiere ich genauso willig wie jeder andere Verteidiger auch, aber bei Trent geht mir allmählich die Geduld aus. Sein ›Böse-Leute‹-Szenario ist schon für sich allein betrachtet ziemlich haarsträubend, aber er behauptet ja darüber hinaus, es gebe eine gegen ihn gerichtete Verschwörung.«

»Und wenn es stimmt?« flüsterte Sam ihr neckisch zu.

»O Gott! Nicht du auch noch!«

Greer ging zu seinem Tisch, nachdem er sich von den Reportern losgerissen hatte. Sybylla und er nickten einander zu.

»Erheben Sie sich!« rief der Gerichtsbeamte. Coffin stapfte, die Stirn gerunzelt, herein.

»Ich möchte, bevor die Geschworenen den Saal betreten, etwas sagen«, ließ er die Anwesenden wissen. »Die Anklage hat mir mitgeteilt, daß jetzt das Opfer in den Zeugenstand treten wird. Denken Sie daran, daß es sich um ein kleines Kind handelt, das über ein zweifellos traumatisches Erlebnis aussagen wird. Ich möchte Sie bitten, sich entsprechend zu verhalten. Die Presseleute unter Ihnen« – sein Blick wanderte über die Pressebänke – »möchten bitte diskret sein. Und der Rest enthalte sich jeglicher Gefühlsäußerungen. Wer weint, schreit oder was auch immer, ja selbst wer falsch *atmet*, wird des Saals verwiesen. Das gilt auch für die Familienangehörigen. Haben Sie verstanden?«

Die Leute senkten die Köpfe wie Gläubige während der Messe.

»Gut. Holen Sie sie rein, Carl.«

Sybylla rückte ihren Stuhl näher an Trent heran und legte, während die Geschworenen eintraten, ihre Hand auf seine. Sie wollte so von ihnen gesehen werden – entspannt, auf vertrautem Fuß mit ihrem Mandanten und ohne Angst vor ihm. Wenn die Geschworenen annahmen, daß Trent ein solches Verhalten Sybyllas rechtfertige, würden sie eher dazu bereit sein, es ihm selbst entgegenzubringen. Zumindest theoretisch.

»Mr. Greer? Rufen Sie bitte Ihren nächsten Zeugen«, sagte Coffin.

»Euer Ehren, wir rufen Mandy Barrett«, verkündete der Staatsanwalt pathetisch.

Nur die Geschworenen zeigten, da sie Coffins Vorwarnung nicht erhalten hatten, Reaktionen. Sie drehten die Köpfe zur Tür – einige standen halb auf –, als das kleine Mädchen an der Hand seiner Mutter, den blondgelockten Kopf gesenkt, in den Saal trat.

Die Verletzungen waren von grauenhafter Offensichtlichkeit. Violette Linien zerfurchten ihr Gesicht, und ihr linkes Auge war von einer Klappe bedeckt. Das Schlimmste aber war der verräterische Buckel, eine geduckte Körperhaltung, die sie offensichtlich erst seit kurzem einnahm und mit der sie die Welt anzuflehen schien, sie nicht anzusehen. Sybylla zerriß es fast das Herz. Zum erstenmal erschauderte sie vor Trent.

Amanda Barrett wurde vereidigt. Langsam setzte sie sich auf den Zeugenstuhl.

Coffin beugte sich väterlich zu ihr vor. »Hallo, Miss Barrett. Ich bin Judge Coffin.«

Amanda nickte. »Ich weiß.« Ihr Stimmchen war kaum zu hören.

»Zu meinen Aufgaben gehört es, alles, was in diesem Gerichtssaal geschieht, für dich so wenig schmerzlich wie möglich zu machen, und du sollst wissen, daß ich diese Aufgabe sehr ernst nehme. Wenn dich irgend etwas ängstigt oder wenn du eine kleine Pause brauchst, sagst du es mir einfach, ja?«

»Okay.«

»Gut. Dann bitte, Mr. Greer.«

Greer stand auf. »Hi, Mandy!« säuselte er. »Wie geht es dir denn heute?«

Arschloch, dachte Sybylla.

»Gut«, antwortete das Mädchen traurig.

»Kannst du dich noch an unser Gespräch darüber erinnern, wie es für dich sein würde, hier auszusagen?«

»Ja.« Sie warf ihrer Mutter, die in der Bank hinter Greer saß, einen Blick zu und richtete sich ein wenig auf.

»Und was haben wir in bezug auf deine Aussage vereinbart?«

»Wir haben ausgemacht, daß ich so tun würde, als würde ich daheim in meinem Zimmer sitzen. Und Sie würden mir Fragen stellen, und ich würde antworten und die Wahrheit sagen.«

»Und – schaffst du das? Kannst du so tun, als ob?«

Sie ist neun, du Vollidiot, dachte Sybylla, nicht drei.

»Ja«, sagte Amanda seufzend. Dann hob sie zum erstenmal das Gesicht und sah die Zuschauer direkt an. Sybylla fuhr es vor Mitleid kalt den Rücken hinab. Plötzlich wurde sich das Mädchen ihres offenen Blicks bewußt und senkte abrupt den Kopf.

»Mandy, ich möchte, daß du mir jetzt erzählst, was dir am Nachmittag des vierzehnten März passiert ist.«

»Am ... vierzehnten März?«

»An dem Tag, an dem du verletzt wurdest.«

Sie schielte verstohlen zum Tisch der Verteidigung, wandte den Blick jedoch sofort wieder ab. Man hatte ihr offenbar gesagt, sie solle nicht dorthin sehen.

»Ich war im Bus. Sabrina und ich haben über ihre Eislaufparty geredet. Es war ihr Geburtstag.«

»In den Bus bist du bei deiner Schule eingestiegen, ja?«

»Ja. Vor dem Seiteneingang. Der Bus fährt über die 86. Straße, zum Park. Er hält ganz in der Nähe, wo ich wohne.«

»Wo steigst du aus dem Bus aus?«

»Ecke Fünfundachtzigste und Fifth Avenue. Sabrina wollte mit zu mir nach Hause gehen und ist auch ausgestiegen. Als ich ausstieg, war sie hinter mir.«

Greer ging langsam auf die Zeugin zu und stützte den Ellbogen auf die Brüstung zwischen sich und ihr. »Was passierte beim Aussteigen, Mandy?«

Sie wischte sich mit dem Handrücken übers Gesicht, aber Tränen hatte Sybylla nicht gesehen. »Ich ... ich kann mich an fast gar nichts mehr erinnern. Ich weiß noch, daß jemand auf mich zugerannt ist, und dann lag ich auf dem Boden, und mein Gesicht war ganz heiß.«

»Hast du den Menschen, der auf dich zurannte, gesehen?«

Das Mädchen nickte kaum merklich und zuckte mit den Achseln.

»Mandy«, hakte Greer nach. »Du mußt mit ja oder nein antworten. Hast du den Mann gesehen?«

»Ja, ein bißchen schon. Also, seine Brust und seine Haare. Er hatte so blonde Haare, und er ... er hatte ein weißes T-Shirt an. Mehr hab' ich nicht gesehen.«

»Hat der Mann etwas zu dir gesagt?«

»Ja, schon. Also, der hat ganz viel gesagt, aber das war ganz durcheinander. Er hat immer wieder gesagt ›Tu mir nichts!‹, und ich habe gedacht, was meint er denn? Er tut doch *mir* was.«

Greer platzte schier vor Mitgefühl. »Und was geschah dann, Mandy?«

Das Kind schüttelte den Kopf. »Weiß ich nicht. Danach war ich im Krankenhaus.«

»Kannst du dich an den Krankenwagen erinnern?«

»Nein.«

»Erinnerst du dich daran, wie du ins Krankenhaus gefahren wurdest?«

»Nein.«

»Erinnerst du dich daran, wie man dich in die Notaufnahme brachte?«

Jetzt geht er jeden einzelnen Schritt des gesamten Ablaufs durch, dachte Sybylla wütend. In einer Stunde wird er sie fragen ›Erinnerst du dich an den sechzehnten Stich in deinem linken Augapfel?‹.

Zum Glück setzte Amanda Barrett selbst dem ein Ende.

»Nein, das hab' ich Ihnen doch schon gesagt. Als ich wieder aufgewacht bin, war es drei Tage später.«

Greer verstand den Wink und ging nahtlos zum nächsten Thema über. »Und wie war das, als du im Krankenhaus aufwachtest?«

»Mein Bauch hat mir weh getan, und über meinem Gesicht war ein Verband, und meine Mom hat geweint.«

Der Mistkerl wußte genau, wann er aufhören mußte. »Wie geht es dir denn jetzt damit, Mandy?«

Sie runzelte die Stirn. »Wie meinen Sie das?«

»Na, sag uns doch beispielsweise mal, ob dein Bauch noch weh tut.«

Sie ließ die Schultern noch mehr hängen und sagte leise: »Es geht so.«

»Was ist denn der Unterschied zu früher?«

Dieser Fiesling! dachte Sybylla und verzog das Gesicht. Er versuchte das Mädchen dazu zu bringen, über ihren künstlichen Darmausgang zu sprechen, der für sie wahrscheinlich noch quälender als die Gesichtsverletzungen war.

»Ich muß... das wissen Sie doch schon. Ich muß dieses Ding mit mir rumtragen. Aber das ist nur für kurze Zeit, hat der Arzt gesagt. Er hat gesagt, daß ich einen Badeanzug tragen kann. Diesen Sommer zwar noch nicht, aber vielleicht nächsten Sommer.« Sie sagte es, als wäre der nächste Sommer eine nicht meßbare Zeitdauer entfernt.

»Was für ein ›Ding‹ meinst du denn, Mandy?«

Sybylla war so aufgebracht, daß sie eine Besprechung am

Richtertisch fordern wollte; doch dann kam Coffin ihr zu Hilfe.

»Ich glaube, die Zeugin bezieht sich auf ihren temporären künstlichen Darmausgang. Bitte fahren Sie fort, Mr. Greer.«

»Danke, Euer Ehren. Mandy, wenn du dich jetzt im Spiegel betrachtest, was siehst du da?«

Durch die Geschworenen ging ein Stöhnen; Sybylla sprang auf und forderte, den tumultartigen Lärm übertönend, eine Besprechung vor dem Richtertisch. Das Mädchen im Zeugenstand weinte, doch Greer wirkte widerlich zufrieden mit dem, was seine Frage angerichtet hatte. Diesen Anblick würde die Jury nie vergessen: das kleine Mädchen mit dem zerstörten Gesicht und dem gebrochenen Herzen, das sich mechanisch mit dem Handrücken über die Wangen fuhr.

»Ich ziehe die Frage zurück. Danke, Mandy. Du bist ein wunderbares kleines Mädchen.«

»Schleimscheißer!« preßte Sam zwischen zusammengebissenen Zähnen hervor.

Coffin beugte sich vor. »Möchtest du eine Pause machen, Amanda? Oder sollen wir weitermachen, und dann ist es gleich vorbei?«

Das Kind riß sich auf beeindruckende Weise zusammen. »Weitermachen«, erklärte es dem Richter.

Der nickte. »Ms. Muldoon wird dir noch einige Fragen stellen, dann darfst du nach Hause, okay?«

»Okay.« Sie hob den Blick, während Sybylla aufstand.

»Hi, Amanda. Ich heiße Sybylla.«

Amanda zog die Mundwinkel zuckend nach oben und ließ sie wieder fallen. »Das ist ein schöner Name.«

»Danke. Amanda auch.«

Sie zuckte mit den Achseln. »Geht so.«

»Wie möchtest du denn genannt werden? Magst du es, wenn man dich Mandy nennt?«

Das Mädchen rümpfte die Nase. »Nö.« Sybylla verkniff sich ein Lächeln.

»Also gut, Amanda. Ich bin Anwältin, genau wie Mr. Greer, und ich werde dir jetzt ein paar Fragen stellen, die er dir nicht gestellt hat. Du bist doch in New York geboren, oder?«

Amanda nickte. »Ja.«

»Und du hast dein ganzes Leben in dieser Stadt verbracht, ja?«

»Ja.«

Sybylla ging um den Tisch herum und lehnte sich dagegen, lässig, aber nicht so nah, daß sich das Mädchen bedrängt fühlen mußte.

»Was gefällt dir am Leben in dieser Stadt?«

Amanda nagte an der Unterlippe. »Die Nußknacker-Suite zu Weihnachten und meine Schule und meine Freundinnen und Schlittschuhlaufen im Sky Rink. Bloomingdale's mag ich auch, und nach dem Einkaufen ins Serendipity gehen. Und außerdem mag ich noch ...« Sie dachte nach und sah zum erstenmal, seit sie den Saal betreten hatte, wie eine Neunjährige aus. »Meine Reitstunden mag ich gern. Ich reite in der Claremont Riding Academy. Manchmal reiten wir im Central Park, dann schauen uns die Leute zu. Einmal ist meiner Freundin das Pferd durchgegangen, und der Reitlehrer hat ihr nachreiten müssen und hat es wieder eingefangen.«

»Wohnst du auch im Sommer in New York?«

»Nein, nein«, sagte Amanda in rügendem Tonfall, als würde kein Mensch das tun. »Da fahren wir nach Amagansett. Da haben wir ein Haus.«

»Klingt ja toll. Liegt das Haus am Strand?«

»Mhm.« Sie nickte. »Da ist so eine ... äh ... Treppe, die geht von unserem Haus zum Strand. Einmal war die Flut so stark, da hat sie die unterste Stufe weggeschwemmt.«

»Wow!« sagte Sybylla lächelnd. »Amanda, siehst du manchmal Leute auf der Straße, hier in der Stadt, die dir, sagen wir mal, ein bißchen komisch vorkommen?«

Das Mädchen überlegte. »Spinner, meinen Sie?«

»Ja, Spinner.«

»Na klar«, antwortete die geborene New Yorkerin. »Zum Beispiel dieser Typ von der Pizzeria in der Lexington, der immer seine Hose hochzieht. Der lebt in der Einfahrt neben der Pizzeria.«

»Genau«, stimmte Sybylla ihr zu, als wäre der Lexington-Avenue-Pizzeria-Mann exakt der gewesen, an den sie gedacht hatte. »Kennst du noch andere?«

»Also, manchmal sehe ich die Frau im Madison-Avenue-Bus.

Die redet mit sich selbst und geht im Gang auf und ab und schreit die Leute an. Einmal hat sie mich angeschrien. Das war schrecklich.«

»Kann ich mir vorstellen. Ich möchte jetzt gern wissen, ob du schon mal mit solchen Spinnern gesprochen hast.«

Das Mädchen schüttelte heftig den Kopf, ganz begierig darauf, ihr Wissen über dieses für New York so typische Thema an die Ahnungslosen weiterzugeben. »Nein. Das darf man nicht. Man darf nie was zu ihnen sagen, weil sie anders sind als wir. Man weiß ja nie, was sie dann tun. Meine Mom sagt, die sind ver...«

Greer rief so laut »Einspruch!«, daß das Kind zusammenzuckte. »Wiedergabe von Behauptungen Dritter, Euer Ehren!«

»Stattgegeben. Ihre nächste Frage, Ms. Muldoon.«

Sybylla konnte sich während dieses kurzen Wortwechsels das Grinsen nicht verkneifen. Amandas Eltern hatten ihr Kind offenbar in der hohen Kunst geschult, Schizophrene zu erkennen und ihnen aus dem Weg zu gehen.

»Nur noch eine Frage, Amanda. Es ist eine schwierige Frage, und ich möchte, daß du gut darüber nachdenkst, bevor du antwortest. Okay?«

Das Kind nickte kaum merklich.

»Mir ist klar, daß du sehr traurig und auch sehr wütend bist über das, was dir zugestoßen ist. Aber wenn du jetzt darüber nachdenkst, fragst du dich da jemals, *warum* es passiert ist? Warum dieser Mensch, den du noch nie gesehen hattest, dir das angetan hat?«

Sie hatte moralisches Gespür, diese Amanda Barrett. Sie war nicht einfach nur ein kleines blondes Püppchen von der East Side, die außer ihren Reitstunden und dem Strandhaus in Amagansett nichts kannte. Sybylla beobachtete, wie sie in sich ging und über die ihr gestellte Frage ernsthaft nachdachte. Als sie nach einiger Zeit antwortete, verlieh sie der Verhandlung sogar noch einen völlig unverhofften Hauch von Würde.

»Vielleicht hat er geglaubt, ich hätte was zu ihm gesagt.«

20

Nachdem die Beweisführung der Anklage abgeschlossen und so gut wie vollständig war (der Psychiater des Staatsanwalts wurde natürlich für die Führung des Gegenbeweises aufgespart, doch Sybylla bezweifelte, daß man seiner Dienste überhaupt noch bedurfte, sobald sie ihre LSD-Karte ausgespielt hatte), stieß Sybylla fürs erste einen Seufzer der Erleichterung aus. Von nun an, sagte sie sich, hatte nur noch sie Überraschungen auf Lager, und Greer würde in den Kreuzverhören um passende Antworten kämpfen müssen. Es war ein berauschendes Gefühl. Sie hatte die Zeugen der Anklage ziemlich gut im Griff gehabt. Im Augenblick sah es zwar immer noch nach einer Niederlage für Trent aus, doch Sybylla wußte genau, daß sie ohne die Möglichkeit einer auf Unzurechnungsfähigkeit aufbauenden Verteidigung mit keiner anderen Strategie auch nur die geringste Chance gehabt hätten.

Wenn Trent doch nur seine Meinung ändern würde, dachte sie, als sie mit an der Hüfte wippender Sporttasche den Broadway entlangging. Noch war Zeit, mit Unzurechnungsfähigkeit eine ganze Menge zu erreichen, und die Raffinesse ihrer List bestand darin, daß die Verteidigung diese Option so lange verfolgen würde, bis irgendwer das Wort »LSD« ausspräche. Immerhin hatte sie bereits eine Zeugin dazu gebracht, Trent als »krank« zu bezeichnen, der Arzt hatte »etwas Wildes« in ihm erkannt und das Opfer selbst ihn mit der Verrückten im Madison-Avenue-Bus verglichen. Nicht schlecht für eine auf Unzurechnungsfähigkeit aufbauende Verteidigung, die noch gar nicht richtig begonnen hatte! Vor der Weiterführung der Verhandlung am nächsten Vormittag würde sie sich mit ihrem Mandanten unterhalten, einen allerletzten Versuch wagen und ihm offen sagen, daß seine Aussichten, ins Gefängnis zu kommen, derzeit bestens seien. Sie konnte nur ihr Möglichstes für ihn tun, und ihr Möglichstes war ziemlich beschränkt. Schließlich war sie keine Zauberin.

Die kühle Abendluft fühlte sich wunderbar an. Über einen Monat war Sybylla nicht im Fitneßstudio gewesen; sie hatte sich auf den Prozeß vorbereitet, und dann war auch noch Sam auf der Bildfläche erschienen. Außerdem hatte sie davor zurückgescheut, dorthin zu gehen, wo sie Susu zum letzenmal gesehen hatte, und so zu tun, als wäre nichts passiert. Doch heute abend verfügte sie über überschüssige Energie und fand, daß es an der Zeit war, wieder ein einigermaßen geregeltes Leben zu führen. Sam legte sich währenddessen noch ins Zeug, verbrachte den Abend in der öffentlichen Bibliothek und versuchte etwas, irgend etwas, über LSD in Erfahrung zu bringen, das ihnen helfen könnte oder zumindest ihre Beweisführung so weit stützen würde, daß man sie nicht in aller Öffentlichkeit auslachte.

Die Fenster des Fitneßstudios waren beschlagen; man sah nur einzelne, in Lycra gezwängte Körperteile. Sybylla stieß die Tür auf, hielt die Luft an, um den stechenden Schweißgestank nicht riechen zu müssen, passierte die StairMasters und ging zur Rezeption, wo sich eine der Empfangsdamen angeregt mit der Eisernen Jungfrau unterhielt. Sybylla stellte ihre Tasche ab und zog ihre Karte hervor, um sie abstempeln zu lassen. »Hallo!« sagte sie zur Eisernen Jungfrau. »Gibt's das Sechs-Uhr-Beintraining noch?«

»Aber klar doch«, antwortete die großgewachsene Frau und musterte sie eindringlich. »Sie sind... äh...«

Sybylla sah sie an und runzelte die Stirn. Sie war... äh... was?

»Sie sind... Wie war noch mal Ihr Name?«

»Sybylla?« sagte Sybylla in fragendem Ton, als wäre sie sich ihres eigenen Namens nicht sicher.

»Ach, ja, dachte ich's mir doch! Mann, so einen Namen dürfte man eigentlich wirklich nicht vergessen. Also, das mit Ihrer Freundin tut mir echt leid.«

Sybylla schluckte. »Haben Sie es in den Nachrichten gesehen?«

Die Jungfrau nickte. »Noch am Tag davor oder so war sie hier. Es war schon komisch.« Sie schüttelte den Kopf. »Ein paar Tage später sehe ich mir abends die Nachrichten an, und da bringen sie ihr Foto. Ich sage noch zu meinem Mann: ›Die kenn' ich! Die ist in meinem Kurs!‹ Gerade mal zwei Tage vorher oder so habe ich mit ihr geredet! Es war echt komisch. Sie hat mir Ihren Namen genannt. Kaum zu fassen, daß ich ihn vergessen habe.«

»Sie...« Sybylla neigte den Kopf. »Entschuldigen Sie, aber warum hat sie Ihnen meinen Namen genannt?«

»Ach...« Die Frau sah sie an, als wäre dies der am wenigsten wichtige Aspekt des Gesprächs gewesen. »Sie bat mich, Ihnen was zu geben, wenn Sie zum Training kommen. Ich wollte ja erst nicht, aber sie hat gesagt, es wäre unheimlich wichtig, und sie hatte es mitgebracht, weil sie Sie eigentlich Samstagvormittag hier treffen sollte, aber sie würde da nicht kommen können oder so. Und es war wichtig, deshalb wollte sie es nicht mit der Post schicken, und ich muß sagen, da hatte sie recht. Wissen Sie, ich habe mal einen Brief innerhalb der Stadt losgeschickt, der hat über einen *Monat* gebraucht. Auf jeden Fall hat sie gesagt, sie würde Sie anrufen und Ihnen sagen, daß das Ding hier liegt, verstehen Sie? Aber dazu ist sie wohl nicht mehr gekommen, was?«

Sybylla war schwindelig. Die Jungfrau plapperte weiter über die Kriminalität in der Stadt und daß sie, sobald sie genug Geld gespart habe, nach Boulder ziehen werde, wo die Leute viel zu sehr mit ihrer Fitneß und ihrer Vollwertkost beschäftigt seien, um noch Zeit dafür aufzubringen, sich gegenseitig wegen Drogen umzulegen.

»Es ging ganz bestimmt um Drogen«, erklärte sie Sybylla in so vertraulichem Tonfall, als wären sie alte Freundinnen. »Wer in ein Labor einbricht, sucht Drogen, ist doch sonnenklar. Das sind ja solche Trottel – die glauben, die Leute in den Unis sitzen rum und machen Drogen, verstehen Sie!«

»Ja«, sagte Sybylla matt. »Sie sagten doch, sie hätte etwas für mich abgegeben.«

»Ach!« Die Frau brach in ein breites Grinsen aus. »Ich bin dermaßen rammdösig, das gibt's gar nicht. Ja, genau, sie hat gesagt, ich soll es Sybylla geben, der Sybylla, mit der sie immer vor den Trainingsstunden plaudert. Ich wußte, wer Sie sind. Hab' nur nicht gewußt, daß Sie Sybylla heißen.«

»Kann ich es bitte haben?« fragte Sybylla, eher verblüfft denn begierig.

Die Eiserne Jungfrau langte mit ihrem schlanken, wie aus Stein gemeißelten Arm hinter den Empfangstisch und zog einen einfachen weißen Briefumschlag hervor, der verschlossen und mit tiefschwarzer Tinte an SYBYLLA MULDOON adressiert war.

»Bitte schön.« Sie gab Sybylla den Umschlag mit einem angedeuteten Schulterzucken. »Ganz schön gruselig, was?«

Sybylla nickte und hielt sich am Empfangstisch fest. Der Umschlag hatte einen aufgedruckten Absender: New York University. Darunter war in kleinerer Kursivschrift *Institut für Chemie* zu lesen. Wiederum darunter standen die mit Bleistift geschriebenen Initialen »SP«. Sybylla befühlte das Papier mit den Fingerkuppen und ertastete das flache, runde Implantat.

Plötzlich fror sie, was völlig unerklärlich war in Anbetracht der erdrückenden Hitze, die die sie umgebenden Menschen produzierten. Fast dreißig Körper waren es, dachte sie entsetzt, und das war noch ziemlich vorsichtig geschätzt. Dreißig Körper. Und wer kannte die Menschen, denen diese Körper gehörten? Leute, die, wenn sie wollten, ihr gesamtes Leben damit verbrachten, einem anderen Menschen zu folgen, ihn zu beobachten, seine Bewegungen zu registrieren und seine Gespräche mit anderen zu belauschen... Und nie würde man es erfahren, es sei denn, man verbrachte seinerseits das ganze Leben damit, sie zu beobachten, um herauszufinden, ob sie einen beobachteten.

Schlagartig war sie davon überzeugt, daß genau das jemand gerade tat: Sie wurde beobachtet.

Sushila in ihrem Labor erschossen. Sybyllas Wohnung wie von Rasenden verwüstet.

Nein, nicht von Rasenden, wie ihr jetzt klar wurde. Die Reiseschecks hatten sie mit einem einzigen Griff mitgehen lassen können. Und der Videorecorder, ein Standard-Beuteobjekt, hatte als eine Art Visitenkarte fungiert, auf der stand: »Achtung! Dies war ein Einbruch!« Sie hatten nicht nach Wertsachen gesucht. Zumindest nicht nach Wertsachen der üblichen Art.

Nach diesem Ding hier hatten sie gesucht, das wußte sie jetzt, und die Gewißheit, daß es sich so verhielt, drang in jede Zelle ihres Körpers. Wegen dieses blöden kleinen Dings, dieses kleinen Stückchens fester Materie, das irgendwer aus dem Körper eines angeklagten Verbrechers entfernt und das, wie ihr jetzt erstmals bewußt wurde, zuvor irgend jemand dorthin verpflanzt hatte! Es war keine harmlose Doppelblindstudie gewesen, wie Turturro meinte, in der ein neues Nikotinentwöhnungsmittel oder ein Herzmedikament getestet wurde. Es handelte sich nicht um eines dieser von Susu erwähnten menschenfreundlichen Medikamente, die man im Zusammenhang mit der Implantationstechnologie gerade entwickelte – Implantate mit Medikamenten gegen Tuberkulose oder Diabetes. Wegen dieses Dings, was immer es auch war, hatte man einen Menschen umgebracht, und es brannte fast ein Loch in Sybyllas Hand.

Dreißig Menschen, dachte sie benommen und spürte ihre wachsende Angst. Einer von diesen dreißig beobachtete sie. Es konnte gar nicht anders sein. Er hatte erst in Susus Labor nach dem Implantat gesucht, dann in Sybyllas Wohnung. Jetzt verfolgte er sie, wartete darauf, daß ihr Weg sich mit dem seines wertvollen Grals kreuzte. Und sie stand da und hielt das Ding praktisch wie eine Trophäe für ihn hoch.

Sie hörte das Blut in ihren Ohren rauschen. Sie konnte sich nicht mehr beherrschen und sah sich um. Der magere Kerl dort auf dem Trainingsrad, über dessen Lenkstange er eine Zeitschrift gebreitet hatte. Er blätterte die Illustrierte durch, ohne richtig zu lesen, und sah immer wieder zur Tür...

Der Muskelprotz auf dem StairMaster mit den Kopfhörern, der auf den oben in der Ecke hängenden Fernseher starrte...

Der Glatzkopf, der einen anderen Mann beobachtete, während er, auf der Bank liegend, eine mit Gewichten beladene Hantel stemmte, ohne allerdings richtig bei der Sache zu sein...

Sie runzelte die Stirn. Der StairMaster war viel zu leicht eingestellt, und die Beine des Mannes bewegten sich wie im Leerlauf, ohne den Apparat richtig in Anspruch zu nehmen. Sein dicker Hals ragte aus einem Redskins-T-Shirt. Er sah mit faltiger Stirn zu Oprah Winfrey hoch und wirkte ganz gebannt von der Talk-Show. Aber irgend etwas an ihm... grübelte Sybylla. Der breite Brustkorb und der Stiernacken... der Mann hatte praktisch keinen Hals. Der hat ja gar keinen Hals, hatte Susu gesagt, als Sybylla sie wegen ihres Verehrers mit dem Muskelmagazin geneckt hatte.

Er kommt also oft hierher, versuchte sie sich zu beruhigen. Das tun doch die meisten Leute, oder? Die meisten gehen ein paarmal pro Woche ins Training.

Er hatte damals Susu betrachtet. Sybyllas Blick wurde unwiderstehlich von ihm angezogen.

Jetzt sah er sie an.

Instinktiv wandte sie sich der Eisernen Jungfrau zu, die bereits wieder den neuesten Klatsch mit der Empfangsdame austauschte. »Der Kurs beginnt also in fünf Minuten, ja?« sagte Sybylla fröhlich und so laut, daß man es im ganzen Raum hören konnte, falls der Raum denn gelauscht haben sollte.

Die Jungfrau sah sie verständnislos an. »Ja, klar.«

»Und dauert eine Stunde, oder?«

»Ja. So wie immer.«

Eine Stunde, schoß es Sybylla durch den Kopf. Wenn sie es hinkriegte, wenn sie unbeschreibliches Glück hatte, würde er sie nach unten in den Trainingsraum gehen lassen, weil er glaubte, daß sie eine Stunde später wieder raufkommen würde; außerdem konnte man jeweils vor und nach der Stunde zehn Minuten fürs Umziehen dazurechnen. Achtzig Minuten, aber nur, wenn sie wahnsinniges Glück hatte. Ein Achtzig-Minuten-Vorsprung beim Wettlauf um ihr Leben.

Sie steckte – unauffällig, wie sie inständig hoffte – den Umschlag in ihre Sporttasche. »Okay«, sagte sie begeistert, »dann gehe ich jetzt runter und ziehe mich um.«

Die Eiserne Jungfrau winkte ihr zu und sagte im gleichen aufgesetzt fröhlichen Tonfall wie Sybylla: »Okay!«

Nicht zu schnell, nicht zu schnell! Sie schritt zur Treppe und ging bedächtig nach unten, wobei sie fieberhaft nach dem Ausgang-Schild suchte, das ihrer Erinnerung nach da sein mußte, ohne daß sie wußte, wo genau. Sie trat zur Seite, um eine Gruppe aerobizierter Körper auf dem Weg nach oben passieren zu lassen, und stieg dann zum vertrauten beigefarbenen Foyer hinunter, das zur Damenumkleide führte. Ein kurzer Blick über die Schulter verschaffte ihr die angenehme Gewißheit, daß der StairMaster-Mann ihr nicht die Treppe hinab gefolgt war. Sie öffnete die Tür zum Umkleideraum.

Hinter den Waschbecken und den Toilettenkabinen ging im rechten Winkel ein Gang zu den Duschen, zu einem Dampfbad und zum Massageraum ab. Eine Frau, die mühsam versuchte, einen übers Knie reichenden Stiefel anzuziehen, lehnte sich dazu gegen den Notausgang. Sybylla kehrte zu den Waschbecken zurück, bespritzte sich das Gesicht mit Wasser und zwang sich dazu, ruhig abzuwarten, obwohl ihr das Adrenalin durch alle Glieder schoß. Erst als die Frau, ob ihres Erfolgs zufrieden brummend, den Notausgang freigegeben hatte und verschwunden war, ging Sybylla auf die Tür zu. Mit jedem Schritt sank ihr Mut.

NUR IM NOTFALL BENUTZEN, stand auf einem Schild. DAS ÖFFNEN DER TÜR LÖST EINE ALARMSIRENE AUS.

Löst eine Alarmsirene aus. Sie nagte an der Unterlippe. Panik stieg in ihr hoch. Eine Alarmsirene würde das Personal herbeirufen und dem, der sie beobachtete, nicht nur einen Hinweis auf ihren Fluchtweg geben, sondern ihm auch zeigen, daß sie von ihrer Verfolgung wußte. Keiner dieser beiden Gedanken fand Sybyllas großen Beifall, doch die Alternative – nach oben zu schlendern und durch den Haupteingang hinauszugehen – war noch weit weniger reizvoll. Verzweifelte Situationen erfordern verzweifelte Maßnahmen, sagte sie sich, schob das Kinn vor und atmete tief durch.

Wie eine Fallschirmspringerin, die zum Sprung ansetzt, drückte sie die Türstange nach unten und hechtete nach vorn. Das schrille Jaulen des Alarms erschien ihr in ihrer Panik hundertmal lauter, als es tatsächlich war. Eine Metalltreppe führte steil nach oben zum Gehsteig. Sybylla rannte so schnell, daß sie kaum das Klappern ihrer Schuhe auf dem Stahl hörte. Sie lief durch die Zufahrt hinter dem Fitneßstudio, an Restaurantküchen vorbei, hinaus auf die 74. Straße, die baumgesäumt und fast menschenleer vor ihr lag. Der Broadway mit seiner hektischen Betriebsamkeit und seinem Lärm schien ihr die günstigste Wahl; sie lief zur Kreuzung, ging über die Querstraße und dann über die Avenue. Sie suchte nach einer Bar oder einem Restaurant mit einem Fenster, wo sie zur Beruhigung ihrer Nerven etwas trinken und den Haupteingang des Fitneßstudios im Auge behalten konnte, um zu sehen, ob sie wirklich in Sicherheit war. O'Ryan's schien genau das Richtige zu sein. Das Lokal war fast völlig dunkel; die einzige Lichtquelle bildete der Fernseher über der Bar, in dem das Celtics-Spiel lief, und die dichtgedrängt sitzenden Sportfans waren viel zu sehr auf das Spiel konzentriert, um Sybylla mehr als einen Blick zu widmen, als sie einen Drink bestellte. Sie wandten sich sofort wieder ihrem Bier und ihrem scherzhaften Geplänkel zu.

Sybylla ging mit ihrem Glas zu einem im Halbdunkel verborgenen Tisch am Fenster, kippte die Hälfte ihres Drinks in einem einzigen langen Schluck hinunter und versuchte, ihren

Puls willentlich zu verlangsamen. Das Fitneßstudio lag schräg gegenüber und wirkte völlig normal: tretende Beine, zur Schau gestellte Körper. Wenn der Alarm noch immer ertönte, so konnte Sybylla ihn aufgrund der Distanz nicht hören; sie vermutete jedoch, daß man herausgefunden hatte, wie man ihn abstellte, und die Kundinnen und Kunden überzeugt worden waren, daß alles in Ordnung sei und niemand das Training zu unterbrechen brauche, da kein Notfall vorliege. Wieder mal die Technik, die nicht funktionierte. Man kannte das ja.

Zehn quälende Minuten lang starrte sie dorthin, ohne zu wissen, was sie eigentlich erwartete, und während diese Minuten vergingen, verstärkte sich ihr Gefühl, daß sie sich geirrt hatte. Sie hatte doch nicht den geringsten Beweis dafür, daß der Mann, von dem Susu damals angestarrt worden war, sie verfolgte und töten wollte!

Worauf gründete sie eigentlich ihre Vermutung, daß der Laborbericht in ihrer Handtasche etwas Bemerkenswerteres enthielt als das Ergebnis, es handele sich um eine Erdölbase oder ein ungewöhnliches Säure-Basen-Verhältnis? Vielleicht waren der Mord an Susu und der Einbruch in ihre, Sybyllas, Wohnung ja doch genau das, für was sie das alles zunächst gehalten hatte, nämlich weitere Beispiele dafür, was New Yorkerinnen in diesen kriminellen Zeiten widerfahren konnte. Irgendwie hatte sie sich das Ganze aus ein paar Ingredienzien und einer überaktiven Phantasie zusammengesponnen, dabei aus ihrem Fitneßstudio eine Räuberhöhle gemacht und den höchstwahrscheinlich völlig normalen Mann auf dem StairMaster (Ein kleiner Angestellter! sagte sie sich vorwurfsvoll. Ein netter Onkel!) zum Schreckgespenst werden lassen und mit dieser selbstproduzierten Panikattacke ihr Leben um ein paar Jahre verkürzt. Es war wirklich schlimm mit ihr. Nicht mal ihr eigenes Leben konnte man ihr anvertrauen, vom juristischen Schicksal ihrer Mandanten ganz zu schweigen. Hysterisch war sie und infantil, und daß sie noch nie zuvor so etwas Idiotisches getan hatte, verdankte sie wohl einem Wunder.

Da bewegte sich etwas auf der anderen Straßenseite. Der StairMaster-Mann stand, noch immer im Sportoutfit, in der Tür des Fitneßstudios und blickte sich hektisch um. Gebannt sah sie zu, wie er zum öffentlichen Fernsprecher an der Ecke lief und, ohne zu zögern, die gerade telefonierende Frau wegschob. Die Frau wehrte sich nicht, sondern rannte davon. Der Mann hieb auf die Tasten und schlug dann mit der Faust an die Plexiglasscheibe. Sybylla beobachtete seine grotesk wirkende tonlose Wut wie einen Kampf in einem Stummfilm. Als er das Gespräch beendet hatte, rannte er die Avenue entlang und bog nach Osten ab. Er wollte zu ihrer Wohnung, das war Sybylla klar. Mit einer steifen Bewegung griff sie nach ihrem Glas. Sie war völlig benommen.

»Noch einen?«

Sybylla zuckte zusammen und hob den Blick. Es war eine Kellnerin. Die Sprechmelodie klang irisch.

»Wollen Sie noch einen?«

»Ja«, preßte Sybylla hervor. »Ja, bitte.«

»Gin-Tonic, ja?«

»Ja. Danke.«

Sie sah zu, wie die Kellnerin zur Bar ging. Sam würde erst in einigen Stunden aus der Bibliothek zurückkommen. Sollte sie dorthin gehen? Oder wurde er auch beschattet? War seine Wohnung sicher? War sein Telefon sicher? Sybylla schauderte. Würde sie diese Bar jemals wieder verlassen?

Die Kellnerin brachte den neuen Drink. Sybylla griff in ihre Handtasche, um zu zahlen, und streifte dabei den Umschlag mit der tödlichen Ausbuchtung. Als sie wieder allein war, zog sie ihn heraus und öffnete ihn vorsichtig mit einem Fingernagel. Das Implantat steckte in der Plastikhülle und war an die Laboranalyse und an einen Zettel geheftet, auf dem in Susus zackiger Handschrift »Ziemlich wüst, was?« stand.

Sybylla schluckte, blätterte auf die zweite Seite, griff gedankenverloren nach der Zuckerschale auf dem Tisch, nahm einen Würfel und bewegte ihn zwischen den Fingern hin und her. Dann steckte sie sich das weiße Ding in den Mund und nahm ganz bewußt wahr, wie der süße Geschmack sich dort ausbreitete und die Kehle hinab in den Magen glitt. Dann verkrampfte sich ihr Gedärm; ohne Vorwarnung verwandelte sich die Süße in ätzende Säure. Ihr wurde klar, was auf dem Blatt in ihrer Hand stand. Sie spie den Zuckerwürfel aus und rang nach Luft.

21

Sybylla preßte den Rücken fest gegen die Lehne der Sitzbank und starrte düster auf eine große Flasche Kirin Dry. Als sie ihn sah, stöhnte sie auf und zuckte zusammen, als stünde ihr Stuhl plötzlich unter Strom. Die langen Haare hingen ihr ins Gesicht, und ihre ohnehin blasse Haut war kreideweiß.

»Meine Güte!« sagte Sam und starrte sie an.

Sie erschauderte. »Komm, setz dich. Es sieht vielleicht nicht so aus, aber ich bin froh, daß du da bist.«

»Du bist ja völlig fertig.« Er schob seinen schweren Aktenkoffer unter den Tisch und setzte sich ihr gegenüber.

»Hoffentlich. Hab' mir schließlich stundenlang Mühe gegeben.«

Er sah sie kopfschüttelnd an. »Irgendwie habe ich das Gefühl, hier handelt es sich nicht um eines der üblichen erotischen Spielchen. Als ich deine Nachricht abhörte, dachte ich: Paar auf der Flucht! Verliebte Anwälte! Es war eine wirklich tolle Idee, aber wenn ich ehrlich sein soll, bin ich im Augenblick nicht gerade in Topform. Wie du dich vielleicht erinnerst, bin ich nämlich vom Gericht direkt in die Donnell Library gefahren, wo ich den ganzen Abend in einer Lesenische saß und über Leute las, die Taranteln LSD verabreicht haben. Als ich heimkam, wollte ich nur aus den Kleidern, in die Badewanne und etwas essen. Da erhalte ich diese kryptische Mitteilung, ich würde ganz tief in der Scheiße stecken und in Lebensgefahr sein und solle für eine Reise von unbekannter Dauer packen, da mich angeblich diverse unbekannte ruchlose Menschen verfolgten. Und wohin? In diese lausige Pinte, in der wir letzte Woche schon mal ein äußerst mittelmäßiges Essen genossen haben! Warum hast du mich denn nicht ins Le Cirque bestellt? Da hätte man uns wenigstens ein hervorragendes Dinner vorgesetzt!«

Sie nestelte am Etikett ihrer Bierflasche. »Ich wollte auf deinem Anrufbeantworter kein bestimmtes Lokal nennen. Ich wußte nicht, wer möglicherweise mithört. Ich mußte irgendein Restaurant finden, das du auf jeden Fall kennst. Außerdem«, sagte sie traurig, »bin ich fürs Le Cirque nicht richtig angezogen.«

»Das sehe ich.« Er stieß einen tiefen Seufzer aus. »Also gut. Was ist los?«

Sybylla sah ihn an. »Es ist nichts wahnsinnig Interessantes. Ich habe nur gerade herausgefunden, warum meine Freundin Susu ermordet wurde, und das hat meine Pläne dann doch ein bißchen durchkreuzt. Vor allem in Anbetracht der Tatsache, daß bestimmte Leute offenbar das Gespräch mit mir suchen.«

»Aber es ging da doch um Drogen. Warum sollte denn irgendein Junkie an dir interessiert sein?«

»Es ging nicht um Drogen«, erwiderte sie trocken. »Es ging um eine bestimmte Droge.« Sie griff in ihre Handtasche und warf den kleinen Plastikumschlag auf den Tisch. »Und zwar um diese.«

Er starrte das Ding an. »Hör mal, Sybylla! Hast du was dagegen, daß ich uns etwas zu essen bestelle, während wir darüber sprechen? Ich bin halb verhungert und habe den ganzen Abend alles mögliche über LSD gelesen.«

Sybylla schnaubte verächtlich auf.

Der Kellner empfahl die Shrimp-Tempura mit solcher Inbrunst, daß Sybylla sofort eine Kiste ältlicher Shrimps vor sich sah, die hoffnungsvoll in der Küche wartete. Sam bestellte ein Steak Teriyaki, extrem gut durchgebraten, und für Sybylla, obwohl sie heftig protestierte, dasselbe.

»Mann, ich wußte gar nicht, daß du so ein Macho bist!«

»Du siehst aus, als könntest du etwas Eßbares vertragen«, erwiderte er ungerührt.

»Ich will noch ein Kirin Dry«, sagte sie zum Kellner.

Mit einem Seitenblick auf Sam – wohl um dessen Erlaubnis nachsuchend, dachte Sybylla bissig – zog sich der Kellner zurück.

Sam beugte sich vor und stützte die Ellbogen beiderseits des Sapporo-Platzdeckchens auf den Tisch. »Möchtest du nicht einfach mit dem Anfang beginnen?«

»Eigentlich nicht«, sagte sie schmollend. »Aber es wäre wohl das beste.« Sie seufzte auf, entschuldigte sich vorsorglich dafür, es ihm nicht schon längst erzählt zu haben, und informierte Sam über ihr erstes Gespräch mit Dr. Turturro sowie über das Implantat, das sein Kollege aus Trent herausoperiert und unbekümmert als für diesen »Schizophrenen wie aus dem Lehrbuch« völlig belanglos abgetan hatte. Sie erzählte ihm, daß sie das Ding bewußt aus dem Amtsweg herausgehalten und statt dessen Susu gegeben hatte, deren Begeisterung für Krimis sie ausnutzend, um sie dazu zu bringen, das Ding zu analysieren.

»Ich hatte keine Ahnung, daß das Implantat so wichtig war. Ich hatte keine Ahnung, daß es überhaupt irgend etwas zu bedeuten hatte. Turturro zeigte nicht das geringste Interesse daran. Er dachte, es stamme aus einem medizinischen Test oder so. Er hielt es für ein neues Nikotinentwöhnungsmittel. Ich weiß noch, daß ich ihn fragte, ob es etwas mit Trents geistigem Zustand zu tun haben könne. Da wurde er so widerlich herablassend. Nein, meinte er, gefährliche Medikamente würden sie an Menschen nicht testen. Nicht mal an Obdachlosen.«

Er sah sie vorwurfsvoll an. »Ich hoffe, du bist dir darüber im klaren, daß ich immer noch nicht weiß, wovon du redest.«

Da sie das Flaschenetikett bis auf einen kleinen Rest abgekratzt hatte, nahm sie sich nun ihr Platzdeckchen vor. »Nach ihrem Tod dachte ich, ich würde das Implantat nie wiedersehen. Ich dachte, man hätte es beim Reinigen des Labors weggeworfen. Aber es war schon gar nicht mehr im Labor, verstehst du? Sie hatte die Analyse bereits durchgeführt. Als die Einbrecher kamen, hatte sie es nicht mehr, konnte es ihnen nicht geben, und da unternahmen die den nächsten logischen Schritt. Sie durchsuchten meine Wohnung; doch da war es auch nicht. Du hättest mein Bad sehen sollen! Die hatten das allergrößte Interesse an meinem Bad. Das da haben sie gesucht« – sie fuchtelte mit dem Implantat vor Sams Nase herum – »und es lag die ganze Zeit in einer Schublade im Fitneßstudio und wartete darauf, daß ich endlich kam und es abholte. Und als ich das heute abend tat, ist mir dieser dicke, halslose Muskelprotz hinterhergewetzt.«

»Ist das wahr?« fragte er und wirkte zum erstenmal beunruhigt. »Jemand hat dich verfolgt?«

Sie schüttelte den Kopf. »Nicht direkt. Aber so was Ähnliches. Ich bin durch den Notausgang rausgerannt, und ein paar Minuten später stürmte er aus dem Haupteingang. Ich habe ihn von hier aus beobachtet. Er hat dann eine arme Frau vom Telefon an der Ecke weggedrängt und mit jemandem telefoniert. Anschließend ist er in Richtung meiner Wohnung davon.«

Sam sah sie sehr ernst an. »Dir ist doch klar, wie das klingt, oder?«

»Nein, keine Ahnung. Ich weiß nur, was passiert ist, und ich bedauere sehr, daß du mir offenbar nicht glaubst.«

»Ach was, darum geht es doch gar nicht! Aber für das, was du da schilderst, gibt es eine Unmenge anderer Erklärungen, nicht nur die eine, in die du dich festgebissen hast. Warum sollte dieser halslose Kerl überhaupt etwas mit dir zu tun haben? Vielleicht ist ihm plötzlich eingefallen, daß seine Mutter heute Geburtstag hat oder so, und er hat sie angerufen.«

»Nachdem er wie wild auf dem halben Broadway nach ihr Ausschau gehalten hatte? Nein, das glaube ich nicht. Außerdem hatte ich ihn schon mal gesehen. Er starrte Susu an. Ich weiß es noch genau, ich sagte nämlich damals zu ihr, sie habe einen Verehrer. Dieser Scheißkerl!«

Sam seufzte auf. »Und, was haben wir jetzt in der Hand? Was bedeutet das Ganze?«

»Juristisch betrachtet, überhaupt nichts – nur keine Sorge, dessen bin ich mir völlig bewußt. Aber irgend etwas geht hier vor, und das alles dreht sich nur um dieses Ding.« Sie nahm das Implantat in die Hand. »Wenn ich mich irre, haben wir viele unzusammenhängende und unerklärte seltsame Vorkommnisse – okay. Aber wenn ich richtig liege, ergibt das alles plötzlich einen Sinn. Mal abgesehen davon, daß ich es nicht kapiere.«

»Na gut«, sagte Sam nickend. »Nehmen wir mal einen Moment lang an, du hättest recht.« Er musterte sie scharf. »*Womit* liegen wir dann richtig? Um was geht es hier überhaupt?« Er klopfte mit dem Finger auf das kleine Plastikteil. »Was für eine gefährliche Substanz ist es denn nun, die diesen ganzen Zirkus bewirkt?«

Sybylla lehnte sich seufzend zurück, während der Kellner einen Teller mit Fleisch vor sie stellte, das mit einer Kruste aus scharf riechender Teriyaki-Sauce überzogen war. »Du kennst dich damit wahrscheinlich besser aus als ich«, erklärte sie Sam, der gerade den ersten Bissen von seinem Steak auf die Gabel spießte. »Es ist LSD.«

Kurz vor seinem Mund blieb die Gabel plötzlich reglos in der Luft hängen. Endlich zeigte er sich wirklich interessiert. »Wie bitte?«

»Ja, LSD. Und ein paar andere Sachen, mit denen ich mich

nicht auskenne. Schau mal!« Sie zog Susus von ihr bereits mehrmals studierten Bericht aus der Handtasche und schob ihn Sam über den Tisch zu.

QUANTITATIVER & QUALITATIVER ANALYSEBERICHT
OBJEKTNUMMER: NA
AUFTRAGGEBERIN: SYBYLLA MULDOON

BESCHREIBUNG
Das Objekt ist scheibenförmig, flach und wachsweiß. Entspricht keinem im Handel erhältlichen pharmazeutischen Verabreichungssystem.

PHYSIKALISCHE EIGENSCHAFTEN
Gewicht: 29,7 Gramm
Absolute Dichte: 2,973
Durchmesser: 1,48
Schmelzpunkt: 42 Grad Celsius

CHEMISCHE ANALYSE
(Gewichtsanalytische Bestimmung)
Lysergsäurediäthylamid: 7,3 Gramm
Skopolamin: 1,8 Gramm
Glukoselösung: 11 Gramm
Laktatlösung: 9 Gramm

ERSTELLT DURCH: S. PATEL

»Lysergsäurediäthylamid.« Sie deutete auf das Wort, wie um das ohnehin Offensichtliche hervorzuheben. »Dieses Ding da ist eine Hostie aus der Hölle. Es hat eine Depotwirkung, verstehst du? Sobald es im Körper ist, gibt es eine konstante Menge der Droge ab, und zwar so lange, bis es leer ist oder entfernt wird. Susu hat mir eine ganze Vorlesung über Implantationstechnologie und die erstaunlichen medizinischen Erfolge gehalten, die diese Technologie in Zukunft bei Menschen haben wird, denen man nicht zutrauen kann, daß sie ihre Medikamente regelmäßig einnehmen. Tuberkulose, Diabetes, Hormontherapie gegen Krebs...

Das wird bald ganz groß rauskommen, verstehst du? Aber wohin dieses kleine Ding hier gehört« – sie nahm es zwischen Daumen und Zeigefinger – »wissen nur die Leute, die es hergestellt haben. Wer immer diese Leute sind.« Sie heftete den Blick auf Sam. »Es stammt aus Trents Oberarm. Was, meinst du, hatte es dort verloren?«

Sam sah sie an. »Ich habe nicht die geringste Ahnung.«

»Erinnerst du dich an die Wahnvorstellungen, die Trent seit seiner Verhaftung von sich gibt? Ich würde sagen, es sieht allmählich ganz so aus, als wäre das die Wahrheit.«

Sam starrte mit leerem Blick auf seinen Teller. Er hatte offenbar vergessen, wie hungrig er war. »Mein Gott! Warum sollte jemand so etwas tun?« Er schüttelte den Kopf und schwieg eine Weile. Dann sagte er: »Die Dauer des Rauschzustands!«

»Genau. Das mit dem acht- bis zehnstündigen LSD-Trip können wir vergessen. Solange dieses Teil in Trents Körper steckte, war er definitiv nicht *compos mentis.*«

»Er war auf Trip, als er das Mädchen anfiel.«

Sybylla rollte die Kirin-Flasche zwischen den Handflächen hin und her. »Ich wußte, daß Trent so etwas nie tun würde. Ich wußte es einfach.«

»Dann... Wann haben sie das Ding entfernt?«

»Am Tag seiner Einlieferung ins Bellevue. Und einige Wochen später teilte man mir mit, er wolle mich sprechen. Als ich ihn damals besuchte, war er ein bißchen benebelt, wirkte aber ansonsten völlig gesund. Er hatte natürlich Erinnerungslücken und große Angst – Paranoia, dachte ich. Aber im Prinzip wirkte er normal. Fast so, wie ich ihn von früher her kannte.«

Sam schob seinen Teller weg und bestellte mit einer Handbewegung ein Bier. »Im Grunde wissen wir doch überhaupt nichts, Syb. Das ist doch alles nur Spekulation.«

»Jetzt hör mir mal zu!« fauchte sie ihn an. »Eines weiß ich ganz genau: Solange das hier ein Geheimnis ist, bin ich in Gefahr, und du auch, und überhaupt jeder, der von dem Ding weiß. Wir müssen Turturro morgen so früh wie möglich dazu bringen, über das Implantat auszusagen. Dann muß ich dafür sorgen, daß dieser Bericht hier als Beweismittel zugelassen wird, oder ihn irgendwie veröffentlichen. Das ist dann unser Schutz, verstehst du? Solange es ein Geheimnis bleibt, sind wir angreifbar. Es geht jetzt nicht mehr nur um Trent, sondern um uns, und ich scheue mich nicht, dir offen zu sagen, daß ich eine Scheißangst habe.«

Zum erstenmal an diesem Abend stimmte er ihr vorbehaltlos zu.

22

Turturro war alles andere als begeistert darüber, um sechs Uhr morgens aus dem Bett geklingelt zu werden; auch die Aussicht, in ein paar Stunden, gleich zu Beginn von Trents Verteidigung, als erster aussagen zu müssen, fand nicht seinen Beifall, denn wegen dieser Änderung des Zeitplans würde er mehrere Termine sowie die von ihm geleitete Lehrvisite verschieben müssen. Als Sybylla ihm erklärte, ihre Fragen an ihn würden sich nicht auf Trents Geisteszustand, sondern auf die LSD-Rückstände und das in seinem Arm entdeckte Implantat konzentrieren, wurde der Psychiater stinksauer.

»Sie bringen mich nicht dazu, vor Gericht auszusagen, daß dieser winzige Rückstand von LSD in seinem Blut irgend etwas mit dem psychotischen Schub zu tun hat, den er vierundzwanzig Stunden zuvor erlitt!« brüllte er in den Apparat. »Wenn im Bellevue Lysergsäurediäthylamid in ihm gefunden wurde, war der frühestmögliche Zeitpunkt der Drogeneinnahme zwölf Stunden zuvor, basta. Habe ich mich klar ausgedrückt?«

»Völlig klar«, sagte Sybylla hastig. Es wäre soviel wirkungsvoller, ihn erst im Zeugenstand zu überraschen, anstatt es ihm schon jetzt zu erzählen.

»Und was dieses Implantat betrifft – ich weiß zwar nicht, was Sie darüber herausgefunden zu haben glauben, aber ich bezweifle sehr, daß es irgend etwas ist, das im Rahmen einer wissenschaftlichen Analyse unter den gegebenen Umständen auf einen Schuldbefund hindeutet.«

»Dr. Turturro«, sagte Sybylla bestimmt. »Sie sind Wissenschaftler, und ich respektiere Ihre skeptische Haltung, aber ich erwarte von Ihnen auch, daß Sie Ihre Vorurteile so lange beiseite lassen, bis Sie die Ergebnisse zu hören bekommen.«

Er lachte kurz und sehr herablassend auf. »Was war es denn –

ein kleiner Computerchip, der in seinem Kopf die Stimme Gottes abspielte? ›Gehe hin und stich auf kleine blonde Mädchen ein?‹«

In gewisser Hinsicht ja, hätte sie am liebsten gesagt. Sie verabschiedete sich , legte den Hörer auf und sank auf das durchgelegene Hotelbett zurück.

Sam stützte sich auf einen Ellbogen. »Laß mich raten! Er war wohl nicht gerade erfreut über deinen Anruf, was?«

»Ging nun mal nicht anders. Ich liege seit Stunden wach und bin fast ausgerastet. Ich konnte mit dem Anruf einfach nicht länger warten. Ich fühle mich so ausgeliefert. Sobald es an die Öffentlichkeit kommt, hat niemand mehr ein Motiv, uns davon abzuhalten, das, was wir wissen, weiterzuerzählen. Aber bis dahin...« Sie sah ihn an. »Ich habe solche Angst.«

»Ich weiß«, sagte er leise, nahm die kleine Plastikscheibe vom Nachtschränkchen und seufzte tief. »Weißt du, ehrlich gesagt, wäre mir jetzt bedeutend wohler, wenn du das hier einfach auf dem Amtsweg ins Labor geschickt hättest, wie es sich gehört. Dann stünde jetzt alles in den Akten.«

Sie setzte sich auf und ließ den Blick über das im typischen Hotel-Beige gehaltene Zimmer wandern. Im Augenblick konnte sie sich nicht mal an den Namen des Etablissements erinnern, in das sie sich einquartiert hatten, was sie merkwürdigerweise so beruhigte, als wäre die Ununterscheidbarkeit dieses Hotels von Tausenden anderer eine Art Tarnung für sie. Sie sah Sam an. »Ich habe es Susu gegeben, weil ich mich nicht blamieren wollte, falls es sich als falsche Fährte herausstellte, wie Turturro vorhergesagt hatte. Ich gab es Susu, damit es wirklich nichts war, falls es nichts sein sollte. Ich wollte, daß von meiner Vermutung nicht das Geringste zurückblieb, wollte im Fall des Falles nichts damit zu tun haben und hatte am allerwenigsten Lust auf einen Andrew Greer, der mir vorhält, ich würde mich doch nur an einen allerletzten Strohhalm klammern.«

Auch Sam richtete sich auf. »Wir dürfen jetzt nicht in Panik geraten, Syb. Ich sehe ein, daß mit diesem Implantat etwas faul ist, denn ich glaube, daß LSD-Tests an Menschen in den sechziger Jahren verboten wurden. Meiner Meinung nach befleißigt sich da irgendeine Pharmafirma etwas ungewöhnlicher Forschungsmethoden. Das sind ganz miese Typen, keine Frage, aber sie bringen bestimmt keine Pflichtverteidigerinnen um.«

»Sie haben eine Chemieprofessorin umgebracht«, gab Sybylla zu bedenken.

»Das wissen wir nicht.«

»O doch! Das denke ich schon.«

Er dachte, den Blick auf sie gerichtet, eine Weile nach. »Was machen wir jetzt mit dem Ding? Wo willst du es verstecken?«

Sie lächelte. »Wo ist die Drugstore-Tüte?«

Sam langte unters Bett und hob eine Love-Cosmetics-Tüte auf. Am Abend zuvor hatten sie eine Dreierpackung Kondome gekauft, in der noch eines steckte, sowie einen Klebestift, dessen Funktion Sam weit weniger klar war. Er sah zu, wie Sybylla das letzte Kondom aus der Packung zog.

»Ich fühle mich geschmeichelt, Liebling, aber selbst ich habe gewisse Grenzen«, meinte er.

»Mann, bist du eingebildet! Paß auf!« Sie öffnete vorsichtig die Kondomhülle und drückte den Latexring heraus. Dann nahm sie das Implantat aus dem Plastikumschlag.

»Das ist nicht dein Ernst!« sagte Sam voller Bewunderung.

»Und ob!« Die kleine Scheibe paßte genau hinein. Sybylla klebte die Kondomhülle mit dem Stift zusammen; das Ganze sah ein bißchen ramponiert aus, so wie eine Kondomhülle eben aussieht, wenn sie in der Brieftasche einer modernen Single-Frau herumgeschleppt wird; denn genau dorthinein steckte sie das Ding. Sam nickte beifällig.

Um acht Uhr schlichen sie sich durch einen Seiteneingang ins Gebäude 100 Centre Street und gingen zum Zellentrakt.

»Bißchen früh«, meinte der Gerichtsbeamte. »Haben Sie letzte nacht durchgearbeitet, oder was!«

»So könnte man es ausdrücken, ja«, erwiderte Sam.

Der Gerichtsbeamte ließ den Blick von Sam zu Sybylla und zurück wandern und verzog dann unmißverständlich das Gesicht. »Ich weiß gar nicht, ob Trent schon wach ist.«

»Dann wecken Sie ihn, bitte«, sagte Sybylla.

Trent wurde geweckt und kurze Zeit später mit verquollenen Augen in den winzigen Besprechungsraum geführt. Sybylla wartete, bis der Gerichtsbeamte gegangen war.

»Die Situation hat sich geändert«, teilte sie ihm mit und legte ihre Hand auf seine.

»Ja?«

»Ich möchte, daß Sie mir alles erzählen, an das Sie sich erinnern können. Erzählen Sie mir von dem Lieferwagen, von dem Zimmer, von den Leuten, einfach alles!«

Trent schüttelte heftig den Kopf. »Das geht nicht.«

»Warum denn nicht?« fragte Sam und beugte sich zu ihm vor. »Trent, wir würden Sie nicht danach fragen, wenn es keinen guten Grund dafür gäbe. Es ist zu *Ihrem* Besten. Es ist für *Ihre* Verteidigung.«

»Ich würd's ja tun«, sagte Trent, »aber dann kriegen Sie Schwierigkeiten.«

Sybylla schnaubte wütend auf, verstärkte ihren Griff um Trents Handgelenk und sagte mit schneidender Stimme: »Ich habe eine Neuigkeit für Sie, alter Freund: Ich stecke bereits in Schwierigkeiten und Sam auch. Ich lasse Ihnen jetzt keine Wahl. Also, los, raus mit der Sprache!«

Trent starrte sie an. »Sie glauben mir jetzt, was? Sie haben mir nicht geglaubt, aber jetzt glauben Sie mir.«

»Da haben Sie recht«, sagte Sybylla grimmig. »Tut mir leid, daß ich's nicht schon früher getan habe. Irgendwer hat sich große Mühe gegeben, etwas in Ihren Körper zu verpflanzen. Ich will wissen, wer das war und wie es passiert ist. Mir ist klar, daß Sie mir bei der Frage nach dem Grund nicht viel helfen können.« Sie schlug einen Schreibblock auf und wartete mit gezücktem Filzstift.

Trents Blick heftete sich auf den zerkratzten Tisch zwischen ihnen. »Ich war an meinem Schlafplatz, hab' ich Ihnen ja schon gesagt. Hab' geschlafen. Dann bin ich aufgewacht, weil da so ein Kleinbus rückwärts rangefahren ist. Der hintere Teil von dem Wagen war fast über mir. Ich hab' gerufen: ›Hey!‹ und hab' versucht, aus meinem Schlafsack rauszukommen. Da ist die hintere Tür aufgegangen, und diese zwei Typen haben versucht, mich reinzuwerfen. Einer von denen war ziemlich stämmig, das weiß ich noch, wie ein Gewichtheber oder so. Der andere war noch ganz jung. Kleiner dürrer schwarzer Junge. Hatte so 'nen ganz kurzgeschorenen Kopf mit so Mustern an der Seite. Der Kleine hat gesagt: ›Los, du kommst jetzt mit ins Asyl! Du stinkst, du brauchst 'ne Dusche!‹ ›Kommt nicht in die Tüte‹, hab' ich gesagt, ›ich geh' nicht ins Asyl. Bin schon seit meiner Kindheit in keinem Asyl mehr gewesen.‹ Und dann hat mir einer von denen 'ne Spritze verpaßt, ehrlich.« Er klatschte sich auf den Hosenboden. »Da hin. Hat scheißweh getan. Das war's dann auch schon mit dem Wagen.«

Sybylla schrieb hastig mit. »Wie meinen Sie das?« fragte Sam.

»Als nächstes weiß ich, daß ich in 'nem kleinen Zimmer auf 'nem kleinen Bett lag. Meine Kleider waren weg, und ich hatte so 'nen blöden Krankenhauskittel an. Ganz viele Leute sind reingekommen und wieder rausgegangen, haben mir Fieber gemessen und Blut abgezapft. Ich hab' immer wieder gesagt: ›Was tun Sie da? Ich will raus hier. Ihr könnt mich nicht im Asyl behalten, wenn ich nicht will, das ist verboten!‹ Ich kenne meine Rechte. Aber keiner hat was zu mir gesagt. In dem Zimmer war kein Fenster, ich weiß nicht, wie lang ich da drin war, und außerdem haben die mir ständig Spritzen verpaßt, und das war garantiert starkes Zeug. Beim Aufwachen hab' ich mich nämlich total mies gefühlt.«

»Glaubten Sie da immer noch, Sie befänden sich in einem Asyl?« fragte Sam.

»Weiß ich doch nicht, Mann! Sah jedenfalls nicht so aus wie die Asyle, die ich kenne. Pieksauber war's da. Da hätte man vom Fußboden essen können. Dann hab' ich mir gedacht, vielleicht ist es ein Krankenhaus und kein Asyl. Dann ist wieder einer reingekommen, und ich habe gesagt: ›Ihr könnt mich hier nicht gegen meinen Willen festhalten, außer ich bin eingewiesen worden. Ich will die Einweisungspapiere sehen, oder ihr laßt mich hier raus. Ich kenne meine Rechte!‹ Aber die haben mich nicht rausgelassen.«

»Gut«, sagte Sybylla und schrieb zu Ende. »Was passierte dann?«

»Dann?« Er schüttelte den Kopf. »Weiß ich nicht. Bin immer wieder eingedöst und aufgewacht, kann mich nicht daran erinnern, daß was passiert ist und dann ist das nächste passiert oder so. Aber irgendwann hab' ich gemerkt, daß ich nicht mehr in dem Zimmer war. Die haben mich da rausgeholt, klar? An jedem Arm hängt mir so 'n Scheißkerl, und die führen mich durch so 'nen Gang. War arschkalt da, als wäre der Boden aus Eis oder so. Die haben mich in so was wie 'nen Operationssaal geführt. Da hab' ich voll losgebrüllt, das können Sie mir glauben. Dann bin ich losgerannt und war plötzlich in irgend so 'nem Gebüsch. Dann war da ein Zug, aber das war vielleicht erst später. Und als nächstes erinnere ich mich, daß ich drüben im Krankenhaus war.« Er hob den Blick und sah Sybylla an. »Im richtigen Krankenhaus, meine ich. Wo Sie dann gekommen sind.«

»Sie wissen also nicht, was man in diesem Operationssaal mit Ihnen gemacht hat?«

Er schüttelte den Kopf. »Nä. Keine Ahnung.«

»Und auch nicht, wie Sie von dort geflohen sind? Und an das kleine Mädchen können Sie sich auch nicht erinnern?«

»Nä. Wenn ich das wirklich getan habe –« Er warf Sybylla einen schuldbewußten Blick zu; dieses Zugeständnis machte er zum erstenmal. »Wenn ich das wirklich getan hab', dann war ich ganz bestimmt verrückt. Aber eins kann ich Ihnen sagen: Bevor diese Leute an mir rumgemacht haben, war ich völlig klar im Kopf. Bevor die mich in den verfluchten Kleinbus gestoßen haben, hätte ich nie im Leben ein Kind niedergestochen!«

»Ja, ich weiß«, sagte Sybylla. Sie griff in ihre Handtasche und holte das Implantat hervor. »Das da hat man Ihnen aus dem Arm herausoperiert, Trent«, sagte sie leise. »Haben Sie das schon mal gesehen?«

Er starrte mit aufgerissenen Augen auf die Scheibe. Dann schüttelte er langsam den Kopf.

»In meinem Arm war das? Wo die Narbe ist?«

Er grübelte eine Zeitlang mit aufeinandergepreßten Lippen. Sybylla hörte ihn keuchend atmen. »Das durften die nicht!« Stieß er schließlich hervor.

»Da haben Sie recht«, stimmte Sybylla ihm zu. »Man hat Ihre Rechte verletzt, und ich werde herausfinden, warum. Aber ich will Sie nicht anlügen, Trent. Man wird Sie wahrscheinlich trotzdem nicht freilassen, und zwar aufgrund dessen, was dem kleinen Mädchen zugestoßen ist. Sie haben sie ja im Zeugenstand gesehen. Sie haben gesehen, wie sie aussieht. Was immer man mit Ihnen gemacht hat – Sie sind inzwischen wieder normal, aber sie wird nie mehr normal sein. Es ist nicht Ihre Schuld, aber Sie müssen damit rechnen, daß man Ihnen trotzdem nicht vergibt. Verstehen Sie?«

Trent starrte sie an, und Sybylla spürte, daß er alles, was sie ihm gerade gesagt hatte, genau verstanden hatte. Die Ungerechtigkeit der Sache wallte in ihm auf; dann schien ihn plötzlich eine merkwürdige Resignation zu überkommen. Nach einer Weile beugte er sich vor und berührte gedankenverloren die weiße Scheibe, die in der Mitte des Tisches lag. »Finden Sie's raus«, sagte er so leise, daß Sybylla ihn nur mit Mühe verstand. »Tun Sie's für mich.« Er sah sie an. »Sie kriegen raus, warum die das gemacht haben.«

»Ja, ich krieg's raus«, versprach sie ihm.

Er lehnte sich verzweifelt zurück. Sybylla schob die Verschlußkappe auf den Filzstift.

»Trent«, sagte Sam. »wir haben die Reihenfolge der Zeugen, die heute vormittag aussagen sollen, geändert. Ihr Arzt vom Bellevue soll als erster aussagen, weil die Geschworenen von ihm über das Implantat unterrichtet werden müssen. Dann kehren wir zur ursprünglichen Reihenfolge zurück; Sie sind wahrscheinlich am späten Vormittag dran. Okay?«

Er nickte langsam.

Sybylla warf einen Blick auf ihre Uhr. Es war kurz vor neun. »Wir müssen los.«

Trent blieb reglos, mit schlaffen Wangenmuskeln sitzen und starrte auf die Stelle des Tisches, wo die Scheibe gelegen hatte. Er hatte zwar durch Sybyllas Glauben an seine Unschuld eine Art Wiedergutmachung erfahren, gleichzeitig aber hören müssen, daß seine Freiheit in weiter Ferne lag. Mitten im Niemandsland zwischen Wut und schierer Verzweiflung, wirkte er auf Sybylla wie ein Mensch, der soeben erfahren hatte, daß sein Leben nicht nur bald zu Ende gehen würde, sondern bereits zu Ende war.

23

»Ist die Verteidigung bereit fortzufahren, Ms. Muldoon?«

Sybylla erhob sich. »Wir sind bereit, Euer Ehren. Wir rufen Dr. Bruno Turturro in den Zeugenstand.«

Sie sah sofort, daß seine Laune sich seit dem letzten gemeinsamen Gespräch nicht wesentlich gebessert hatte. Er verzog sogar ungünstigerweise das Gesicht, als er auf dem Weg nach vorn an ihr vorbeikam, doch sie war zu angespannt, um darauf zu reagieren. Ihr Bestreben, das LSD und das Implantat als neue Beweismittel vorzulegen, war so stark, daß sie die einleitenden Worte nur mit größter Anstrengung herausbrachte. Greer beobachtete sie selbstgefällig und hatte den Kugelschreiber bereits gezückt, um die von ihm erwarteten Absurditäten des Psychiaters zu notieren.

»In welchem Fachgebiet arbeiten Sie, Herr Doktor?« lautete Sybyllas Eingangsfrage.

»Ich bin Psychiater und Internist.«

»Wo haben Sie studiert?«

Turturro seufzte auf und gab seinen beruflichen Werdegang zum besten: »Zunächst studierte ich an der Syracuse University, dann am Downstate Medical College. Das ärztliche Praktikum und die Assistenzarztzeit absolvierte ich in der psychiatrischen Abteilung des Cook County Medical Center in Chicago. Seit acht Jahren arbeite ich im Bellevue und bin dort derzeit Oberarzt in der psychiatrischen Abteilung.«

»Haben Sie außer Ihren Patienten im Bellevue auch Privatpatienten?«

»Nein. Ich bin Angestellter des Krankenhauses. Meine Patienten werden mir, wenn Sie so wollen, von der Stadt zugewiesen. Es sind normalerweise Männer und Frauen, die sich entweder zu Hause oder in der Öffentlichkeit asozial verhalten haben oder geistig verwirrt sind und zur Begutachtung ins Bellevue eingewiesen wurden. Meine Aufgabe besteht darin, ihren Zustand zu bewerten und die Therapie zu bestimmen.«

Sybylla blätterte ihre Notizen durch und zeigte es deutlich, als sie die richtige Seite gefunden hatte. Die Geschworenen sollten wissen, daß das Einleitungsgeplänkel vorüber war.

»Dr. Turturro, haben Sie am fünfzehnten März dieses Jahres

einen Patienten untersucht, der jetzt der Angeklagte in diesem Prozeß ist?«

Turturro sah verdutzt zu Trent hin. »Ja.«

»Würden Sie uns, bitte, ohne zunächst auf Ihre vorläufige Diagnose einzugehen, kurz beschreiben, welche Symptome der Patient aufwies?«

Turturro setzte sich aufrecht hin und schlug die langen Beine übereinander. »Der Patient war extrem agitiert. Er schrie und reagierte auf beziehungsweise sprach mit Personen oder Wesen, die nicht präsent waren. Seine Gliedmaßen zitterten und bewegten sich ruckartig. Der Patient schien darüber hinaus große Angst zu haben.«

»Ich verstehe.« Sybylla ging um ihren Tisch herum. »Dr. Turturro, haben Sie den Patienten körperlich untersucht?«

»Ja.«

»Und was umfaßte diese Untersuchung alles?«

»Also, unsere Aufnahmeuntersuchung beinhaltet normalerweise eine Blut- und Urinuntersuchung, Temperaturmessung, Blutdruckmessung, das Abtasten der inneren Organe sowie das Abtasten nach gebrochenen Knochen – eben alles, was man ertasten kann, denn ein geistig verwirrter oder nicht ansprechbarer Patient ist meist nicht in der Lage, uns etwas über seinen körperlichen Zustand mitzuteilen.«

»Und das alles haben Sie auch bei Trent gemacht?«

»Ja.«

»Also, dann gehen wir das mal durch.« Sie tat so, als überfliege sie ihre Notizen. »Welche Körpertemperatur hatte Trent?«

Der große Mann warf einen Blick auf seine Unterlagen. »37,3 Grad Celsius. Das liegt im normalen Bereich.«

»Waren Knochen gebrochen?«

»Nein.«

»Stießen Sie beim Blut- und Urintest auf Ungewöhnliches?«

Diesmal antwortete Turturro, ohne seine Unterlagen zu konsultieren. »Ich weiß nicht, ob man es unter den gegebenen Umständen als ungewöhnlich bezeichnen kann, aber der Test auf Lysergsäure fiel positiv aus.«

Sie neigte den Kopf, als hätte sie das Wort noch nie gehört. »Entschuldigen Sie bitte, Herr Doktor, wie war das – Lyserg...?«

Er warf ihr einen spöttischen Blick zu. »Besser bekannt unter dem Namen LSD, Ms. Muldoon.«

Die Reaktion auf seine Antwort erfolgte prompt. »Hey!« schrie Greer. »Ich verlange eine sofortige Unterredung vor dem Richtertisch!«

Coffin hob die Hände. »Schon gut, schon gut, deswegen brauchen Sie doch nicht so zu schreien, Mr. Greer. Ms. Muldoon?«

Sybylla verkniff sich ein Grinsen und trat vors Richterpult. Greer war außer sich.

»Was soll dieser Mist?« fauchte er. »Worauf wollen Sie hinaus?«

»Ich weiß wirklich nicht, was Sie meinen«, erwiderte sie mit gespielter Naivität. »Was soll das heißen, worauf will ich hinaus? Es dürfte doch deutlich geworden sein, daß ich auf die Wahrheit hinaus will.«

Der Staatsanwalt war puterrot vor Wut. »Was läuft da eigentlich? Konnten Sie keinen Psychiater auftreiben, der Ihnen bestätigt, daß der Kerl verrückt war? Wenn Sie eine auf Unzurechnungsfähigkeit aufbauende Verteidigung ankündigen, führen Sie sie auch gefälligst aus, verdammt noch mal!«

»Mr. Greer«, sagte Coffin. »Ich bin sicher, daß Sie sich auch ohne Flüche auszudrücken vermögen.«

Sybylla schüttelte den Kopf. »Sie sind ja ganz durcheinander, Mr. Greer. Wie kommen Sie denn auf die Idee, ich würde die Verteidigung auf Unzurechnungsfähigkeit aufbauen?«

Er starrte sie völlig fassungslos und laut keuchend an.

»Was –« sagte er nach Luft schnappend. »Sie haben es uns doch mitgeteilt! Sie haben der Staatsanwaltschaft mitgeteilt, daß wir mit der Einrede der Unzurechnungsfähigkeit zu rechnen haben.«

»Mag sein, daß wir das zu einem bestimmten Zeitpunkt vorhatten«, erwiderte Sybylla freundlich, »aber ich kann Ihnen versichern, daß wir diese Absicht schon vor geraumer Zeit fallengelassen haben, als wichtiges Beweismaterial auftauchte. Ich denke, ich kann guten Gewissens behaupten, daß ich seit Beginn dieses Verfahrens kein einziges Mal das Wort ›Unzurechnungsfähigkeit‹ ausgesprochen habe.« Sie sah ihn achselzuckend an. »Sie können ja das Protokoll daraufhin durchsehen, wenn Sie wollen. Sie werden nichts finden, was auf eine derartige Verteidigungsstrategie hindeutet.«

»Ach, kommen Sie mir doch nicht mit so was!« Er war dicht vor sie getreten; er hatte Mundgeruch. »Sie haben doch diese Zeugin zu der Aussage gebracht, er sei verrückt, und der Arzt sagte das gleiche. Und das Opfer auch, verflucht noch mal!«

Coffins sonst so freundliche Miene verschwand. »Mäßigen Sie sich, Mr. Greer! Mir ist klar, daß Sie zornig sind, und ich gebe zu, daß Sie dazu allen Grund haben, aber ich warne Sie: Provozieren Sie mich nicht!« Dann wandte er sich an Sybylla. »Ich glaube, wir haben es hier mit einer List Ihrerseits zu tun, Ms. Muldoon, mit einer List, die sich allerdings im Rahmen des Gesetzes bewegt.« Er sah sie eindringlich an. »In Ordnung. Aber würden Sie mir nun bitte erklären, in welche Richtung Ihre Verteidigung läuft? Jetzt wäre der geeignete Zeitpunkt, ein paar Karten offen auf den Tisch zu legen.«

Sybylla sah ein, daß es nicht länger zu vermeiden war. »Euer Ehren, wir verfügen über zahlreiche Beweise, auch medizinischer Art, daß meinem Mandanten gegen seinen Willen eine gefährliche, bewußtseinsverändernde Substanz verabreicht wurde, die eine direkt kausale Wirkung in bezug auf das ihm zur Last gelegte Verbrechen zeitigte.«

»Also bitte!« höhnte Greer. »Unzurechnungsfähigkeit war ja schon übel genug. Jetzt wollen Sie uns auch noch weismachen, man hätte dem armen, unschuldigen Trent LSD ins Maul gestopft?«

Sybylla würdigte ihn keines Blickes, sondern sah den Richter an. »Wir verfügen, wie gesagt, über mehr als hinreichendes medizinisches Beweismaterial, Eurer Ehren. Die Zeugen der Anklage, von denen Mr. Greer gerade sprach, beschreiben einen mutmaßlichen Täter, der unter dem Einfluß einer halluzinogenen Droge stand.«

»Wenn Sie das weiterhin behaupten«, fauchte Greer, »werde ich Disziplinarmaßnahmen gegen Sie einleiten lassen. Sie haben die Möglichkeiten der Staatsanwaltschaft, diese Rechtssache für die Verhandlung vorzubereiten, bewußt untergraben, und ich brauche jetzt Zeit, um dieses sogenannte Beweismaterial zu prüfen.«

»Wie wär's denn, wenn Sie es sich erst einmal anhören würden?« gab Sybylla zurück. »Oder entspricht es nicht Ihrem Stil, sich über das vorliegende Beweismaterial zu informieren?«

»Schon gut, schon gut«, sagte Coffin, väterlich schroff, an Sybylla gewandt »Ms. Muldoon, Sie wissen ebensogut wie ich, daß Drogeneinfluß keinen Grund für einen Freispruch darstellt. Wenn es sich so verhielte, wären die Gefängnisse in diesem Bundesstaat weit weniger voll, als sie es sind.«

»Aber ich denke doch, daß Euer Ehren mir recht geben werden, daß eine Gewalttat nach *erzwungener* Drogeneinnahme etwas völlig anderes ist. Die Verteidigung kann stichhaltig beweisen, daß die in Frage stehende Drogeneinnahme dem Angeklagten aufgezwungen wurde, nachdem er Opfer einer Entführung geworden war.«

»Das ist ja völlig hysterisch!« schnaubte Greer. »Das will ich jetzt wirklich hören!«

»Sie werden es hören« sagte Coffin. »Und ich auch. Sie haben meine Neugier geweckt, das muß ich zugeben. Aber von jetzt an legen Sie Ihre Karten auf den Tisch, Ms. Muldoon, wenn ich bitten darf! Das ist eine Warnung!«

Sybylla schlug einen reuevollen Ton an. »Jawohl, Euer Ehren.« Als der Staatsanwalt und sie zu ihren Tischen zurückkehrten, konnte sie es sich nicht verkneifen, Greer kurz zuzublinzeln.

Sie nahm ihren Schreibblock zur Hand. »Mr. Turturro, kehren wir zu dem von Ihnen beschriebenen Verhalten des Patienten zurück. Seine Gliedmaßen zuckten, und er sprach mit Menschen, die gar nicht da waren. Sie erwähnten seine offenkundige Angst. Wäre ein solches Verhalten denkbar bei einem Menschen, der unter dem Einfluß einer halluzinogenen Droge steht?«

Sie hatte es genau richtig formuliert. Turturro bauchte eine Weile, bis ihm klar war, daß er nicht mehr ausweichen konnte. »Ja«, sagte er mit gepreßter Stimme. »Das wäre denkbar.«

Sybylla nickte. Jetzt mußte sie auf die Scheibe zu sprechen kommen. Wenn sie Turturro als nächstes nach dem Zeitraum fragte, würde er die Gelegenheit ergreifen und sich so ausschweifend über die LSD-Theorie auslassen, daß nicht einmal die Einführung des Implantats es wieder gutmachen könnte.

»Dr. Turturro –« plötzlich spürte sie Bewegung hinter sich. Einer von Greers Gehilfen kam durch den Mittelgang nach vorn. Verärgert darüber, den Faden verloren zu haben, setzte sie noch einmal zu der Frage an. »Dr. Turturro, fanden Sie irgend etwas, als Sie den Patienten abtasteten?«

»Nun, wir –«

»Euer Ehren!« Greer war wieder aufgestanden; sein Gesicht war aschfahl.

Arschloch, dachte Sybylla. Was denn nun schon wieder?

»Euer Ehren!« Der Staatsanwalt beugte sich über seinen Tisch und stützte einen Arm auf den vor seinem Stuhl aufgeschichteten Aktenstapel. Es wirkte so, als glaubte er das, was er gleich sagen würde, selbst nicht. »Euer Ehren, ich muß dem Gericht zu meinem großen Bedauern mitteilen, daß ich soeben zu einem Notfall gerufen wurde. Ich muß den Gerichtssaal für kurze Zeit verlassen.«

»*Was*«? Sybylla explodierte. »Können wir nicht wenigstens erst die Aussage dieses Zeugen zu Ende bringen?«

»Das ist leider völlig unmöglich«, fuhr Greer sie an. »Ich muß sofort weg.«

»Das ist unglaublich, Euer Ehren! Ich verlange, die Befragung des Zeugen zu Ende führen zu dürfen.«

»Ms. Muldoon«, sagte Coffin leicht erstaunt. »Ihr Kollege ist zu einem Notfall gerufen worden. Notfälle kommen nun mal nicht immer im richtigen Moment.«

Trotz ihrer Empörung hörte Sybylla den Tadel heraus und errötete.

Coffin wandte sich an den Staatsanwalt. »Wieviel Zeit wird Ihr Notfall denn in Anspruch nehmen, Mr. Greer? Reicht Ihnen eine Stunde? Ich möchte die Verteidigung nicht unnötig aufhalten.«

»Eine Stunde reicht«, sagte Greer. Sybyllas Blick fiel auf einen kleinen weißen Zettel in seiner Hand, den sein Gehilfe ihm überreicht hatte. Sie hätte alles darum gegeben, ihn sich näher ansehen zu können, um sicher zu sein, daß es mit dem sogenannten Notfall seine Richtigkeit hatte.

»Die Verhandlung wird für eine Stunde unterbrochen«, verkündete Coffin. »Die Geschworenen gehen ins Geschworenenzimmer zurück.« Er wandte sich an die Jury. »Wie immer, haben Sie auch jetzt das Gehörte unter sich nicht zu diskutieren, meine Damen und Herren!« Er stand auf und verließ den Saal.

Sam packte Sybylla am Arm, um sie auf ihren Stuhl zu ziehen, doch sie bleib reglos stehen und blickte Greer nach, der aus dem Saal eilte, als wäre der Teufel hinter ihm her. »Setz dich, Syb«, flüsterte er ihr zu. Sie setzte sich, vor Wut schäumend. »Beruhige dich, ja? Es ist irgendeine dringende Familienangelegenheit oder etwas Wichtiges im Büro.«

»Es hat mit Trent zu tun«, flüsterte sie aufgebracht zurück. »Das sieht doch ein Blinder.«

»Ich bitte dich! Wie hätte er das denn machen sollen? Hat er vielleicht heimlich ein Signal in den Gang gefunkt! ›Prozeß unterbrechen, ich muß raus‹, oder was?«

»Ja, genau!«

Der Gerichtsbeamte kam, um Trent abzuführen, und blieb schweigend hinter dessen Stuhl stehen.

Trent fragte Sybylla. »Muß ich raus? Ich würde lieber hierbleiben.«

»Sie müssen leider gehen«, sagte sie in tröstendem Ton. »Vielleicht bekommen Sie eine Tasse Kaffee. In einer Stunde geht es weiter.«

»Na gut.« Er nickte bedrückt.

»Keine Sorge!«

Trent lächelte Sam und sie resigniert an, während der Gerichtsbeamte ihm Handschellen anlegte und ihn abführte.

»Kaffee ist gar keine schlechte Idee«, sagte Sam, als Trent weg war. »Machen wir doch einfach das beste aus der Pause!«

»Das ist keine Pause«, flüsterte sie. »Irgend etwas ist hier faul. Spürst du das denn nicht? Irgendwer wußte, in welche Richtung Turturros Aussage laufen würde, und veranlaßte, daß sie unterbrochen wurde, oder hat es zumindest geschafft, Zeit zu gewinnen.«

»Sybylla!« sagte Sam in ungewöhnlich strengem Ton. »Das geht jetzt wirklich zu weit! Hör auf damit!«

Sie sah ihn verblüfft an, griff dann nach ihren Notizen und begann die restlichen Fragen an Turturro durchzulesen; die schwarze Tinte verschmierte ihre Hand, während sie über die

Seite strich. Sam seufzte und machte sich auf die Suche nach einer Tasse Kaffee.

24

Als er eine halbe Stunde später zurückkam, war die Besetzung in Saal 1608 fast dieselbe wie bei seinem Weggang – der Staatsanwalt, der Richter, der Angeklagte und die Geschworenen fehlten, die Familie und die Freunde des Opfers hatten zum Teil die Plätze gewechselt und unterhielten sich gedämpft in der Reihe hinter dem Tisch der Anklage, und Sybylla saß noch immer mit gesenktem Kopf da und schrieb irgend etwas. Er setzte sich leise neben sie und fragte fröhlich – in der Hoffnung, ihre Mißstimmung habe sich zwischenzeitlich gelegt: »Hey!«

»Hey. Wo warst du?«

»In der Cafeteria.«

»Hast du irgend etwas über den sogenannten Notfall des Staatsanwalts gehört?«

Er lächelte sie an. »Nein, nichts.«

»Hab' ich mir gedacht.« Sie schlug ein Blatt ihres Schreibblocks um und schrieb weiter. »Hast du Turturro gesehen?«

»Ja, draußen vor den Aufzügen. Er hat eine Zigarette geraucht.«

»Hm.« Sie hörte auf zu schreiben und massierte sich die Finger. »Mein Gott, wie lange dauert das denn noch?«

»Es sind erst fünfunddreißig Minuten vergangen, Syb.«

»Er kommt bestimmt später«, sagte sie nüchtern. »Coffin hat ihm eine Stunde gegeben, das heißt, daß er sich zwei nimmt. Dann ist es Zeit für die Mittagspause. Wenn die Geschworenen dann endlich von dem Implantat erfahren, werden sie von den Pausen und Wiedereröffnungen so abgelenkt sein, daß sie es gar nicht richtig aufnehmen.«

Doch Greer kam nicht zu spät, sondern kehrte eine gute Viertelstunde vor Ablauf der ihm bewilligten Zeit zurück, ging entschlossenen Schrittes nach vorn, winkte den Gerichtsbeamten zu sich und sprach flüsternd auf ihn ein. Dann begrüßte er Sybylla und Sam mit einem Nicken und nahm an seinem Tisch Platz.

»Ich glaube, es geht weiter«, sagte Sybylla leise, als der Richter aus seinem Amtszimmer zurückkehrte.

Coffin setzte sich. Er wirkte so ausgeruht auf Sybylla, als hätte er während der Pause ein Nickerchen gemacht. »Mr. Greer? Gehe ich recht in der Annahme, daß es Ihnen jetzt möglich ist, fortzufahren?«

»Jawohl, Euer Ehren«, sagte Greer. »Ich entschuldige mich nochmals für die Unterbrechung.«

»In Ordnung. Dann holen Sie bitte die Geschworenen herein. Bringen Sie den Angeklagten, Carl!«

Sam beugte sich zu Sybylla hinüber. »Siehst du? Alles in bester Ordnung!«

Doch nichts war in bester Ordnung. Ihr Blick fiel auf die Spitze von Sams Kugelschreiber, den seine Finger fest umklammerten. Auf seinen Fingern wuchsen schwarze drahtige Härchen, die ihr noch nie aufgefallen waren und die seltsam reglos wirkten. Sie hatte keine Meinung darüber, sie waren einfach da, und man konnte zusehen, wie sie sich mit seinen Fingern und dem Kugelschreiber, mit dem Sam einen regelmäßigen Rhythmus auf die Tischplatte klopfte, auf und ab bewegten. Wie konnte es sein, daß sie keine Meinung über die Härchen an Sams Fingern hatte? Mit diesem Mann hatte sie doch geschlafen! Mit ihm war sie jetzt verbunden, durch Umstände, die sie aneinanderketteten, und durch eine gegenseitige Zuneigung, die sie mindestens ebenso fest aneinanderband. Langsam und im Gänsemarsch kamen die Geschworenen herein. Alles wartete.

Plötzlich schrie jemand, und Sybylla wünschte sich nichts mehr, als daß diese Schreie wieder aufhörten. Es war ein wildes, rauhes, gellendes Geschrei, in das nun andere Menschen einstimmten. Wird ja immer schlimmer, dachte sie und blickte auf die Tür, die zu den Arrestzellen führte und hinter die man Trent gebracht hatte. Auch Sam richtete den Blick dorthin; seine Miene war reglos, starr. Sybylla merkte, daß er aufgehört hatte, mit dem Kugelschreiber auf die Tischplatte zu klopfen.

»Hey!« rief Coffin einem der Gerichtsbeamten zu. »Hey! Gehen Sie mal rein und sehen Sie nach, was da los ist!«

»Was ist denn los?« fragte Sybylla, Coffins Worte wiederholend, als sie sich ein wenig gefaßt hatte.

Sam schüttelte den Kopf. »Keine Ahnung. Klingt wie ein Aufstand.«

»Wir müssen –«

»*Was*«? sagte er wütend. »*Was* müssen wir?«

»Das ist Trent«, schrie sie ihn an. »Verstehst du denn nicht? Das ist Trent!« Er starrte sie an. »Ich gehe jetzt da rein!«

»Das läßt du schön bleiben.« Er versuchte ihre Hand zu packen; als es ihm mißlang, folgte er ihr durch das Durcheinander, das im Saal entstanden war. Die Zuschauer waren blaß geworden und wirkten verängstigt, die Gerichtsbeamten drängten sich vor der Tür, gingen hinein, kamen heraus; schubweise traf Verstärkung aus anderen Teilen des Gebäudes ein. Immer wenn die Tür einen Spalt geöffnet wurde, schallten Schreie heraus. »Lassen Sie mich rein!« brüllte Sybylla, als sie vor den Männern angelangt war.

»Kommt nicht in Frage.«

»Das ist mein Mandant«, schrie sie. »Lassen Sie mich zu ihm!«

Die Tür wurde erneut geöffnet, und das Gedränge ließ ein wenig nach. »Laßt sie rein.« Es war Carl, der Gerichtsdiener von Judge Coffin. »Ist sowieso alles vorbei.«

»Los, komm mit!« Sybylla packte Sam am Handgelenk und zog ihn in den muffigen Gang.

»Hier lang«, sagte Carl. »Tut mir wirklich leid, aber es ist offenbar ganz schnell gegangen. Er hat wohl nicht gelitten.«

Sybylla biß sich auf die Unterlippe. »Wer hat ihn gefunden?«

»Ich. Ich wollte ihn holen, da lag er auf dem Boden. Die Sanitäter sind jetzt bei ihm, aber ich hab' schon viele Tote gesehen – da ist bestimmt nichts mehr zu machen.«

Sie liefen an mehreren Zellen vorbei, die fast alle von jeweils einem oder zwei Gefangenen besetzt waren. Das Geschrei war schauerlich. Sybylla mußte sich zusammennehmen, um sich nicht die Ohren zuzuhalten.

»Die kriegen das mit«, erklärte Carl. »Sie erfahren zwar nichts, aber sie spüren, daß was los ist. Die sind völlig durchgedreht, da kann man nichts machen. Haben Sie's draußen im Saal gehört?«

»Ja«, sagte Sam barsch.

Nach einer Biegung des Ganges waren sie an Trents Zelle

angelangt. Die Tür stand weit auf. Unmittelbar vor den Gitterstäben drängten sich Wärter und sahen zu, wie die Sanitäter vergebliche Wiederbelebungsversuche machten. Als Sybylla nähertrat, sah sie Trents kalkweiße nackte Brust mit den stark hervortretenden Rippen. Er sieht so jung aus, dachte sie dumpf. Er sah aus wie der kleine Junge, der er immer noch gewesen war, klein geblieben durch die Armut. Ein brauner Schuh mit offenen Schnürsenkeln, der ihm halb vom Fuß gezerrt worden war, machte den Anblick noch trauriger. Ein Sanitäter überstreckte Trents Kopf, blies mit aggressivem Optimismus in seinen Mund und drückte dann mit beiden Händen in einem bestimmten Rhythmus auf die Brust. Doch gleich darauf wurde die dem Mann ins Gesicht geschriebene totale Konzentration von kurzem Kopfschütteln unterbrochen. Er teilte seinem Partner mit, daß es vorbei sei, machte aber trotzdem weiter.

»Okay«, sagte sein Partner nach einer Weile. »Laß es gut sein.«

Tief aufseufzend, hockte sich der Sanitäter auf die Fersen. »Tut uns leid, Leute.«

Von den umstehenden Männern ertönte zustimmendes Gemurmel. Sybylla trat dicht an die Leiche, deren Zierlichkeit sie aufs neue erstaunte. Trents Augen waren weit aufgerissen, die dunkelbraunen Iris auf die schmutzige Zellendecke gerichtet. Welch armseliger letzter Anblick, dachte sie. Aber eigentlich war ja alles armselig gewesen für Trent. Von Anfang bis Ende hatte er nur das Schlechteste vom Leben gesehen. Sie wischte sich verstohlen über die Augen. Ihre Hand war naß.

Sie wandte sich an Carl. »Was geschieht jetzt? Mit ihm, meine ich.«

»Sie bringen ihn rüber in die Leichenhalle des Bellevue«, sagte der Gerichtsdiener so freundlich, als wäre sie eine nahe Verwandte.

»Wird eine Autopsie durchgeführt?«

»Das weiß ich nicht. Autopsien macht man normalerweise nur, wenn die Todesumstände verdächtig sind.«

Sybyllas Augen weiteten sich. »Da stirbt ein Mensch mitten in seinem eigenen Prozeß, und das soll nicht verdächtig sein?«

»Sachte, sachte«, sagte der Mann beschwichtigend. »Ich bin

schließlich kein Arzt. Aber ich habe schon viele Mordopfer gesehen, und das hier sieht ganz und gar nicht nach Mord aus, glauben Sie mir. Das da riecht geradezu nach einem natürlichen Tod.«

Sybylla wandte sich an einen der beiden Sanitäter. »Was meinen Sie?« Der Mann zog gerade den Reißverschluß des Leichensacks zu, in den man Trent gelegt hatte. Sybylla sah weg, durchdrungen von dem egoistischen Wunsch, daß dieser letzte Blick auf ihn ihr erspart geblieben wäre: seine schmächtige, knochige Brust, die sich leuchtend weiß von der schwarzen Hand des Sanitäters abhob, die losen Schnürsenkel seiner erbärmlichen Schuhe, die leer nach oben starrenden Augen.

»Sieht mir nach einem Herzanfall aus«, sagte der Sanitäter.

»Bißchen jung für so was«, erwiderte Sybylla, »oder nicht?«

»Ach, ich weiß nicht«, schaltete sich der andere Sanitäter ein. »Angeborener Herzfehler, erblich bedingter Bluthochdruck, Streß...«

Sam hatte ihr die Hand auf die Schulter gelegt. Sybylla schüttelte sie ab. »Ich bestehe auf einer Autopsie.«

Die Sanitäter tauschten Blicke. »Dafür gibt's hier keinen Grund, Miss.«

»Trotzdem. Ich bin seine Anwältin und halte eine Autopsie für gerechtfertigt.«

Sie sah zu, wie sie ihre Arbeit beendeten. Einer der Sanitäter hielt ihr Formulare unter die Nase, die sie unterschreiben sollte. Sybylla biß sich auf die Unterlippe, als Trents Gesicht unter dem grünen Plastik verschwand und sie ihn auf der Trage hinausrollten.

»Los«, sagte sie zu niemand Bestimmtem. »Gehen wir.«

Es war deutlich zu spüren, daß man im Gerichtssaal bereits Bescheid wußte. Sybylla und Sam sahen lauter müde, nachdenkliche Gesichter, als sie aus dem Zellentrakt an den Tisch der Verteidigung zurückkehrten. Judge Coffin hatte mit der Entlassung der Geschworenen und der formellen Beendigung des Verfahrens State of New York gegen Trent noch gewartet. Jetzt wartete er nicht mehr.

»Meine Damen und Herren«, sprach er die vierzehn Männer und Frauen an. »Ich teile Ihnen mit großem Bedauern mit, daß dieses Verfahren in den vergangenen Minuten ein abruptes Ende gefunden hat. Ich hatte mir ein anderes Ende erhofft, aber ein Ende ist es nichtsdestotrotz. In unserem Justizsystem gilt ein Strafverfahren mit dem Tod des Angeklagten als beendet, und der Angeklagte in diesem Verfahren ist nun einmal gestorben. In der Rechtssprache nennt man das Verfahrenseinstellung wegen Todes.

Es bleibt mir nur, Ihnen für Ihre Aufmerksamkeit und für die Lauterkeit zu danken, mir der Sie, dessen bin ich sicher, Ihre Entscheidung gefällt hätten. Sie können jetzt gehen. Die Sitzung ist aufgehoben.« Er schlug mit dem Hammer auf die kleine runde Holzunterlage und stand auf.

Mit ohrenbetäubendem Lärm stürmten die Reporter los, einige auf die Barretts zu, andere zur Tür. Als Sybylla sich bückte, um ihren Aktenkoffer hochzuheben, wurde sie angerempelt. Irgendwer stand hinter ihr und warf einen Schatten auf sie.

»Ms. Muldoon?«

Wie nett von ihm, sich inmitten all der Schmeichler ein paar Sekunden Zeit für sie zu nehmen!

Sie sah auf. »Mr. Greer.«

»Tut mir leid, daß es so ausgegangen ist.«

»Ach? Wie ist es denn ausgegangen?«

Er runzelte die Stirn. »Es tut mir leid, daß Ihr Mandant verschieden ist.«

Verschieden ist. Eine beschönigende Floskel, die nach einem friedlichen Tod im Bett angebracht gewesen wäre, aber doch nicht, nachdem ein Mensch auf dem schmutzigen Boden einer Arrestzelle abgekratzt war!

»Ja, es tut Ihnen leid, dessen bin ich sicher.«

Er ignorierte ihren sarkastischen Ton. »Ich wollte Ihnen mein Beileid ausdrücken, obgleich ich, wie Sie ja wissen, Trent nicht gerade für einen beispielhaften Menschen hielt.« Er legte eine Kunstpause ein. »Es würde mich freuen, wenn wir uns wiedersähen – dann aber hoffentlich nicht mehr als Gegner.« Mit diesen Worten wandte er ihr seinen breiten Rücken zu.

Sybylla packte ihn blitzschnell am Arm. »Jetzt hören Sie mir mal zu!« hörte sie sich sagen, ohne ihre eigene Stimme wiederzuerkennen. »Wenn ich jemals, *jemals* herausfinde, daß die Staatsanwaltschaft etwas damit zu tun hat, sorge ich persönlich dafür, daß Sie an den Gouverneurssitz in Albany nicht näher herankommen als jeder x-beliebige Tourist!«

»Wie bitte?«

»*Sybylla*«! rief Sam entsetzt. »Hör auf!« Er zog sie am Arm.

Greer schüttelte verwundert den Kopf. »Ich weiß überhaupt nicht, wovon Sie reden!«

»Ach, nein?«

»Jetzt hören Sie mir mal zu, Ms. Muldoon, denn ich werde Ihnen, Ihrem Vater zuliebe, einen guten Rat geben. Sie sind nicht die erste Pflichtverteidigerin, die im Laufe ihres Berufslebens ausgebrannt ist. Das ist schon besseren Anwälten als Ihnen passiert und hat nichts mit Ihrem juristischen Engagement zu tun. Legen Sie mal eine Pause ein! Versuchen Sie es eine Weile mit einer andersgearteten juristischen Tätigkeit. Sie können ja jederzeit zurückkommen. Ein paar Jahre in einer Sozietät oder an der Uni würden Ihnen keine Zacken aus der Krone brechen.« Er nickte ihr auf widerlich väterliche Weise zu. »Beherzigen Sie meinen Rat! Sie sind noch ein bißchen zu jung, um so paranoid zu sein!«

Sybylla trat vor Empörung einen Schritt zurück. Sam, der hinter ihr stand, atmete schwer.

»Ja, hoffentlich bin ich paranoid! Ich hoffe wahrlich, daß es nur das ist. Aber wenn mehr dahintersteckt als meine Paranoia, dann stehe ich zu dem, was ich gerade gesagt habe. Dann sorge ich dafür, daß jeder Antikorruptionsbeamte in dieser Stadt in Ihren Schränken schnüffelt!«

Greers Mund weitete sich langsam zu einem fast sanften Lächeln, als wäre sie eines der kleinen, blümchengerahmten Pummelchen auf dem Fenstersims in seinem Büro. »Da wäre ich an Ihrer Stelle vorsichtig. Wer weiß, wessen Kleider die da drin fänden!« Er nickte Sam kurz zu und eilte von dannen, um den moralischen Sieg zu feiern, den er für sich beanspruchen konnte.

25

»Hoffentlich bist du jetzt nicht allzu enttäuscht«, sagte Sam leicht sarkastisch, als er ihr die Tür aufhielt. »Der Besuch im Obduktionssaal mit dir war mir zwar ein Vergnügen, und ich hatte auch noch nie gesehen, wie jemand ausgeweidet wird, aber ich will gar nicht daran denken, wie niederschmetternd es für dich sein mußte, als sich das Ganze als ein völlig legaler Herzstillstand herausstellte.«

Sie bog nach Westen in die 28. Straße ein und versuchte ihn zu ignorieren. Es war Abend geworden. Sie hatten ungezählte Stunden im Keller des Bellevue verbracht; jetzt wollte sie nur frische Luft atmen, sonst nichts.

»Was willst du denn noch? Er ist ganz einfach *tot*, Sybylla!«

Sie sah ihn an. »Ich weiß. Ich habe Mist gebaut, und er ist tot.«

»Du hast Mist gebaut, aha. Und wieso hast du Mist gebaut?«

»Das weiß ich noch nicht.« Sie schluckte. »Aber ich finde es heraus.«

»Na, wunderbar! Das heißt wohl, daß wir noch länger in Hotels herumlungern und vor irgendwelchen üblen Kerlen davonlaufen müssen.« Sybylla sah ihn wütend an. Plötzlich änderte er seinen Ton und sagte sanft: »Hör mir zu, Syb. Es ist verständlich, daß es dir jetzt schlecht geht, aber es war nicht deine Schuld. Und du hast überhaupt keinen Mist gebaut. Für Trent gilt sogar, formaljuristisch gesehen, daß er nicht schuldig war.«

»Na, toll!« fuhr Sybylla ihn an. »Am besten gehen wir gleich noch mal runter in die Leichenhalle und teilen es ihm mit!«

»Wenigstens wird jetzt alles wieder normal«, sagte er leise.

Sybylla starrte ihn an. »Was soll das heißen?«

»Jetzt ist doch alles vorbei! Unsere Drogenfreunde interessieren sich von nun an nicht mehr für das Implantat. Der Prozeß ist zu Ende – keinem Menschen liegt mehr etwas an dem Ding.«

»Doch, mir!« fauchte Sybylla. »Mir liegt nicht weniger daran als an meinem Leben.«

Er starrte sie an. »Das kann nicht dein Ernst sein, Sybylla. Kein Mensch wird dir oder uns beiden etwas zuleide tun. Das Implantat ist jetzt nur noch ein völlig beliebiger Gegenstand, der in keinerlei Zusammenhang mehr steht. Er hat keinen Informationswert mehr. Selbst wenn dich bis heute jemand verfolgt haben sollte, was ich immer noch nicht ganz glauben kann, so gibt es für diesen Jemand jetzt keinen Grund mehr dafür. Verstehst du das denn nicht!« Sybylla schwieg mit versteinerter Miene. »Du kannst jetzt wieder ganz normal leben, kannst zurück in deine Wohnung, in deinen Alltag.« Er wartete auf eine Reaktion. »Sybylla«, drängte er sie mit allmählich ärgerlich klingender Stimme. »Ich sage dir: *Es ist vorbei.*«

»Dessen scheinst du dir ja ganz sicher zu sein.«

»Ich *bin* mir dessen ganz sicher«, erwiderte er, ihren Tonfall ignorierend.

»Ich nicht.« Sie drehte sich um und ging weg. Sie war wütend auf ihn, hegte jedoch die sie ziemlich irritierende Hoffnung, er möge ihr folgen.

Er tat es. »Weißt du, Sybylla«, sagte er, »ich hätte nie gedacht, jemals mit Andrew Greer über irgend etwas einer Meinung zu sein, aber im Augenblick hast du wirklich etwas ziemlich Paranoides an dir.«

»Und wenn es sich als wahr herausstellt, ist es dann immer noch paranoid?« fragte sie in schneidendem Ton. »Wenn du so sicher bist, nicht in Gefahr zu sein, warum kommst du dann mit!«

Er schüttelte den Kopf. Vor ihnen tauchte die U-Bahnstation 28. Straße auf, Sybyllas augenscheinliches Ziel. »Ich komme nicht mit, ganz egal wohin du gehst.«

»Na, dann auf Wiedersehen«, rief sie über die Schulter und ging die ersten Stufen zur U-Bahnstation hinunter.

»Auf Nimmerwiedersehen!« brüllte er ihr vom Gehsteig aus hinterher und erregte damit die Aufmerksamkeit der anderen Passanten. Sybylla biß die Zähne zusammen, steckte eine Münze in den Schlitz und trat auf den Bahnsteig.

Inmitten der vielen Menschen fühlte sie sich sicher, zumindest sicherer, und wohl zum erstenmal in ihrem Leben als Benutzerin der U-Bahn bedauerte sie es, aus dem überfüllten Wagen aussteigen zu müssen. Während ihrer Fahrt nach Uptown hatte es zu nieseln begonnen, und am Hintereingang von Bloomingdale's priesen die Händler mit den billigen Schirmen ihre Ware an. Sybylla ging Richtung Osten, kaufte in einem Feinkostgeschäft eine Schüssel Suppe und schielte verärgert auf die Abendausgabe der *Post,* deren Schlagzeile lautete: GOTT SPRICHT IHN SCHULDIG: WILD MAN STIRBT BEIM PROZESS.

Hoffentlich behaupteten sie nicht, mit Gott ein Interview geführt zu haben.

Bennis saß seelenruhig im Regen und aß. Die Beine unter der Decke waren gekreuzt, sein Gesicht war völlig ausdruckslos. Sybylla bahnte sich einen Weg durch die kleine Obdachlosensiedlung, vorbei an feindseligen und apathischen Menschen, die sie anstarrten. Sie bemerkte, daß irgendwer Trents Schlafplatz übernommen hatte; der zierliche Körper des Nachfolgers, der dösend unter einer Decke lag, aus der ein paar helle Haarsträhnen hervorlugten, hatte in etwa Trents Größe. Es war ein verstörender Anblick, der die Vorstellung einer endlosen Kette von Trents entstehen ließ, die bereitstanden, um jeweils in die Schuhe und Schlafsäcke ihrer Vorgänger zu schlüpfen und nur auf den Tod warteten, um in der Schlange einen Schritt voranzukommen. Sie zog ihren Mantel fest um sich, suchte mit den Blicken ein relativ sauberes Stück Gehweg und setzte sich neben Bennis.

»Hallo.« Sie griff in die braune Papiertüte und holte die Suppe hervor, die Bennis kommentarlos entgegennahm.

»Ich weiß es. Wenn Sie deshalb hier sind.«

»Es kam ganz plötzlich. Ich glaube nicht, daß er leiden mußte«, log sie.

Bennis zuckte mit den Achseln, als hätte sich die Frage nach dem Leidenmüssen erübrigt.

»Ich hätte ausgesagt. Ich hätt's getan.«

»Ich weiß. Und ich glaube, Trent hatte eine echte Chance, freigesprochen zu werden. Aber soweit kam es nicht.« Bennis schwieg. Sybylla warf einen Blick zu Trents Schlafstelle hinüber, deren jetziger Bewohner sich bewegt hatte. »Da ist jemand eingezogen, oder?«

»Das ist Paul, der Typ, der da war, als sie Trent holten. Ging nich' anders. Irgend so 'n Wichser ist mit seinem Krempel abgehau'n, wie er gerade mal weg war, und ich hab' ja gewußt, daß Trent nicht zurückkommt.« Er hob die Schultern.

»Sie sagten doch, Paul sei ver..., also daß er nicht ganz richtig im Kopf ist, oder?«

»Ja, genau. Wenn er seine Tabletten nimmt, geht's ihm besser, aber die vergißt er fast immer.« Bennis grinste. »Jetzt zum Beispiel. Er ist –«

Sybylla schnappte nach Luft. Ihr Blick war auf die zierliche Gestalt geheftet, die sich jetzt aufrichtete und die schwere Decke abschüttelte. Der Mann war vielleicht gerade einmal einen Meter sechzig groß, wog bestimmt nicht mehr als Sybylla und ähnelte auf gespenstische Weise der Leiche, die sie eine Stunde zuvor auf einem Tisch aus Edelstahl hatte liegen sehen.

»Mein Gott!«

»Tja«, meinte Bennis, »nicht' schlecht, was? Zuerst haben's nur die anderen bemerkt, ich nicht. Hatte keine Ahnung, was die daherquatschen. Aber die beiden könnten Brüder sein, was? Außer daß Paul, wie ich's Ihnen gesagt habe« – er beugte sich zu ihr vor – »nich' ganz normal is'.«

»Mhm.« Sie starrte noch immer den kleinen Mann an, dessen Arme zitterten. Sein Kopf zuckte in regelmäßigem Rhythmus immer wieder zur Seite, und aus seiner Kehle ertönte ein unablässiger Strom abgehackten Gemurmels, ein wütender, krächzender Dialog in einer unbekannten Sprache und mit einem unsichtbaren Gesprächspartner.

Bennis griff in eine Papiertüte, die zu seinen Füßen lag. »Hey.« Fuchtelnd hielt er seinem Nachbarn ein halbes, in Wachspapier gewickeltes Sandwich hin. »Hey, Paul. Da ist dein Abendessen.«

Der Mann reagierte auf seinen Namen, kam näher und richtete den Blick langsam auf das Sandwich, das Bennis ihm entgegenstreckte. Als er sich hinunterbeugte, erkannte Sybylla, daß die Ähnlichkeit mit Trent nur auf den ersten Blick bestand. Von nahem sah man, daß die Gesichtszüge dieses Mannes weniger fein waren als die von Trent und daß die Nase auffällig gebrochen war. Die Ähnlichkeit in bezug auf Figur, Körpergröße und Gesichtsfarbe war allerdings wirklich erstaunlich. Von weitem hatte man sie wahrscheinlich nicht unterscheiden können.

»Paul«, sagte sie spontan, »Sie kannten doch Trent, nicht wahr? Sie waren hier, als er in den Bus stieg, oder?«

Er fummelte an dem Wachspapier herum und schob sich das Sandwich in den Mund. Ein Stück vertrockneter Wurst hing auf seiner Unterlippe herab, und Sybylla hielt den Atem an, um ihre aufsteigende Übelkeit zu bezwingen. Paul kaute sorgfältig, den Blick zu Boden gerichtet.

»Paul?« versuchte sie noch einmal. »Können Sie sich erinnern, wie der Wagen aussah? Stand irgend etwas darauf?«

Außer dem widerlichen Schmatzen war nichts zu hören.

Bennis lachte. »Hab's Ihnen doch gesagt, der is' nich' ganz da. Außerdem hab' ich den Wagen gesehen. Auf der Seite stand nix, zumindest nich' auf der, die ich gesehen hab'. War einfach nur ein weißer Kleinbus, ganz normal. Du weißt doch auch nix, Paul, hä?«

Paul hörte auf zu kauen. Sein Blick schweifte langsam vom Boden zu Bennis, dann von Bennis zu Sybylla, wo er mit einem fast intelligent zu nennenden Ausdruck verharrte. Er ließ das leere Wachspapier fallen und trat einen Schritt vor. Sybylla wich instinktiv vor seinem Gestank zurück, blieb jedoch sitzen. Bennis lachte noch immer leise in sich hinein; es klang wie Hintergrundmusik. Paul streckte beide Hände aus, bis seine Handflächen, die schwärzer waren als alles, was Sybylla bisher an Schmutz gesehen hatte, nur mehr wenige Zentimeter von ihrem Gesicht entfernt waren. Dann näherten sich diese Hände einander plötzlich und umfingen sich wie zwei Freunde, die sich lange nicht gesehen hatten, fest und sicher. Es erinnerte ein wenig an die umschlungenen Hände, die siegreiche Sportler in die Höhe recken, fand Sybylla.

»Hände«, sagte Paul in eindringlichem Ton. »Hände, Hände.«

»Genau!« rief Bennis lachend.

Paul streckte Bennis seine beiden Hände entgegen, und der Ältere schüttelte, noch immer feixend, den Kopf. »Hab' nix mehr, tut mir leid. Hab' kein Essen mehr. Versuch's bei jemand anders. Vielleicht hat Mac was für dich.« Der schmale Körper richtete sich auf. Sybylla sah zu, wie Paul sich umdrehte und davontorkelte, die abschüssige Straße hinunter zu der Ansammlung obdachloser Männer, die dort saßen.

»Sie kümmern sich um ihn«, sagte Sybylla.

»Klar doch. Tut ja sonst keiner. Der würde gar nix essen, wenn ihn keiner dran erinnern würde, verstehen Sie?«

Sie nickte und stand auf. »Ich muß gehen, Bennis. Ich wollte Ihnen nur das mit Trent sagen.«

»Klar.« Er war wieder ganz ernst. »Okay.«

»Und danke, daß Sie ausgesagt hätten. Es hätte Trent geholfen, das weiß ich genau.«

Er stieß einen tiefen Seufzer aus, rieb die Öffnung seiner Flasche gedankenverloren mit dem Ärmel ab und stellte den Schnaps neben sich auf den Gehsteig. Sybylla sah, daß gleich daneben die Schnur lag, die normalerweise an Davis' Fuß endete. Davis war nicht da, das fiel ihr erst jetzt auf. »Wo ist Davis?« fragte sie, doch Bennis brummte nur irgend etwas Unverständliches, das ebenso »weggeflogen« heißen konnte wie »gestorben«. Eigentlich wollte sie es auch gar nicht wissen. »Ich bin nicht mehr dazu gekommen, Zigaretten zu kaufen.« Sie zog einen Zwanzig-Dollar-Schein aus der Handtasche. »Passen Sie auf sich auf, Bennis.« Er hob die Hand, nahm den Schein und nickte, doch sein Blick ging ins Leere. »Wiedersehen.«

Sie ging zur First Avenue und dann ein paar Blocks nach Norden, tief hinein ins Herz der Yuppie-Enklave: chemische Reinigungen, Sushi-Bars, Gourmetläden. Vor einem Blockbuster-Videoverleih stieg sie in ein Taxi, das am Straßenrand gehalten hatte und aus dem zwei Frauen in Kostüm und Reeboks gestiegen waren, fuhr quer durch die Stadt zu ihrem eigenen, ganz ähnlichen Viertel und ließ sich vor ihrem koreanischen Lebensmittelgeschäft absetzen.

Mr. Ko nickte ihr verdrießlich zu, als sie mit ihrer Ladung Salat und Eiscreme an der Kasse ankam.

»Wie geht's Ihnen?« fragte sie höflich, während sie ihre Sachen abstellte.

»Gut.« Er wog den Salat. »Geschäft schlecht.«

»Tut mir leid, das zu hören«, sagte Sybylla, die allerdings nicht glauben konnte, daß es stimmte. Soweit sie es beurteilen konnte, war der Laden immer voll. Aber für Ko und seine Familie, die ihren amerikanischen Traum offenbar Tag und Nacht in Erfüllung zu bringen versuchten, war es wohl immer noch viel zu wenig. Mr. Ko packte das Eis in mehrere Plastiktüten.

Sybylla warf einen Blick aus der Tür auf die abendlichen Passanten. Es war noch warm. Endlich war der Frühling gekommen, und die Leute genossen ihn. Mehr Pärchen als sonst schlenderten die Straße entlang und blieben da und dort stehen, um die überquellenden Schaufenster zu betrachten. Ein ganz besonders adrettes Paar war vor dem Lebensmittelgeschäft stehengeblieben und betrachtete den Berg Kokosnüsse vor dem Laden. Sie hielten Händchen, so daß nur die ineinander verschlungenen Finger zu sehen waren, die aus den Jackenärmeln ragten. Sybylla merkte, daß sie diese Finger betrachtete und plötzlich sogar anstarrte.

»Zwölf Dollar zweiundfünfzig.«

Sybylla drehte sich bestürzt zu ihm um. »Mr. Ko?«

»Zwölf Dollar –«

»Mr. Ko, Sie sagten doch, auf Ihrem Lieferantenplatz habe ein Kleinbus geparkt, nicht wahr? Damals, als sie die Frau aus der Zufahrt mitgenommen haben.«

»Zwölf zweiundfünfzig. Kundschaft warten.«

»Ja, ja.« Sie suchte nach dem Geld. »Sie sagten doch, Sie hätten mit denen gesprochen. Wissen Sie noch, wie der Wagen aussah? Stand irgend etwas darauf?«

»Klar.« Er nahm das Geld. Die Schublade glitt aus der Kasse. »Hab' aufgeschrieben. War wütend. Ich denen sagen: ›Ich rufen Polizei, wenn ihr nicht fahren weg von mein' Platz.«

»Sie haben es aufgeschrieben?« Benommen nahm Sybylla das Wechselgeld entgegen. Ko hob die Plastikablage für die kleinen Scheine und Münzen. Darunter kamen ein Bündel Schecks, Kreditkartenquittungen und Zwanzig-Dollar-Noten zum Vorschein sowie ein gefaltetes weißes Blatt Papier, das er zwischen Daumen und Zeigefinger nahm und ihr überreichte, während er bereits den nächsten Kunden hinter ihr heranwinkte. Sie konnte ihre Ungeduld nicht zähmen. Mit zitternden Fingern entfaltete sie den Zettel und las die hingekritzelten Ziffern eines New Yorker Nummernschilds und die darunter stehenden drei Wörter, die ihr, trotz ihres mildtätigen Klangs, Schauder über den Rücken jagten: Helfende-Hand-Service.

26

»Hallo!« Sie lugte, gegen den Türrahmen gelehnt, in Steiners Büro.

Er hob den Blick von seinem Schriftsatz und zuckte auf eine Art mit den Achseln, als wollte er »Man kann nicht jeden gewinnen« sagen. »Tut mir wirklich leid, Syb. Aber nicht unterkriegen lassen, ja?«

»Was?« Sie brauchte ein paar Sekunden, um sich die Tragödie

ins Gedächtnis zurückzurufen, auf die Steiner anspielte. »Schon gut, ich weiß.« Sie nickte. »Der arme Trent. Er hatte nie eine Chance.«

»Wofür Sie nicht verantwortlich sind, Sybylla.« Er sah sie halb ernst, halb belustigt an. »Hören Sie mir überhaupt zu?«

»Hm?« Nein, sie hatte nicht richtig zugehört. »Äh, Chef, haben Sie eigentlich immer noch diesen kleinen Zauberer in der Zulassungsstelle?«

Steiner runzelte die Stirn. »Wen interessiert das?«

»Es handelt sich um eine eigentlich ganz unwichtige Sache.« Sie zuckte die Schultern und bemühte sich um Lässigkeit, aber der Kaffee in ihrem Becher schwappte fast über. Sie war eine miserable Lügnerin, und Steiner zu belügen haßte sie ganz besonders.

»Wissen Sie« – er klappte den Aktendeckel zu – »wir sind zwar nicht gerade reich, aber ein paar für derartige Angelegenheiten zuständige Mitarbeiter halten wir uns schon. Schnappen Sie sich doch einen von denen.«

»Es hat nichts mit einem Fall zu tun. Es ist mir ein bißchen peinlich.«

»Ach?« Steiner faltete die Hände. »Lassen Sie mal hören.«

Sybylla seufzte. »Also... Freunde von mir waren auf der Third Avenue unterwegs und wurden von einem weißen Kleinbus angefahren, dessen Lenker Fahrerflucht beging, obwohl am Wagen meiner Freunde sichtbarer Schaden entstanden war. Sie notierten sich die Kraftfahrzeugnummer, aber die Polizei hat nichts unternommen, und deshalb haben meine Freunde mich gefragt, ob sie den Besitzer des Kleinbusses verklagen können – die sind wirklich stinksauer, verstehen Sie? Sie meinten allerdings, es habe sich um den Kleinbus irgendeiner Wohltätigkeitsorganisation gehandelt. Ich denke mir nun, wenn es der Wagen irgendeines Arschlochs ist, dann schicke ich sie rüber in die Zivilrechtsabteilung. Aber wenn der Wagen wirklich einer Wohltätigkeitsorganisation gehört, würde ich ihnen raten, die Sache zu vergessen.«

»Gleiches Recht für alle«, meinte Steiner.

Sybylla grinste. »Na ja, nicht ganz.«

»Ich glaube, ich habe mich in Ihnen geirrt, Syb«, sagte Steiner kopfschüttelnd. »Sie haben offenbar zuviel Zeit. Und ich wollte Ihnen schon sagen, daß ich Sie für urlaubsreif halte.«

Sie schnitt ihm eine Grimasse. »Machen Sie sich keine Sorgen um mich, Chef. Ich bin so überarbeitet wie jeder andere hier auch. Es ist eben so eine typische blöde Sache, verstehen Sie? Seit mehreren Monaten liegt das nun schon auf meinem Schreibtisch, und gestern rief mich einer von ihnen an und erkundigte sich wieder mal danach. Also, um meine Frage zu wiederholen: Haben Sie noch diesen Typen von der Zulassungsstelle an der Hand?«

»Offiziell? Offiziell hatte ich noch nie einen Typen von der Zulassungsstelle an der Hand. Inoffiziell habe ich mal einen Typen von der Zulassungsstelle vertreten. Er hatte einem Drogendealer einen Knüppel über den Schädel gezogen. Angenehmer Mensch. Ja, ich unterhalte mich noch immer hin und wieder mit ihm.«

Sybylla griff in ihre Tasche und gab Steiner einen Zettel mit der Wagennummer. »Ich wäre Ihnen wirklich sehr dankbar.«

Nach einer kurzen Pause begann Steiner auf seinem Stuhl hin und her zu rutschen. »Verstehen Sie mich bitte nicht falsch, Syb, aber das mit Ihrem Urlaub meinte ich ernst. Natürlich müssen Sie nicht ausspannen, wenn Sie es nicht wollen. Aber nächste Woche beginnen die Anhörungen zur Bestätigung Ihres Vaters. Wollen Sie denn nicht dabei sein?«

Die Frage erstaunte sie. Natürlich wollte sie dabei sein. Die Aussicht, das System der gegenseitigen Kontrolle der politischen Gewalten einmal live mitzuerleben, war, weiß Gott, verlockend. Abgesehen davon, daß sie von der ersten Reihe aus zusehen könnte, wie Geschichte gemacht wurde, war es vielleicht auch ihre Chance, den Senatoren Simpson und Specter endlich einmal zu sagen, was sie von ihnen hielt. Allerdings gab es da noch ein kleines Problem, nämlich ihren Vater, der Sybylla zu dem großen Ereignis nicht eingeladen hatte. Trotzdem wußte sie genau, daß ihm nicht im geringsten daran gelegen war, böse auf sie zu sein. Würden die in Washington ihn nicht ständig durch die Korridore der Macht treiben, dachte sie, hätte er sie wohl schon längst angerufen.

»Na ja, vielleicht fahre ich für ein paar Tage raus aus der Stadt«, erklärte sie Steiner.

»Hey – es braucht Ihnen doch nicht peinlich zu sein! Sie können völlig andere politische Ansichten haben und seine Kandidatur trotzdem gutheißen. Schließlich ist er Ihr Vater.«

»Ja, ja.« Sie nickte. »Und das mit der Wagennummer, Chef ...« Steiner rollte die Augen und griff zum Telefonhörer. »Das kommt dann aber in die Bank für erwiesene Gefallen, klar?«

»Ganz klar. Für Ihr Guthaben könnten Sie sich fast schon eine neue Waschmaschine kaufen.«

»Wird ein paar Minuten dauern«, sagte er. Dann wurde er etwas deutlicher: »Sie brauchen nicht zu warten.«

Sybylla drehte sich um und verließ das Büro. Steiner mit hineinzuziehen war ihr noch unangenehmer, als ihm ihre Entdeckungen in bezug auf Trent verheimlicht zu haben, doch ihre Versuche, etwas über die Helfende Hand herauszufinden, hatten allesamt zu nichts geführt. Diese Wohltätigkeitsorganisation war in New York nicht registriert, die städtischen Sozialstellen wußten nichts davon, und die völlig überarbeitete Frau in der Vereinigung für Obdachlose wirkte nicht sonderlich beunruhigt, als Sybylla ihr sagte, es gebe offenbar Leute, die obdachlose Männer und Frauen von deren Schlafstellen wegbrachten. »Entschuldigen Sie, bitte«, sagte Sybylla schließlich, nachdem ihr der allerdings nicht besonders dicke Geduldsfaden gerissen war. »Aber ist es Ihnen egal, daß Leute von der Straße weggebracht werden?«

»Natürlich ist uns das nicht egal«, erwiderte die Frau seufzend. »Aber verstehen Sie denn nicht, daß wir *dafür* sind, daß die Obdachlosen von der Straße wegkommen? Genau dafür treten wir doch ein!«

»Aber kein Mensch hat je etwas von dieser Organisation gehört«, insistierte Sybylla. »Finden Sie das nicht besorgniserregend?«

»Schon möglich«, sagte die Frau barsch. »Wenn ich auch nur ein Minimum an Freizeit hätte, würde ich sie vielleicht damit verbringen, mir Sorgen über eine Wohltätigkeitsorganisation zu machen, die Obdachlose aufnimmt. Ich bin aber, ehrlich gesagt, viel zu sehr damit beschäftigt, mich um Obdachlose zu kümmern, die von *niemandem* aufgenommen werden – um diejenigen, die Hunger leiden und zusammengeschlagen werden und in

Hausgängen ihre Babys zur Welt bringen. Kann ich sonst noch etwas für Sie tun?«

Sybylla hatte sich bedankt, den Hörer aufgelegt und Plan B in Angriff genommen.

Als sie in ihr Büro trat, sah sie, daß ihr Stuhl umgedreht war, so daß er ihr die Lehne zukehrte, und daß dort, wo sonst ihr Kopf ruhte, eine Versammlung schwarzer Löckchen stattfand. Es war an der Zeit, sich der Auseinandersetzung zu stellen. Sie machte ein entschlossenes Gesicht.

»Wer sitzt da auf meinem Stuhl?« fragte sie kühl.

Er drehte den Stuhl langsam herum, bis er Sybylla direkt gegenübersaß, und lächelte sie so freundlich an, als wäre nie etwas Unschönes zwischen ihnen passiert. »Hallo, du!«

Verdutzt schritt Sybylla zu dem einzigen anderen Stuhl ihres Büros, einem besonders häßlichen, typischen Amtsexemplar aus Holz.

»Das mit gestern tut mir leid, Syb.«

»Ach?« Sie stellte ihre Tasche auf den Boden.

»Weißt du, ich war so erleichtert darüber, daß diese verdammte Sache endlich vorbei war. Das mit Trent ist natürlich schrecklich, aber ich dachte eben, jetzt könnten wir endlich mal ein bißchen langsamer treten, verstehst du? Ich dachte nicht im Traum daran, daß du das anders sehen könntest.«

»Ich habe es aber anders gesehen«, sagte sie betont sachlich. »Und ich sehe es immer noch anders.«

»Also, ich sage das nur sehr ungern, aber du wirkst heute ziemlich lebendig.«

Lebendig schon, aber alles andere als ausgeruht. Sie hatte eine grauenhafte Nacht hinter sich, in der sie kaum geschlafen hatte, weil sei bei jedem Geräusch im Haus aufgewacht war.

»Also«, hakte er nach. »Geht es dir jetzt besser?«

Sybylla ließ sich erweichen. »Ein bißchen besser schon.«

»Und du verzeihst mir, daß ich mich so unmöglich benommen habe, ja?«

Wer konnte eine solche Bitte abschlagen? Sie merkte, daß sie lächelte. Sam lächelte auch.

»Der Stuhl gefällt mir«, sagte er mit gespielter Ernsthaftigkeit. »Er ist viel schöner als meiner. Gibst du ihn mir?«

»Nein, den gebe ich dir nicht. Aber du kannst ihn jederzeit besuchen.« Sie stellte ihren Kaffeebecher ab.

»Fährst du nächste Woche nach Washington?«

»Ich weiß noch nicht. Vielleicht.« Sie lächelte. »Steiner will unbedingt, daß ich fahre. Vielleicht will er, daß ich ihm ein Autogramm von Teddy Kennedy besorge.«

»Willst *du* denn fahren?«

»Klar.«

Sam schwenkte den Drehstuhl auf hypnotisierende Weise hin und her, den Blick starr auf ihr Gesicht gerichtet. Plötzlich sah sie, daß seine Hand auf einer geöffneten Aktenmappe auf ihrem Schreibtisch lag und daß es Trents Akte war. Er hatte darin gelesen, als sie hereinkam. Ganz ungeniert, ohne auch nur den Versuch zu machen, es zu verbergen. Sybylla runzelte die Stirn. »Wie ich sehe, hast du einen Blick in die Akte geworfen.«

Er schaute auf die Akte hinunter, als wäre er überrascht, sie dort liegen zu sehen.

»Ach. Ja, ja. Ich war einfach neugierig. Ich weiß auch nicht...«

»Was wolltest du denn herausfinden?« fragte sie und legte den Kopf ein wenig schief.

»Ach... einfach nur, ob mir irgend etwas entgangen ist, das uns helfen könnte, das, was passiert ist, zu verstehen.«

»Was meinst du mit ›das, was passiert ist‹? Gibt es denn in bezug auf das, was passiert ist, noch Fragen?«

»Nein, eigentlich nicht«, sagte er ausweichend. »Ich dachte mir nur, ich sehe die Akte noch mal daraufhin durch, ob mir irgend etwas ins Auge sticht, verstehst du?«

»Und?« fragte Sybylla kühl. »Ist dir etwas ins Auge gestochen?«

Er schüttelte den Kopf. »Nein, eigentlich nicht. Eine Sache ist mir zwar aufgefallen, aber ansonsten nichts.«

»Und das wäre?« Sie schlug die Beine übereinander.

Er beugte sich vor und begann, die losen Blätter umwendend, zu suchen. »Wo ist es nur? Es stand in den Notizen, die du dir während des Gesprächs mit Trent im Krankenhaus gemacht hast. Da hast du etwas ziemlich Komisches geschrieben. Hm...« Er drehte noch ein Blatt um. »Ah, da! Was heißt denn das: ›Erinnern, erinnern‹?«

Sybylla lächelte. Sie hatte etwas Schreckliches erwartet, einen groben Schnitzer oder daß der wahre Bösewicht aus seinem Versteck in ihren eigenen Notizen hervorspringen würde.

»Ach, das.« Sie schüttelte den Kopf. »Das hat Trent über dieses Krankenhaus, in dem er festgehalten wurde, gesagt. Ich glaube aber eher, daß die Leute dort das gesagt haben, die Leute in diesem Krankenhaus.«

»›Erinnern, erinnern‹?« wiederholte Sam, dem Klang der Wörter nachhorchend.

»Ja, das hat er gesagt.«

»O nein!« Sam grinste. »›Erinnern‹?«

Sybylla verzog gereizt das Gesicht. »Ja, das habe ich dir doch eben gesagt.«

Sam warf den Kopf zurück und lachte lauthals.

»Was ist denn so witzig daran?«

»Entschuldige bitte, aber... Das ist einfach... Bekommt man den als Jurastudentin in Yale nie etwas über die Klassiker zu hören?«

»Wie... über die Klassiker? Warum sollte man da etwas über die Klassiker hören? Über welche Klassiker denn?«

Sam lachte noch lauter. »Na, über die Klassiker eben. *Die* Klassiker – Aristoteles, Aischylos.«

»Warum hätten sie uns im Jurastudium etwas von denen erzählen sollen?«

Er schüttelte amüsiert den Kopf. »Nein, natürlich tun sie das nicht. Aber der Strafrechtsprofessor in meinem ersten Studienjahr in Harvard hatte eine Vorliebe für das klassische Altertum und redete ständig davon. Ich glaube, die Frage wurde uns sogar mal in einer Prüfung gestellt.«

»*Welche* Frage?« Sie schrie ihn fast an. »Was meinst du mit ›davon‹? Und was hat das alles mit ›Erinnern, erinnern‹ zu tun?«

Sam seufzte und beugte sich über den Schreibtisch. »Es heißt nicht ›Erinnern‹, sondern Erinnyen.«

Jetzt kapierte Sybylla überhaupt nichts mehr.

»Man schreibt es E-r-i-n-n-y-e-n. Auch als Eumeniden oder Furien bekannt. Das sind die Rachegöttinnen. Sie verfolgen den sündigen Verbrecher bis ans Ende seines Lebens.« Er sah sie entschuldigend an. »Tut mir leid. Ich bin kein intellektueller Snob.

Daß ich darüber Bescheid weiß, ist reiner Zufall. Die Furien quälten Orest, nachdem er seine Mutter Klytaimnestra getötet hatte. Sie hatte Orests Vater, Agamemnon, aus Rache dafür getötet, daß er Iphigenie, die Schwester des Orest, umgebracht hatte. Das hatte er nämlich getan, um seinem Heer guten Wind für die Fahrt nach Troja zu verschaffen, wo er so richtig zur Sache gehen wollte. Alles verstanden?«

»Klar«, sagte Sybylla, obwohl es nicht stimmte. »Aber wer waren sie?«

Sam lachte. »Ach, einfach nur mythische Symbole für das vorgeschichtliche Recht. Kronos tötete Uranus, den Himmel, der sein Vater war. Er hackte seinem Alten den Schwanz ab, und als er auf den Boden fiel, trat eine Art Schaum aus. Urschlamm, sozusagen. Und daraus schossen die Furien hoch, mehrere kreischende Damen, die nach Rache schrien. Später beruhigten sie sich dann ein bißchen und verwandelten sich in die Erinnyen. Die waren schon etwas kultivierter. Sie entwickelten sich gewissermaßen parallel zur Gesellschaft von der vorkulturellen Blutrache der Stämme bis zur zivilisierten Justiz.« Er hob die Hände hoch. »Das sind wir. Die zivilisierte Justiz.«

»Eine schöne Vorstellung. Aber ich verstehe nicht, was das alles mit Trent zu tun hat. Wo hätte er denn ein Wort wie ›Erinnyen‹ aufschnappen sollen?«

»Nirgendwo«, sagte Sam. »Es sei denn, er ist auf seinen Reisen mal auf einen ehemaligen Professor gestoßen, der ganz verrückt nach dem klassischen Altertum war. Ich habe das Wort schon seit Jahren nicht mehr gehört.« Er stemmte sich ächzend von Sybyllas Stuhl hoch. »Okay. Ich gehe jetzt wieder in mein Büro.«

»Okay.«

»Hast du Lust, heute abend mit mir zu essen? Wir könnten in ein Gourmetlokal gehen und uns zur Abwechslung mal wie anständige Yuppies benehmen.«

»Vielleicht«, sagte Sybylla, mit den Gedanken anderswo; sie war damit beschäftigt, sich das Wort einzuhämmern, um es nicht zu vergessen: Er-inn-yen, übte sie im stillen.

»Du kannst es dir ja überlegen.« Er klopfte ihr freundschaftlich auf die Schulter und ließ sie auf ihrem unbequemen Stuhl, dem Mandantenstuhl, zurück. Warum muß dieses Ding eigentlich so unbequem sein? fragte sie sich. Die Leute kommen zu mir und sind sowieso schon totunglücklich darüber, hier sitzen zu müssen; da sollten sie es wenigstens bequem haben. Er-inn-yen. Sie versuchte, Trents Aussprache des Wortes nachzumachen. »Erinnern.« Erinnyen.

»Hier, bitte schön!« unterbrach eine Stimme ihre Gedanken. Steiner streckte ihr den Zettel hin, den sie ihm gegeben hatte. »Und sagen Sie mir Bescheid, wenn Ihre Freunde auch noch einen Arzt brauchen, der ihnen bestätigt, daß sie ein Schleudertrauma haben. Mein Cousin in Queens ist auf so was spezialisiert. Familiensache.« Er grinste. »Ich kriege dann nämlich einen Anteil.«

»Vom Aktivsten des Sommers 1961 zu Schleudertrauma-Anteilen.« Sie lächelte ihn liebevoll an. »Wie tief man sinken kann!«

»Tja«, sagte er im Weggehen. »Jerry Garcia ist inzwischen Krawattendesigner.«

Sybylla blieb eine Weile reglos auf ihrem Stuhl sitzen, ehe sie den Blick auf den Zettel senkte. Dann klappte sie ihn bewußt langsam auf und las den Namen und die Telefonnummer, die Steiner daraufgeschrieben hatte.

Warum überrascht es mich nicht? dachte sie, als hörte sie sich selbst aus großer Ferne sprechen. Die Fähigkeit, sich überraschen zu lassen, schien ihr allmählich abhanden zu kommen. Sie schloß kurz die Augen und erinnerte sich plötzlich an das merkwürdige, seltsam faszinierende Gemälde im Club ihres Vaters: die drei erstarrten Frauen, die geduldig darauf warteten, daß ein Mörder seine schreckliche Tat vollendete, wissend, daß sie ihn dereinst wiedersehen würden. Kurzer Prozeß. Zum erstenmal dachte sie darüber nach, wie das Thema wohl auf diejenigen wirkte, die die politischen Ansichten ihres Vaters oder seine Begeisterung für Strafe teilten. Es mußte wirklich angenehm sein, sich von personifizierten Quälgeistern umgeben zu wissen, die nur darauf warteten, daß man dem Bösen in sich nachgab. Bevor sie es sich wieder ausreden konnte, wählte sie die Nummer.

Ihr Anruf wurde von einem Mann mit leicht britischem Akzent entgegengenommen. »Hyperion«, ertönte es barsch.

Instinktiv schlüpfte sie in eine Rolle. »Hallo, das ist doch der Hyperion Club, oder?«

»Wie ich bereits sagte.« Die Stimme klang jetzt nicht mehr nur barsch, sondern obendrein mißtrauisch. »Darf ich fragen, wen Sie sprechen wollen?«

»Also, ich schreibe gerade einen Artikel für das *New York Magazine* über Privatfirmen, die mit Obdachlosen arbeiten. Wissen Sie«, fuhr sie in belehrendem Ton fort, »nicht alle finden, daß Reagans Wirtschaftspolitik in dieser Hinsicht falsch war. Ich persönlich jedenfalls denke, daß Ronald Reagan völlig recht hatte, als er sagte, die Kürzungen bei den Staatsausgaben für Sozialprogramme würden einen Zuwachs an karitativer Aktivität bei Privatpersonen und Unternehmen bewirken, und ich glaube, es ist an der Zeit, daß einige der sonst nie beachteten privaten Wohltätigkeitsorganisationen hier in der Stadt mal ein bißchen ins Rampenlicht gerückt werden.«

Am anderen Ende der Leitung herrschte Schweigen. Offenbar wartete er auf mehr.

»Nun ist mir zu Ohren gekommen, daß eine der aktivsten dieser Organisationen das Programm ›Helfende Hand‹ ist. Den Kleinbus dieser Organisation, die Obdachlosen hilft, sehe ich sehr oft, und ich möchte die Leute, die das Programm leiten, gern in meinem Artikel unterbringen. Ich weiß zwar, daß die ›Helfende Hand‹ an den Hyperion Club angegliedert ist –«

»Woher wissen Sie das?« unterbrach der Mann sie.

Sybylla schwieg. Eine Lüge muß immer ganz dicht an der Wahrheit sein, hatte sie mal irgendwo gelesen; die grellsten Lügen würden immer als erste aufgedeckt. »Ach«, sagte sie so lässig wie möglich, »als ich sie nirgendwo verzeichnet fand, habe ich mir von der Zulassungsstelle einfach den Namen des Halters geben lassen. Ist das schlimm?« fügte sie im Unschuldston hinzu.

»Über die sozialen Unternehmungen des Clubs weiß ich nichts«, erwiderte der Mann mit dem britischen Akzent schroff, wobei er das Wort *sozialen* besonders spöttisch betonte. »Unser für dergleichen Aktivitäten verantwortliches Mitglied ist heute nicht anwesend.«

»Ah, ja. Wie kann ich ihn denn erreichen?«

»Es ist hier nicht üblich, die Namen und Telefonnummern von

Mitgliedern an Fremde weiterzureichen. Aber er würde ohnehin keinen Kommentar abgeben wollen.« Er schwieg. »Ich bin sicher, daß er der Meinung ist, wohltätiges Handeln sollte am besten im stillen ausgeführt werden und nicht den Beifall der Öffentlichkeit suchen.«

Sie ließ nicht locker. »Können Sie mir dann wenigstens die Büronummer dieses Mitglieds geben?«

»Er arbeitet in einem anderen Bundesstaat«, erwiderte der Mann gereizt, so als gäbe es jenseits des Hudson keine Telefone. »Es tut mir leid, aber das ist nicht möglich. Ich wünsche Ihnen viel Glück mit Ihrem Artikel.«

Sybylla holte Luft und sagte etwas sehr Leichtsinniges. »Sie sprechen von Robert Winston, nicht wahr?«

Idiotin! Aber da sie es nun mal gesagt hatte, durfte sie die winzige Chance, eine Bestätigung zu bekommen, nicht vermasseln.

»Sir?«

»Woher haben Sie diesen Namen?« brüllte der Mann. »Wer sind Sie überhaupt? Was –«

Sie legte auf und starrte völlig gefühllos das Telefon an. Ihr Gehirn war zu keiner komplexen Funktion mehr fähig. Sie griff nach ihrer Handtasche, die auf dem Boden stand, und zog ihre Brieftasche hervor. Sie war aus hellem Leder, das einmal steif und dick gewesen, jetzt aber dünngescheuert und weich wie Butter war. Der banale Gedanke, daß das Ding es nicht mehr lange machen werde, schoß ihr durch den Kopf. Ihre Finger klappten suchend die Plastikhüllen um – Geld, Kreditkarten, der Stapel Coupons, die sie immer einzureichen vergaß, die merkwürdige kleine Scheibe, die einmal im Oberarm ihres nun toten Mandanten gewesen war –, bis sie die so überaus stilvolle Visitenkarte erreichten, die man ihr, einer altehrwürdigen Tradition folgend, in den edlen Hallen des Herrenclubs überreicht hatte. Auf dem kleinen Rechteck aus cremefarbenem Velinpapier stand in schwarzer Schrift der Name des Unternehmens, das der alte Freund ihres Vaters leitete. Auch eine Telefonnummer stand darauf. Und eine Adresse in Great Falls, die sie gut kannte, hatte sie doch die ersten achtzehn Jahre ihres Lebens ganz in der Nähe verbracht – getrennt davon nur durch den dichten, herrlich düsteren Virginia-Wald –, im Haus ihres Vaters.

DIE ZIVILISIERTE JUSTIZ

27

»Das Schlimmste daran ist«, jammerte Sybylla ins Telefon, »daß mir das Ganze so ungelöst erscheint.«

»Aber es gab doch eine Lösung, oder nicht? Der Tod ist, meiner Ansicht nach, sogar eine ziemlich klare Lösung. Das Leben Ihres Mandanten kann nicht mehr geändert werden, egal, was er getan oder nicht getan hat.«

»Vielleicht kann er noch rehabilitiert werden«, sagte sie zaghaft.

»Rehabilitiert?« fragte Robert Winston. »Aber warum denn? Ihm hilft das nicht mehr, und Sie brauchen mir nicht zu erzählen, Ihre Zeit würde nicht anderweitig in Anspruch genommen. Ich bin sicher, daß Sie zahlreiche andere unschuldige Mandanten haben, die noch am Leben sind und Ihre ganze Energie benötigen, damit Sie Freisprüche für sie erzielen.«

Sie stieß einen tiefen Seufzer aus. »Wissen Sie, Mr. Winston, ich glaube, für mich ist das alles gelaufen. Mir war überhaupt nicht bewußt, wie nahe ich dem Zusammenbruch bereits war, aber jetzt, ganz plötzlich, über Nacht, ist meine Lust auf die Arbeit... ich weiß auch nicht... einfach weg. Als ich heute morgen aufwachte, dachte ich: Nein, ich schaffe es nicht mehr. Dieses deprimierende Büro und meine vielen Mandanten. Was die alles von mir fordern! Sie saugen mir alle Kraft aus dem Leib, und für mich selbst bleibt nichts übrig. Ich stellte mir plötzlich vor, wie angenehm es wäre, zur Abwechslung mal jeden Tag in ein schönes Büro zu gehen, wissen Sie. In ein Büro mit einem Fenster, durch das man etwas Schönes sieht. Und in dem ein bequemer Stuhl steht, verdammt noch mal, und ein anständiger Schreibtisch, und in dem man Kollegen hat, die nicht ständig überarbeitet sind. Aber das Schlimmste ist das Unglück, das die Leute mitbringen, wenn sie zu mir kommen. Sie kennen das ja nicht.«

»Nein«, sagte er trocken. »Erzählen Sie mir, wie das ist.«

»Es ist... Sie kommen hier rein und haben Probleme und sind so entsetzlich *hilfsbedürftig*. Jeder glaubt, er sei der einzige Klient, den ich habe, und ich sei nur für ihn da. Sie bringen ihre Kinder mit, und die Kinder sehen mich an, als wäre alles meine Schuld. Und ich sehe sie an und denke: In zehn Jahren sitzen *die* mir auf dem Klientenstuhl gegenüber. Oder ich stehe im

Gerichtssaal, in dem die Anklageprüfungsverfahren stattfinden, und warte darauf, daß der Fall meines Mandanten aufgerufen wird, und plötzlich kommen mir alle Gesichter bekannt vor. Es hört einfach nie auf, verstehen Sie? Man gibt diesen Leuten alles, und sie hauen wortlos ab. Aber das Schlimmste«, vertraute sie ihm an, »sind die Verbrechen, derer sie angeklagt sind. Es ist einfach unglaublich. Manche sind geradezu ekelerregend. Da glaubt man, jede Geschichte schon mal gehört zu haben, gewöhnt sich daran, die abstoßendsten Dinge zu erfahren, und dann kommt einem doch immer wieder ein neues Stück Dreck über den Schreibtisch entgegengeflogen. Letztes Jahr hatte ich so einen Kerl – er hatte alte Frauen vergewaltigt. Es stand nicht in der Zeitung, weil die Opfer sich nicht bei der Polizei gemeldet hatten, aber der Kerl hat es mir erzählt. Er war total stolz auf sich. Ich hatte gerade erreicht, daß die Anklage, die man wegen eines läppischen Autodiebstahls gegen ihn erhoben hatte, fallengelassen wurde, da wirft er mir, als wir mit dem Aufzug runterfahren, diese Geschichte an den Kopf. Ich dachte nur: *Warum?* Verstehen Sie? Ich bin Anwältin geworden, weil ich für die Gerechtigkeit kämpfen wollte. Ich finde ...« Ihre Stimme brach ab, als würde sie gleich etwas Peinliches sagen. »Ich finde, ich habe meine Pflicht erfüllt. Fünf Jahre bin ich nun schon hier. Und bitte verstehen Sie mich nicht falsch – es waren viele unschuldige Mandanten dabei, aber doch wesentlich mehr vom anderen Schlag. Denn eines ist ja wohl klar: *Irgend jemand* muß all diese Verbrechen schließlich verüben. Sie geschehen ja nicht von selbst.«

»Nun«, sagte Winston. »Das war ja eine imponierende Rede. Und ein imponierender Sinneswandel, wenn ich das sagen darf.«

»Ja, ja. Was soll ich darauf erwidern? Es ist einfach an der Zeit, glaube ich. Und da fielen Sie mir ein.«

»Ich?« Seine Stimme troff vor Mißtrauen. Sybylla nahm innerlich Anlauf und sprang.

»Sie sagten damals doch ... Erinnern Sie sich daran, als wir uns im Hyperion Club trafen? Sie sagten damals, Sie könnten immer kluge Köpfe gebrauchen. Ich weiß zwar nicht, wie klug ich bin, aber ich wäre interessiert. Wenn ich für Sie überhaupt noch in Betracht komme.«

Sie spürte, daß er es ihr abkaufte. »Sie wissen ja«, sagte er nach einer kurzen Pause, »daß ein Großteil dessen, was wir tun, reine Schreibtischarbeit ist. Von Prozessen bekommen Sie dann höchstens noch etwas im Rahmen einer beratenden Tätigkeit bei Voir dires mit. Vielleicht würden Sie die Arbeit im Gerichtssaal vermissen.«

»Schon möglich, Mr. Winston, aber ich würde mir das Ganze gern einmal näher ansehen. Könnte ich vielleicht mal vorbeikommen und das Büro besichtigen? Ich würde gern mehr über die Beratertätigkeit erfahren. Ich könnte mich ja vielleicht mit ein paar Angestellten unterhalten. Sie persönlich würde ich selbstverständlich nicht belästigen.« Sie machte eine lange Pause. Dann stach sie zu. »Wissen Sie, ich muß sowieso in die Gegend. Ich möchte bei den Anhörungen dabei sein.«

»Ach, ja«, sagte Winston. »Ich bin aber leider die ganze nächste Woche über nicht im Büro. Ich habe mehrere Termine in Washington und beabsichtige selbstverständlich ebenfalls, bei den Anhörungen anwesend zu sein.« Er wartete eine Weile, ehe er weitersprach. »Kommen Sie trotzdem nächsten Montag bei uns vorbei. Ich werde veranlassen, daß einer meiner Mitarbeiter Ihnen alles zeigt und Ihre Fragen beantwortet.«

Er hörte, wie sie darauf mit einer Begeisterung ansprang, die ihn keineswegs beruhigte, beendete das Gespräch mit besten Wünschen von der Sorte, wie man sie der Tochter eines guten Kollegen mit auf den Weg gibt, und legte, von tiefem Unbehagen erfüllt, den Hörer auf die Gabel.

Das Heikle an der Sache war seines Erachtens das Timing. Bisher war es ihm gelungen, die Affäre Trent zu steuern, ohne Dermots Tochter Schaden zuzufügen; das war er seinem Freund und, in gewisser Weise, seiner eigenen Vergangenheit schuldig gewesen. Da jedoch Dermots Bestätigungsanhörungen kurz bevorstanden, war es unbedingt erforderlich, die Situation so rasch wie möglich auf ihre Risikoträchtigkeit hin abzuklopfen, damit er das, was Sybylla mit Sicherheit über die Gesellschaft für Juristische Forschung wußte, von dem trennen konnte, was er über ihr Wissen argwöhnte, sowie von dem, was er in bezug darauf langsam zu befürchten begann.

Er schüttelte, das Telefon anstarrend, langsam den Kopf, drehte den Stuhl zum Fenster und blickte über die große Wiese hinüber zum Wald, der sich allmählich vom feuchten Winter Virginias befreite.

Seine Loyalität gegenüber Sybyllas Vater war zuerst in Freundschaft geschmiedet worden; später waren daraus noch festere und kompliziertere Bande entstanden – durch eine Berufskarriere, die nicht den erhofften Verlauf genommen hatte, und durch eine Ehe, die mit erschütternden, unvorhergesehenen Schwierigkeiten belastet gewesen war. Diese Bande konnten nicht zerrissen werden, das war Winston klar – zumindest nicht, ohne katastrophale Konsequenzen heraufzubeschwören, denen keine der beiden Seiten standhalten würde. Ihrer beider Schicksale waren untrennbar miteinander verwoben, und jetzt, da Dermot kurz davor stand, in das höchste Gericht des Landes aufzusteigen, war dies auch der Augenblick seines eigenen Triumphs. Er durfte nicht zulassen, daß irgend etwas störend in diesen Ablauf eingriff.

Er würde ein Auge auf Sybylla haben, bis die Gefahr – wenn sie denn bestand – auf irgendeine Weise beseitigt war. Um seines alten Freundes willen konnte er nur hoffen, daß es sich nicht um die Art von Beseitigung handeln würde, die Sybyllas Mandant kurz zuvor widerfahren war.

28

»Das ist nicht dein Ernst!« sagte Sam.

»Ach, nein?« erwiderte sie leichthin. »Ich dachte eigentlich, schon. Warum denn nicht?«

»Was willst du denn da unten – gerade wenn du Gründe für die Annahme hast, daß sie für Entführungen verantwortlich sind? Wieso bringst du dich derart in Gefahr?«

»Ich glaube nicht, daß es wirklich gefährlich ist. Ich denke einfach, daß es sich lohnt, mal einen Blick reinzuwerfen.«

»Na gut. Dann laß jemand anderen einen Blick reinwerfen.«

Sybylla seufzte auf und sagte in psalmodierendem Tonfall: »In Deutschland verhafteten die Nazis die Kommunisten, aber ich sagte nichts, denn ich war kein Kommunist. Dann verhafteten sie die Juden, aber ich sagte nichts, denn ich war kein Jude. Dann verhafteten sie die Gewerkschaftler –«

»Also gut«, sagte er verstimmt. »Aber irgendwie bezweifle ich, daß deine Motive wirklich so edel sind.«

Sie richtete sich, neuerlich beunruhigt, im Bett auf. »Was soll das denn heißen?«

»Es soll heißen, daß es, wenn du einen bestimmten Verdacht hast, geeignete Wege gibt, über die du diesem Verdacht nachgehen kannst. Dein Beharren darauf, dich in Gefahr zu bringen, indem du die Sache selbst unternimmst, ist absurd. Wenn du glaubst, es gebe da etwas Anrüchiges, solltest du die Polizei oder die Anwaltsvereinigung einschalten, oder welche Stellen auch immer du für geeignet hältst, sich der Sache anzunehmen. Jede andere Vorgehensweise ist tollkühn und egoistisch.«

Sybylla betrachtete ihn. »Tollkühn – das sehe ich ja gerade noch ein. Aber ›egoistisch‹ mußt du mir erklären.«

»Das kann ich nicht«, sagte Sam schroff, »weil ich nicht genau weiß, was du mit der Aktion überhaupt bezweckst. Aber wenn ich wetten müßte, würde ich sagen, daß es etwas mit deinem Dad zu tun hat.«

»Faszinierend!« Ihre Stimme klang gepreßt. »Erzähl doch mal!«

Sam hob Atticus schweigend zwischen seinen Fußknöcheln hoch und setzte ihn sanft, doch mit Nachdruck auf Sybyllas Teppichboden. »Du willst ihn kompromittieren. Du willst, daß sein langjähriger Freund sich in irgendeiner Weise als Gangster erweist, und diese Mitteilung willst du ihm genau dann machen, wenn er sozusagen gerade unter dem Mikroskop begutachtet wird. Damit willst du ihm heimzahlen, daß er dir jahrelang soviel Kummer wegen der Ganoven gemacht hat, die *du* vertrittst. Na, heiß oder nicht?«

»Wenn es so wäre«, bemerkte Sybylla, »würde mich wohl kaum so frösteln.«

Sam drehte sich zur Seite und sah sie an. »Ich habe keinerlei Hintergedanken, außer daß ich mich um dich sorge und nicht will, daß dir etwas passiert. Bitte, Sybylla! Trent ist tot, du kannst ihm nicht mehr helfen. Ich will einfach nicht, daß noch ein Mensch in dieser Angelegenheit zu Schaden kommt.«

»Das klingt ja, als würdest du glauben, daß man Trent vorsätzlich Schaden zugefügt hat«, sagte sie vorsichtig.

Sam, der plötzlich ganz mit dem Blümchenmuster der Bettbezüge beschäftigt war, erwiderte nichts.

»Glaubst du das, Sam?«

»Natürlich nicht. Die Ärzte sagten, sie hätten nicht den geringsten Hinweis auf etwas Derartiges gefunden.«

»Vielleicht haben sie nicht gründlich genug gesucht. Vielleicht war da etwas, was sie nicht sehen konnten.«

Er starrte sie an. »Sybylla.«

»Ja, ja. Total durchgeknallt, paranoid! So hast du mich ja schon mal bezeichnet.«

Sam setzte sich langsam auf und schwang die Beine über die Bettkante. »Ich bitte dich darum, es nicht zu tun.«

»Warum nicht?« fragte sie ruhig.

»Weil ich dich darum bitte. Darum.«

Sybylla seufzte. »Also, das ist wirklich komisch. Mein Dad hat genau das gleiche zu mir gesagt, als er mich dazu bringen wollte, den Fall Trent abzugeben. Aber er ist nun mal mein Dad. Wie lautet deine Entschuldigung?« Sam zuckte mürrisch mit den Achseln. »Was ist das nur mit euch Männern? Man schläft mit einem, und schon glaubt er, man hätte ihn zum Chef gemacht.« Sie spürte, daß sie sich in Rage redete. »Jedesmal wenn man glaubt, man hätte es endlich geschafft, eure Neandertaler-Höhle zu verlassen, kommt einer von euch daher und drischt einem mit der Keule über den Schädel.«

»Das nehme ich dir übel«, sagte Sam leise.

»Ach, nee!« blaffte sie ihn an. »Da bin ich aber wirklich schockiert.«

Sie sahen einander lange an; beide waren ziemlich erschrocken.

»Es tut mir leid«, sagte Sybylla als erste.

»Wirklich?«

Sie hob die Schultern. Sie wußte es nicht genau.

»Hör zu – mir ist klar, daß ich Trent nicht mehr helfen kann. Aber ich will wissen, was mit ihm passiert ist. Ich fahre dorthin und sehe mich ein bißchen um. Winston habe ich weisgemacht, ich würde mit dem Gedanken spielen, Legal Aid zu verlassen. Ich hätte jetzt auch mal Lust auf die schönen Dinge des Lebens. Ich bin ziemlich sicher, daß er es mir abgenommen hat. Außerdem sagte er, daß er selbst gar nicht da sein würde.« Sie lächelte, um Leichtigkeit bemüht. »Wenn ich reingehe und Obdachlose sehe, die offensichtlich auf Trip sind, weiß ich wenigstens, daß dort krumme Sachen laufen. Andernfalls führe ich einfach ein paar hochgestochene Gespräche über die amerikanische Justiz der neunziger Jahre und mache mich dann auf nach Washington zu den Anhörungen. Akzeptiert?«

»Na gut. Aber du wirst nichts finden. Glaub mir, die Zeiten, als sie wie wild mit LSD experimentiert haben, sind längst vorbei. Die entsprechenden staatlichen Stellen haben schon Anfang der sechziger Jahre kalte Füße bekommen, etwa zu der Zeit, als die ungewaschenen Massen an die Droge rankamen.«

»Haben sie deswegen aufgehört, LSD zu testen?« Sie überkreuzte die Beine auf dem Bett.

»Jein – soweit ich weiß. Zum einen merkten sie, daß sie das Zeug einfach nicht unter Kontrolle halten konnten, so daß die Brauchbarkeit der Droge für subversive Zwecke nicht mehr gegeben war. Sie hatten LSD sogar schon als ein ›Verrücktheitsgas‹ geplant, mit dem sie den Feind besprühen wollten, beziehungsweise als einen psychoseauslösenden Wirkstoff, den sie ins Trinkwasserreservoir einer Stadt schütten würden. Es gab sogar den Plan, Castros Schuhe damit einzustäuben. Das Problem war allerdings, daß niemand vorhersagen konnte, was dann geschehen würde. Einige Leute rasteten ziemlich aus, gut, aber die meisten setzten sich einfach hin und rührten sich nicht mehr. Als dann die Menschen außerhalb der staatlich gebilligten Experimente anfingen, LSD zu nehmen, kam noch etwas dazu, das man auf seiten des Staates nicht vorhergesehen hatte.«

»Was denn?«

Sam runzelte die Stirn. »Die CIA hatte die Droge als vorwiegend negativen Katalysator eingestuft. Sie gaben es einer Versuchsperson, und die Versuchsperson durchlebte in den meisten Fällen intensive Angst und beschrieb ihre Gefühle als einen Zustand, der im Prinzip nicht von einer Psychose zu unterscheiden war. Als dann aber die gewöhnlichen Joes anfingen, LSD zu nehmen, hatten sie völlig andersgeartete Erlebnisse. Aldous Huxley, beispielsweise – nachdem er zum erstenmal eine halluzinogene Droge genommen hatte, beschrieb er das Ganze als einen wunderbaren bewußtseinserweiternden Trip, und genau diese Erfahrung machten ja auch die meisten Gelegenheitskonsumenten und machen sie immer noch. Offenbar hatte die Umgebung großen Einfluß auf die Wirkungsweise der Droge. Verabreichte man sie in einem Krankenhauszimmer, in dem Monitoren und viele Leute herumstanden, reagierte die Versuchsperson schlecht. Nahm man sie dagegen in einer Gruppe fröhlicher, gleichgesinnter Freunde, war es toll – zumindest in den meisten Fällen. Man konnte sich nicht mehr darauf verlassen, daß die Droge den Feind in den Wahnsinn treiben würde, und so kam es zu der Spaltung zwischen den Leuten, die LSD für einen Psychose-Imitator hielten, und den LSD-Propheten, die im Zusammenhang mit der Droge nur von Kreativität und Selbsterfahrung sprachen. Außerdem hatten einige der Testpersonen bei den Army-Experimenten Selbstmord begangen, und das brachte sogar die CIA zum Nachdenken.«

»Und dann haben sie einfach damit aufgehört?« fragte Sybylla. »Das ganze Forschungsprojekt gestoppt?«

»Es verlief eher im Sande. Es wurde zwar nicht über Nacht gestoppt, doch die CIA begrub die großen in LSD gesetzten Hoffnungen fast völlig. Sie hatten ja auch schon eine Unmenge von Experimenten durchgeführt. Eine Zeitlang gaben sie das Zeug wirklich jedem, der dafür in Frage kam, das heißt jedem, der nicht die Möglichkeit hatte, sich über das, was mit ihm geschah, zu beschweren oder Fragen zu stellen – Gefängnisinsassen, Psychiatriepatienten und Menschen, die wegen des Konsums anderer Drogen in Behandlung waren. Manche Forscher verabreichten es Alkoholikern, Kleptomanen, Psychopathen, sogar Nymphomaninnen. Einer machte Schizophrene mit Hilfe von LSD in Kombination mit Elektroschocks sogar zu Attentätern. Mein Gott, diese Menschen können einem wirklich leid tun.« Er schüttelte sich. »Aber irgendwann mußten sie damit aufhören. Es ging schließlich nicht an, daß der Staat mit demselben Zeug experimentierte, das diese Gammler in Haight-Ashbury nur so zum Spaß nahmen.« Er warf ihr einen Seitenblick zu. »Du hast es nie probiert, nicht?«

»Nö. Ein paar Zigaretten hinter den Ställen der Madeira High-School war so ziemlich das Wildeste, was ich je gemacht habe.«

Sie grinste ihn an. »Ich hatte nicht so eine flippige Phase wie du.«

»Ach, nein?« Er hob die Hand und strich ihr das Haar hinters rechte Ohr. »Und was ist das?«

Sybylla errötete. »Was denn?«

»Sieht ganz so aus, als hättest du mal bei einer Pyjamaparty oder etwas Ähnlichem versucht, dir die Ohrläppchen zu durchstechen.«

Sie sah ihn beleidigt an. »Da muß ich dich leider enttäuschen; das ist angeboren.«

Sam wirkte überrascht. »Oh, entschuldige, bitte.« Er sah genauer hin. »Wirklich?«

»Ich bin in diesem Punkt etwas empfindlich, wenn du es unbedingt wissen willst.«

»Wirklich?« fragte er noch einmal, als wäre er ein bißchen beschränkt. »Aber warum denn? Ich finde das richtig süß.«

Sybylla verzog das Gesicht. »Ja?«

»Aber sicher.«

Sie wandte das Gesicht ab. »Ist ja auch egal.«

Sam sah sie an. »Was die Gesellschaft für Juristische Forschung betrifft, weiß ich jedenfalls beim besten Willen nicht, was du dort zu finden hoffst, aber eines kann ich dir sagen: Wenn dort irgend jemand mit LSD hantiert, dann bestimmt nicht so, daß man es auf Anhieb bemerkt. Und genau deshalb mache ich mir Sorgen.«

Sybylla nippte an ihrem Wasser und versuchte, möglichst unschuldig dreinzublicken.

»Versprich mir«, sagte Sam ernst, »daß du dort nicht herumschnüffelst. Laß dir das firmeneigene Fitneßstudio im Keller zeigen, erkundige dich nach der Höhe der Zuschüsse zu deinen Zahnarztkosten, und dann nichts wie raus! Wenn du dann immer noch glaubst, es sei mehr daran, besprechen wir das hinterher, ja?«

Sybyllas Gesicht verriet nicht, was sie dachte. Sie wollte sich nicht dazu bringen lassen, lügen zu müssen.

»Versprich es mir, Sybylla!«

Verstohlen schob sie die linke Hand unter das Kopfkissen, überkreuzte Zeige- und Mittelfinger und sagte lächelnd: »Ja, klar.«

Am nächsten Morgen hatte sie deswegen allerdings massive Schuldgefühle; beim Packen der wenigen für den Parlamentssender C-SPAN geeigneten Kleidungsstücke hielt sie kurz inne und schüttelte in einem Anfall von Selbstekel den Kopf über ihr Verhalten. Der ganze Abend mit Sam schnurrte in ihrem verzerrten Rückblick auf ihre unglückselige Neandertaler-Anspielung und die beiden überkreuzten Finger unter dem Kissen zusammen – auf Spannungen und Täuschungen. Sam war schon in aller Frühe gegangen, hochzufrieden in dem Glauben, daß Sybylla die unselige Beschäftigung mit der Sache bald ausgestanden haben würde; doch die Realität sah völlig anders aus. In Wirklichkeit war sie entschlossen, koste es, was es wolle, herauszufinden, was verschwundene Obdachlose, obskure Gestalten der griechischen Mythologie, LSD-Experimente, ein ultra-exklusiver Herrenclub in New York und ein juristisches Beratungsunternehmen in einer ruhigen, in Virginia gelegenen Vorstadt von Washington in diesem Wirrwarr von Tatsachen und Zufällen miteinander zu tun hatten.

Sybylla war angenehm überrascht, daß der Mietwagen, den sie am Vortag bestellt hatte, bereits vollgetankt auf sie wartete, als sie bei Avis auftauchte. Sie fuhr zum West Side Highway und hörte im Autoradio Nina Totenberg, die sie sehr verehrte, in einer Sondersendung von National Public Radio anläßlich der bevorstehenden Anhörungen taktvoll über die heikle Frage von Dermots ideologischer Ausrichtung sprechen. Die Kommentatorin kleidete ihre Empörung über die Ernennung eines weiteren fanatischen Konservativen zwar in journalistisch angemessene Worte, doch glaubte Sybylla einen süffisanten Unterton herauszuhören. Die juristische Vergangenheit des Kandidaten, die vor allem davon geprägt gewesen sei, daß er die Finanzierung bestimmter Sozialprogramme verhindert, die staatliche Kunstförderung für verfassungsrechtlich fragwürdig erklärt und sich Frauen und Minderheiten gegenüber negativ geäußert habe (der erste und einzige Streit, den Sybylla je mit ihrem Vater über die Abtreibungsfrage ausgefochten hatte, war so schlimm gewesen und hatte beide der totalen Entzweiung so nahe gebracht, daß wohlweislich keiner das Thema jemals wieder aufgegriffen hatte), tönten aus dem von Empfangsstörungen befallenen Radio wie schwere, der Büchse der Pandora entwichene Katastrophen, und Sybylla fiel es zunehmend schwerer, ihren Zorn zu bremsen – ob sich dieser Zorn allerdings gegen Dermot richtete, weil er ein so schändliches Vermächtnis geschaffen hatte, oder gegen Nina Totenberg, weil sie es in solcher Ausführlichkeit beschrieb, war ihr selbst nicht klar. NPR prophezeite jedenfalls nur geringen Widerstand gegen die Ernennung, sofern es während der Anhörungen nicht zu unvorhersehbaren Entwicklungen komme. Selbstverständlich würden die wenigen standhaften linken Demokraten tapfer mit Nein stimmen, jedoch mit Leichtigkeit von ihren rechten Senatorenkollegen überstimmt werden, die bereits öffentlich erklärt hatten, daß sie den vom Präsidenten vorgeschlagenen Kandidaten als einen hervorragenden Gelehrten erachteten, der bisher ausnahmslos für die alleramerikanischsten Ideale eingetreten sei.

Nina las den Hörerinnen und Hörern aus der in Harvard erschienenen Zeitschrift *Law Review* vor, Dermot habe der Staatsanwaltschaft von Manhattan angehört, seine Anstellung sei jedoch aus Gründen, die offiziell nie mitgeteilt worden seien, die wahrscheinlich aber mit einem inzwischen längst behobenen Alkoholproblem in Zusammenhang gestanden hätten, abrupt beendet worden. Wenig später sei er allerdings nach Washington, D.C., gezogen und habe als Stellvertretender U.S.-Staatsanwalt bei dem wichtigen Prozeß *Vereinigte Staaten gegen Fentano* die Anklage geleitet. Fentano, brachte Nina ihrer Zuhörerschaft in Erinnerung, sei ein von Lyrik begeisterter Mafioso gewesen, der im Verfassen von Gedichten dilettiert habe und wegen des Mordes an zwei verdeckten Polizeiermittlern verurteilt worden sei. Der stets elegant gekleidete Fentano habe die Wartezeiten zwischen den einzelnen Zeugenaussagen für die Lektüre von Gedichten Dante Gabriel Rossettis genutzt und dem begeisterten Trupp seiner Verehrerinnen schöne Augen gemacht. Das Beweismaterial der Anklage sei weder reichhaltig noch stichhaltig gewesen, doch Dermot sei es irgendwie gelungen, die Geschworenen zu einem Schuldspruch zu bringen, was Fentanos Schwiegervater (den Leiter des Familienunternehmens, sozusagen) veranlaßt habe, eine verhüllte Todesdrohung auszusprechen, und den Namen des jungen Staatsanwalts zu einem Begriff habe werden lassen – zumindest in Washington und zumindest für eine gewisse Zeit.

Daraufhin, sagte Nina Totenberg, sei es zu einer ganzen Reihe ähnlich phänomenaler Prozeßgewinne gekommen: Serienmörder und Psychopathen, sadistische Vergewaltiger, ein Herausgeber von Kinderpornographie, ja sogar ein ehemaliger Stadtverordneter, der einen stümperhaften Erpressungsversuch unternommen habe. Innerhalb von fünf Jahren sei Dermot zu dem Mann geworden, den man holte, wenn die U.S.-Staatsanwaltschaft einen bestimmten Fall unbedingt gewinnen mußte. Dermot selbst sei zum U.S.-Staatsanwalt aufgestiegen und von dort in die juristische Stratosphäre emporgeschossen. Nina listete einige seiner besonders üblen Entscheidungen als Staatsanwalt des Berufungsgerichts von D.C. auf: Den Kindern von Sozialhilfeempfängern stand kein staatlich finanzierter Nachhilfeunterricht zu, der es ihnen ermöglichen würde, die High-School zu absolvieren; diverse bundesstaatliche Gesetze, die das Ansammeln von Sturmgewehren verboten hatten, waren für verfassungswidrig erklärt worden; Angestellte, die wegen mangelnder körperlicher Attraktivität entlassen worden waren, durften wegen des ihnen aufgrund von Diskriminierung entstandenen Schadens nicht klagen. Es war eine ebenso beeindruckende wie deprimierende Liste.

Sybylla seufzte und begann über die schwierige Rolle nachzudenken, die sie nun zu spielen hatte. Sie mußte als die stolze Tochter auftreten – die sie ja auch war –, ohne ihre tiefempfundene Scham über Dermots juristisches Vermächtnis und seine Entscheidungen zu verraten. Als sie ihren Vater angerufen und ihm gesagt hatte, daß sie die Anhörungen für seine Bestätigung gern miterleben würde, war dieser Vorschlag auf Freude, ja Begeisterung gestoßen. Sybylla hatte ihm die Erleichterung angehört. Sosehr er sich auch über ihre Weigerung, Trent als Mandant aufzugeben, geärgert hatte, sosehr haßte er, wie Sybylla wohl wußte, die dadurch entstandene, wenn auch noch so kurzzeitige Entfremdung von ihr. Das Gleichgewicht, das sich in den letzten Jahren des gegenseitigen Herantastens zwischen ihnen gebildet hatte, war für seine Lebensfreude und Schaffenskraft ebenso wichtig wie für ihre. Am Telefon hatte Dermot kein

Geheimnis aus seiner Freude über das Ende des Falls Trent gemacht, trotz der Art und Weise dieses Endes, und er hatte ihren Anruf dazu genutzt, seine Erleichterung kundzutun. In ein paar Tagen würden sie sich sehen, hatte er glücklich gesagt, entweder bei ihm zu Hause oder bei den Anhörungen selbst, je nachdem, wann sie komme. Der Besuch bei der Gesellschaft für Juristische Forschung war nicht erwähnt worden; wenn er davon wußte, so hatte er es für sich behalten.

Während Sybylla sich dem Ende des Holland Tunnels näherte, berichtete Nina Totenberg, Judge Muldoon sei Witwer und habe eine Tochter, die ebenfalls Anwältin sei.

»Und, nicht zu vergessen, eingeschriebenes Mitglied der American Civil Liberties Union!« teilte Sybylla dem Radio mit. »Und, ebenfalls nicht zu vergessen, Fördermitglied Ihres NPR-Lokalsenders.«

Nina schwieg und schien weder überrascht noch sonderlich beeindruckt zu sein. Sybylla schaltete das Radio aus, bog auf den New Jersey Turnpike ein und fuhr im Frühlingsnieselregen nach Süden, nach Hause.

29

Das Schild der Gesellschaft für Juristische Forschung stand am Anfang eines langen Zufahrtsweges, der sich, nachdem er quer durch ein Waldstück geführt hatte, kurvenreich dem Fluß näherte und plötzlich auf eine große Lichtung zulief. Dort schmiegte sich unter dem Nachmittagshimmel eine postmoderne Vision aus Stahl und Glas in den sanft ansteigenden Hügel wie ein Stechrochen, der sich im Sand vergräbt. Sybylla fuhr auf den Parkplatz und betrachtete das Gebäude. Die Tatsache, daß sie sich in unmittelbarer Nähe ihres Elternhauses und doch in einer völlig fremden Umgebung befand, verwirrte sie zutiefst. Auf den letzten Kilometern ihrer Fahrt zum Sitz der GJF hatte sie ein merkwürdiger Argwohn befallen, als rechnete sie damit, daß sich die vertrauten Straßen und Farmen ihrer Heimatstadt seit ihrem letzten Besuch in etwas Fremdes, sie Ausschließendes verwandelt hätten. Doch dem war nicht so.

Während sie über die Beltway Bridge fuhr und dem Potomac auf der Route 193 in nördlicher Richtung folgte, sah sie den gewohnten Übergang von der Vorstadt zu den Gütern der kleineren Landbesitzer. Pferdeställe tauchten auf, und hinter den Häusern im Pseudo-Kolonialstil lugten Tennisplätze hervor. Das kleine Geschäftszentrum der Stadt war nicht größer geworden, doch jeder Laden wies die unübersehbaren Zeichen des Wohlstands auf, die das örtliche Monopol jeweils mit sich brachte. Selbst die schlanken Braunen im Parcours der Madeira School sahen noch genauso aus wie zu ihrer Schulzeit und trugen wie damals anmutige Südstaatenmädchen auf ihrem Rücken. Sie unterdrückte ein Lächeln. Nichts hatte sich verändert. Great Falls war höchstens noch mehr in seinem Geld und seinem Konservatismus erstarrt.

Die Seneca Road führte, genau wie Sybyllas eigene, nur einen halben Kilometer entfernte Straße, durch das streng abgeschirmte Wohnviertel eines ohnehin extrem abgeschirmten Ortes. Die Häuser an der Seneca Road lagen weit auseinander und, der größtmöglichen Abgeschiedenheit willen, jeweils von der Straße zurückgesetzt, halb im Wald versteckt. Sie standen am Ufer privater Teiche oder überblickten den Potomac und verfügten über Ställe und Ateliers. Hierher zogen die Leute, wenn ihnen anderes als Spielgruppen für die Kinder und verfügbare Parkplätze wichtiger geworden war; dann kamen sie hierher, um ihren Hobbys nachzugehen oder sich um ihre Kapitalanlagen zu kümmern, und zwar in schönstem ländlichen Frieden mit ihren Nachbarn, seien es Topmanager, Angehörige arabischer Königshäuser oder unbegreiflich reiche Witwen. Wenn Autofahrer in diesem Gewirr mäandernder Forststraßen am Rand von Great Falls auf einen Menschen stießen, forderte das ungeschriebene Gesetz ein freundliches Nicken und nichts weiter.

»Miss Muldoon?« Jemand klopfte ans Wagenfenster. Sie zuckte vor Schreck zusammen, faßte sich wieder und lächelte.

Winstons Statthalter war Simon Cates, ein kleiner, überschwenglicher Schwarzer Anfang Vierzig. Während er Sybyllas Hand fest drückte und ihr auf eine peinliche, zwischen Ritterlichkeit und unbeholfenem Gezerre liegende Art beim Aussteigen half, sprudelte er fast über vor Bewunderung für ihren Vater.

»Ich habe mich so darauf gefreut, Sie kennenzulernen«, schwärmte er, wobei dies ohnehin nicht zu übersehen war. »Ihr Vater! Sie müssen unglaublich stolz auf ihn sein!«

Sybylla, die bereits damit rechnete, ihr restliches Leben hindurch immer wieder Variationen dieses Themas anhören zu müssen, nutzte die Gelegenheit, um schon mal ihren Text zu üben.

»Ja, natürlich«, erwiderte sie mit übertriebener Begeisterung und fügte, das Gebäude betrachtend, hinzu: »Ein überaus eindrucksvolles Bauwerk!«

»Ja, finden Sie nicht auch? Soweit ich weiß, hat Mr. Winston am Entwurf mitgearbeitet. Er ist wirklich ein bemerkenswerter Mann. Aber ich glaube, Sie kennen ihn ja bereits«, sagte Cates freudig, als sei es nicht vorstellbar, daß jemand, der Winston kennengelernt hatte, anders über ihn dachte.

»Ja«, antwortete Sybylla, ohne näher darauf einzugehen.

»Ich dachte, ich zeige Ihnen erst mal alles. Danach können wir uns in meinem Büro unterhalten.«

Er führte sie in die minimalistisch gestaltete steinerne Vorhalle und dann durch einen aus polierten Granitwänden bestehenden Durchgang, in dem man Platzangst hätte bekommen können, wäre nicht vom anderen Ende her Licht eingefallen. Als sie in dieses Licht traten, blieb Sybylla überrascht stehen. Der riesige Raum vor ihr war voller kleiner Arbeitsnischen, die sich nur in winzigen individuellen Merkmalen voneinander unterschieden: durch Snacks und Limonadedosen neben den Computermonitoren oder durch die ausgezogenen Schuhe unter den Stühlen. An jeder Arbeitsstation saßen äußerst konzentriert wirkende Leute mit Kopfhörern, starrten auf die grün leuchtenden Monitore vor ihnen und ließen die Finger in unglaublichem Tempo über die Tastaturen gleiten.

»Analyse potentieller Geschworener«, erklärte Cates freudig und ließ den Blick über die Szene schweifen wie über ein soeben erobertes Stück Land. »Wir arbeiten rund um die Uhr.«

»Aber was machen die denn?«

»Allgemeine Bevölkerungsanalyse für unseren eigenen Gebrauch, hauptsächlich aber auf bestimmte Gemeinden ausgerichtete Umfrageanalysen für unsere Klienten. Wenn ein Anwalt es mit einem Prozeß in einem ihm nicht vertrauten Gerichtsbezirk zu tun hat, sammeln wir Daten über die dortigen als Geschworene in Frage kommenden Teile der Bevölkerung.«

»Was für Daten?«

»Alles. Möglichst viel. Bildungsstand, Altersstruktur, religiöse Überzeugungen, politische Ausrichtungen, Haltung zur Todesstrafe, die unterschiedlichsten Vorstellungen in bezug auf Gerechtigkeit, Strafe und die Rolle der Gerichte im Umgang mit Kriminalität, ethnische Vorurteile – alles mögliche eben.«

»Das finden Sie alles heraus?« fragte Sybylla ungläubig. »Nur aufgrund einiger Fragen?«

»Nein, nein, wir stellen nicht nur ein paar Fragen. Wir erhalten Daten aus vielen verschiedenen Quellen und analysieren sie unter Anwendung multivarianter Statistikmethoden. Umfrageanalysen und Meinungsprofile sind ein sehr wichtiger Bestandteil dessen, was die Gesellschaft für Juristische Forschung ihren Klienten anbieten kann.« Er musterte Sybylla. »Sie wirken überrascht.«

Sie sah ihn an. »Ich hatte eine Art Anwaltsfirma erwartet, nur eben mit Leuten, die juristische Forschung betreiben, Gesellschaft für Juristische Forschung, Sie verstehen«, fügte sie achselzuckend hinzu.

Cates lächelte. »Kommen Sie mit!« Am Ende des Datenzentrums bildete ein Durchgang wie der von der Eingangshalle abgehende eine Art Niemandsland zwischen dem Gebäude, in dem sie sich befanden, und dem nächsten. Der Komplex, erklärte Cates, bestehe aus vier miteinander verbundenen rechteckigen Bauten, die um einen kunstvoll gepflasterten Innenhof gruppiert seien. Der Raum, in den sie nun traten, sah genauso aus wie die edlen Anwaltsfirmen, in denen Dermot seine Tochter so gern gesehen hätte. Die emsigen Drohnen, die hier mit Hosenträgern und in teuren Schuhen umherhasteten, wirkten auf Sybylla nicht anders als die Juniorpartner in einer beliebigen Sozietät.

»Das ist wohl ein bißchen eher das, was Sie erwartet haben, oder?«

Sie nickte.

»Wissen Sie, Miss Muldoon«, sagte Cates mit philosophischem Unterton, »jedes Verfahren hat seine ureigenen Themen, seine Prüfsteine, sozusagen. Unsere Analysten isolieren diese Themen. Sie destillieren das Ganze des jeweiligen Falles, wenn Sie so wollen, um die wichtigsten Punkte hervorzuheben. Hier werden die Grundlagen für die Geschworenenauswahl gelegt, und hier wird jeweils eine Theorie darüber entwickelt, welche Menschen für unseren Klienten günstig sind und welche Typen ihm im Prozeß feindlich gesinnt wären.«

»Sie erarbeiten also das Profil des idealen Geschworenen?« sagte Sybylla.

»Ja, schon, aber das Profil des idealen Geschworenen ist geradezu primitiv im Vergleich mit dem, was wir hier machen. Es ist nicht flexibel genug. Ich erkläre es Ihnen. In meinem gesamten Berufsleben habe ich nur ein einziges Mal eine Geschworene erlebt, die dem Profil des idealen Geschworenen für den entsprechenden Fall entsprach. Ich erinnere mich noch gut an sie. Es handelte sich um eine geschiedene Weiße, Mutter mehrerer Töchter, Anfang Fünfzig, Lehrerin, Tochter eines Polizisten italienischer Abstammung. Sie wohnte in einem Stadtteil, in den seit einiger Zeit viele Angehörige von Minderheiten gezogen waren. Sie war Opfer eines nicht mit Gewalt verbundenen Verbrechens gewesen; der Täter war gefaßt und verurteilt worden. Bitte schön – die Frau war perfekt.«

»Und?«

»Und? Sie wurde nicht genommen. Ich weiß gar nicht mehr ... Sie kannte einen der Anwälte vom Bowling her oder etwas Ähnliches. Soviel zum Profil des idealen Geschworenen.«

»Aber wie unterscheidet sich das, was Sie hier machen, davon?«

Cates lächelte und ließ den Blick noch einmal über seine von Hektik erfüllte Domäne schweifen. »Unser Ansatz besteht darin, dafür zu sorgen, daß der Standpunkt unseres jeweiligen Klienten bei möglichst vielen potentiellen Geschworenen Anklang findet. Wir überlegen uns im Vorfeld, welche Fragen die Geschworenen beantwortet haben wollen, und stellen fest, welche Zeugenaussagen den größten Einfluß auf sie haben werden. Noch während wir die Akzeptanz in Hinblick auf den Standpunkt unseres Klienten vergrößern, versuchen wir gleichzeitig, die Zahl der in Frage kommenden Geschworenen zu verkleinern, zumindest so weit, daß diejenigen potentiellen Geschworenen, die sich uns von vornherein verweigern würden, ausgeschlossen werden. Es ist eine Gratwanderung, aber im großen und ganzen funktioniert es.«

Sybylla dachte nach. »Einige dieser Leute hier entscheiden also darüber, welche potentiellen Geschworenen nicht genommen werden, und andere entscheiden darüber, wie man denen, die dann noch übrig sind, den Standpunkt des Klienten schmackhaft macht.«

»Ja. Wir analysieren auch, ob ein Fall überhaupt vor Gericht kommen soll, und entwerfen Voir-dire-Fragen und -Strategien.«

Sie lächelte. »Rundum-Service.«

Er warf ihr einen pikierten Blick zu. »Wenn Sie es so nennen wollen. Die Gesellschaft für Juristische Forschung bedient sich einer Vielzahl von Disziplinen, um ein bestimmtes Ziel zu erreichen. Sie würden sich sehr irren, wenn Sie uns, beispielsweise, nur für Anwälte hielten, die im Dienste anderer Anwälte stehen. Natürlich gibt es hier jede Menge Anwälte, aber wir beschäftigen weit mehr Soziologen, Medienexperten und Marktforscher, Public-Relations-Fachleute und sogar einige Psychologen. Ich selbst betrachte uns als ein Modell für die Weiterentwicklung des Rechtswesens im einundzwanzigsten Jahrhundert. Es hat schon immer eine Wissenschaft der Prozeßführung gegeben analog zur weit mehr ins Bewußtsein der Öffentlichkeit gedrungenen Kunst der Prozeßführung. Diese Wissenschaft haben wir so weit verfeinert, daß es mittlerweile eine große Zahl von gesicherten Erkenntnissen über die Denkweise von Geschworenen gibt, und diese Erkenntnisse können wir nicht rückgängig machen – ebensowenig wie Erkenntnisse im Bereich der Pathologie oder Therapie körperlicher Krankheiten.«

Sybylla sah ihn an. »Nicht eben ein passendes Beispiel, oder? Wie kann man denn Feinheiten der Strategie im Umgang mit Geschworenen mit der Entdeckung einer medizinischen Therapie vergleichen?«

»Ich wundere mich über Sie«, erwiderte Cates grinsend. »Sie sind doch Pflichtverteidigerin, nicht wahr?«

»Hat Mr. Winston Ihnen das erzählt?«

»Ja.«

»Hat er Ihnen erzählt, ich sei eine ausgebrannte Pflichtverteidigerin? Hat er Ihnen erzählt, ich würde mir nichts sehnlicher wünschen, als all das menschliche Elend von mir abzuschütteln, das meine Mandanten, diese miesen Schweine, mir jahrelang aufgebürdet haben?«

»Vielleicht nicht ganz so elegant, wie Sie es eben selbst formuliert haben. Aber im Prinzip hat er mir das erzählt, ja. Sehen wir uns jetzt die Labore an?«

»Die Labore?« Sybylla spitzte die Ohren. Vielleicht Labore, in denen mit LSD experimentiert wurde? »Welche Labore?«

»Kommen Sie!« Er bedeutete ihr mit einer Handbewegung, ihm zu folgen. »Ich zeige sie Ihnen.«

Mit wild klopfendem Herzen ging Sybylla durch die nächste Natursteinpassage, erfüllt von der Erwartung, gleich grelles, steriles Weiß, wenn nicht sogar Obdachlose zu sehen, die nebeneinander an die Wand gekettet und mit LSD vollgepumpt waren; doch der Korridor führte nur in einen anderen, wohltuend beigefarbenen Gang, von dem unscheinbare Türen abgingen.

»Das soll ein Labor sein?« Sie bemühte sich, nur verwirrt zu klingen und nicht auch enttäuscht.

Cates lächelte. »So etwas Ähnliches. Das hier ist unsere Abteilung ›Zielgerichtete Forschung‹. Hier arbeiten wir mit unseren Anwaltsklienten, feilen an ihrem Verhalten im Gerichtssaal und an ihrem Vortrag. Außerdem arbeiten wir hier mit Zeugen und verbessern ihre Aussageeffizienz. Und mit Sachverständigen arbeiten wir ebenfalls. Wir helfen ihnen, sehr komplexe technische oder medizinische Informationen so zu vereinfachen, daß die Geschworenen nicht innerlich abschalten. Wenn es um ärztliche Kunstfehler oder um Haftungsfragen geht, kann das ausschlaggebend sein, aber auch bei Strafprozessen – alles, was mit Experten zu tun hat, ist heutzutage ziemlich heikel.« Er öffnete eine der Türen und zeigte Sybylla einen kleinen Konferenzraum. An einer Wand stand eine gespenstisch wirkende Zeugenbank, ein paar Meter entfernt eine Videokamera auf einem Stativ.

Es folgten mehrere Räume, in denen aus bezahlten ›Probegeschworenen‹ bestehende Teams saßen und sich die zusammengefaßten Ausführungen beider Parteien eines Prozesses anhörten, wobei die Zeugenaussagen entweder live stattfanden, vom

Videoband kamen oder simuliert wurden. Die Räume waren mit bequemen Möbeln ausgestattet, ansonsten aber völlig unauffällig. Weiter hinten im Gang schritt Cates plötzlich voller Eifer auf eine bestimmte Tür zu und öffnete sie mit unverhohlener Vorfreude. Dahinter befand sich ein bis ins kleinste Detail rekonstruierter Gerichtssaal mit einer Holztäfelung, die nach Mahagoni aussah, und weit schönerem Mobiliar, als es das Gebäude in der Centre Street 100 zu bieten hatte. »Hier werden vollständige Probeprozesse abgehalten«, erklärte Cates. »Aber natürlich nur, wenn es dem Klienten so wichtig ist, daß er seine Zeugen hierher mitbringt und auf Nummer Sicher gehen will. Die Argumente der Gegenseite präsentiert dann einer unserer Mitarbeiter. Wir können sogar die jeweiligen gegnerischen Zeugen darstellen lassen, das ist immer sehr überzeugend. Hinterher, bei der ›Einsatzbesprechung‹, sind unsere Geschworenen meist sehr erstaunt, wenn sie erfahren, daß sämtliche Zeugen, die sie sahen, nur simuliert haben. Darüber hinaus sind wir in der Lage, mehrere Probejurys anzubieten, um selbst subtilste Unterschiede bei der Verfahrenspräsentation zu testen.«

»Wie meinen Sie das – ›testen‹?«

»Aber genau darum machen wir das alles ja.« Cates lächelte nachsichtig. »Kommen Sie, wir gehen in die Geschworenenzimmer.« Er führte sie den Mittelgang des imitierten Gerichtssaals hinunter und durch eine Tür in der Seitentäfelung. Alles wirkte verwirrend echt, fand Sybylla, während sie in den engen Gang hinter der Tür trat. Es erinnerte sie an den Stil bestimmter moderner Gemälde, die sie einmal gesehen hatte; dieser Malstil heiße ›Superrealismus‹, hatte man ihr erklärt. Alles sah genau so aus, wie es aussehen mußte – die Kaninchen hatten Ohren und Schnurrhaare, die Autos und Hubschrauber wirkten funktionstüchtig –, doch die Bilder auf der Leinwand besaßen einen merkwürdigen Glanz. Man hätte den Finger auf kein einziges Detail legen können, das nicht völlig richtig gemalt war, aber alles erschien irgendwie *zu* real, zu lebendig. Einfach nicht schäbig genug, um real zu sein, überlegte Sybylla.

»Bitte schön!« Cates knipste eine Lampe an.

Es war ein mit schönem Teppichboden ausgestattetes Geschworenenzimmer, dessen Stühle ein bißchen zu ausladend waren, um der Wirklichkeit ganz zu entsprechen. Der Tisch war lang und hatte keinen einzigen Kratzer, Schreibblöcke und Kugelschreiber lagen perfekt angeordnet in der Mitte; daneben stand ein Tablett mit Gläsern. An einer Längswand hing eine Tafel, an der anderen ein großer Spiegel.

»Ein venezianischer Spiegel?« fragte Sybylla.

»Ja. Wir beobachten die Jury während ihrer Beratungen. Wir filmen sie, und zwar auch dann, wenn der Klient dableiben und zusehen kann. Dann bieten wir zusätzlich zu unserem schriftlichen Bericht meist auch eine Videozusammenfassung mit den Highlights. Das ist unglaublich wirkungsvoll. Wir können diverse Verbesserungen bei der Präsentation der Argumente ausprobieren, und Sie würden sich wundern, wenn Sie wüßten, wie unmittelbar sich das auf das Endergebnis auswirkt!«

»Wie meinen Sie das?« fragte sie stirnrunzelnd. »Was für Verbesserungen?«

»Na, alles mögliche. Veränderungen des vorgelegten Beweismaterials, beispielsweise, selbst ganz subtile. Oder Veränderungen in der Zusammensetzung der Jury. Oder Veränderungen im Verhalten der Zeugen, von den Verhaltensänderungen der Anwälte ganz zu schweigen. Sie wären überrascht! Ob der Anwalt weiblich oder männlich ist, kann, beispielsweise, ausschlaggebend sein. Die körperliche Erscheinung, selbst die Kleidung. Das hier« – er machte eine Kopfbewegung in den Raum hinein – »ist im Grunde wirklich ein Labor. Wir führen unser Experiment durch, verändern es ein wenig und führen es noch einmal durch, bis wir die Formel haben, die wir brauchen.«

»Bis Sie das Urteil haben, das Sie wollen, meinen Sie.«

»Selbstverständlich.« Er lächelte.

»Und was ist, wenn Sie die richtige Formel nicht finden?« Cates sah sie fragend an. Sybylla fuhr fort: »Ich meine, wenn Sie die Kleidung des Anwalts und seine Zeugen und seine Worte und die Zusammensetzung der Jury immer wieder verändern und die Geschworenen doch jedesmal wieder gegen ihn entscheiden?«

»Auch das kann durchaus wertvoll für uns sein. In einer Zivilsache raten wir unseren Klienten dann, einen Vergleich in Betracht zu ziehen.«

»Und bei Strafsachen?«

Er hob die Schultern. »Da gilt das gleiche Prinzip. Die Anwälte sind bei ihren Vorbringungen sehr viel realistischer, wenn sie den entsprechenden Fall zuerst hier durchgespielt haben.«

Sybylla sah sich in dem Raum um und stellte sich die bequemen Stühle mit lauter eifrigen, diskutierenden Pseudogeschworenen besetzt vor. »Und woher bekommen Sie Ihre Versuchskaninchen?«

»Wir beginnen bei den potentiellen Geschworenen des tatsächlich betroffenen Gerichtsbezirks; dann stellen wir eine maßgeschneiderte entsprechende Gruppe möglicher Geschworener zusammen – mit der gleichen Altersstruktur, der gleichen Geschlechterverteilung, den gleichen Einkommensverhältnissen, religiösen Überzeugungen und so weiter. Wenn wir dann hier an dem Rezept herumprobieren, hat unser Klient einen entsprechenden Informationsvorsprung beim Voir dire.« Er sah sie scharf an. »Sie wirken ein bißchen enttäuscht, Miss Muldoon.«

Erschrocken hob sie den Blick. »Aber nein, es ist faszinierend! Ich habe mich einfach geirrt, verstehen Sie. Ich dachte, man würde hier mehr Wert auf juristische Theoriearbeit legen. Ich wußte zwar, daß Sie potentielle Geschworene erforschen und Profile der idealen Geschworenen erstellen und solche Dinge, aber von all dem hier wußte ich nichts.«

»Ja, es stimmt, wir legen großen Wert auf unseren Voir-dire-Service. In diesem Bereich glauben wir die größten Neuerungen zu erzielen. Dieser spezielle Service« – er nickte noch einmal zum Raum hin – »ist für die wenigsten Klienten geeignet, schon allein deswegen, weil er extrem kostspielig ist. Er ist jedoch weit wirkungsvoller als die Erstellung eines simplen Profils idealer Geschworener, welche die Anwälte, die mit der GJF nicht vertraut sind, wahrscheinlich mit unserer Arbeit assoziieren. Wissen Sie, das Problem mit den Profilen idealer Geschworener ist, daß sie fast immer falsch sind. Man kann sich, wenn man genau die braucht, noch so viele indianische Mütter mittleren Alters zusammensuchen, die die Polizei hassen – sie entscheiden dann doch jedesmal anders, als man will.« Er lächelte. »Nein, wir praktizieren eine weit subtilere Kunst. Und diese Form der Probedurchläufe ist das Avancierteste, was es im Bereich dieser Kunst gibt.«

Cates sah sie an und registrierte ihre ernste Miene mit kaum verhohlener Belustigung. »Aber jetzt habe ich genug über uns geredet. Ich schlage vor, wir gehen in mein Büro und unterhalten uns über Sie!«

Sybyllas Zuversicht schwand. Sie hatte nichts gesehen, was das für sie so Rätselhafte an der GJF erhellt hätte. LSD? Von der Straße weg entführte Obdachlose? Kidnapper und Mörder? Das alles hatte herzlich wenig mit der zwar irgendwie geschmacklosen, doch völlig legalen Arbeit, die in diesem Gebäudekomplex an der Seneca Road verrichtet wurde, zu tun. Und wenn mehr dahintersteckte, so wurde ihr mit zunehmender Wut bewußt, daß sie nicht die geringste Ahnung hatte, wo sie danach suchen sollte. Denn jetzt war es an der Zeit, ihre Rolle als begierige Bewerberin zu spielen. Sie sah Cates an und zwang sich zu einem Lächeln. »Ja, das ist eine gute Idee.«

30

»Mein Freund sagte mir, ich solle nicht vergessen, nach etwas ganz Bestimmtem zu fragen.« Sie schlüpfte an Cates vorbei durch die von ihm aufgehaltene Tür.

»Nach was denn?« fragte Cates.

»Nach dem Fitneßstudio im Keller, das es seiner Überzeugung nach hier gibt. In den neunziger Jahren sei das ein unerläßliches Angebot eines jeden Unternehmens an die Angestellten, damit sie während der Mittagspause ihr Herz stärken können.«

»Also, das ist wirklich köstlich!« Cates brach in gackerndes Lachen aus. Sie durchschritten gerade eine Flucht mehrerer luxuriöser Konferenzräume und teuer eingerichteter Büros im vierten und letzten Gebäude. »Kommen Sie, ich residiere dort drüben.«

»Was, es gibt kein Fitneßstudio?«

»Schade, daß Robert Winston jetzt nicht hier ist; er würde sich ausschütten vor Lachen. Nein, Miss Muldoon, es gibt hier kein Fitneßstudio, was aber nicht daran liegt, daß wir uns nicht darum bemüht hätten. Mr. Winston hat jedoch sehr genaue Vorstellungen vom Unterschied zwischen Arbeit und allem, was sich als Freizeit auslegen läßt. Kurz gesagt, ist er der Ansicht, daß es diesen Unterschied nicht geben sollte. Ich weiß nicht, was er selbst tut, um so fit zu sein, wie er es ist, aber was immer er auch tut, es geschieht nicht hier in diesen Gebäuden. Wir verfügen ja, wie Sie gesehen haben, nicht einmal über eine Cafeteria. Ein Koch bereitet einfache Gerichte für unsere juristischen Mitarbeiter und die von uns engagierten Geschworenen zu sowie etwas feinere Speisen für die leitenden Angestellten und für unsere Klienten.«

Sie kamen an einer wuchtigen Mahagonitür vorbei, vor der eine sehr spröde wirkende, aber perfekt gekleidete Sekretärin an einem schweren, bogenförmigen Schreibtisch saß und arbeitete. Hinter der offenstehenden Tür erstreckten sich Perserteppiche weit in den dahinterliegenden Raum hinein. »Wow!« entfuhr es Sybylla.

»Das Büro unseres Präsidenten«, erklärte Cates lächelnd und wandte sich an die Sekretärin. »Mathilde? Das ist Sybylla Muldoon, die Tochter von Dermot Muldoon.«

»Oh!« Die Augen der Frau begannen zu leuchten. »Ich kenne Ihren Vater. Wir sind ja alle so begeistert von ihm!«

Sybylla lächelte.

»Möchten Sie eine Tasse Kaffee?« fragte Cates.

»Wenn Ihr vielbeschäftigter Koch dafür noch Zeit hat.«

Die Sekretärin nickte und fiel wieder in ihre übliche Geschäftsmäßigkeit zurück. Cates führte Sybylla in sein sichtlich bescheideneres Büro und nahm ihr gegenüber in einem Sessel Platz. »Wissen Sie«, sagte er grinsend und offenbar noch immer amüsiert über ihren Fauxpas mit dem Fitneßstudio. »Drüben in Langley gibt es viele Beratungsunternehmen und Firmen, die im staatlichem Auftrag Militärtechnologie entwickeln; in denen geht es, verglichen mit der GJF, wie in einem Sommerzeltlager zu. Die Angestellten joggen in der Mittagspause, Rehe und Hirsche spazieren da herum, und im Sommer wird Volleyball gespielt. Aber genau so wollte Mr. Winston sein Unternehmen nicht. Wir kommen nicht mehr zu ihm und bitten ihn um Exkursionen oder Betriebsfeiern. Bei der GJF zu arbeiten, hat andere Vorteile. Um also Ihre Frage zu beantworten: Hier werden keine Herzen im Keller gestärkt. Dieses Gebäude *hat* nicht mal einen Keller.«

Sybylla, der die belanglose Frotzelei auf die Nerven ging, war sehr darauf bedacht, das Thema zu wechseln. »Ich möchte Sie noch etwas anderes fragen, Mr. Cates. Ich spiele mit dem Gedanken, Legal Aid zu verlassen, aber meinen Altruismus könnte ich deswegen nicht völlig aufgeben. Organisieren Sie hier denn auch irgendwelche Hilfsprogramme?« Sie sah, daß ihn die Frage erstaunte. »Kostenlose Verteidigung oder –«

»Nein«, antwortete er barsch. »Kostenlose Verteidigung machen wir nicht.« Er schwieg und dachte nach. »Das heißt, ganz stimmt das nicht. Der Präsident persönlich stellt unseren Service in seltenen Ausnahmen guten Freunden gratis zur Verfügung, aber in Form offizieller Programme gibt es das nicht. Nein.«

»Und Wohltätigkeitsprojekte?«

Es wäre wirklich zuviel verlangt, zu erwarten, daß er jetzt den Helfende-Hand-Service nennen würde, sagte sie sich, schöpfte aber während der kurzen Gesprächspause dennoch Hoffnung.

»Es gab mal eine Blutspendekampagne, und einige von uns spendeten für United Way, der das Geld dann an wohltätige Organisationen weitergibt, Sie wissen schon. Ich weiß nicht, ob Sie das gemeint haben.«

Lauter kleine Mutter Theresas! dachte Sybylla.

»Also, das ist ja alles gut und schön, aber ich dachte mehr an richtige Sozialarbeit. Ich bin, beispielsweise, immer noch sehr daran interessiert, Obdachlosen zu helfen. Bei Legal Aid gibt es ein Projekt, in dessen Rahmen wir hin und wieder in die Asyle gehen und kostenlose Rechtsberatung anbieten – bei Problemen mit dem Vermieter, bei einstweiligen Verfügungen und so weiter. Etwas in der Art haben Sie wohl nicht?«

Cates lachte laut auf. Mathilde erschien mit Kaffee und Gebäck, Petits Fours oder etwas Ähnlichem. »Also, hier in Great Falls gibt es nicht gerade viele Obdachlose, wissen Sie.«

Von ihm etwas über den Helfende-Hand-Service zu erfahren, konnte sie vergessen. Sie seufzte. Entweder war er ein hervorragender Lügner, oder er hatte tatsächlich keine Kenntnis von dieser Verbindung.

»So, Miss Muldoon, jetzt sagen Sie mir doch mal, wie Sie uns finden!«

»Ich finde... Ich finde, ehrlich gesagt, daß es hier sehr viel Neues gibt. Mein ganzer Lebensstil würde sich ändern.« Sie nahm ihm die Kaffeetasse ab, die er ihr reichte.

»Das ist wohl wahr. Darf ich Ihnen eine persönliche Frage stellen?«

»Ja... ja, selbstverständlich.«

»Was hat die Tochter von Dermot Muldoon überhaupt bei Legal Aid zu suchen?«

Ihr stockte das Blut. Mühsam brachte sie ein Lächeln zustande. »Jugendlicher Trotz, nehme ich an. Ich kann nur sagen, daß ich meine Zeit in den Schützengräben abgedient habe. Und den Ausschlag dafür, daß ich aufhören will, haben nicht mal die Mandanten oder die miese Bezahlung gegeben, sondern mein wachsendes Bewußtsein dafür, daß ich dort nicht so mit dem Kopf arbeiten konnte, wie ich wollte. Man muß kein Genie sein, um diese Leute zu verteidigen; man geht einfach vor, wie es im Lehrbuch steht. Und das habe ich mittlerweile ziemlich satt.« Nach einer kurzen Pause fragte sie: »Darf ich offen reden?«

»Aber sicher.« Er nippte manieriert an seinem Kaffee.

»Ich bin nicht Anwältin geworden, um alles so zu machen, wie es im Lehrbuch steht. Ich will das Lehrbuch verfassen. Ich bin meinem Vater wohl ähnlicher, als ich gedacht hatte. Und ich sage Ihnen ehrlich, vieles von dem, was ich heute hier gesehen habe, hat mich zunächst verwirrt. Aber inzwischen finde ich es sehr spannend. Ich möchte mir die Probeprozesse ansehen und die Geschworenenberatungen beobachten und die Analysen potentieller Geschworener lesen. Ich möchte erleben, wie Veränderungen an der Kleidung des Anwalts das Urteil beeinflussen. In meiner derzeitigen Arbeit sind die von Ihnen erwähnten Prüfsteine des jeweiligen Prozeßziels Feinheiten, die wir uns einfach nicht leisten können. Wir sind viel zu sehr damit beschäftigt zu unterstellen, daß ein Zeuge sich irrt und das Opfer an dem Verbrechen beteiligt war. Ich finde, es ist höchste Zeit, zu dem zurückzukehren, was ich durch meinen Vater als das Aufregende an der Juristerei kennengelernt habe, und ich glaube, das hier eignet sich dafür ganz ausgezeichnet.«

Cates sah sie nachdenklich an. So ernst hatte sie ihn bisher noch nicht erlebt.

»Sie sind sich aber, wie ich hoffe, darüber im klaren, daß die GJF sich offen zu einer konservativen Haltung bekennt. Die Mitarbeit bei uns könnte für Sie eine völlige Kehrtwendung in bezug auf viele wichtige Standpunkte bedeuten.«

»Ja«, sagte Sybylla nickend. »Das ist mir klar. Es ist schon komisch. Ich bin bisher nur wenigen Verfahrensberatern begegnet, aber immer tendierten sie eher ein bißchen in die andere Richtung. Ich glaube, sie waren der Ansicht, daß die Anklage eine zusätzliche Waffe wie verbesserte Verfahren bei der Geschworenenauswahl oder andere Vorteile, wie die GJF sie anbietet, nicht brauche. Es heißt doch, daß bereits drei Viertel einer Gruppe potentieller Geschworener der Meinung sind, daß ein Angeklagter, da er sich nun mal vor Gericht zu verantworten hat, wahrscheinlich auch schuldig ist, auch wenn sie nicht zugeben würden, daß sie seine Schuld voraussetzen. Bei Strafprozessen haben diese Berater mehr oder weniger ausschließlich mit den Verteidigern zusammengearbeitet.«

Cates nahm sich ein Stück Gebäck. »Ich bin mir dieses Trends in unserem Bereich bewußt. Aber zunächst muß man mal sehen, daß es sich um einen sehr großen Bereich handelt, der von Jahr zu Jahr größer wird, da immer mehr Anwälte erfahren, welchen Einfluß wir auf das Urteil ihres Prozesses ausüben können. Ich denke, in diesem Bereich ist für alle Platz, und selbstverständlich bin ich prinzipiell der Meinung, daß die Fortschritte, die wir erzielt haben, jedem Anwalt zur Verfügung stehen sollten, der glaubt, sie für sich nutzen zu können. Die Philosophie unseres Unternehmens lautet allerdings nun einmal, daß trotz der von Ihnen erwähnten Tendenz der Schuldvermutung das juristische Pendel in den letzten beiden Jahrzehnten viel zu weit in Richtung Verteidigung ausgeschlagen ist. Der bedenkenlose Gebrauch der auf Unzurechnungsfähigkeit aufbauenden Verteidigung beispielsweise, die überzogenen Einschränkungen hinsichtlich der Zulässigkeit von Geständnissen und Bandaufnahmen, das alles resultierte in einer geradezu obszönen und ungerechten Freispruchrate. Die extreme Linke behauptet ja, es sei besser, einen Schuldigen freizusprechen, als Gefahr zu laufen, einen Unschuldigen zu verurteilen. Wir halten das alles im Prinzip für schön und gut, aber in der Praxis ist es für die zukünftigen Opfer doch ein bißchen hart, wenn der Schuldige freigesprochen und wieder auf die Straße gelassen wird. Seien wir ehrlich – wir wissen doch alle, daß es dann zu weiteren Opfern kommt. Der Präsident hat eine landesweit vorhandene Marktlücke gefüllt, die für die Ankläger unseres Landes sehr unangenehm war. Diese Leute benötigen und verdienen ein Instrument als Ersatz für das, was sie verloren haben, und wir sind dazu da, ihnen dieses Instrument in die Hand zu geben. Verteidigern bleibt es selbstverständlich unbenommen, andernorts ähnliche Dienste in Anspruch zu nehmen.«

»Aber den Anklägern steht meist nicht viel Geld zur Verfügung, und Ihre Dienste sind, wie Sie erklärt haben, unter Umständen sehr kostspielig. Wie können diese Leute sich Ihren Service leisten?«

Cates zuckte mit den Achseln. »Die meisten haben dafür noch genug Kapazitäten in ihren Budgets frei, besonders wenn es sich um einen prestigeträchtigen Fall handelt. Andere finanzieren sich über Spendengelder. Und wieder andere kommen, wenn der Fall dem Präsidenten verlockend genug erscheint, in den Genuß gestaffelter Gebühren. Mr. Winston entscheidet in solchen Fällen persönlich. Er arbeitet gern mit einem breiten Spektrum von Anklägern zusammen.«

»Aha.« Sybylla sah aus dem Fenster und betrachtete die länger werdenden Schatten auf dem Rasen. »Es ist wunderschön hier draußen. Es muß herrlich sein, auf dem Land zu arbeiten. Keine U-Bahn, und zur Abwechslung mal niemand, der einen anschnorrt.«

»Ja«, sagte Cates nachdenklich. »Es ist sehr schön hier.«

»Ein paar Namen von Klienten werden Sie mir wahrscheinlich nicht nennen können, oder?«

Cates schüttelte den Kopf, aber durchaus nicht unfreundlich. »Der Präsident sichert unseren Klienten absolute Vertraulichkeit zu. Die Akten werden unter strengsten Sicherheitsvorkehrungen aufbewahrt.«

»Na, macht nichts«, sagte Sybylla mit gespielter Heiterkeit. »Ich hätte nur gern gewußt, mit welcher Art von Klienten ich hier zusammenarbeiten würde.«

Cates beugte sich wichtigtuerisch vor. »Sie würden mit

Führungspersönlichkeiten arbeiten, Miss Muldoon.« Seine Stimme klang samtweich. »Und zwar mit den kommenden Führungspersönlichkeiten, mit Männern und Frauen, die bereitstehen, um in die Öffentlichkeit zu treten. Schon in der kurzen Zeit des Bestehens der GJF sind viele unserer Klienten in hohe Ämter gewählt worden, und ich zweifle nicht daran, daß sich diese Entwicklung fortsetzen wird. Kriminalität ist *das* Thema in den restlichen Jahren dieses Jahrtausends und, dessen bin ich sicher, auch im nächsten Jahrtausend, und unsere Klienten wissen, daß die rasche und wirkungsvolle Verurteilung und Bestrafung von Kriminellen die Hauptforderung ihrer Wähler ist. Und wir tragen dazu bei, Miss Muldoon. Wir sind ein kommerzielles Unternehmen, selbstverständlich, wir werden für unsere Dienste bezahlt. Im Grunde aber gehen unsere Bestrebungen dahin, denjenigen zu helfen, die den Kampf zur Erhaltung der Sicherheit in unserer Gesellschaft kämpfen.« Er lehnte sich wieder zurück. »Wenn Sie bereit sind, an diesem Kampf teilzunehmen, würden wir uns freuen, Sie bei uns willkommen heißen zu dürfen.«

Sybylla rang nach Luft. Cates trank, den Blick starr auf sie gerichtet, seinen Kaffee.

Hier war nichts zu finden, das war ihr jetzt völlig klar. So unbestreitbar verrückt einige GJF-Praktiken auch waren, so kritikwürdig sie die politische Ausrichtung fand – offenkundig *illegal* erschien ihr nichts von dem, was sie gesehen hatte. Was hatte dieser Gebäudekomplex mit ihrem Verdacht zu tun? Sie hatte nicht das geringste entdeckt, was diese blitzsauberen, von hektischer Betriebsamkeit erfüllten Büros mit verschwundenen Obdachlosen oder verbrecherischen medizinischen Experimenten in Zusammenhang gebracht hätte. Das Ganze war ein Schlag ins Wasser. Und jetzt mußte sie sich aus einem Jobangebot herauswinden, um das sie sich geradezu gerissen hatte, ohne Winstons höchst unerwünschte Aufmerksamkeit zu erregen. Sie hätte sich ohrfeigen können. Reine Energieverschwendung! Sie versuchte zu lächeln. »Ich muß ein paar Tage darüber nachdenken.«

»Aber selbstverständlich«, sagte Cates freundlich.

Sie stand auf. »Dürfte ich Ihre Toilette benutzen, Mr. Cates? Ich bin ohne Pause von New York hierher durchgefahren und würde mich gern ein bißchen frischmachen, bevor ich in die Stadt aufbreche.« Sie zuckte verlegen mit den Achseln. »Ich fürchte, ich bin noch nicht schön genug für CNN.«

Er reagierte sehr liebenswürdig. »Sie sehen hervorragend aus, aber ich zeige Ihnen selbstverständlich gern den Weg zur Damentoilette.« Er erhob sich. Das Telefon auf seinem Schreibtisch begann leise zu summen. Er warf einen kurzen Blick auf den Apparat und runzelte die Stirn. »Ach herrje« – es wirkte, als spreche er das Telefon selbst an – »das könnte der Anruf sein, auf den ich gewartet habe.«

»Nur keine Umstände. Ich finde die Toilette auch selbst.«

Er ging bereits langsam auf seinen Schreibtisch zu. »Mathilde zeigt sie Ihnen gern. Aber kommen Sie bitte zurück, damit ich mich von Ihnen verabschieden kann, bevor Sie weiterfahren.«

Sie machte auf dem Absatz kehrt. Hinter sich hörte sie Cates, in dessen Stimme professionell modulierte Begeisterung mitschwang: »Ah, Norman! Ja, ich habe mich schon so auf Ihren Anruf gefreut.«

Sybylla trat in das mit Teppichboden ausgelegte Vorzimmer. Ihr Gewissen war rein, ihr Motiv bestand in nichts Verdächtigerem als einer sich kräftig meldenden Blase und der Notwendigkeit, den Lippenstift aufzufrischen. Doch die Banalität ihres Vorhabens schwand mit einem Schlag, als sie auf den massiven Mahagonischreibtisch zuging und sah, daß seine Herrin abwesend war.

»Mathilde?« rief sie, allerdings nicht allzu laut. Sie kopierte wahrscheinlich gerade etwas oder war selbst auf die Toilette gegangen. Stirnrunzelnd warf Sybylla einen Blick durch die aufreizend offenstehende Tür in Robert Winstons Büro. Wartete sie eben ein bißchen. »Mathilde?« rief sie ein zweites Mal, noch leiser und eigentlich nur der Form halber.

Na, Winston hatte ja wohl eine eigene Toilette, oder? Und daß eine Dame in gewissen Nöten zur nächsten erreichbaren Toilette eilte, war doch durchaus verständlich, nicht wahr? Und wenn sie auf dem Weg dorthin ganz zufällig einen flüchtigen Blick in das Allerheiligste warf, fiel das doch überhaupt nicht auf, oder?

Halt den Mund! fuhr sie sich in Gedanken an und betrat Winstons Büro.

Es war von fast absurder Geräumigkeit – so groß, daß man darin Cocktailpartys oder Rugbyspiele hätte abhalten können – und hatte eine Glasfront mit Blick auf den Rasen vor dem Gebäude und den Rand des dahinter aufragenden dichten grünen Waldes. Auch Winstons Schreibtisch war lang, ein weiter Bogen aus dunklem Stein, so poliert, daß er geradezu funkelte. Auf dem Schreibtisch herrschte der strengste Minimalismus: keine Papiere, keine Akten, keine einzige Büroklammer. Eindeutig zwanghaft, konstatierte sie gnadenlos.

Hinten in der Ecke blitzte etwas Metallisches auf. Sie durchschritt den Raum und sah vor sich die schöne neue Welt des Winstonschen Badezimmers, eine Orgie in Stein und Stahl mit unbearbeiteten Oberflächen und sanft schimmernden Armaturen. Die Verbindung von primitiven Materialien und schnittigem High-Tech spiegelte etwas von Winstons Charakter wider, dachte Sybylla, während sie den matten Glanz der Waschbeckenumrandung betrachtete. Überzogen maskulin, ultramodern. Als sie den Dimmerknopf drehte, leuchteten über ihr winzige, fast stecknadelkopfkleine Lämpchen auf und erhellten den kleinen Raum mit warmem Licht. Nervös und tief in Gedanken versunken, fuhr sie mit dem Finger über den rauhen Stein der Wand hinter dem Waschbecken. Von den körnigen Unebenheiten bekamen ihre Arme eine Gänsehaut. In einem Stahlschälchen, das wie eine Skulptur aussah, lag ein Stück schwarze Seife. Der Mann, der sich hier wusch, nahm seine Körperpflege offenbar ernst, ohne einen Kult daraus zu machen.

In der Ecke hinter dem Waschbeckenbereich stand eine geschlossene Kabine. Eine Duschkabine? Sybylla ging unwillkürlich näher heran. Sie spähte durch das kleine Guckfenster in der Kabinentür und sah einen mittels Haken und Öse an die Wand geklappten Holzsitz. Auch die Innenwände der Kabine bestanden, wie sie jetzt bemerkte, aus Holz. Eine Sauna.

Es kam ihr sofort komisch vor.

Winston hatte eine Privatsauna.

Der Mann, der bei der Arbeit keinerlei Form von Freizeitverhalten duldete. Der Mann, der alles, was er tat, um fit zu bleiben, anderswo tat. Ausgerechnet dieser Mann, der seinen Angestellten für die Mittagspause nicht einmal ein paar mickrige

Hometrainer im Keller gönnte, hatte in seinem Büro eine Sauna.

Aber es war natürlich keine Sauna. Es war ein getarntes und streng privates Archiv mit einem Aktenversteck, und unter den dort verborgenen Akten – so stellte sie es sich in einem rasenden Ablauf von Bildern vor – befand sich auch die eine bestimmte Akte, in der die Verbindung zwischen Trent und diesem Gebäude genau beschrieben war. Ein Dokument, in dem erklärt wurde, wie und vor allem *warum* jemand den Arm ihres Mandanten aufgeschnitten und ihm eine Quelle chronischer Geisteskrankheit eingelegt hatte.

Über das, was sie gleich tun würde, wollte sie nicht nachdenken.

Sie zog an der Holzklinke. Die Tür war schwerer, als erwartet, bot starken Widerstand, als sie sie öffnete und den ersten Schritt hinein tat. Sie senkte den Blick. Hatten Saunas nicht meist einen Holzboden? Dieser Boden bestand aus glattem schwarzen Stein, der so glänzte, daß sie sich darin spiegelte. Das Licht hatte sich automatisch eingeschaltet, und sie bemerkte, daß es in dieser Sauna merkwürdigerweise keine Steine gab, die normalerweise in einem Holzbehälter lagen und elektrisch aufgeheizt wurden, um große Hitze entstehen zu lassen. Gedankenverloren griff sie nach dem kleinen Holzsitz und stellte fest, daß der Haken so fest in der Öse steckte, als sei er noch nie daraus gelöst worden.

Sie drehte sich um und sah neben der Saunatür einen kleinen, rechteckigen, blau schimmernden Bildschirm. An seinem unteren Rand waren alle Buchstaben des Alphabets aufgereiht, jeder in einem winzigen Quadrat; darüber befand sich eine hell blinkende Textzeile: BITTE PASSWORT EINGEBEN.

Jetzt wird's gefährlich, schoß es ihr durch den Kopf, und zum erstenmal seit ihrem Eindringen in Winstons Büro dachte sie wieder an Cates. Der nette Mr. Cates, der gerade mit seinem Klienten telefonierte, sich aber vielleicht allmählich zu fragen begann, in welcher Größenordnung seine neue Freundin ihre Verschönerungsaktion für CNN angelegt hatte. Ihr wurde bewußt, daß sie die Zeit, die man normalerweise für den Gang zur Toilette mit ein bißchen Frischmachen berechnete, bereits überzogen hatte, doch ehe ein Bewunderer ihres Vaters mit ausgesucht guten Manieren ernsthaft darangehen würde, das Badezimmer seines Chefs zu stürmen, um sie zurückzuholen, blieben ihr noch ein, vielleicht sogar zwei Minuten.

Sie starrte mit zusammengekniffenen Augen auf den Bildschirm und nagte an der Unterlippe. Nicht daß sie einen einzigen Gedanken daran verschwenden würde, eine Passworteingabe auch nur zu versuchen, sagte sie sich entschlossen. Es wäre schlicht und einfach verrückt. Glatter Selbstmord. Außerdem brachte ihre bereits automatisch einsetzende Suche nach einem in Frage kommenden Passwort nichts Geeignetes zum Vorschein. Sie versuchte sich zu erinnern, ob ihr Vater einmal erwähnt hatte, daß Winston verheiratet war, brach ihre interne Datensuche jedoch ab, als ihr einfiel, daß die Namen der Ehefrau, des Kindes und des Hundes ganz besonders schlechte Passwörter abgaben. Gleichzeitig erinnerte sie sich, daß – was ihre Hoffnung mit einem Schlag auf den Nullpunkt zutrieb – man auch keine einfachen englischen Wörter als Passwörter benutzen sollte, da manche Hacker über Programme verfügten, die den gesamten englischen Wortschatz an dem Computer, auf den sie es abgesehen hatten, so lange durchgingen, bis das Zauberwort gefunden war. Also kein häufig vorkommendes Wort und auch kein intimer Spitzname. Was blieb da noch übrig? Eigentlich nur Zahlenreihen oder durcheinandergewürfelte Buchstaben, was bedeutete, daß sie nicht die geringste Chance hatte. Sie starrte eine Weile auf die Buchstaben, deren rhythmisches Blinken sie ein wenig einzulullen begann. Zahlenreihen oder durcheinandergewürfelte Buchstaben, dachte sie resigniert. Oder natürlich ein Fremdwort. Oder vielleicht ein ins Englische transkribiertes Fremdwort – *das* ging wohl jedem Wörterbuch-Codebrecher durch die Lappen. Doch auch dieser Geistesblitz half ihr nicht viel weiter.

Oder doch? Sie hatte sich geschworen, jenes Wort, das Sam ihr erklärt hatte, nie zu vergessen, doch als sie jetzt vor dem blauen Bildschirm stand, mußte sie ihre Zunge dazu zwingen, sich zu lösen und es auszusprechen. Das griechische Wort. Das Wort, das Trent so merkwürdig entstellt hatte, daß sie dabei an irgend etwas mit dem Gedächtnis in Zusammenhang Stehendes gedacht hatte. Einfallen! Entsinnen! *Erinnern.*

Erinnyen.

Ihr Magen krampfte sich zusammen. Sie wußte, daß es das richtige Wort war. Sie spürte förmlich, wie sich der Schlüssel in ein imaginäres Schloß schob, und hörte ein zischendes Geräusch, als – ja, als was? Als die Rückwand der Sauna sich plötzlich hob und zur Seite glitt und den Blick auf eine mit Akten bedeckte Wand freigab. Und auf einer dieser Akten würde ganz klar und deutlich ›Trent‹ stehen, und diese Akte wäre sorgsam zwischen die mit ›Trelawney‹ und die mit ›Trentano‹ beschriftete Akte eingeordnet, und sie würde sie mühelos hervorziehen und in ihre Handtasche stecken und zurückgehen und sich von dem netten Mr. Cates verabschieden.

Erinnyen.

Sie wischte sich die Handfläche am Rock ab und hob den Finger zum Bildschirm. Blaues Licht fiel auf ihren Fingernagel und ließ ihn gespenstisch aussehen. Tu's nicht, sagte der letzte Rest Vernunft in ihr.

Sybylla drückte auf das *E*. Die Zeile BITTE PASSWORT EINGEBEN verschwand, statt dessen war jetzt das *E* zu sehen. Sie drückte auf *R*, und schon stand es daneben.

Sie berührte die Buchstaben *I, N, N,* flüsterte sie, während sie sie konzentriert suchte, um auch bestimmt auf die richtigen Tasten zu drücken. *Y E...* Sie zögerte. Bisher waren keine Sirenen zu hören. Wartete das Ding, bis sie fertig war, bevor es zu dem Schluß kam, daß es sich bei ihr um einen Eindringling handelte? Oder durfte sie aus seinem Schweigen schließen, daß sie bisher nichts Falsches gemacht hatte? Von diesem Gedanken mitgerissen, drückte sie den letzten Buchstaben, woraufhin zu ihrem großen Erstaunen die ganze Buchstabenreihe verschwand und durch zwei einfache, alles umwälzende Wörter ersetzt wurde: BITTE ZURÜCKTRETEN.

Bitte zurücktreten? Von was denn zurücktreten? Würde die Wand, die das Aktenarchiv bedeckte, aufschwingen? Und wenn ja, in welche Richtung? Sie drehte sich um und verlor plötzlich den Halt, denn der Boden unter ihren Füßen begann zu beben. Dem Beben folgte ein weiteres Beben, dann hatte sie das widerwärtige Gefühl zu fallen. Als sie sich wieder zum Bildschirm umwandte, sah sie entsetzt, daß er plötzlich gut eineinhalb Meter über ihrem Kopf war und sich von Sekunde zu Sekunde weiter nach oben entfernte. Was macht das Ding da oben? dachte sie wie in Trance. Warum entschwebt es wie die Lüster in der Metropolitan Opera, sobald das Licht im Zuschauerraum erlischt? Und warum schwebte, wie sie jetzt bemerkte, auch der restliche Raum mit nach oben, bis die Holztäfelung und die Deckenleuchten und der kleine Sitz, der noch nie von der Wand geklappt worden war, aussahen wie die Innenwölbung eines Fallschirms aus der Sicht eines Menschen, der weit unten am Boden stand?

Aber ich bin ja wirklich unten, wurde ihr mit einemmal klar. Oder zumindest auf dem Weg dorthin, gemächlich, aber unaufhaltsam hinab in die Erde. Die Sauna war kein High-Tech-Archiv. *Idiotin!* schimpfte sie sich. *Du bist in einem Aufzug!*

31

Der Aufzug blieb mit einem Ruck stehen; das kleine Rechteck aus poliertem Stein, auf dem Sybylla stand, rastete geschmeidig ein. Drei der sie jetzt umgebenden Wände bestanden aus dem gleichen schwarzen Material, und der Ort, an dem sie sich befand, war so grabesstill, so unermeßlich tief und düster, daß Sybylla nur dank der in eine Steinplatte eingelassenen Halogenlampe keine Platzangst bekam. Im Licht dieser Lampe prüfte Sybylla nun ihre Optionen oder, besser, die eine Option, die sie hatte.

Sie bestand in der Wand hinter ihr, die bei näherer Betrachtung eine schmale, schlichte Tür in sich barg, die nicht einmal eine Klinke hatte. Da sie die einzige erkennbare Fluchtmöglichkeit darstellte, erwog Sybylla ernsthaft, sie zu öffnen, zögerte jedoch, da sie nicht die geringste Ahnung hatte, wohin sie führte. Schon nach wenigen Sekunden zeigte ihre Phantasie ihr eine ganze Reihe erschreckender Möglichkeiten auf. Sie wußte zwar nicht, wie man den Aufzug dazu bringen konnte, wieder nach oben zu fahren, doch sie fühlte sich dieser Möglichkeit näher, wenn sie im Aufzug blieb, als wenn sie ihn verließ. Hier drin konnte sie wenigstens, wenn sie den Hals reckte, den Lichtpunkt in der Saunadecke sehen und das Glitzern des nie benutzten Hakens und der nie benutzten Öse.

Doch sie hatte keine Wahl, keine wirkliche Wahl, und sie wußte es nur zu gut. Hinter der Tür lag das, dessentwegen sie hierher gekommen war. Langsam, zunächst nur versuchsweise, legte sie eine Hand an die glatte, kühle Fläche und drückte. Die Tür öffnete sich nicht mehr als zwei, drei Zentimeter weit. Sybylla preßte ein Auge an den Spalt und blinzelte, weil das Licht dahinter so grell war. Zuerst konnte sie überhaupt nichts erkennen und bekam Angst, eine Art Schneeblindheit erlitten zu haben, in ein Schneegestöber geraten zu sein, das die Welt ausgelöscht hatte – bis ihr klar wurde, daß sie deshalb nur Weiß sah, weil es nur Weiß zu sehen gab. Der Boden und die wenige Meter entfernte gegenüberliegende Wand waren strahlend weiß getüncht. Es herrschte völlige Stille. Sie holte tief Luft, drückte die Tür weiter auf und schaffte es, von Zuversicht beflügelt, den Aufzug zu verlassen.

Sie trat in einen kleinen Raum, der ihr jedoch nach dem Aufzug herrlich luftig erschien. An der Wand links von ihr hing ein Plastikquadrat mit einem schwarzen Knopf und der Aufschrift *Aktivieren,* einer Aufforderung, die Sybylla mit einiger Erleichterung registrierte, da sie sich zumindest auf das Geheimnis zu beziehen schien, wie man von hier wieder nach oben kam. Als sie nach rechts blickte, bemerkte sie eine zweite, ziemlich normal aussehende Tür. Auf diese Tür ging sie zu, nahm noch einmal allen Mut zusammen und drückte auch sie nur wenige Zentimeter weit auf. Diesmal boten sich ihr weit mehr Informationen: ein Gang, dessen Wände weiß und dessen Boden aus dem gleichen glänzenden Stein waren wie der des Aufzugs, Schritte, Stimmen, vor allem aber die Temperatur: Es war kalt. Eiskalt. Kalt wie in einer Höhle. »Wie wenn der Boden aus Eis wär'«, hatte Trent gesagt. Die Erinnerung daran war für Sybylla so beklemmend, daß sie ihr die Kehle zuschnürte.

Draußen auf dem Gang eilten zwei Fußpaare mit raschen, synchronen Schritten vorbei. Sybylla duckte sich hinter der Tür und führte das Auge ganz nahe an den Türspalt heran. Es waren ein Mann und eine Frau, beide in weißen Arztkitteln, beide mit einem Klemmbrett in der Hand. Kamen die alle in dem einen Aufzug hier runter? fragte sie sich. Oder gab es irgendwo im GJF-Komplex weitere Aufzüge? Und waren diese Aufzüge ebenso gut getarnt wie der von Winston, oder wußte das oben arbeitende Personal darüber Bescheid?

Ein weiteres Fußpaar kündigte sich an; Sybylla schloß die Tür wieder. Diese Füße, die in Lederschuhen mit flachen, klappernden Absätzen steckten, gehörten einer weiteren Frau, die ebenfalls einen weißen Kittel trug. Sybylla begriff, daß sie so einen Kittel brauchte, wenn sie auch nur die geringste Chance haben wollte, hier unten unerkannt umherzugehen.

Das Ohr am Türspalt, versuchte sie, trotz des Getöses, das ihr Herz machte, weitere Schritte zu hören. Dann trat sie, obwohl sie sich des Risikos bewußt war, vorsichtig in den Gang hinaus. Die Tür fiel mit einem widerlichen Klickgeräusch hinter ihr ins Schloß.

Sie betrachtete sie. Es war eine völlig unscheinbare Tür mit einem Chromknauf und einem kleinen Schild, auf dem FÜR UNBEFUGTE VERBOTEN stand. Sie hatte sich automatisch und unwiderruflich verriegelt und Sybylla damit den schwachen Trost eines bekannten Fluchtweges genommen, der allerdings dorthin führte, wo man ihr Täuschungsmanöver und ihr unbefugtes Vordringen inzwischen wohl schon entdeckt hatte. Sie schluckte schwer. Wo immer sie auch hingehen würde – dorthinauf mit Sicherheit nicht mehr.

Sich nähernde Schritte rissen sie aus ihrer Erstarrung. Sie zwang sich dazu, nicht einfach loszurennen, wandte sich in die Richtung, in die der Mann und die Frau gegangen waren, und versuchte verzweifelt, ein normales Gesicht zu machen. Die erste Tür, an der sie vorbeikam, war zu und trug die Aufschrift VERSORGUNGSBEREICH. Auf der zweiten stand LOUNGE. Abgesehen von der Temperatur, wirkte alles, wie sie zugeben mußte, ziemlich banal. Der Gang führte auf eine T-Kreuzung zu; der ihn schneidende Korridor schien etwas breiter und, aus den Geräuschen zu schließen, stärker frequentiert zu sein. Kurz vor der Ecke bemerkte sie ein Schild, das sie beträchtlich aufmunterte: WÄSCHEREI. Die Tür war nicht verschlossen. Drinnen brummten zwei Großwaschmaschinen und wirbelten weiße Kleidungsstücke durchs Seifenwasser. Sie nahm einen Arztkittel von einem Stapel sauberer, gefalteter Wäsche und zog ihn an.

Dann trat sie, wenn schon nicht zuversichtlich, so doch wagemutig auf den Gang hinaus, ging um die Ecke und reihte sich zwischen die sporadisch auftauchenden Fußgänger ein, die ihn in beiden Richtungen durchschritten. Die Stille, die hier herrschte, empfand sie als bedrohlich. Das Fehlen menschlicher Geräusche, verbunden mit einer rätselhaften Aktivität, erweckte den Eindruck, als funktionierte die merkwürdige Einrichtung mit Ausnahme der wenigen Angestellten, die sie bisher gesehen hatte, von allein. Zu ihrer Erleichterung stellte sie jedoch fest, daß nichts an ihrer Verkleidung sie automatisch als Eindringling verriet. Als sie sich zum erstenmal entschloß, einem ihr Entgegenkommenden in die Augen zu sehen, bedachte dieser sie nur mit einem kurzen Nicken, ging weiter und führte den gerade aufgeregt gesprochenen Satz zu Ende (»... habe ich ihm extra gesagt, daß es nicht an der Mischung liegt, sondern daran, daß der V-Mixer wieder mal verrückt spielt, aber er meinte, ...«), während sein Begleiter nachdenklich die Lippen schürzte. Als ihre Angst, entdeckt zu werden, sich allmählich legte, nahm sie nach und nach ein tiefes Dröhnen wahr, das mit jedem Schritt intensiver wurde. Rechts von ihr schien es am lautesten zu sein; sie ging langsamer und spähte neugierig in einen langen, mit Maschinen vollgestopften Raum, die ein rauhes, knirschendes Geräusch von sich gaben. Ob es sich dabei um eine einzige Riesenmaschine oder um mehrere große Apparate handelte, konnte sie nicht sagen, doch der kumulative Effekt des in dem Raum herrschenden Tuckerns und Stampfens war furchterregend. Inmitten der riesigen Apparatur bewegten sich Männer in weißen Kitteln mit Klemmbrettern. Sie schritten das Apparategewirr systematisch ab, drückten Knöpfe, machten sich Notizen, vollzogen kleine Rituale wie Pilger an den Stationen des Kreuzwegs. Einer hob den Blick und sah sie an. Er wirkte erschöpft, Sybylla erstarrte, wartete auf den anklagenden Aufschrei, doch er kam nicht. Offenbar war sie hier völlig unauffällig, dachte sie erleichtert und ließ einen lange angehaltenen Atemzug durch die zusammengebissenen Zähne strömen.

Ein Stück weiter den Gang hinunter lag ein großes Labor, weiß und von geradezu aggressiver Sauberkeit, mit Edelstahltischen und unglaublichen Mengen glitzernden Glases. Auch vor diesem Raum blieb sie stehen, beobachtete die darin herrschende methodische, zielgerichtete Aktivität und dachte traurig an Susus Labor in Yale, wo sie ein-, zweimal kurz gewesen war, um ihrer Freundin etwas mitzuteilen oder sie zum gemeinsamen Abendessen abzuholen. Sie erinnerte sich daran, wie unglaublich konzentriert Susu immer gearbeitet hatte, die schmalen Schultern über die Arbeitsfläche gebeugt, die Stirn gerunzelt, und plötzlich erkannte sie mit erschreckender Klarheit, wie einfach es gewesen sein mußte, sie in ihrem NYU-Labor zu überraschen, wo sie sich ganz auf das gerade in Arbeit befindliche Projekt konzentriert hatte. Das Implantat, das Susu für Sybylla analysiert hatte, das »wüste« Ding, dessen Gefahr für Susu beide nicht erkannt hatten – vielleicht war es hier hergestellt worden, überlegte sie, und sah sich mit neu aufflammender Verwunderung und Wut um, obwohl man sich kaum vorstellen konnte, daß diese nüchternen, fleißigen Wissenschaftler LSD synthetisierten. Was immer das hier war, dachte sie, es hatte jedenfalls herzlich wenig mit Meinungsforschung und Voir-dire-Strategien zu tun.

Sie wandte sich ab und setzte ihren Weg durch den Gang fort. Ob es sich um eine staatliche Einrichtung handelte? Irgend etwas Unpopuläres wie die Entwicklung biologischer oder anderer Waffen? Etwas, das man schlecht offen an irgendeinem Ort betreiben konnte? Sie traute es sowohl dem Staat als auch Winston zu: ein kongeniales, diskretes Mieter-Vermieter-Arrangement im Austausch für das Insider-Prestige, nach dem er so gierte. Oder war es die ultrageheime Filiale eines Pharmaunternehmens, das, abgeschirmt von den neugierigen Blicken der Presse, letzte Hand an sein Krebs- oder Aidsmedikament anlegte? Nein, nein, sagte sie sich nüchtern. An dem, was hier geschah, war nichts Altruistisches oder Humanitäres. Selbst Pharmaunternehmen – nicht gerade dafür bekannt, daß sie von der Milch der frommen Denkungsart übersprudelten – würden ein derartig erfreuliches Licht nicht unter den Scheffel, geschweige denn unter die Erdoberfläche stellen.

Sie hatte mittlerweile jede Orientierung verloren, wußte nicht mehr, wie oft sie rechts oder links abgebogen war, seit sie den Aufzug verlassen hatte. Vor ihr gelangte der breite Steinkorridor erneut an eine T-förmige Kreuzung; der Quergang führte zu unbekannten weiteren Gebäudeteilen; der Steinkorridor endete an einer Tür mit der ziemlich rätselhaften Aufschrift: GEDÄCHTNISBEREICH.

Sybylla runzelte die Stirn.

»Vorsicht!« sagte jemand hinter ihr. Sie schrak zusammen und drehte sich um. Es war ein großer, blonder Mann mit kreidebleichem Gesicht, wie ein Surfer, dessen endloser Sommer doch einmal zu Ende gegangen war. Er trug ein Plastiktablett, auf dem zwei Becher Kaffee und zwei Teller mit Gebäck standen. Es gibt also doch eine Cafeteria, dachte Sybylla, als wäre diese Erkenntnis von allergrößter Wichtigkeit. Robert Winstons Arbeitsethos hatte offenbar unterhalb der Erdoberfläche keine Gültigkeit mehr.

»Na, junge Frau«, sagte der Surfer. »Sie sehen aus, als hätten Sie sich verlaufen.«

»Stimmt«, sagte Sybylla und trat zur Seite. Es stimmte ja wirklich.

»Neu hier?« fragte er freundlich. Sybylla spürte, daß ihre Wachsamkeit ein wenig nachließ, daß sich die permanente Panik in einfache Vorsicht verwandelte.

Sie reagierte mit einem aufgesetzten Grinsen. »Sieht man, was?«

»Na, dann kommen Sie mal mit!« Er balancierte das Tablett in einer Hand, gab auf der Sicherheitstastatur neben der Tür einen Code ein und drückte die Tür auf. »Haben Sie die Räume hier schon gesehen?«

Sybylla schüttelte den Kopf. »Können Sie sie mir zeigen?«

Sie folgte ihm in den Raum, blieb stehen, als er die Hälfte dessen, was auf seinem Tablett stand, einem stämmigen, hinter einem Schreibtisch sitzenden Pfleger überreichte, und ging dann weiter. Der Gang war an dieser Stelle ziemlich schmal und düsterer als der Hauptkorridor, aus dem sie eben gekommen war. Auf einer Seite sah sie im Vorübergehen einen Untersuchungsraum mit einer papierbedeckten Liege und Glasschränken mit Spritzen, Medikamenten und anderem medizinischen Bedarf. »Die Aufnahme ist drüben bei der Garage«, sagte der Mann hinter ihr. »Das hier ist sozusagen die Wartung. Sie wissen schon – die vielen Kleinigkeiten, die immer mal passieren.«

Es schien ihr das Risiko wert zu sein: »Welche Kleinigkeiten?«

»Ach, Infektionen, Zerrungen. Letzten Monat haben wir einem eine Geschwulst entfernt. Aber nichts Kompliziertes. Dafür gibt es weiter hinten im Gang spezielle Räume, und für die Durchführung selbst haben wir einen OP.« *Durchführung.* Sybylla war noch dabei, das Wort zu verdauen, als sie an der nächsten Tür vorbeikamen. Sie blieb stehen und riß entgeistert die Augen auf.

Es war ein Frisiersalon.

Wenige Meter von ihr entfernt saß eine Frau mittleren Alters reglos auf einem Friseurstuhl und starrte mit ausdruckslosem Gesicht in den Spiegel. Die gefalteten Hände lagen ruhig im Schoß, und ihre dicken Fußknöchel waren artig gekreuzt. Sie trug einen weißen Kittel, dessen Schlichtheit darauf hindeutete, daß man sie erst hier damit bekleidet hatte, und einfache Pantoffeln. Auf einem Tisch neben dem Stuhl stand eine leere Flasche Haarfärbemittel in einer kleinen, grauen Pfütze. Graugefärbtes Haar? dachte Sybylla. Sie hatte noch nie eine Frau mittleren Alters gesehen, die sich das Haar *grau* färbte.

»Die da muß ich wegbringen«, sagte der Surfer fröhlich. »Kommen Sie mit!« Er ging an Sybylla vorbei und packte die sonderbare Frau am Arm. Sie leistete keinen Widerstand, sondern stand langsam auf und ließ sich über den Gang zu einer beigen Tür führen, die von den vielleicht zwanzig völlig gleich aussehenden Türen des Korridors nicht zu unterscheiden war. In den Stahl war ein kleines Guckloch eingelassen, durch das man ins Innere des Raumes blicken konnte. »Halten Sie mal auf, ja?«

Sybyilla griff nach der Tür und sah zu, wie der Surfer mit seinem Schützling hineinging. Es war ein winziges Zimmer, kaum groß genug für das Krankenhausbett, den niedrigen Tisch, den Stuhl und die Toilette. Von der Decke fiel grelles Licht herab, das sich im glänzenden Steinboden spiegelte. Es herrschte Eiseskälte. Sybylla schauderte.

»Man gewöhnt sich dran«, sagte der Mann. »Früher hab' ich unter meinem Kittel immer einen Pulli getragen, aber jetzt spür' ich es gar nicht mehr.« Er wandte sich der Frau zu, legte ihr die Hände auf die Schultern und drückte sie sachte aufs Bett. Sie setzte sich gehorsam. »So, Schätzchen, jetzt legen Sie sich hin.

Wir knipsen das Licht aus, und Sie schlafen ein bißchen. Klingt gut, oder?«

Die Frau nickte verträumt. Der Pfleger schloß die schwere Tür hinter sich und Sybylla.

»Sie ist so gefügig«, sagte Sybylla gedankenlos.

»Ja«, antwortete er freundlich. »Daran merkt man, daß die Therapie anschlägt. Sie werden dann allmählich ganz still. Sie hätten dieses Subjekt noch vor ein paar Wochen sehen sollen! Hat ständig gebrüllt, sie wäre Ronald Reagans Geliebte. Hat ununterbrochen geschrien: »Nancy hat mein Baby umbringen lassen! Nancy hat den Geheimdienst auf mich gehetzt!«

»Wow!« sagte Sybylla, da ihr nichts Intelligenteres einfiel.

»Aber das ist noch gar nichts. Wollen Sie mal was echt Schräges hören?« Ohne die Antwort abzuwarten, führte er sie weiter den Gang hinunter zu einer anderen Tür und schaltete eine Lampe und eine Gegensprechanlage ein. »Nur zu!« drängte er. Sybylla lugte durch das Guckloch. Drinnen saß ein schlaksiger Mann rhythmisch zuckend auf der Bettkante. Die Arme hatte man ihm mit Hilfe einer Zwangsjacke um den Leib geschlungen, und sein wettergegerbtes, faltiges Gesicht war dunkelrot. Sybylla hörte ihn nur leise und völlig unverständlich vor sich hinschimpfen.

»Ich verstehe nicht, was er sagt.«

»Offenbar haben Sie die Show verpaßt.« Er zuckte mit den Achseln. »Das Beruhigungsmittel wirkt wohl endlich. Als er gestern reingebracht wurde, brüllte er wie am Spieß. Hat die ganze Nacht keine Ruhe gegeben, das Schwein. Wollte uns weismachen, daß irgendwelche Leute von einem anderen Stern unterwegs sind und ihn jeden Augenblick von hier wegholen, und daß sie nicht gerade erfreut darüber wären, daß wir ihn mitgenommen haben. Und dabei war er von Kopf bis Fuß mit Alufolie umwickelt.« Er schloß die Zellentür, drehte sich zu ihr um und grinste sie eigenartig an. »Echt schade, daß Sie das nicht gesehen haben. War echt heiß.«

Sybylla versuchte zu lächeln.

»Wo hat man Sie eigentlich aufgegabelt?«

»Mich aufgegabelt?« fragte sie, um Lockerheit bemüht, vorsichtig nach.

»Na, Sie wissen schon – wo man Sie angeworben hat.«

»Ach ...« Sie dachte fieberhaft nach. Über einen Berufsberater? Auf der Jobmesse? – Irgendwie erschien ihr beides nicht passend. »In New York«, stieß sie schließlich hervor. Das konnte unmöglich falsch sein.

Der Mann warf ihr einen merkwürdigen verständnisvollen Blick zu. »Sie wollen nicht drüber reden, was? Schon gut«, versicherte er ihr. »Gibt einige, die nicht darüber reden wollen. Man hört ziemlich grausige Stories hier unten, aber keine Sorge, niemand zwingt Sie, es zu erzählen.«

Sie wußte nicht weiter. »Das finde ich gut« – mehr fiel ihr nicht ein, vor allem in Anbetracht der Tatsache, daß sie es wirklich gut fand. »Äh, darf ich Sie dasselbe fragen?«

»Na klar«, erwiderte er freundlich. »Durch meine Freundin im College. Sie bekam eines Nachts 'nen Wagenheber über den Schädel, als sie vom Waschsalon in ihr Studentenwohnheim zurückging.«

Sybylla starrte ihn an. Ihr schwirrte der Kopf von der Unlogik dieser Ausführung. Seine Freundin hatte man mit einem Wagenheber erschlagen? Und das sollte erklären, warum er Zombies durch eine unterirdische Einrichtung trieb? Zu allem Unglück schien er auch noch auf eine Reaktion zu warten.

»Das ist ja schrecklich«, brachte sie endlich hervor.

»Ja, allerdings. Ich ließ mich vom College beurlauben, um beim Prozeß dabeizusein. Ich war praktisch jeden Tag da, schon bei der Geschworenenauswahl, und, wissen Sie, ich hatte totales Vertrauen in die Justiz. Also, ich hätte nicht im Traum gedacht, daß die Typen freigesprochen werden, aber sie sind davongekommen, ist ja klar. Zwei Geschworene wollten einfach nicht nachgeben. Und warum?« fragte er mit deutlich hörbarer Verbitterung. »Nicht wegen irgendwas in den Zeugenaussagen.« Er schüttelte den Kopf. »Die fanden einfach, daß die Angeklagten nicht schuldig aussahen, basta. Vom ersten Prozeßtag an hatten die das für sich entschieden. Die eine Geschworene hat der Presse ein Interview gegeben und bloß gesagt! ›Ich konnte ihnen die Schuld nicht ansehen. Ich konnte sie ihnen einfach nicht ansehen.‹ So ging das damals ab.«

Sybylla starrte ihn weiter an. »Das muß schlimm gewesen sein.«

Er drehte sich um und lehnte sich an die Zellentür. »Na, jedenfalls bekam ich dann einen Anruf von einem Freund von meinem Dad. Der war schon immer an mir interessiert, schon von Anfang an. Wir haben uns immer über Politik unterhalten«, erklärte er vergnügt. Sybylla hegte keinen Zweifel, um welche politische Richtung es sich dabei gehandelt hatte. »Der hat mir auch geholfen, in Princeton aufgenommen zu werden. Und er war im selben Club wie unser Präsident hier. Also, jedenfalls hat der mir mal die Lage ein bißchen erläutert, und plötzlich hat's bei mir ›Klick‹ gemacht, verstehen Sie?«

Sie nickte stumm, als verstünde sie es.

»Und wann haben Sie angefangen?«

Die Antwort auf diese Frage erschien ihr ein bißchen einfacher. »Heute.«

Er nickte. »Haben Sie die chemische Keule schon kennengelernt?«

Sybylla runzelte die Stirn. Sollte sie mit ja antworten? »Äh ... die chemische Keule?«

»Oh, Scheiße!« Er sah sie verlegen an. »Hören Sie, tut mir echt leid. Ich muß wirklich ein bißchen besser aufpassen mit dem Spitznamen. Er ist ziemlich jähzornig, aber das werden Sie selbst bald merken. Wenn er erfährt, daß ich ihn so genannt habe, wäre das nicht gerade günstig für mich. Es nennen ihn zwar alle ›die chemische Keule‹, aber nur wenn er es nicht mitkriegt, wissen Sie.«

Sybylla schwieg.

»Ich meine natürlich Dr. Hofmann. Er will die Neuen immer gleich am ersten Tag sehen.«

Dann hat er mich wohl schon gesehen, dachte Sybylla. »Ach, so. Das war wohl der Typ, der mit mir gesprochen hat.«

»So 'n Kleiner? Mit ganz kleinen Händen? Mit so 'ner ziemlich hohen Stimme?«

»Ja, genau.« Sie nickte und versuchte, möglichst zustimmend zu wirken. »Das war er.«

»Ziemliches Ekel, was?«

Sie warf ihm einen Blick zu, von dem sie hoffte, er möge unverbindlich sein.

»Der typische verklemmte Klassenbeste, der später die Wasserstoffbombe erfindet und die Weltrechte darauf hält.« Er schloß die Zellentür ab und wandte sich, wieder äußerst leutselig, Sybylla zu.

»Bleiben Sie noch 'n bißchen und trinken 'ne Tasse Kaffee mit uns?«

»Ach, ich weiß nicht. Ist schließlich mein erster Tag. Ich glaube, es ist besser, wenn ich mich ein bißchen umsehe, Sie verstehen?«

»Klar«, sagte er mißtrauisch, so als wäre jede Frau, die ihm einen Korb gab, automatisch verdächtig.

»Ein andermal, ja?«

»Gut.« Sie waren an der Tür der Station angekommen, in der der Pfleger arbeitete; der Surfer nahm ein Klemmbrett, das auf der Arbeitstheke lag. »Laß sie raus, Jake.«

Jake riß sich von seinem Papierkram los und betätigte den Türöffner. Sybylla trat erleichtert in den Gang hinaus und schloß die Tür hinter sich, wobei ihr das darauf angebrachte Schild ins Auge fiel: GEDÄCHTNISBEREICH.

Gedächtnis, daß ich nicht lache! dachte sie grimmig, drehte sich um und ging den Gang hinunter.

Unmittelbar vor der nächsten Abzweigung kam sie an den »speziellen Räumen« vorbei, von denen der Pfleger gesprochen hatte, obwohl das Wort »speziell« ihr jetzt, während sie verblüfft und angewidert durch das langgezogene Beobachtungsfenster blickte, überaus zynisch erschien. Sie hatte das Gefühl, ihr ganzer Körper werde mit einem Mal taub, ihr Gesicht erstarre vor Ekel. Die gesamte rechte Seite des Ganges bestand aus einem langgestreckten, mit THERAPIE beschilderten Bereich, dessen Inneres so gut einsehbar war, als ginge dort nichts Schreckliches vor sich, als wären die in langen Reihen darin aufgestellten Betten nicht mit »Subjekten« belegt, deren Augen abgedeckt waren und in deren Ohren Kopfhörer steckten. Wie Spinnennetze breiteten sich Elektroden über ihre Stirn aus, und die verzerrten Münder, deren Zähne auf Plastikringe bissen, erinnerten sie an die Elektroschocktherapie, wie man sie um 1950 durchgeführt hatte. Sie waren nicht an die Betten gebunden, und keine Pfleger wachten über sie. Warum standen sie nicht einfach auf? dachte sie resigniert. Wie konnten sie nur so daliegen und sich das alles gefallenlassen, was immer es auch war? Sie schüttelte verständnislos den Kopf und trat von der Glasscheibe zurück.

Ganz am Ende der Reihe sah sie durch den Glaseinsatz einer Tür eine Art Notaufnahme, einen mit zahlreichen Geräten ausgestatteten, blitzsauberen, menschenleeren Raum. Sie trat vorsichtig ein, und entdeckte einen angrenzenden Operationssaal. Was immer diese Leute den »Subjekten« zufügten, Sybylla konnte sich des Gedankens nicht erwehren, daß man es mit der rein medizinischen Betreuung hier sehr ernst nahm. Doch dann gab ihre Vernunft ihr zu bedenken, daß dies auch bei den Nazi-Ärzten der Fall gewesen war.

»Ich dachte, der wäre schon längst fertig«, sagte jemand. Als Sybylla sich umblickte, nahm sie aus den Augenwinkeln zwei weiße Kittel wahr und hörte die Tür zum Gang zufallen. Sie sprang blitzschnell hinter die OP-Tür, duckte sich und verfluchte ihre schwachen Nerven. Es wäre viel besser gewesen, zu bluffen. Bisher hatte es ja auch geklappt; sie hätte behaupten können, sich verirrt zu haben, eine neue Angestellte auf dem Weg durch die Gänge zu sein. Statt dessen saß sie nun hier fest und war durch ihre schuldbewußte Reaktion als schuldig abgestempelt. Sie bemühte sich, leiser zu atmen und etwas zu verstehen.

»War der Kerl nicht erst vor kurzem dran, so vor zwei, drei Wochen?«

»Ja, aber offenbar war die Dosis zu niedrig. Die Behandlung schlug nicht an, und plötzlich wies er wieder schizophrene Tendenzen auf. Gestern nacht hatte er einen ausgewachsenen Schub. Daraufhin haben wir ihn gewogen und herausgefunden, daß er ein paar Pfund zugelegt hat, seit er bei uns ist.«

»Dürfte aber keinen so großen Unterschied machen.« Es klang schroff.

»Na, immerhin fast zwanzig Pfund. Der Kerl war halb verhungert gewesen. Und vielleicht hat sich die Verträglichkeit verändert. Bei diesen Leuten weiß man doch nie. Sind ja nicht gerade erstklassige Exemplare. Jedenfalls ist es nicht das erstemal, daß wir nachbessern müssen. Misch einfach das Implantat neu, öffne den Schnitt und versuch's noch mal. Weißt du«, erklärte der Mann seinem offenbar skeptischen Gesprächspartner, »es kann nicht jeder eine Erfolgsstory sein, zumindest nicht auf Anhieb. Manchmal machen auch wir Fehler.«

»Aber gleich solche?«

»Ach«, meinte der andere lachend, »das ist doch gar nichts. Vor ein paar Monaten hatten wir einen, der war nicht mal schizophren.«

Sybylla, die bei dem Wort *Implantat* aufgehorcht hatte, erstarrte.

»Das ist ein Witz, oder?«

Der andere lachte noch immer. »Schön wär's. Eigentlich ist es überhaupt nicht lustig. Ein Forschungsassistent wurde mit einem Skalpell aufgeschlitzt, und dann hat der Kerl es irgendwie geschafft, rauszukommen.«

»Rauszukommen?«

»Ja, genau. Rauszukommen.«

Die beiden Männer gingen an Sybylla vorbei in den Operationssaal. Sie hörte sie dort umhergehen, mit Instrumenten hantieren, den OP vorbereiten. Durch die Anspannung verkrampften sich ihre Waden; sie zuckte vor Schmerz zusammen.

»So sauer habe ich Hofmann noch nie erlebt, aber im Grunde hatte er natürlich recht. Man müßte eigentlich schon annehmen dürfen, daß die Leute in der Aufnahme mittlerweile erkennen, wer ein Psycho ist und wer nicht.«

»Ja, müßte man eigentlich annehmen dürfen«, stimmte der andere zu. »War's das?«

»Ja, mehr gibt's nicht zu tun. Da, hör mal!« Er begann zu kichern. Sybylla hörte auf sie zukommende Schritte. »Das ist unser Knabe.«

Sie zwängte sich noch weiter hinter die Tür, lauschte und versuchte, jede Reaktion zu unterdrücken, als ein kreischender, sich windender Mann an ihr vorbeigezerrt wurde. Ein Fußtritt traf die Tür, die daraufhin gegen ihr Knie stieß und abprallte. Mit einer hervorragenden Reaktionsschnelligkeit, die sie sich gar nicht zugetraut hätte, stoppte sie die untere Kante der Tür mit dem Zeigefinger, so daß ihr Versteck unentdeckt blieb.

»Der Bürgermeister!« brüllte der Mann. »Der Bürgermeister ist auf meiner Seite, er hat gesehen, was ihr getan habt! Ich rufe den Bürgermeister an!«

»Na klar, das machst du!« Es war die Stimme eines anderen Mannes, der nicht einmal den Versuch unternahm, beruhigend zu klingen. »Der Bürgermeister ist da drüben. Du legst dich jetzt einfach hierhin und rührst dich nicht, und ich bringe den guten Mann rein.«

»Er hat gesehen, was ihr gemacht habt! Ich hab' 'ne Wanze am Körper, die sendet direkt zur Gracie Mansion! Der Bürgermeister weiß immer, wo ich bin!«

»Na klar, völlig richtig. Alles fertig, Leute?«

»Mach die Tür zu!«

Sybylla schloß die Augen. Sie spürte einen kalten Luftzug. Die Tür schwang an ihr vorbei, fiel ins Schloß und trennte sie von dem dahinter ertönenden Geschrei. Langsam richtete sie sich auf; sie war benommen und ziemlich wackelig auf den Beinen. Der Mann auf der anderen Seite der Tür brüllte. *Böse Menschen*, hatte Trent gesagt.

Trent, der Schizophrene wie aus dem Lehrbuch, war gar nicht schizophren gewesen.

Sie wußte nicht, wieviel es möglicherweise noch zu sehen gab, wie viel weiteres wissenschaftliches Neuland hier noch zu entdecken war, doch plötzlich überwältigte sie das Grauenvolle dessen, was sie erlebt hatte. Nicht nur wurden hier am laufenden Band Grundrechte verletzt, nicht nur schien die beeindruckende medizinische Technologie, von der die Einrichtung nur so strotzte, keineswegs guten Zwecken gewidmet zu sein – am meisten nahm sie die Banalität all dieses Bösen mit, die Gutgelauntheit und Sachlichkeit, mit der die unterirdischen Chargen – Techniker, Pfleger und Ärzte – den sogenannten Subjekten ihren auf ein dunkles Ziel gerichteten Willen aufzwangen. Egal, welche Entdeckungen noch auf sie warteten, sie waren ihr plötzlich weit weniger wichtig als die Aussicht auf frische Luft und die Sicherheit ihres Mietwagens, in dem sie eine immer größer werdende Distanz zwischen sich und diesen Ort würde bringen können. Ich gehe einfach weiter, sagte sie sich – gehen, nicht laufen – und halte Ausschau nach irgend etwas, das wie ein Aufzug oder eine Treppe aussieht. Dieses Labyrinth konnte schließlich nicht unendlich groß sein; im Grunde war es ein Wunder, daß sie noch nicht auf den Notausgang gestoßen war. Vor allem aber hatte sie jetzt genug Informationen gesammelt, um zahlreiche schlaflose Nächte damit zu füllen, und solange sie noch abhauen konnte, sollte sie es schleunigst tun.

Doch ihre Füße fühlten sich an, als wären sie mittels einer sofort wirkenden, hartnäckigen Flüssigkeit am Boden festgeklebt. Als sie vage spürte, daß sie sich nicht mehr bewegen ließen, versuchte sie halbherzig, die Muskeln zu lockern, gab dann jedoch auf und konzentrierte sich auf die Tür vor ihr. Sie stand da und starrte sie an. GESCHWORENENZIMMER stand darauf.

Geschworenenzimmer? Einen merkwürdigen, wirren Augenblick lang fragte sie sich, ob die vergangene Stunde wirklich gewesen war oder ob sie sich nicht immer noch oben mitten in ihrer Besichtigungstour durch die GJF befand und die avanciertestte, von den visionären Händen Mr. Robert Winstons geschaffene Art der Prozeßberatung bewunderte. Ihr Bewerbungsgespräch, die nie erreichte Damentoilette, die Sauna, die gar keine war... Vielleicht hatte sie das alles in einer einzigen großen Phantasieaufwallung heraufbeschworen wie die Soap-Opera-Figur, die monatelang nur geträumt hat, weil einer der Hauptdarsteller wieder mitmachen will.

Verschwommen sah sie, wie ihre Hand nach dem Türknauf griff, ihn, ehe sie sich zurückhalten konnte, drehte und die Tür öffnete. Ihre Füße trugen sie wie im Traum in ein Zimmer, das identisch war mit dem, das sie kurz zuvor gesehen hatte. Mit einem Teppichboden von undefinierbarem Grau ausgelegt, mit einem langen Tisch möbliert, auf dem Schreibblöcke lagen und Wassergläser standen. An der gegenüberliegenden Wand hing eine Tafel und links von Sybylla ein langer Spiegel. Die Decke war niedrig, doch das Licht ebenso hell wie überall hier unter der Erde, so grell, daß die Gesichter der Menschen seltsam wächsern und grünlich aussahen.

Die Menschen. Die Menschen, die sich beim Öffnen der Tür alle gleichzeitig umgewandt hatten und sie jetzt offen und erwartungsvoll ansahen. Sybyllas Blick fiel auf ihre Hände, die wie in da Vinicis *Letztem Abendmahl* den Eindruck erweckten, als hätte man sie in einem wichtigen Augenblick ihrer Beratungen mitten in der Bewegung angehalten: Kugelschreiber waren gezückt, ein Glas halb zum wartenden Mund geführt, ein Finger erhoben, um einer jetzt unterbrochenen Stellungnahme Nachdruck zu verleihen. Sybyllas Blick wanderte über die Gesichter. Es waren junge und alte Menschen, in den meisten Fällen jedoch von einem nicht genau bestimmbaren mittleren Alter, grauhaarige, rothaarige, schwarzhaarige, stämmige und dünne. Einige waren gut gekleidet, manche nur sehr einfach, sie trugen maßgeschneiderte oder billige, in jedem Fall aber ordentliche Kleidung und saßen in verschiedenen Körperhaltungen da, einige schlaff, andere aufmerksam, wieder andere verkrampft. Sie sehen so unterschiedlich aus, fand Sybylla. Aber das sollen sie ja auch. Schließlich handelt es sich um eine Jury, um Leute, die aus der Gesamtbevölkerung ausgewählt wurden, um über ihresgleichen zu richten. Bildungsstand, politische Ansichten, Klassenzugehörigkeit, das alles spielt hier keine Rolle oder dürfte zumindest keine spielen. Und wie pflichtbewußt sie sind! Wenn ich je in Schwierigkeiten geraten sollte, überlegte sie absurderweise beim Anblick der mit Notizen bekritzelten Schreibblöcke, der Tafel mit der Skizze eines Tatorts, der dicken, abgegriffenen Mappe mit den als Beweismittel zugelassenen Dokumenten in der Mitte des Tisches, dann möchte ich genau so eine Jury haben – eine so sorgfältige, so auf Korrektheit bedachte Jury.

Doch während ihr Blick weiter über die Gesichter schweifte, wurde ihr plötzlich bewußt, daß mit all diesen Leuten etwas nicht stimmte. Sie sahen sie an, als interessierte es sie überhaupt nicht, wer sie war und warum sie ihre Beratung störte, und noch immer hatte niemand, als Reaktion auf ihr plötzliches, rätselhaftes Erscheinen ein Wort geäußert oder auch nur einen Laut von sich gegeben. Das liegt daran, daß sie nicht real sind. Die Erkenntnis kam wie ein Blitz. Sie sind real und doch nicht real.

Sie hörte Atemzüge. Jemand räusperte sich, eine Hand zuckte, und doch wußte Sybylla, daß diese Männer und Frauen so verändert worden waren, daß sie ihre Seelen endgültig und unwiderruflich aufgegeben hatten. Wie Verirrte erschienen sie ihr. Sie hatten sich irgendwo verlaufen, waren kurz fortgewesen, und als sie wiederkamen, hatten sie an ihrer Stelle einen anderen Menschen vorgefunden. Das heißt, eigentlich keinen Menschen, sondern einen Nicht-Menschen. Jemanden, der aussah, wie ein Mensch aussehen sollte, und sich verhielt, wie ein

Mensch sich verhalten sollte, der jedoch irgendwie nicht mehr beseelt war. Beim Anblick der Leute fiel es ihr schwer zu glauben, daß auch nur einer von ihnen jemals beseelt gewesen war, so leer wirkten ihre Gesichter – weiße Leinwand, von der jeder Gedanke getilgt war.

Jeder Gedanke. Es begann wie ein Nadelstich in ihren eigenen Gedanken und wucherte in ein grauenhaftes Helldunkel aus. Sybylla erstarrte und spürte, wie das pure Böse des Ortes sie überwältigte, denn in diesem Moment ergaben die so zusammenhanglos erschienenen Teile von Trents Geschichte mit einem Mal einen Sinn und brachten die schrecklichen Dinge, die sie an diesem Tag gesehen hatte, in eine entsetzliche, rationale Ordnung. Es verschlug ihr die Sprache angesichts dieser Erkenntnis, und sie nahm kaum wahr, wie über eine knacksende Gegensprechanlage eine Stimme ertönte und den Raum mit wütendem Gebrüll erfüllte: »Wer, zum Teufel, sind Sie?«

32

Ihr Magen krampfte sich zusammen. Sie drehte sich hastig um, sah jedoch nur die glatte Oberfläche des Spiegels, der, was immer hinter ihm war, vollständig verbarg.

»Haben Sie gehört?« fragte die Stimme. »Geben Sie Ihre Identität bekannt!«

»Ich bin –« Sybylla, hätte sie fast gesagt. »Entschuldigung.« Plötzlich war sie von der Hoffnung erfüllt, der grauenhaften Situation entrinnen zu können, wenn sie nur das Richtige sagte. »Es kommt nicht wieder vor.«

»Bestimmt nicht«, sagte die Stimme. »Aber das entschuldigt nicht, daß Sie jetzt hier sind.«

»Ich bin neu«, sagte Sybylla und hatte damit bereits ihre einzige bereits bewährte Ausrede aufgebraucht. Sie ließ den Blick hastig über den Spiegel wandern, wußte nicht, auf welche Stelle sie ihn heften sollte. »Ich bin... Es tut mir leid, aber ich kenne mich hier noch nicht aus. Ich habe mich verlaufen. Ich...« *Halt den Mund,* sagte sie sich. Du machst es nur noch schlimmer.

»Das mag ja sein. Aber Erinnyen ist auf die Integrität seiner Teammitglieder angewiesen. Jeder von uns hat seinen Aufgabenbereich, und der Erfolg des Projekts ist nur dann gewährleistet, wenn wir ein unbefugtes Eindringen in die Arbeitsbereiche der jeweils anderen nicht dulden. Tut mir leid, daß das hier ein schlechter Start für Sie wird, aber ich brauche Ihren Unbedenklichkeits-Code. Die Sache muß Mr. Kolb gemeldet werden. Also, was ist?«

Sybylla, die durch den unerwartet aufgetauchten Namen Erinnyen abgelenkt worden war und die restlichen Ausführungen des Mannes nicht verfolgt hatte, machte sich erst allmählich bewußt, daß man eine Information von ihr verlangt hatte. »Entschuldigung, was haben Sie gesagt?«

»Ihren Unbedenklichkeits-Code!«

Das Erinnyen-Projekt. »Die Rachegöttinnen«, hatte Sam gesagt. Sie betrachtete die wachsgesichtigen Männer und Frauen am Tisch. Rachegötter und -göttinnen, American-style: Es waren Geschworene. Künstlich hergestellte Geschworene. Es waren Menschen von der Straße, die weder Bindungen an andere Menschen noch einen normalen Bezug zur Realität hatten, die schwächsten, verletzlichsten und in deren Augen überflüssigsten Mitglieder der Gesellschaft. Man hatte sie hierhergebracht und diese sonderbaren, quasi-normalen Pseudogeschworenen aus ihnen gemacht. Aber warum?

»Ihren Unbedenklichkeits-Code, wenn ich bitten darf, junge Dame, und zwar schnell!«

Sie hob den Blick zum Spiegel. »Wie können Sie das nur tun?« hörte sie sich sagen. »Wie können Sie Menschen so etwas antun?«

»Bleiben Sie, wo Sie sind!« dröhnte es aus dem Lautsprecher. »Laufen Sie bloß nicht weg!«

Weglaufen, wiederholte Sybylla für sich, wie um den Gedanken zu prüfen. *Wegzulaufen* schien ihr in diesem Moment eine ziemlich gute Idee zu sein. Sie warf einen letzten Blick auf die seltsamen, reglos um den Tisch sitzenden Gestalten, stürzte aus dem Raum und lief den Gang hinunter. Ihre Schritte hallten vom Steinboden wider. Rechts und links rasten die Wände als verschwommene weiße Flächen an ihr vorbei. Sie hörte, daß hinter ihr eine Tür aufgerissen wurde, und vernahm unverständliches, von den glänzenden Flächen als Echo zurückgeworfenes Geschrei. Sie bog um eine Ecke, gelangte in einen ihr unbekannten Abschnitt des Ganges und riskierte es, ihre Schritte so weit zu verlangsamen, daß sie die Schilder lesen konnte. Ihre völlig unrealistische Hoffnung bestand darin, ein blinkendes, hell leuchtendes AUSGANG-Schild zu finden, doch die Türen auf der linken Seite des Korridors trugen nur Namensschilder, führten also in Einzelbüros.

Der Gang war plötzlich in grellrotes Licht getaucht, und eine Sirene ging los, deren schriller Ton von einer wütend aus der Lautsprecheranlage dringenden Stimme überschrien wurde, die Sybylla befahl, auf der Stelle stehenzubleiben und keinen Schritt weiterzugehen. Aber sie wissen nicht, wo ich bin! sagte sie sich. Zumindest nicht genau. Beim Abbiegen in diesen kleinen Abschnitt des Ganges war niemand dicht hinter ihr gewesen. Ihre Verfolger nahmen zwar wohl vernünftiger- und zutreffenderweise an, daß sie nicht weit gekommen war, doch vielleicht würden die Büros auf der anderen Seite des Ganges es ihr ermöglichen, ein paar Minuten in Ruhe nachzudenken. Sie lief auf das letzte zu, las den Namen auf dem Schild – Hofmann – und erinnerte sich trotz ihrer Panik daran, daß Hofmann der Personalchef oder etwas Ähnliches war. Der ist bestimmt nicht da, sagte sie sich, wie um seine Abwesenheit herbeizureden. Sie drehte den Türknauf, öffnete die Tür, trat ein und lauschte, um herauszufinden, ob ihre Verfolger draußen vorbeiliefen.

In dem Zimmer war kein Laut zu hören. Es herrschte völlige Stille darin und völlige Dunkelheit. Und eiskalt war es, fand Sybylla. Sie griff hinter sich, um nach dem Schloß zu tasten, fand es und schob erleichtert den Riegel vor. Dann legte sie das Ohr an die Tür, konnte jedoch die Sirene und die Rufe irgendeines Menschen, der nach ihr suchte, nur mehr schwach hören. Wahrscheinlich ein Wachmann, dachte sie – eine keineswegs ungerechtfertigte Befürchtung. Ein Wachmann mit einer Schußwaffe und einem privaten Strafgesetzbuch. Plötzlich wurde ihr klar, daß niemand von ihrer Anwesenheit hier wußte. Seit sie Simon Cates' Büro in der GJF verlassen hatte – es schien Jahre her zu sein –, war sie wie vom Erdboden verschluckt. Sie konnte hier sterben, dachte sie und erstarrte vor Schreck. Sie konnte hier sterben, und niemand würde es je erfahren.

Es liegt an der Dunkelheit hier drin, sagte sie sich. Es fühlt sich ja schon jetzt an wie in einem Grab, so schwarz und kalt und tief unter der Erde. Wenn sie einen Ausweg aus dieser Situation finden wollte, mußte sie sich zusammenreißen. Sie hob den Arm, fand sofort den Lichtschalter neben der Tür, betätigte ihn, wandte sich um und betrachtete das Zimmer.

Es sah völlig normal aus: ein großer, schwerer Schreibtisch, eine unbequeme niedrige Couch, drei mit Bücherregalen vollgestellte Wände, die den Raum so eng wirken ließen, daß man fast Platzangst bekam. Innerlich merkwürdig distanziert, stellte sie fest, daß sie hier tatsächlich zum erstenmal seit ihrem Eintritt in die unterirdischen Regionen etwas wie Platzangst verspürte, wobei sich diese Angst hier mit der kühlen Luft und dem glänzenden Steinboden verband und ein ganz besonderes Unbehagen hervorrief. Einige Sekunden lang gab sie dem sofort aufkommenden Bedürfnis nach, sich die Augen zu bedecken und tief durchzuatmen, und es dauerte eine Weile, bis sie den kleinen Rest Verstand, der ihr in der Panik geblieben war, wieder beisammen hatte. Als sie die Hände schließlich von den Augen nahm, fiel ihr erster Blick aufs Telefon.

Ich rufe Sam an, schoß es ihr durch den Kopf, und sie griff nach dem Hörer. Doch dann überlegte sie. Nein, wenn ich erklären soll, wo ich bin, und wie meine Retter hierherkommen können, muß ein Tonbandgerät mitlaufen, denn ich habe bestimmt nicht die Zeit, das Ganze zwei- oder dreimal zu erzählen. Also, wenn man aus einem Gebäude rausrufen wollte, mußte man meistens die Neun wählen, oder? Sie hielt sich den stummen Hörer ans Ohr und drückte die Neun; daraufhin ertönte schrilles Tuten. Das war offenbar nicht richtig gewesen. Sie drückte auf die Eins, einen weiteren in Frage kommenden Kandidaten, erzielte jedoch das gleiche Ergebnis. Mit der Null erhielt sie schließlich einen authentisch klingenden Freiton und gab klopfenden Herzens die Notrufnummer ein. Es blieb ihr bestimmt nicht mehr viel Zeit; die Verfolger hatten ihren Aufenthaltsort sicherlich bereits auf diesen Teil des Komplexes eingegrenzt, und jeden Augenblick würde sich ein Hauptschlüssel im Türschloß drehen. Träge, schier endlos, piepsten die Freitöne dahin. Sybylla verdrehte die Telefonschnur mit ihrer schweißnassen, verkrampften Hand. Ziemlich lahmarschig für eine Notrufzentrale, dachte sie, um Lockerheit bemüht, und ließ, um sich ein bißchen abzulenken, den Blick über die Bücherregale, Zeitschriftenstapel und aufgehäuften unbeantworteten Briefe wandern. Bei den Büchern, deren Titel sie im Halbdunkel lesen konnte, handelte es sich um Studien über Virologie und Chemie, Gentechnologie und Psychopathologie. Merkwürdige Lektüre für einen Personalchef, dachte sie flüchtig, doch dann wanderte ihr Blick wieder nach oben, und jeder Gedanke in ihrem Kopf zerplatzte in tausend Stücke.

Dort oben, auf Büchern, die den Staub vieler Jahre trugen, stand eine gerahmte Fotografie. Sybylla mußte sich anstrengen, um die vier Menschen auf dem Bild durch den Schmutzfilm hindurch zu erkennen und aus der unbekannten Szene das einzige zu erfassen, was ihr geradezu entgegenschrie, das einzige, was ihr vertraut war.

In der Leitung knackte es. »Wer spricht da?« fragte jemand.

Sie trat an das Bücherregal. Der Rahmen war so weit nach hinten an die Wand geschoben, daß sie kaum mehr den matt glänzenden Rand sehen konnte. Sie blickte sich suchend nach einem Stuhl um.

»Wer sind Sie? Wer spricht von diesem Apparat?«

Wie unfreundlich die in der Polizeizentrale sind, dachte Sybylla, innerlich völlig unbeteiligt. Ein paar Schritte weiter stand ein Stuhl vor dem Regal. Sie zog ihn her und stieg, den Hörer fest umklammernd, auf die Sitzfläche. Sie kam sich vor wie ein nach oben fahrender, Regalbrett um Regalbrett passierender Aufzug. Den Blick hielt sie starr geradeaus gerichtet, so daß sie, als sie schließlich auf einer Höhe mit dem Foto war, das Gefühl hatte, die Spitze oder das Ende von etwas erreicht zu haben. Weiter ging es einfach nicht.

»Geben Sie auf der Stelle Ihre Identität bekannt!« brüllte jemand. »Warum benutzen Sie den Apparat von Dr. Hofmann?«

Die Stimme ging ihr auf die Nerven. Sie ließ den Hörer fallen.

Wirklich interessant, dachte sie. So viele Jahre hindurch hatte sie das Foto immer wieder betrachtet und stets angenommen, daß die Hand auf der Schulter ihres Vaters die Hand ihrer Mutter sei und die Hand auf dem Oberarm ihrer Mutter die von Dermot. Komisch, schoß es ihr durch den Kopf, während sie das Gewirr der Gliedmaßen studierte. Doch es war immer Robert Winstons Hand gewesen, die so beschützend oberhalb des Ellbogens auf dem Arm ihrer Mutter ruhte, und die Finger auf der Schulter ihres Vaters gehörten nicht ihrer Mutter, sondern einem fremden Mann, den sie noch nie gesehen hatte. Wie konnten diese Leute einfach so in das Leben eines anderen eindringen? Es war ihr rätselhaft. Sie schüttelte den Kopf und empfand plötzlich widerliche, völlig unpassende Belustigung. Nach all den Jahren waren jetzt plötzlich zwei Leute in das geliebte Bild ihrer Eltern eingedrungen, hatten sich in ihre Vergangenheit geschmuggelt und sie ihr gestohlen. Sie dachte an die Kopie des Fotos auf ihrem Nachttisch und fragte sich, ob die Veränderung auch auf diesem Bild eingetreten war, sich in die alte Farbe geschlichen hatte wie das zerfallende Gesicht Dorian Grays. Würde sie das Foto in dieser veränderten Form vorfinden, wenn sie nach Hause kam?

»*Wenn* ich nach Hause komme«, sagte sie, zu ihrer eigenen Überraschung, laut.

Immer noch wie hypnotisiert, hob sie die Hände zu dem Foto, bildete mit den Fingern einen dreieckigen Rahmen und führte ihn so nahe an das schmutzige Glas heran, bis es plötzlich wieder das vertraute Bild war: ihr Vater und ihre Mutter, einer den Arm um den anderen gelegt, ein glückliches, frischverheiratetes Paar. Ihre Eltern. Das Foto auf dem Schreibtisch im Arbeitszimmer ihres Vaters. Das Foto neben ihrem Bett. *Mein* Foto, dachte Sybylla in einer kindlichen Anwandlung, und kämpfte gegen die aufkommende Hysterie an, als wäre der offensichtliche Diebstahl des Bildes der bei weitem schlimmste Aspekt seiner Entdeckung an diesem Ort.

Der Mann am Telefon klang, als würde er jeden Moment ausrasten. Der schwarze Hörer unten auf dem Perserteppich vibrierte förmlich vor Wut. Plötzlich schnappte Sybylla nach Luft, blickte um sich und sah sich selbst wie gelähmt auf einem Stuhl im Büro eines Fremden stehen, während Winstons Sicherheitsleute ihr hart auf den Fersen waren – extrem hart, wie inzwischen zu vermuten war – und niemand ihr zu Hilfe kam. Die philosophischen Überlegungen in bezug auf die Kunst der Fotografie konnten warten, sagte sie sich. Erst muß ich mich selbst retten.

Wie durch ein Wunder war der Gang menschenleer, doch kaum war Hofmanns Bürotür hinter ihr ins Schloß gefallen, hörte sie näherkommende Schritte auf dem Steinboden. Sie lief in die entgegengesetzte Richtung, weg von den Schritten, weiter den Gang hinunter, weg vom Therapiebereich und dem Geschworenenzimmer. Hier gab es weniger Türen, und sie hatte noch genug funktionierende Neuronen, um sich die Frage zu stellen, ob sie möglicherweise den Zentralbereich der unterirdischen Ebene hinter sich gelassen und vor sich nur mehr Lagerräume oder andere Sackgassen hatte. Nur noch selten waren jetzt, da der Gang sich seinem Ende näherte, Schilder zu sehen. Keuchend lief sie weiter und versuchte verzweifelt, das nächste Schild zu entdecken, das dann auch endlich in ihr Blickfeld kam.

AUFNAHME

Aufnahme. Der Surfer hatte doch irgend etwas über die Aufnahme gesagt! Er hatte gesagt, daß die Aufnahme drüben bei der Garage sei.

Ihr Herz vollführte einen Freudensprung.

Der Gang machte eine scharfe Kurve; ihre Verfolger konnten sie nicht sehen. GARAGE stand auf der ersten Tür.

Sie warf sich mit aller Kraft dagegen. Die Tür schwang mit einem Ruck auf und knallte gegen ein Metallgeländer.

Keine Aufzüge, dachte sie völlig zusammenhangslos. Sie fahren alle mit dem Wagen zur Arbeit.

Der vor ihr liegende Raum war lang und schmal; in unmittelbarer Nähe der Tür standen mehrere Autos. Ganz hinten mündete die Garage in einen gelb erleuchteten Tunnel, der eine Kurve machte, hinter die sie nicht blicken konnte. Ihr fiel ein, daß ihr weißer Kittel dort wie Neonlicht hervorstechen würde. Sie riß ihn sich vom Leib, warf ihn hinter sich, rannte auf den rettenden Tunnel zu und redete sich unlogischerweise ein, ihre Verfolger würden aufgeben und umkehren, sobald sie die Kurve hinter sich gelassen hätte. Sie erreichte den Anfang der Kurve und wollte gerade in den gelben Tunnel laufen, als sie das Motorengeräusch eines herannahenden Wagens vernahm.

»*Scheiße!*« In einer Nische am Tunnelanfang standen Müllcontainer. Sie zwängte sich dahinter und preßte die Wange an das schmutzige Metall. Das Dröhnen des herankommenden Autos übertönte jedes andere Geräusch. Sie kniff die Augen fest zusammen, als das Scheinwerferlicht über die Container strich; als es sich entfernte, öffnete sie sie unwillkürlich wieder. Eine Tür wurde zugeschlagen, dann eine zweite. Da sie nichts sehen konnte, richtete sie sich ein klein wenig auf und wandte den Kopf langsam, ganz langsam in die Richtung, aus der sie gekommen war.

Mit geradezu absurder innerer Ruhe registrierte sie, daß es kein Auto war, sondern ein Kleinbus. *Der* Kleinbus.

Eine schwarze Hand umfaßte eine weiße Hand. Die Wörter HELFENDE HAND schwebten darüber wie eine böse Parodie selbstloser Zuwendung.

Vier Männer standen an der Garagentür, alle in dunklen Uniformen; zwei trugen Schußwaffen. Doch offenbar waren sie inmitten ihrer Verfolgungsjagd aufgehalten worden. Sie traten an die Fahrerseite des Kleinbusses. Die Tür wurde geöffnet, und ein Mann in einem schwarzen Ledermantel stieg aus, ein großer, massiger Mann, dessen runder Kopf plump auf den überbreiten Schultern saß.

Ja, natürlich! Sie nickte, auf merkwürdige, verzweifelte Art befriedigt. *Ja, natürlich, das ist er.*

Die Männer, die sie verfolgt hatten, umstanden ihn wild gestikulierend und brüllten immer lauter, doch ohne daß sie ihre Worte verstehen konnte. Der Mann im Ledermantel wurde sichtlich wütender.

Susus Verehrer. Sybylla schauderte angesichts des trostlosen Wiedererkennens. Der StairMaster-Mann. Die Angst brannte wie Säure in ihrer Kehle.

Er hatte offenbar die Leitung der Verfolgung übernommen. Sybylla sah wie gelähmt zu, lauschte dem ohrenbetäubenden, doch unverständlichen Stakkato, in dem er seine Befehle hervorbellte. Die Hälfte der Sicherheitsleute rannte zur Garagentür, wohl um anderswo im Komplex weiterzusuchen, und Sybylla fragte sich, ob man sie vielleicht doch nicht hatte hierherlaufen sehen. Die andere Hälfte begann die Autos in der Umgebung der Tür zu inspizieren; sie bückten sich, sahen darunter nach und lugten auf die Rückbänke. Der Mann selbst tat nichts von alledem, sondern ging zur Hintertür des Kleinbusses, öffnete sie und schmetterte den wütenden Befehl hinein, herauszukommen.

Zuerst erschienen zwei Beine in einer metallig schimmernden Jogginghose, dann eine entsprechende Jacke und soviel Goldschmuck, daß man damit die halbe weibliche Bevölkerung Manhattans hätte ausstatten können – genau die Frauen, von denen er das Zeug wahrscheinlich auch geklaut hatte, dachte Sybylla bissig. Der Mann – nein, der *Junge*, korrigierte sie sich, wie um selbst unter diesen ziemlich belastenden Umständen eine Rechtfertigung für ihn vorzubringen – sprang lässig auf den Zementboden und streckte sich so genüßlich, als befänden sich die Umstehenden keineswegs im Alarmzustand. Das also waren Cleve Riveras neue Freunde. Sybylla schüttelte den Kopf. Die Freunde, die ihm einen »richtigen« Anwalt beschafft hatten. Sie sah zu, wie er in den Bus langte und den gefesselten Arm eines sich windenden Obdachlosen packte, dem das verdreckte, verfilzte Haar ins Gesicht hing. Der Typ krähte in den höchsten Tönen ein völlig unverständliches, an jedermann in Hörweite gerichtetes Statement. Er sah grauenhaft aus. Er hatte keine Schuhe an, trug eine ausgebeulte, zerfetzte Hose und eine Joggingjacke, deren Reißverschluß bis zum Nabel offenstand, und er war so schmutzig, daß seine Hautfarbe auf den ersten Blick nicht zu erkennen war. Durchgeknallt, dachte sie. Ein Schizophrener wie aus dem Lehrbuch.

Sie ging wieder tief in die Hocke und blickte sehnsüchtig in den wenige Meter entfernten Tunnel hinein. Es war nur eine Frage der Zeit, wann die Sicherheitsleute hier anlangten, und der Gedanke an das gemeinsame Schicksal von Susu und Trent verhieß nichts Gutes in bezug auf das, was sie mit ihr machen würden, wenn es soweit war. Trotzdem bekam sie ihre Angst nicht in den Griff. Ihre einzige Chance bestand darin, die Männer abzulenken, obwohl es nicht so aussah, als ob sich ihr in nächster Zeit die Gelegenheit dazu bieten würde. Lange – zumindest kam es ihr lange vor – grübelte sie, wie gelähmt vor Angst, darüber nach; dann zwang sie sich, zum Ende des Containers zu kriechen und hervorzuspähen.

Eine Hand packte ihren Fußknöchel. Sybyllas keuchende Atemstöße waren das lauteste Geräusch im gesamten Universum.

»Ich hab' dich gewarnt!« flüsterte er. »Hab' ich dich nicht gewarnt?«

Sie wandte den Kopf und nickte. »Ja.« Ihre Stimme war leise, doch erstaunlich ruhig. »Ich erinnere mich.«

»Hast nicht auf mich gehört, was?«

Sybylla drehte sich zu ihm um. »Cleve, ich weiß zwar nicht genau, worauf Sie sich da eingelassen haben, aber es ist auf jeden Fall ziemlich übel. Es ist das Schlimmste, was Sie je gemacht haben. Da wird Ihnen nicht mal ein richtiger Anwalt viel nutzen.«

Er dachte tatsächlich ein paar Sekunden darüber nach, doch dann begann er zu grinsen. »Na und? ich seh' morgen wenigstens die Sonne aufgeh'n.«

Sybylla hatte den Eindruck, daß diese Feststellung sich auf ihre Zukunftsaussichten bezog.

»Cleve«, sagte sie kopfschüttelnd. »Wissen Sie noch, wie oft ich Ihnen geholfen habe? Drei- oder viermal habe ich erreicht, daß die Anklage gegen Sie fallengelassen wurde. Ich habe Ihnen ein Zimmer in dem Hotel auf der West Side verschafft. Sogar einen Job habe ich für Sie organisiert.«

Er lachte höhnisch auf. »'n Scheißjob war das. Durch die Asyle latschen und kaum Knete dafür kriegen. Jetzt mach' ich richtig dicke Kohle.«

»Das wird Ihnen nichts nützen, wenn Sie lebenslänglich ohne Bewährung für die Mittäterschaft bei mehrfacher Entführung bekommen.«

Cleve zuckte mit den Achseln. »Ich kann ja 'nen Deal machen. Ich weiß 'ne ganze Menge.«

»Gut. Und ich sage, daß Sie mir geholfen haben. Das wird ziemlich ins Gewicht fallen.«

Er schüttelte den Kopf. »Vergiß es.« Sein Griff um ihren Knöchel wurde noch fester. In der anderen Hand hielt er, wie sie jetzt sah, den weißen Kittel, den sie weggeworfen hatte.

»Haben Sie den vor der Tür gefunden?« fragte sie. Cleve schwieg. »Vielleicht ist derjenige, der ihn ausgezogen hat, dorthin gelaufen.« Sie deutete auf das entgegengesetzte Ende der Garage.

Er grinste sie an. »Glaub' ich kaum.«

Sybylla spürte, daß ihre Augen sich mit Tränen füllten. Das war's also, schoß es ihr durch den Kopf. Mein ganzes Leben, all das Gute, das ich versucht habe zu tun, bündelt sich in diesem einen Augenblick, und morgen wird nichts davon mehr die geringste Geltung haben. Für diesen nichtsnutzigen Kerl habe ich alles, was mir möglich war, eingesetzt, meine Ausbildung, mein Mitleid, meine Überzeugungen und meine unermüdlichen Anstrengungen, doch er liefert mich meinem Henker so bedenkenlos aus, als wäre ich eine Schabe auf dem Boden.

»Cleve.« Ihre Stimme zitterte und brach. »Bitte, helfen Sie mir.«

Sein Lächeln erstarrte. Sie sahen einander an. Fast unmerklich begannen seine Finger auf ihrer Haut sich zu bewegen, und plötzlich spürte sie die kalte Luft an dieser Stelle. Er hatte sie losgelassen. Den weißen Kittel immer noch in der anderen Hand, kroch er hinter dem Müllcontainer hervor, richtete sich auf und ging zurück zum Kleinbus. Verblüfft sah Sybylla zu, wie er von ihr abließ; sie wußte nicht genau, was es zu bedeuten hatte. Die Sicherheitsleute standen jetzt drüben um den StairMaster-Mann herum. Als Cleve an ihnen vorbeiging, schoß eine Hand aus der Gruppe hervor, packte ihn am Arm, fuhr an ihm hinab und ergriff den gebauschten weißen Kittel. Sofort traten die Männer zurück; nur der kleine stämmige Mann blieb stehen und betrachtete skeptisch den Kittel. Dann schaute er mit einem merkwürdigen Blick zu Sybyllas ehemaligem Klienten auf und stellte ihm eine Frage, deren Wortlaut sie nicht verstand.

Cleve hob die Schultern und deutete auf die andere Seite der Garage.

Der untersetzte Mann stand mit dem Rücken zu Sybylla, direkt vor Cleve. Er hielt den Kittel hoch und schüttelte ihn wütend. »– wirklich sicher?« konnte Sybylla verstehen.

In der anderen Hand hielt er eine Pistole

»– hab' ich ihn gefunden«, hörte sie Cleve sagen.

Der kleine Dicke trat einen Schritt vor und schlug Cleve mit der Pistole ins Gesicht. Sybylla zuckte zusammen.

Selbst aus der Entfernung konnte sie sehen, wie das Blut auf seine Wange trat. Sie wollte dem ein Ende machen. Aber sie konnte sich nicht bewegen.

Wenigstens verstand sie die Männer jetzt besser. Der Kleine schrie und fuchtelte im Rhythmus seiner Worte mit der Waffe herum. »Ich hab's dir gesagt«, hörte sie. »Das ist das letzte Mal, daß du was verbockst, hab' ich dir gesagt!«

Cleve zuckte mit den Achseln und hielt die Hand an die verletzte Wange.

»Du hast uns diese Scheiße eingebrockt«, tobte der Mann. »Jetzt sagst du mir, wo sie ist!«

Sybylla sah, daß er zögerte. Dann sagte er jammernd: »Ich hab' das Teil dort drüben gefunden, hab' ich Ihnen doch gesagt!«

Der Kleine hob die Waffe. »Falsche Antwort«, erklärte er kategorisch und schoß. Cleve fiel zu Boden. Eine Sekunde später dröhnte der Knall durchs Universum, hallte wie gellender Donner durch die Garage. Von schierem Entsetzen gepackt, sprang Sybylla zum Tunnelanfang und lief.

33

Die bergauf führende Straße wurde endlich eben, und der erste mit frischer Luft gefüllte Atemzug tat Sybyllas schmerzender Lunge unbeschreiblich wohl. Soweit sie hören konnte – wobei ihre Hörfähigkeit durch das Rasseln ihres Atems eine ziemlich große Einschränkung erfuhr –, war ihr niemand durch den aufwärts führenden Tunnel gefolgt. Auch lag vor ihr nichts Furchteinflößendes, abgesehen von der Dunkelheit und dem heftigen Regen, der irgendwann eingesetzt haben mußte, nachdem sie ihren Wagen auf dem Parkplatz der GJF abgestellt hatte, um ein Einstellungsgespräch zu absolvieren und einem bizarren, verschwommenen Verdacht hinterherzujagen. Das alles erschien ihr jetzt wie zu einem anderen Leben gehörig, und das Leben, das sie zuvor geführt hatte – das Leben als erwachsene Frau mit Beruf, Katze und einem Fitneßkurs – kam ihr unermeßlich fern vor.

Jetzt ging es darum, die Nacht zu überleben, sagte sie sich. Die Nacht zu überleben erschien ihr ebenso erstrebenswert wie nur eine Woche zuvor das Ziel, den Fall *New York gegen Trent* zu gewinnen. Wie sie es bewerkstelligen sollte, wußte sie nicht, doch die erste Maßnahme war relativ leicht zu bewältigen und bestand darin, herauszufinden, wo sie war. Der Wald, der sie umgab, troff vor Regennässe, und ihre Augen konnten das Halbdunkel nicht besonders weit durchdringen, aber das wenige Licht, das noch da war, nützte sie, um sich auf den kiesbedeckten Zufahrtsweg zu konzentrieren, den sie, so schnell sie konnte, entlanglief. Wie rasch und unwiderruflich die Welt auf das hier zusammengeschnurrt war – auf diesen schmalen Ausschnitt erkennbaren Terrains inmitten eines universellen, undurchdringlichen Grauens. Ihr blieb nichts übrig, als diesem Faden durch das Labyrinth zu folgen und blind darauf zu vertrauen, daß er sie nicht zu einem Minotaurus führte.

Er tat es nicht. Wenige Minuten später, als sich die Regenwolken freundlicherweise teilten, sah sie, daß sie auf einer Lichtung war und neben dem großflächigen, rostigen Panzer eines Güterwaggons herlief, der verlassen auf einem Nebengleis stand. Das hier kenne ich doch! dachte sie, erstaunt und erleichtert zugleich. Der Waggon stand hier, solange sie sich erinnern konnte, obwohl sie während ihrer kurzen Joggingphase als Teenager den Gleisen nur selten so weit gefolgt war. Meist war sie in die entgegengesetzte Richtung gelaufen, war den Gleisen und deren breiten, grauen Kiesrändern entlang in Richtung Stadt gejoggt und hatte von den Gleisschildern abgelesen, wie weit sie schon gekommen war.

Die Güterstrecke wurde nicht mehr viel benutzt, doch immer noch kamen hin und wieder lange, träge dahinfahrende Züge vorbei und weckten Sybylla – die nie tief genug schlief, um das unverwechselbare Rattern zu überhören – jedesmal, wenn sie daheim zu Besuch bei ihrem Vater war. Sie wußte nicht, was die Waggons beförderten, doch stets hatte sie diesen Ausläufer des landesweiten Transportkreislaufs, die stete Folge lebenswichtiger Güter, die sich auf Gleisen durch die amerikanische Nacht bewegte und den Wald hinter ihrem Haus mit Washington, Baltimore und weiter nördlich gelegenen Städten verband, als etwas sehr Romantisches empfunden. Trent hatte das Glück gehabt, hier auf einen Zug zu treffen, der so langsam fuhr, daß er eine

Leiter oder eine nicht ganz geschlossene Waggontür hatte ergreifen können, trotz der halluzinatorischen Wahrnehmung, deren Quelle man ihm sorgfältig unter die Haut seines Arms gepflanzt hatte. Sie staunte über die Reihe glücklicher Zufälle, die ihn von diesem Abschnitt einer Eisenbahnstrecke in Virginia zu einem Rangierbahnhof Hunderte Kilometer weiter nördlich in einer Stadt gebracht hatten, die er als seine Heimatstadt erkannte. Zufall. Oder eiserner Wille. Sybylla schüttelte den Kopf. Über ihr zuckten rasch hintereinander mehrere Blitze. Oder einfach unabänderliches Schicksal.

Ein anderes Rauschen, das des angestiegenen, wild dahinfließenden Potomac, mischte sich mit dem Prasseln des herabstürzenden Regens und übertönte ihn allmählich. Sybylla verließ die Zufahrtsstraße und lief in den Wald; sie kannte sich wieder aus. Das nahe, von jahrelangen Erkundungen her vertraute Flußufer war ihr Leuchtfeuer, auf das sie, so schnell sie konnte, zulief. Hier war das Rauschen ohrenbetäubend; riesige Wassermassen stürzten über die Felsen, die Great Falls den Namen gaben – es war das gleiche Naturschauspiel, das George Washington mit Hilfe eines Kanals hatte umgehen wollen, das gleiche Spektakel, zu dem Tausende der heutigen Einwohner Washingtons kamen, um Picknicks zu veranstalten. Sie blieb kurz stehen und schöpfte Atem; dann lief sie flußabwärts weiter.

Sie kannte einen Pfad durch den Wald, gleich hier, wo die Potowmack- und Elm-Inseln ineinander übergingen. Sie gab ihrer überwältigenden Genugtuung nach und gönnte sich ein kurzes Lächeln der Erleichterung, während sie wieder in die Dunkelheit lief. Das hier war das Feld eines Nachbarn, an das sie sich wegen der süßen Herbstäpfel und wegen des Fuchsbaus, in den sie einmal gestolpert war und sich dabei den Knöchel verstaucht hatte, gut erinnerte. Nur noch kurz durch das Ahornwäldchen, und schon sah sie das wunderbar tröstliche Licht über dem Briefkasten ihres Vaters. Sie lief jetzt noch schneller, hin zu der Sicherheit, die dieses Licht verhieß.

Doch dort war keine Sicherheit. Sie wußte es. Aller Wahrscheinlichkeit nach hatte der Mann im schwarzen Ledermantel schon begriffen, daß sie sich nicht mehr in dem Gebäudekomplex aufhielt, und das Haus ihres Vaters war der Ort, wo er als nächstes nach ihr suchen würde. Das Haus bot ihr keine Zuflucht, doch sie kam nicht weg von hier, ohne es zu betreten. Denn da ihr Mietwagen einsam und unerreichbar auf dem Parkplatz der GJF stand, blieb ihr als alternatives Transportmittel nur der uralte Volvo, mit dem sie zu High-School-Zeiten herumgefahren war und der noch immer in der Garage hinter dem Haus stand. Soweit sie wußte, wurde das Auto nur während ihrer Besuche daheim benutzt, und die Tatsache, daß hinsichtlich des Zustands dieses Gefährts kein allzu großer Optimismus angebracht war, ließ Sybyllas Chancen nicht eben gut erscheinen.

Sie rannte durch das Licht der Straßenlaterne und die Auffahrt zu ihrem Elternhaus hinauf. Ihre zitternden Finger verfehlten fast den Alarmcode des Hauses, doch nach einer unendlich erscheinenden Sekunde hörte sie das beruhigende Tutut, mit dem das Sicherheitssystem ihr Einlaß gewährte. Drinnen blieb sie kurz stehen und ließ die wohltuende Vertrautheit des Vorraums auf sich wirken, die in so schrecklichem Kontrast zu dem stand, was sie an diesem Abend gesehen hatte. Und all die Jahre hindurch war das alles geschehen! Sie schüttelte ungläubig den Kopf. So nahe bei dem Haus, in dem sie und ihr Vater ahnungslos ihr Alltagsleben gelebt hatten – es war fast unvorstellbar. Robert Winston hatte, Gott wußte, wie lange schon, vor ihrer eigenen Schwelle ein Imperium errichtet und eine Verschwörung angezettelt, deren Auswirkungen nun über diese Schwelle getreten und wie eine alles ergreifende Pest in ihr Haus eingedrungen waren. Und dieser Mann, dessen Namen sie bis vor ein paar Monaten noch nie gehört hatte, stand jetzt unangreifbar zwischen ihr und dem Rest ihres Lebens. Sybylla machte sich keine Illusionen über das, was sie zu tun hatte.

Sie wußte, daß es nach diesem Erlebnis keine Zuflucht mehr für sie gab, weder in New York noch irgendwo sonst. Nur ein einziger Mensch konnte sich jetzt noch für sie einsetzen, und obwohl Dermot und sie über fast jedes von ihnen diskutierte Thema unterschiedlicher Meinung gewesen waren, wußte Sybylla, daß ihr Vater, wenn er erfuhr, was sein Freund getan hatte, darüber ebenso empört sein würde wie sie selbst und aus dieser Empörung heraus das Richtige tun würde. Zuerst würde er ihr natürlich nicht glauben. Sie wußte genau, wie absurd ihr

Bericht klingen würde. Aber das Implantat war ein greifbarer Beweis, und diesen Beweis hatte sie noch immer bei sich, in der Klarsichthülle ihrer Brieftasche, eingezwängt in etwas, das ein braves Mädchen tunlichst nicht mit sich herumtrug.

In der Küche mußte sie erst die mit alten Notizblöcken, Bleistiftstummeln und diversen rätselhaften Dingen gefüllte Krimskramsschublade durchsuchen, bis die den Schlüssel fand, der noch immer an ihrem alten Madeira-School-Schlüsselring hing. Sie nahm ihn fest in die Faust, drehte sich um und wollte weiterlaufen, als ihr Blick auf die geschlossene Tür zum Arbeitszimmer ihres Vaters fiel. Unvermittelt tauchte das Foto vor ihrem geistigen Auge auf, und sie empfand sofort den starken Zwang, sich das Bild noch einmal in seiner vertrauten Form anzusehen, so, wie es in dem wertvollen Silberrahmen auf Dermots Schreibtisch stand: das Bild, dessentwegen sie sich als Kind ins Arbeitszimmer geschlichen hatte, um das schöne Gesicht ihrer Mutter zu betrachten, die sie nie gesehen hatte, und die unvermutete Fähigkeit ihres ernsten Vaters, Glück auszustrahlen. Sie mußte es noch einmal sehen, jetzt gleich, um sicher sein zu können, daß das so andere Foto, das sie in Hofmanns Büro gesehen hatte, nicht etwa einer peinlichen Wahrnehmungsverzerrung ihrerseits entstammte. Es goß immer noch in Strömen, und in der Ferne dröhnten Donnerschläge. Sie war noch keine Minute hier im Haus. Sie hatte noch Zeit, versicherte ihr eine nicht besonders vertrauenswürdige Stimme. Ja, natürlich war noch Zeit dafür.

Die Angeln der schweren Tür waren gut geölt; sie schwang leicht auf. Dermots Arbeitszimmer war vollgestopft mit Büchern und Zeitschriften, die zumeist in Zweierreihen in den Regalen standen und sich auf einem niedrigen Tischchen vor der Couch stapelten. Mit Schreibmaschinen hatte er nie umgehen können, ganz zu schweigen von Computern; das Forschen und Arbeiten zu Hause bewerkstelligte er mittels eines Diktiergeräts, in das er, auf der bequemen, weichen, mit Gobelinstoff bezogenen Couch sitzend, seinen Mitarbeitern und Sekretärinnen diktierte. Der Schreibtisch stellte dabei nichts weiter als ein Requisit dar – ein Möbelstück, das einzig deshalb da stand, weil ein Arbeitszimmer wie das von Dermot einfach einen Schreibtisch aufzuweisen hatte. Abgesehen von dem Foto, standen darauf nur eine antike Lampe und ein kleiner Bronzehund, den ihm seine Mitarbeiter bei der U.S.-Staatsanwaltschaft geschenkt hatten, als er zum erstenmal in ein Richteramt gewählt worden war.

Behutsam ging Sybylla um den Schreibtisch herum, wie um sich von hinten an das Foto heranzuschleichen und es zu überrumpeln, ehe es sich verändern konnte. In der Dunkelheit war das Bild nur schwach zu erkennen; Sybylla knipste die Lampe an und hielt das Foto in den Lichtschein. Da waren sie noch, die zwei Menschen, wie sie sie von jeher kannte, der vorzeitig ergraute Mann, dessen Falten zwischen Nase und Mundwinkeln schon die später so tiefen Furchen ahnen ließen, und die scheue, hübsche Frau, die Sybyllas Augen besaß und die Lippen, die sie sich als Teenager immer gewünscht hatte. Meine Eltern, dachte sie inbrünstig, als könnte diese Inbrunst sie ihr wiedergeben. Doch dann sah sie, daß mit den verdächtigen Händen etwas nicht stimmte, sie waren auf unmögliche Art verdreht. Die Männerhand auf Dermots Schulter konnte nicht die ihrer Mutter sein. Die Finger auf dem Arm ihrer Mutter sahen nicht aus wie Dermots Finger.

Zum erstenmal fiel ihr auf, daß das Foto nicht bis zum Rand des Rahmens reichte, sondern kleiner war. Darüber lag ein dunkles, ziemlich breites Passepartout. Nachdenklich fuhr sie alle vier Seiten des Passepartouts mit dem Finger auf dem Glas ab. Dann drehte sie den Rahmen um, machte sich an der Rückseite zu schaffen und begann idiotischerweise die Bedingungen einer völlig sinnlosen Vereinbarung mit sich selbst auszuhandeln: Wenn sie unter dem darüberliegenden Passepartout waren, die beiden zusätzlichen Männer, diese Eindringlinge, dann würde sie das, was sie heute abend gesehen hatte, glauben. Waren sie nicht da, wäre alles nicht wahr, sondern Auswuchs des zerstörerischen Zusammenwirkens von Phantasie und Paranoia. Sie würden nicht da sein. Sie rang ihrer trockenen Kehle ein kurzes, heiseres Lachen ab.

Aber sie waren da. Natürlich waren sie da. Und sogar prägnanter als ihre Eltern, als hätte der lange Aufenthalt unter dem Passepartout sie nicht nur versteckt, sondern auch ihre Ausstrahlung bewahrt. Winston und der kleine fremde Mann grinsten ihr selbstgefällig entgegen mit einer jugendlichen Arroganz, die sie, soweit sie sich erinnern konnte, in ihrer Jugend nie besessen hatte. Ihr Vater hatte es für richtig befunden, das Bild dieser beiden Männer vor ihr zu verbergen, oder, überlegte sie, vor sich selbst. Aus welchem Grund auch immer, er hatte die zwei Männer aus der Version seiner Vergangenheit, die er sich bewahren wollte, verbannt, hatte sie jedoch nicht vollständig entfernt. Ein Beweis der Treue zur ganzen Wahrheit, einem Richter des Obersten Gerichtshofs durchaus angemessen.

Mit schwerem Herzen begann sie das Foto und das Passepartout in den Rahmen zurückzuschieben, doch es ging nicht recht. Sie versuchte es, indem sie die beiden Teile getrennt einführte, doch sie blieben wieder an derselben Stelle stecken. Aus der Kante des Rahmens ragte ein Stück gelbes Papier hervor; Sybylla zog daran, ängstlich darauf bedacht, das Hindernis möglichst schnell zu entfernen und die Spuren ihrer Schnüffelei zu verwischen, doch das Papier steckte fest. Mit einem verzweifelten Seufzer griff sie in den Rahmen, zerrte es hervor und verzog erstaunt das Gesicht, als sie plötzlich ein ziemlich dickes Bündel Papier in der Hand hielt. Sie starrte es eine Weile an; dann rückte sie die Lampe zurecht und sah, daß die drei-, viermal gefalteten Blätter von einem Schreibblock stammten. Sie waren keineswegs unberührt, sondern sahen aus, als hätte man sie viele Male auseinander- und wieder zusammengefaltet. Ohne zu zögern, legte Sybylla sie auf die Schreibtischplatte, breitete sie aus und betrachtete die unverwechselbare Handschrift ihres Vaters, mit der die Blätter bedeckt waren. Verschwommen nahm sie wahr, daß es sich um eine Liste handelte, die er, aus der Helligkeit der Tinte zu schließen, jeweils mit zwei oder drei gleichzeitig gemachten Eintragungen fortgeführt hatte. Es war eine Liste von Rechtsfällen, hinter denen jeweils ein Datum stand. »*Oregon gegen Lambert*«, lautete der erste, auf den ihr Blick fiel. »1981.« »*Rhode Island gegen Bennett*. 1982.« Insgesamt vier Seiten mit einer Anhäufung von Namen, die sie nie gehört hatte, und von Daten, die ihr nichts sagten. Was hatte das zu bedeuten?

Sie konnte sich keinen Reim darauf machen. War es eine Liste der Fälle, über die Dermot juristische Abhandlungen verfaßt hatte? Oder eine Liste der Fälle, über die er gern selbst verhandelt hätte? Fälle, bei denen es zu Verfassungswidrigkeiten oder zu innovativen juristischen Ansätzen gekommen war? Aber wenn es sich wirklich um etwas so Harmloses handelte, warum hatte er die Liste dann so merkwürdig versteckt, so krampfhaft vor Entdeckung zu schützen versucht? Kopfschüttelnd drehte sie die Blätter um und verfolgte die Daten rückwärts, in die Vergangenheit hinein, bis zu den ersten Eintragungen Anfang der siebziger Jahre. Ganz oben auf dieser Seite standen drei Wörter, die so stark umrandet waren, als hätte der Schreiber sie eingesperrt und sie dann lange angestarrt, als hätte er sie in einen Käfig aus Tinte gepfercht, während er entschied, ob er weiterschreiben solle oder nicht. Drei Wörter. Sie schluckte. Sie fragte sich, ob sie jemals wieder würde sprechen können. Drei Wörter, die alles veränderten, drei Wörter, die verhinderten, daß die Welt ihre ursprüngliche Unschuld je wieder zurückgewann. Die drei Wörter lauteten: »Das Erinnyen-Projekt.«

34

In dem Fuß, der verspannt aufs Gaspedal drückte, hatte sie einen schlimmen Krampf. Die Beständigkeit des Schmerzes übertönte nach einer Weile das Dröhnen ihrer Gedanken und beruhigte sie allmählich. Zu diesem Zeitpunkt hatte sie, wie sie dumpf registrierte, den Potomac bereits sechsmal überquert und die Stadt dreimal auf der Umgehungsstraße umfahren.

Die ansteigenden und zurückgehenden Nummern der Ausfahrten registrierte sie ebenso verschwommen, wie das Déjà-vu der immer gleichen Straßenschilder, die sie mit dem immer gleichen Chaos im Kopf passierte. *Maryland ist das Leben* war ihr beim Fahren immer wieder durch den Kopf gegangen; die Assoziationen, mit denen sie aufgewachsen war, brachen über sie herein. Die in Maryland gelegenen Vorstädte haben die Nationalen Medizinischen Forschungsinstitute, die Biotechnik-Firmen, die Pharmaforschung. *Virginia ist der Tod.* Die in Virginia liegenden Vorstädte haben die CIA, das Pentagon, die Heereslieferanten

ranten. Und das Erinnyen-Projekt, dachte sie verbittert – der neueste Außenposten der Zerstörung in diesem Bundesstaat. *Leben und Tod.* Wieder und wieder hatte sie diese Grenzen überquert, war zwischen den Extremen hin- und hergefahren, die die Möglichkeiten ihrer eigenen Zukunft symbolisierten.

Wie sie es geschafft hatte, in diesen entsetzlichen Stunden vor Tagesanbruch unbeschadet eine so weite Strecke zurückzulegen, war ihr unerklärlich. Jetzt bildete sich auf dem Beltway allmählich der übliche Stau der Morgenpendler, und sie war immer noch hier, hielt den durchbrochenen schwarzen Lederbezug des Lenkrads noch immer so fest gepackt, daß die Knöchel weiß hervortraten, und befingerte noch immer nervös den fragwürdigen Preis, den ihre nächtliche Arbeit ihr eingebracht hatte. Die Liste – die Liste ihres Vaters, die Erinnyen-Liste – lag wie etwas völlig Harmloses neben ihr auf dem Beifahrersitz, so unscheinbar, als handelte es sich um eine hingekritzelte Fahrtanweisung.

Wenn es das nur wäre! dachte Sybylla. Viele Stunden lang hatte sie sich in einer Art logischem Kampf mit der schieren Existenz der Liste auseinandergesetzt, ohne wirklich herausgefunden zu haben, was sie bedeutete. Doch es war ihr nicht gelungen, die entscheidende Tatsache wegzurationalisieren, auf die sie hinwies: Er wußte davon. Dermot wußte alles. All die Jahre hindurch, in denen sie nach dem Hockeytraining auf ihrem Rad heimgefahren und das Haus leer vorgefunden hatte, weil Dermot noch nicht aus der Stadt zurückgekommen war, all die Jahre hindurch, in denen sie mit ihren Sportschuhen Laub und Schmutz die Treppe hoch und in ihr lächerliches rosarotes Zimmer getragen hatte, hatte ihr Vater alles gewußt. All ihre College-Jahre hindurch, während des gesamten Jurastudiums und die ganze Zeit über, als Dermot immer weiter aufstieg bis zu den jetzt erreichten schwindelnden Höhen, all die Jahre hindurch, in denen sie ihre Arbeit als kleines Rädchen im Getriebe der großen, schwerfälligen, unerträglichen Maschinerie der sogenannten gleichen Gerechtigkeit für alle verrichtete, hatte er es gewußt.

Er wußte, daß keine zwei Kilometer von dem friedlichen, großen Haus, in dem er arbeitete und schrieb und fest schlief und sogar Gäste empfing, Menschen entführt, ohne jede rechtliche

Grundlage eingesperrt und perversen medizinischen Experimenten unterzogen wurden. Und er wußte auch, daß Trents schreckliche, wahnsinnige Tat in irgendeinem Zusammenhang mit diesem monströsen Unrecht stand. Dermot hatte sie nicht wegen seiner bevorstehenden Ernennung gebeten, den Fall abzugeben. Er hatte sie darum gebeten, ihre Prinzipien, ihr Berufsethos zu verraten und ihre Pflichten als Anwältin zu verletzten, um den widerlichen Mann zu schützen, den er aus irgendwelchen Gründen für seinen Freund hielt. Und das Schlimmste war, daß Dermots Wissen um das Erinnyen-Projekt ihn zum Mittäter jedes einzelnen Verbrechens machte, das Winston begangen hatte, also auch zum Mittäter an Susus und Trents Ermordung. Der Schmerz, den diese Erkenntnis in ihr hervorrief, war kaum zu ertragen.

Sie registrierte, daß sie wieder einmal auf die Beltway Bridge zufuhr, versuchte, einen klaren Kopf zu bekommen, und zwängte sich zwischen die langsam auf dem G. W. Parkway den Potomac entlang in die Innenstadt fahrenden Autos. Jedesmal, wenn sie einen Blick in die Wagen rechts und links von ihr auf die dumpfen Mienen der tagtäglich geschundenen Pendler warf, verspürte sie einen fast körperlich empfundenen Neid. Selbst die frustrierendsten Alltagsprobleme dieser Menschen hätte sie jetzt mit Freuden gegen ihr Entsetzen eingetauscht, und nichts hätte sie sich sehnlicher gewünscht, als daß ihre Grübeleien sich um einen unkooperativen Kollegen oder einen strengen Chef drehten – statt dessen hatte sie diese endlose Nacht damit verbracht, den Blick sehnsüchtig und doch voller Angst auf die wieder und wieder umrundete Stadt zu werfen, die sie gleichzeitig anzog und abstieß. Die Stadt war für sie jetzt gleichbedeutend mit dem Bauch von Winstons Monster, doch sie wußte, daß es kein anderes Ziel für sie gab. Die unfaßbare Tatsache der Mittäterschaft ließ den Status ihres Vaters als des einzigen, der ihr helfen konnte, unberührt, obgleich sie diese Hilfe jetzt weit weniger als selbstverständlich betrachten konnte. Und wenn er ihr tatsächlich helfen würde, mußte er es schnell tun, denn sobald sie in den Anhörungssaal des Senats trat, würde ihre anstrengende, doch offenbar erfolgreiche Flucht vorbei sein – dann würde Winston nämlich, ebenso wie der Rest der Nation, genau wissen, wo sie war.

Sie hielt auf einem der Aussichtspunkte über dem Fluß, stellte den Motor ab und versuchte sich ein bißchen zu entspannen; doch sie war so niedergeschlagen, daß sie keine Ruhe fand. Mit trauriger Klarheit wurde ihr plötzlich bewußt, daß sie ihren Vater ruinieren könnte. Ein einziger Anruf würde genügen, um einen Skandal hervorzurufen, der ungeahnte Ausmaße annehmen und Leute, deren Namen sie nicht einmal kannte, den Job kosten würde. Erschüttert strich sie mit der Hand über die gelben Papiere; dann überkam sie das Bedürfnis, frische Luft zu atmen. Sie stieg aus und ging zum Rand der Aussichtsplattform. Vor ihr, nur wenige Kilometer flußabwärts, lag die Stadt im bleichen Morgenlicht. Noch nie im Leben hatte sie sich so völlig, so grauenhaft allein gefühlt.

Nein, du bist nicht allein, schoß es ihr plötzlich durch den Kopf. Ihr fiel ein, daß sie – es schien so lange her zu sein – Sam versprochen hatte, ihn nach ihrem Besuch in der GJF anzurufen. Hätte sie doch nur die vergangene Nacht mit ihm in New York verbracht, hätte sie doch nur der fatalen Verlockung widerstanden, in Winstons vermuteten Geheimnissen zu schnüffeln! Wäre sie doch nur Sams Rat gefolgt und hätte alles bleibenlassen! Ihre Reue war so stark, daß sie sich ausmalte, wie sie die hinter ihr liegenden schrecklichen Stunden gemeinsam mit Sam verbracht hätte, sich genau überlegte, über was sie gesprochen hätten und in welches Lokal sie gegangen wären. Danach, träumte sie, hätten sie einander angesehen und sich vielleicht geküßt, wären zu ihr oder zu ihm gegangen und hätten noch lange nicht geschlafen. Überrascht stellte sie fest, daß sie lächelte, als sie an seine weichen schwarzen Locken dachte.

Sie sah auf die Uhr; es war sieben. Sie nahm die Papiere vom Beifahrersitz des Volvos und lief zu den öffentlichen Telefonen auf der Aussichtsplattform. Es klingelte vier-, fünfmal, ehe er abhob, und er meldete sich nicht mit dem üblichen »Hallo«, sondern mit einer weit fragwürdigeren Begrüßungsfloskel: »Wenn du glaubst, ich verzeihe dir, daß du dich gestern abend nicht mehr gemeldet hast, nur weil du jetzt so früh anrufst, daß ich aus dem Schlaf heraus noch nicht richtig in Wut geraten konnte, hast du dich getäuscht. Ich bin immer noch stocksauer.«

Beim Klang seiner Stimme durchströmte sie pure Erleichterung. Doch dann war alles gleich wieder da. »Sam, ich habe entsetzliche Dinge gesehen, ich muß es dir unbedingt erzählen!«

Sie hörte ihn kichern. »Entsetzliche Dinge? Soll das heißen, daß es dort in der Vorstandslounge keine Whirlpools gibt?«

»Was? Was redest du da? *Whirlpools?*«

»In der GJF. Dorthin wolltest du doch, als ich dich das letztemal sah.«

»Sam!« rief sie. »Hör mir endlich zu! Ich war dort, wo sie diese LSD-Implantate herstellen. Sie ... Sam, sie entführen Leute auf offener Straße, Obdachlose mit psychischen Störungen. Sie bringen sie dorthin und –« Sie unterbrach sich, weil ihr bewußt wurde, wie es klingen würde – »machen sie zu Geschworenen. Es ist ... Ich glaube es geht darum, Gerichtsurteile zu manipulieren. Ich habe ein Zimmer gesehen, in dem sie alle um einen Tisch herumsaßen, genau wie eine echte Jury, aber sie sind keine echte Jury. Es sind nur Leute mit neuen Frisuren, Leute auf LSD. Ich glaube, daß das schon seit *Jahren* läuft. Mein Dad –«

»Mensch!« brüllte er. »Verdammt noch mal, Sybylla, vergiß das LSD. Welche Drogen hast *du* denn genommen?«

Sie schwieg und versuchte ihren Verstand zusammenzukratzen. »Ich bilde mir das alles nicht ein. Es passiert tatsächlich, gar nicht weit vom Haus meines Vaters entfernt, in einem unterirdischen Labor. Hör zu, ich weiß nicht, ob du es dir vorstellen kannst, aber der Wald ist von mehreren Straßen durchzogen. Eine davon, die Seneca Road, führt zu dem Beratungsunternehmen, doch eine andere wird zu einem Tunnel, der in ein unterirdisches Geschoß des Komplexes führt. Dort sind die Labore und Gefängnisse und die medizinischen Einrichtungen und diese The-the-« Sie merkte, daß sie zu stottern begann. »*Therapie*räume.« Sie gestikulierte herum, als stünde Sam vor ihr, und schlug verzweifelt auf den Telefonkasten ein. »Zuerst verpassen sie den Leuten ein LSD-Implantat, und dann diese Therapie, die aus einer Art Hypnose und Elektroschock besteht. Dann möbeln sie sie ein bißchen auf, färben ihnen die Haare und – also, ich glaube, sie *programmieren* sie dann irgendwie mit einer neuen Identität. Dann sind sie in Geschworene umgewandelt und werden zu Prozessen geschickt. Ich weiß zwar nicht genau, *warum*, aber –«

»Das Warum würde aber einiges klären; das Warum wäre ganz hervorragend, kann ich dir versichern.«

»Ich glaube, daß es geschieht, um Schuldsprüche zu erwirken. Hundertprozentig sichere Schuldsprüche bei spektakulären Verfahren, solchen, bei denen für den Ankläger politisch etwas herausspringt.«

»Warum sollten sie sich diese Mühe machen?« sagte Sam lachend. »Die Geschworenen fällen doch andauernd Schuldsprüche, auch ohne LSD oder Hypnose oder Elektroschocktherapie!«

Sybylla schloß fest die Augen. Er glaubte ihr natürlich nicht, und sie konnte es ihm nicht verdenken. Sie glaubte sich ja selbst kaum, dabei hatte sie es mit eigenen Augen gesehen. Sie holte tief Luft und versuchte, Ruhe zu gewinnen.

»Außerdem«, fügte Sam hinzu, »kann man Prozesse auf wesentlich simplere Art manipulieren. Man sucht sich einfach einen passenden Geschworenen aus und kauft seine Stimme. Warum sollte man dafür zu solch« – er unterbrach sich, und es war deutlich zu spüren, daß er einen Ausdruck finden wollte, der sie nicht kränkte – »grellen Extremen greifen?«

»Weil dieser Geschworene lebt und alles erzählen könnte«, schrie sie. »Weil der Mensch, der sich für einen Schuldspruch bezahlen läßt, immer auch ein potentielles Risiko darstellt, und zwar für den Rest seines Lebens. Diese Leute dagegen, die sie benutzen... Sam, das sind Obdachlose. Die sind unsichtbar, verstehst du? Kein Mensch nimmt davon Notiz, wenn sie von der Straße verschwinden. Und wenn diese GJF-Leute mit ihnen fertig sind, merkt kein Mensch, daß sie nie wieder auftauchen.«

Am anderen Ende der Leitung herrschte Schweigen. Sybylla stand da und lauschte ihrem eigenen Atem. Dann hörte sie Sam aufseufzen. »Liebling, ich glaube, im Augenblick habe ich genug davon. Es erschüttert mich ehrlich, aber ich kann es jetzt einfach nicht mehr hören.«

»Sam!« flehte sie ihn an.

»*Nein.* Bitte erzähl mir nichts mehr davon. Ich... Wir sprechen später darüber. Ich rufe dich an, ja? Bist du im Haus deines Vaters?«

»Nein.« Sie beugte sich vor und legte die Stirn auf das kühle

Metall des Telefonkastens. »Ich bin…« Aus irgendeinem Grund sagte sie nicht, wo sie sich befand. Etwas Unbestimmbares hinderte sie daran, es ihm mitzuteilen. Sie hatte jetzt keine Zeit, es zu analysieren. »Ich bin stundenlang herumgefahren. Sam? Ich weiß, wie es klingt, aber überleg doch mal: Wir wußten, daß irgendwer diese Dinger herstellt, und wir wußten, daß eines dieser Dinger in Trent gesteckt hatte. Warum – das wußten wir nicht. Aber genau das ist der Grund – diese… Geschworenensache.« Als Sam nichts erwiderte, holte sie Luft und sprach weiter. »Ich bin zur GJF gefahren. Man hat mich durch das Unternehmen geführt, ich hatte mein Bewerbungsgespräch, und dann bin ich sozusagen zufällig in Robert Winstons Büro geraten. Du weißt schon, das ist der Freund meines Vaters, der das Unternehmen aufgebaut hat. Und da war… Also, das ist eine ziemlich lange Geschichte, aber irgendwas stimmte dort nicht, und das habe ich gespürt.«

»*Was* hast du gespürt?« brüllte er sie an. »Sybylla, willst du damit sagen, daß du etwas Illegales getan hast?«

Sie zuckte mit den Achseln. »Nicht wirklich. Aber so ähnlich.«

»Hast du komplett den Verstand verloren? Weißt du, was die mit dir gemacht hätten, wenn du erwischt worden wärst?«

Ich *bin* ja erwischt worden, hätte sie fast gesagt.

»Weißt du, was die mit deinem Vater gemacht hätten?«

Sybylla runzelte die Stirn. »Warum ist dir denn mein Vater plötzlich so wichtig?«

Nach einer kurzen Pause antwortete er sanft: »Er ist nicht mir wichtig, sondern dir.«

Es dauerte ein paar Sekunden, bis sie ihr Unbehagen überwunden hatte und mit gedämpfter Stimme sagen konnte: »Sam, mein Vater weiß es. Er weiß es schon seit Jahren. Er hat eine Liste mit vielen Fällen.«

»Eine Liste mit vielen Fällen? Ich habe derzeit mindestens zehn Listen mit Fällen in meinem Büro. Eine Liste mit Fällen bedeutet überhaupt nichts, und das weißt du auch«, sagte er in abfälligem Ton.

»Sämtliche Fälle hat mein Vater persönlich mit der Hand notiert. Sie wurden zu unterschiedlichen Zeitpunkten aufgeschrieben und mit den chronologischen Daten versehen – so an die zwanzig Jahre reicht das zurück. Und auf der ersten Seite stand eine Überschrift. Rate mal, welche!«

»Ich habe nicht die geringste Ahnung.«

»Das Erinnyen-Projekt. *Das Erinnyen-Projekt,* Sam! Weißt du noch, was du mir erklärt hast? Weißt du noch, was Trent gesagt hat? Er sagte, die Leute dort, wohin man ihn gebracht habe, hätten immer wieder ›Erinnern‹ gesagt. Genau dort, Sam, war ich gestern.«

Sie lauschte, das Ohr ganz fest an den Hörer gepreßt, wie um Sam so dazu zu bringen, sie zu verstehen, ihr zu glauben. »Sam«, sagte sie und faltete die Blätter auseinander. »Ich kann mich an einige Fälle auf der Liste erinnern. Einige waren Präzendenzfälle. Erinnerst du dich an den Fall mit dem Angeklagten, der Hafturlaub hatte, als die Tat begangen wurde? Den Ankläger brachte die Sache in den Senat. Oder der Fall in Utah – dieser Typ, der seine Haftstrafe wegen sexuellen Kindesmißbrauchs abbüßte, rauskam und ungefähr eine Woche später ein Kind tötete? Der Ankläger in diesem Verfahren ist heute Gouverneur von Utah. Es handelte sich ausnahmslos um Gewaltverbrechen, und jeder einzelne Fall endete mit einem Schuldspruch. Ich sage dir, es gibt keine andere Erklärung dafür. Entweder manipuliert Winston Gerichtsurteile, weil er es einfach tun will und es sich leisten kann, oder das Ganze ist eine Art Service, den er irgend jemandem zur Verfügung stellt. Und das erste Datum ist, glaube ich, 1970.« Sie warf einen kurzen Blick auf die Liste ihres Vaters. »Der Fall hieß *Louisiana gegen George Washington Dunay.* Und der jüngste« – sie blätterte das zweite Blatt um und ließ den zitternden Finger daran hinabgleiten bis zur untersten Eintragung, die mit blauem Kugelschreiber erfolgt war – »der jüngste Fall liegt erst ein paar Monate zurück. *New York gegen Larry Randolph Jackson.*« Sie hielt inne; plötzlich war ihr schwindelig. Sie las die Eintragung noch einmal. Dann traf es sie wie ein Blitz.

Nach einigen Sekunden meldete Sam sich wieder zu Wort. »Soll das ein Witz sein, oder was?«

Zumindest wirkte er endlich interessiert, stellte Sybylla fest, während sie noch immer die eine Zeile anstarrte. Und warum hätte er sich auch nicht dafür interessieren sollen? *New York gegen Larry Randolph Jackson* war schließlich sein eigener Fall gewesen, der Fall, bei dessen Voir-dire sich ihr zum erstenmal sein Anblick geboten hatte. Sie erinnerte sich gut daran, sah den Gerichtssaal deutlich vor sich. Sie war so ungeduldig gewesen an jenem Vormittag, hatte es kaum erwarten können, entlassen zu werden und wegzukommen. Aber warum war sie damals so in Eile gewesen? überlegte sie und versuchte, den Vorhang ganz zurückzuschieben. Wegen Trent, fiel ihr ein. Wegen Trent, der gerade verhaftet worden war und im Bellevue herumbrüllte wie der Bilderbuch-Schizophrene, für den ihn alle hielten. Merkwürdig, dachte sie, daß Sam Trent an ein und demselben Vormittag in ihr Leben getreten waren. Reiner Zufall, möglicherweise. Oder vielleicht einfach nur merkwürdig.

»Sybylla? Bist du noch dran?«

Das Komische war nur, daß sie sein Erscheinen eigentlich nie in Frage gestellt hatte. Anders als andere alleinstehenden Frauen in ihrem Bekanntenkreis hatte Sybylla nie so sehr unter dem Druck gestanden, einen Partner zu finden, daß sie jemals aktiv nach einem Ausschau gehalten hätte. Das Leben war schon kompliziert genug mit der enormen Verantwortung und der mickrigen Befriedigung, die ihr Beruf als Legal-Aid-Anwältin mit sich brachte, und was bei einem Rendezvous ablief, erschien ihr jedesmal wie ein bizarres, sinnloses Ritual, bei dem man Lebensläufe austauschte und peinliche Fragen in bezug auf übertragbare Krankheiten stellte. Doch dann war Sam aufgetaucht, hatte sich, so unwahrscheinlich es auch gewesen war, aus seiner angenehmen beruflichen Situation Uptown in die Niederungen des Foley Square begeben. Er war in das Büro neben ihrem eingezogen und hatte ihr Avancen gemacht, hatte sogar darum gebeten, im Fall Trent die völlig untergeordnete Rolle als ihr Assistent übernehmen zu dürfen, und sie hatte sich nie die Mühe gemacht, das alles mit der Skepsis zu prüfen, die sie für alles andere in ihrem Leben ständig bereithielt! Warum nicht? War es denn etwas ganz Normales, eine steil ansteigende Karriere in einer vornehmen Anwaltsfirma einfach aufzugeben? Kam es tagtäglich vor, daß jemand freiwillig eine starke Gehaltseinbuße in Kauf nahm? Warum wollte ein aufstrebender junger Anwalt seine eigene Arbeit hintanstellen, um beim Fall einer Kollegin die zweite Geige zu spielen? Und war es einleuchtend, daß ein so gutaussehender, charmanter Mann völlig ungebunden in ihr Leben getreten war, keine feste Freundin hatte, geschweige denn eine Ehefrau? Sie hatte immer das Gefühl gehabt, daß er besonders gut zu ihr passe, fast so, als hätte er sie schon vor ihrem ersten Treffen gekannt – als hätte er ihre Interessen gekannt und genau gewußt, was sie an Männern anziehend fand.

Dabei hatte er sich jedoch nie besonders engagiert gezeigt, wenn es herauszufinden galt, warum ihr gemeinsamer Mandant plötzlich wie ein Irrer auf ein kleines Mädchen eingestochen hatte – eine Tatsache, die in starkem Kontrast zu Sams ansonsten so ausgeprägtem Einfühlungsvermögen und seiner Hilfsbereitschaft stand. Von Anfang an war er in bezug auf das Implantat skeptisch gewesen, und als Sybylla den Verdacht geäußert hatte, Trent sei umgebracht worden, hatte er dies einfach abgetan. Er hatte sie weder dazu ermuntert, ihrem Verdacht nachzugehen, noch ihr in der Sache sonst irgendwie geholfen. Erst vor zwei Tagen hatte er ihre Theorie, die GJF sei möglicherweise für Trents Entführung verantwortlich, mit dem Vorwurf beschieden, Sybylla agiere einen ödipalen Konflikt mit ihrem Vater aus, und jetzt schien ihn das Täuschungsmanöver, mit dem sie sich Eintritt verschafft hatte, mehr zu beunruhigen als das, was sie entdeckt hatte.

Larry Randolph Jackson. Sybyllas Blick heftete sich wieder auf das Blatt Papier in ihrer Hand. Der »Old-Spice-Vergewaltiger«, von der Presse schon lange vor der Verhaftung eines Verdächtigen so genannt. Sybylla erinnerte sich, daß es ein nicht ganz unwichtiger, für den Staatsanwalt recht prestigeträchtiger Fall gewesen war. Kein Serienkiller wie der Son of Sam, kein Wild Man, aber doch ein von der Presse aufgebauschter Fall, der nicht aus dem Muster der von ihrem Vater aufgelisteten Verfahren herausfiel. Sie erinnerte sich an Sams so tröstlich auf der Schulter des Mannes liegende Hand. Was für ein mitfühlender Anwalt, hatte sie damals gedacht. Ein Anwalt, der sich an die fast heiligen Prinzipien hielt, die da lauteten: Unschuldsvermutung und Recht des Angeklagten auf einen fairen, ordentlichen Prozeß. Doch wenn unter seinen Juroren einer dieser Zombie-Geschworenen gewesen war, wie hätte ihm das verborgen bleiben können?

Sie schloß die Augen. Wie hätte ihm das verborgen bleiben können?

Sie atmete so laut aus, daß sie den Luftstrom, der ihre Lunge verließ, eher hörte denn spürte.

»Bist du noch dran?« fragte er. »Ich glaube, die Verbin-«

Mit zitternder Hand hängte Sybylla den Hörer ein.

35

Gleich hinter dem Haupteingang des Capitols nannte Sybylla einem der Sicherheitsleute ihren Namen und erklärte, sie wolle an der Anhörung teilnehmen, die ihr Vater im Zusammenhang mit seiner Ernennung zum Richter am Obersten Gerichtshof zu absolvieren habe. Zunächst war der Mann argwöhnisch und sehr formell, doch nachdem er ihren Führerschein überprüft und einen Anruf getätigt hatte, begegnete er ihr plötzlich mit großem Respekt. Man wies ihr ein kleines Zimmer zu, in dem sie warten sollte, bot ihr Kaffee in einer Porzellantasse mit dem Wappen des Senats der Vereinigten Staaten an und versicherte ihr, daß Ms. Baily-Stein, die Gästebetreuerin des Justizministeriums, in Kürze zu ihrer Verfügung stehe.

Sybylla ließ sich in einen der Plüschsessel fallen und versuchte, Sams Verrat aus ihren Gedanken zu verbannen und sich ganz auf die bevorstehende Aufgabe zu konzentrieren. Sie hatte keine Ahnung, wie sie ihrem Vater gegenübertreten oder was sie sagen würde, doch ihre größte Sorge war, daß ihre Riesenwut die extreme Zerbrechlichkeit in den Vordergrund rücken würde, die sie jetzt empfand, und sie bei seinem Anblick peinlicherweise in Tränen ausbrechen würde. Das wäre einfach unmöglich. Sie schüttelte heftig den Kopf. Hier ging es nicht um sie selbst und um ihren Vater, um zwei Menschen mit ausgeprägtem Willen, die sich beim Frühstück ideologische Gefechte lieferten und die uralte Kluft zwischen den Generationen vertieften. Hier ging es nicht um irgend etwas *Privates*, sondern um Männer und Frauen, die entführt, mißhandelt und getötet wurden. Um echte Menschen, verletzliche, im verborgenen lebende Menschen, die keine Wahl und nur wenige Fürsprecher hatten. Sie fühlte sich wie ein Mitglied der Résistance oder eine Agentin des Office of Strategic Defenses, wie die CIA vor dem Zweiten Weltkrieg hieß, die entschlossen war, die Geheimpläne oder den Zeitplan für die Invasion aus dem feindlichen Gebiet herauszuschmuggeln – nicht weil sie mutig oder edel gesinnt war, sondern weil alle Individualität und Subjektivität ihres Charakters durch den fast blinden Drang ersetzt war, die Sache hinter sich zu bringen: Sie war jetzt nicht mehr Botin, sondern nur noch die Botschaft selbst.

»Miss Muldoon?« Eine kunstvoll frisierte Frau trat durch die offene Tür.

»Ja.« Sybylla stand auf.

»Ich bin Helena Baily-Stein.« Sie ging anmutig auf Sybylla zu. »Ich freue mich sehr, daß Sie kommen konnten.«

Die arbeitet bestimmt schwarz als professionelle Hosteß, dachte Sybylla boshaft.

»Ich wollte es mir nicht entgehen lassen«, erwiderte sie, betrachtete Helena Baily-Steins makellose, durch und durch konservative Aufmachung: den leichten Tweedrock, die cremefarbene Bluse, den schlichten Bolero, und schauderte angesichts ihrer eigenen, schon einen Tag lang getragenen und ziemlich mitgenommen aussehenden Sachen.

»Sie sind bestimmt sehr stolz auf Ihren Vater. Ich habe noch nie erlebt, daß ein Kandidat so mühelos durchkam. Er ist ein sehr eloquenter, äußerst brillanter Mann.« Der blonde Kopf mit der Pagenfrisur näherte sich Sybylla. »Ich hatte das große Glück, ihn gestern abend bei einer Cocktailparty hier in der Stadt kennenzulernen. Er ist ja, wie Sie sicherlich wissen, auch ein sehr charmanter Mann.«

Sybylla rang sich ein Lächeln ab. »Ja, so ist er, mein Vater. Können wir jetzt raufgehen? Ich möchte nicht noch mehr versäumen. Gestern und vorgestern war ich verhindert. Mein Job, wissen Sie.«

»Ja, natürlich.« Sie nickte freundlich und hielt Sybylla die Tür auf. »Sie sind ja, glaube ich, ebenfalls im Anwaltsberuf tätig, nicht wahr?«

»Ich bin Pflichtverteidigerin«, erklärte Sybylla nicht besonders enthusiastisch.

»Faszinierend!« ertönte es hinter ihr. »Hier hoch, bitte.«

Sie stiegen die breite Marmortreppe empor; ihre Absätze klapperten auf dem Stein. Sybylla preßte beim Gehen die Hand auf ihre Ledertasche, hörte das gedämpfte Rascheln der Liste und wußte, daß die Blätter noch da waren. Um sie herum ging es zu wie im Taubenschlag. Washington zieht so aktive Menschen an, dachte sie nüchtern, so zielstrebige Menschen, die immer schnell gehen und Begeisterung ausstrahlen. Die Frauen haben eine Wespentaille, lange Beine und starrgesprühtes, aschblond gefärbtes Haar und die Männer einen kräftigen Händedruck und ein gutes Namensgedächtnis – dessen sie selbst sich noch nie hatte rühmen können. Im Gang zum großen Anhörungssaal begegneten ihr einige Leute, die sie vom Sehen kannte – berühmte Senatoren oder entfernt vertraute Gesichter, die sie schon mal im Parlamentssender C-SPAN gesehen hatte, während sie vor riesigen leeren Sälen leidenschaftliche Reden vortrugen –, doch die meisten Gesichter gehörten Leuten, die legislative Funktionen hinter den Kulissen erfüllten: umherhastenden Senatorenmitarbeitern, herumschlendernden Lobbyisten sowie den Paradebeispielen der einheimischen Fauna, den Maklern der Macht, die kaum je ins Licht der Öffentlichkeit traten. Beim Gang durch das Menschengewimmel glaubte Sybylla die Angehörigen dieser letzten Gruppe allein aufgrund der Körperhaltung unterscheiden zu können; sie lehnten meist mit dem Rücken an der Wand, umgeben von zwei, drei oder vier ernsten, ständig nickenden Männern, die die Köpfe zusammensteckten, um mit gedämpfter Stimme gesprochenen Anweisungen zu lauschen. Es war ein Job ohne Berufsbezeichnung, ohne Gehalt und ohne einen genau umgrenzten Aufgabenbereich, doch Sybylla wußte, daß ohne diese Drahtzieher womöglich das ganze System zusammenbrechen oder zumindest seinem auf dem Papier festgelegten Modus operandi zu ähneln beginnen würde, was wahrscheinlich auf das gleiche herauskam.

Vor den Türen zum Anhörungssaal standen dichtgedrängt Reporter, und als Sybylla sich an den vielen Menschen vorbeizwängte, blieb dies nicht unbemerkt. Das Wort *Tochter* begann um sie herum zu sprühen wie Funken und ging schließlich wie ein Dröhnen durch die Menge. Die Leute drehten sich zu ihr um und wichen zurück, um sie besser sehen zu können. Unwillkürlich hob sie die Hand und glättete das ungewaschene, lose herabhängende Haar. Helena Baily-Stein klopfte leise an die Tür, die sich nur wenige Zentimeter weit öffnete, und teilte dem Innenstehenden flüsternd mit, wen sie brachte. Dann wurde das schwere Ding zaghaft so weit geöffnet, daß die beiden Damen hineinschlüpfen konnten. »Vorsicht«, sagte Ms. Baily-Stein zu der hinter ihr gehenden Sybylla und deutete auf die dicken Kabel, die den Boden bedeckten und die Fernsehkameras mit den Lampen und Mikrophonen verbanden. Fast alle richteten den Blick auf sie und betrachteten den Neuankömmling; Sybyllas Gesicht wurde unangenehm heiß. Befangen folgte sie der Gästebetreuerin zur ersten Stuhlreihe, wo zu ihrer leichten Verwunderung ein Platz für sie freigehalten war, auf dem noch das goldgerandete RESERVIERT-Schildchen lag.

»Das ist Ihr Platz«, flüsterte Helena Baily-Stein ihr ins Ohr. »Ich komme wieder, wenn die Sitzung zu Ende ist, für den Fall, daß Sie irgend etwas brauchen.«

Sybylla nickte, völlig eingeschüchtert durch das rote Licht an einer Fernsehkamera, die in ihre Richtung geschwenkt worden war. Sie glaubte ziemlich sicher zu wissen, was dieses aufleuchtende rote Lämpchen zu bedeuten hatte.

Dann war Helena Baily-Stein weg, und Sybylla sah, daß sie gerade mal eineinhalb Meter hinter dem breiten Rücken ihres Vaters stand. Fast nahe genug, um ihn zu berühren. Nahe genug jedenfalls, um die winzigen senkrechten, taubenblauen Streifen im dunklen Stoff seines Anzugs erkennen zu können. Die Männer links und rechts von ihr erhoben sich höflich, als sie auf ihren Stuhl zuging, wandten den Blick jedoch nicht vom Geschehen ab. Sybylla setzte sich vorsichtig und legte die Tasche auf den Schoß.

Die Szenerie mit dem kleinen Tisch des Kandidaten, der direkt vor dem Podest der sitzenden Prüfer stand, war ihr von den bisher im Fernsehen mitverfolgten Anhörungen her vertraut, erschien ihr jetzt jedoch gleichzeitig unglaublich fremd. Die ausdruckslos wirkenden Männer – nach der Thomas-Anhörung hatte es gerade mal eine Frau in den Ausschuß geschafft – blickten stirnrunzelnd auf Dermot hinab – Ausdruck ideologischer Abscheu oder, bei den Konservativen, Masken strikter Aufgeschlossenheit. Schon den dritten Tag saß Dermot heute auf dem heißen Stuhl, und obwohl man vernünftigerweise annehmen konnte, daß jeder Senator sich inzwischen zumindest ansatzweise eine persönliche Meinung über den Kandidaten gebildet hatte, wirkten sie entschlossen, den Anschein reiflicher Überlegung bis zum bitteren Ende aufrechtzuerhalten.

Sybyllas Vater rechtfertigte gerade eine seiner frühesten Urteilsbegründungen, bei der es darum ging, daß in Fällen, in denen Unternehmen – Fluggesellschaften beispielsweise – genau vorgegebene Grenzen in bezug auf die Körpergröße gezogen hatten, die Bürgerrechte für Menschen von extrem kleiner oder großer Statur nicht galten. Seine flach auf der Tischplatte liegende Hand verlieh seinen Worten durch leichtes Anheben gedämpften Nachdruck, und in seiner Stimme klang ein subtiler, auf das Überzeugen seiner Anhörer ausgerichteter Unterton mit. Er ist wirklich gut, dachte Sybylla und begann trotz der durch ihren Kopf wirbelnden Gedanken, seine ineinandergreifenden Argumente für sich nachzuvollziehen. Er nahm verschiedene Fäden aus der riesigen Leinwand der Bürgerrechtsgesetzgebung und verwob sie nahtlos miteinander, wobei er mögliche Kritik schon im vorhinein bedachte und sie mit atemberaubender Sicherheit parierte. Nicht zum erstenmal bedauerte Sybylla, daß Dermot keines der akademischen Angebote angenommen hatte, die ihm im Laufe der Jahre gemacht worden waren. Er wäre ein hervorragender, mitreißender Lehrer geworden, das stand für sie fest, und vielleicht hätte die Universität ihn von der Last befreit, immer weiter aufsteigen zu müssen – von einer Last, mit der er sich innerlich stets abgeplagt und unter der er gelitten hatte.

Aber genau darum war es ihm ja all die Jahre gegangen, darum, auf genau diesem eigentlich völlig normalen Stuhl zu sitzen, auf dem er heute morgen Platz genommen hatte, um die endlosen Fragen dieser Männer und der einen Frau zu parieren, die schon lange, ehe er am Morgen des ersten Anhörungstags den Mund geöffnet hatte, zu einer Ansicht über ihn gelangt waren. Genau darum war es ihm gegangen, von Anfang an und jeden Tag seither. Dem armen Jungen aus Boston, der so intelligent war, daß er es nach Harvard schaffte, dem mit einem Stipendium geförderten Jurastudenten, dem torkelnden Säufer, der seinen Job als Stellvertretender Staatsanwalt verlor, dann jedoch durch den von ihm erreichten *Fentano*-Schuldspruch gerettet worden war – im Leben ihres Vaters war das hier das einzig beständige Ziel gewesen.

Oben auf ihrem Podest fochten die Anhörer gerade ein freundschaftlich gehaltenes Geplänkel darüber aus, wer die nächste Frage stellen sollte. Die daran beteiligten Personen lächelten freundlich für die Kameras, während sie sich gegenseitig den Vortritt gaben, und der Vorsitzende ergriff die Gelegenheit, sie ein bißchen auf den Arm zu nehmen, indem er eine nette kleine irische Geschichte erzählte, in der es um die Grenzen der Höflichkeit ging. Dermot drehte sich auf seinem Stuhl um und sah Sybylla ruhig lächelnd an. Er formte ein *Hallo* mit den Lippen, und plötzlich wußte sie, daß er sich mehr als nur freute, sie hier zu sehen; ihre Anwesenheit bedeutete für ihn eine Art Vervollkommnung, stand als Symbol dafür, daß alles, was er in seinem Leben getan hatte, in diesem Augenblick des Triumphs zusammenfand. Für ihn war es mehr als nur Public Relations – die Anwesenheit der ihn verehrenden, ihm treu ergebenen Tochter –, es entstammte etwas Tiefem, Kompliziertem und doch seltsam Reinem in seinem Charakter, als würde die eingestandene Arroganz, die seine Berufslaufbahn zu diesem strahlenden Höhepunkt getrieben hatte, durch den um einiges bescheideneren Stolz auf Sybylla gemildert. Beim Gedanken an ihn, an das, was sie gleich tun würde, zerriß es ihr das Herz.

Sie hatte keine bestimmte Vorgehensweise geplant. Ausdruckslos erwiderte sie Dermots Blick. Sie spürte, wie ihre Finger den Reißverschluß der Handtasche öffneten und eine kleine Ecke der Liste hervorzogen. Wie aus weiter Ferne nahm sie wahr, daß sein Blick auf ihren Schoß fiel und dort starr verharrte. Dann schloß er die Augen. Seine Gesichtsmuskeln erschlafften wie erlöst. Sie öffnete den Mund. In diesem einen Augenblick sah sie, wie er, der robuste sechzigjährige Mann, sich in eine fragile Körperhülle verwandelte, und sie verabscheute sich deswegen.

Dermot wandte sich wieder dem Ausschuß zu. Er ließ die Schultern hängen und hielt den Kopf gesenkt. Aus den Augenwinkeln sah Sybylla, daß zwei, drei Fotografen seine veränderte Haltung bemerkt hatten und ihre Teleobjektive auf ihn richteten. »Muldoon zeigt erste Anzeichen von Schwäche«, lautete der

Bildtext, den sie im Geist bereits formulierte. Der Ausschuß hatte sich mittlerweile geeinigt. Die Mitglieder kicherten noch über die klugen Bemerkungen der jeweils anderen und setzten dann wieder ihre ernsten, konzentrierten Mienen auf, um sich der verbleibenden Arbeit zu widmen. »Können wir fortfahren, Judge Muldoon?«

Dermot seufzte laut auf. »Herr Vorsitzender, ich möchte um eine kurze Pause bitten. Nur einige Minuten...« Die Veränderung war nicht zu übersehen. Sybylla fand es unglaublich, daß niemand auf dem Podium darauf reagierte. Statt dessen begannen die Zuschauer in der Erwartung, gleich aufstehen zu dürfen, herumzurascheln und zu flüstern.

»Also«, sagte der Vorsitzende leicht erstaunt, »ich denke – nun, warum nicht? Wir hätten ohnehin bald eine Pause eingelegt. Wir treten in einer halben Stunde wieder zusammen. Gentlemen? Senator Tine?« Er erhob sich. Im Raum brach entspanntes Geplapper aus. Dermot blieb reglos sitzen.

Nach einer Weile stand Sybylla auf und stellte sich dicht hinter ihn. »Wir müssen miteinander reden, Daddy.«

»Nicht hier.« Er sprang mit einem Ruck auf und packte sie ziemlich rüde am Handgelenk. »Komm mit!«

Sybylla ließ sich, verlegen lächelnd, an den zahlreichen Glückwünschern und Reportern vorbeiführen. Sie kam sich ziemlich lächerlich vor, wie eine Frau, die mit einem Schlag zu einer Fünfjährigen regrediert war, doch sie wußte, daß ihr im Moment nichts anderes übrigblieb. Sie trottete hinter ihm her, den Blick auf seinen grauen Hinterkopf geheftet. Selbst jetzt wünschte sie sich nichts sehnlicher, als daß es nicht wahr wäre.

Dermots Ziel war offenbar die kleine Seitentür vor ihnen, auf der PRIVAT stand. Er schritt so rasch und zielstrebig darauf zu, daß die Leute respektvoll zur Seite traten. Um so erstaunter war Sybylla, als sie nur wenige Meter vor diesem Ausgang aufgehalten wurden. Sie hob den Blick. Ein großgewachsener Mann war vor ihren Vater und sie getreten, ein Mann, der erst ihn, dann sie anlächelte.

»Hervorragend, Dermot!« sagte Robert Winston. »Einfach hervorragend, deine letzten Ausführungen!« Er wandte sich an sie. »Ach, Sybylla – wie schön, auch Sie hier zu sehen!«

Sie sagte nichts. Was hätte sie auch sagen sollen?

»Laß uns vorbei, Robert.« Die Stimme ihres Vaters klang ruhig, grauenhaft beherrscht.

»Unser Mr. Cates war stark beeindruckt von Ihnen, Sybylla«, sprach Winston weiter, ohne Dermots Aufforderung zu beachten. »Er würde am liebsten unser ganzes Unternehmen an Sie übergeben. Ich bin zwar noch immer nicht völlig überzeugt, daß eine so engagierte Anwältin der Angeklagten wirklich auf die andere Seite wechseln will, aber das müssen natürlich Sie selbst entscheiden, meine Liebe. Sie befinden sich jetzt an einem Scheideweg in Ihrer Berufslaufbahn, ja, in Ihrem Leben, nicht wahr? Es gibt soviel zu gewinnen und so wenig zu verlieren.«

»Das reicht, Robert«, fauchte Dermot ihn an. »Laß uns jetzt vorbei!«

Der Mann zuckte mit den Achseln und trat lächelnd zur Seite. »Freut mich, Sie hier getroffen zu haben, meine Liebe.«

Sybylla ging am Arm ihres Vaters an Winston vorbei. Dermot schloß die Tür hinter sich und seiner Tochter.

Hinten in dem mittelgroßen Raum unterhielten sich einige Männer in kreisförmig zusammengestellten Sesseln. Dermot bat darum, mit seiner Tochter unter vier Augen sprechen zu dürfen; die Männer erhoben sich artig nickend. Als sie den Raum verlassen hatten, ließ Dermot sich auf eine Couch fallen und beugte sich, den Kopf in die Hände gestützt, vor.

»Daddy –«, sagte Sybylla.

»*Nein!*« unterbrach er sie schroff. »*Ich* stelle hier die Fragen. Und ich will kurze, ehrliche Antworten hören. Bloß keine Moralpredigten, ist das klar?«

»Es geht aber auch um moralische Fragen«, erklärte Sybylla.

»Was genau weißt du?«

Es sprudelte erstaunlich schnell aus ihr heraus, ein trockener, nüchterner Vortrag, als handelte es sich um ein Biologiereferat in der Schule. »Ich weiß, daß die GJF ein Tarnunternehmen für das ist, was dein alter Kumpel Robert mit Obdachlosen macht. Ich weiß, daß er sie von der Straße weg entführen und mit LSD vollpumpen läßt, und daß sie dann irgendwie zu Geschworenen programmiert werden – zu Geschworenen, die ihre Entscheidung jeweils entsprechend den ihnen gegebenen Instruktionen fällen, nehme ich an. Ich weiß, daß das schon seit Jahren so geht, und ich weiß, daß du darüber informiert bist.« Sie schüttelte den Kopf. »Daddy, wie konntest du nur –«

»*Warte!*« brüllte ihr Vater sie an. »Warte einfach mal!«

Plötzlich wallte die Wut in ihr hoch. »Nein, ich warte nicht. Ich kann es mir nämlich nicht leisten zu warten, selbst wenn ich gewillt wäre, mich in Geduld zu üben. Diese Leute wissen nämlich, daß ich in ihrem beschissenen Labor war. Ich habe gestern nacht mitangesehen, wie ein Mensch getötet wurde. Ich sitze in der Klemme, und ich brauche Hilfe.«

»Also, das ist nun wirklich die größte Ironie, Sybylla«, sagte Dermot kopfschüttelnd. »Jahrelang habe ich dir meine Unterstützung angeboten. Keine Mühen habe ich gescheut, um dir in bezug auf deinen Beruf Hilfestellungen zu geben, doch du hast sie jedesmal verschmäht. Jetzt stehst du im wichtigsten Augenblick meines Lebens vor mir und schreist mir ins Gesicht, was du von mir willst, denn ganz plötzlich bin ich der einzige, der helfen kann, und ich soll vergessen, wo ich bin und was ich tue, soll vergessen, was es mich gekostet hat, hierher zu kommen – nur weil du mich darum bittest.«

»Du redest, als ginge es hier immer noch um meinen Beruf. Es geht aber inzwischen darum, ob ich am Leben bleibe oder nicht!«

Er hob den Kopf und blickte sie mit schmerzverzerrtem Gesicht an. Sie sah, daß er ihr glaubte.

»Du hast diese Leute immer gedeckt, Daddy. Es ist einfach grauenhaft.« Dermot schüttelte den Kopf. »Doch, du hast sie gedeckt. Du hast die ganze Zeit hindurch diese Liste mit den Fällen geführt. Winston hat dich offenbar ständig auf dem laufenden gehalten. Wie konntest du da nur mitmachen? Selbst wenn man davon absieht, welch moralisch verwerfliche Dinge sie mit diesen Leuten gemacht haben – wie konntest du derartige Manipulationen befürworten? Du hast mich gelehrt, das Recht zu ehren. Ich dachte immer, das gelte für uns beide. Ich dachte immer –«

»Du weißt nicht alles über die Sache«, unterbrach er sie mit gepreßter Stimme.

Sybylla wandte den Blick von ihm ab. »Ich weiß, daß du mich

deshalb gebeten hast, meinen Mandanten Trent fallenzulassen. Ich dachte, du hättest mich darum gebeten, weil du nicht wolltest, daß dein Name mit Trents Verteidigung in Verbindung gebracht wird, und du hast mich in dem Glauben gelassen. Und ich wollte tun, um was du mich gebeten hattest. Ich hätte es für dich getan – *das* ist das Ironische an der Sache, verstehst du? Ich wollte dir helfen.« Bestürzt nahm sie wahr, daß sie zu schluchzen begann. »Ich war so stolz auf dich. Dabei hast du immer nur den Mann da draußen gedeckt. Diesen *Mengele*. Wie konntest du mich bitten, meine Prinzipien für *den* aufzugeben?«

»Du glaubst, du hättest alle Antworten, doch du ziehst es, wie üblich, vor, eine komplexe Situation so zu betrachten, als handelte es sich um eine einfache. Es gibt da eine Vorgeschichte, Sybylla. Du kannst unmöglich –«

»Dann erzähl sie mir endlich!« schrie sie ihn unbeherrscht an. »Wir sind beide hier. Wir sind allein. An der Tür steht ›Privat‹. Erzähl mir, was an Robert Winston so toll ist, daß ich den Verpflichtungen, auf die ich einen Eid geschworen habe, nicht nachkommen sollte, um seine Verbrechen zu decken! Erzähl mir von dieser sogenannten Vorgeschichte, die es dir erlaubt, Komplize von Entführern und Mördern zu sein!« Sie machte eine Kopfbewegung zur Tür. »Dort draußen bist du der nächste Oberste Bundesrichter, aber hier drin bist du nichts anderes als jeder meiner Mandanten: unschuldig bis zum Beweis des Gegenteils. Und noch mehr als bei meinen Mandanten *wünsche* ich mir, daß du unschuldig bist, das kannst du mir glauben. Also, los! Raus damit!«

Dermot erhob sich. »Nicht jetzt.«

»Wir haben nicht alle Zeit der Welt. Winston hat wegen dieser Sache bereits drei Menschen umgebracht. Ich glaube nicht, daß er darauf bedacht sein wird, die Form zu wahren.«

Dermot wirkte perplex. »Wir essen heute abend zusammen. Dann können wir über alles reden.«

»Ich weiß nicht, ob ich bis heute abend warten kann.«

Er sah sie grimmig an. »Nun, und ich weiß nicht, ob ich noch Zeit habe, mich hier mit dir zu unterhalten. Da wäre nämlich noch die unbedeutende Tatsache, daß die Bürger dieses Landes mich in wenigen Minuten in ihren Wohnzimmern zurückerwarten. Hör zu!« Seine Stimme wurde sanfter. »Du darfst nicht glauben, ich nähme die Situation nicht ernst. Das tue ich sehr wohl. Aber bitte denk daran, daß du meine Tochter bist, und das bedeutet mir sehr viel, glaub mir.« Er nickte ihr aufmunternd zu, wie um sich selbst zu überzeugen. »Du bist nicht in Gefahr, Sybylla, glaub mir. Nimm den Ausgang dort drüben.« Er wies mit dem Kopf zur gegenüberliegenden Wand des Zimmers. »Niemand wird dir folgen. Fahr zurück zu unserem Haus und warte dort auf mich. Wir essen heute abend im L'Auberge. Dort sind wir völlig ungestört. Dann erzähle ich dir alles, was du wissen willst.«

»Und Winston?« fragte Sybylla, ein wenig besänftigt.

»Überlaß ihn mir.«

Sie stand langsam auf und schob sich den Riemen ihrer Handtasche über die Schulter.

»Sybylla.«

Sie wandte sich zu ihrem Vater um. Er streckte ihr die Hand entgegen. Einen Augenblick lang glaubte sie, er wolle, daß sie sie schüttle.

»Die Liste.«

Sie schrak zurück. Die Liste war ihr Beweis. Sie war der Nachweis dafür, daß alles, was sie glaubte, wirklich wahr war. Sie spürte, wie ihre Finger das Leder fester umklammerten.

»Nein.«

»Gib sie mir, Sybylla!«

Sie erkannte die Stimme wieder. Es war die Stimme, mit der ihr als Teenager Hausarrest und andere Strafen wegen irgendwelcher Verstöße auferlegt worden waren. Seit mindestens zehn Jahren hatte er nicht mehr so mit ihr gesprochen.

»Warum?«

»Weil sie mir gehört. Weil ich dein Vater bin und dich darum bitte.«

Sie biß sich auf die Lippe. »Tut mir leid, aber ich finde, das reicht nicht.«

Er streckte den Arm aus, packte Sybylla am Handgelenk und umklammerte es mit hartem Griff. »Hör zu, Sybylla! Im Kindesalter war deine Widerspenstigkeit ein Zeichen der Frühreife, und ich freute mich darüber, doch jetzt beruht sie auf Unwissen.

Seit Jahren bist du nun schon in einem überaus abgeschmackten Jugenddrama befangen, doch jetzt ist es Zeit, diese kindische Seite abzustreifen. Egal, was du ansonsten über mich denkst oder über mich zu wissen glaubst, ich bin immer noch dein Vater und vielleicht der einzige Mensch auf der Welt, dem du vertrauen kannst. Hast du mich verstanden? Und nun gib mir bitte die Liste!«

An der Tür zum Saal klopfte es.

Sybylla öffnete den Reißverschluß ihrer Handtasche und gab ihrem Vater die Papiere. Er nahm sie wortlos entgegen und steckte sie sorgfältig in die Innentasche seines Jackets.

»Wir sehen uns am Spätnachmittag oder am frühen Abend im Haus.«

»Glaubst du, daß mir bis dahin nichts passieren wird?«

Sie sah ein kurzes Zögern in seinem Blick. Er nickte. »Ich weiß, daß dir nichts passieren wird.«

»Na gut.«

Sie sah zu, wie er sich umdrehte und in den Anhörungssaal zurückkehrte. Sie ging in die entgegengesetzte Richtung und schlüpfte durch die andere Tür in einen engen, wenig benutzten Korridor. Die große Eingangshalle des Gebäudes war nicht schwer zu finden; mühelos tauchte sie in der Menge der umhergehenden Menschen unter und stieg die Treppe zum Haupteingang hinab.

Vielleicht hatte ihr Vater recht, überlegte sie, während sie die riesigen Türen ohne Hindernis passierte und die lange Außentreppe hinunterschritt. Es war ein schöner, blauer, völlig unbedrohlich wirkender Frühlingstag. Als sie die Mall hinunterblickte, sah sie, daß es in der Stadt von Touristen wimmelte: Riesige Menschenmengen entstiegen den Sightseeing-Bussen, und vor der Kuppel des Capitols posierten Familien für Fotos. Angesichts all dieser glücklichen Ahnungslosigkeit überkam sie plötzlich totale Erschöpfung. Sehnsüchtig dachte sie an ihr Haus, gierte mit berauschender, körperlicher Intensität nach Schlaf. Und nach einem Bad. Als sie an dem Parkplatz angelangt war, auf dem sie den Volvo abgestellt hatte, spürte sie förmlich bereits, wie ihre Beine ins dampfende, heiße Wasser glitten. Sie war so auf dieses innere Bild konzentriert, daß sie den Mann, der zwischen zwei parkenden Autos hindurchhuschte, dabei ihren Weg kreuzte und ihr einen Augenblick lang die Sonne nahm, nicht sah. Egal. Er sah sie.

Es war ein brennender, doch barmherzig kurzer Schmerz, der im sich sofort verkrampfenden Oberschenkelmuskel begann und sich schneller ausbreitete, als sie ihn wahrnahm. Erst als es schon fast vorbei war, wurde ihr überhaupt bewußt, daß sich etwas ereignet hatte. Hände fingen sie auf, als sie fiel.

36

Zusätzlich zu den weit größeren Unannehmlichkeiten, die durch den Fall Trent in Sams Leben gekommen waren, hatte sich seine eigentliche Arbeit so angehäuft, daß er bis zur Mittagspause kaum einen Bruchteil des Rückstands aufgeholt hatte und seine Laune alles andere als gut war. Die offenbar verrückte Dame im Büro nebenan war zwar abwesend, doch Sams Fassungslosigkeit und seine Wut auf Sybylla nahmen die Mittagspause zum Anlaß, ihn mit neuer Heftigkeit zu attackieren.

Alles hatte sich so gut angelassen zwischen ihnen beiden, dachte Sam verbittert und ordnete den Stapel mit den bearbeiteten Unterlagen. Als er ein ausreichend großes Stück Schreibtischfläche freigelegt hatte, zog er eine fettige Tüte hervor und packte traurig ein mittlerweile durchgeweichtes Thunfischsandwich aus. Sybyllas spröde, sarkastische Art hatte ihn berührt, denn dieses Verhalten verbarg so offensichtlich ihre eigentliche Verletzlichkeit, und als sie nachgegeben und ihm erlaubt hatte, in ihr Leben zu treten, hatte er dieses Leben als sehr angenehm, sehr vergnüglich und vor allem als sehr interessant empfunden. Die Ehe seiner Eltern basierte auf Gesprächen, auf dem ständigen Durchdiskutieren aller möglichen Themen. Sein Vater, ein Arzt, und seine Mutter, eine Malerin, hatten es offenbar gelernt, die wichtigste Regel für erfolgreich durchgeführte Meinungsverschiedenheiten zu befolgen, welche besagte, daß man unter keinen Umständen jemals persönlich wurde. Sam erinnerte sich, als Kind Zeuge wütender Wortwechsel über aktuelle Ereignisse, über die Inhalte der Schul-Lehrpläne, die ethischen Grundsätze der Biomedizin, die Bedeutung der nordeuropäischen Renaissancemalerei im Vergleich mit der südeuropäischen Renaissancemalerei gewesen zu sein, und entsann sich sogar ebenso lebhaft ausgetragener Auseinandersetzungen über die korrekte Art, eine Zahnpastatube auszudrücken. Er und sein Bruder wurden angehalten, die Zeitungen nach weiterem Streitmaterial zu durchforsten, und buchstäblich nichts galt als tabu.

Jahre später, als Sam endlich darüber nachzudenken begann, warum er die schlechte Eigenschaft entwickelt hatte, eine Freundin nach der anderen zu verschleißen, hatte es einige Zeit gedauert, bis die beträchtliche Liste seiner Frauen in eine logische Ordnung gebracht war. Auf den ersten Blick hatten diese Frauen alle völlig verschieden gewirkt: Es waren hübsche und häßliche darunter, nette und fiese, Frauen, die seine nicht unbeträchtlichen intellektuellen Fähigkeiten bei weitem übertrafen, und solche die, kurz gesagt, ziemlich dumm gewesen waren. Es waren Frauen dabei, die ihn hatten heiraten wollen, und Frauen, die sich wahrscheinlich nicht einmal mehr an ihn erinnert hätten, wenn er ihnen an diesem Abend begegnet wäre, sowie eine ganze Reihe Frauen, die zwischen den beiden Extremen anzusiedeln waren. Doch keine hatte wirklich zu ihm gepaßt, denn keine hatte wirklich zu reden gewußt, das war ihm damals klargeworden.

Mit Sybylla war das anders. Wehmütig lächelnd biß er in sein mäßig schmeckendes Sandwich. Diese Frau wußte ihr Mundwerk einzusetzen! Er erinnerte sich an das, was Steiner an seinem ersten Tag bei Legal Aid über sie gesagt hatte: »Man hat ihr von kleinauf beigebracht, beide Seiten einer jeden Sache zu betrachten.« Sams Lächeln verwandelte sich unwillkürlich in ein breites Grinsen. Mit einer solchen Frau würde es lange, sehr lange etwas zu reden geben.

Außer daß – unterbrach er seinen Gedankenstrom.

Außer daß sie schlicht und ergreifend verrückt war. Nur ein kleines Detail.

Der unüberwindbare Groll, der in ihm schwärte, seit sie an diesem Morgen einfach aufgelegt hatte, schoß wieder empor. Er schüttelte den Kopf. Es hatte alles ganz langsam begonnen; zuerst waren es nur einzelne paranoide Anzeichen gewesen. Die hätten ihm schon eine Warnung sein sollen, doch er hatte blind alles geglaubt, was sie ihm erzählt hatte, ohne daran zu denken, daß sie möglicherweise in irgendeinem verrückten persönlichen Drama gefangen war. Daß Leute sie verfolgten, die alte Obdachlose, die wohl einfach weitergezogen war, der tragische Tod ihrer Freundin – das alles hatte sie offenbar zu einer großen, gegen sie gerichteten Verschwörung verwoben. Dabei mußte man ja zugeben, daß dem Fall Trent durchaus etwas Mysteriöses anhaftete. Sicherlich bedurfte es gründlichen Nachdenkens, wenn ein Mann ein solch extremes Verbrechen an einem Kind verübte, das er überhaupt nicht kannte. Doch selbst in seiner Anwaltsfirma Uptown hatte Sam es geschafft, stets über die aktuellen Geschehnisse in der Stadt informiert zu sein, und heutzutage hatten nun einmal viele Verbrechen etwas Widerliches, Zufälliges, scheinbar Unverständliches. Menschen taten anderen, die sie noch nie gesehen hatten, ständig schreckliche, unerklärliche Dinge an. Sybylla war vielleicht darauf angewiesen, in jedem Aspekt der sie umgebenden Welt eine rationale Ordnung aufzufinden; Sam war der Ansicht, daß es schlicht und einfach manchmal scheiße lief.

Bei ihr lief es, zugegebenermaßen, ziemlich oft scheiße, doch jetzt sah Sam sich, so leid es ihm tat, gezwungen, darüber nachzudenken, ob nicht einige der sie bedrohenden Gefahren möglicherweise ihrem eigenen liebreizenden Köpfchen entsprungen waren. Trents Prozeß, Sybyllas erster wirklich prestigeträchtiger Prozeß, stand bei Sams Wechsel zu Legal Aid unmittelbar bevor, und er erkannte, daß der Druck auf sie enorm gewesen sein mußte. Der Frust darüber, die plausibelste Verteidigungsstrategie für Trent aufgeben zu müssen, hatte alles sicherlich noch schlimmer gemacht, und daß sie dann durch Dermots Nominierung auch noch von einem Tag auf den anderen ins Blickfeld der Öffentlichkeit geriet, hatte ihr offenbar den Rest gegeben. Sam gab ihr nicht alle Schuld. Aber er konnte sie auch nicht von jeder Schuld freisprechen.

Wann hatte er begonnen, das Gewebe aus paranoiden Phantasien, das sie ihm vorlegte, anzuzweifeln? Als sie mit dem Implantat ankam? Was wußte er denn wirklich darüber? Das Ding sah aus wie ein Alka-Seltzer, verdammt noch mal. Er konnte nicht mal ausschließen, daß es ein Alka-Seltzer war.

Der Analysebericht? Bewies gar nichts. So unangenehm ihm die Vorstellung auch war – sie hätte ihn problemlos selbst schreiben können.

Es bereitete ihm wahrlich kein Vergnügen, Sybylla derartiges zu unterstellen, aber er kam nun einmal nicht darum herum: Ihr theatralisches Gehabe war mit der Zeit so auffällig geworden, daß sie ihm nicht weniger unzurechnungsfähig zu sein schien, als Trent es eindeutig gewesen war. Seit dessen Tod hatte sie sich noch mehr in ihr Wahnsystem hineingesteigert und sich auf das unsinnige »Erinnern, erinnern« ihres Mandanten fixiert (das wiederum, wie Sam jetzt mit aller Deutlichkeit sah, ein beredtes Zeugnis für *dessen* Geisteskrankheit abgab, welche Sybylla kurioserweise mit einer immensen Bedeutung aufgeladen hatte) sowie auf den Freund ihres Vaters, den Mann, der das Beratungsunternehmen leitete.

Und so war es weitergegangen, immer tiefer hinein in das Netz ihrer schrecklichen Verdrehungen, bis zu ihrem Anruf an diesem Morgen. Sam seufzte auf. Was Sybylla, ihrer eigenen Aussage nach, getan hatte, war ein großer Schock für ihn gewesen. Daß sie, eine Anwältin, derartig unverfrorene Rechtsbrüche begangen hatte, verstörte ihn zutiefst. Die Vorstellung, daß sie in der GJF herumgeschnüffelt hatte, empörte ihn fast genauso wie das, was sie dort angeblich gesehen hatte.

Mit diesen Behauptungen war Sybylla nun endgültig zu weit gegangen. Obdachlose von der Straße weg entführt? LSD und Elektroschock? Unterirdische Labore? Als sie auf den Old-Spice-Fall zu sprechen gekommen war und Sam persönlich in den gigantischen, mit kleinsten Details versehenen Wirbel ihrer paranoiden Wahnvorstellungen gezogen hatte, war ihm klargeworden, daß sie völlig den Verstand verloren haben mußte.

Doch so entrüstet er auf ihre Anschuldigung der Komplizenschaft auch reagierte, ihm war klar, daß die treibende Kraft, die Sybylla in dieses innere Chaos gebracht hatte, aus einer völlig anderen Phase ihres Lebens stammte, aus einer Phase, die nun einmal ihr wunder Punkt war. Er erkannte, daß in der Mitte von Sybyllas Netz aus Anschuldigungen und irrationaler Angst ein klassischer, im Grunde ganz normaler Vater-Tochter-Konflikt lag, der völlig außer Kontrolle geraten war. Er sah deutlich, daß sie ihren Vater bewunderte und liebte, konnte aber nicht die Augen davor verschließen, daß sie gleichzeitig entschlossen schien, Dermots Ernennung zu verhindern, selbst um den Preis ihrer eigenen beruflichen Integrität. Der Bekanntgabe der Nominierung waren ihre haarsträubendsten Behauptungen und Handlungen gefolgt, und als ihre wüste Geschichte an diesem Morgen schließlich bei Dermots sogenannter Liste gelandet war, hatte er die Situation plötzlich klar erkannt. Er hatte, mit anderen Worten, erkannt, daß er selbst nur ein Nebendarsteller in diesem Drama war, das sich nun als eine Zwei-Personen-Show mit Sybylla und ihrem Vater in den Hauptrollen entpuppte. Er schloß die Augen und stellte sich vor, wie sie jetzt in Washington ihre kleine Liste fest in der Hand hielt, gewappnet, die Ernennung ihres Vaters zu verhindern und sein Leben zu zerstören, und er schämte sich für sie, schämte sich für die Schande, die sie offenbar um jeden Preis auf sich häufen wollte. Doch genau in dem Moment, als ihm diese Einsicht gekommen war, hatte Sybylla aufgelegt und ihm die winzige Chance genommen, sie zur Vernunft zu bringen.

Für ihn war es damit aus und vorbei. Sam schüttelte den Kopf. Er konnte nicht mehr. Sollte Sybylla ihre Achterbahnfahrt fortsetzen, er stieg jetzt und hier aus. Er hatte ohnehin nicht das Gefühl, als könne er das selbst entscheiden – die Situation war ihm eindeutig aus der Hand geglitten. Doch so weh es auch tat, er konnte wohl sogar noch von Glück sprechen. Sie hatte ihm großen Schmerz zugefügt, aber er hatte immerhin noch seinen Beruf, und zwar einen sehr ehrenwerten. Wieder kam Groll in ihm auf, als er sich noch einmal ihre unerhörte Anspielung auf seine Komplizenschaft innerhalb ihrer imaginären Verschwörung vor Augen führte, und er biß wütend in sein deprimierendes Sandwich. Zugegeben, er war alles andere als ein erfahrener Prozeßanwalt – die Old-Spice-Sache war sogar sein erstes Voir-dire in einem Strafverfahren gewesen –, dennoch konnte er sich nicht vorstellen, einen unter Drogen stehenden, vorprogrammierten Geschworenen nicht als solchen erkannt zu haben, wenn er wirklich auf der Geschworenenbank gesessen hätte. Das war einfach absurd, völlig absurd, ganz und gar absurd.

Als ob diese Überzeugung einer Bestätigung bedurfte, ertappte er sich dabei, wie er die Aktenschränke vor seinem Schreibtisch betrachtete. Er wußte genau, wo die Mappe mit den Unterlagen über das Verfahren stand, sah förmlich das braune Papierschildchen vor sich, auf das er mit blauer Tinte in seiner zackigen Schrift *Jackson, Larry Randolph* geschrieben hatte, und darin den Packen gelber Blätter mit seinen Voir-dire-Notizen. Er hatte sie, fiel ihm ein, aufbewahrt, um später, wenn er bei der Geschworenenauswahl erfahrener war, daraus zu lernen.

Gereizt verzog er das Gesicht. Jetzt mußte er natürlich nachsehen. Die Vorstellung, es zu tun, wurde in Verbindung mit der fragwürdigen sinnlichen Begleiterscheinung des faden Thunfischs so lästig, daß er sie nicht mehr beiseite schieben konnte. Er stand auf, ging, leise vor sich hin murmelnd, um seinen Schreibtisch herum und kehrte mit der Aktenmappe zu seinem Stuhl zurück.

Die Blätter waren völlig ungeordnet, und seine hingekritzelten Notizen betrafen nicht nur die zwölf Geschworenen, die letztlich ausgewählt worden waren, sondern auch die vielen anderen, die man begründetermaßen oder aufgrund seiner oder Greers Ablehnung ohne Angaben von Gründen entlassen hatte. An keinen einzigen von ihnen konnte er sich mehr erinnern, trotz der gelegentlich aus dem Bauch heraus getroffenen und notierten Einschätzung: »Wirkt zu sehr darauf bedacht, dabeizusein«, oder »Hat offenb. Angst v. d. Angeklagten«. Die Namen, das Alter, die Berufe und Wohnviertel flogen unter seinem Blick dahin, verschwammen zu einem undeutlichen Bild der riesigen Stadt: Bäcker, Börsenmaklerin, Immobilienhändler, Sozialhilfeempfängerin, Barmann, Zeitungskioskbesitzer, Angestellte bei der Stadtreinigung –

Zeitungskioskbesitzer. Sam konzentrierte sich. An den konnte er sich erinnern: Wade Jones. Ein schwerer Mann, schon leicht ergraut. Er war von beiden, von ihm und Greer, akzeptiert und später zum Obmann der Jury gewählt worden. Sam las die Notizen über ihn durch: »62 J., hat Zeitungskiosk Ecke Warren und B'way, in NY geboren, liest ›jede‹ Zeitung, kein Verbr.opfer, 2 Töchter, 1 J. College.« Nicht gerade viel. Jedenfalls nicht genug, um sagen zu können, ob Mr. Jones ihn zum Gelackmeierten in einer gigantischen Jurymanipulation gemacht hatte. Er las die kurzen, wenig aussagekräftigen Informationsbrocken ein zweites Mal. Der Zeitungsstand Ecke Warren Street und Broadway befand sich ganz in der Nähe, nur einen kurzen Spaziergang entfernt. Zu nah, dachte Sam. Der Zwang, sich Mr. Jones anzusehen, wuchs in ihm und machte ihn wütend auf sich selbst. »Verdammt«, sagte er laut zu seinem nicht aufgegessenen Thunfischsandwich. Die Sache nagte an ihm. Er warf die Überreste des Mittagessens in den Papierkorb und griff nach seiner Jacke. »Also dann...« Eine Zeitung brauchte er sowieso. Er würde einfach mal zu dem Kiosk rübergehen und seinen ehemaligen Jury-Obmann fragen, ob er ein Zombie aus einem unterirdischen Labor sei oder, bei einer abschlägigen Antwort, ob er zufälligerweise solche Zombies unter den Geschworenen, deren Vorsitzender er gewesen war, bemerkt habe. Wenn ich diese idiotische Sache hinter mich gebracht habe, sagte er sich, kann ich den ganzen Wahnsinn und seine unselige Urheberin endlich vergessen und mich um meine eigenen Angelegenheiten kümmern.

Zehn Minuten später bog er am City Hall Park um die Ecke und sah den mit Boulevardblättern und Modezeitschriften behängten Zeitungskiosk, in dessen Inneren etwas diskreter die Sexmagazine aufgereiht waren. Beim Näherkommen beobachtete er aufmerksam den in der Kabine sitzenden Mann und kam sich zunehmend albern vor, je vertrauter ihm die Gestalt wurde: der feste, hochgewachsene Körper, der runde Kopf und die großen Ohren, die unter einer Mütze hervorlugten, der schmale, gerade Mund mit dem Stoppelbart. Verlegen ließ er die Münzen in der Hosentasche klimpern und tat so, als läse er die Titelseiten der Zeitungen, während er sich den nächsten Schritt überlegte. Das konnte er doch nicht machen! Er biß sich auf die Unterlippe. Er brachte es nicht über sich, diesen völlig unscheinbaren, redlich seiner Arbeit nachgehenden New Yorker über Sybyllas Hirngespinste auszufragen. Stirnrunzelnd betrachtete er die *Village Voice* (Skandal in der städtischen Wohnungsbaubehörde), den *Newsday* (Leichen auf einer Mülldeponie in Long Island) und die *Daily News* (Donald Trumps Liebesleben). Die Nachmittagsausgabe der *Post* schrie ihm zu seiner Verärgerung genau das Thema entgegen, das er am meisten umgehen wollte

– ein Foto von Dermot Muldoon vor dem Justizausschuß mit müdem, bleichem Gesicht. MULDOON ZEIGT ERSTE ANZEICHEN VON SCHWÄCHE, lautete der Bildtext. Und hinter seiner rechten Schulter sah man die verschwommene obere Hälfte eines Körpers, mit dem Sam erst kürzlich intimen Kontakt gehabt hatte. Wenigstens wußte er jetzt, wo Sybylla war, dachte er, griff trotzig nach Donald Trump und legte das Geld hin.

»Danke«, sagte jemand. »Ach, Sie sind's!«

Sam blickte auf. Der Mann grinste ihn an. »Tut mir leid«, hörte Sam sich sagen, wie um sich für sein lächerliches Täuschungsmanöver zu entschuldigen, und zuckte mit den Achseln.

»Sie können doch nichts dafür«, erwiderte Wade Jones grinsend und die Sachlage von Grund auf mißverstehend. »In Ihrem Job kommt das doch wahrscheinlich ziemlich oft vor.« Er nickte freundlich. »In meinem auch.«

»Ja.« Sam rollte die Zeitung nervös zusammen.

»Das war der Fall, wo dieser Mann mit dem Rasierwasser diese vielen Frauen vergewaltigt hat. Sie haben ihn verteidigt.« Entschuldigend fügte er hinzu: »Tut mir natürlich leid, aber... war nun mal unsere Pflicht, wissen Sie.«

Sam runzelte die Stirn. »Wie bitte?«

»Der... wir haben ihn verurteilt. Das wissen Sie aber doch!« Er schmunzelte. »Ich war der Sprecher der Jury.«

»Aaach ja.« Sam nickte. »Ja, natürlich, Mr. Jones. Selbstverständlich erinnere ich mich an Sie. Schön, Sie wiederzusehen.« Am besten hörte er auf, solange er die Situation noch unter Kontrolle hatte. Er tat einen Schritt zurück und wandte sich zum Gehen.

Der Zeitungskioskbesitzer ignorierte die Geste und sprach weiter. »Dachte mir, jetzt nutz' ich die Gelegenheit. Hab' Sie nach dem Prozeß gesucht, aber Sie waren schon weg. Wollte Ihnen nur sagen, daß es mir leid tut.«

Sam runzelte die Stirn. »Warum sollte es Ihnen leid tun? Wegen des Schuldspruchs, meinen Sie? Dafür müssen Sie sich nicht entschuldigen. Es war Ihre Pflicht, ein Urteil zu fällen. Mit einer solchen Entscheidung kann man es nicht jedem recht machen.«

Jones schwieg und bediente eine Frau im langen Regenmantel. »Nein, das weiß ich ja, aber... Also, Sie haben Ihre Sache wirklich gut gemacht damals. Bei der Verteidigung von dem Typen, meine ich. Ist ja auch nicht leicht zu beurteilen und so. Wie Sie das beschrieben haben, daß diese Frauen den Mann eigentlich gar nicht richtig gesehen haben, sondern nur gerochen! Und schließlich benütze ich selbst Old Spice. Schenkt mir meine Tochter immer zum Vatertag. Deshalb hab' ich mir die ganze Zeit gedacht, könntest genausogut du sein.«

Sam seufzte. »Nun ja, die Identifizierung ist immer eine heikle Sache – vor allem wenn die Leute unter Schock stehen. In einer so traumatischen Situation reduzieren sie manchmal alles Wahrgenommene auf ein einziges Detail – auf eine Narbe, eine bestimmte Frisur oder eine auffällige Stimme. In diesem Fall war es eben der Geruch. Es gab bei der Sache, ehrlich gesagt, mehrere Unstimmigkeiten, aber die werden im Revisionsverfahren behandelt und sagen nichts über die Entscheidung der Geschworenen aus, sondern haben damit zu tun, was ich der Jury mitteilen durfte und was nicht. Sie brauchen sich also überhaupt keine Gedanken zu machen – das möchte ich Ihnen ausdrücklich versichern. Sie sind in das Geschworenenzimmer gegangen und haben darüber diskutiert und sind zu einem Jury-Urteil gekommen.«

»Ja, schon«, erwiderte Wade Jones nickend. »Aber... Also, genau deswegen hab' ich nämlich gemeint, daß es mir leid tut. Das haben wir nämlich eigentlich gar nicht gemacht – so beraten.«

Irgendwo in Sams Schädel zuckte ein feiner Schmerz auf. Er ignorierte ihn.

»Sie haben nicht beraten?«

»Na ja, nicht besonders lange. Wissen Sie, ein paar von uns fanden, wir sollten nicht versuchen, mit dem Kopf durch die Wand zu wollen. Bringt ja nichts. Und als wir sahen, was Sache war, haben wir mehr oder weniger einfach okay gesagt.« Er schob das Kinn vor und wandte den Blick zur Seite. »Am Anfang haben wir es schon sehr gründlich gemacht. Ich war der Sprecher und hab' die Beratung so geleitet, wie's auf dem Blatt mit den Richtlinien stand, das die mir gegeben haben. Die erste Abstimmung war sieben zu fünf für einen Schuldspruch. Da haben wir uns dann also hingesetzt, um darüber zu reden, wie man's uns gesagt hatte. Und die Leute waren auch wirklich bereit dazu. Es war zwei Uhr nachmittags oder so, und an dem Tag hätte sowieso keiner mehr gearbeitet, und wir haben angefangen, und jeder hat gesagt, also, aus den und den Gründen glaube ich, daß er schuldig ist, oder, aus den und den Gründen bin ich mir nicht sicher, wegen der Identifizierung und so. Alle außer dieser einen Frau. Die saß immer nur da und hat uns angelächelt. Da hab' ich irgendwann zu ihr gesagt: ›Und was meinen Sie, Miss?‹ Da hat sie angefangen über die Tat zu reden und was diese Frauen mitgemacht haben und daß die Polizei den Kerl nie gefaßt hätte, wenn das eine Opfer ihn nicht zufällig auf der Straße gesehen hätte und ihm gefolgt wäre, obwohl sie Angst gehabt hat, und das müßte man als eine Art Vermächtnis ihres Mutes sehen, was ja auch stimmt. Also, wir haben alle dagesessen und genickt, als ob wir plötzlich alle überzeugt wären, daß der Kerl der *richtige* Mann ist, was wir ja schließlich entscheiden sollten, richtig?«

»Richtig«, sagte Sam. Er sprach das Wort wie eine Frage aus.

»Und dann hat sie davon angefangen, daß die Stadt früher nicht so gewesen wäre. Daß so ein Gewaltverbrechen wie das früher was ganz Seltenes und Schreckliches war, und jetzt nehmen wir so was ganz gelassen hin. Wir würden hier sitzen und über die winzigkleine Möglichkeit nachdenken, daß der Typ nicht derjenige ist, der die Frauen vergewaltigt hat, obwohl die Frauen selbst sagen, daß er's ist, und was das für eine Beleidigung den Menschen gegenüber wäre, die Schaden genommen haben und dann das einzig Richtige getan haben, indem sie's nämlich der Polizei gemeldet haben und bereit waren, darüber auszusagen, ganz zu schweigen davon, daß sie mitgeholfen hätten, den Kerl zu fassen und dadurch wahrscheinlich vielen andern Frauen erspart hätten, daß ihnen dasselbe passiert. Und ich weiß nicht, je länger sie geredet hat, um so mehr haben wir anderen über die anderen Verbrechen nachgedacht, über die man jeden Tag liest oder die Leuten passiert sind, die wir kennen, und dann haben wir angefangen, uns gegenseitig von solchen Verbrechen zu erzählen. Wissen Sie, eine Freundin von der Kollegin meiner Frau ist im Aufzug in ihrem Haus in Queens vergewaltigt worden, und den Kerl haben sie nie gefaßt. Irgend jemand hat von einem kleinen Mädchen erzählt, das tot in Brooklyn in einem Kühlraum lag, und man hat nicht mal gewußt, wer sie war. Und ziemlich bald hatten wir alle das Gefühl, wir haben jetzt die Chance, in einem kleinen Bereich etwas richtig zu machen. Immerhin hatten sie den Kerl gefaßt und vor Gericht gestellt, und alle Zeugen haben erzählt, was er mit ihnen gemacht hat – was hätten wir denn tun sollen? Ihn einfach nach Hause schicken?«

Sam seufzte. »Aber ich verstehe immer noch nicht... Mag ja sein, daß es keine Beratung wie im Film war. Sie haben keine Skizzen gezeichnet und die Tat nicht nachgespielt oder ähnliches, aber Sie haben sich doch beraten. Diese Dame konnte eben gut überzeugen. Sie hat Sie überzeugt.«

»Na ja, aber eigentlich eben nicht.« Er drehte sich um, griff nach oben und reichte einem Mann im Anzug ein *Penthouse*. »Sie hat uns eigentlich nur dazu gebracht, daß wir nicht mehr über die... die wichtigen Punkte nachgedacht haben, die Sie im Prozeß angesprochen haben. Und als sie mit ihrer Rede fertig war, fand ich zwar noch immer, daß man über diese Sachen sprechen müßte, aber sie hat gesagt, sie würde nie anders stimmen, basta. Wenn wir anderen weiterreden wollten, ihr sollte es recht sein, aber für sie wäre die Sache gelaufen. Und da war's dann schon so, daß die meisten in der Jury genauso dachten wie sie, und nur zwei oder drei wollten überhaupt noch weiterdiskutieren. Da haben wir uns alle angesehen und gesagt, was soll's, verstehen Sie? Hatte einfach keinen Sinn, weiterzumachen. Wir wären zu keinem Spruch gekommen, und was hätte das gebracht? Da haben wir dann also gesagt, okay, in Ordnung und aufgehört. Aber mir war nicht wohl bei der Sache, und deshalb wollte ich Ihnen das sagen.«

Sam klopfte gedankenverloren mit der zusammengerollten Zeitung auf die Innenfläche der anderen Hand. »Danke, Mr. Jones, ich weiß Ihre Ehrlichkeit zu schätzen. Aber Sie brauchen sich trotzdem nicht zu entschuldigen. Jurys bestehen nun einmal aus ganz normalen Bürgern. Das ist ja gerade der springende Punkt in unserem Rechtssystem, daß die Leute, die über uns urteilen, genauso sind wie wir – unseresgleichen. Wir können von Geschworenen nicht erwarten, daß sie Übermenschen sind. Wir müssen uns mit ganz normalen Leuten begnügen.«

Wade Jones begann zu kichern. Sam sah, daß einer seiner Schneidezähne schwarz war. »Ja, schon, aber diese Frau war für meine Begriffe nicht ganz normal. Erinnern Sie sich an sie?«

Der feine zuckende Schmerz glitt Sams Nacken hinab. Er ignorierte ihn noch immer.

»Nein, das kann ich nicht behaupten. Es ist ja auch schon eine Weile her –«

»So rote Haare, knallrote Haare. Und 'ne ziemlich bleiche Haut. Mitte sechzig, schätzungsweise.« Sam lächelte den Mann starr an und warf einen verstohlenen Blick auf seine Uhr. Er konnte es kaum erwarten, an seinen Schreibtisch zurückzukehren. »Den ganzen Prozeß über hat diese Frau kein einziges Wort gesagt. Wissen Sie, immer wenn sie uns rausgeschickt haben, damit sie über Sachen reden konnten, die wir nicht hören sollten, haben wir uns auf dem Gang miteinander unterhalten. Über unsere Kinder, über unsere Jobs. Nie über den Prozeß oder so – Sie wissen schon, wie man halt so redet. Auch über aktuelle Sachen. Aber sie hat immer bloß gelächelt und ja oder nein gesagt und sich bedankt, wenn man ihr einen Platz angeboten hat. Ich sag's Ihnen, wie's ist: Nach 'ner Weile fand ich's richtig gruselig, wie sie immer alles beobachtet hat. Aber meine Meinung über sie habe ich nie geändert – über diesen *Typ* Frau, verstehen Sie?« Er legte eine kurze Pause ein. »Ich möchte Ihnen mal was erklären, Mr. Larkin. Ich bin ein ziemlich guter Menschenkenner, und im Grunde gibt es nur ein paar Menschentypen, auch wenn es immer heißt, jeder Mensch ist ganz anders als die andern und all dieser Mist. Ich hab' schon nach ein paar Jahren in diesem Geschäft gewußt, wenn jemand auf meinen Stand zukam, welche Zeitung oder Zeitschrift er kaufen würde. Es gibt *Nation*-Leute und *National Review*-Leute, verstehen Sie? Ob einer ein Modemagazin, ein Sexheft oder *Variety* will, sieht man ihm einfach an. Soll nicht heißen, daß ich mich nie irre, aber meistens spür' ich's schon vorher, ob ein Typ mich überfallen oder ein Musikmagazin kaufen will. Aber ich sage Ihnen, bei der Frau hab' ich mich total vertan.«

»Tja, klingt ganz danach«, sagte Sam ausweichend und rieb

sich den Nacken. Er wußte zwar nicht recht, worauf der Mann hinauswollte, aber ihm zuzustimmen, schien die beste Möglichkeit für einen Abgang zu sein.

»Ihnen kann ich's ja sagen.«

Sam blickte stirnrunzelnd zu ihm auf.

»Schauen Sie, ich habe damals nur deshalb auf die Frau geachtet, weil man solche wie die nicht mehr oft sieht. Früher gab es noch viele solche Exemplare in der Stadt. Die gute alte linke New Yorkerin, Sie wissen schon. Die Schrullen, die die Democratic Clubs leiteten und ständig rumliefen und die Leute überredeten, daß sie sich in die Wählerlisten einschreiben. Ich hab' echt lachen müssen. Hab' nämlich 'ne Tante, die genauso ist. Die hat mal mitten vor Saks 'nen Tisch aufgestellt und Werbung für Amnesty International gemacht. Also, diese Frau in der Jury hat damals bei der Auswahl gesagt, daß sie Rentnerin ist, aber ehrenamtlich Leute unterrichtet, die nicht lesen können. Und sie hat so ein Schleifchen getragen, das die Filmstars und Sänger immer tragen, so ein Aids-Schleifchen, Sie wissen schon. Deshalb hab' ich auch den ganzen Prozeß über gedacht, wenn wir ins Geschworenenzimmer gehen, sagt die totsicher, daß er doch so lieb und nett aussieht und unmöglich all diese Frauen vergewaltigt haben kann. Oder daß er wohl schon viel Leid in seinem Leben hat ertragen müssen und deswegen so in Schwierigkeiten geraten ist und lauter so dummes Zeug. Und ich selbst dachte ja, vielleicht war er's doch nicht, verstehen Sie? Nicht weil er nett ist oder als Kind mißbraucht worden ist, sondern ganz einfach, weil sie vielleicht den Falschen erwischt haben, so wie Sie's gesagt haben.« Er schüttelte den Kopf. »Ich sag' Ihnen, bei der Geschworenenauswahl hab' ich mir gedacht, der Staatsanwalt muß echt 'nen Schaden haben, daß er die akzeptiert. Man hat's ihr nämlich angesehen. Sie hat zwar nicht gerade eine Hippiekette oder so was getragen, aber man hat's einfach gesehen.« Er machte eine Pause. »*Ich* hab's jedenfalls gesehen. Ich kenne meine verschiedenen Menschentypen, hab' ich Ihnen ja schon gesagt. Ich hab' mich wirklich gefragt, wieso läßt der Staatsanwalt so 'ne Linke als Geschworene zu? Man sollte doch annehmen, wenn einer Staatsanwalt geworden ist, hat er auch 'n bißchen Menschenkenntnis, besonders einer, der so spitz drauf ist, als Gouverneur zu kandidieren. Ich hab' echt nur noch den Kopf geschüttelt, aber dann hat sich rausgestellt, daß er die Frau von Anfang an richtig eingeschätzt hat. Sie und ich« – er nickte Sam verschwörerisch zu – »wir haben uns getäuscht. Verstehen Sie, was ich meine?« Er schwieg und wartete auf Sams Zustimmung.

»Ja, das stimmt wohl. Ja, wir haben uns getäuscht.«

»War echt 'ne Show. Als wir ins Geschworenenzimmer kamen, ist sie plötzlich 'n völlig anderer Mensch geworden. Erst ist sie noch die nette, ruhige Dame mit dem roten Schleifchen für die Aids-Opfer, die Analphabeten das Lesen beibringt, und 'ne Sekunde später glaubt man, die Frau wäre kurz auf 'ne Zigarette rausgegangen, und Nancy Reagan wäre reingekommen. Hat uns allen mächtig eingeheizt von wegen den vielen Kriminellen und daß wir unsere Pflicht erfüllen müssen, dazu wären wir schließlich hier. Ich sag' Ihnen, ich werd' wirklich nicht mehr oft überrascht von Leuten, aber die Frau hat mich echt an der Nase rumgeführt, verstehen Sie?«

Sam nickte. Sein Kopf brannte.

»Alles in Ordnung mit Ihnen?« fragte Wade Jones.

»Ich muß mich beeilen«, erwiderte Sam mit tonloser Stimme.

Wade Jones zuckte mit den Achseln. Na, dann laufen Sie mal los, wollte er gerade sagen, doch Sam war schon losgelaufen.

37

»Wo ist es?«

Sie war noch völlig benommen, als sie spürte, wie seine großen Hände sie umfaßten, um sie auf der schmalen Couch zum Sitzen aufzurichten. Sie wußte nicht, wie lange sie starr in dieser unbequemen Position dagelegen hatte, immer wieder vage denkend, daß sie sich gern bewegen würde, doch ohne zu wissen, wie sie dies bewerkstelligen sollte, und merkwürdig ruhig in bezug auf die ganze Situation. Jetzt starrte sie ihn an, und die einzelnen schwach erinnerten oder flüchtig wahrgenommenen körperlichen Merkmale begannen sich wieder zusammenzusetzen: das kurzgeschorene dunkle Haar, der kaum vorhandene Hals und der hämisch nach unten gezogene

Mund, der nicht gerade für den Helden in einem Liebesroman taugte. Er grinste sie an und sagte irgend etwas Idiotisches wie »Hoch mit dir, Mädchen!« während er Sybylla an die Rückenlehne der Couch drückte und ihre Füße wieder den Boden berührten. Der Boden war kalt, und sie begann zu frösteln.

»*Wo ist es, Sybylla?*« Sie blickte auf. Robert Winston saß lässig hinter dem Schreibtisch in Philip Hofmanns unterirdischem Arbeitszimmer. Vor ihm lag der Inhalt ihrer Handtasche ausgebreitet. Zwischen Schlüsseln, zerknüllten Papiertaschentüchern und mehreren Bankautomatenquittungen und unter dem matten Silberschimmer ihrer Visa Card sah sie ein rotes Eckchen des Kondompäckchens hervorlugen – ungeöffnet. Sie biß sich auf die Unterlippe, um ihre Erleichterung nicht zu verraten.

»Wir haben nicht viel Zeit, Sybylla. Ich wünschte, wir hätten mehr, aber so ist es nun einmal. Ich muß zurück nach Washington, zu einer Cocktailparty, und habe nicht die Muße, mit Ihnen zu plaudern.«

Cocktails trinkt man nur am Abend, schoß es ihr durch den Kopf. Es ist Abend.

Winston entspannte sich, nur ein wenig, aber doch sichtbar. Er lächelte sogar sein irritierendes Lächeln. »Sie glauben wahrscheinlich, daß Sie mir nicht verraten werden, wo sich mein Eigentum befindet. Ich kann Ihnen versichern, Sybylla, daß Sie es mir letzendlich sagen werden. Können wir das Unerfreuliche, das zwischen diesem Punkt und jenem unweigerlich zu geschehen hat, nicht überspringen? Ihnen würde es beträchtliche Schmerzen ersparen und mir viel Zeit.« Er sah auf seine Uhr. »Und Zeit ist wertvoll für Sie, meine Liebe. Wahrscheinlich wertvoller als je zuvor.«

Daraufhin machte er sie, wie um seinen Worten Nachdruck zu verleihen, mit dem anderen Mann bekannt: »Mein Mitarbeiter, Mr. Kolb. Ich glaube, Sie sind einander noch nicht begegnet.«

Sybylla lächelte düster und fand ihre Stimme wieder. »Offiziell nicht. Aber ich glaube, er ist mir sozusagen in meiner Wohnung an die Wäsche gegangen.«

Winston nickte und bequemte sich nicht dazu, es abzustreiten, was Sybylla zu der trostlosen Erkenntnis brachte, daß sie nie wieder in Sicherheit sein würde.

»Auf der Suche nach meinem Eigentum, jawohl. Tut mir leid, daß er Ihnen Unannehmlichkeiten bereitet hat.« Er lehnte sich zurück, schwieg eine geraume Weile und äußerte dann völlig unerwartet sein Bedauern.

»Wissen Sie«, sagte er, »ich beklage sehr, Sie hier zu sehen. Ich meine das ganz aufrichtig. Daß Sie hier sind, daß Sie hier auf dieser Couch sitzen, bedeutet, daß jede einzelne der zahlreichen Sicherheitsvorkehrungen, die ich getroffen habe, um genau dies zu verhindern, versagt hat, und ich übernehme dafür selbstverständlich meinen Teil der Verantwortung, obgleich auch Sie wegen Ihrer Sturheit ein gewisses Maß an Schuld auf sich nehmen müssen. Ich denke, Sie werden mir zustimmen, wenn ich sage, daß ich Ihnen viele Warnungen habe zukommen lassen, Sybylla. Ich nahm an, daß eine einfache Bitte von Dermot das Thema beenden würde, unterschätzte jedoch das Ausmaß Ihres Eigensinns in allen Dingen, die Ihren Vater betreffen. Ich sage Ihnen ganz ehrlich, hätte *meine* Tochter sich meinem ausdrücklichen Wunsch widersetzt, ich hätte ihr ohne zu zögern eine Ohrfeige verpaßt.«

»Wenn das Ihre Vorstellung von Erziehung ist«, merkte Sybylla trocken an, »kann ich nur hoffen, daß Sie keine Kinder haben.«

Ein angewiderter Zug umspielte seinen Mund und verschwand wieder. »Ich hatte nicht geglaubt, daß Sie so aufsässig sein würden. Nicht im Traum hätte ich gedacht, daß Sie Ihrer Loyalität gegenüber einem undankbaren Mandanten größeres Gewicht beimessen würden als den Wünschen Ihres Vaters.«

Jetzt bin ich dran schuld, dachte Sybylla sarkastisch.

»Nun, Mr. Winston, auch ich beklage es, hier zu sein. Die Vorstellung, zur Verlängerung Ihrer bereits beeindruckenden Liste von Verbrechen beizutragen, ist nicht gerade angenehm. Also, mehrfache Entführung haben wir ja schon, nicht wahr? Dazu kommen Manipulationen in einem ziemlich ambitionierten Ausmaß. Ganz zu schweigen von nicht genehmigten medizinischen Experimenten an Menschen. Und dann wäre da noch die nicht unbedeutende Frage, wohin all diese Leute verschwinden, nachdem sie die amerikanische Justiz untergraben haben. Wohin verschwinden sie denn?«

Winston tippte sich mit dem Zeigefinger auf die Wange und seufzte.

»Welche Vision haben Sie eigentlich, Mr. Winston? Wollen Sie das gesamte Konzept der Schwurgerichtsverhandlungen zu Fall bringen und durch Winston-Gerichtsverhandlungen ersetzen?«

Winston schüttelte belustigt den Kopf. »Aber keineswegs, meine Liebe. Ich hege nicht den Wunsch, über meine Mitmenschen zu Gericht zu sitzen, obgleich ich bezweifle, daß Sie mir das glauben werden. Ich bin allerdings durchaus der Ansicht, daß viele Aspekte unserer Strafverfahrensordnung veraltet sind, und das Konzept der Schwurgerichtsverfahren ist vielleicht das am meisten veraltete überhaupt. Es ist nun einmal eine Tatsache, daß sich die Frage nach Schuld oder Unschuld aufgrund bestimmter moderner kriminaltechnischer Verfahren praktisch hundertprozentig beantworten läßt. Mit Hilfe der DNA-Analyse, beispielsweise, kann man die Identität eines Vergewaltigers ohne den Schatten eines Zweifels beweisen. Vor fünfzig Jahren hätte man sich das nicht einmal vorstellen können, doch heute findet dieses Verfahren allgemeine Anwendung.«

»Na und? Daß es so viele Beweismöglichkeiten gibt, müßte Sie doch zufriedenstellen.«

»Je nun«, sagte Winston. »Aber genau an diesem Punkt stellt sich uns das Problem der modernen Jury.« Er überlegte. »Ich möchte, daß Sie einmal über etwas nachdenken, Sybylla. Ich möchte, daß Sie darüber nachdenken, was Ihnen an einem potentiellen Geschworenen wichtig ist. Können Sie mir das sagen?«

»Natürlich.« Sie hörte den Unterton der Rechtschaffenheit in ihrer Stimme. »Mir ist wichtig, daß der Geschworene ein aufgeschlossener Mensch ist. Ein Mensch, der sich noch keine Meinung gebildet hat.«

»Was, wenn ich das sagen darf, nur auf Menschen zutrifft, die sowohl dumm als auch ignorant sind.«

Sybylla rutschte unruhig auf der Couch hin und her.

»Das trifft es ziemlich genau, nicht wahr? Es dürften nämlich keine Geschworenen sein, die im Vorfeld irgend etwas über den Fall erfahren haben, womit Leute, die Zeitung lesen oder auch nur den Schund konsumieren, den man als Fernsehen bezeichnet, bereits ausgeschieden wären. Und wehe den armen Angeklagten, deren Verhandlung auf ein großes Medieninteresse stößt und für deren Prozeß zwölf echte Idioten zusammengetrommelt werden müssen. Zwölf Leute, die noch nie etwas von Oliver North gehört haben, sollen über seine Taten richten – einfach absurd! Und *dumm*. Rechtsgelehrte können den meisten Jury-Entscheidungen keinerlei Sinn abgewinnen. Es wirkt oft so, als wären die Geschworenen einfach müde geworden und hätten eine Münze geworfen – und sie müssen ihre Entscheidung ja auch nicht begründen.« Er lächelte Sybylla an. »Ich hoffe, Sie haben noch nie den Fehler begangen, eine Ihrer Jurys zu fragen, warum sie so und nicht anders entschieden hat. Es ist erschreckend. Sie sagen dann etwa: ›Der Angeklagte sah so nett aus‹, oder die Frisur des Opfers gefiel ihnen nicht. Die Beweislage? Spielt nur selten eine Rolle. Die Rechtslage? Nie. Das ist unser System. Das sind die Menschen, denen wir die Gerechtigkeit überlassen.«

»Ihrer Beschreibung nach zu schließen«, wandte Sybylla ein, »verurteilen sie aber ebenso oft zu Unrecht, wie sie freisprechen.«

»Das habe ich nicht gesagt. Ich habe ein System beschrieben, in dem Angeklagte, die auch nur einen Funken Intelligenz besitzen, darauf verzichten, sich um einer milderen Strafe willen schuldig zu bekennen, und sich statt dessen einem Schwurgericht stellen, weil sie wissen, daß ein guter Verteidiger eine durchschnittliche Jury mit einer winzigen Unstimmigkeit in einer Zeugenaussage so verwirren kann, daß die Geschworenen ihn freisprechen. Und diese Unstimmigkeiten können sehr zahlreich sein – wenn ein Fall vor Gericht kommt, sind die Erinnerungen bereits getrübt, und Zeugen können nicht aufgetrieben werden. In der Regel stellt ein Schwurgerichtsverfahren die beste Möglichkeit dar, einer Verurteilung zu entgehen. Ist das nun fair?«

»Es ist fair für den Angeklagten, seinen Anklägern gegenübergestellt zu werden. Es ist fair, daß Beweise dafür vorgelegt werden müssen, daß er das ihm zur Last gelegte Verbrechen tatsächlich begangen hat.«

»Aber welche Beweise sind denn der Jury von heute noch gut

genug?« Er blickte sie eindringlich, doch gelassen an. »Die Leute haben sich viel zu sehr an die Vorstellung gewöhnt, daß die Realität formbar sei, daß sie willkürlich verändert werden könne, so wie im Fernsehen. Das muß man klar und deutlich sehen, Sybylla. Es ist traurig, aber man kann den Geschworenen nicht mehr zutrauen, ihre Pflicht zu tun. Vielleicht ist die Aufgabe auch einfach zu schwierig, oder die innere Stärke der Individuen in dieser Gesellschaft ist so verkümmert, daß wir uns dieser Aufgabe nicht mehr gewachsen fühlen. Die Ursache ist in Hinblick auf die Situation und die Lehre, die wir daraus ziehen müssen, letztlich jedoch irrelevant. Die Lehre lautet, daß wir unsere Gerechtigkeit ganz einfach anderswo suchen müssen.«

Sybylla starrte ihn an. »Mit anderen Worten, wir müssen sie bei Ihnen und Ihrem Erinnyen-Projekt suchen.«

Er nickte freundlich. »Ja, ganz genau.«

»Sie sind ein Mann mit Sendungsbewußtsein«, bemerkte sie trocken.

»Zum Teil. Vor allem aber bin ich Unternehmer. Mein Partner, Dr. Hofmann, den Sie noch nicht kennengelernt haben, jagt dem Gral der reinen Wissenschaft hinterher. Mein Streben ist weit profaner; es besteht darin, eine Marktlücke zu erkennen und sie zu besetzen.«

»Und da es so viele ehrgeizige Staatsanwälte gibt, tun sich diese Marktlücken wahrscheinlich überall im ganzen Land auf.«

»Exakt.«

»Und die GJF ist nur ein Tarnunternehmen?«

»Aber ganz und gar nicht. Sie überraschen mich. Wie können Sie das sagen, nachdem Sie unsere Einrichtung oben besichtigt haben? Die GJF ist ein blühendes Unternehmen, das eine breite Palette äußerst effektiver Serviceleistungen anbietet. Allein aufgrund der GJF könnte ich schon heute als wohlhabender Mann in den Ruhestand treten. Nun« – er beugte sich vor und stützte die Ellbogen auf den Schreibtisch –, »da hiermit all Ihre Fragen beantwortet wären, schlage ich vor, die jetzt anstehende Angelegenheit in Angriff zu nehmen.«

Sybylla schüttelte hastig den Kopf. »Das muß ja eine Unmenge kosten – an den Früchten des Erinnyen-Projekts teilzuhaben, meine ich. Das ist nichts für unvermögende Leute, oder?«

»Da haben Sie natürlich recht. Die Dienste des Erinnyen-Projekts stehen Klienten zur Verfügung oder, besser gesagt, sind auf Klienten beschränkt, die bestimmte Kriterien erfüllen. Sie müssen, wenn Sie so wollen, Freunde von uns sein. Sie müssen über ein beträchtliches politisches Potential verfügen. Und selbstverständlich müssen auch die in Frage stehenden Fälle bestimmte Standards erfüllen. Wir vergeuden unsere Subjekte nicht für Prozesse, die nur wenig öffentliche Aufmerksamkeit oder nur geringe juristische Auswirkungen erwarten lassen. Unser Interesse besteht darin, juristische Präzedenzfälle zu schaffen, die in der zukünftigen Rechtsauslegung ihre Wirkung entfalten. Und natürlich ist uns auch daran gelegen, in vielversprechende juristische Karrieren zu investieren.«

»Ach ja. All die zukünftigen Senatoren und Gouverneure. Vielleicht auch ein, zwei Präsidenten?«

»Mit der Zeit – vielleicht«, antwortete Winston.

»Und was bekommen diese wenigen Auserwählten für ihr Geld?«

»Einen Schuldspruch natürlich«, sagte er freundlich. »Genau genommen, garantieren wir nur ein fehlerhaftes Gerichtsverfahren, aber in über vierhundert Prozessen ist es unseren Subjekten fast immer gelungen, ihre Mitgeschworenen zu einem Schuldspruch zu überreden. Unsere Klienten erhalten einen potentiellen Geschworenen, welcher der Verteidigung für ihre Interessen geeignet erscheint, einen Menschen, der intelligent und engagiert wirkt und schwört, er wisse nichts über den entsprechenden Fall und sei völlig unvoreingenommen. Unsere Klienten bekommen eine Art juristischen Virus, meine Liebe, einen Virus, der in der Lage ist, in eine Zelle einzudringen und seine Information so lange zu reproduzieren, bis die Zelle umgewandelt ist. Unsere Subjekte werden in bezug auf den von ihnen betreuten Fall gut vorbereitet. Man gibt ihnen zwingende Argumente an die Hand und stattet sie jeweils mit wertvollen Kenntnissen aus. Darüber hinaus werden sie gezielt in der hohen Kunst geschult, ihre Mitgeschworenen unter Druck zu setzen. Es müßte sich schon um eine außergewöhnliche Jury handeln, die weiterberät, obwohl ein Geschworener sich partout nicht zum Nachgeben bewegen läßt.«

»Das Unterlassen der Beratung führt zu einem fehlerhaften Verfahren.«

»Selbstverständlich. Aber ehe er das Urteil wegen Verfahrensmängeln aufhebt, wird jeder Richter die Geschworenen immer wieder zur Beratung schicken. Die Hartnäckigkeit unseres Geschworenen in Verbindung mit seiner Eloquenz resultiert unweigerlich in einer Verurteilung.«

»Wie bekommen Sie dieses... *Subjekt* überhaupt ins richtige Voir dire?« fragte Sybylla. »Wie erreichen Sie es, daß ihre Namen aus der Lostrommel gezogen werden?«

Winston nickte. »Wie Sie wissen, gibt es in diesem Land zwar kein einheitliches Verfahren zur Bereitstellung von potentiellen Geschworenen für Voir dires, doch handelt es sich in jedem Fall um ein wie auch immer geartetes Zufallsverfahren. In manchen Gerichtsbezirken kommt eine Lostrommel zum Einsatz, in anderen der Computer. Es gibt wahrscheinlich sogar Gerichtsgebäude, in denen man zu diesem Zweck Karten in die Luft wirft. Doch auf welche Art auch immer das Zufallsverfahren praktiziert wird – wir sind schon vor langer Zeit zu dem Schluß gekommen, daß ein Eingreifen in diese Prozedur zu leicht zu entdecken wäre. Wir können ja schließlich nicht in allen Gerichtsgebäuden Amerikas Gerichtsbeamte dafür bezahlen, daß sie die Namen unserer Geschworenen ziehen – zumindest nicht, wenn wir unentdeckt bleiben wollen. Daher haben wir unser Augenmerk auf den nächsten Schritt im Verlauf des Auswahlprozesses gerichtet.«

Sybylla runzelte die Stirn. »Das verstehe ich nicht. Meinen Sie damit das Voir dire selbst?«

»Nein. Die Gerichtsakten müssen belegen, daß die Träger der für ein bestimmtes Voir dire gezogenen Namen zu diesem Voir dire auch tatsächlich erscheinen. Wir sprechen einfach einen dieser potentiellen Geschworenen unter Nennung seines Namens an, während er sich auf dem Weg zum Gerichtssaal befindet, und teilen ihm mit, er sei befreit worden und könne gehen.«

Sybylla war wie vor den Kopf geschlagen. Sie wartete darauf, daß Winston weitersprach. Nach einer Weile sagte sie: »Das darf nicht wahr sein! Das ist alles?«

»Das ist alles. Es mißlingt nie. Die Leute freuen sich ungemein darüber, wieder gehen zu dürfen. Wir beobachten sie von Anfang an, wissen Sie. Wir notieren uns diejenigen, die sich besonders heftig mit dem Justizsekretär herumstreiten, und diejenigen, die sich anderen potentiellen Geschworenen gegenüber beklagen. Wenn sie dann zu unserem Prozeß vorgeladen worden sind und dasselbe Geschlecht wie unser vorbereitetes Subjekt haben, sprechen wir sie an. ›Sie hatten doch darum gebeten befreit zu werden, nicht wahr? Also, der Richter hat uns soeben ermächtigt, drei Leute zu entlassen; Sie dürfen daher gehen, ohne eine Strafe gewärtigen zu müssen.‹ Sie geben uns ihre Vorladungen, wir informieren das Subjekt über seinen oder ihren neuen Namen, und die Dinge nehmen ihren Lauf.«

»Und das funktioniert?« fragte Sybylla entsetzt.

Winston lächelte. »Unterschätzen Sie niemals den Eifer, mit dem gute Bürger sich vor ihren staatsbürgerlichen Pflichten zu drücken suchen.«

Sybylla errötete in Erinnerung an ihren Ärger darüber, damals, vor undenklicher Zeit, nicht vom Old-Spice-Voir-dire befreit worden zu sein.

»Und was passiert dann? Sagen Sie Ihrem Staatsanwalt, er soll nach einer großen Frau mit einer Rose hinter dem linken Ohr Ausschau halten und, wenn diese Frau zum Voir dire erscheint, die Tatsache ignorieren, daß sie *Mother Jones* abonniert hat, und sie trotzdem für die Jury auswählen?«

Winston seufzte. »Wir teilen unserem Klienten nur den Namen des Geschworenen mit. Den Rest erledigt er selbst. Das sind schließlich keine dummen Leute, Sybylla. Sie haben immerhin bereits das Amt eines Bezirksstaatsanwalts inne.«

Die Auswirkungen des Verfahrens, seine Unverfrorenheit und die Tatsache, daß es tatsächlich funktionierte, erschütterten Sybylla. »›Gleiche, die über ihresgleichen befinden‹ – das kann man also getrost vergessen.«

»›Gleiche, die über ihresgleichen befinden‹«, wiederholte Winston grüblerisch. »Das ist doch bestenfalls eine peinliche Vorstellung und schlimmstenfalls schlicht absurd. Ich möchte Sie etwas fragen, Sybylla. Wer sind denn die Gleichen eines Verbrechers? Andere Verbrecher? Müßten wir dann nicht von Rechts wegen die Gefängnisse nach Geschworenen durchkämmen, die über ihre Kumpane richten sollen? Und wo ziehen wir die Grenze? Wenn der Angeklagte arm und schwarz ist, dann sollten diejenigen, die über seine Taten zu Gericht sitzen, doch auch wissen, wie es ist, arm und schwarz zu sein. Kinderschänder müßten dann von denen beurteilt werden, die wissen, wie quälend das Verlangen ist, Kindern Schaden zuzufügen. Das Urteil über Männer, die ihre Frauen geschlagen haben, müßte von Männern gefällt werden, die sich an ihren eigenen Frauen vergriffen haben und daher am besten beurteilen können, ob das Opfer dies ›verdient‹ hat. Ja, jetzt sind Sie schockiert. Es ist ja auch eine schockierende Vorstellung, nicht wahr? Denn in Wahrheit gibt es letztlich keine Gleichen. Wenn wir über unsere Mitmenschen zu Gericht sitzen wollen, mußten wir schon immer auf die Arroganz in uns zurückgreifen, die daraus spricht. Ich bin einfach nur ehrlich in bezug auf diese Arroganz. ›Gleiche, die über ihresgleichen befinden.‹« Er seufzte. »Das ist doch nur der allervorsintflutlichste Aspekt unseres verkommenen Prozeßsystems.«

»Was passiert mit dem Subjekt, wenn alles vorbei ist?« fragte Sybylla unverblümt, und zum erstenmal in diesem Gespräch zögerte Winston.

»Wir lernen eine ganze Menge aus den anschließend erfolgenden Einsatzgesprächen mit ihnen«, sagte er schließlich. »Wir bemühen uns ständig um die Verbesserung des Verfahrens, durch das die Subjekte auf die Prozesse vorbereitet werden. Wir probieren neue Feinheiten aus hinsichtlich ihres Charakterbildes, ihrer Art zu sprechen, ihrer äußeren Erscheinung und natürlich auch in bezug auf die Argumente, die sie im Geschworenenzimmer zur Anwendung bringen sollen.«

»Danach, meine ich.«

»Das kommt darauf an«, erwiderte er schroff.

»Ah. Und auf was?«

»Darauf, ob das Subjekt gewissermaßen für einen weiteren Prozeß neu ausgestattet werden kann. Manche Subjekte haben ein oder sogar zwei weitere Prozesse erfolgreich absolviert. Die meisten sind jedoch nach ihrem ersten Verfahren für uns nicht mehr zu gebrauchen.«

»Traurig«, bemerkte Sybylla. »Die viele Arbeit, die da drinsteckt.«

Winston lächelte sie an und hob die Schultern. »Wie bereits gesagt, stellt Geld nicht das primäre Motiv bei diesem Unternehmen dar. Wir ernten unsere Früchte auf anderen Feldern.«

»Lassen Sie mich raten! Es gefällt Ihnen, zu den besten Partys in Washington eingeladen zu werden.«

Er schürzte die Lippen. »Schon möglich, daß es etwas in der Art ist. Jetzt aber genug der Abschweifungen! Ich habe unsere Unterhaltung zwar sehr genossen, doch die Zeit läuft uns davon, Sybylla. Wenn Sie mir nicht sagen, wo mein Implantat ist, sehe ich mich gezwungen, Sie den Fähigkeiten Mr. Kolbs anheimzugeben, der in diesen Dingen sehr begabt ist. Ich bitte Sie eindringlich, dies zu vermeiden. Ich glaube, ich könnte Ihrem Vater hinterher nie wieder ins Gesicht blicken.«

Sybylla drehte sich um. Der grobschlächtige Mann lehnte immer noch an der Tür. Obwohl seine Miene völlig ausdruckslos war, strahlte er pure, glaubhafte Böswilligkeit aus. Sie zwang sich, den Blick wieder auf Winston zu richten.

»Da Sie gerade meinen Vater erwähnten, sage ich Ihnen vielleicht besser, daß ich heute abend mit ihm zum Essen verabredet bin. Wenn ich nicht komme, wird er sich bestimmt fragen, wo ich bin.«

Sie erzielte damit nicht den gewünschten Effekt. Winston machte nur eine kurze Kopfbewegung zu dem aus banalen Gegenständen bestehenden Chaos vor ihm auf dem Schreibtisch und teilte ihr dann mit, sie brauche sich keine Sorgen zu machen, da Dermot sicherlich genau wisse, wo seine Tochter sich aufhalte.

Ein Taubheitsgefühl kroch ihr vom eisigen Steinboden die Beine hoch. Dann spürte sie im Nacken einen Luftzug, der noch kälter war; die Bürotür ging auf, und ein zierlicher Mann stürzte herein.

»Robert«, sagte er mit dünner Stimme. »Wir brauchen Kolb.«

Winstons Verärgerung war offenkundig. Sybylla konnte nicht widerstehen und wandte den Kopf. Der Eindringling war drahtig und klein und hatte geradezu winzige Hände. Es dauerte einige Sekunden, bis sie in ihm die vierte Person auf dem Foto ihrer Eltern erkannte. Er stand, vor Anspannung zitternd, in der offenen Tür und hatte das Kinn so weit vorgeschoben, daß es aussah wie die unfreiwillige pantomimische Darstellung eines Wütenden. Er warf Winston, der nicht sofort reagierte, einen zornigen Blick zu.

»Mr. Kolb wird derzeit hier gebraucht, Philip.«

»Mr. Kolb wird jetzt in der Garage gebraucht. Ein unbefugtes Auto ist soeben in den Tunnel gefahren.«

Winston sah zuerst den Mann in der Tür, dann die Schreibtischplatte und schließlich den StairMaster-Mann böse an. »Also gut, Kolb. Überprüfen Sie das, aber kommen Sie dann sofort zurück. Wir müssen die Sache noch heute abend erledigen.«

Mich müßt ihr erledigen, dachte Sybylla. Sie überlegte fieberhaft. Hinter ihr fiel die Tür ins Schloß.

38

Winston nannte ihren Namen und sagte dann: »Ich möchte Ihnen Philip Hofmann vorstellen.«

Der kleine Mann trat vor und machte einen Bogen um die Couch, auf der sie saß, als hätte Sybylla etwas Ansteckendes, starrte sie jedoch unverwandt an. Er setzte sich auf einen Stuhl an der gegenüberliegenden Wand, schlug die dünnen Beine hölzern übereinander und bedachte sie weiter mit seinem stechenden Blick.

»Genau genommen müßte ja Philip hier die Honneurs machen«, sagte Winston. »Wir befinden uns nämlich nicht nur in seinem Büro, sondern auch inmitten seiner Domäne. Das alles hier« – er hob die Hände und spreizte die Finger –, »diese ganze Einrichtung ist Philips Reich, müssen Sie wissen. Sein Werk weit mehr noch als das meine. Sein Genie hat die Erfolge ermöglicht, auf die wir beide so stolz sind.«

»Schön, wenn man auf seine Arbeit stolz sein kann«, bemerkte Sybylla.

»Sie müssen entschuldigen, daß er Sie so anstarrt«, erklärte Winston mit amüsiertem Unterton. »Als er Sie das letztemal sah, waren Sie noch ein sehr kleines Kind, ein Baby, nicht wahr, Philip?«

Der schmächtige Mann machte sich nicht die Mühe zu nicken. »Die Ähnlichkeit ist frappierend.« Er beugte sich ein wenig vor. »Auch Ihre Mutter war eine sehr schöne Frau.«

»Du vergißt«, ermahnte Winston ihn, »daß Sybylla ihre Mutter nie gesehen hat.« Sybylla betrachtete die Hände des Mannes. Sie waren unglaublich zart, fast wie Kinderhände. Jetzt verstand sie, warum sie eine dieser Hände jahrelang für die ihrer Mutter gehalten hatte.

»Ich kann mich noch gut an den Tag erinnern, an dem ich Nuala kennenlernte«, sagte Hofmann, Winstons Worte demonstrativ ignorierend. »Ihr Vater brachte sie mit, als Robert, er und ich zum Abendessen in irgendeinem billigen Lokal beim Massachusetts Institute of Technology verabredet waren. Wir mußten vorsichtig mit Dermot umgehen, durften ihn keinesfalls kränken, wissen Sie. Es war nämlich ein wichtiger Abend für ihn. Er kam mit dieser Frau, damit sie seine Freunde kennenlernte, und er wollte nicht, daß sie merkte, daß er das Essen nicht bezahlen konnte.«

Sein Partner warf ihm einen wütenden Blick zu. »Ich habe Sybylla soeben mitgeteilt, daß wir unter einem gewissen Zeitdruck stehen, Philip. Als du uns unterbrachst, wollte sie mir gerade sagen, wo sie unser Implantat versteckt hat.«

»Und ich *werde* es Ihnen sagen«, warf Sybylla ein. »Aber vorher würde ich gern noch einiges über Ihre Arbeit erfahren, wenn es Ihnen recht ist.« Sie sah Hofmann an und schenkte ihm ein aufgesetzt liebenswürdiges Lächeln. »Die Perfektionierung des Implantats hat Sie wohl Jahre gekostet, oder?« Sie zwang sich, seinem Blick standzuhalten, während er ihre Aufrichtigkeit gegen seine Selbstachtung abzuwägen schien. Dann ergriff er das Wort mit einer Begeisterung, wie sie nur der seltenen Gelegenheit entspringt, sich über ein Lieblingsthema auslassen zu können.

»Als ich Robert kennenlernte, war ich Oberarzt in der psychiatrischen Abteilung eines Krankenhauses in Cambridge. Das war zu Beginn der sechziger Jahre, aber die Zeit ähnelte weit eher dem vorangegangen Jahrzehnt als dem, was wir uns heute im allgemeinen unter den ›sechziger Jahren‹ vorstellen. Damals hatte die CIA seit etwa einem Jahrzehnt ernsthaft mit LSD experimentiert, nachdem sie ihr Glück bereits mit Kokain und einigen anderen, noch spektakuläreren Drogen versucht hatte. Das Ganze sollte der Verbesserung von Verhörtechniken dienen, es sollte eine Art Wahrheitsserum für den nächsten Weltkrieg dabei herauskommen. Viel Erfolg hatten sie damit zwar nicht – die von ihnen verwendeten Drogen machten jede Form von Hypnose unmöglich –, doch als LSD auf der Bildfläche erschien, setzten sie große Hoffnungen auf diesen Stoff. Es war die erste bis dato bekannte Droge, die bereits in extrem kleinen Dosen wirkte und augenscheinlich keine bedeutsamen Nachwirkungen zur Folge hatte. Die Vorstellung, daß einige wenige Tropfen dieser Substanz, beispielsweise in den Trinkwasserreservoirs des Feindes, eine beträchtliche Anzahl von Menschen völlig hilflos machen würde, begeisterte sie sehr, doch gleichzeitig hatten sie natürlich Angst, daß andere schon vor ihnen auf diese Idee gekommen sein könnten.«

»Aber was hatte das alles mit Ihnen zu tun?« fragte Sybylla. »Sie sagten doch, Sie seien Psychiater gewesen. Warum beschäftigten Sie sich mit Verhörtechniken?«

»Ich? Mir war das alles völlig egal.« Er lächelte sie an. Es sah so merkwürdig aus, als hätte man ihn über die Bedeutung des Lächelns falsch informiert. »Aber damals wurde viel Geld für Forschung ausgegeben, und ein Teil davon wurde auch mir angeboten. Die entsprechenden staatlichen Stellen wußten nicht, wo der Durchbruch erfolgen würde, daher stellten sie jedem LSD und Geld zur Verfügung, der bei der Arbeit damit etwas in Erfahrung bringen konnte. Auch ich erhielt die Droge und eine bestimmte Summe Geldes.« Er streckte sich ein wenig – als würde er sich nicht wohl fühlen in seiner Haut, dachte Sybylla. Doch dann erkannte sie, daß er es keineswegs aus Unbehagen, sondern aus Stolz tat. »Meine Experimente zählten sogar zu den ersten überhaupt.«

»*Experimente*«, warf sie, leichtsinnigerweise mit einem schneidenden Unterton ein. »Damit meinen Sie wohl die Verabreichung dieser halluzinogenen Droge an Menschen, die weder darüber informiert noch um ihr Einverständnis gebeten wurden.«

»Die Ergebnisse waren faszinierend«, sprach er, von seinen Erinnerungen mitgerissen, weiter. »Stark schwankend zwar, wie bei einem neuen, noch am Anfang stehenden Forschungsvorhaben nicht anders zu erwarten, doch uns war klar, daß die Droge ein großes Potential als wirkungsvolle Therapie bei Schizophrenie und anderen wahnhaft-halluzinatorischen Erkrankungen darstellte. Im ganzen Land wurde LSD in den staatseigenen Laboren als psychoseerzeugendes Mittel betrachtet. ›Spontanverrücktheit‹! Doch wir haben diese außergewöhnliche Eigenschaft entdeckt.«

»Soll das heißen, daß der Staat gesunden Menschen LSD gab, um sie verrückt zu machen, und Sie es Verrückten gaben, um sie gesund zu machen?«

Hofmann seufzte auf; die widerwillig gewährte Toleranz des Wissenschaftlers gegenüber dem Laien. »Ja, so ungefähr. Für uns war das aber erst der Anfang. Wir hatten eine Tür aufgestoßen, und was wir dahinter sahen, war überaus vielversprechend. Ich begann mehrere Experimente mit Hilfe« – er hielt kurz inne, um durch ein spöttisches Lächeln sein Mißfallen auszudrücken – »ziemlich weitreichender staatlicher Unterstützung.«

»Und was der Staat mit Ihren Forschungsergebnissen vorhatte, war Ihnen völlig egal?«

Einen Augenblick lang zuckte Wut – intensive, vernichtende Wut – über seine Züge; dann war sie wieder verschwunden. Als er weitersprach, stieß er die Worte so fauchend aus, daß sie kaum zu verstehen waren.

»Ich habe mich um meine Arbeit gekümmert. Ich habe mich stets mehr um meine Arbeit als um irgend etwas sonst gekümmert. Die Welt macht immer weiter mit ihrem Wahnsinn. Daran kann ich nichts ändern. Ich kann nur auf meinem eigenen, ganz persönlichen Weg voranschreiten. Ich erwarte keine Lobeshymnen, nicht einmal Anerkennung. Ich will nur in Ruhe gelassen werden, damit ich tun kann, wozu ich berufen bin.«

Sybylla schluckte und biß sich auf die Lippe.

»Ich begann mit LSD in Kombination mit anderen Drogen zu arbeiten – mit Skopolamin beispielsweise, das die innere Ruhe der Schizophrenen, die LSD erhalten hatten, intensivierte. Ich probierte verschiedene Verhaltenstherapien aus, etwa Schlaftherapien in Kombination mit Mitteilungen vom Tonband. Außerdem entwickelte ich eine als ›Depatterning‹ bezeichnete Therapie, bei der Elektroschock in Verbindung mit LSD zur Anwendung kam. Ich begann die Höhe und Verabreichungsfrequenz der Dosen zu verbessern. Durch das Netzwerk der Wissenschaftler, die mit Lysergsäure experimentierten, wurde ich sehr bekannt, und auch Psychiater und Neurologen, die nicht mit der Droge experimentierten, hörten von mir. Ich erkannte, daß diese Arbeit meinen Lebenszweck darstellte, dessen Erfüllung mich dem Ende der Geisteskrankheiten von Tag zu Tag näher brachte.«

Er schwieg. Die Leidenschaftlichkeit seiner Worte hallte noch nach.

»Und?« fragte Sybylla neugierig. »Was passierte dann?«

Winston veränderte seine Sitzhaltung und eilte Hofmann zu Hilfe: »Dann wurde alles gestoppt. Einfach gestoppt.«

Sybylla runzelte fragend die Stirn. »Das verstehe ich nicht. Diese Forschung war doch angeblich so vielversprechend. Genau darauf hatte der Staat es doch abgesehen.«

»Das dachte ich auch.« Hofmann sprach mit solcher Verbitterung, als wäre nur sein Projekt betroffen gewesen und als wäre es erst an diesem Morgen dem Rotstift zum Opfer gefallen und nicht dreißig Jahre zuvor. »Die staatlichen Stellen hatten LSD praktisch von Anfang an nicht geheimhalten können, und nun wurde in der Öffentlichkeit bekannt, daß diese Droge existierte und Eigenschaften hatte, die man damals ›bewußtseinserweiternd‹ nannte. Plötzlich verlangten die Leute genau die Droge, die als ein Geistesstörungen hervorrufendes Mittel aufgebaut werden sollte. Den Höhepunkt erreichte das Ganze bei der ersten internationalen Konferenz über LSD. Dort berichteten einige Forscher, ihre Testpersonen hätten die Behandlung mit LSD als nützlich, ja sogar als lohnend empfunden und könnten es kaum erwarten, die Droge wieder zu nehmen. Genau diese Richtung griff, wie Sie sicherlich wissen, einige Jahre später Dr. Leary in Harvard auf und daraufhin ein beträchtlicher Teil der amerikanischen Bevölkerung unter dreißig, doch zum damaligen Zeitpunkt hätte schon allein diese Vorstellung einen Skandal ausgelöst. Es kam natürlich zur Spaltung, und kurz darauf sah sich der Staat gezwungen, eine bestimmte Haltung in bezug auf LSD einzunehmen. Wie nicht anders zu erwarten, entschied man sich für den Weg, auf dem man sich von Anfang an befunden hatte: LSD sei eine gefährliche Droge, die Menschen verrückt machen könne. Der ganze Rummel von wegen persönlicher Weiterentwicklung und Bewußtseinserweiterung sei ein Irrtum. Und natürlich konnten sie es sich daraufhin nicht mehr leisten, mit einer Substanz zu arbeiten, die sie dann Ende der sechziger Jahre selbst lautstark verdammten. Daher beendeten sie sämtliche entsprechenden Forschungsunternehmen, der Geldstrom versiegte, und meine Arbeit, die Arbeit, die so große Hoffnung für viele Psychiatriepatienten hatte aufkommen lassen, wurde einfach gestoppt.«

»Das muß ein ziemlich schwerer Schlag für Sie gewesen sein«, sagte Sybylla vorsichtig.

Hofmann musterte sie. »Ein schwerer Schlag, jawohl.«

»Mehr als das«, warf Winston ein. »Philip befand sich gerade an einem wichtigen Punkt seiner Forschungen. Er hatte soeben mit der Entwicklung von LSD in Implantatform begonnen. Im Gegensatz zu diesen Philistern, die seine Arbeit noch kurz zuvor finanziert hatten, war mir klar, daß Philips Forschungsarbeit einen gewaltigen Einfluß innerhalb der unterschiedlichsten gesellschaftlichen Bereiche haben könnte. Die CIA war interessiert an Attentätern; das war nun mal ihr Geschäft. Ich war Anwalt, daher tendierten meine Interessen in eine andere Richtung. Als ich das Unternehmen, das sich schließlich zum Erinnyen-Projekt entwickelte, aufzubauen begann, modifizierte Philip die Richtung seiner Forschungsarbeit, ohne seine wissenschaftlichen Ziele aus dem Blick zu verlieren.«

Sybylla beschloß, abrupt die Richtung zu ändern. »Und was war mit Trent? Sagen Sie mir, in welcher Form mein Mandant diesem edlen Ziel wissenschaftlicher Erleuchtung diente?«

»Trent«, sagte Winston barsch, »war ein Fehler. Von Anfang an ein Fehler.«

»Wessen Fehler?« fragte sie.

»Ein Fehler Ihres Freundes Cleve Rivera. Er stellte sich uns als intimer Kenner des Asylsystems und der Straßenszene vor und meinte, er könne uns helfen, potentielle Subjekte zu finden, ohne dabei übermäßige Aufmerksamkeit zu erregen. Eines unserer Teammitglieder fand dann Trent für uns. Wir schickten Cleve hin; er sollte ihn holen. Ich weiß nicht, was daraufhin geschah. Das Teammitglied behauptet nach wie vor, der observierte Mann sei ein von extremen Wahnideen befallener Schizophrener gewesen.«

Sybylla nickte. »Ja, das stimmt. Er ist es immer noch. Aber es war nicht Trent. Die Ähnlichkeit ist, zugegebenermaßen, erstaunlich, aber ich muß Ihnen leider sagen, daß Ihr auserwähltes ›Subjekt‹ noch immer am selben Fleck unter der Queensboro Bridge sitzt. Ich glaube, er heißt Paul«

Winston dachte darüber nach. Dann schüttelte er den Kopf.

»Als er schrie und brüllte, glaubten Sie, er benehme sich genau so, wie man es von dem Verrückten erwarten mußte, für den Sie ihn hielten. Wirklich reizend.«

»Wie bereits gesagt: ein Fehler«, murmelte Winston schroff.

»Und in der ganzen Zeit, die er hier verbrachte, fanden Sie es nicht heraus. Entschuldigen Sie bitte, Dr. Hofmann, ich bin zwar keine Naturwissenschaftlerin, aber das macht mir doch einen ziemlich schludrigen Eindruck. Fanden Sie es nicht merkwürdig, daß das LSD-Implantat ihn nicht ruhigstellte?«

»Doch«, erwiderte Hofmann mit gepreßter Stimme. »Wir fanden es äußerst merkwürdig. Aber wir waren damals gerade mit anderen, dringlicheren Angelegenheiten beschäftigt. Mit der Tatsache beispielsweise, daß es ihm irgendwie gelungen war, ein Skalpell an sich zu nehmen und einen unserer Forschungsassistenten niederzustechen. Und danach schaffte er es sogar, den Komplex zu verlassen.«

Winston klopfte mit seinem langen Zeigefinger auf die Schreibtischplatte. »Den Rest dürften Sie selbst in Erfahrung gebracht haben, Sybylla. Wir erkannten sehr schnell, daß Ihr Wild Man und unser abgängiges Subjekt ein und dieselbe Person waren. Die auf Trent gerichtete Aufmerksamkeit erschwerte uns die Sache ungemein, und wir beschlossen abzuwarten, wie sich alles entwickeln würde. Wäre das Implantat, wie wir hofften, unentdeckt geblieben, hätten wir den Dingen ihren Lauf lassen können. Trent war offenkundig nicht prozeßfähig, und die Angelegenheit hätte in diesem Fall zusammen mit ihm in irgendeinem für seine Unterbringung geeigneten Krankenhaus geendet. Leider wurde das Implantat jedoch entdeckt. Doch selbst da entschieden wir uns, weiter abzuwarten. Ihre Beteiligung an der Sache spielte bei dieser Entscheidung natürlich eine gewisse

Rolle. Wir wollten nicht, daß Ihnen ein Schaden geschähe, Sybylla.«

»Ich bin Ihnen sehr dankbar für Ihre Rücksichtnahme«, erwiderte sie, als gelte das noch immer.

»Wir gaben uns selbstverständlich größte Mühe, das Implantat wiederzuerhalten. All diese Entscheidungen trafen wir keineswegs leichtfertig oder ohne Bedauern. Doch wir durften es nicht dazu kommen lassen, daß die kleine Scheibe analysiert und diese Analyse in irgendeiner Form veröffentlicht würde. Als wir das Implantat im Labor Ihrer Freundin nicht fanden, durchsuchten wir Ihre Wohnung.« Er lächelte. »Aber das wissen Sie ja.«

»Mr. Kolb ist nicht gerade unauffällig vorgegangen.«

»Die Menschen sind wirklich sonderbar«, dachte Winston laut nach. »Wer hätte gedacht, daß diese Dr. Patel einen Gegenstand von derartiger Bedeutung ausgerechnet in die Obhut ihrer Aerobic-Lehrerin geben würde?« Er runzelte, von einer Sekunde auf die andere ernst geworden, die Stirn. »Sie sollen wissen, daß wir noch zu Beginn der Verhandlung hofften, die Angelegenheit werde keine weitere Intervention unsererseits notwendig machen. Ihre Absicht, die Verteidigung auf geistiger Unzurechnungsfähigkeit aufzubauen, stand fest, und wir begnügten uns damit, den Dingen ihren Lauf zu lassen. Ich hege sogar nur geringe Zweifel daran, daß Sie einen Freispruch zuwege gebracht hätten – Sie sind eine fähige Anwältin.«

»Warum haben Sie denn nicht einfach eines dieser *Subjekte* in die Jury gesetzt? Dann hätten Sie einen Freispruch gar nicht erst befürchten müssen.«

»Aber wir befürchteten ja keinen Freispruch«, korrigierte Winston sie. »Genauer gesagt, was mit Trent passierte, war für uns kein Thema. Wir waren nur in Sorge, was in einer öffentlichen Verhandlung über seinen Zustand gesagt werden könnte. Und als ich erfuhr, daß Sie den Psychiater über LSD befragt hatten, alarmierte mich das entsprechend. Ich begriff, daß Sie uns irregeführt hatten, Sybylla. Von diesem Augenblick an war es zwingend erforderlich, für eine Beendigung des Verfahrens zu sorgen.«

»Und Sie veranstalteten eine kleine Rettungsaktion für Mr. Greer. Und ließen Trent töten. Wieder Mr. Kolb?«

»Ich bin mir sicher, daß Sie das verstehen.«

»Wie haben Sie ihn umgebracht?« Winston schwieg. »Ich bin einfach neugierig.« Sie hob die Schultern. »Der Pathologe sagte, der Tod sei aufgrund natürlicher Ursachen eingetreten. Lungenembolie, glaube ich.«

Winston seufzte auf, als fände er das Thema unverzeihlich langweilig. »*Luft*embolie. Simpel und sauber. Eine luftgefüllte Spritze direkt in die Vene. Ein paar Minuten später landet die Luft in der Lunge und führt zu einer Lungenembolie oder aber im Gehirn, wo sie einen Schlaganfall bewirkt. Aus, vorbei. Mr. Kolb bedient sich dabei einer Vene zwischen den Zehen. Es hinterläßt so gut wie keine Spuren. Manchmal entwickelt sich an der Stelle ein kleiner Bluterguß, aber wenn man nicht weiß, wonach man sucht, findet man es in der Regel nicht.«

Sie schloß die Augen. Die Erinnerung an Trents aufgeschnürten Schuh brach mit körperlich spürbarer Gewalt über sie herein.

»Ich hatte aber immer noch das Implantat. Und ich hatte noch Patels Laborbericht darüber. Warum haben Sie mich nicht weiterverfolgt?«

Winston lächelte sie traurig an. »Ich hätte es tun sollen, das ist mir jetzt klar. Zum damaligen Zeitpunkt aber setzte ich noch darauf, daß Sie die Sache vergessen würden. Die Anhörungen Ihres Vaters standen unmittelbar bevor; ich nahm an, daß Sie das ablenken würde. Und zu guter Letzt hoffte ich, Sie hätten verstanden, daß wir unsere Sicherheit sehr ernst nehmen. Das war jedoch offenkundig nicht der Fall. Als Sie mich in der GJF anriefen und mich um einen Job baten, war ich ehrlich bereit, Ihnen zu glauben.« Er nickte ihr höhnisch zu. »Sie sind eine talentierte Lügnerin.«

Sie starrten einander schweigend an.

»Und nun sind wir hier.« Seine Stimme klang wieder ganz sanft. »Jetzt, in diesem Augenblick. Meine liebe Sybylla, ich muß Ihnen zu meinem großen Leidwesen sagen, daß ich Ihnen nun nicht mehr zu glauben vermag. Der Zweck Ihrer Reise nach Washington war es, das Erinnyen-Projekt zu entlarven, und Sie werden sicherlich verstehen, daß ich das nicht dulden kann.« Er schob energisch das Kinn vor. »Sollen wir nun auf Mr. Kolbs

Rückkehr warten, oder ergreifen Sie diese letzte Gelegenheit und geben mir die gewünschte Auskunft ohne seine nachhelfende Unterstützung?« Er ließ sie die beiden gleichermaßen unerfreulichen Optionen einige Sekunden lang gegeneinander abwägen. Sybylla wollte schlucken, doch ihre Kehle widerstand dem Versuch. Flüchtig schoß ihr die Frage durch den Kopf, ob sie je wieder atmen würde.

Winston schüttelte seinen silbriggrauen Kopf. »Was für eine sonderbare Frau Sie geworden sind, meine Liebe! Ihre Herkunft, Ihre Erziehung... Wahrlich ein Rätsel.« Wehmütig lächelnd betrachtete er ihre auf dem Schreibtisch verstreuten Habseligkeiten. Dann begann sein ausgestreckter Zeigefinger unvermittelt, die einzelnen Gegenstände mit widerlicher Neugier auseinanderzuschieben. Verzweifelt sah Sybylla, wie er das rote Kondompäckchen entdeckte, es zwischen zwei Finger nahm und in unerträglichem Zeitlupentempo ins Licht der Schreibtischlampe hob. »Als ich in Ihrem Alter war«, sagte er nachdenklich, »trug nur der Gentleman so etwas mit sich herum.«

Sybylla zog eine Grimasse. »Das waren noch Zeiten, was?« stieß sie hervor. »Kinder, Küche, Kirche, ja?« Sie hielt die Hände im Schoß verschränkt. Sie fühlten sich eisigkalt und feucht an.

Er starrte auf das Kondom, betrachtete es stirnrunzelnd, nickte fast respektvoll, nahm eine Ecke der Folie und zog sie zurück. Philip Hofmann seufzte hörbar auf.

»Wie ich sehe, brauchen wir doch nicht auf Mr. Kolb zu warten«, sagte Winston und erhob sich.

In Sybyllas Kopf pochte es. Auf ihrer Stirn brach der Schweiß aus. Winston steckte das Implantat in seine Brusttasche.

»Mein Vater hat eine Liste geführt«, sagte sie und richtete sich überrascht auf. Sie hatte nicht vorgehabt, es zu sagen, und wußte nicht, was es zu bedeuten hatte, doch Winston bedeutete es offensichtlich etwas. Er riß die Augen auf und kniff sie dann zusammen.

»Eine Liste.«

»Eine Liste all Ihrer Fälle«, stieß sie hitzig hervor. »Eine Liste des gesamten Erinnyen-Projekts. Heute morgen trug er sie in Washington bei sich, in der Jackentasche. Mir ist durchaus bewußt, daß er Sie jahrelang gedeckt hat, aber glauben Sie wirklich, daß er auf die Ermordung seiner eigenen Tochter nicht reagieren würde? Ein ziemlich hohes Risiko, finden Sie nicht?«

»Eine Liste.« Er hatte es offenbar noch immer nicht ganz verdaut. Ruhig, wie um über die Bedeutung dessen, was er tat, hinwegzutäuschen, nahm er erneut Platz. »Sybylla, erklären Sie mir doch bitte, was das für eine Liste ist!«

»Gerichtsverfahren – wenige Monate zurückliegende bis hin zu Fällen in den frühen siebziger Jahren. Ob sie vollständig ist, kann ich nicht sagen.« Sie grinste. »Aber sie ist verdammt lang. Lang genug, um einen Riesenwirbel zu verursachen und sowohl derzeit amtierende als auch ehemalige Staatsanwälte in ziemlich große Bedrängnis zu bringen. Lang genug, um Sie landesweit berühmt zu machen.«

»Ich glaube Ihnen nicht.«

Sie runzelte in gespielter Besorgtheit die Stirn. »Nun, das bleibt Ihnen selbstverständlich unbenommen, Mr. Winston, ist aber meines Erachtens äußerst unklug.«

»Nennen Sie einige auf der Liste stehenden Verfahrenstitel!« forderte er sie auf.

Sie nickte. »Aber gern. Der letzte war *New York gegen Larry Randolph Jackson.* Kommt Ihnen das bekannt vor?«

»Und der erste Titel?«

Sie schloß die Augen. Es fiel ihr wieder ein. »Dunay. *Louisiana gegen George Washington Dunay.*«

Plötzlich veränderte sich alles. Winston lehnte sich zurück. Sein Grinsen war wieder entspannt und breit und entblößte seine lächerlich weißen Zähne. »Ich muß Ihnen leider mitteilen, daß Dermot seine Liste erstaunlich schlampig geführt hat, Sybylla. Der erste Fall des Erinnyen-Projekts war nicht *Louisiana gegen Dunay*. Es war überhaupt kein Verfahren in Louisiana, sondern fand nur wenige Kilometer von hier entfernt, im District of Columbia statt und hieß *Vereinigte Staaten gegen Fentano.*«

Zehn Sekunden später kam es ihr. Die Tränen rannen ihren Hals hinab, noch ehe die kühle Nässe auf ihrer Haut ihr sagte, daß sie weinte. Der Schmerz bohrte sich, wand sich durch ihren Körper und verbreitete das Bewußtsein, daß es wahr war. Es war wahr.

»Aber nun seien Sie doch nicht so enttäuscht, meine Liebe«,

tröstete Winston sie süffisant. »Sie müssen bedenken, wie die Dinge damals standen. Ihr Vater soff sich in New York zu Tode. Gegen Mittag kam er in die Arbeit geschlurft, saß ein paar Stunden an seinem Schreibtisch und tat so, als gierte er nicht nach einem Schluck Whisky, und um vier stürzte er hinaus. Schon fast zwei Jahre lang hatte er in keinem Fall mehr die Anklage geführt, als sie ihn endlich gehen ließen. Sie waren bestimmt viel zu jung, um sich an diese Zeit zu erinnern, aber ich kann Ihnen sagen, daß es äußerst schmerzlich war, mitanzusehen, wie mein alter Freund sich selbst zerstörte. Angefangen hatte es natürlich mit der Trauer über den Verlust Ihrer Mutter, doch auch im Verlauf der folgenden drei, vier Jahre gelang es ihm nicht, sich wieder zu fangen. Er befand sich in einer hoffnungslosen Situation, Sybylla, aber er war unser Freund, Philips und mein Freund. Deshalb halfen wir ihm, und indem wir ihm halfen, halfen wir uns selbst. Das ist ja gerade der Sinn von Freundschaft, denke ich.«

Er lehnte sich gelassen zurück und schürzte genießerisch die Lippen, als denke er an etwas sehr Angenehmes zurück.

»Unsere Jury-Fabrik war damals gerade in Produktion gegangen – zumindest glaubten wir das. Doch wir waren damals noch nicht soweit, daß unsere Klienten wirkliches Vertrauen in unsere Dienste setzen konnten, und schon gar nicht vermochten wir ihnen die Garantie zu geben, die wir ihnen gern gegeben hätten. Wir mußten mit jemandem zusammenarbeiten, der die Details dessen, was wir getan hatten, genau kannte, mit jemandem, der wußte, wie die Prozedur vonstatten gehen würde. Dabei mußte es sich um einen Menschen handeln, der sich das Risiko leisten konnte, das auf sich zu nehmen wir ihn baten.«

»Jemanden, der nichts zu verlieren hatte, meinen Sie«, hörte sie sich sagen und erkannte kaum ihre eigene Stimme wieder.

»So ist es. Zum Glück übernahmen sie ihn, auf meine Empfehlung hin, in D.C. Und als es soweit war, erfüllte unser erstes Subjekt seine Aufgabe in hervorragender Weise. Im Alleingang zog sie die beiden hartnäckigen Geschworenen auf ihre Seite, und die Jury einigte sich in weniger als acht Stunden auf ein Urteil in einem ganz außergewöhnlich komplizierten Fall. Es war ein Doppelsieg, meine Liebe – ein Sieg für Dermot, dessen Karriere durch den Erfolg im Fentano-Fall angekurbelt wurde, und für uns. Nachdem wir uns sozusagen die Sporen verdient hatten, konnten wir das Erinnyen-Projekt ernsthaft starten. Wir sind Ihrem Vater dankbar, und« – er nickte Sybylla bedeutungsvoll zu – »ich weiß, daß er auch uns dankbar ist.« Er verzog den Mund. »Sie werden es mir daher nachsehen, daß ich mich weigere, Dermots sogenannte Liste als Bedrohung zu empfinden. Er kann uns nicht zerstören, ohne sich selbst zu zerstören, und ich glaube nicht, daß er das jemals tun würde. Am allerwenigsten in diesem Augenblick seines Lebens, da sich alles, für was er gearbeitet hat, in unmittelbarer Reichweite befindet. Sie verstehen, warum mein Vertrauen darauf so groß ist, ja?«

»Er hat die Liste aus einem bestimmten Grund geführt«, sagte sie, »und zwar offensichtlich, um sie gegen Sie zu verwenden.«

»Durchaus denkbar«, stimmte Winston ihr zu, wirkte aber keineswegs beunruhigt. »Dennoch halte ich meine Zuversicht aufrecht. Soll ich Ihnen sagen, warum?«

Sie blickte zu ihm hoch.

»Ihr Vater hat Philip und mir nicht nur seinen beruflichen Erfolg zu verdanken, Sybylla, sondern auch noch etwas anderes. Etwas, das Dermot bestimmt als genauso wertvoll erachtet. Erraten Sie, was das ist?«

Ein Gedanke jagte den anderen. Es gelang ihr kaum, den Kopf zu schütteln.

»Wie starb Ihre Mutter, Sybylla?«

Sie fühlte, wie sich ihr Mund öffnete, doch sie brachte kein Wort heraus.

»Sie verblutete, nicht wahr? Wenige Tage nach Ihrer Geburt.«

Endlich fand sie ihre Stimme wieder. »Ja. Irgend etwas war passiert. Ich... ich weiß nicht genau, was.«

»Das können Sie auch gar nicht wissen, meine Liebe. Immer habe ich zu Dermot gesagt: ›Eines Tages wird Sybylla danach fragen. Sie wird Einzelheiten wissen wollen. Wirst du sie ihr dann mitteilen können?‹«

»Wovon reden Sie da?« fragte sie aufkeuchend. »Was wissen Sie über den Tod meiner Mutter?«

Hofmann, der steif hinten in der Ecke saß, meldete sich zu Wort. »Es geht nicht um ihren Tod«, ereiferte er sich, »sondern um ihr Leben. Allein daß sie ein Kind gebären konnte, war schon erstaunlich. Niemand sollte das besser verstehen als *Sie*«, fügte er anklagend hinzu.

Sybylla blickte entsetzt von einem zum anderen.

Winston lächelte. Seine weißen Zähne glänzten im Licht. »Nuala war reizend und intelligent. Daß sie Ihren Vater liebte, war offensichtlich, und es gab allen Grund anzunehmen, daß es eine sehr glückliche Ehe werden würde. Doch nach dem ersten Jahr begann sie sich immer mehr zurückzuziehen. Ihr Vater glaubte, sie leide an Depressionen. Sie hatte ein Kind empfangen wollen, doch es war ihr nicht gelungen, verstehen Sie? Er brachte sie zu einem Psychiater. Nicht zu Philip. Er wollte nicht, daß Philip sie untersuchte, aber egal. Der Psychiater diagnostizierte Schizophrenie. Dermot gefiel die Diagnose nicht, und er brachte Ihre Mutter zu einem anderen Psychiater. Wieder lautete die Diagnose auf Schizophrenie. Zu diesem Zeitpunkt wurden die Schübe immer stärker und traten immer häufiger auf. Sie unterhielt sich mit inneren Stimmen, Sybylla. Sie hatte Erinnerungslücken. Sie wurde ängstlich und aggressiv, und wenn sie sich gerade nicht in ihren Wahnvorstellungen befand, war sie unglaublich unglücklich. Schließlich erlaubte Dermot Philip, sie zu untersuchen.«

Winston sah zu seinem Partner hinüber. Hofmann nahm den Faden auf.

»Natürlich war sie schizophren«, erklärte er befriedigt. »Sie war es schon seit Jahren, wobei ihr Zustand sich offensichtlich verschlimmert hatte und sie zunehmend schlechter funktionierte. Die Psychiater, zu denen Dermot mit ihr gegangen war, hatten ihm nur die Möglichkeit aufgezeigt, sie in eine Anstalt einzuweisen – langfristig und ohne jeden Therapieplan. Ich bot ihm eine andere Möglichkeit.«

»Ein Implantat«, flüsterte Sybylla. Jetzt war ihr alles klar.

»Nicht irgendein Implantat«, erwiderte Hofmann enthusiastisch, »sondern das erste Implantat überhaupt. Es war natürlich noch sehr primitiv, aber ich wußte, was ich tat, und ich wußte, daß ich das Richtige tat. Als Dermot mir seine Zustimmung dazu gab, hatte ich zum erstenmal, seit Robert meine Arbeit zu fördern begann, das sichere Gefühl, Erfolg zu haben. Denn es war ein überwältigender Erfolg, junge Dame! Zuerst wurde Ihre

Mutter zwar sehr lethargisch, schlief fünfzehn, sechzehn Stunden pro Tag und war die restliche Zeit hindurch müde, dabei jedoch bei klarem Verstand und nicht unglücklich. Ich veränderte das Implantat und versuchte es noch einmal. Und es wurde besser. Sie schlief nicht mehr als andere Menschen, und sie war ruhig. Und sie hatte keine psychotischen Schübe mehr. Nicht einen einzigen! Dermot war außer sich vor Freude. Er konnte seine Dankbarkeit kaum im Zaum halten. Vor allem, als sie wenige Monate später schwanger wurde.«

Sybylla schüttelte fassungslos und angewidert den Kopf. »Wollen Sie damit sagen, daß meiner Mutter ihre ganze Schwangerschaft hindurch LSD verabreicht wurde?«

»Natürlich nicht«, schnauzte Hofmann sie an. »Als Nuala schwanger wurde, entfernten wir das Implantat, und es ging ihr erstaunlich gut – ob deswegen, weil das LSD eine nachhaltige Wirkung auf ihren Zustand ausübte, oder deshalb, weil die hormonalen Veränderungen im Zusammenhang mit der Schwangerschaft eine heilende Wirkung entfalteten, weiß ich nicht. Und Ihnen ging es ausgezeichnet, als Sie geboren wurden. Sie waren völlig normal. Nun, einen kleinen Defekt hatten Sie, aber nichts von Bedeutung.«

Einen kleinen Defekt? Sie sah die beiden Männer sprachlos an. Winston zuckte mit den Achseln.

»Eine Deformation eines Ohrläppchens. Völlig unwichtig hinsichtlich Ihrer Entwicklung und wohl kaum eine Beeinträchtigung Ihrer späteren Schönheit, wenn ich das sagen darf.« Er sagte es mit einer Art Besitzerstolz, als wäre sie sein Werk. »Wir wissen nicht einmal, ob Ihr Ohr etwas mit den Auswirkungen der Droge zu tun hat. Jedenfalls scheint es Ihnen nicht weiter geschadet zu haben.«

Trotz ihrer immensen Verbitterung gelang es Sybylla, etwas zu sagen. »Aber meine Mutter – was geschah danach mit ihr?«

Wieder übernahm Hofmann das Erzählen. »Unser Plan bestand darin, die Entbindung und die weitere Entwicklung danach abzuwarten. Sollte sie ein neues Implantat benötigen, so sollte sie es erhalten; falls nicht – um so besser.«

»Und? Was geschah?«

»Nichts von beidem«, sagte Winston aufseufzend. »Es gibt

Unmengen von Literatur über temporäre nachgeburtliche Psychosen bei Müttern mit psychiatrischer Vorgeschichte, und man muß davon ausgehen, daß die Wahrscheinlichkeit bei diagnostizierter Schizophrenie weit größer ist. Ich muß Ihnen leider mitteilen, Sybylla, daß Ihre Mutter wenige Wochen nach Ihrer Geburt in eine psychiatrische Klinik eingewiesen wurde. Meiner Kenntnis nach blieb sie dort bis zu ihrem Tod.« Er zog die Stirn in Falten und wandte sich an den zierlichen Mann. »Wann war das, Philip? Achtundsechzig? Neunundsechzig?«

Hofmann hob gleichmütig die Schultern.

Es ist plötzlich so still, dachte Sybylla. Die Schwerkraft schien stärker geworden zu sein, schien alles mit vermehrter Kraft nach unten zu drücken. Vor allem ihre Füße fühlten sich bleiern an, und ihre Gesichtsmuskeln wurden zum eisigen Fußboden hinabgezogen. Niemals mehr werde ich sie bewegen können, dachte sie vage. Aber es würde ja wohl auch nie wieder einen Grund geben, sie zu bewegen.

»Einige Jahre später hätten wir für Ihre Mutter vielleicht weit mehr tun können, aber sie stand, wie gesagt, ganz am Anfang unserer Arbeit. Was wir durch sie lernten, erwies sich als sehr wertvoll für uns. Und Sie« – Winston nickte Sybylla zu – »waren etwas sehr Wertvolles für Ihren Vater. Sie sehen also, daß wir aneinander gebunden waren, Dermot und wir. Unsere Schicksale waren weit über unsere beruflichen Ambitionen hinaus miteinander verschlungen. Als wir ihn wegen Fentano ansprachen, empfand er es als seine Pflicht, unser Angebot anzunehmen, und zwar aus Gründen, die nichts mit seiner stockenden beruflichen Weiterentwicklung zu tun hatten. Er wußte, daß er uns Ihre Existenz zu verdanken hatte.«

Sybylla schloß die Augen.

»Da ist es schon seltsam, daß ausgerechnet Sie jetzt unsere Arbeit in Frage stellen. Ausgerechnet Sie, die Sie von dem, was wir taten, wahrscheinlich mehr profitiert haben als jeder andere Mensch auf der Welt. Es ist fast wie in der griechischen Tragödie, nicht wahr, Sybylla? Wie bei Ödipus, der sich aufmacht, den Grund für die Heimsuchungen seiner Stadt zu finden, und erkennen muß, daß die Spur der Schuld unweigerlich zur Tatsache seiner eigenen Existenz führt.«

»Nein«, flüsterte sie.

»Aber jetzt muß ich leider wirklich gehen. Ich komme, selbst für Washingtoner Verhältnisse, viel zu spät zu meiner Cocktailparty.« Winston kicherte. Sie brachte es nicht über sich, ihn anzusehen. Hinter ihr ertönte ein schwaches Klopfen an der Tür. Dann öffnete sie sich quietschend.

»*Endlich*«, sagte Winston. »Bitte gehen Sie mit Mr. Kolb mit, Sybylla. Er wird –« Er hob den Blick. Es war, als wären ihm die restlichen Wörter aus der Kehle geschlagen worden.

»Hier bin ich.« Es war eine vertraute Stimme. Sybylla drehte sich um.

Er kam schweren Schrittes herein. Sein Gesicht war schlaff vor Erschöpfung, und er trug denselben Anzug, den er nur wenige Stunden zuvor angehabt hatte. Er erkannte offenbar sofort, um was es in der Situation ging, aber diese Fähigkeit war bei ihrem Vater schon immer sehr ausgeprägt gewesen. Selbst jetzt noch empfand sie das starke Bedürfnis, ihn zu umarmen.

Dermot trat ein, ging an ihr vorbei und schritt geradewegs zur Mitte des Raumes.

»Ich wußte, daß es so kommen würde«, erklärte er. »All die Jahre hindurch wußte ich es. Es war nur eine Frage der Zeit, wann das Ganze auffliegen würde. Jetzt ist es aufgeflogen, mein Freund. Die ganze Welt wird demnächst erfahren, womit du dich hier unten beschäftigt hast.«

Winston erstarrte. Er sah aus, als schwankte er, als spürte er keinen festen Boden mehr unter den Füßen. »Dermot?«

Sybylla umklammerte das Couchkissen, um das Gleichgewicht zu halten.

»Dermot?« sagte er noch einmal. »Das würdest du tun?«

»Ich würde es tun.« Die Stimme ihres Vaters klang fest und erstaunlich ruhig.

Winston hatte den Blick auf Dermot geheftet. »Aber warum denn?«

»*Warum?* Weil ich meiner Tochter heute morgen gesagt habe, sie sei nicht in Gefahr. Ich dachte, ich hätte recht, aber ich hatte nicht recht. Warum hatte ich nicht recht, Robert?«

»Das kannst du dir bestimmt selbst denken, alter Freund«, erwiderte Winston grimmig.

Dermot lächelte matt. »Reicht es nicht, daß du meine berufliche Karriere zu deinem Spielball gemacht hast? Hast du wirklich geglaubt, ich würde mir das, was du mir antun willst, gefallen lassen?«

»Dir *antun*?« Winston schnaubte verächtlich auf. »Ich glaube, du meinst *für dich tun*, alter Freund. Für dein Leben. Für dein Ziel. Für alles, was du immer gewollt hast. Und jetzt gehört es dir, Dermot. Es liegt in deiner Hand. Das Problem mit Sybylla ist für uns alle selbstverständlich sehr schmerzlich, aber ich denke, über unsere wichtigste Verpflichtung waren wir uns immer einig.« Er lächelte ein entwaffnendes Lächeln. »Ich entsinne mich der Zeit, als du den Standpunkt vertratest, das Gesetz sei der gesamten Gesellschaft verantwortlich, und seine Prinzipien müßten zwangsläufig die Interessen der Allgemeinheit denen des Individuums vorziehen. Kommt dir das nicht bekannt vor, Dermot? Oder hast du dich entschlossen, alles, was dir bisher wichtig war, zu verraten?«

Sybyllas Vater schüttelte den Kopf. »Es will einfach nicht in deinen Schädel, nicht wahr? Das erstaunt mich schon seit Jahren. Tief in seinem Inneren, dachte ich immer, muß Robert sich doch nach – ich weiß nicht –, nach menschlichem *Kontakt* sehnen. Er muß doch mit irgendeinem Menschen irgendwann, irgendwo einmal reden. Aber ich glaube, das tust du wirklich nicht. Du verfügst nicht einmal über das primitivste Verständnis dessen, was Menschen einander bedeuten können.«

»Faszinierend!« sagte Winston trocken. »Darf ich fragen, was dieses Psychogeschwätz mit unserer Situation hier zu tun hat?«

Sybyllas Vater explodierte förmlich vor Empörung. »Sie ist meine *Tochter*, du Dreckskerl! Sie ist mein Kind, mein Fleisch und Blut. Sie wird *immer, immer* wichtiger sein als alles andere!«

Der große Mann starrte Dermot verständnislos an. Sybylla spürte, daß ihr die Kinnlade bleischwer nach unten fiel.

Dermot bemühte sich, die Fassung wiederzugewinnen. »Es ist aus. Hast du gehört, Robert? Ich war dabei, als es begann, und ich bin hier, um das Ende mitzuerleben.«

Winston gewann scheinbar wieder die Oberhand. Er schüttelte kurz den Kopf. »Die Nominierung.«

»Vorbei!« fuhr Dermot ihn an.

Winston registrierte die Antwort mit schierer Fassungslosigkeit. »Ich bedauere sehr, das zu hören – um unser beider willen. Mein Respekt für dich ist jedoch viel zu groß, als daß ich versuchen würde, es dir auszureden, wenn es tatsächlich deine Absicht ist. Meine eigene Entscheidung wirst du aber sicherlich verstehen, Dermot. Wenn du dir den Lohn für deine harte Arbeit unbedingt versagen willst – bitte schön.« Er beugte sich vor und hob einen schmalen schwarzen Aktenkoffer vom Boden neben seinem Stuhl auf. Dann sagte er, ohne den Kopf zu wenden, in knappem Ton zu Hofmann: »Bring mir einen Pfleger. Ich warte nicht auf Kolb.«

Der zierliche Mann erhob sich und ließ den Blick erst auf dem einen, dann auf dem anderen Mann ruhen. »Ich gehe dann mal, wenn es recht ist.« Seine Stimme war hoch und brüchig vor Anspannung. »Das hier fällt nicht in mein Ressort, Robert.«

Das hier, dachte Sybylla, ist das, was mit Dermot und ihr gleich geschehen würde.

Hofmann ging hinaus. Sie hörte ihn mit hoher, quengeliger, doch völlig ungerührt klingender Stimme rufen: »Sie da, Pfleger! Sie werden da drin gebraucht.« Dann hörte Sybylla sich nähernde Schritte.

Winston konzentrierte sich auf den schwarzen Aktenkoffer, in den er gerade den Sicherheitscode eingab. »Ich möchte, daß Sie diese beiden Subjekte in den Gedächtnisbereich bringen«, sagte er, ohne den Blick zu heben. »Sie sind bei klarem Verstand, aber sehr gefährlich. Ich gebe Ihnen daher meine Waffe.«

Auf Sybyllas Schulter fiel gebieterisch eine Hand. Sybylla blickte hoch.

»Los«, sagte Sam.

Schwankend erhob sich Sybylla. Da stand er neben ihr, so bitterlich vertraut. Seine verflucht süßen schwarzen Locken glänzten grünlich im unterirdischen Licht, und er schien sich sehr wohl zu fühlen in seiner weißen Pflegerkluft. Nicht einmal der wirbelnde Schmerz über die erst kurz zuvor gewonnenen Erkenntnisse konnte diese neu aufkommende Qual mildern. Ich hatte recht, dachte sie ohne jedes Triumphgefühl. Von Anfang an. Er war von der ersten Sekunde an mit dabei. Es brach ihr fast das

Herz. Doch jetzt ging es nicht mehr nur um ihr eigenes Leben. So groß ihr Entsetzen über Dermot auch war, sie tadelte sich dennoch dafür, ihn in diese Katastrophe hineingezogen zu haben. Wenn sie, Sybylla, nicht gewesen wäre, säße er jetzt wahrscheinlich vor dem Ausschuß und legte Rechenschaft ab über seinen Weg in die Rechtsgeschichte.

»Bei einem möglichen Fluchtversuch werden Sie den hier brauchen«, sagte Dermots alter Freund zu Sam und gab ihm den Revolver. Sam nahm ihn. »Dürfte Ihnen ja wohl keine Schwierigkeiten bereiten, oder?«

»Nicht die geringsten«, sagte Sam, die Waffe betrachtend.

Dann richtete er sie langsam und mit aufreizender Genauigkeit auf Winston.

39

Einen langen, atemlosen Augenblick später brach Winston das Schweigen mit einer von fast unvorstellbarer Wut durchwirkten Stimme. »Verzeihen Sie bitte, aber ich glaube nicht, daß wir uns kennen.«

»Ich verzeihe Ihnen«, sagte Sam knapp. »Komm, Sybylla, kommen Sie, Judge Muldoon, wir gehen!«

Sybylla starrte ihn weiter an. *Wir gehen.* Es klang völlig unwirklich – als ob sie und Sam und Dermot einfach den Tunnel durchschreiten und zur reinen Luft dort oben hinaufgehen könnten und alles vorbei wäre. Aber es würde nicht vorbei sein. Sie konnten nicht hinausgehen und erwarten, für alle Zeit in Ruhe gelassen zu werden; so funktionierte das nicht. »Nein«, sagte sie mit vom langen Schweigen rauher Stimme. »Wir müssen das hier jetzt zu Ende bringen.«

Erstaunlicherweise schienen ihre Worte Robert Winston zu amüsieren. »*Zu Ende bringen?* Wer gibt Ihnen das Recht, ein Urteil über mich zu fällen, Sybylla? Ich bin ebenso ein Elternteil von Ihnen wie Dermot und Ihre unglückliche Mutter – eher noch mehr als diese beiden. Sie können Ihre Existenz nicht von der meinen trennen, egal, wie sehr Sie sich das wünschen.«

»Halten Sie den Mund!« sagte sie in einem hysterischen, weinerlichen Tonfall, der sie so anwiderte, daß sie sich die Ohren zuhielt, um ihn nicht mehr hören zu müssen. Dabei streiften die Finger ihrer rechten Hand die Furche – sein Zeichen. Sich selbst konnte sie nicht entkommen, wurde ihr verzweifelt klar. Sie wollte ihn vernichten; in diesem Augenblick war ihr völlig egal, daß sie miteinander verbunden waren, daß sie ihn nicht verneinen konnte, ohne sich selbst zu verneinen. Ihre Hand griff nach Sams Hand, nach dem Revolver darin, doch eine andere Hand kam ihr zuvor, und eine andere Stimme ertönte.

»Das ist nicht deine Aufgabe, Sybylla. Geben Sie mir den Revolver, Sam!«

Sam händigte ihn wortlos aus. Als Dermot auf ihn hinabblickte, wandelte sich sein verzerrter Gesichtsausdruck zu einem fast belustigt wirkenden Stirnrunzeln. Dann hob er die Waffe bedächtig auf die Höhe von Robert Winstons Kopf und zielte.

»Findest du das unterhaltsam, Dermot?« fragte Winston barsch.

»Unterhaltsam?« Dermot lächelte ihn mit aufeinandergepreßten Lippen an. »Eigentlich nicht, nein. Aber merkwürdig finde ich es. Es geht doch nur darum, genau das hier zu verhindern, nicht wahr? Daß man zur Waffe greift und mit jemandem abrechnet. Genau dazu ist das Recht doch da, oder? Aber trotz deines Geredes über die zivilisierte Justiz läuft es nun doch auf das hier hinaus.«

»Auf das hier?« fragte Winston höhnisch grinsend.

»Auf die Blutrache. Auf Vergeltung. Primitiv, nicht wahr?«

»Und darf ich fragen, wofür du dich rächen willst?«

»Ach, für alles mögliche«, sagte Dermot traurig. »Für mein Leben, für das Leben meiner Frau, für das Leben meiner Tochter. Und für meine Karriere natürlich. Ich kann auch noch die armen Menschen anführen, die du benutzt hast – sie haben ja sonst offenbar keinen Fürsprecher. Du bist für so vieles verantwortlich, Robert.«

»Für nicht mehr als du, alter Freund«, erwiderte Winston trocken.

Dermot nickte langsam. »Genau das habe ich dem Präsidenten gesagt, als ich vor einigen Stunden meine Kandidatur zurückzog.« Sybylla griff, den Blick auf ihren Vater gerichtet, nach Sams Arm und umklammerte ihn. »Nachdem Mr. Larkin mich heute nachmittag angerufen hatte, versuchte ich vergeblich, Sybylla in unserem Haus zu erreichen. Da wußte ich, was geschehen war, und traf an Ort und Stelle meine Entscheidung. Verstehst du, Robert? *Ich traf meine Entscheidung.* Meine Freunde vom Justizministerium warten draußen in der Garage auf uns.«

Winston stierte ihn an. Sybylla kam es vor, als verstehe er jetzt zum erstenmal, daß eine Katastrophe unmittelbar bevorstand. Er wurde kreidebleich.

»In der... Garage?«

»Sie vertreiben sich die Zeit mit Mr. Kolb, nehme ich an. Ich bat sie, mir einige Minuten zu geben. Ich sagte, es handle sich um eine Privatangelegenheit, und mir, dem Beinahe-Bundesrichter, gestatteten sie es denn.«

»Nun gut.« Winston faßte sich erstaunlicherweise wieder. »Gehen wir! Ich freue mich darauf, mit dem Justizministerium über unsere Arbeit sprechen zu können. Wenn ich mich recht entsinne, sind dort auch einige ehemalige Klienten von uns tätig. Ja, ja« – er machte eine Handbewegung – »gehen wir! Ich freue mich darauf, die Angelegenheit zu klären.«

Dermot schüttelte den Kopf. »Das ist inzwischen leider nicht mehr möglich, Robert. Mit dir würde die Justiz nicht fertig werden; das hast du uns durch deine eigenen Bemühungen gezeigt.« Er seufzte. »Wärst du weniger erfolgreich bei der Untergrabung unseres Rechtssystems gewesen, hätte ich dich ihm möglicherweise anvertraut. Doch deiner eigenen Aussage entsprechend, würdest du wahrscheinlich von einem Geschworenen freigesprochen werden, der zu beschränkt ist, um das spezifisch Böse in dir zu erkennen. Nein, Robert« – er schürzte die Lippen – »ich kann nicht darauf vertrauen, daß das System tun würde, was getan werden müßte. Ich glaube, diese Pflicht fällt mir zu.«

Ein lautes Klicken – das unverkennbare Geräusch einer in die für sie bestimmte Kammer gleitenden Patrone.

Winston schluckte schwer. »Ich glaube nicht, daß du in der Lage bist –«

»Doch, ich bin in der Lage. Leider.«

Sybylla hörte den Knall und dann nichts mehr. Ihre Ohren

waren völlig taub. Alles nur Schwindel! dachte sie, denn es passierte nichts, außer daß über Winstons Kopf plötzlich eine rote Mütze gestülpt war. Er beugte sich vornüber auf seinem Stuhl. Es war eine ganz besondere Mütze, stellte Sybylla fest, eine Mütze aus einem Zaubergarn, das pulsierte und deren lange, silbrig glänzende Fasern zu Boden hingen. Sie hörte Sams vor Grauen bebende Stimme: »Komm, gehen wir, Liebling. Bitte.« Sybylla nickte, doch sie zögerte, denn sie wollte weiter zusehen. Das satte Purpurrot der neuen Mütze breitete sich schimmernd über Winstons Gesicht aus wie eine dichte rote Maske, unter der nur noch seine absurd weißen Zähne glitzerten. Sam hatte sie zur Tür des Büros gezogen, ehe sie sich von dem Anblick losreißen konnte. Mit gequälter Miene löste sie sich von Sams Arm und wandte sich zu ihrem Vater um.

Dermot hielt den Revolver in der herabhängenden Hand und machte keine Anstalten mitzukommen.

»Daddy?«

Er hob die Hand, drehte sich jedoch nicht um.

»Ich glaube, wir gehen jetzt besser.«

Seine Schultern bebten. Verwundert sah sie, daß er weinte.

»Nur noch ein paar Minuten«, sagte er.

Sie legte ihre Hand auf seine Schulter.

»Ich möchte... noch ein paar Minuten allein sein.« Er griff in seine Jacke und zog die zusammengefalteten Papiere hervor. Sie mußte sich erst ins Gedächtnis zurückrufen, was das war. »Die Liste gehört dir. Ich habe sie all die Jahre nur für dich geführt. Für mich selbst natürlich auch, aber vor allem für dich, zu deinem Schutz.« Er war es nicht gewöhnt zu weinen, und mußte sich unterbrechen, um zu schlucken. »Verzeih mir, daß ich es nicht besser gemacht habe.«

»Schon gut«, sagte sie idiotischerweise und nahm die Liste.

»Durch meine Schuld wärst du beinahe getötet worden, Sybylla. Es tut mir so leid. Alles tut mir so leid.«

»Ist schon gut, Daddy.« Sie biß sich auf die Lippe. Sie wollte nicht, daß er sich umdrehte, denn sie wollte ihn nicht weinen sehen. »Ist alles in Ordnung mit dir?«

»Ja.« Er tätschelte die Hand auf seiner Schulter. »Ich möchte nur noch ein paar Minuten allein sein, ja? Wir treffen uns in der Garage.«

»Gut.« Sie trat zurück. Sam stand vor der Tür. »Wir warten dort auf dich.«

Sam hielt ihr die Tür auf, und sie traten in das grelle, sterile Licht des leeren Ganges. Seine Hand suchte tastend ihre Finger. »Kannst du gehen?«

Sybylla nickte. Sie machte einen Schritt, dann noch einen. Hinter ihr explodierte die Welt.

Seine Arme umschlangen ihre Taille wie ein Schraubstock und ließen ihr keine Möglichkeit, sich zu bewegen. Wie stark er ist, dachte sie zusammenhanglos, während sie wild auf ihn einschlug und sich zur Tür hin streckte. Und seine Stimme war so merkwürdig sanft. »Schau nicht hin, Sybylla, schau nicht hin.«

40

Als sie sich endlich auf den Weg zu dem winzigen Postamt machte und in ihren mittlerweile ziemlich ausgetretenen Sandalen über die weißgekalkten Pflastersteine ging, war es Spätnachmittag. Selbst nach so vielen Wochen konnte sie immer noch nicht ganz glauben, daß diese braunen Zehen wirklich ihre waren. Sie rieben und drückten gegen das Leder unter ihnen, waren nicht mehr eingeengt, sondern konnten nackt den warmen Wind spüren.

Glückliche Zehen, dachte Sybylla selbstironisch. Glückliche Sybylla.

Es war immer wieder lustig, dieses Austauschen von Begrüßungsgesten mit den Einheimischen, die ihr auf der Hauptstraße des Ortes begegneten. Es hatte erst in der Woche zuvor begonnen, ganz so, als wäre alles außer ihren oberflächlichsten Höflichkeiten für die wenigen Menschen reserviert, die auch nach der ersten euphorischen Phase des Strandlebens und der langen, feuchtfröhlichen Nächte noch blieben. Zwei oder drei Männer nickten ihr beim Näherkommen bereits ziemlich interessiert zu, ihr Gruß – *Ja sas!* – fiel vielleicht ein kleines bißchen lauter und enthusiastischer aus, und die Frauen wirkten gleich ein wenig argwöhnischer.

Nur keine Sorge, meine Damen, hätte sie am liebsten über den von Menschen wimmelnden Marktplatz gerufen. Nichts könnte mich weniger interessieren.

Der weiche weiße Stoff ihres Rockes umspielte sanft ihre Beine, als sie die Anhöhe hinaufstieg, vorbei an Souvenirläden und Straßencafés. An ihren ersten Tagen hier war sie jeden Abend völlig erschöpft in ihr Zimmer zurückgekehrt, mit einem pochenden Schmerz in den Wadenmuskeln, nur weil sie ein bißchen durch die Stadt gelaufen war, die irgendein Genie Jahrhunderte zuvor am Hang eines steilen Hügels errichtet hatte. Oben hielt eine altertümliche Festung Ausschau nach türkischen Schiffen, die zwar schon lange nicht mehr gesichtet worden waren, doch nachdem sie einmal dorthinauf gestiegen war, um es sich anzusehen, war sie so kaputt gewesen, daß sie die Besteigung nie wiederholt hatte.

Aber ich bin ja auch keine Touristin, rechtfertigte sie sich, wie um jeden Gedanken an Schuld zu vertreiben. Ich bin nicht hier, um meinen kulturellen Horizont zu erweitern.

Eigentlich erwartete sie gar keine Post, sagte sie sich auf den letzten Metern zum weißgetünchten Postamt. Es war völlig ununterscheidbar von den darunter oder darüber befindlichen, den Hang wie einen Teppich bedeckenden Häusern, wenn man von dem Wappen über der Tür absah, das es als ein offizielles Glied in der wenig zuverlässigen griechischen Post-Kette auswies. Nur ein Mensch wußte, wo sie war, und sie hatte sich wirklich bemüht, ihm klarzumachen, daß er nicht schreiben müsse. Aber man konnte niemandem ganz trauen, und die Vorstellung, daß hier, so nahe, doch nie abgeholt, ein Brief herumlag, war ihr unangenehm. Deshalb kam sie alle paar Tage hierher. Öfter hätte bedeutet, daß sie begierig auf Neuigkeiten war, dabei gelüstete es sie gar nicht besonders nach Neuigkeiten von zu Hause.

Der alte Mann stand hinter dem Schalter; seine verblichene Postlermütze hielt sich entweder aufgrund eines phänomenalen Gleichgewichtssinns oder mit Hilfe irgendeines Klebstoffs auf dem Kopf. Er kannte sie mittlerweile. Wenn er lächelte, sah man drei grünliche Zähne.

»*Ja sas.*« Sie nickte und sagte dann ganz langsam: »Haben Sie einen Brief für Sybylla Muldoon? Muldoon – M-U-L-D-O-O-N.«

Er hob seinen schwarzgefärbten Zeigefinger, griff mit der anderen Hand unter den Schaltertisch und holte eine kleine, mit Postkarten und blauen Luftpostbriefen vollgestopfte Schachtel hervor. Sybylla wurde bang ums Herz. Es würde eine Stunde dauern, bis er all diese fremdsprachigen Namen durchwühlt hatte. Sie seufzte, doch noch währenddessen wurde ihr Blick auf die herausragende Ecke eines Umschlags und das vertraute Druckbild des Absenders gelenkt.

»Sir?« Sie deutete darauf.

Der alte Mann sah verwundert hoch.

»Da!« Sie deutete noch einmal darauf. »Muldoon.«

Er nickte, ließ sie den Brief selbst herausziehen, händigte ihn ihr jedoch erst nach eingehendem Studium der Adresse aus: »Sybylla Muldoon. Postlagernd, Molyvos, Lesbos, Griechenland.«

»Okay?« Sie nickte ihm lächelnd zu. »Okay. *Efcharisto.* Danke.«

Sie ging mit dem Brief hinaus und steckte ihn in ihre Handtasche. Es war mehr als nur ein Brief, das konnte sie ertasten. Der Umschlag war so prall gefüllt, daß er etwas Zusätzliches enthalten mußte. Zeitungsausschnitte wahrscheinlich, und zwar viele.

Eigentlich durfte sie das nicht überraschen. Sie war nun schon lange fort und hatte in dieser Zeit erkannt, daß bestimmte Ereignisse – ziemlich bedeutsame Ereignisse – sich auch ohne sie abspielten. Und das war auch ganz in Ordnung so, versicherte sie sich, während sie über die orangefarbenen Dächer hinweg den glatten, glitzernden Bogen der Ägäis unter sich betrachtete. Jetzt konnte sie damit umgehen.

Sie warf einen Blick auf ihre Uhr und machte sich auf den Rückweg. Es war zwar schon zu spät fürs Mittagessen und noch zu früh fürs Abendessen, aber Jorgos würde ihr bestimmt trotzdem einen Kaffee machen – das war der Vorteil, wenn man fast immer nur in ein und demselben Lokal aß. In den vergangenen Wochen hatte sie ihre Ernährung fast ganz in seine Hände gelegt. Manchmal ging sie in die Küche der Taverne, um zu sehen, was schon auf dem Herd gut aussah, oder sie erlaubte Jorgos, das Essen für sie zusammenzustellen, wenn sie merkte, daß er darauf aus war. Jorgos hatte ihr auch eine Unterkunft besorgt, indem er sie zur Pension seiner Schwester führte, einem Haus, das sie allein nie entdeckt hätte, da es sich bei den Touristen nicht durch Werbung anbiederte, und selbst wenn sie irgendwie an die Adresse gekommen wäre, hätte ihr das nichts genützt, denn das Gästehaus lag so versteckt, daß sie in den ersten Tagen versucht war, Brotkrumen zu streuen, um dorthin zurückzufinden. Als sie die Straße hinabkam, winkte er ihr zu; sicher, daß sie zu ihm kommen würde, doch ein bißchen zerstreut.

»Willkommen, Miss Sybil.«

Sie dankte ihm und setzte sich an einen der draußen aufgestellten Tische.

»Ich weiß, daß es jetzt kein Essen gibt, aber ich hätte gern einen Kaffee.«

Er drehte sich um und schrie: »Jannis! Kaffee für Miss Sybil!«

»*Efcharisto*, Jorgos.«

»*Parakalo.*« Dann ging er, um einige weniger sichere Kunden, die vor dem Eingang der Taverne standen, zu umwerben.

Der Kaffee stand wenig später vor ihr. Sie hatte versucht, ihren Koffeinkonsum einzuschränken, und sich fürs erste nur vier Tassen pro Tag genehmigt – eine zum Frühstück, eine nach jeder Mahlzeit und eine spätabends – in der Hoffnung, irgendwann bei zwei oder drei Tassen täglich zu landen, aber da er so gut schmeckte, wußte sie beim besten Willen nicht, wie sie ihn sich versagen sollte. Sie, die erklärte Koffeinsüchtige, hatte niemals zuvor einen so reinen Kaffeegenuß erlebt. Merkwürdig, daß die Menschen in den Großstädten das Zeug zwar zum Auftanken benötigten, sich aber mit einer so faden Variante zufriedengaben. Diese kleine Tasse dagegen erschien ihr wie ein wahres Lebenselixier, geradezu wie ein Heilmittel. Lächelnd hob sie die Tasse, um auf das Wohl der unter ihr liegenden Bucht zu trinken. Dann griff sie in ihre Tasche, zog den Umschlag hervor und riß ihn auf.

Zuoberst steckte der Brief – zwei mit seiner vertrauten Schrift bedeckte Seiten auf Büropapier.

Ein Schluck zur Stärkung; dann begann sie zu lesen.

Liebe Syb,
Sie können mich ja verklagen, wenn ich falsch liege. Sie haben mir eine Postkarte geschickt und geschrieben, alles sei in Ordnung und ich solle nicht schreiben, dann jedoch Ihre kaum entzifferbare Adresse ganz oben hingekritzelt, wo sie vom Poststempel noch schwerer lesbar gemacht wurde. Da sagte ich mir, natürlich will sie von dir hören. Natürlich will sie wissen, was passiert ist. Und zwar alles, wie ich sie kenne. Ihr Wunsch sei mir Befehl. Seit Ihrer Abreise habe ich Zeitungsausschnitte gesammelt; hier sind sie nun. Ich weiß nicht, ob sie Sie glücklich machen werden, doch ich hoffe sehr, sie werden Sie wenigstens nicht noch trauriger machen.

Sie schreiben, Sie wüßten nicht, wann Sie zurückkommen, und auch nicht, ob Sie dann hier weiterarbeiten werden. In Ordnung. Ich sage Ihnen die Wahrheit: Mir kam es schon komisch vor, daß Sie überhaupt so lange hier waren. Einen Tapetenwechsel zu brauchen ist keine Schande, wissen Sie. Sie sind deshalb keine schlechtere Anwältin und auch kein schlechterer Mensch. Egal, wie Sie sich entscheiden werden, ob Sie nun in diesem Knochenjob ausharren wollen oder nicht, ich bin sicher, daß Sie Ihrer Arbeit stets mit der Leidenschaft und der Effizienz nachgehen werden, die nun einmal zu Ihren hervorstechendsten Eigenschaften gehören.

Und um uns brauchen Sie sich keine Sorgen zu machen, Syb. Damit meine ich Sie und mich. Ich weiß, daß wir immer wichtig füreinander sein werden. Sie bedeuten mir viel zuviel, als daß sich daran etwas ändern könnte.

Nehmen Sie sich die Zeit, die Sie brauchen, und sehen Sie zu, daß Sie braungebrannt und erholt und mit Ouzo beladen zurückkommen. (Ich habe Ihnen ja gesagt, daß der Ouzo von Lesbos einer der besten ist...) Rufen Sie mich an, wenn Sie zurück sind. Den Katzen geht es gut.

Alles Liebe.

Unterschrieben war das Ganze, wie üblich, völlig unleserlich.

Sie schüttelte den Umschlag, und die Zeitungsausschnitte fielen heraus – Hochglanzpapier und schmieriges Zeitungspapier. Hastig überflog sie jeden Ausschnitt und sah, überaus erleichtert, daß nichts über ihren Vater dabei war. »Danke«, sagte sie, zu ihrer eigenen Überraschung, laut. Sie trauerte viel zu sehr um Dermot, als daß sie Elogen auf sein verfehltes Leben oder Spekulationen über seinen so entsetzlich plötzlichen Tod hätte ertragen können.

Sie wußte nicht einmal, wieviel von der Erinnyen-Story überhaupt veröffentlicht worden war. In den Tagen nach dem schrecklichen Endspiel in den Laboren unter der GJF hatte sie dem sehr feinfühligen Vernehmungsbeamten des Justizministeriums alles, was sie wußte, erzählt und ihm Dermots Liste mit den Gerichtsverfahren übergeben. Damit, so versicherte man ihr, sei die Sache für sie abgeschlossen, und im Austausch dafür, daß ihr und Dermots Name bei der Publikation des Falls nicht genannt wurde, verpflichtete sie sich, nichts von dem, was sie entdeckt hatte, an die Medien weiterzugeben. Die Entscheidung war ihr nicht schwergefallen. Sie hatte es gründlich satt, über das nachzudenken, was Winston, Hofmann und deren Team verbrochen hatten. Nachdem die Drahtzieher aus dem Verkehr gezogen waren, fand das Erinnyen-Projekt ein sowohl plötzliches als auch unwiderrufliches Ende. Den »Subjekten«, die bereits durch das System geschleust worden waren, konnte natürlich nicht mehr geholfen werden, aber die wenigen Menschen, die sich zu diesem Zeitpunkt noch im Gedächtnisbereich befanden, wurden in entsprechende Krankenhäuser eingewiesen. Zu diesen hilflosen Menschen gehörte auch eine alte Frau, die Sybylla zuletzt unter ihren Decken schlafend und von ihrem hungrigen Kater rührend bewacht gesehen hatte. Sie wußte zwar nicht, wohin man Annie gebracht hatte, doch sie sagte sich, daß ihr dort nichts Schlimmeres drohte als das, was diese tapfere, mitleiderregende Frau bereits erduldet hatte.

Man hatte beschlossen, Dermots Leiche unauffällig in sein nahegelegenes Haus zu bringen, wo sein Selbstmord dann offiziell »entdeckt« wurde. Diese gräßliche Aufgabe hatte Sybylla übernehmen müssen. Der plötzliche, rätselhafte Tod eines Kandidaten für den Obersten Bundesgerichtshof, dessen Ernennung als sicher gegolten hatte, mußte unweigerlich düstere, unerfreuliche Spekulationen nach sich ziehen. Das ließ sich nicht verhindern. Doch sorgte man für Unterlagen, die eine erst kurz zuvor diagnostizierte unheilbare Krankheit bestätigten, um die Neugier ein bißchen zu dämpfen. Die Entscheidung darüber, wie mit den mindestens vierhundert unter falschen Voraussetzungen ergangenen Schuldsprüchen zu verfahren sei, von denen einige zu Präzedenzfällen geworden waren, sowie mit den Leuten, die diese Schuldsprüche in Auftrag gegeben hatten, blieb dem Justizministerium überlassen. Sybylla wußte nicht, wie man sich hinsichtlich dieser Fragen entscheiden würde, doch im Augenblick kümmerte sie das auch nicht allzusehr.

Nachdem ihre offizielle Rolle in dem Drama ausgespielt war und der Tod ihren starken, doch auf niemand bestimmten gerichteten Wunsch nach Rache unerfüllbar gemacht hatte, war Sybylla in ihre New Yorker Wohnung zurückgekehrt und fast zusammengebrochen. So viele Reporter riefen an und wollten eine Erklärung für den Selbstmord ihres Vaters, daß sie den Hörer schließlich neben den Apparat legte. Sowohl in New York als auch in Washington wurden Gedenkgottesdienste abgehalten, ein endloser Tribut an Dermots Lebenslüge. Sie ließ sie wütend, nervlich am Ende und wie versteinert über sich ergehen. Als sie ihre Arbeit im Büro wiederaufnehmen wollte, um sich abzulenken, trug Steiner sie praktisch aus dem Gebäude in der Lafayette Street, lud sie zum Mittagessen ein und forderte sie auf, einen Erholungsurlaub zu nehmen. Bei diesem Essen erzählte sie ihm alles, kotzte es aus, während der Salat in der Schüssel vor ihr braun und welk wurde und er sie schockiert und angewidert anstarrte. Er war der einzige Mensch, dem sie es erzählt hatte, und der einzige, dem sie es je erzählen würde.

Langsam machte sie sich daran, die Ausschnitte gründlicher zu sichten, hielt nach und nach jeden in die sinkende Abendsonne. Ein Artikel aus *American Lawyer* nahm die plötzliche Schließung der Gesellschaft für Juristische Forschung, die stets als ein blühendes Unternehmen gegolten hatte, zum Anlaß, um die Frage aufzuwerfen, ob die Verfahrensberatung sich von einer boomenden Branche zu einem Pleitegeschäft entwickelt habe. In einem *People*-Artikel sah man Amanda Barrett, wie sie sich nach den ersten Gesichtsoperationen in einem silbernen Handspiegel betrachtete. Die Narben waren jetzt weniger sichtbar, doch Amandas Lächeln war noch immer traurig. »Ich habe ihm doch nichts getan« – so wurde sie in dem Artikel unter anderem wiedergeben. Zwei oder drei der *New York Times*-Berichte drehten sich um den Ersatzkandidaten für Dermot, einen nichtssagenden, gemäßigten Juristen aus Tennessee, der schon allein deshalb den Anforderungen zu genügen schien, weil buchstäblich jede seiner wichtigen Urteilsbegründungen angemessen schwammig ausgefallen war. Ein Ausschnitt war dem Lokalteil entnommen und behandelte die neuen Sicherheitsmaßnahmen, welche die New York University nach dem Tod einer Chemieprofessorin für ihre Laborgebäude getroffen hatte; in einer kurzen Meldung unter der Rubrik »Vermischtes« wurde über das Ende des Hyperion Club berichtet. Bei der vor dem Verkauf erfolgten Renovierung der Villa hatte man entdeckt, daß eines der in dem Club befindlichen Gemälde, ein Bild des Schweizer Malers Arnold Böcklin mit dem Titel *Ein Mörder, von Furien verfolgt,* auf einer Liste mit Kunstwerken stand, die deren europäische Besitzer seit dem Zweiten Weltkrieg vermißt hatten. Kein einziges früheres Clubmitglied war bereit gewesen, einen Kommentar abzugeben – das *New York Magazine* bemerkte bissig, nicht einmal jetzt würden der Presse Unterlagen über die Mitgliedschaft des Clubs zur Verfügung gestellt –, doch die Beamten der Bayerischen Staatsgemäldesammlung in München freuten sich ungemein über die Nachricht und gaben zu, das Gemälde sei zusammen mit diversen anderen Bildern und Skulpturen während der Bombardierung der Alliierten im Jahre 1945 von Unbekannten aus einer Höhle in der Umgebung der Stadt entfernt worden; seither sei über seinen Verbleib nichts bekannt gewesen. Da sich niemand gemeldet und die Rückgabe des Bildes angefochten habe, werde diese noch im Laufe des Monats erfolgen.

Der bei weitem größte Teil der Ausschnitte betraf jedoch den Rücktrittsbazillus, von dem plötzlich sowohl Staatsanwälte als auch ehemalige Staatsanwälte im ganzen Land befallen wurden. Die *Washington Post* hatte den Trend als erste erkannt und die Berichterstattung innerhalb einer Woche von der Juristischen Seite ins Ressort »Nationale Belange« verlegt. Die Gründe für die Rücktritte variierten natürlich stark und wirkten überaus subjektiv – ironischerweise, fand Sybylla, wurde vor allem das Burn-out-Syndrom genannt –, doch die neuen Berufsaussichten, so vorhanden, beschränkten sich ausschließlich auf den privaten Sektor. Von Maine bis Kalifornien flohen die Leute scharenweise aus den Beamtenstellungen. Leute, die jahrelang verkündet hatten, ihr einziger Wunsch sei es, dem Staat zu dienen, entdeckten jetzt plötzlich die Vorteile privater Anwaltsfirmen und erklärten im Widerspruch zu früheren Aussagen, hohe Staatsposten reizten sie nicht im mindesten. Einige der Rücktritte betrafen Männer, die merkwürdigerweise so wirkten, als hätten sie sich über den Verlauf ihrer Karriere überhaupt keine Gedanken gemacht. Zu der gesamten Gruppe zählten drei Senatoren, drei Gouverneure und mehr als zehn Richter bundesstaatlicher Gerichtshöfe.

Dieses Phänomen, so außergewöhnlich es auch war, brachte Sybylla jedoch nicht einen Bruchteil der Genugtuung, die sie aus einer Titelgeschichte der *Daily News* zog. Der Bericht wies ein Foto von Andrew Greer auf, der sich dem Pressecorps mit gequältem Lächeln stellte und »meiner Stadt, meiner Geburtsstadt und der Stadt, der ich dankenswerterweise dienen durfte«, verkündete, daß er sein Amt mit sofortiger Wirkung niederlegen werde, um mehr Zeit für seine Familie zu haben. Seine hinter ihm aufgereihte Familie schien über diese Neuigkeit ziemlich erstaunt zu sein. Ob sein Schritt mit dem im nächsten Jahr stattfindenden Gouverneurswahlkampf in Zusammenhang stehe, wollte einer der Reporter wissen, überzeugt, eine Bestätigung zu erhalten.

Er werde nicht für den Gouverneursposten kandidieren, erwiderte Greer. Ja, fuhr der beliebte Bezirksstaatsanwalt fort, er werde künftig überhaupt kein Staatsamt mehr anstreben.

»C'est la vie«, dachte Sybylla kichernd, faltete den Artikel und steckte ihn zu den übrigen in den Umschlag.

Philip Hofmann wurde in der Berichterstattung ebensowenig erwähnt wie sein verstorbener Partner. Es war ihm offenbar gelungen, dem Medien-Suchscheinwerfer zu entgehen, der das Ende des Erinnyen-Projekts ausgeleuchtet hatte. Oder aber er wurde abgeschirmt, fügte Sybylla verärgert hinzu und fragte sich, ob der fanatische Wissenschaftler vielleicht irgendeine neue Nische gefunden hatte, in der sich sein Können anwenden ließ – vielleicht sogar eine Nische, die den von ihm so verachteten staatlichen Stellen nicht ganz unbekannt war. Immerhin hatten sie ihn damals ja ausgebildet und waren bestimmt in der Lage, ein kleines Einsatzgebiet für seine unbestreitbaren Talente ausfindig zu machen. Sybylla haßte den Zynismus, den sie aus ihren eigenen Gedanken heraushörte – ein Abschiedsgeschenk von Robert Winston.

Aber wenigstens war es jetzt vorbei. Trent und Susu und Cleve... und Dermot selbst, an dessen große Liebe zu ihr sie zum erstenmal wirklich geglaubt hatte, als er ihr diese Liebe zusammen mit seinem Leben zu Füßen legte – irgendwo mußte es Seelenfrieden für sie geben, und sie betrachtete es geradezu als ihre Pflicht, ihn zu finden. Und hier hatte sie ihn nun gefunden, obwohl sie bisher kein einziges Mal mit dem Gedanken gespielt hatte, nicht in ihr eigentliches Leben, ihr Leben in New York, zurückzukehren. Selbst in den schlimmsten Momenten der Trauer war ihr bewußt gewesen, daß sich an ihrem Wunsch, Anwältin für bedürftige Menschen zu sein, nichts geändert hatte; sie war sich dann jedoch darüber klargeworden, daß die Form dieses Engagements nur ein Detail darstellte. Vielleicht war es an der Zeit, eine weniger aufreibende Art und Weise zu finden.

Sie legte ein paar Münzen auf den Tisch und ging, nach einer Weile immer schneller atmend, die steile Straße zu ihrer Pension hinauf. Die untergehende Sonne tauchte die weißgetünchten Häuser in ein rosiges Licht und spiegelte sich glitzernd in den Fenstern. Hätte sie mit dem Gedanken gespielt auszusteigen, so hätte sie sich kaum einen geeigneteren Ort dafür vorstellen können als dieses Städtchen an der Spitze von Lesbos, in dem sich die Menschen unbekümmert der Lebenslust hingaben, ohne groß zu fragen, wie sie erreicht wurde. Die erste Woche hindurch hatte sie nur am Strand gelegen, bleich wie eine Qualle und mit leerem Kopf. Als ihre Haut in der zweiten Woche allmählich brauner wurde, hatte sie sich aufgesetzt und nachzudenken begonnen. Erst in der dritten Woche hatte sie gespürt, daß die allerschlimmste Verbitterung vorbei war.

Jorgos' Schwester winkte ihr vom Tisch im Hof aus zu. Sie trank gerade Retsina mit zwei Gästen – Neuankömmlingen im Paradies, wie man aus der weißen Haut und den verstörten Mienen schließen mußte – und streckte ihr die Flasche entgegen.

Sybylla dankte ihr, lehnte jedoch ab mitzutrinken. Der Duft des Zitronenbaums, der im Hof wuchs, folgte ihr ins Innere des Hauses, die Treppe hinauf, bis zum blaubemalten Holz ihrer Zimmertür. Sie öffnete sie, warf einen kurzen Blick hinein und sah, daß das weiße Leintuch über die Rundung eines Menschenkörpers gebreitet war, der sich in tiefem Schlaf rhythmisch hob und senkte.

In meinem Bett liegt ein Mann, dachte sie.

Sie trat ein und schloß hinter sich leise die Tür.

Und nicht bloß irgendein Mann, sondern ein eingeschriebenes Mitglied der American Civil Liberties Union!

Er bewegte sich und wachte auf.

»Ach, du bist's. Hi!«

Sybylla hob die Augenbrauen. »Hast du jemand anderen erwartet?«

Er klopfte auf die Tagesdecke neben sich. »Komm her!«

Sybylla gehorchte.

»Wo warst du?« fragte er gähnend.

»Im Postamt. Ich wollte nachsehen, ob mir jemand geschrieben hat. Und dann habe ich einen Kaffee getrunken.«

»Post? Ich dachte, du hättest niemandem gesagt, wo du bist.«

Sie zuckte mit den Achseln. »Nur Steiner. Ich habe ihm eine Karte mit meiner Adresse geschickt.«

»Ah ja.« Er lächelte. »Und, was gibt's Neues?«

Sybylla schlug die Beine übereinander. »Zeitungsgeschichten. Nichts, womit wir nicht gerechnet hatten. Man wundert sich zwar über die Rücktritte, aber offenbar bohrt niemand nach. Ich glaube, man wird uns in Ruhe lassen, wenn wir zurückkommen.«

»Ach?« fragte Sam. »Wir fliegen also zurück?«

Sie lächelte. »Ich bin die alleinige Ernährerin zweier Katzen. Ich kann nicht ewig hierbleiben.«

Er lehnte sich ins Kissen zurück und verschränkte die Arme hinter dem Kopf. »Also, wenn du es so siehst – heißt das wohl, daß auch ich zurückfliege, oder?«

»Hatte ich eigentlich schon gehofft, ja.«

»Wirklich?« Er grinste. »Ganz echt?«

Sie seufzte. »Ach, du weißt doch, wie es ist. Der Ritter rettet die Maid, und die Maid stopft ihm für den Rest ihres Lebens das Kettenhemd.«

Er hob seine schlafwarme Hand und berührte Sybylla.

»Und du warst ja auch wirklich ziemlich wunderbar«, dachte sie laut nach.

Die Hand hielt inne. »Nur ziemlich?« Sybylla schwieg. »Sybylla, da kämpfe ich mich zum Zug durch, werde fast vom Secret Service verhaftet, als ich endlich deinen Vater telefonisch erreiche, und nach all diesen bereits nicht unerheblichen Heldentaten komme ich auch noch und entreiße dich den Klauen des sicheren Todes. Was soll das heißen, ich sei nur ›ziemlich‹ wunderbar gewesen? Ich war *total* wunderbar.«

»Du kannst einfach nicht aufhören damit, was?« erwiderte sie. »Ich habe dir doch bereits angeboten, dein Kettenhemd zu stopfen.«

»Aber ich *will* nicht, daß du mein verdammtes Kettenhemd stopfst«, rief er. »Ich würde nie im Leben erwarten, daß du mein Kettenhemd stopfst!«

Sie beugte sich langsam vor, schlang ihre Arme um seinen Hals und näherte ihren Kopf dem seinen, bis sie sicher war, daß er sicher war, daß sie ihn gleich küssen würde.

»Also gut. Dann muß ich eben, wenn dein Kettenhemd abgenutzt ist, nur rasch losgehen und dir ein neues kaufen«, sagte sie grinsend. »Ich hoffe nur, daß Brooks Brothers so was führt.«

ANMERKUNG DER AUTORIN

Lysergsäurediäthylamid wurde in den fünfziger und sechziger Jahren bekanntermaßen an zahlreichen Testpersonen ausprobiert – sowohl an Menschen, die ihre Zustimmung dazu gaben, als auch an solchen, die dies nicht taten. Martin A. Lee und Bruce Shlain, den Autoren von *Acid Dreams; The Complete Social History of LSD: The CIA, the Sixties, and Beyond*, zufolge zählten dazu Angehörige des Militärs, Gefängnisinsassen, Psychiatriepatienten, Ausländer, tödlich erkrankte Menschen, »sexuell Abweichende«, Angehörige ethnischer Minderheiten und Drogenabhängige. Der CIA ging es vor allem darum, »alte Verhaltensmuster zu zerstören«, um eine Testperson programmieren beziehungsweise einer Gehirnwäsche unterziehen zu können. »Wenn LSD die Weltsicht eines Menschen für einige Zeit veränderte und bewirkte, daß er seine Überzeugungen vergaß, lautete die Vermutung der CIA-Ärzte, dann konnten russische Spione auf Trip möglicherweise dazu gebracht werden, die Seite zu wechseln. Die Gehirnwäsche-Strategie war relativ simpel: Man brauchte nur den schwächsten Punkt der Testperson zu finden (ihre ›Achillesferse‹) und ihn anzugreifen. ... LSD wurde verwendet, um Wahrnehmungsverzerrungen hervorzurufen, um Menschen zu brechen und unter Kontrolle zu bringen, um einen namenlosen Ort in diesen Menschen zu finden und dort für immer ein Zeichen zu hinterlassen.«

Zur Verfolgung dieses Ziels erhielt auch Dr. Ewen Cameron, Psychiater im der McGill University in Montreal angeschlossenen Allain Memorial Institute, Geld von der CIA. Die Autoren

Lee und Shlain beschreiben die LSD-Behandlung, die Cameron an 53 Schizophrenen durchführte:

Die sogenannte Behandlung begann mit einer »Schlaftherapie«, bei der die Testpersonen monatelang bewußtlos blieben. Die nächste Phase, das »Depatterning« [etwa: Zerstörung des Verhaltensmusters] beinhaltete massive Elektroschocks und häufig verabreichte Dosen LSD; beides sollte frühere Verhaltungsmuster auslöschen. Dann versuchte Cameron, das Bewußtsein durch eine als »psychisches Antreiben« bezeichnete Technik wieder instandzusetzen. Die Patienten wurden, wiederum stark sediert, in »Schlafräume« gesperrt, wo man ihnen über Lautsprecher unter ihren Kissen immer wieder dieselben auf Tonband aufgezeichneten Mitteilungen vorspielte. Manche bekamen ein und dieselbe Mitteilung über eine Viertelmillion Mal zu hören.

Diese Therapie, über die detaillierter in John Marks *The Search for the »Manchurian Candidate«. The CIA and Mind Control* berichtet wird, brachte nicht die erhofften Resultate, und schließlich gab die CIA LSD als Mittel zur Gehirnwäsche auf. Neun von Camerons Testpersonen verklagten die Vereinigten Staaten auf jeweils eine Million Dollar, da sie angeblich noch immer an den Auswirkungen dieser Forschungsarbeit litten.

Doch nicht allen Experimenten mit LSD und Geisteskranken lagen derartig dubiose Motive zugrunde. In einem Artikel in *Omni* vom Oktober 1992 schreibt A. J. S. Rayl, daß es zu dem Zeitpunkt in den sechziger Jahren, als die LSD-Experimente gestoppt wurden, in seriösen Zeitschriften bereits über zweitausend Studien und Artikel über die Auswirkungen der Droge auf diverse psychische Störungen gegeben habe. Interessanterweise beginnen einige Forscher heute wieder, das Therapiepotential von LSD zu erkunden. In der Schweiz wird die Droge derzeit in Verbindung mit Psychotherapie eingesetzt, um Patienten mit Anorexia beziehungsweise mit Zwangsstörungen zu behandeln, allerdings nicht als Teil einer kontrollierten wissenschaftlichen Studie. Dreißig Jahre lang haben gesetzliche Beschränkungen in den Vereinigten Staaten alle LSD-Versuche an Menschen verhindert, doch während dieses Buch noch in Arbeit ist, befindet sich die erste Menschenversuchsreihe seit den sechziger Jahren in der Planungsphase und wurde von staatlicher Seite genehmigt. Im Winter 1996 wird dieses im Orenda Institute in Baltimore, Maryland, geplante LSD-Experiment für die Behandlung Drogenabhängiger wahrscheinlich schon im Gange sein. Die meisten in diesem Forschungsbereich tätigen Wissenschaftler begrüßen den Sinneswandel: »LSD war die neue Technologie der Psychiatrie, doch sie blieb ungenutzt«, schrieb Dr. David Nichols von der Purdue University in *American Health* vom Dezember 1990. »Daß die Forschung gestoppt wurde und nicht nur der Mißbrauch, ist tragisch.«

Drogen- oder Hormon-Implantate werden derzeit im allgemeinen zur Empfängnisverhütung verwendet sowie in Zusammenhang mit bestimmten Formen der Hormonsubstitutionstherapie, hauptsächlich bei Kindern (z. B. bei angeborener Nebennierenhyperplasie des Salzverlust-Typus). Zu den Anwendungsbereichen, für die Implantate derzeit getestet werden, zählen die Hormonsubstitutionstherapie in der Menopause sowie die Behandlung von Prostatakrebs, gutartiger Prostatahyperthrophie, Tumoren der Hirnanhangsdrüse, Endometriose und Uterusmyomen.

Das Bild *Ein Mörder, von Furien verfolgt,* wurde 1870 von dem Schweizer Maler Arnold Böcklin geschaffen und ein Jahr später von der Bayerischen Staatsgemäldesammlung in München erworben. Seitdem hat es den Besitzer nicht wieder gewechselt.

Im Frühling 1993, als die erste Fassung dieses Romans bereits weit gediehen war, stach ein offenbar psychotischer Obdachloser auf der Upper East Side Manhattans ein Kind nieder. Der Fall hat noch immer kein gerichtliches Ende gefunden.

Und im April 1994 erschien in der *New York Times* folgender Leserbrief:

Als ein Bürger, der hin und wieder mit dem Justizsystem des Bundesstaates New York in Berührung kommt, begrüße ich die Initiative von Chief Judge Judith S. Kaye, die Prozeduren ein wenig zu entschlacken. Ich habe allerdings bereits alle Hoff-

nungen auf Erfolg aufgegeben. Die Anwälte, denen die Gerichte gehören und von denen der Betrieb aufrechterhalten wird, wissen genau, was sich lohnt, und ihre Gewerkschaft ist bestimmt ebensowenig auf Veränderung aus wie die der Transportarbeiter.

Ich schlage daher ein anderes Verfahren vor: professionelle Geschworene. Wir haben bereits professionelle Richter, Anwälte und Kriminelle; dieser letzte Schritt dürfte also nicht allzu schwer zu bewerkstelligen sein. Wenn Judge Kaye die Vergütung ein bißchen hochschrauben könnte, würden bestimmt viele New Yorker Bettler dies als einen lohnenden Beruf ansehen. Die Arbeitszeiten sind attraktiv, der Gerichtssaal ist warm, und das Durchschlafen der Verhandlung würde völlige Unwissenheit hinsichtlich der Tatsachen und damit unvoreingenommen gefällte Urteile gewährleisten.

A. Sock, New York, 7. April 1994

DANKSAGUNG

Ich bin vielen, die mich großzügig in den Genuß ihrer Sachkenntnis, ihrer Kritikfähigkeit und ihres Beistands kommen ließen, zu großem Dank verpflichtet.

In medizinischen und pharmakologischen Belangen waren mir Dr. C. Wayne Bardin, Dr. Richard Novick, Dr. Carl Tisch und Dr. Linda M. Bonnell eine große Hilfe. Im Zusammenhang mit juristischen Fragen schenkten mir Joanne Legano Ross und Henry Deutsch von der Legal Aid Society in New York ihre Zeit, berieten mich und verrieten mir manches Geheimnis. Elissa Krauss vom National Jury Project beantwortete meine Fragen über Verfahrensberatung, und Tom Munsterman vom National Center for State Courts half mir bei der Lösung eines Problems, mit dem ich mich lange herumgeschlagen hatte. In mythologischen Dingen bin ich Robert Fagles zu Dank verpflichtet, der sich bestimmt gewünscht hätte, daß die Erinnyen fairer behandelt würden, als es in diesem Buch geschieht. Ich danke Anton Hajjar, der mich über die Landstraßen bei Great Falls chauffierte, und Brendan Cassidy vom Katalog Christliche Kunst der Princeton University.

Unter den vielen Freundinnen und Freunden, die das Manuskript in diversen Entwicklungsphasen lasen und hervorragende Vorschläge machten, bin ich vor allem Mary Jo Salter, Paul Muldoon, Belinda Haas und Kathryn Watterson zu Dank verpflichtet sowie Joyce Carol Oates, deren Essay »I, The Juror« ebenfalls sehr hilfreich für mich war. Stuart Paley und Ron Konecky gaben dem Projekt immer wieder einen kleinen Schubs, und Pam Bernstein sowie ihre Assistentin Donna Dever begleiteten es bis ans Ziel. Im Verlag Crown stellten mir Betty Prashker und Cressida Connolly tolle Ideen zur Verfügung und erwiesen sich im übrigen als Mitglieder der seltensten und bewundernswertesten Gattung überhaupt: als Lektorinnen, die redigieren.

Der Dank, den ich meinen Eltern, meiner Schwester, meinem Mann, meiner Tochter, Chris Fahland und Sally Kahler Phillips sage, bleibt letztlich unzureichend, aber ich tu's trotzdem. Mein größter Dank gilt Deborah Michel, die diesen Roman von Anfang an begleitet hat und deren Rat, Urteil und Freundschaft sich auf jeder Seite wiederfinden.